CW00968985

扈三娘艳史

老趙 著

作者的话

在写《扈三娘艳史》前，我曾经自不量力地改写《水浒传》。主要是在适当的地方增加了一些色情描写。因为改写的字数太少，所以没法拿给读者看。不过这次我把改动的地方集合起来作为“前传”放在本书后面了。

《扈三娘艳史》是“前传”接下来的故事，我借用了一些《荡寇志》和《水浒后传》里的人物。这面的故事当然都是自己瞎编的，如果与真人真事巧合，各位读者不必较真。

老趙 2014 年 4 月于美国马里兰州

大辽护国大元帅
金国皇后
大明朝 开国女皇 扈三娘

第一回： 扈三娘重返江湖，陈希真走火入魔

话说扈三娘和林冲在杭州城外那个小庄子度过了平静幸福的十三年，儿子女儿从小跟父母学艺练武，他们姐弟俩是龙凤双胞胎，现在已满十二岁。三娘与林冲商量，觉得应该让他们自己出外见见世面，积累些江湖经验，同时也另拜名师。

他们让儿子去找寻找隐居在湖南衡山的小李广花荣学射箭。儿子林无敌跟着扈三娘林冲当然也学过射箭，只是无法学到花荣那般百步穿杨的绝技。张清琼英夫妇的飞石之技也是令扈三娘心里羡慕不已的，因此她将女儿林无双送去彰德府跟自己的好妹妹琼英学飞石。自此只剩下三娘林冲两人和仆人侍女们留在庄子里。

三娘并未正式嫁给林冲，因为两人经历了太多的悲痛和辛酸后对世俗之事都已看淡，两人依旧兄妹相称过着平平常常恩恩爱爱的日子，倒也没什么遗憾。不过林冲因为早些年的磨难落下了病根，近年来劳累后有吐血症状，虽不厉害但有加重的势态，此事令三娘忧心不已。

据在杭州六和寺出家的武松介绍说，寺里一位法号叫慧觉的大师有一套佛门秘传的功法可治各类吐血之症，只是这套功法很难学，至少须得五年方能学成，而且学成之前不能饮酒，不能食荤，亦不能近女色。林冲厮杀半生，并不怕死，只是不愿和扈三娘分开。

三娘为了心爱的林冲哥哥能治好病多活几年，哭着求他拜慧觉大师为师。林冲最不愿看到三娘难过，就答应了下来。三娘送林冲住进了六和寺，临别时好一通恩爱缠绵。自此林冲留在了六和寺，好在有武松兄弟在那里做伴，林冲在六和寺的日子不会太难过。

三娘从六和寺回来后，收拾了行装，准备出门寻访探望一些故友。首先想到的是登州的顾大嫂，顾大嫂十年前来探望过三娘，因此三娘知道孙立孙新已死，顾大嫂将嫂子乐大娘子改嫁给她的老情人栾廷玉，栾廷玉在登州任兵马提辖，三人住在一处。时迁放心不下三娘，也要同去，三娘依允了。

时迁这些年在杭州表面上过着富翁的日子，暗地里不时重操旧业，干些不要本钱的买卖。三娘知他改不了本性，只不准他祸害平民，还叮嘱他要格外小心。时迁因此

只去那贪官污吏和为富不仁的财主家盗取些钱财，好在他技艺已经出神入化，从未失手过。

三娘吩咐仆人侍女们管好庄子，自己换上男装扮作一书生，时迁扮作仆人，将行李兵器拴在马匹上，两人上马往登州去了。一路上晓行夜宿不提。

这一日正午时分，三娘和时迁来到路边一处小酒店暂歇片刻。三娘已换回女装，时迁仍扮作仆人跟随。说来好笑，三娘穿男装时，因相貌俊美，但凡经过市镇村坊都有不少姑娘少妇围观，品头评足，胆小的央人来打听年龄籍贯婚否，胆大的则故意挤上前来用身子蹭三娘或伸手摸三娘，搞得三娘烦不胜烦，哭笑不得。

更有甚者，有一个年轻姑娘见了三娘后，以为这个青年公子就是自己一生等待的如意郎君，连三娘的名字都没打听清楚就放言非她不嫁。她家里是个富户，她父母从小娇惯她，见她死活定要嫁那个年轻人，就遣了几个家人一路追寻三娘。幸亏三娘这时已不堪姑娘少妇们的骚扰换回了女装，家人们找不到三娘，只好回去向主人禀报。

换回少妇打扮后，三娘的麻烦反倒少了。偶尔有个把无赖上前骚扰，都被时迁打发了。时迁这些年得三娘和林冲的指点，武艺大有长进，对付三五个武艺一般的壮汉不在话下。时迁又是多年行走江湖的人，自然知道何处危险，三娘自己也是机警之人，因此一路上并未遇到什么难对付的事。

三娘和时迁在酒店里找了一张空桌坐下，取一贯钱给酒保，吩咐安排饭食。三娘和时迁一边吃喝，一边歇息。这时门外匆匆走进来一个美少年，背着一个大包袱还有一张弓和一壶箭。少年刚坐下就呼叫酒保快上饭菜，放下了背着的弓箭和包袱。饭菜端来后，他不顾冷热就大口吃喝起来。

三娘看那少年时，只见他约莫十三四岁年纪，一双英俊的眼睛，皮肤白里透红，身材匀称，个头只到三娘下巴。三娘看了不禁心里喝彩："好个俊俏少年！"那少年见店里有其他客人，抬眼看时只见一个少妇和仆人坐在那里，那少妇花容月貌，眉眼里带着英武之气，堪称人间绝色。这少年不禁脸一红，低下头吃饭，不敢看三娘的眼睛。不一刻那少年已吃饱喝足，算还饭钱，出门上马疾驰而去。

那少年刚走不一会儿，就有一队官兵，大约五十余骑，手持刀枪弓箭，冲到酒店门前。这群官兵浑身杀气腾腾，带队的是个大胡子，他们下马将酒店围了。其中二十余人冲进屋里，见只有三娘和时迁两个客人，就问酒保是否见过一携带弓箭的少年。酒保答道此人刚刚离去。官兵们也不多问，出门上马沿官道追去。

三娘注意到那个大胡子临走之前不舍地回头盯住自己的身子上下看。因为是大白天，又是在官道边，三娘和时迁的兵器都未取出来，三娘暗叫："好险。"三娘和时迁离了酒店上马而行，来到一个树林里，三娘将双刀取出挂在马上，脱了衣服取出锁子甲穿在衣服里面，时迁也取出腰刀暗器，披挂好了，两人纵马离去。

行不到二十里，听到前面林子边里传来呼喝打斗之声，远远望去，只见地下横七竖八地躺着二十余具官兵的尸体，剩下三十余官兵将刚才酒店里见过的那个美少年团团围住，三娘和时迁忙下马潜入树林观看，心里吃惊不已："那个少年这一会儿功夫竟杀了二十余官兵！"

那少年似乎已受了几处伤，支持不住跌下马来，官兵们一拥而上将他擒住绑了。大胡子军官将他背上的包袱打开，取出一个锦盒，道："苍天保佑，终于将太尉的宝贝夺回来了！"遂吩咐另一军官道："你带二十人将这物件快马送回东京太尉府上，不得有误。我和其余人押着这个要犯随后就来。"那军官答应后带着人去了。

三娘对时迁道："他说起东京太尉府，莫非是高太尉的府邸？看来这是件要紧的东西，时迁哥哥，你可否跟踪去的那拨人，伺机将那个锦盒盗来？我自想法救这少年。我们随后都去顾大嫂处会合。"时迁道："三娘吩咐，时迁定将它取来。"

转身欲走，三娘将他的手拉住，嘱咐道："时迁哥哥一路小心，凡事不可太冒险，如无法下手就罢了，一定要平安回来。"时迁听了眼睛一红，差点滚下泪来。他踮起脚尖在三娘腮边轻吻一下，上马离去。

三娘寻思了一番，自己只有一人，有何妙法救得这少年？眼见官兵们押着那少年往回走了，三娘顾不得许多了，纵马向官兵们追去。

大胡子军官听见后面马蹄声，回头看见扈三娘赶来，认得是刚才酒店里见到的那个美貌少妇，心中大喜，道："小的们快将那女人擒下，回东京送给衙内定有重赏！"这几个急忙纵马来围攻三娘。三娘道："来得正好！"舞起双刀冲过来，砍瓜切菜似的将那十来个官兵转眼间砍倒了六七个。

这大胡子挺手中长枪刺来，三娘左手刀荡开枪尖，右手一刀砍去，将那大胡子军官连脖子带肩膀劈成两段。剩下几个官兵惊得呆了，吓得动弹不得。三娘心道今日之事不可留下活口，将他们也一刀一个杀了。

那少年此时因伤势加劳累已昏晕了过去，三娘先将他抱到树林里阴凉处躺下，去小溪边取些水喂那少年喝了，自己早已累得喘息不住。少年醒来，知道是三娘救了他，连忙称谢不已，道："多谢姐姐救命之恩，小人以后定将报答姐姐大恩。"

三娘将他衣服解开，取出金疮药来给他受伤处敷上。少年看着三娘红扑扑的脸，闻到三娘身上醉人的体香，不由脱口而出："姐姐好美，跟我姑姑一样美！"

三娘微微一笑，问道："你姓甚名谁？如何被官军追杀至此？"少年犹豫了一会儿，道："不瞒姐姐，我姓花名逢春，是梁山好汉花荣之子，江南神箭帮帮主。因打探得高太尉差一百精兵押送极贵重的一件宝物，被我一路跟踪到此，趁他们懈怠时将宝物夺了，还先后射杀了四十余官兵。因行事仓促，未曾安排人接应，最后因箭矢用完，被他们追到这里擒住。"

扈三娘大惊，道："原来是花荣大哥的公子，你可曾见过我儿林无敌，他不久前拜在你父亲门下学艺？"花逢春道："我这三年都在外带着神箭帮闯荡，没有回过家，至今无缘结识无敌兄弟。"扈三娘道："我乃一丈青扈三娘，与你父亲同为梁山头领，后来一起征讨辽国，又剿灭田虎王庆方腊等寇。"

花逢春听罢拜倒在地："父亲多次提起一丈青的英名，如雷贯耳。今日见了果然名不虚传！"说罢又谢三娘救命之恩，三娘忙将他从地上拉起来。她从自己包裹里取出些干粮，给花逢春吃了。

三娘又问道："你究竟夺得何种宝物，让官军追杀不已？"花逢春道："说来惭愧，自从夺得那锦盒之后，被他们一路追赶，那锦盒上有封条封住，我也无暇打开看它一看，至今不知是何物。"

三娘笑道："真是少年心性，连甚么东西都不知就冒此大险，要是有个三长两短，如何对得起你父母的养育之恩？"花逢春道："姐姐教训得是，逢春年幼无知，此事办得不妥。"

话说按辈分花逢春本应叫三娘作姑姑，如何又称姐姐？原来三娘生得美，皮肤好，看起来只有二十来岁摸样。花逢春被三娘的美貌迷住，心里只想和她亲近，口里不觉把三娘唤作姐姐。说完后才觉察失误，心里忐忑，害怕三娘不高兴。

三娘虽看出他的小心思，但也没介意，只是微微一笑，并没有去纠正他。花逢春心下大喜。三娘将花逢春当作晚辈，将他搂进怀里，让他靠着自己的身子歇息一会儿。花逢春心里正求之不得，就将头倚在三娘饱满的胸脯上，闭上了两眼。

此时天色已晚，三娘和花逢春歇息了一会儿，正欲起身离去，听得林子外人声喧哗，有人高叫："不要走了朝廷要犯！"起身观看时，但见火把通明，有数百团练乡丁已将这个小树林四周围住。原来有一个官兵被三娘砍伤后装死，待三娘忙着救治花逢春时偷偷跑了。他去附近村坊叫来这许多兵丁围住了这片树林子。

三娘与花逢春商议如何脱险，花逢春道："可惜我的箭矢已用完了，不然射倒那领头的几个，其他人定做鸟兽散。"三娘见识过花荣的神箭在战场上的威力，心知花逢春一定得了他父亲的真传，便吩咐逢春："你且躲在此地不要动，我去取箭来。"说罢借着树木遮蔽向那些乡丁们摸去。

这些乡丁见了官兵的尸体，害怕得不敢靠近，只在远处呐喊。三娘趁夜色摸到一人背后，把刀往他脖子上一勒，一声不响就杀死在地上。三娘取了那个乡丁背的箭壶，走回来递给花逢春。

花逢春此时已恢复了些体力，上了马，教三娘跟在自己身后，往树林外杀去，一路高叫："挡吾者死！"张弓搭箭，连着三箭射倒当头三个乡丁，其余的发声喊，拔腿就跑，只恨爹娘少生了几只脚。有几个跑不及的都被三娘用刀砍死，两匹马冲上官道疾驰而去。

逢春带着三娘疾驰了数十里来到一处庄园，三娘问到"此是何处？"逢春道："此乃我神箭帮一处隐秘据点，我们可在此歇息，不虞官兵搜捕。"

神箭帮原来只在湖南境内活动，由十三位结拜兄弟当头领，聚得三百余人。这十三人都是江湖上有名的好汉，因为都好弓箭，故称神箭帮。

当年花荣去衡山隐居时，遇上神箭帮的人来打劫，被花荣射死了几个。十三位头领得知后倾巢出动前来报仇，花荣发出连珠箭，当场射死十位头领，个个都被箭矢穿在喉咙上。余下三位头领见了，惊得目瞪口呆，慌忙跪下磕头，尊花荣为帮主。

儿子花逢春十岁时，花荣将这帮主之位让给儿子坐，自己落得逍遥自在。花逢春年纪虽小，却是雄心勃勃，将这神箭帮发展壮大，连浙江山东等地亦有帮众了。这神箭帮有自己的产业买卖，亦经营镖局，教授富家子弟学习箭术。暗地里有时替人讨债，偶尔有人受了天大的冤屈也会出钱找神箭帮为其报仇。花荣只吩咐儿子不得做欺压良善奸淫妇女和劫掠百姓的勾当，其余的不多过问。

逢春三娘进了庄子，管事的来拜见。逢春吩咐安排客房给三娘歇息，自有侍女为三娘端来茶水饭食，饭后伺候她香汤沐浴。

第二日，逢春来见三娘，再次拜谢三娘的救命之恩，并宴请三娘。逢春叫庄里的管事仆人侍女和其他帮众都来跪拜三娘，三娘连称不敢，要起身还礼，被逢春按住。逢春传下号令，今后帮里众人见三娘如见帮主，但有吩咐不得有违，众人齐声答应。

酒宴后逢春请三娘到庄子后面，来到一处大校场，却是平日里帮众们的习武之地。逢春向三娘讨教刀法，三娘推辞不过，取出自己的双刀舞了一回。三娘的刀法不止好看，也是战场上杀人的技艺，逢春是将门之子自是懂得厉害，看了喝彩不已。他心里十分钦佩三娘，就请她指点自己刀法。三娘也喜欢这个懂礼貌的俊美少年，况且还是故人之子，就传授了些刀法给他。

逢春的天赋得自花荣，学得也十分认真，三娘看了心里高兴。后来三娘要看逢春射箭，逢春竭尽全力把出浑身本事来取悦三娘。见三娘颇有兴趣，逢春就手把手地教三娘射箭，三娘原来就想学花荣的神箭只是未曾有机会，见逢春尽心将绝技相授，也开始认真练起来。

不知不觉天色已晚，三娘和逢春都是一身大汗，逢春见三娘不但美貌，聪明天赋似乎还在自己之上，益发陷进了爱慕迷恋之中不可自拔。不由把身子靠紧三娘，两手搂住三娘的腰，嘴唇往三娘脸上贴去。

三娘伸手捧住逢春的脸不让他靠近，道："我已知你对我的情意，只是我乃长辈，我儿子又是你师弟，你我之间如何能有男女之情？况且我已有心爱之人，愿与之白头偕老。"三娘早看出花逢春的心思了，刚才学刀学箭时花逢春就变着法儿往三娘身上蹭，不过这事儿可不合常礼。

逢春道："姐姐就可怜可怜我吧，我这两天思念姐姐，早已不可自拔。无敌兄弟虽是我师弟，但此事你我不说谁人可知？姐姐自可与他人相知相爱，逢春绝不阻拦，只求姐姐现在可怜可怜我。"说罢像小孩般大哭不止。

这逢春聪明顽皮得很，他这一套大哭的绝技不亚于其神箭，凭此在母亲姑姑和其他长辈面前横行无阻，只畏惧父亲花荣一人。三娘原是心软之人，被他这一哭弄得不知所措，逢春趁机将头埋入三娘胸脯里。

三娘青春正旺，怀里抱着个俊美的少年如何能不动心？不觉间将胸前的衣服都解开了，逢春得寸进尺，用嘴含住三娘红红的乳头一阵吸允，三娘舒服得忍不住叫出声来。

逢春除下三娘的衣裙，抱住三娘的身子爱抚揉搓。三娘见逢春下身毛尚未长全，觉得有趣，纤手一把握住逢春那话儿，上下拂动。逢春只觉浑身血脉奋张，下体刹那间硬似铁棍，对着三娘的两腿间伸过去，三娘张开两腿迎住，两人合为一体。

当晚两人赤身裸体躺在床上，三娘问逢春："你这小孩子毛都未长齐就这般好色，长大后定是个祸害。你且告诉姐姐，现今已有了几个女人？"这会儿她也自称姐姐而不是姑姑了。逢春道："只有姐姐一个，何来许多？"

三娘瞪了他一眼，道："胡说，你敢骗姐姐，仔细你的皮！"把手捏住逢春屁股上的嫩肉一拧。逢春呲牙咧嘴叫道："好姐姐放手，真的只有姐姐一个，无其他女人。只除了母亲......"

三娘大奇，问道："难道你与母亲有染？"逢春道："非也。只是吸允过母亲的乳头，就像吸允姐姐的乳头一样。"三娘道："她是你娘，自然要给你喂奶，吸允乳头算什么！"

逢春道："不止是小时候吃奶，我晚上和母亲一起睡，直到六岁。六岁后只要父亲不在，我就晚上偷偷去母亲床上搂着她睡，最喜欢吸允母亲的乳头。"三娘笑道："难怪你这么喜欢我的两乳......"伸手去逢春屁股上打了一下。

逢春又道："其实我还趁姑姑熟睡时吸允过她的乳头......"三娘道："你姑姑不是秦明夫人？我见过她，对她的为人十分仰慕钦佩，她过得好吗？"逢春道："她很好，一直住在我家，以后我将她接来和姐姐亲近亲近。"

三娘抱住花逢春的头，把他的嘴按在自己的胸前道："你真乖，姐姐我以后不会介意你没大没小了。"逢春听了这话大喜，搂住三娘的身子又是一番爱抚揉搓，下身也插进三娘身子里耸动，三娘只觉得浑身酥麻，大叫不止。

花逢春每日里陪着三娘练习刀法箭术，饮酒取乐，晚上一处安歇，如胶似漆。住了十来天，扈三娘向花逢春告辞，要去探望顾大嫂。逢春万分不舍，趴在三娘身子上哭个不停。

三娘道："你年纪还小，岂可沉迷于女色？你父母对你定是寄予厚望，我看你行事颇有英雄气概，神箭帮以后定会兴旺发达。你我姐弟后会有期。"逢春无奈，只好作罢。临行拿出一块铜牌交予三娘，是神箭帮帮主的令牌，可用来驱使所有帮众。

三娘也不推辞，将铜牌贴肉挂在胸口，双手捧住逢春的脸亲了一会儿，两人洒泪而别。三娘上马离去，花逢春在路边一直等到看不见三娘了才返回。

且说东京高太尉府内，这时正一片慌乱，太尉在大厅上大发雷霆，将上好的羊脂玉酒杯摔碎了四五个。

前一段时间，太尉麾下的密探在南方某地偶然得到太祖皇帝留下的藏宝图，紧急上报太尉府。太尉恐有不测，特派心腹领一百精兵去将此宝物护送来东京，谁知半路上被神箭帮夺了。这些精兵死伤了十之七八才将藏宝图夺回，刚进东京地域又被神秘高手盗走。高太尉气得七窍生烟，发作一通后叫手下将参谋陈希真找来商议。

这陈希真五十余岁，原在边军中任管军提辖使，自小拜名师学习兵法武艺，凭着一身本事立了不少战功。太尉将他调来东京太尉府里任职，凡军国大事皆咨询于他，十分信任。陈希真一生的志向不是做个参谋，而是做个大元帅领军驰骋疆场。他虽知高太尉是个大奸臣，但为了自己的前程他只得一心为太尉出谋划策，盼望有朝一日太尉能抬举他领军出征。

陈希真早年丧妻，未再娶，身边只有一个女儿做伴。后来陈希真得遇异人，传授道家五雷都篆法，他每夜都修炼此法，既不能喝酒食荤也不能近女色。这老陈的女儿也了不得，叫作陈丽卿，今年十九岁，尚未许人家。丽卿从小被他灌输忠孝节义一整套东西，长大后品行良好，端的是非礼勿听非礼勿视。她容貌出众，更奇的是天生神力，将陈希真的兵法武艺都学了去。她使一杆方天画戟勇不可挡，弯弓亦能射天上飞鸟，熟识的人都唤她做"女飞卫"。

不过这丽卿姑娘却有一样不好，就是脾气火爆，常鞭笞侍女下人，最喜与人争执打架。东京的纨绔们被她打怕了，遇见了她都绕路而行，连高衙内都被她揍过。不过她平生最怕父亲，父亲说一她不敢提二，父亲一发怒，她不管大事小事都要跪在父亲面前请罪，祈求饶恕。当然，父亲的管教也改不了她的火爆脾气，过不了几天她又会旧病复发出去惹事。

陈希真听太尉说了宝物丢失之事，道："吾料盗宝之人不一定马上遁走，此类所谓侠客一般自视甚高，胆子极大，说不定会潜入东京城里逍遥。太尉不可声张，只需派手下干练人之人去大街小巷暗地里寻访，另差开封府衙门的所有捕快公人去各处酒肆茶房青楼妓院暗访，并重金奖励告密者，说不定会有所获。"太尉听了，沉思了一会儿，因别无他法，就差遣手下依陈参谋所言行事，告诉他们如果捉住贼人必行重赏。

也是时迁时运不济，他多年未来东京了，此次大事已成，就想在东京玩耍几天再去登州会扈三娘。他落脚的客店的主人恰好是护送藏宝图的一个士兵的表兄。时迁盗宝时虽将那士兵打晕，却被他记住了自己的长相，回东京后向表兄说起过太尉的宝物被一个矮小的鲜眼汉子盗了去。那店主见了时迁模样，心里起疑，径去告知表弟。

那士兵为得太尉赏赐，立刻叫了其他几个士兵赶到表兄的客店，时迁措手不及被他抓个正着，用绳子绑了横拖倒拽拿到太尉府来。太尉闻报大喜，赏了几个士兵，吩咐将时迁严加看管，细细审问。又将陈参谋找来大肆褒扬一通，赏了他一千两银子，还说日后要奏闻圣上予以重用。

陈希真喜出望外，一千两银子且不管它，若日后真能领军出征，定能实现自己的安邦定国之志。回到家后，对女儿丽卿说起此事，丽卿道："恭贺父亲立此大功，父亲不久定能驰骋疆场，不负鸿鹄之志。"

陈希真又道："我的五雷都篆法已修练了十年，即将成功，我从今日起开始最后十日的修炼，你千万不可打扰，否则前功尽弃，千万千万记住。"丽卿答曰："知道了。"说完回自己屋里去了。陈希真又吩咐家仆守在门口，除非他自己出来不可让人打扰他，遂进里屋关上门修炼去了。

再说丽卿此后每日里自己在家苦练武艺，学习兵法，指望将来父亲领兵打仗时自己能做个将军立功报国，光宗耀祖。到了第十日早晨，有一个父亲的学生来找丽卿，道是高太尉府里新来了一个教头，唤作祝永清，只有十九岁，武艺十分高强。他听说了丽卿的本事，想见丽卿一面，互相切磋一下武艺。

丽卿在家无事，就跟那学生去了。见了祝永清，还有在座的几个青年军官。祝永清见丽卿生得美丽，身材虽然比一般女子长大，却无甚出奇的地方。他不相信这么个娇艳的女子能有什么厉害的本事，言谈之间就露出轻视之意。丽卿的火爆性子上来了，也出言讥讽永清。其他在场的几个人都是要看热闹的，不但不劝解，反倒要火上浇油，撺掇丽卿和永清两个比试一番。

丽卿对永清道："既是比武，须有个赌注。你若输了，就从我胯下钻过去！"永清笑道："你若输了，就嫁与我为妻如何？"丽卿道："一言为定。"几个人一起去了较场上。

先是比军器，丽卿和永清都是使方天画戟的，两个在马上战做一团。开始时两人旗鼓相当，旁观的都为他们叫好。到后来永清不禁心里叫苦，这丽卿似乎有使不完的力气。自己和她打了五十余回合，累得两手似有千钧之重，抬起来都难。丽卿却一招比一招狠，若不认输一会儿就小命不保，若认输又实在拉不下脸来。

幸亏旁观的这几个看出苗头来，再打下去祝永清必然有失性命，遂将两人隔开。其实丽卿也不会真要祝永清的命，只是恨他轻视自己，要教训他一番。

祝永清情知自己在刚才已输了，这是他第一次输给女人，心里实在觉得憋屈。歇了一会儿他又提出要与丽卿比弓箭。这几个看的都笑了，祝永清初来乍到，还不知道丽卿"女飞卫"的外号。

丽卿也不答话，只走上前将一个箭靶移至二百步开外，然后拉开弓一连五箭都射在靶心上，看得祝永清目瞪口呆。没奈何，只得红着脸认输，趴下身子从丽卿胯下钻过去了。众人大笑散了。

却说那祝永清是何人？他就是祝家庄庄主祝朝奉的同父异母兄弟，一丈青扈三娘从前的未婚夫祝彪的叔叔，论年龄比祝彪还小十余岁。当初梁山攻打祝家庄时他还小，正巧不在庄上，因此逃过一劫。他长大后拜栾廷玉的兄弟栾廷芳为师学习兵法武艺。因师傅有一故交认得高太尉，就推荐他去太尉府上做了教头。

这次和陈丽卿比武输了，祝永清却因此害上了相思病。白天茶饭不思，夜里睡不着觉，心里时刻都想着那美丽可人的丽卿姑娘。永清的朋友见他闷闷不乐，就邀请他一起去青楼里鬼混。可是青楼里那些俗脂庸粉如何能比得丽卿姑娘？永清的情思日益深重，竟大病了一场。

丽卿比武赢了祝永清心里高兴，回到家后就往父亲屋里来。她寻思今天已是父亲练功的第十日，父亲屋外又没家仆看守，定是大功告成了，推门就往里走。也是陈希真合该倒霉，这次练功出了点叉子，时间推延了半天，此时正是要紧的时刻，原来守在门口的家仆恰好去小解，不提防丽卿此时走了进来。

因窗子都被布遮住，屋里光线昏暗看不清楚，陈希真正跪在地上运息，丽卿风风火火地闯进来后撞在他身上，两人都滚倒在地。陈希真的真气全被打乱，走火入魔，昏倒在地不省人事。

丽卿见闯下大祸，吓得手足无措，高声呼救。侍女家仆们赶来，将希真抬上床，然后请医看视。两天后方才救得醒来，又将息了十数天身子才恢复。只可惜十年的修炼毁于一旦，希真有生之年都无法再练这五雷都篆法了。

丽卿自知罪孽深重，父亲身子将息好后，她每天都脱光衣服背着一条木棒跪在父亲门前，祈求父亲对她用家法惩治。家里的仆人侍女们怕触了这对父女的霉头，全都躲得远远的。

这五雷都篆法据说练成后可呼风唤雨，又可驱使神兵天将虎豹豺狼上阵厮杀。陈希真原指望用此法为国效力，最后或许能被封个侯爷也未可知。想起十年的苦修，戒酒戒荤戒色，最后竟是一场空，顿感心灰意冷，了无生趣。

这一天丽卿又来门前跪着，希真不理她，只在屋里乱翻。翻出了十年前存下来的两瓶好酒，开了一瓶倒进碗里，一饮而尽，不一时将这两瓶酒都喝了。丽卿见父亲开始饮酒，知他心里难受，不禁哭出声来。俗话说“借酒浇愁愁更愁”，希真两眼通红，瞪着丽卿赤裸的身子，心里升起一股恶念。

他走上前一把拽过丽卿，取过丽卿背着的木棒，把丽卿的按在地下朝她的屁股上举棒就打。丽卿见父亲终于肯来打她，咬紧牙一声不吭。她越是不哭，陈希真心里越是生气。打了一会儿，他丢了木棒用双手狠掐丽卿的屁股和乳房，丽卿还是一声不吭。

这陈希真为修炼道法戒了十年女色，现在恶念一起，一发不可收拾。偏偏丽卿又生得如花似玉，是个男人都会被她吸引。陈希真欲火难熬，他脱了衣服分开丽卿的两腿，将自己坚硬如铁的下身刺进了女儿的身子。

半个时辰后，希真将自己的所有绝望和怨恨都倾注在了丽卿的身子里。酒醒之后，希真这才明白自己对女儿干了些什么。他从墙上取下一把利刀，毫不犹豫地往自己脖子上抹去，却被女儿丽卿捉住了手腕。丽卿此时浑身一丝不挂，两腿间还流着血污，她披头散发抱住希真大声呼喊："爹爹不能死，让女儿死吧！"

希真体力不如女儿，被她将利刀夺走，身子也被丽卿抱住了动弹不得。良久，女儿松开了抓住父亲的手，一边流着泪，一边去亲父亲的脸，然后亲脖子，然后亲胸脯，最后亲到两腿间，张嘴含住父亲的下身吸允。希真终于叹了口气，说道："乖女儿，爹爹不死了。"

此后三天里，父女两个如夫妻一般晚上睡在一起，除了做那乱伦的疯狂之事外也说些丽卿小时候的趣事。丽卿从小就敬仰爱慕父亲，她心里明白她和父亲这么做是乱伦，但是只要父亲喜欢她就什么都不顾。后来希真对丽卿道："那个祝永清既然喜欢你，你何不嫁与他？你也十九了，该嫁人了。"丽卿道："全凭父亲做主。"

一个月后，祝永清把丽卿娶回了家。祝永清父母已亡，家里并无其他亲人，参加婚礼的无非是他的朋友和同僚。新婚之夜丽卿告诉永清自己的身子已破，永清惊呆了，仔细问她，丽卿又闭口不说了。祝永清自上次比武后就迷上了丽卿，朝思暮想，得知陈希真央人来提亲后大喜，忙不迭地答应下来。

现在听说自己那美丽可人的妻子已被他人奸污，感觉受到了奇耻大辱，浑身颤抖说不出话来。丽卿见了，打了他一个耳光，先将他打醒，然后对他道："你若不愿娶我为妻，可将我休了，我绝无怨言。"永清看着益发美丽的丽卿，心里如何舍得休她？

丽卿道："你既不想休了我，此事以后不可再提。你是个男子汉大丈夫，应该以自己的前程为重。我陈丽卿今后哪怕舍了这条性命也要助你成功，报答你娶我的恩情。我不久前曾经羞辱你，让你从我胯下钻过去，这是我的不是。今日我亦从你胯下钻过，还许你打我一顿出气。"

说完丽卿不等永清搭话，俯下身子从他胯下钻了过去。又去取来一根木棒递给永清，自己将裙子脱下，趴在地下撅着光光的屁股让永清打。永清盯着丽卿的屁股看了看，叹了口气道："罢了，就依你所言。"举起木棒照着丽卿的屁股狠狠地打了十来棒，然后扔了木棒，一边流泪一边把嘴贴在丽卿的屁股上亲吻。两人撕扯一阵将衣服都脱光了，上床搂抱在一起，闹腾了大半夜。

欲知后事如何，且听下回分解。

第二回：高衙内迷奸陈丽卿，鼓上蚤火烧太尉府

这天有一个叫栾雄的来找祝永清，不巧他出门了，只有丽卿在家。这栾雄是永清的师傅栾廷芳的儿子，也算是永清的师兄。丽卿对栾雄道："我丈夫出门了，可能天黑时才会回来。"她见栾雄是永清的师兄，就将他请进屋里等候，自有女仆捧上热茶。

这栾雄却是来找永清讨债的。原来永清无甚积蓄，可以说是一贫如洗。不过他为人极好，很得师傅栾廷芳的喜爱。栾廷芳见徒弟眼看就要娶亲了还没有个像样的住处，就将自己的一处闲置的宅院，也就是永清和丽卿现在的家，送给他作为成亲的礼物。永清不肯收师傅如此贵重的礼物。可是他又没钱买，就给师傅写了一纸五百两银子的借据，道是待以后挣了钱再还给师傅。栾廷芳收了借据，其实并不指望他还钱。

这栾雄的品行却不甚端正，喜欢流连于青楼赌馆之中。栾廷芳因与高太尉有交情，最近被外放到江州任兵马统制去了，夫人和儿子暂时留在东京。栾雄在家中偶然发现了永清写给他父亲的借据，如获至宝，想用这借据从永清这里寻些钱来花。

丽卿问他的来意，栾雄道他父亲外出任职，母亲因有急事需要用钱，一时无处筹措。想找永清来想想办法，说完将永清的借据拿来出来给丽卿看。丽卿对此事一无所知，她自己总共只有一百两私房银子，不够替丈夫还债，只好先等永清回来再说。

栾雄生性轻浮，喜好吹嘘。他闲坐着无事，就和丽卿聊起自己和一帮富家子弟们交情，以及平日里和他们赌钱玩耍的有趣事儿。其中特别提到一个刚来京城不久的名叫李三的赌徒，他赌钱的方法很特别：他随身带着一百两银子，专门找那些有钱人家的子弟赌。他挺着胸脯让人打他，谁若是三拳之内将他打倒在地，就可以拿走那一百两银子，否则要赔他二百两。这人瘦瘦的，不知练了甚么功夫，至今还没有人能打倒他，反被他赚去了不少银子。

丽卿听了，心里一动，对那栾雄道："我丈夫一时肯定拿不出这么多钱来还你，不如你带我去找那李三赌钱，或可赢些钱回来还你。"栾雄是喜欢起哄看热闹的人，他平日里对丽卿的本事早有耳闻，只是不曾亲眼见过。

他对丽卿道："带你去不妨，只怕惹得永清师弟不快，怪罪于我。"丽卿道："不妨事，我等快去快回，那时他只怕还未回家呢。"说罢就用包袱包好自己的一百两银子和一些首饰，催着栾雄出了门。

这李三白天只在青楼瓦舍等热闹之处候着，专等那既有钱又喜欢争强好胜的年青人来上钩。栾雄和丽卿在一座茶楼里找到他时，正有一伙年青人在轮流跟他赌，看起来像是些富商家的子弟，旁边还围着一大群看热闹的人。丽卿和栾雄看了大约半个时辰，那李三已经连着赢了三个人，得了六百两银子。

丽卿心道："那几个青年虽不是练武之人，却也都身强体壮，为何这李三被他们拳头打在身上像没事儿一般？"她仔细观看，发现李三外表上平静，口鼻却在不停地调理气息，想来是练了一种吐纳之功，可以忍受非常的疼痛。这下子丽卿放了心，因为她父亲修炼五雷都篆法时跟她说起过道家之术，她对吐纳之法颇为熟悉。

她叫过栾雄，对他附耳低语了几句。就这一会儿功夫，李三又赢了两个人，加上原来自己的一百两，他身边桌子上已经堆了一千一百两银子。

栾雄分开众人走上前对李三道："我家妹子要与你赌赛，可否？"李三道："不管是谁，只要有二百两银子，我是来者不拒。"

栾雄道："且慢。你看我妹子是个娇滴滴的女人，比不得那些强壮的男子汉。这赌注却要改一改：若她赢了，你须赔她五百两。"李三看了丽卿一眼，道："这个恕我不能从命，是你们自己要来找我赌，我又没求你们。"

围观的人中有几个认得丽卿，知道今天有好戏看了，就跟着起哄，说李三不该占女人家的便宜，要他答应按新的赌约来赌。李三见丽卿是个体态阿娜的美貌少妇，心里犹豫不决。若答应下来，怕她有什么圈套。若不答应，又害怕她走了，白白失去了快到手的二百两银子。

左思右想，心道："不过是个娇嫩的女娃子，能有甚么真本事？"就开口道："那好，既然这位大姐想赌个大的，我只让你打我一拳，若一拳就能打倒我，这里的一千一百两银子都是你的，否则你要赔我二百两。如何？"

栾雄心里没底，不敢答应李三，待要开口回绝，丽卿道："如此甚好。"说完取出自己带来的一百两银子和首饰放在另一张桌子上。李三仔细看了，那些首饰差不多能值一百两。

此时天气寒冷，丽卿外面穿着厚厚的绵袍。她走到李三跟前，先脱下了绵袍，只剩下里面的一层衣服。李三正在暗自调息，准备受她这一拳，猛地瞧见了丽卿挺拔的胸脯。因丽卿里面的衣服很薄，李三又离得近，透过衣服隐隐约约似乎还看见了丽卿的乳头。李三顿时觉得口干舌燥，心跳不止，刚调好的气息也全乱了。

他暗道不好，急叫："且住！"话音还未说出口，丽卿闪电般地一拳已打在李三的胸脯上，将他打得往后直飞起来，撞在十几步之外一个路过的人身上，两个一起摔倒在地。周围的人惊得呆了一呆，随即大声喝彩。那李三兀自躺在地上哀声呼痛，挣扎不起来。原来李三练的这吐纳之术，最忌开口说话，再加上胸口中了丽卿的一记铁拳，如何不败？

栾雄大喜。他也不去管那李三的伤势，找到店家借来一副担子，将那一千一百两银子包好放在担子里，挑起担子拉着丽卿出了门，两人一起离开了茶楼往家就走。

半路上正遇见祝永清，栾雄笑着和他说了刚才的事儿。永清虽不喜栾雄带丽卿出去赌博，不过他现在缺钱用，这赢来的银子正好解了他的困窘。当下他给栾雄分了五百两，拿回了借据，告辞栾雄后和丽卿一起拿着剩下的银子回家了。

栾雄也不敢将这到手的五百两都私吞了，他回去后取出一半交给栾夫人，自己留下一半挥霍。栾夫人不知底细，还道这个儿子有孝心，将他着实夸奖了一通。

丽卿赢了钱心里高兴，到家后红着脸主动向丈夫求欢，她脱了上身衣服，将赤裸着的两乳去永清身子上来回摩擦。永清被妻子惹得火起，将她压在身下狠狠地肏了一回。

却说丽卿栾雄刚刚离开不久，又有一伙人来那个茶楼寻李三赌赛。领头的是高太尉之子高衙内。他前些天输了一百两银子给李三，心里不服。今天他特地从禁军中请来个彪形大汉，要来赢回面子。那李三被丽卿一拳打倒，自觉伤得不轻，早就溜走找地方养伤去了。

高衙内没寻到李三，却听得众人还在那里议论刚才的精彩赌赛。他心里只后悔来得晚了，错过了这场好戏。

高衙内曾调戏过陈丽卿几次，丽卿没理他。有一次趁人多时他大着胆子伸手去摸了丽卿的屁股，被她揪住当众打了一顿，他不但没怨恨丽卿反而益发爱她。后来他听说丽卿嫁给了自家府里的教头祝永清，心里好生不快。

自从十多年前他逼死林冲的娘子之后，高太尉对他的品行十分不满。他在太尉面前也收敛了许多，被丽卿打了也不敢去告知太尉。在太尉府里的军官中有两人是他的心腹，却是兄弟两人，老大叫党世英，老二叫党世雄。这两人武艺精湛，都是好勇斗狠仗势欺人之辈。

这一日高衙内与党氏兄弟一起饮酒，说起了自己的心事，不免长吁短叹。他道那祝永清不过是个会点儿武艺的穷光蛋，不知丽卿姑娘看上了他哪一点，竟然嫁给了他。

其实党氏兄弟也曾经向丽卿讨过便宜，幸亏他们在丽卿发怒时马上低头认错道歉，只吃了点小亏。党世英对高衙内道："祝永清他两口子都不是好惹的，太尉现今又要依重这些人为他出力，衙内若想拆撒他们夫妻再娶丽卿姑娘是万难的了。若衙内只是想和那丽卿姑娘一夕风流则不是甚么难事。"

高衙内道："我为了丽卿姑娘茶饭不思，若能一夕风流也是好的，你有何妙法能助我，成事以后定有厚报。党世英道："这个容易，只须如此这般 ...... 包衙内满意。"衙内听了大喜。

祝永清和陈丽卿婚后十分恩爱。只是夫妻日常之间免不了为些小事争执。祝永清因知妻子脾气不好，诸事都让着她。丽卿有时犟起来，让丈夫在人前失了脸面，事后也觉后悔，就学着新婚之夜那样，脱了衣裙光着身子跪在丈夫脚下，撅起白白的屁股求他用木棒打她。每次永清打完后两人都少不了颠鸾倒凤一番。久而久之成了定例，夫妻俩乐此不疲。

这一日高太尉在杏花苑赏赐酒宴，由高衙内主持，请了府里的所有教头及他们的家眷。太尉赐宴，祝永清和丽卿自然要前来赴宴，却不知这都是高衙内听了党世英的计策再请示太尉后安排的，专为对付永清丽卿夫妇，连太尉亦蒙在鼓里。太尉只道儿子有长进，会替他笼络人了。

这杏花苑乃是高衙内刚买下不久的一处宅子，虽不是很大却也造得颇为华丽。永清和丽卿来得早，两人先去后面的小花园里玩赏了一回。因见旁边无人，永清就大着胆子将手伸进丽卿衣裙里面抚摸。丽卿被他摸得脸红耳赤，春情荡漾。后来两人躲进树丛之中，丽卿双手提起裙子，撅着屁股让永清从后面将她肏了一会儿。他们两人自以为神不知鬼不觉，却不提防高衙内党世英党世雄三人就躲在不远处，将这香艳的一幕全看了去。

酒宴开始后，大厅里热闹非凡。众人你敬我一杯，我敬你一杯，不亦乐乎。天将晚时，高衙内唆使其他教头们都去给新婚夫妇敬酒，永清和丽卿推辞不过，都喝了。

这回高衙内使人暗中给他夫妇的酒中加了醉仙蜜，这是党氏兄弟寻来的稀罕物，来自西域。但凡醉仙蜜和着酒一起喝下去就会使人头脑昏沉，手脚酥软，浑身无力，两个时辰内清醒不得。永清和丽卿两人喝了醉仙蜜后就立脚不稳，堪堪要倒下。早就等在一旁的党氏兄弟走上前来，殷勤地将两人扶到后面的客房里歇息。

他们将永清扶进一间房里睡下，将丽卿扶进另外一间房。丽卿头脑昏昏沉沉的，被他兄弟俩趁机在她屁股上胸前胯下乱摸了一通。两人见丽卿一点反应都没有，就将她浑身上下衣裙脱得精光，抬去床上放好。高衙内随后闪进屋里，他看着丽卿的赤裸裸的身子，心里却战战兢兢，不敢上前去碰她。原来上一次丽卿将他打怕了。

高衙内对党氏兄弟道："我害怕她醉得不深，你两个且先去试她一试。"这两人不敢违命，脱了衣服，赤条条地跳上床去将丽卿奸淫。他们用力揉搓丽卿的屁股，舔允丽卿的两乳，然后轮流用胯下之物猛肏丽卿。丽卿虽是头晕，却未完全失去知觉，她迷迷糊糊地以为自己正在和丈夫做那事，口里不时发出娇滴滴的呻吟之声。

高衙内见了，胆子壮了些，也脱衣跳上床来，将手指插入丽卿胯下的洞里拔弄。党家兄弟见了，忙下床穿好衣服，去门外等候。

高衙内将硬邦邦的下体顶入丽卿的桃花洞里，一边用嘴舔着丽卿的脖颈胸脯，一边胯下用力抽动，丽卿被肏得淫水泛滥，他自己也渐渐忘了害怕，高声叫唤起来。

他看见丽卿的乳头与他肏过的别的女人的大不一样，又大颜色又深。就像两个枣子嵌在白白的大馒头上，十分可爱。衙内用嘴咬着丽卿的乳头吸允，不小心咬破了，渗出些许鲜血来。这解醉仙蜜的法子就是放血，高衙内不知此法，还在不停地肏丽卿，却不知丽卿已经渐渐地清醒过来了。

她酒量本来就比永清大得多，刚才喝的不如永清多，且又被高衙内无意中放了血，醒的自然也快。手脚身子虽然麻木，眼睛也睁不开，不过她已发觉趴在自己上面的这个男人的身子不像是丈夫的，叫唤的声音也和永清的不一样。

丽卿脾气虽爆燥，脑子却极好使。她寻思自己定是中了高衙内的计，吃了迷药后被他奸污了，此仇一定得报。只是眼下她手脚无力，奈何他不得。若他还有帮手在此，闹将起来枉送了自己性命。

丽卿装作很享受的样子，两手抱住高衙内的身子，把舌头去舔他的眼睛，耳朵，嘴唇，胸脯，下身也不停地耸动，口里大声浪叫。高衙内十分得趣，虽知时辰已晚，他那里舍得从丽卿身上下来？如此又过了一刻，丽卿已完全清醒，力气也恢复了些。她伸出两手掐住高衙内的脖子，将他从自己身上拉开，翻身下了床。

高衙内吓得魂都没了，高叫饶命。党世英和党世雄在门外听得衙内叫唤，手持腰刀从屋外冲进来，上前要救衙内。只见丽卿怒目圆睁，浑身一丝不挂，手里抡起衙内赤条条的身子朝他们兄弟打来。党家兄弟吓得将手中刀扔了跪下，叫道："丽卿姑娘息怒，不可伤了衙内！"

亏得党世英能言善辩，对丽卿道："都是受了小人的蛊惑衙内才行此歹事，望姑娘赎罪。姑娘今天若能放过衙内，定有厚报。"

丽卿寻思道："我若将他杀了，自己也不一定能逃脱，还会连累丈夫和父亲。现在我身子已被他奸污了，如何能再得清白？罢了，事已至此，我且为丈夫和父亲讨要些好处。父亲一生的志向是领兵打仗，何不趁此机会向他提出来？且看他如何回答。"

她松开抓住高衙内的手，俯身从地上拾起一把腰刀，指着衙内心窝，让他跪在地下，道："你对我行此卑鄙勾当，实是罪该万死。我有四件事你须得依允，不然今日就是你的死期。"高衙内和党家兄弟连忙磕头，高衙内道："莫说四件，就是四十件也依得，但请姑娘吩咐。"

丽卿道："第一件，你明日就要将我丈夫祝永清升作太尉府里的总教头。第二件，我父亲十日内要升作殿帅府正将，还要你在半年之内力保他领兵出征。第三件，要你将这杏花苑送给我父亲居住。第四件，你写一纸伏罪状，将今天你们干的丑事都写上，你们三个都要画押摁手印。你若日后翻悔，我定取你们三个的狗命。"

高衙内道："依得依得。"党家兄弟取来纸笔写了伏罪状，三个画了押摁了手印后交予丽卿。丽卿收好状子，道："你们将我丈夫藏哪里去了？他醒来后须有麻烦。"党家兄弟赶忙去隔壁将永清抬进屋来，他睡着兀自未醒。丽卿道："你们去吧。"三人再次磕头后离去。

丽卿将丈夫衣服脱光了，自己先躺下，然后将永清拉到自己身子上。伸手握住永清的胯下之物揉搓了一会儿，待它硬挺了，塞入自己身子里面。她下身耸动，口里开始呻吟。过了一会儿永清醒过来，见妻子搂住自己在干那事儿，不疑有他，也记不得身在何处，爬起来就猛肏妻子。夜里两个就在杏花苑歇了，次日清早才一起回家。

丽卿夫妻婚后的住处离父亲的住处不远，丽卿回来后到父亲屋里，将昨夜的事和高衙内的许诺都对父亲说了。陈希真搂住女儿叹息了好一会儿，流着泪道："高衙内一贯仗势欺人，他能答应这几件事儿已经算是不错的了。只是苦了我的乖女儿。"

丽卿道："若能让父亲和丈夫的大志得伸，女儿我心甘情愿。"说完解开衣服，把两乳贴在父亲身上，一边流泪一边用嘴去亲吻父亲的脸和脖颈。陈希真多日未见女儿，抱住女儿身子，也去亲她嘴唇和乳头，两人边亲吻边哭，眼泪流做一处。

太尉府里的教头们平日里就是归高衙内管着，他第二日果然将祝永清升作总教头，还遣人将杏花苑的地契送到陈希真手里。高衙内身上挂着个宣抚使的官职，他去禀告父亲，要升陈希真为自己手下的正将。高太尉正要抬举陈希真，就准了此事。丽卿见高衙内果然信守诺言，心里的气也消了些。

祝永清做了总教头，只道是太尉和衙内看中了他的本事，心里高兴。其他教头们也来与他贺喜，一帮人去酒肆里痛饮了一回。回到家中他依然兴致高昂，抱住丽卿就脱她的衣裙，然后就在正厅里将她赤条条地按在地下狠狠地肏起来，也不避讳侍女和家仆们。丽卿不愿扫他的兴，由着他折腾了好一会儿。

再说时迁被拿住后，经了几次大刑，未曾招供。太尉见他生的瘦小，害怕他受不住刑死了，只吩咐将他严加看管。又教公人们去四处缉拿同犯，待拿住其他贼人后再一起处置。时迁来东京前已将藏宝图放在一个隐秘的地方，未被公人们搜去。只是自己身陷牢笼，无法通知扈三娘，心里焦急。

这一天有人入得牢里来见他，仔细一看却是铁叫子乐和。这乐和如何得知时迁被关在太尉府里，又如何进得了太尉府的私牢？

原来高衙内府里有个奶娘，姓杨，五十余岁，高衙内就是吃她奶水长大的。她年轻时十分美貌，与太尉有勾搭。因出身低微做不得太尉的侍妾，太尉就让她管理府内一些杂物。她也颇为能干，几年时间就升作了内府总管。乐和在蔡太师府里当差，因小曲唱得好，太尉大宴宾客时被借来府里唱过几次曲，故此得以结识杨氏。

那杨氏年岁虽大，却还是风骚得很，见了乐和的模样心中欢喜。因她是内府总管，每次乐和来唱曲时她都加倍给他赏钱。日久生情，两人就好上了。

几天前乐和与杨氏在一处幽会，听她说起太尉府新近关押了一个贼人，原来是梁山泊的头领。乐和心下生疑，就央求杨氏带他去牢里见一面。杨氏害怕连累自己，不肯带他去。乐和打起精神连着肏了她好几次，她这才依允。

那看守之人见了杨氏如何不认得她是内府总管？无奈太尉有严命，不许任何人探望时迁。杨氏拿出一锭银子来，那人接了银子，将杨氏乐和两人脱光了搜过身之后才放他们进牢里去。

乐和见时迁被关在一单间牢房里，手脚都被精铁打就的镣铐锁住。乐和支开杨氏，询问详情。时迁就将盗宝被擒之事说了一遍，却一句未提扈三娘。这也是时迁谨慎，害怕乐和为了荣华富贵出卖他和三娘。

乐和道：“我想救你出去，不知有何妙法？”时迁附耳低言，道：“只要你能帮我弄到这几样东西，我自可越狱而出。”

他要的是金石匠人所用的强酸和刻刀。乐和道：“这个容易。这杨氏是太尉的内府总管，与我相好。我只叫她将东西送来便了。”时迁道：“乐和兄弟，大恩不言谢，待我出去后却来与你相会。你记住，今后一个月内不要来看我，以免连累于你。”乐和告辞，和杨氏一起离去了。

几天后杨氏果然又来探望时迁，她将时迁需要的东西包好塞入下体深处，躲过了搜身这一关带进牢房去，然后取出来交予时迁。

时迁为不连累乐和和杨氏，等了一个月未敢轻动。一个月后他半夜里先用缩骨法从手铐脚镣中脱出，再用强酸去腐蚀牢门上的铁栏，然后用刻刀将蚀坏的一根栏杆锯断。出得牢房后，一不做二不休，将几个酣睡的牢子都杀了。取出牢子身上的钥匙打开镣铐，将一个矮小的牢子的尸体锁在自己的牢房里，然后潜出牢房去府里各处放火。

时迁不愧是放火高手，那火烧得直冲云霄，待各处大火烧起后他又返回牢房里放火，最后才翻墙离开太尉府。为何不先去烧牢房？原来是要引得府里众人都去其他处救火，无暇去理会牢房。那几个牢子因无人来救火，被烧得变作了一堆骨头。

那个被锁在时迁牢房里的小牢子个头与时迁相差不多，太尉府的人都以为他是时迁，也被大火烧死了，故未去通知官府缉捕。恰巧这个牢子并无亲戚住在本地，众人都道他外出未归，无人起疑。

诺大的太尉府被大火烧去了一个角，太尉气得昏了头。官府来勘察的人也找不到可疑之处，只好跟太尉说是下人疏忽所致。

时迁从太尉府逃出来后，本想去找乐和，又怕他受连累。猛地想起燕青，听说他并未去隐居而是藏在李师师处，不知是真是假。时迁去他从前一个隐秘的窝点取了些珠宝首饰带在身上，趁夜色往李师师住处摸来。

即使是白天，走正门时迁这样的人肯定是进不去的，何况已是深夜。时迁不多耽搁，从后墙翻了进去，顺着楼角往上爬去。上去后捅破窗纸往屋里一看，险些惊得叫将起来。只见一个穿绣龙袍的男子坐在椅子上，一个绝色女子跪在他两腿间，正在用嘴舔允他那胯间之物，浪子燕青则立在一旁伺候。

过了一会儿那男子唤燕青，道："师师看来想挨肏了，小乙哥你快来给寡人助兴。"燕青领诺，走上前站在那女子背后，将她裙子撩起来，露出了雪白的屁股来。燕青掏出自己的那话儿从后面往那女子两腿中间插进去，用力抽动。

那女子嘴里娇声喊着小乙哥，燕青听了益发用力肏她。中年男子看得呵呵大笑，不一时那女子瘫软在地，燕青也累得趴在她身上喘息不定。

时迁暗道："怪不得燕青既不做官也不去隐居，能和皇帝老儿共用一女人，今生也值了。"只见皇帝老儿站起身来，将李师师从地上拖起来也肏了一会儿。三更以后，自有宫里的随从进来接皇帝回宫去了。

燕青将师师的身子抱在怀里，道：“姐姐，我想离开此地。陛下虽不是坏人，但却是个不折不扣的昏君。他整天被奸臣环绕，早晚要遭大难。”师师道：“陛下如何肯放你走？你敢抗旨不成？”

燕青道：“不妨，我不会让他逮住的。再说我还有他的亲笔赦书，被抓到了也不会拉去砍头。”师师道：“那我也跟你去，如何？”

燕青还未答话，只听得背后有人道：“燕青你好大的胆子，竟敢拐走陛下的女人！”唬得燕青差点栽倒在地，回头看时，只见时迁正笑眯眯地对着他作揖，道：“小乙哥别来无恙？”

燕青忙请时迁坐了，师师去端茶来请时迁喝，时迁连道不敢。燕青问道：“都道你这厮已患绞肠痧死了，今日为何到此？”

时迁将诈死之事说了，又将盗宝被擒，乐和相救，并火烧了太尉府之事说了一遍，听得燕青连叫：“好险。痛快。”师师也听得心惊肉跳，两眼一眨不眨地看着时迁。

时迁道：“我害怕连累乐和，想躲几天等无事了再去找他。”师师道：“时大哥何不藏在我这里几天？此处绝无危险。”燕青也点头称是，时迁应允了。

师师去安排时迁用饭歇息，燕青告辞后回自己住处去了。时迁半夜里躺在床上不能入睡，心里老是想着刚才看见的李师师那两瓣又嫩又白的屁股。听到敲门声，有人在外问道：“时大哥睡了没?”

开门一看，却是李师师端着蜡烛站在门外，道：“师师今夜难以入睡，想听时大哥讲些惊险好听的故事。”时迁将她让进屋里。

李师师让时迁躺下，自己靠在时迁身边听他讲些自己经历过的离奇惊险的故事。时迁看着李师师近在咫尺的脸蛋和娇躯，心跳不已。他几次想伸手去摸师师的屁股，可是又想起了扈三娘，美丽英武的三娘好像就在一旁看着他，不由得打消了邪念。后来两人不知不觉都睡着了。

两天后打听得开封府并未通缉他，时迁放了心，就告辞燕青李师师去寻乐和去了。临行前他送给李师师一颗好大的夜明珠，喜得师师抱住他在他脸上亲了一下。李师师身上的体香和柔软的娇躯将时迁迷得神魂颠倒，要不是燕青就站在一旁，他恐怕会舍不得离开了。

接着说扈三娘到了登州顾大嫂处，乐得顾大嫂一蹦老高，忙不迭地将三娘连拉代抱迎进屋里，各叙离别之情。又引三娘见了乐大娘子和栾廷玉。三娘在扈家庄时就认得栾廷玉，当下各自施礼互致问候不提。

乐大娘子已为栾廷玉生了一子一女，女儿叫栾英，十岁，长得文静，像乐大娘子。儿子叫栾勇，九岁，虎头虎脑，十分可爱。两个小的与三娘极为投缘，一个搂住三娘的腰，一个抱住三娘的大腿，不肯放手，喜得三娘在他们两个脸上亲了又亲。

栾廷玉乐大娘子见了就要儿子女儿跪下认三娘做干妈，两个小的拜了三娘，三娘受了礼，将他俩拉入怀里搂着，众人皆大欢喜。这栾英长得斯文，除读书外还跟栾廷玉习武。栾勇最对顾大嫂的脾气，学的都是她的武功招数。

晚上三娘和顾大嫂睡在一处，亲密缠绵更胜从前，彼此呻吟之声颇大，连隔壁房间的栾廷玉乐大娘子夫妇都听见了。顾大嫂跟栾挺玉是老相好，平日里常常和栾廷玉乐大娘子三人睡在一处，栾挺玉夫妇早已知晓她和三娘间的事。

三娘住了些日子，不见时迁到来，心里不禁为他担忧。又过了几天，乐和捎信来，说时迁被陷在东京太尉府的私牢里面，正在想法帮他越狱出来。三娘听了就要起身去东京救时迁，顾大嫂和栾廷玉将她拦住了。说再等些天，待乐和那里有越狱的消息时再作定夺。三娘忧心忡忡地又等了二十来天，时迁和乐和一起来了，三娘这才将心放下。

原来时迁越狱后去找乐和，乐和将他一路送来他姐姐乐大娘子处，却不知时迁原来也要来此处与三娘相会。三娘把时迁拉到僻静无人处，上下打量了一回，又把他衣服脱了看他在狱中受刑落下的伤痕。看完后三娘把时迁搂在自己怀里哭了，时迁早被三娘的情义感动得泣不成声。三娘伸出舌头轻舔时迁受伤之处，时迁快活得全身发抖，情不自禁地把头埋在三娘的两腿间吸允。

次日顾大嫂栾廷玉摆酒为时迁接风庆贺，还邀请了住在临近登云山的邹润，邹润早已辞了官在家务农。五个梁山好汉加上栾廷玉都喝得痛快淋漓。

栾廷玉道："早知你们梁山好汉如此仗义，行事如此痛快，我当初就该投梁山入了伙，不该从祝家庄逃走。"邹润笑道："那孙新二哥还不找你拼命？"众人大笑。

顾大嫂道："如今世道还不如当初我们造反的时候，实在不行时咱们再扯旗造反，这一次须让三娘妹妹当大头领，众人同心辅佐她成就大业。"时迁乐和邹润栾廷玉齐声叫好，连栾英栾勇也大声说要干妈当大头领。

乐和说起他跟浪子燕青在东京时常相聚，燕青曾说起过他很想念过去的兄弟们，以后有机会一定要大家聚一聚。时迁听了暗笑，好不容易忍住没说出他看见的燕青与李师师皇帝之间的苟且之事。

三娘说了花荣的去处和花逢春的神箭帮，小栾勇马上吵着要去找花逢春哥哥加入神箭帮，逗得众人大笑。

欲知后事如何，且听下回分解。

第三回： 天寿公主刀劈驸马，兀颜将军反出辽国

扈三娘听了几个好汉说起要拥立她为大头领，心里一动，寻思道："眼看辽国未灭，金人又起，天下将乱，皇上昏庸，朝廷里奸臣多如牛毛，天下不久必将大乱。我等若不早作打算，到时覆巢之下焉有完卵？现今我掌握着太祖皇帝留下的宝藏，若用来招兵买马，为我们的孩儿们打下一片江山来，或可避过这场劫难。"

时迁昨日已将太祖藏宝图交与三娘，两人在灯下观看研习了大半夜，寻思着如何才能将那宝藏取出。当务之急还要多聚集些信得过的人马在身边，不然即使有了宝藏也会被人夺去。主意一定，三娘就去找顾大嫂等商议。此话暂且放过不提。

却说北方的辽国眼下正经历一场变乱。当年宋江领军征辽时，破了兀颜统军的混天阵，杀了兀颜统军和许多兵马，辽国国主无奈只好与宋国议和。天寿公主乃是国主的唯一的女儿，战场上被扈三娘和顾大嫂所擒，后来和三娘十分亲近，两人结义为姐妹。两国议和后，天寿公主和兀颜统军的其他部将们被释放回辽国。

就在两月前老国主病死，他兄弟篡位自立为国主，将前太子和他的兄弟们都杀了，只留一个天寿公主。其时天寿公主原来嫁的丈夫病死，还未再婚，新国主害怕她造反，夺了她的兵权，又让自己的亲信大将乌利可安做驸马，取了天寿公主为妻，以便监视公主。

这个乌利可安已经五十余岁了，为人粗野，满身黑毛。公主嫁给他后，贴身侍女都被换掉，每次出门都得向他禀报并派人跟随左右。乌利可安对新国主忠心耿耿，连和公主同房的时辰和次数都一一报与国主知道。

公主对这个丈夫既不满又害怕，整日里战战兢兢度日，稍有不慎就被乌利可安鞭打凌辱。乌利可安前妻有个儿子叫乌利日通，三十五岁，生得凶猛，力大无穷。他垂涎公主的美貌，公主和他父亲新婚的第二天就寻机潜入公主房里将她强奸了。

天寿公主去向乌利可安哭诉，他竟不予理睬。更有甚者，一日父子两人喝醉了，将公主脱得精光吊起来鞭打，后来父子俩又一起轮奸她，公主惨叫了大半夜。

天寿公主忍无可忍，寻思计策逃离辽国。她先用金帛收买了一个乌利可安信任的家仆李老头，然后让他去联络几个仍然忠于先王的臣子，可惜联络到的几人都畏惧国

主和乌利可安的权势，不愿搭救公主。最后那老家仆找到了已故兀颜统军的儿子兀颜延寿将军，也就是当年的兀颜小将军。他现在正被国主排挤，不得重用。

延寿早先对天寿公主十分仰慕，可是还未来得及提亲公主就被老国主指定了驸马，现在她又被迫嫁给了乌利可安，延寿也已娶了自己的表妹为妻。李老头帮兀颜延寿剃了胡须扮作女仆，带他混入驸马府与公主在卧房里相会。

延寿见了昔日思念之人心中发苦，不知说什么好。公主扑在兀颜怀里哭着求他将自己带出火坑。

两个正商量着逃离的法子，乌利可安带着一身酒气回家来了，公主忙拉着兀颜延寿跪下迎接。因延寿是女仆打扮，乌利可安没在意他，只把公主拉进怀里。

公主刚才来不及擦干净眼泪，乌利可安见了，怒道："你这小贱人哭作甚么，莫非不喜我回来？"也不等公主答话就将她拽着头发拖到外间，扔在地下用皮鞭抽了七八下，然后把公主上下衣服撕得粉碎，自己脱光了，压在公主身子上分开两腿就狠狠地肏她。公主任由他摆布，大气也不敢喘一口。

兀颜延寿跪在一旁眼看着公主被凌辱，咬牙忍住了不吭声。乌利可安肏完公主就躺在地上睡着了，自有仆人来将他抬上床去。延寿待旁人都走了，悄声对公主道："公主放心，我若不能救得你出去誓不为人。"公主含泪点头，目送他离去。

兀颜延寿将军回到家中，先将自己的妻子家人送到城外一隐秘去处藏起来，嘱咐妻子千万不可在人前露面，除非自己来接她。然后将自己的十几个心腹部将召集起来，商议刺杀国主和乌利可安，然后立天寿公主为女王。

这些人都是忠于先国主的，齐声响应兀颜将军之议，约定起事日期后各自分头准备。可惜他们百密一疏，被辽主安插的一个密探得了消息，逃去宫里报信。辽主得知后紧急调派禁军把守在王宫外，又传令捉拿兀颜延寿。

兀颜将军见事已败露，刺杀国主已不可能，遂带领心腹手下约一百人杀奔乌利可安的驸马府来，想要救公主出去。也是乌利可安该死，他和儿子乌利日通都喝醉了，闻报有人要攻打王宫，就叫副将带着大部亲兵去保护国主截杀叛军，家里只留下五十余人。

兀颜将军领军杀来，乌利日通上前截住厮杀，被乱箭射死。乌利可安持刀带着亲兵顽抗，不提防天寿公主从背后发难，一刀将其头颅砍下，鲜血喷了公主一身。

兀颜将军和公主会合一处往城外杀去。因事发突然，辽王不知到底有多少叛军，守在宫里不敢追赶。兀颜将军和公主一路急驰，来到了与宋国交界的一个关口。

守关大将耶律清却是老兀颜统军昔日的爱将，他将兀颜和公主一行接上关来，跪下拜见了公主，此时众人方才松了一口气。

在关上住了数日，天寿公主要去宋国寻她的结拜姐姐扈三娘。兀颜将军不放心，也要同去。耶律清道："也好，你们两个自去，你们带的人马都留在我这里，万无一失。若日后公主能从宋国寻得强援，我们再一起发兵征讨伪国主。"

公主和兀颜将军两个拜谢了耶律清，收拾打扮后启程上马往宋国来。公主穿了男装，和兀颜将军都扮作商人，一路上晓行夜宿不提。

这一日两人来到杭州城外扈三娘的庄子上。扈三娘曾托人给天寿公主去信问候，因此她知道三娘的住处。

庄子里走出一个美少女和一个俊俏后生，那少女的是三娘和林冲的女儿林无双，俊俏后生则是琼英和张青的儿子张节，十六岁。因无双离家已有一年，思念父母，要回家探望他们。师傅琼英最宠爱无双，不放心她一个人，就叫儿子张节陪她回家。

两人到家后才知父亲去了六和寺修炼佛门秘法，母亲去了登州探望顾大嫂，正商量着要去登州寻母亲。天寿公主已换回女装，下马走上前施礼，道："我是扈三娘的结拜妹妹，从辽国来探望她，不知她在家也未？"

无双听说是母亲的结拜妹妹，忙拜见阿姨，请入屋里坐下，敬上香茶。公主见无双生得美丽可爱，很为三娘高兴。无双道她娘外出探友不在家中，公主听了不免有几分失落。

无双十分喜欢这个美貌的辽国公主，对她道："公主阿姨不必伤心，我过几日要去登州找我娘，我们可结伴而行。"又道："这位是我师兄，叫张节，是我师父的儿子。"

张节的父亲张清征辽时威风八面，立了不少功劳，天寿公主自然在阵上见过。今看了张节的摸样，心里起疑，问道："令尊莫非是张清将军？"张节道："正是。"公主道："原来如此，长得真像你父亲。"

兀颜延寿心里踟蹰，脸色不定，公主猜到他心思，就用契丹语问他。兀颜延寿道："他父亲是我的杀父仇人，当年我父亲就是被张清，花荣，关胜三个人合力杀死在混天阵里的。"

公主用契丹语开解道："当时两国交战各为其主。你父亲为国捐躯，也是死得轰轰烈烈。我与扈三娘交好，听她说起宋江手下的头领们都对你父亲的为人和本事钦佩不已。再说若不是两国放下仇恨议和，你我等当年如何能够活着回到辽国？"延寿听了，点头道："公主说的是。"

林无双曾听娘说起过当年的天寿公主和兀颜小将军都曾在辽军中和宋军对阵，想看看他们的武艺。次日她和张节两个邀请公主和兀颜将军去校场切磋。兀颜将军先施展了一会儿长枪和大斧，无双张节看了喝彩。两人到校场中，无双用母亲那儿学来的双刀，张节使出父亲的枪术，两人对练，公主也上前舞刀助兴。

后来无双张节又展示了飞石手段，兀颜将军大惊，暗道："这两个的刀法和枪法我已难取胜，这飞石更是神出鬼没。真是天外有天，人外有人了。"

又过了一日，四人收拾启程往登州来。一路上无双和公主亲密相处，公主当她是自己的女儿一般。兀颜将军和张节也志趣相投，交谈得十分融洽。四人终于来到登州顾大嫂处。

无双见了三娘，扑在三娘怀里好一阵亲热，又引师兄张节与三娘相见。张节平日里常听母亲把三娘姐姐挂在嘴边，见了面才知道是她这等一个绝色的女人。三娘忙把张节拉起来，和女儿一边一个搂在怀里，问候他母亲琼英。

天寿公主远远看着三娘，眼泪不觉夺眶而出，三娘想不到会有人从辽国来探望她，开始没认出公主。待公主上前拜见姐姐，三娘方才大叫一声，一把将她抱住，两人失声痛哭。几个又拜见了主人顾大嫂和栾廷玉。顾大嫂安排酒食给四人接风，至晚有侍女伺候香汤沐浴，然后各自去客房安歇不提。

三娘和公主同榻而眠，此时公主才把自己所受的痛苦煎熬以及杀了乌利可安逃出辽国的事说与三娘知道，三娘抱着公主哭得眼睛都红了。她脱下公主的衣裙，看见了她身上的被乌利可安鞭打的伤痕，不由自主地低头用嘴唇轻吻，用舌头去舔那伤痕。公主也情不自禁地抚摸亲吻三娘的身子。

三娘道："你且在此安心住下，顾大嫂是我至亲密友。我正和她谋划一件大事，将来或有可能助你复国也未可知。"公主点头依允，两个搂着睡了。

次日三娘将无双和张节带到后庄空地上，要看他们的武艺。无双和张节两个把自身本事施展了一回，又表演了飞石，三娘看了点头赞许。

三娘对两个说道："要说这飞石和弓箭比起来，弓箭的威力在战场上更大些。飞石除非打在头上脸上并不能至人死地。可是飞石近战方便快捷，因知道的人不多，常能出其不意。我那琼英妹妹和张清将军凭此绝技驰骋疆场，立的功劳比神箭小李广花荣还多。你们两个今后一定要注意，不要随意在人前显露这个绝技，这样才能发挥它的最大威力。"

张节无双两个听了大为叹服，叩谢三娘的教诲。这时栾英栾勇两个跑来找无双姐姐玩耍，三娘让她去了，自己拉着张节询问他母亲的起居详情。

三娘有意将无双配给张节为妻，琼英也有此意。现在看了他们两人相处的情形，觉得他们似乎只有兄妹之情，颇感无奈。却不知张节的心思正似大海般翻腾。昨天见了三娘，三娘把他和无双揽在怀里，张节就再也无法将三娘从自己心里赶走。三娘英武妩媚的脸庞，成熟的身子，迷人的体香，都令张节兴奋不已。

张节虽然只有十六岁，已长得比三娘略高。两人并肩坐在一起交谈，不知不觉张节的身子就往三娘怀里靠过去。三娘开始未曾留意，后来张节将手往三娘衣服里伸去，三娘瞪眼看他道："你这毛孩子，怎地敢对阿姨无理？"

张节吓得连忙跪下磕头，道："只因阿姨太美了，让我情不自禁，望阿姨赎罪。"三娘道："我原想把无双许配给你，今见你这等好色，真放心不下。"

张节道："无双妹妹像仙女一般，能娶她为妻是每个男人的福气。只是我二人相处日久，彼此只有兄妹之情，并未生出男女之爱。无双妹妹还小，将来一定会遇上绝好的良缘。昨天见了阿姨，我的心似被阿姨给挖走了一般，不求阿姨能喜欢我，只求能常常看着阿姨就心满意足了。"

三娘笑道："如此说来倒是我的不是了？你从何处学得这般油嘴滑舌？"张节道："张节不敢冲撞，我对阿姨的爱慕之心天地可表。"说完跪在地下大哭。这套把戏似乎和花逢春是一个师傅教出来的，三娘心里哭笑不得。

其实三娘并不恼他，这张节生得仪表堂堂，跟他父亲张清一样俊美。三娘把他从地下拉起来搂住在胸前，想起当年在他母亲琼英面前和张清的恩爱缠绵，心道："真是冤孽啊"，脸不由红到了脖子根。张节吻住三娘的红唇，手忙脚乱地脱三娘的衣裙。

三娘见张节确实像是第一次和女人亲热，不由心里暗喜。她把张节的衣服脱下来，手伸到他胯下抚摸了一会儿，然后把张节挺立的下身塞入自己的桃花溪之中。两人的身子滚烫，像着了火一般，互相搂抱着吻遍了对方的每一寸肌肤。

良久，两人起身整理衣裙。三娘道："你我之事不可让他人知道。不瞒你说，我的男人颇多，你若对此看不开，趁现在离开还不迟。"张节道："可知天下男人只有傻瓜才不爱阿姨，我决不后悔。阿姨放心，张节一定不让阿姨难堪。"

三娘亲了亲张节，道："这才是我的乖孩子。如今天下将乱，我和顾大嫂正在筹划一件大事，为我们的孩儿们寻条出路，不知你可愿来助我？"张节道："阿姨但有吩咐，张节一定遵命，万死不辞。"

这天晚上公主还是和三娘睡在一处。三娘笑着问公主："这个兀颜将军是不是你的心上人？"公主道："他年轻时曾仰慕过我，只是阴错阳差未能向我父王提亲，我与他后来分别与别人成了夫妻。但是他一直忠于我父王，因此不受新国主重用。这次亏得他将我救了出来，否则我迟早会死于乌利可安之手。"

三娘道："那你和他不就可以旧情复燃了？"。公主道："非也。这一路行来，他对我以礼相待，不曾逾越半步。不过昨日我看他盯住三娘姐姐的脸和身子看，痴迷得很，你们俩倒像是比较有缘。今天姐姐特意问起他，莫非真的对他有意？"

三娘红了脸，道："休得胡说。兀颜将军深通兵法阵法，这对我心中的大计划倒是很有帮助，不知他可否愿意助我？"

公主道："管他愿不愿意，只要你把他收为裙下之臣就行了，我且叫他来问一问。"说完不顾三娘阻止，起身出去把兀颜将军请到屋里来了。兀颜将军对三娘施礼罢，立在一边。

三娘和他说起今后打算，告诉他自己这一帮人有到辽国去打出一片天下的计划，到时如果成功便可将公主立为辽国女王，不知将军可愿意相助。兀颜将军道：“此正合我意，我当全力以赴。今后兀颜将为三娘和公主赴汤蹈火，万死不辞。”

公主和三娘相视一笑，尽在不言中。接下来气氛有点尴尬，公主见三娘和兀颜都拉不下脸来，就上前将三娘的衣服解开，用嘴亲吻三娘的胸部。回头招呼兀颜将军道：“三娘姐姐和我现在就需要你相帮，只是还不必去赴汤蹈火。”

兀颜将军惊喜无限，走到三娘身后，将她裙子退下，捧着三娘的白白的屁股，把嘴对着三娘的屁股使劲亲吻。三娘一边呻吟，一边伸手将公主的衣服都脱光了，不停地抚摸她的两乳和下身。公主让兀颜仰面躺下，引三娘坐下，将兀颜将军直挺挺的下体插进三娘的桃花溪之中，自己把下阴对着兀颜的脸坐下，两手搂住三娘，嘴唇与她吻在一起，屋里响起一片淫荡的呻吟之声。兀颜将军享用着两个绝色美人，心道：“就算以后再也回不了辽国，我这一生也值了！”

接下来几天三娘和天寿公主顾大嫂兀颜将军栾廷玉一起筹划大事。她没料到自己的女儿无双竟然遇上了天大的危险，差一点丢了性命。

无双和栾英栾勇很投缘，像亲姐姐一样，每天都带这俩孩子在庄外的山上玩耍。这天为了追赶一只野兔，不知不觉走得远了，竟迷了路。眼见天快黑了，栾英急得哭出声来，无双搂住她道：“妹妹不要哭，有姐姐在此，你什么都不要怕！”

小栾勇也道：“不要怕，若有歹人来我定将他们打走。”说是这么说，可他一只小手还是紧紧拉住无双的衣服不敢放松。

谁知她们几个还真遇到了穷凶极恶的歹人。这些人是附近村庄的五个闲汉，正喝得醉醺醺的坐在山路旁歇息。他们几个平时干些偷窃牲口贩卖私盐的勾当，有时也出来打劫过往的客人，有了钱就去县城里赌博宿娼。现在他们几个正聚在一起商议今晚该去哪里寻些不要本钱的买卖。

无双她们三人找猎户问明了回家的方向，正从这里经过。无双人虽小，却极有见识。她看见路边这几个闲汉，觉得他们不像是好人。可惜她出来玩时并没有带上自己的双刀，只有一把腰刀贴身藏着。

无双嘱咐栾英栾勇道："你们两个跟着我，若他们问话时不要搭理。"栾英道："我们赶快往回跑吧？"无双道："来不及了，他们身高腿长，很快就会追上我们几个的。何况我们一跑就输了锐气，再想战胜他们就难了。"

那五个闲汉见无双年龄小，却生得楚楚动人，不由色心大起，就一起围了上来。无双小声对栾英栾勇道："我们人少，等下若动手时须下狠心，万不可手下留情。你们两个记住了？"栾英栾勇点点头，道："姐姐放心，我们记住了。"栾英带着一张小巧的弓和几枝箭矢，栾勇手里提着一条和他自己一般高的哨棒。

几个汉子走近了，看着无双道："这位小娘子，你长得真俊。走路饿了吧，快跟叔叔们回去，有好的大馒头给你吃。"无双笑道："叔叔们可不要骗我啊！"面不改色地迎着他们走过去。

这几个人没料到无双竟然不怕他们，愣了一下，说时迟那时快，无双将刚才从地上拾起的一块石头向走在最前面的那个脸上有刀疤的汉子飞去，正中他眉心。那人被打倒在地下。

其他四人吃了一惊，不过他们见无双只有一人，另外两个小孩子看起来还不到十岁，就一边挥舞刀枪，一边怪叫着向无双冲过来。无双又飞出一块石头打向另一人，那人早有了防备，举臂格挡。无双的石头打在那人的手臂上，虽然疼痛，却没将那人打倒。

他们四人都有长兵器，无双虽然身子灵活，手里只有一把腰刀，又缺少实战经验，不一会儿就险象环生。栾英急了，拉开弓搭上箭从背后朝一个正挥刀砍向无双的人射去，正中他屁股。那人痛得大叫，栾勇赶上前竭尽全力一棒敲在那人头上，将他打晕了。

栾英待要再射时，手里的弓被另一个汉子抓住折断了。那人揪住栾英的头发用力一带，栾英娇小的身子被他带离了地面，撞在旁边的一棵大树上，昏了过去。栾勇见姐姐生死不知，急得大叫一声，用尽全力将手中的哨棒朝那人戳去。因他身子矮小，这一下却恰好戳在那人的命根子上，他痛得倒在地上尖声叫唤，挣扎不起。

这时无双在激战中被长枪绊倒，在地上不停地翻滚，躲避着敌人的兵器。栾勇要去救她，却被一个大汉伸手抓住了他的哨棒。栾勇用尽全力往回夺，不提防那人一拳打在他脸上，将他打倒在地，也昏了过去。

无双身上已经受了几处伤，还在拼命和敌人厮打。那剩下的两个汉子胳膊上脸上都被无双的腰刀划破，鲜血直流，气得他们哇哇大叫。这时无双的脚被一块石头绊了一下，摔倒在地，手里腰刀也不知掉哪儿去了。靠近她身边的那个汉子扑上去，伸手抓住她的衣服用力一拽，将她上身的衣服撕破扯下，露出赤裸的身子。

无双洁白的脖颈和圆润的胸部让两个歹人眼里放光，他们一个从后面抱住无双的腰，另一个在前面抱住无双的双腿。无双被两人抬离地面，裙子也被他们脱了下来。

她现在一丝不挂，浑身疼痛不堪，可是她知道自己不能倒下。这两人只顾伸手占无双的便宜，在她赤裸的身子上乱摸乱掐。无双收紧右腿用全力一蹬，将其中一人仰面蹬倒，他的后脑正好磕在一块石头上。

无双已筋疲力尽，被另一人贴胸抱住了压在地上，浑身疼痛难忍。那个人脱光了下身，将胯下之物向无双两腿间捅来。无双眼看就要被他奸污，她无意中左手触到一根硬物，不假思索地抓起来就向那人的脸上刺过去。那人大叫一声，双手捂住眼睛滚倒在一边。原来那是栾英失落在地上的一枝箭，被无双插在了那人的左眼中。

无双咬牙忍痛站起身来，拾起一把刀握在手里，将那几个倒在地上歹人每人都砍了一刀。这时远处有人打着火把大声呼喊着往这边赶来，仔细一听，来人喊的是无双她们三人的名字，却是天寿公主的声音。无双大叫一声：“天寿阿姨，我等在此！”刚说完就眼前一黑昏了过去。

无双醒来时已经躺在了一张床上，天寿阿姨含着眼泪在给她身上涂抹金创药。顾大嫂也在一旁，她对无双道：“我的乖孩子，你总算醒了。你母亲还在庄外寻找你们几个，已经派你张节哥哥去叫她们了。”

原来无双栾英栾勇天黑时还没回庄子，三娘不放心，就和顾大嫂天寿公主张节带着庄客们分头出外寻找，连栾廷玉兀颜将军也跟着去了。是天寿公主的这一路找到了无双栾英栾勇三人，并将她们背了回来。

回来的路上又遇见了顾大嫂和张节。张节和顾大嫂带着庄客们返回去找到了那几个歹人，也不多问，一刀一个全结果了性命。顾大嫂认得其中的两人，知道他们是远近闻名的恶人，武艺也不错，心里直叫：“好险！”

无双问道：“栾英栾勇呢？”顾大嫂正要答话，门被推开了。乐大娘子一手拉着栾英一手拉着栾勇进来了。姐弟俩一见无双醒过来了，挣开了母亲的手，爬上床扑进了无双的怀里，一边哭一边叫着“姐姐”。

天寿正给无双敷药，还未替她穿好衣服。无双顾不得自己赤身裸体，将栾英栾勇姐弟俩一边一个搂在自己胸前，口里叫着弟弟妹妹，眼泪直流。

天寿公主看着这三个孩子，回想起自己和三娘结拜时的情景，觉得无双真像是当年的一丈青扈三娘。她忍不住痛哭起来，乐大娘子也在一旁陪着她抹眼泪儿。

过了一会儿，三娘和其他人都回来了。无双对三娘道：“都怪我，不该走得太远，让母亲和阿姨们着急了。”三娘强忍住眼泪，将无双和栾英栾勇都搂在怀里，道：“回来就好，回来就好。”

她虽然心疼几个孩子，却又感到欣慰：无双在生死关头能够带着栾英栾勇浴血奋战，不愧是自己和林冲哥哥的好女儿。栾英栾勇也表现不错，她们几个不知不觉中都已经长大了。

欲知后事如何，且听下回分解。

第四回： 青山盟招兵买马，神箭帮大战官军

又过了十数日，时迁和邹润回来了。他们是奉三娘之命去探察藏宝之地去的。

原来太祖皇帝死前已觉察赵光义的野心和阴谋，他秘密安排了一些信任的文臣武将在他死后保护太子登基，还留下很多金银珠宝以防万一。可惜的是，那些文臣们缺乏忠心又没骨气，大多数在他刚死后就投靠了赵光义，几个主要的武将则被这些叛变的文臣们设计剥夺了兵权。

但赵光义最后并未找到太祖留下的宝藏，久而久之它就成了一个谜，赵光义自己也不太相信宝藏确实存在了。高俅找这些宝藏并不是要把它献给皇帝，而是要给自己留一条后路，皇帝现在已不像当初那样信任他了。这个皇帝依然昏庸，但要做奸臣压力也是蛮大的，竞争也是激烈的。童贯蔡京他们哪一个都不是省油的灯。

藏宝地距离东京两百余里，在一个无名的小荒山之中。时迁邹润这一次不但探得了藏宝地的详细情况，还取回来了一千两黄金，这些足够三娘开始招兵买马了。三娘将天寿公主顾大嫂栾廷玉兀颜将军找来一起商议，决定成立青山盟，拥立扈三娘为盟主，打出保国安民的旗号，在登州招收青壮为帮众，收买马匹粮草，雇请匠人打造军器。

三娘让邹润在登云山建立隐秘训练场地，由栾廷玉兀颜将军负责训练招来的人马，操演阵法，林无双张节栾英栾勇都被送去一起参加训练。又派乐和回东京探听军情，嘱咐他一定要把燕青李师师也拉过来加入青山盟。顾大嫂率领一百名挑选出来的精壮和五十名女兵专门保护扈三娘天寿公主和其他老幼妇女。

三娘寻思，若只是刺杀辽主并不需许多人马，只要精心布置下手果断迅速即可成功，但要拥立公主为女王进而降服辽军统治整个辽国则需要更多更大的实力。栾廷玉在登州任兵马提辖，把麾下全部兵马带过来也不到两千人，花逢春的神箭帮里估计可招来一千余人，还有兀颜将军留在边关的人马和耶律清的手下加起来两千余人，加上青山盟在登州招来的三千多青壮，最多不过一万人。

现在原梁山泊头领关胜呼延灼朱仝等都在各处当军官，手上都有些兵权，不知他们肯不肯舍了前程来助自己成事？三娘觉得自己还缺少能帮着出谋划策的军师，只是此等人才急切不可得也。

这时手下来报，神箭帮帮主花逢春求见。三娘闻报大喜，她在青山盟刚成立时就去信招花逢春，今日果然应招前来。

花逢春进来后，首先跪下拜见青山盟盟主扈三娘，道：“神箭帮全体帮众愿听盟主调遣，赴汤蹈火，万死不辞。”三娘连忙将他扶起来，问候他父母亲和姑姑。

花逢春道：“父亲听说三娘姐姐建立青山盟，十分高兴，嘱咐我马上动身前来相助。我恐姐姐焦急，一路马不停蹄赶来向姐姐报知此事。”

三娘连夸花逢春的懂事，知他还有秘事相告，就拉他进了里屋。三娘刚把门关上，花逢春就急不可耐地上前搂住三娘，道：“姐姐你想死我了！我渴了，先给我点奶吃。”说罢将头拱入三娘怀里，含住三娘的乳头就大口吸允，滋滋有声。

三娘笑骂道：“小猴子，想吃奶找你娘去！你且坐好说正事要紧。”花逢春道：“我神箭帮探得有一批粮草五千担正从南方运往北部边关，马上要经过山东青州。我想把它劫了送给三娘姐姐，作为神箭帮加入青山盟的献礼。”

三娘道：“好，我训练马步军正需要粮草，此乃及时雨也。”在逢春脸上亲了亲，道：“乖孩子，你帮了姐姐大忙，要甚么赏赐？”逢春道：“姐姐就是我的赏赐。”说完就脱三娘的裙子。

三娘也已情动，任他把自己下身脱光，两个就在里屋下体相合，纠缠在一处。逢春身子猛烈抽动，三娘张腿迎上，呻吟声响成一片。三娘是花逢春肏过的第一个女人，从那以后他虽然和好几个女人睡过，心里觉得还是三娘好，肏谁也不如肏三娘舒服。

三娘穿好衣服对逢春道：“张清将军当年与你父亲同为梁山头领，被招安后打辽国征田虎王庆方腊，立了许多功劳，只可惜他与董平将军一起死于方腊部将厉天润之手。他儿子张节十六岁，学得父母亲的飞石绝技，与你的神箭各有千秋。他已加入青山盟，现在登云山操练军马。你们俩都是我依仗的亲信手下，须和睦相处，不可使性争执。”

逢春道："这个自然，我尊他为大哥便了。"又道："张节大哥一定像我一样被姐姐迷住了了吧？我既答应尊他为大哥，姐姐背地里须要偏向我，多疼我一些。"说罢又伸手去三娘衣服里乱摸，嘴去三娘怀里乱拱，不一时三娘刚穿上的衣服又被他脱了下来。

三娘被他浑身上下亲吻，春情再次勃动，两腿间淫水泛滥。三娘边喘息边道："都是我惯坏了你这调皮的小猴儿，真是个大祸害。在人前万不可如此任性，如有差池姐姐我定责不饶！"逢春道："逢春谨尊盟主之命。"说完又将胯下之物插入三娘的桃花溪之中一阵搅动。

过了几天神箭帮的大批帮众赶到，约有一千余人，花逢春从中挑选了三百好手。三娘招来栾廷玉，让他领一百登州士兵协助花逢春，大伙儿都扮作朝廷差来护粮的官兵赶往青州。

他们第二天晚上就神不知鬼不觉地将这批粮草劫了，原来押送粮草的官兵被杀死了四五十个，俘虏了三百余人。押送的民夫也都被俘获。花逢春和栾廷玉驱赶着民夫将这三千担粮草运到登云山深处藏了起来。

三娘在登云山设宴庆贺，花逢春领神箭帮大小帮众参见盟主。三娘引他见了张节林无双栾英栾勇等，逢春得三娘吩咐，恭恭敬敬拜了张节做哥哥。

张节连忙还礼，他早听母亲和三娘说过花荣的神箭，也久闻神箭帮的大名，今日见了花逢春，不由生出惺惺相惜之情。栾英栾勇亦上前围住逢春叫哥哥，栾勇还伸手去摸他背着的泥金鹊画弓。

林无双道："久闻花大哥神箭的威名，今日可否让我等见识见识？"逢春道："些小微技，何足挂齿？张节大哥和无双妹妹的飞石手段倒是令我羡慕不已。"

三娘道："今天是为逢春和神箭帮弟兄们接风，以后你们有的是时间亲近。"众人觥筹交错，一番热闹不提。晚上三娘把逢春叫进屋里又"赏赐"了一番。

过了五天，青山盟探子来报，有一千骑官军正向登云山袭来，离此只有五十余里了。原来扈三娘害怕官军来时措手不及，早已在各处广布眼线，探听官府动静。盟主扈三娘得报后召集所有头领商议。

栾廷玉道：“我等在青州境内劫的粮草，若是朝廷得知后再调遣官军必不能来得如此快捷，想是我等斩杀护粮官军时有漏网的，那厮逃走后去青州府报案，引了青州的官军来捉拿我们。”

三娘道：“兵来将挡，水来土掩。官军都是骑兵，我等须将之诱到一有利地形然后埋伏弓箭兵杀之。”邹润道：“离登云山十余里有一峡谷，极易埋伏兵马，只要两头一堵，无路可逃。”

三娘令邹润和花逢春带全部神箭帮的人马去那峡谷两边山上埋伏，两人领命去了。又命张节林无双率两百骑兵去迎敌，待小挫官军后即诈败往那峡谷中撤退，诱敌歼之。为怕他俩走错了路，特选了十余个当地猎户出身的帮众带路。

三娘和顾大嫂带领其余两千余人马监视接应，剩下一千余人的都交给栾廷玉保护庄子和老幼妇女等。众人齐声领命，各自准备去了。

再说张节和林无双领二百骑挡住官军去路，有三个军官模样的纵马上前喝问：“你等何处蟊贼敢抢劫朝廷军粮，抗拒官军？”

张节也不答话，挺枪就刺。那三个军官见来得凶猛，一齐举兵器来迎。林无双害怕张节有失，摸出一块石子打来，正中一个军官的脸上，将他打下马来。其余两人吃了一惊，也没看清中的是何种暗器。张节趁机挺枪将其中一人刺下马来，另一人回马就走。

后面指挥大队人马的将军看了大怒，喝叫放箭，几百带弓箭的官军忙搭上箭射来，张节林无双急退回自己阵中。那军官看见对方人少，令手下士兵上马直冲过来，张节忙带着人上马往后退。有几个冲得快的官军已到跟前，张节林无双用飞石打来，将其中两人打下马，其余几个忙停下取弓箭射来，张节林无双领人马急退。

张节带的这些人中有不少是刚招来的青壮，没有经过战阵。他们见了官军未免惊慌，撤退时队形混乱，张节边退边大声喝骂。那将军是个多次上阵厮杀过的人，见了敌人的慌乱情形只道是真的败退，就传令大队追击，这也算是阴错阳差歪打正着了。

扈三娘在远处山上观战，生怕张节无双有失，心跳得厉害，比自己亲自上阵都紧张了百倍。顾大嫂见了，上前握住三娘的手安慰她。终于看见官军中计尾随张节无双往那峡谷中赶去，三娘忙带两千兵跟在官军后面，严令手下不得轻易暴露。

待追到峡谷口，那将军喝令停下，他看了两边地形，沉思了一会儿，决定自己带两百精锐守在谷口，令其余八百骑兵追了进去。花逢春见敌人并未全部进谷，也顾不得许多了，令手下将大块石头和砍倒的树木从山上推下堵住谷口，鸣金擂鼓，齐声呐喊。两边埋伏的神箭帮众人一齐把箭往下射来，进谷的军马无处躲藏，早被射倒了一百余骑，其余的只好投降。

守在谷口的这两百官军见中了计，却未惊慌逃命，而是戒备森严，列阵等在那儿。扈三娘领着两千人马围上来，将官军团团围住，顾大嫂高叫："对面官军领兵何人？你等中了我神箭帮和青山盟的埋伏，还不快快下马受缚！"

扈三娘顾大嫂手下的多是步军，带弓箭的也不多，那两百余骑官军都是久经战阵的精锐，如要突围并非难事，不知为何那将军竟下令部下放下兵器投降。三娘顾大嫂大喜，忙将那将军请来。

这时花逢春张节和林无双也带人赶来，三娘叫过那将军，见他四十余岁，生的威风凛凛。三娘道："我等成立青山盟，只为朝廷昏暗，乱世将至，我不得不想法子保境安民。将军大才，跟了朝廷不免枉送了性命，不知可愿加入我青山盟效力？若不愿意，我一定礼送将军返回，绝不食言。"

那将军问道："不敢动问，女头领姓甚名谁？"扈三娘道："我乃扈三娘，原为梁山泊头领，后随宋江哥哥被朝廷招安，为朝廷南征北战，现被弟兄们推举为青山盟盟主。"

那将军道："久闻一丈青扈三娘大名，今幸得相见。不才王进，是梁山好汉九纹龙史进的师傅。"扈三娘顾大嫂大惊，道："原来是史进兄弟的师傅。久闻大名，如雷贯耳，今日幸得相遇！"

扈三娘问王进道："观王将军用兵，似已觉察谷内有埋伏，为何又纵兵入谷追击？刚才若将军奋力冲突，定可率部突围，为何又命部下投降？望将军解我等之惑。"

王进答道："我因高太尉衔冤报复，只好逃离京城去延安府投军，几年来因军功屡得升迁。后来被种大帅换防至青州任兵马统制。可惜好景不长，高俅现已探知我在此为官，下令调我进京另有任用。我一进京必然被他加害。刚才我确实已看出谷内有埋伏，只是我现在无论胜负都走投无路，故决定投降，索性将这些人马送与贵帮，做觐见之礼。"

三娘听了大喜，急唤张节花逢春林无双，叫他们过来拜谢王进，道："若不是王将军有意投降，你等皆难活命。"王进连忙还礼，口称不敢。

扈三娘传令将王进的军马编入自己军中，和神箭帮人马一起留在登云山操练，死的埋了受伤的都着人救治。又往远近各处加派哨马探子，打听官府动静。

一行人回到顾大嫂庄子里，设酒宴款待王进，并与花逢春张节林无双庆功贺喜。三娘将张节叫进里屋，关了门，将他搂在怀里亲了亲，吩咐他道："这王进是有本事的人，我欲将他笼络住为青山盟效力，你明日可去求他收你为徒，学习行军布阵，将来对你大有好处。"

张节道："多谢盟主教诲，张节谨遵盟主之命。"说完吻住三娘的嘴，两手去三娘身上抚摸。三娘喘息不定，道："我们先回席去，你晚上可来我屋里。"两人回席不提。

张节迫不及待地等到夜晚，来到三娘屋外，推门进入，却见三娘和天寿公主脱了衣服一起躺在床上闲话。天寿公主见了张节，笑着对三娘道："姐姐你真好福气，又来一个俊俏后生做你的裙下之臣。"

三娘附耳对公主道："你我不分彼此，姐姐的就是妹妹的。"公主羞得满脸通红，三娘笑着对张节招手，让他脱光衣服，一把将他拉上床来。张节置身于三娘和公主的乳波臀浪之中，狠狠掐了掐自己的大腿，方知不是做梦。

次日，张节带了礼物来找王进，跪下求其收自己为徒。王进大喜，点头依允。张节拜了八拜，自此每日跟随师傅学习行军布阵侦察扰敌冲锋追击之法，花逢春林无双等人亦跟着一起学习，大有获益。

过了一个月，登云山的军马操练已毕。三娘让栾廷玉，王进，邹润分别带兵占了登州州府和邻近几个县，将府库里的钱粮都充作军用。又下令严密封锁消息，避免让邻近州县和朝廷过早得知详情。

又派兀颜将军去和耶律清取得联系，安排接应大队人马进入辽国之事。兀颜将军从耶律清处回来后，三娘命兀颜将军张节花逢春林无双几个带着神箭帮人马，扮作官军，由时迁带路去藏宝处将所有金银宝物取出，装了几十辆车子，一路护送往辽国边境去了。耶律清安排人将他们接应到关上。

三娘顾大嫂和天寿公主也开始准备，待时机一到就动身去辽国。

这一日探马来报，有一个女将军带着几十个士兵押着几辆车子往顾大嫂庄子驶来。三娘听了，连忙走出来看，只见一个女将身着五彩战袍，顶盔披甲，手持一杆方天画戟骑在马上，背后跟着数辆车子装满了行李细软。

那女将见了三娘，滚鞍下马，拜在地下，道："末将参见盟主。"三娘近前仔细一看，却是自己的好妹妹，张节的母亲琼英。心下大喜，一把将她搂在怀里，道："妹妹如何想起来看我了？为何穿上这一身盔甲来取笑我？"

两人进屋后，琼英脱了盔甲与三娘抱住一起亲吻，对三娘道："我儿来信说起你在此做下诺大的事来，还要去辽国打天下。妹妹我特来帮你，望姐姐不要嫌弃。"

三娘道："妹妹甚么话，我正求之不得呢。"引琼英来见天寿公主，论年岁琼英大了几个月，公主就称呼琼英为姐姐。

顾大嫂亦闻讯赶来，一把抱起琼英转了好几个圈才放下，又在琼英脸上亲了亲。四人欢天喜地，叫管家安排酒菜，一处坐下边饮酒边叙离别之情。

至晚沐浴安歇，琼英与三娘睡在一处。她们两个年轻时亲密无间，十多年不见了，就像那久别新婚的夫妻一般。

琼英叫三娘脱了衣服躺下，将她从眼睛，脸颊，嘴唇，脖颈，胸脯，肚脐，两腿，直到脚趾都细细地吻了一遍。直吻得三娘满脸通红，喘息急促，呻吟不断。后来两人头脚倒置，互舔下阴，舔得她们浑身抽搐，大汗淋漓。歇了一会儿，又说起两人的儿女来。

琼英道："三娘姐姐，你可真有福气。你那个女儿林无双这般可爱，将来真不知谁家小子有能耐娶得她为妻。"三娘道："妹妹你也不赖，你的儿子比他爹还强，我看着爱死了。"

琼英笑道："不会吧？难道姐姐你真是个妖精变的，连我那可怜的儿子都不放过？"三娘自觉失言，羞得满脸通红。琼英哈哈大笑，道："好姐姐赎罪，是我不该逗你。"两个嬉笑打闹，滚在一处。

次日三娘起身后，有手下来报，一个道人自称朱武的要见盟主，三娘："莫非是神机军师朱武？若如此，真乃天助我也。"就和顾大嫂出门一看，不是神机军师朱武是谁？

三娘先向朱武施礼，道："是何风把朱武大哥吹得到此？"

朱武道："自从征剿方腊得胜后，我即去各处名山大刹云游，看了数不清的风景名胜仙山海岛，直到今天来到登州，正好将所有盘缠用尽。我既然还未死定是上天另有安排，我且先寻个吃饭的地方。打听到青山盟在此招兵买马，酒食管饱，就上门来毛遂自荐，为盟主效犬马之劳。"说罢对三娘拜倒。

顾大嫂笑道："就你个牛鼻子能说会道！"和三娘将朱武搀扶起来，三人大笑了好一阵子，然后一起到屋里喝茶叙旧。

却说兀颜将军有事来找三娘商议，他不知三娘和朱武顾大嫂正在客厅里叙话，竟来三娘屋里寻她。见床上睡着个赤身裸体的女人，以为是三娘。自那天和三娘天寿公主一处淫乐后他就对三娘的娇躯着了迷，老是惦记着再与她春风一度。

现在机会就在眼前，兀颜三下两下除去自己的衣服，上床后压在那个女人身上，掰开她那修长的两腿，挺身将胯下之物刺进了她的下体。琼英在床上睡得正香，被他侵入玉体后，娇声哼了一下。

兀颜这下看清了，这个绝色女人不是扈三娘！琼英刚来，三娘还未来得及引她去见兀颜将军等人。

兀颜被吓出一身冷汗。这女人睡在三娘床上，定是她的亲近之人，自己现在该怎么办？他见那女人还没醒过来，就想悄悄地从她体内拔出自己的胯下之物下床溜走。谁知这时琼英闭着两眼伸出双臂将他的脖子搂住。原来她又梦见了自己正和丈夫张清在一起亲热，梦里张清正挺着胯下长枪肏她呢。

这下子兀颜骑虎难下，他心里也真舍不得就这么离开这么美艳的女人。琼英只管抱着他娇声呻吟，他不得已跟着节奏耸动自己的腰身。兀颜将军越肏越得趣，琼英渐渐地被他肏醒过来了。

琼英自嫁给丈夫张清后，两人极为恩爱。丈夫死后她伤心欲绝，为他守寡十六年，未曾与别的男人有染。昨日和三娘亲热过之后，埋藏在她心底的情欲开始复苏了，不过她自己现在还没觉察罢了。

挣开眼睛后，见一个陌生的男人正压在身上肏她，她羞得脸腾地红了。兀颜虽然将她肏得极为舒服，可是琼英不愿自己就这么不明不白地让这个男人给玷污了。头脑完全清醒过来后，她不由得怒从心起。

她不及细想，娇叱一声，猛地翻身将兀颜从床上抛到地下，伸手抽出昨晚挂在床边的腰刀。她顾不得自己赤身裸体，扑上去骑在他身上，用刀抵住他的脖子。厉声喝问："你是何人？"

兀颜欲挣扎，却被琼英用力按倒。琼英将他的一只手往背后紧紧扭住，两条腿夹紧他的身子，那把刀始终不离兀颜的脖颈。

兀颜没料到这女人身手如此之好，自己堂堂的一个大男人竟毫无还手之力。无奈之下，他只得如实答道："夫人息怒。我乃辽国将军兀颜延寿，现已加入青山盟，为盟主扈三娘效力。今日之事是因我认错了人，罪不可恕。我甘愿服罪，任凭夫人处罚。"

这下子轮到琼英为难了。她身子已被他玷污，若他试图狡辩推脱，她定会毫不留情地一刀杀了他。可是他分明像是个本分老实之人，至少也是三娘姐姐的忠实下属。他道自己认错了人，可是他为何要进三娘姐姐的卧室，莫非他是三娘姐姐的相好，将自己误认为三娘了？这便如何是好，自己总不能将好姐姐的男人给杀了吧？

好在琼英是个战场上叱咤风云的女将军，从不优柔寡断拖泥带水。她心里打定主意后，站起身对兀颜道："今日之事我暂且饶过你，你不可对任何人提起！"兀颜点头道："多谢夫人饶命之恩。兀颜若对人透露半句，不得好死！"说罢给琼英恭恭敬敬地磕了个头，穿好衣服离去了。

这时琼英才意识到自己还是一丝不挂，急忙放下手里的腰刀去床边拿自己的衣裙。却见三娘姐姐笑嘻嘻地走了进来，道："到处寻妹妹不见，原来还未起来。"

琼英因刚才的事儿太尴尬，红着脸支支吾吾不知该说什么好。她的身子十六年来第一次被男人的东西捅进来，兀颜离去后她竟有一丝空荡荡的不适之感。

三娘过来一把抱住她，道："妹妹你出落得越来越迷人了。"一边说一边用两手去琼英身上乱摸，摸到琼英两腿间，惊叫道："妹妹你这里怎么湿了？是不是想男人了？"

琼英羞得无地自容，索性伸手去脱三娘的衣裙，口里道："不是想男人，是想姐姐你了。"其实刚才兀颜和琼英之间的事儿三娘躲在门外都听见了，只是不好贸然闯入。她知道这肯定是个误会。

琼英是她生死相交的好姐妹，她一心想让琼英过得快活，哪怕是将自己的男人让给她也没什么。她觉得琼英守了十六年的寡，已经很对得起她丈夫张清了。

当下两人在床上亲热了一阵后，三娘拉起琼英，告诉她神机军师朱武来了，两人穿好衣裙去见朱武大哥。

欲知后事如何，且听下回分解。

第五回： 陈丽卿替父从军，祝永清轻敌被擒

朱武和顾大嫂还在客厅里叙话。三娘拉着琼英进来，各自施礼坐下。过了一会儿，天寿公主兀颜将军王进栾廷玉也都来了，顾大嫂吩咐家仆们安排酒食款待朱武，众人作陪。三娘将天寿兀颜王进等人引见给琼英。

三娘先对朱武简要说了要带着大家去辽国打天下的打算，朱武点头赞许。朱武道："走陆路去要穿州过县，若朝廷发现派兵来围剿则我等危矣。可尽量多备船只，到时还可走海路绕开朝廷的围堵。"三娘道："大哥说的是。就请朱武大哥任青山盟军师，筹划诸多事宜。请栾廷玉派兵去沿海搜集船只，多多益善。"

诸事商议已定，众人举杯畅饮。琼英刚刚在三娘的床上被兀颜肏过，现在又和他对面坐着喝酒，心里极为尴尬。兀颜也是如此。不过除了三娘外，其他人都未留意他们两个。

兀颜没想到琼英竟然是张清的妻子，张节的母亲。张清是他的杀父仇人，虽然天寿公主已经为此事专门开导过他，他心里并未放下全部的怨恨。现在得知身边这个绝色女子是张清的妻子，自己刚刚肏了她，他心底的那些怨恨忽然间就消失得无影无踪了。

三娘见了琼英和兀颜之间的尴尬模样儿，心里好笑。她有心捉弄琼英，就在桌子底下用手来回抚摸她的大腿，摸得琼英脸红耳赤。众人只道她不胜酒力，没有在意。晚间上床后，她咬牙切齿地将三娘压在身下，狠狠地"折磨"了她一番。

这时朝廷已接到青山盟攻占了登州府和邻近几个县的消息，蔡太师在早朝时奏报此事，天子闻报大惊。太师道："朝廷拨给边关的粮草被劫，非同小可，须尽快派遣兵马前去剿灭青山盟。"

有大臣提出此时金国正在边境陈兵，不时来骚扰劫掠，不宜多起战端，可派人前去招安青山盟。太师斥责道："此等贼寇若不趁早剿灭，将来必然养成大祸患，宜速速发兵，不可迟疑。"

天子问高太尉："何人可领兵前去？"太尉道："现有殿帅府正将陈希真可领兵前去。陈希真早年在边庭多曾立功，足智多谋，定可剿灭此等贼寇。"天子大喜，准奏。

不巧此时陈希真正患病卧床不起，太尉得知后，只得再次奏报天子，改派大名府兵马都监王禀领马步军五千前去剿贼，又派盖天郡都统制赵谭带二千兵在后接应，监押粮草，这两个原是童贯手下将领。

丽卿来看视父亲，陈希真对女儿道："我若这次领兵挂帅，就选你丈夫永清做先锋官，你也可跟着去，待拿了青山盟这帮贼寇，你们夫妻俩都会立下大功。只可惜我病得不是时候，失却了这般好机会。"

丽卿早就想着要上阵厮杀为朝廷立功，寻思："我何不去找高衙内，请他相助讨了这先锋的差事？"当下辞别父亲，自己单身一人去太尉府里见高衙内。

高衙内正在和党世英党世雄两个一处饮酒闲话，闻报陈丽卿来访，吃了一惊，不知她有何事。自从上次将丽卿迷奸以后，这还是第一次与她相见。丽卿这回来是求他办事，只得先恭恭敬敬向衙内施礼，再说出想请衙内帮忙，安排永清和自己做先锋前去剿贼之事。

衙内道："因我力保你父亲领兵，后来你父亲又生病去不成，这件事再去求太尉已是万万不能的了，只可去求王禀赵谭两个。不过这两人乃唯利是图之辈，没有一万两银子是办不成这事的。"丽卿如何拿得出一万两银子？况且这事也不能让丈夫和父亲知道，无奈之下只好放弃。

正待告辞离去，抬头见衙内两眼直直的盯住自己身子看。心里一动，暗道："看来高衙内对我的身子十分迷恋，既然已经被他奸污了，也不多这一次。罢了，都是让这一万两银子给害的。"

遂上前拉住高衙内的手按在自己胸脯上，道："衙内想必不缺这一万两银子？"衙内连声道："不缺，不缺。"使了个眼色给党氏兄弟，这两个会意欲起身离去，却被丽卿拦住："姑奶奶我既然让你玩，就玩个够，你两个又不是没见过我的身子？若能让衙内高兴，加上你两个何妨？"

高衙内和党氏兄弟大喜。衙内上前就把丽卿的衣裙脱了，自己也脱得精光，将丽卿压在身下，嘴含住丽卿那硕大的乳头一阵猛吸，又掰开丽卿两腿将下体插入。党氏兄弟也脱光了上来抚摸揉搓丽卿的身子，丽卿被他们三个折腾得淫水直流，呻吟不止。

他们自从上次将丽卿迷奸之后就对她的身子极为迷恋，苦于没机会重温旧梦。今日丽卿送上门来，如何不尽心享用？丽卿被这三个男子轮番奸淫了足有两个时辰，分别时衙内向她许诺，一定让会王禀赵谭保举她夫妻两人做先锋官。

次日王禀和赵谭果然向太尉保举祝永清为先锋陈丽卿为副先锋，太尉准了。祝永清得了先锋之职大喜，刚进家门就急着脱了丽卿的衣服，抱住她赤裸的身子，将那话儿插进去一阵狠肏。

丽卿昨天被高衙内等三人轮奸，下阴处兀自红肿未消，害怕永清知觉，原想躲避他几天。今见他兴致高昂，只好忍痛相就。好在永清只顾高兴，丝毫未觉有异。肏完丽卿后永清穿了衣服拉着丽卿一起去向岳父辞行，陈希真看了丽卿的脸色，已猜出了八九分：这先锋之职是女儿用身子换来的。不免暗自叹息。

且说永清和丽卿领五百骑兵做先锋，到了登州境内，扈三娘和朱武琼英王进带着青山盟的一千骑兵和两千步兵列开阵势，挡住去路。祝永清吩咐让兵马停下安营扎寨，自己和丽卿一起商议对策。

丽卿道：“我看敌方阵列齐整，必有知兵之人做统领。现今我们兵少，粮草辎重又不足，不若暂且坚守，待援军和粮草到后再开始进攻。”永清道：“好便是好，只是王禀赵谭两位将军可能会刁难于我，害怕他们奏报朝廷说我等畏战。”

丽卿道：“你先在此坚守，待我去向王禀将军禀明军情顺便催促粮草，在我回来之前你千万不可出战。”丽卿只带了数十骑返回去寻王禀的大队人马。

三娘见敌人军营布置得颇有章法，无甚破绽，就传令也扎下营寨，请朱武琼英王进来商议对策。王进道：“待我上前搦战，另外派军兵在旁辱骂。他若不来应战时我等须谨防他夜晚来劫寨。”朱武道：“王将军所言极是，敌人未知我虚实人数，我等白天只将两千人去搦战，另一千人藏在寨中，晚上却用他们来埋伏，专杀来劫寨之敌。”三娘道：“此计甚妙。”传令下去，王进自带两千人上前迎敌。

祝永清见敌将来搦战，只下令在寨内坚守，不去理会青山盟士兵的辱骂，一直过了三日丽卿还未回来。

原来王禀赵谭从未听说过青山盟，只道是些草寇，不足为虑。故而一路上再三延迟行军，忙于向所过州县收取孝敬。到第四日晚上，祝永清眼看粮草将尽，就传令全军收拾军器马匹，去劫敌人营寨，自己的营里不留一人。

待摸到敌营跟前，发声喊一齐向前杀去。寨里却并无一人，是一座空寨。这时一声锣响，外面大声呐喊，箭矢如雨射将来。永清只得率部突围，冲得出来，军兵已折损大半。

只见左边扈三娘，右边琼英，两员女将领兵向永清的残兵围上来。永清奋力冲杀不得脱，所带的军兵被琼英截在一边，扈三娘舞双刀向孤身一人的祝永清杀来。永清已奔跑厮杀了大半夜，此时精疲力尽，抵挡不住三娘，几个回合下来，若不是撒手将画戟扔了，整个手臂都会让三娘的刀给砍断。

见永清没了兵器，三娘纵马上前，轻舒粉臂，款扭狼腰，将他从马上活捉过来，夹在腋下。琼英喝叫军士们上前将永清绑了，其余残兵尽皆投降。

回营后，祝永清被独自关在一个帐篷里，除吃饭喝水如厕外，其他时间都被绑着，并无人来提审他。此时三娘却在大帐里来回踱步，心里踟蹰不定。

她已问过抓来的军卒，这个被她活捉的敌将叫作祝永清。她心里不禁回想起十多年前那个可爱的小男孩来。祝永清是祝家庄庄主祝朝奉的同父异母弟弟，两岁时父母就相继去世，他比哥哥祝朝奉的小儿子祝彪还小十几岁，很得哥嫂疼爱。

因祝朝奉与扈三娘的养父扈太公是结义兄弟，他去扈家庄时常将这个小弟弟带在身边。若祝朝奉与扈太公饮酒至深夜，都是三娘照顾祝永清吃喝睡觉，还曾亲手为他沐浴。三娘十分喜爱这个当时只有三四岁的小男孩，有时晚上搂着他一起睡，虽然他名义上是三娘的叔叔。

到底该不该放走祝永清呢？思量再三，三娘将此事跟顾大嫂和琼英说了。顾大嫂道："既有此渊源，不如将他放了，我们马上就要离开这里去辽国，留下他也无甚用处。"琼英也同意释放祝永清。

三娘令军士将祝永清带进大帐，松了绑，道："我是一丈青扈三娘，你可还记得我？"祝永清看着三娘俊美成熟的脸，依稀有几分熟悉的影子。昨天被三娘捉住夹在腋下时，彷佛闻到了一股久违了的温暖亲切的气味，感觉很舒服，所以他当时也没用力挣扎。三娘接着说起了她和他的童年，说起了他的父母和大哥，以及后来与梁山的恩仇。当然，她没有说祝氏兄弟对她造的孽。

三娘刚提起祝永清的父母和大哥，他的泪水就开始止不住地往下流淌了。这些年他老是想梦见他们可就是记不清他们到底长得什么样。三娘走过来把他揽在怀里，替他擦干眼泪，还在他的背上拍了拍，就像拍那个十几年前的小男孩一样。

三娘还问起了永清的妻子陈丽卿，永清感觉三娘就像他的亲娘一样亲。最后三娘让祝永清带走了所有被俘的手下共四百余人，连兵器马匹都还给了他们。

祝永清带着被放回来的军士们还没走回营地就碰上了快速赶来的陈丽卿。丽卿并未搬来多少援兵，王禀赵谭只是给了她三百士兵和一些粮草，他们自己的大队人马仍在后面慢腾腾地走着。

丽卿这一趟也真不容易。她磨破了嘴皮子，好不容易说服王禀给她三百士兵，可是那个面目丑陋的军需官又来刁难她。他磨磨蹭蹭就是不肯发粮草，只把色迷迷的两眼往丽卿身上瞄。丽卿急得眼睛里往外冒火星，可是那人官腔十足，丽卿一点儿法子也没有。

丽卿知道若再等下去永清军中的粮草就要耗尽了，她把心一横，跟着那人进了里屋。进屋后她将下身脱光往地上一趴，撅起屁股等那人肏她。那人心知丽卿不愿多耽搁时间，也不再多话，只脱光了下身，挺身将自己的那话儿从丽卿后面戳进了她的身子里。两人上身都还穿着盔甲，屋里响起一阵金铁撞击之声。屋外的人听了，面面相觑。

完事后丽卿从里屋走出来，边整理衣裙盔甲边大声呼叫那三百早已集合好的士兵们去搬运粮草，然后带着他们火速往永清这里赶来。

跟着丽卿来要粮草的这几个军士刚才都听到了里屋的动静，当然明白丽卿和那人干了些什么。他们不由得对这个外表美艳娇嫩，实则意志力超强的女将军敬若神明。丽卿为了救自己的丈夫为了打胜仗什么都能肯牺牲，这一点也让他们佩服得五体投地。

丽卿终于还是晚了一步，永清贸然出兵已经遭遇大败。两人见面后，永清红着脸将兵败被俘之事向丽卿说了。丽卿见了那些被放回来的军士们的模样，知道现在无法指望他们再去打仗了，只得命他们修理营寨，加强防御。

等了几天，一直等到王禀赵谭的大军离此不到半天路程了，丽卿对永清道：“现在我们非得进攻不可了，否则会被他两个以畏战之名将我们依军法处置。”永清点了点头，两人集合所有军兵，上马向敌营冲去。

冲到敌营跟前一看，早已空空如也，连一兵一卒都没见着。丽卿派了几个军士去给王禀赵谭的大军送信，让他们赶紧跟上来，自己和永清马不停蹄地追赶敌军。就这样追了几天，一直到“夺”回整个登州也没看见一个敌军。

顾大嫂的庄子和青山盟在登云山的营地早被一把火烧得干干净净，登州府的知府也已被栾廷玉释放了，正坐在衙门里处理公事，好像什么都没发生一样。不过丽卿还是打听到，青山盟的人两天前已经坐船从海上离开了。

王禀和赵谭抵达登州城后，一边大吃大喝，一边大吹大擂地庆功，遣人向朝廷报捷。无非是王禀将军赵谭将军运筹帷幄，将士们拼死奋战，终于击溃青山盟贼众，收复了整个登州云云。高太尉闻报大喜，上奏天子。天子下旨嘉奖赏赐了王禀和赵谭，永清和丽卿也有些许功劳，都被升为河东宣抚使（高衙内）手下的副将。

自从被扈三娘擒住释放后永清就没有再与丽卿行过夫妻之事，他心里一会儿是死去的父母和大哥，一会儿是三娘，丽卿几次主动求欢也无法吸引他。丽卿觉得不能再这样下去了，她故意把永清最钟爱的一个白玉酒杯摔碎了，他还是无动于衷。

她开始找茬辱骂永清，骂他笨，骂他不长进，骂倒后来竟开始骂和永清有关的人，可惜永清没有活着的亲人给她骂。她最后骂了那个活捉永清的贱女人。

这下她清楚地看到永清眼里闪过猛烈的怒火，永清扬起手掌啪的一声打在她脸上，将她打了一个跟头。随后她身上又迎来一阵暴烈的拳打脚踢，她被打得扑倒在地，脸上流着血，浑身疼痛。

永清还没有停止，一边用鞭子抽她一边撕扯她的衣裙，最后她被打得昏死过去，浑身一丝不挂地躺在地上。侍女仆人们吓得全躲开了，她们见过永清打她，但没见过这么下狠手地打。

丽卿醒过来后感觉到自己的下体正被永清疯狂地侵入，她两乳被掐得青紫斑斑，屁股上也是一道道血印，永清像是疯了一样。她心里暗道：“谢天谢地，我的丈夫终于回来了！”

当晚躺在床上，丽卿享受到了永清从来没有过的温柔和体贴。

这一日高衙内派人将丽卿请进府内密室，告诉她王禀手下一个军官向殿帅府递了状子，告先锋官祝永清指挥不力，损折军兵，自己亦被青山盟生俘。高衙内道："我已将此事压下了，特来与你商议。"

丽卿当然知道高衙内想要什么，她不吭一声就将自己衣裙脱光，撅着屁股趴下。高衙内看着丽卿那白嫩的屁股，简直不敢相信眼前这个柔弱顺从的女人就是那个大名鼎鼎的"女飞卫"陈丽卿。

他激动得浑身颤抖，趴在丽卿身后，两手捧住丽卿的白屁股，伸出舌头用力去舔丽卿的屁股沟。

高衙内的奸淫使得丽卿春情勃动，她心里第一次开始喜欢和欣赏高衙内的无耻下作，喉咙里不由发出一阵浑浊的声音，像是喘息又像是吼叫。离开高衙内的密室时丽卿竟有一丝不舍。高衙内答应她，那件事他会帮她捂住，绝不会影响到她丈夫的前程。

其实丽卿哪一次都不会白白地让高衙内肏她。她从高衙内那里打听到了那个状告永清的军官的名字，就是那个刁难奸污过丽卿的面目丑陋的军需官。他叫蔡坚，曾经被永清的师傅栾廷芳教训过。因此他心里怀恨，要报复栾廷芳的徒弟祝永清。

丽卿怎能咽下这口气？这次出征虽没有立下大功，不过她也结识了不少对她心锐诚服的士兵。丽卿高强的武艺和豪爽的性格让他们心中钦敬不已，私下里纷纷向她表示，以后愿意跟着她干，做她的心腹。

丽卿要惩治那个小人蔡坚，但是又不愿让丈夫永清牵连进来。这几天永清因事不在家，丽卿找了她的士兵中最为可靠的三个人，将他们请到家中喝酒。酒过数巡，丽卿将那蔡坚对她和永清做的坏事都说了，这三人义愤填膺，要替丽卿报仇。他们都是还未成家的年轻人，不怕惹事生非。丽卿和他们一起商议了细节，决定今天夜晚就动手。

蔡坚并未娶妻，只是单身一人住。他碰巧出去访友，不在家中。丽卿带着这三个年轻人以黑布蒙面，手持利刃，翻墙潜入蔡坚家中，却扑了个空。丽卿心有不甘，就和他们在蔡坚家中翻箱倒柜地搜寻，不料竟搜出了许多金条，共有五百余两。

这蔡坚并无甚么富有的亲戚，他是靠拍马逢迎当上军需官的。这些金子自然是来路不正。丽卿心生一计。她取出其中的一半，和来的这三个人平分了。然后将其余的一半包好，放在屋里的显眼之处。临走时在屋中放了一把火。

这把火慢慢地烧大了，左邻右舍都赶来救火，将蔡坚家中的值钱之物都搬出屋外来放在地下。众邻舍见了这包好的二百五十两金子，心里吃惊。他们害怕稍有遗失引起官司纠纷，就遣人去将官府的人请了来，将金子都交给官府的人保管。

蔡坚在此地已住了十几年，突然家中有了这许多金子如何不惹人怀疑？两天后他回到家中时，已有官府的捕快在等候，不由分说就将他带进衙门里盘问。这些金子都是他这些年来贪污倒卖军需物资得来的，如何能跟官府说得清？一顿棍棒下来，蔡坚招了个渎职贪墨之罪，被关进了死囚牢等候判决。蔡坚的顶头上司也受连累被撤职查办了。

丽卿和三个手下打听得这个消息，大喜。他们聚在一起痛饮了一场，末了丽卿嘱咐几个年轻人小心行事，万不可泄露出这个秘密。他们既帮丽卿报了仇，又得了钱财，从此死心塌地成了丽卿的心腹。此话略过不表。

扈三娘心里十分感激朱武，他的谋略使得六千多青山盟的帮众能够轻易摆脱官军，乘船北上直达辽国境内。兀颜将军早已等在岸边接应，他们登岸的地方属于老兀颜统军的部下，二十八宿将之一的萧大观将军的防地。兀颜将军已和萧大观取得联系，萧大观允诺尊天寿公主为女王，为她效力。所以扈三娘一行六千多人能神不知鬼不觉地进入辽国。

现在三娘和青山盟的其他头领们已经开始策划刺杀辽主，夺取辽国都城的大计了。花逢春和张节也来了，刺杀辽主需要依仗他们两个的绝技。琼英见了长高了的儿子十分欢喜，搂住一阵亲吻不提。三娘引两个小辈拜见了新任军师朱武，然后大家坐下商议各项准备事宜。

晚上三娘把花逢春和张节都叫进自己的寝帐。分开的这段时间她很想这两个年轻人，或者说是两个大孩子。她迷恋地抱住两人赤裸的身体，亲吻他们的每一寸肌肤。花逢春张节一边一个张嘴含住三娘红红的乳头吸允，不论年龄大小，似乎所有跟三娘亲热过的男人和女人都对她的乳头留恋痴迷。

两个年轻人一前一后把三娘夹在中间。后面的用两手握住三娘的两乳揉搓，下身在三娘的屁股沟里来回摩擦。前面的手搂住三娘的脖子，舌头伸进三娘嘴里，下体则插入三娘的桃花溪中抽动。

前一天晚上三娘在床上已经跟琼英坦白了她和张节的奸情，琼英笑了笑没说什么。三娘觉得有点对不起自己的这个好妹妹。她将头埋在琼英的两腿间使劲舔允，好像要给自己赎罪似的。后来琼英对三娘道：“我那儿子极像他父亲，你是他父亲最喜欢的女人，我料定他迟早会被你迷住的。”

当初因张清时常在睡梦里呼唤三娘的名字，琼英在征剿方腊之前跪下恳求三娘，让三娘当着她的面和张清恩爱了一次，满足了丈夫张清的心愿。那一次是丈夫和她的永别，她现在回想起来既伤心又欣慰。琼英将三娘从自己两腿间拉出来，捧着她的脸，把自己的舌头送进了她的嘴里。

辽主在自己的行宫里正努力地肏着过世的老辽主的妻妾们。他一直对她们垂涎三尺。现在他自己已经可以拥有辽国的任何女人了，可还是忘不了她们。现在胯下这个女人是老辽主的第三个妻子，天寿公主的母亲。她皮肤和天寿公主一样白嫩，辽主在想，要是能将天寿公主抓来和她母亲一起肏就好了。

他自己能登上宝座实属侥幸，谁也没料到老辽主的那几个儿子竟是如此地窝囊，被他略施小计一锅端了。那些大臣们为了保住自己的地位都抢着来替他出谋划策，他现在觉得治理这么大个国家也不是很难嘛，老辽主生前呕心沥血不知都在干些什么。

丞相诸坚带着大臣们在等待辽主上朝，他知道辽主正在干什么，也觉得对不起老辽主。只是自己已经老了，儿女们又无甚本事，自己的地位万一不保，这一大家子能指望谁来庇护？

今天有探子向他禀报：萧大观将军的防地内似乎有大量身份不明的人在活动。萧大观是老兀颜统军的亲信，而他们那一派都是忠于老辽主的。莫非天寿公主藏在那里？此事极为要紧，得尽快报与辽主知晓。

若真是天寿公主，那就要马上派兵剿灭，以绝后患。诸坚心里觉得对不起天寿公主，更对不起她母亲。天寿公主的母亲是诸坚的一个老朋友的妹妹，当年诸坚很喜欢她。诸坚虽然早已娶妻生子，但还是将这个年仅十三岁的漂亮小妹妹给诱奸了。

天寿公主的母亲被老辽主选进宫后，诸坚还忍不住和她私通过几次。不过这些许多年前的事儿现在成了诸坚的心头大患，他害怕这个秘密被天寿公主的母亲说出来。

现在的辽主很早就看上了天寿公主的母亲，老辽主死后他迫不及待地霸占了她。若是他知道了诸坚和这个女人的秘密，诸坚的仕途就算完了。诸坚越想越觉得此事难保不会泄露出去，除非天寿公主和她母亲都死了。

辽主终于来上朝了。大臣们一个个将各项事宜奏报，辽主当即立断作出批复，诸坚仿佛觉得他就是从前的老辽主。擦了擦自己昏花的老眼，诸坚开始向辽主报告萧大观防地那里的异常和自己的推测。

辽主听了，向诸坚点点头。他将自己的两个儿子耶律重光和耶律重康叫来，附耳低言了几句，两个儿子领命去了。

耶律重光生得高大强壮，能徒手搏狮虎，老辽主的几个儿子都是他亲手杀死的。耶律重康则颇有谋略，掌握着禁军的兵权。

现在全辽国有十多万常备军，如果萧大观发动叛乱，要剿灭他易如反掌。诸坚觉得辽主不会费心思去明察暗访，很可能会直接将萧大观除掉，免除后患。

欲知后事如何，且听下回分解。

第六回： 花逢春射杀辽主，扈三娘拥立女王

耶律重光和耶律重康奉了辽主旨意，带领五千禁军兵马直往萧大观的防地扑来，指望一举击杀萧大观。辽主特别吩咐要活捉天寿公主，将她押解回辽国京城。扈三娘闻报，急与王进朱武兀颜光延玉萧大观和天寿公主等人一起商议对策。

朱武道："辽主既已有所觉察，我们刺杀他恐不太容易。他只派五千军兵来，可能是不知我之虚实，或许是不将我等放在眼里。当务之急是击败来犯之敌，或擒或杀，不能走了一个。另外我们还须尽快派人潜入京城，到时可以里应外合。若等他得知派来的军兵被歼，那时他关了城门我们就难混进去了。"三娘道："军师所言极是。"

兀颜将军道："京城里还有我的亲信，我可领原来的部下三百人分头潜入城去。"三娘道："事不宜迟，兀颜将军即可集合军士动身，叫花逢春和张节与你一同前去，伺机刺杀辽主。"兀颜和花逢春张节领命去了。

王进献计道："敌既不知我之虚实，可让萧大观将军行诈降之计，让他们占了这里的大营。我们可在大营里暗藏柴草引火之物，挖掘暗道通往军营外面。待夜深，萧将军带人各处点火，然后从暗道潜出军营，必可烧死大半敌军，剩下的可围而歼之。"

公主问道："萧将军觉得此计可行否？"萧大观道："可行，我住京城时与那耶律重光常在一处饮酒赌钱，寻欢作乐。他生性豪爽，必不疑我。"三娘道："如此最好，我等分头准备好，依计而行。"众人领命各去准备不提。

却说耶律重光和耶律重康两天后傍晚到达，领军兵围了萧大观的军营，喝叫叛贼萧大观出来投降，否则格杀勿论。

萧大观登上梯子，隔着军营的围墙对耶律重光道："我何曾背叛你父亲？那天寿公主遣人来招降我，被我拒绝了。还未来得及将此事奏报就见你们来拿我，我见了你父亲后自有分说处。"

辽主虽说要他们将萧大观除去，耶律重光兄弟两人私下商议："诸坚丞相也未肯定说萧大观谋反，若不让他分辨一番似乎说不过去。只是我等还须谨慎行事，且先解

除了他的兵权，再将他带回京城由国主处置。”主意已定，耶律重光对萧大观道：“你既未私通天寿公主，且把军营门打开放我等入去，我们带你回京城，你自去父亲面前分辩解说。”

萧大观命军士大开营门，放耶律兄弟的人马入来。耶律兄弟带来的军士将各个营门守住，将萧大观手下亲兵的军器都收缴了，和萧大观一起软禁在军营里。因长途奔驰了一整天，耶律兄弟叫士兵们且去歇息，待明早再押送萧大观回京不迟，只留下数百军兵轮流值哨。

至五更时分，萧大观吩咐手下的大部士兵从预先挖掘好的暗道溜出军营，剩下的在军营内各处放火，一时间烈焰冲天。耶律兄弟大惊失色，带来的军兵在大火里东奔西窜，哭爹叫娘，烧死烧伤无数。

待他们集合起来冲出军营，迎面一阵箭雨射来，死伤无数。那些没死的又被王进栾廷玉带兵拦住砍杀。

耶律重光拍马来战王进，两个斗了二十余合，王进大喝一声，挺枪将耶律重光刺下马来。耶律重康打马往西而逃，栾廷玉王进领兵追杀。萧大观亦带人马各处拦截搜寻走散了的军兵。

耶律重康正走之间，迎面撞见扈三娘。他已经疲劳不堪，和三娘战不三合，抵挡不住欲走。三娘如何能放他走了？一刀砍去，正砍在他左肩上。琼英纵马赶到，一石子打在他脸上，将他打下马去。琼英带的兵一拥而上，耶律重康被砍为肉泥。

这一战耶律兄弟全军覆没，两人麾下的五千精锐被烧死杀死超过一半，剩下的全部被俘。三娘吩咐将伤重的杀掉和死了的一处埋了，其余的则被分散编入青山盟军中。

三娘令全军携带粮草向辽国京城逼近。一路上打的是辽军旗号，若遇上官府之人自有萧大观带着手下的契丹兵上前搭话，所以未曾被发现异常。

按照事先的计划，他们占领了离京城二十里的一个叫做苏布诺的小县城，三娘和公主暂且住在县衙里，下令严密封锁县城，不让走漏任何消息。过了几天，耶律清时迁林无双也带着耶律清的边军和早先到辽国的神箭帮的人马一起来到苏布诺。

朱武道："现在我们虽已聚得将近一万军兵，但辽国京城里光禁军就有三万余人，更有高墙深垒，强攻是不行的，只有里应外合才有可能夺取京城。只是兀颜将军花逢春张节他们已经潜入京城，我们如何与他们通消息？"

三娘笑道："放着时迁兄弟在这里，此事有何难处？"朱武大笑道："你看我，竟将时迁兄弟给忘了。"

连忙请来时迁，三娘吩咐时迁道："你可潜入京城，找到兀颜将军的人，让他们四处散布流言，就说辽主是将老辽主毒死后篡的位。现在天寿公主已联合忠于老辽主的边军打回来了，要报杀父夺位之仇。京城里各位将军和皇亲贵戚，若能起兵响应，天寿公主登位后定会重重赏赐，升官封侯也不稀奇。若执迷不悟助贼顽抗，到时抄家灭族，悔之不及。你告诉花逢春和张节两个，让他们联络兀颜将军在禁军中的内应，伺机刺杀辽主，一旦成功你就在城里高处放火为号，通知我等攻城。"

时迁领命去了。朱武又道："我们粮草不多，以速战速决为上策。现在虽不能强攻，也须多设埋伏，防着他来攻打苏布诺。"三娘点头称是，传令让栾挺玉顾大嫂带三千兵马去京城来的路上埋伏，若遇敌军可放他过来，然后截住退路。自己和朱武准备迎敌。

这天手下来报，道王进将军正在县城门口与一个使禅杖的黑小子交手。三娘朱武林无双带人赶去那里去看究竟，只见一个二十余岁的后生舞动一条水磨禅杖在跟王进相斗。

这后生浑身黝黑，身体强壮，像个铁塔一般。他手里这条禅杖少说也有五十斤重，两个已斗了五十多个回合。三娘急叫军士上去将他们隔开，问王进为何与那黑后生相斗。

王进笑道："这后生和他娘要进县城，我正带兵巡视，看他拿着的这条禅杖奇特，因他不回答我的话就多问了他娘几句。他误会我，道我欲对他娘无礼，也不多问就和我动了手。我看他是个练武的奇才，他的武艺肯定经过高人指点，正寻思着要将他招入我军中效力。"

三娘见那后生身后立着一个四十余岁的妇人，生得颇有姿色，身材匀称凹凸有致，想必是那后生的娘了。就问她："你们母子从何而来？要往哪里去？"

那妇人见三娘和蔼可亲，施礼后答道："这位女将军听禀，我母子从杭州来，来辽国寻找我儿他师娘。我儿从小不善言语，十来岁时才开始学说话。他其实不傻，师傅常夸他是学武奇才，且为人忠厚孝顺。一路上有几次纨绔恶少纠缠调戏于我，都是被我儿他一顿禅杖打走了。刚才他误会这位将军是歹人，多有得罪。"

王进道："不妨事。令郎的武学天赋极高，大异于常人，我很喜欢。"三娘将这娘儿俩和王进等都请到县衙里，命女兵端上茶水，那妇人谢了。

三娘问道："你儿子的师傅姓甚名谁？"那妇人道："他师傅姓林名冲，是孩子他爹的生前好友，借住在杭州六和寺。林冲师傅要我们来辽国寻找师娘，说师娘一定会好好照顾我们娘儿俩的。我们母子都未见过她，只听师傅说她唤做一丈青扈三娘。"

三娘大惊，道："我便是你们要找的扈三娘。"那妇人听了，慌忙拉着儿子跪倒在地磕头拜见师娘。三娘把娘儿俩扶起来坐了，问道："他师傅教你们如何来找我？你们姓甚名谁？"

妇人道："师傅给了我们二百两银子做盘缠，说到辽国后先住在京城旁的小镇里。然后耐心等待辽国女王登基，到那时再去京城里定能找到扈三娘。我名叫金翠莲，我儿子姓鲁名铁柱。他父亲是梁山泊好汉花和尚鲁智深，出家前俗名唤作鲁达。"

三娘朱武等听了惊奇不已：原来鲁智深大哥还有这么一个儿子！盯着鲁铁柱看了一回，他眉眼确实有点儿像花和尚鲁智深。

金翠莲接着道："不怕师娘见笑，此事十分曲折。当初鲁达为了救我父女三拳打死了镇关西。我和父亲逃到五台山下，被当地的赵员外收作外室。父亲恰好遇见逃难路过的鲁达，邀请他来家里。后来赵员外出资帮他剃度到五台山出家。我父亲十分感激鲁达的救命之恩，寻思要为他鲁家留下香火，就吩咐我陪他饮酒，待他喝醉后与他同床共枕。幸得佛祖保佑，有了身孕。后来生下了这个孩子，取名赵铁柱。铁柱天生神力，很像他爹爹，只可惜他爹并不知自己有这么个儿子。后来我打听得他爹剿完方腊后留在了杭州，那时赵员外和我父亲都已故去。我就自作主张将孩子改姓鲁，带着他一路风餐露宿，去杭州寻找他爹爹。在六和寺巧遇林冲师傅，他道智深大哥早已作古。我千里寻夫，此时盘缠早已耗尽。闻此噩耗悲痛不已，又觉走投无路，遂哭倒在地。林冲师傅宅心仁厚，扶我起来，替我母子寻了个住处安身，又拿出些银钱给我母子作糊口之资。他问起铁柱身世，得知是义兄鲁达之子，就收他为徒，为他打造了这条六十二斤重的水磨禅杖。林冲师傅用三个月时间教会了铁柱使这条禅杖之法，道这都是铁柱他爹生前自创的绝技。铁柱学成之后，他师傅又道师娘一丈青扈三娘正在辽国打天下，她的军中定有用铁柱之处，让我们母子俩前来辽国投奔师娘。”

三娘听了，将这鲁铁柱拉进怀里左看右看，越看越喜欢。先叫过女儿林无双来拜见鲁大哥，然后对他道：“你师傅教你的时间只有三个月，你能学成现在这样子已经很了不得了。这位王进叔叔跟你师傅一样原是东京八十万禁军教头，他与你师傅一样的好本事。我想让你跟他去军中多加历练，他闲时可将这十八般武艺一发都教给你，待学成后你再来做我的亲随将领。你可愿意？”

鲁铁柱道：“孩儿愿意。”说完向王进跪下行礼，王进大喜，受了礼，告辞三娘，带他母子俩安排住处去了。

再说辽国京城里忽然流言四起，皆传天寿公主不日将兴兵前来，要杀辽主为父报仇，一时间满城皆惊。辽主闻报大怒，叫查谁人敢散布谣言，可是这么短的时间如何查得出来？两个儿子被派去擒拿萧大观和天寿公主也不见回报，不由他不慌。

这天探子向辽主禀报，道苏布诺县城里发现不少可疑的军士驻扎。丞相诸坚道：“此必是天寿公主的人马，他们定是人少不敢攻城。我们只须坚守京城，不可轻动。再暗地里遣人去调边军来京城护驾。到时将苏布诺围个水泄不通，天寿公主待走哪里去？”

可是辽主对天寿公主恨之入骨，不听丞相的计谋，定要立刻出兵踏平苏布诺县城，擒获天寿公主。他命大将军曲利出云带一万禁军精锐出城去攻打苏布诺，留下大约两万禁军守城。

栾廷玉顾大嫂见敌军从京城过来，依计将他们放了过去，然后将回路截断。扈三娘王进朱武和天寿公主领兵六千，截住曲利出云。因苏布诺县城外都是山，地形起伏不平，道路狭窄，曲利出云的一万大军挤在一起施展不开。三娘这边一阵箭雨射过去，杀伤了不少敌军士兵。

这时栾廷玉顾大嫂领兵从后夹攻，将敌军围住。天寿公主亲自上前喊话，要曲利出云投降。曲利出云的哥哥曲利出清是老兀颜统军的亲信爱将，他知道天寿公主得到原兀颜统军一派的支持，与部下商议之后，跪下降了天寿公主。公主大喜，亲自上前扶起曲利出云，并引他来拜见了主帅扈三娘。

朱武道：“如今我们粮草不多，须得速战速决。可让我们的军士穿上辽军衣服，混杂在曲利将军的人马里头，只做战败逃回京城。待入了城，再打起天寿公主的旗号，那时必是降者如云。”三娘道：“此计大妙。”遂依计而行。

曲利出云带七八千人马都穿着辽军衣服往京城逃去。到得城下，道是中了敌军埋伏突围而回。守城军士认得曲利出云，遂放他的人马入去。曲利出云趁机将城门夺了，迎接天寿公主入城。

三娘和天寿公主领兵入城后，军纪森严。城里的文官武将得知大势已去，大都来降。三娘吩咐张贴告示安民：杀戮抢掠骚扰百姓者斩。

辽主领着一万余禁军，退到宫城里面，据守宫城和三娘的兵马对峙。天寿公主亲自向禁军们喊话，要他们将伪辽主擒了，可立大功。辽主顶盔披甲，在宫城上喝叫士兵们放箭射公主。

再说兀颜将军和花逢春张节等人分别化妆潜入了辽国都城。花逢春进城后因不会说契丹话，无法找人问路，只能按照兀颜事先给他画好的路线找到了会合之处。这是兀颜将军从前一个下属的家。不知为何兀颜和张节都还未到。

这时天已黑了，花逢春走到那所房子前刚要敲门，忽听得背后传来人声。花逢春赶紧躲开，藏在附近的一个墙角落处。只见三个喝得醉醺醺的契丹兵一路大呼小叫地过来打门。

里面有人开了门，花逢春瞥见开门的是个穿契丹服饰的年轻妇人，颇有姿色。那三个契丹兵和她叽里咕噜地说了些花逢春听不懂的话，那妇人似乎在阻止他们进门。后来那些士兵强行进去，把门关了。

花逢春近前来，从窗子往里看。只见那些契丹兵在屋里翻箱倒柜，开门的那年轻妇人被推倒在地上哭泣。他们似乎没找到想要的东西，就过来撕扯那妇人的衣服。她大声呼救，却被他们捂住了嘴。

花逢春虽听不懂他们说的话，但是知道这三个契丹兵定是要欺负这个女人，而她十有八九是兀颜属下的妻子。也不及多想，他拔出腰刀推门闯了进去。那三人正欲强奸这个已经被剥得赤条条的女人，不料花逢春从背后欺近，挥起手里的腰刀就砍，只几下就将他们全部砍倒。花逢春和那年轻女人都被溅了一身的血。

就在这时门外又进来几个人，却是兀颜张节和一个花逢春不认识的契丹人。他们见了地下这三具尸体，还有满身是血的妇人和花逢春，都惊呆了。那年轻妇人也顾不得身上没穿衣服，扑进那个契丹人怀里大哭，一边哭一边像是在诉说刚才发生的事儿。

后来花逢春从兀颜那里得知这个契丹人就是他的下属。兀颜反出辽国之后，他被从辽国军中赶了出来。这几个士兵是来向他讨赌债的，因见他不在家就想欺负他的妻子。幸亏花逢春出手救了她。那契丹人心怀感激，满口答应要帮助兀颜他们混进宫里去行刺辽主。

当三娘和公主带兵将辽主围困在辽国王宫时，花逢春已扮作辽兵跟着兀颜将军张节等人一起混入宫城之中。此时他就站在辽主左侧，离辽主大约还有一百余步，无法再向前靠近。

辽主正下令士兵们放箭。花逢春暗道："此时不动手，更待何时？"遂挽起泥金雀画雕弓，搭上箭拉得满满的对准辽主一箭射去，正中辽主脖颈。辽兵们顿时大乱。

兀颜将军带来的人趁机大喊辽主已死，过去将宫门打开。三娘领军簇拥着天寿公主进了辽宫。凡是遇到顽抗的，都被花逢春和张节手里的弓箭和飞石伺候，将他们打得东倒西歪，抱头鼠窜。

一时间王公贵族文臣武将都来向天寿公主投降。三娘叫跟随的士兵将辽主尸体烧化埋了，并吩咐朱武栾廷玉王进等领军马去城里各处巡视，剿灭顽抗的辽主余孽，曲利出云耶律清萧大观负责整顿禁军，兀颜将军花逢春张节率人去捉拿辽主的亲信和家人，顾大嫂负责宫城的防卫。

次日丞相诸坚率领文武百官来参见公主，劝公主早登大位。只有国师霍尔赤不来臣服，闻报他在城破时已藏匿起来。这霍尔赤是辽主的私生子，身长九尺，力大无穷，使一把鬼头刀，喜食生肉，善巫术。三娘遣时迁带着林无双鲁铁柱去城里城外搜寻他。

辽国宫城极大，三娘既要剿灭残余的敌军，又要安抚城里的百姓，兵力不够，手中只剩下顾大嫂带的一千人把守宫城。宫里的侍女仆从都被暂时软禁在几处大殿里派人看守。诺大个辽主的寝宫只有天寿公主扈三娘和身边的十余名女兵。三娘心里觉着这里不安全，只是她一时无兵可调。

公主将自己的母亲接来和三娘相见，三人一起共进晚膳，至晚就留母亲和三娘三人一处在寝宫里安歇。这天半夜里三娘和公主听得几声惨叫，只见一群黑衣人手持刀枪杀进寝宫里来。

原来国师霍尔赤不曾离去。他带了二十余死士从暗道潜入宫里替他父亲报仇。这条暗道是辽主让霍尔赤带人修的，能从寝宫旁一水井里直通城外。顾大嫂的兵都在宫城城门和围墙附近巡视，离寝宫较远，所以未能觉察。霍尔赤将寝宫外守着的十几名女兵都杀了，带人闯了进来。

公主和三娘的兵器都不在身边，公主的母亲手无缚鸡之力，三人都被霍尔赤的人擒住。霍尔赤哈哈大笑，道："你们这几个贱女人可曾想到会落在我的手里？且看我如何让你们生不如死。"

他先将公主的母亲抓过来，狠狠地打了她几个耳光。又将她上下衣服都扒光了，张开血盆也似大口往她胸前咬去，公主母亲吓得大叫一声，昏死了过去。

霍尔赤骂了声"贱人"将公主母亲扔在一边。又一把拽过天寿公主撕扯她的衣裙。公主不停地哭喊挣扎，只是霍尔赤身高力大，抓住公主就像抓只小鸡一样。三娘见了，奋力挣脱抓住她的那几个黑衣人，奔过来挡在公主身前。

霍尔赤怪笑几声，道："你就是那个青山盟的盟主扈三娘？看你长得真诱人，我就先成全你！"说着撕开三娘衣服，把蒲扇般大手就去掐三娘的两只诱人的乳房，还去她胯下屁股上乱摸乱掐。

三娘为救公主，咬紧牙任他施虐。不一时三娘浑身衣服都被他除去，两乳上被抓破，现出了几道血印，胳膊和屁股上也被拧得青一块紫一块。公主哭叫着要来救三娘，却被两个黑衣人死死拧住了手臂，挣脱不开。

三娘今晚约了花逢春，要"赏赐"他射死辽主之功，不知他为何事耽误了。现在她只能想法拖延，等花逢春到来解救。

霍尔赤见三娘身体凹凸有致，脸庞英武娇艳，皮肤白嫩细腻，不由得性趣盎然。他脱光自己的衣服，将硕大的下体插入三娘的桃花溪猛力抽动。因他那东西太粗，三娘被他折磨的惨叫不止。

过了不到半个时辰三娘听得门外刀剑出鞘之声和弓弦声，她知道是花逢春赶来了。为了拖住霍尔赤，她用腿夹住霍尔赤的腰，胸部紧贴着他毛茸茸的肚皮，两手抱住他的两臂，口里高声浪叫。霍尔赤一时没反应过来，不知三娘为何突然像变了一个人，只是下意识地配合着她，继续将胯下那根粗大的东西往她身子里捅，一点儿也没有注意到门外的动静。

这时花逢春手持弓箭一脚将寝宫门踢开。他今晚因故来得晚了，看到寝宫门外站着的黑衣死士和地上的女兵尸体，马上意识到情况紧急。几个黑衣死士正要对他展开攻击，花逢春嗖嗖几箭将他们全部射死。

霍尔赤听得声音不对，站起身来，三娘紧紧抱住他两臂，两腿还是夹住他的腰，赤裸的身子挂在霍尔赤庞大的躯体上。霍尔赤的下体依旧插在三娘的桃花溪里。

花逢春猛地看见赤身裸体的三娘和霍尔赤抱在一起，不知如何动手。三娘大叫：“快射他的头！”

原来霍尔赤身材高大，虽然和三娘抱在一起，那颗头颅却是突出的好靶子。霍尔赤怒吼一声伸手就要去掐三娘的脖子，还未来得及动手就被一支雕翎箭钉在了他左眼睛上。他大叫一声轰然倒地，将三娘压在身下，下体依然插在三娘身子里。

花逢春接着嗖嗖几箭将寝宫里的其他几个黑衣人全都射死了。这时三娘已从霍尔赤身下爬出来。公主哭着扑过来，抱住三娘痛哭。

三娘道：“我没事，快去看视你母亲。”花逢春将自己衣服脱了给三娘穿上，跪下给三娘磕头请罪，道：“花逢春救援来迟，请盟主赎罪。”

三娘将他拉起来，亲了亲他的脸，道：“若不是你赶来了，今晚我青山盟将前功尽弃。”

这时顾大嫂已得知消息领军兵赶来救援，三娘和花逢春迎出门去。临出门时三娘回头看了一眼死去的霍尔赤的那个硕大的下体，它依然硬邦邦地挺立着，上面湿淋淋的都是三娘胯下流出来的淫水。

这件事一直到五更天才处置完毕，所有黑衣死士都被杀死，尸体也都烧了。顾大嫂严令军兵不得将此事向任何人泄露，违令者斩。她又从花逢春手下调来五百余人加强宫里的警卫，还紧急挑选了一批宫女来伺候三娘天寿公主和公主的母亲。

三娘筋疲力尽地躺在床上，花逢春在一旁小心翼翼地轻舔着她身上的伤痕，还有她那红肿的下阴。不一会儿三娘就睡着了。花逢春看着三娘，心疼得直流泪。他现在还在后怕，若他再晚到一个时辰，三娘就会被野兽般的霍尔赤活活地奸死。

花逢春从三娘屋里出来时，见到了闻讯赶来的琼英和张节母子两人。琼英听得三娘没事，已经入睡了，道："菩萨保佑。"长长地吐了一口气。她刚才心急如焚，现在得知没事了，两腿发软站立不稳，亏得花逢春和张节两人一左一右扶住她，才不致摔倒。

张节和花逢春一起将母亲琼英扶到三娘的屋里，让她在三娘身边躺下。待她睡着后，他们才一起回去向兀颜统军禀报宫里的情况。兀颜正在坐立不安，听得三娘和天寿公主都平安无事，这才放了心。他吩咐张节花逢春下去歇息，明日再继续清剿那些伪辽主的亲信。

三日后是个黄道吉日，公主隆重登基为辽国女王，所有王宫贵族文武百官都来朝贺，分散在各地的大多数边军将领们也上书表示归顺。

三娘以青山盟的人马为主扩编了三万禁军负责保卫京城，又与朱武兀颜等商议如何赏赐分封有功之人，如何任命将军去统领各处的边军，如何颁布新法安抚百姓等等，整整忙碌了二十几天。辽国的疆域真是太大了，三娘以前从无治国经验，心里七上八下，深恐考虑不周误了大事。

赏赐分封有功之臣就是一件大事，也是一个大难关。若处置不当，将使整个辽国再次陷入内乱。三娘将如何渡过这个难关呢？

欲知后事如何，且听下回分解。

第七回： 军师巧施绝户计，女王钦赐金玉缘

这一日是女王登基后第一次早朝，十分隆重。王室亲贵们立在左边，青山盟的头领们都在右边，中间则是丞相诸坚率领的文武百官。扈三娘昨晚没睡好，眼圈有点发黑。

她做噩梦梦见天寿公主被乱兵杀死，自己被剥的赤条条的，野兽般的霍尔赤正在强奸她。她的下阴里被霍尔赤胯下那条大棒捅得撕裂般疼痛，喉咙也被他的大手扼住喊不出声来。后来霍尔赤举起鬼头刀朝她脖子砍下来，三娘大叫一声惊醒过来，浑身冷汗淋漓。陪她睡在一起的琼英忙将她搂住怀里轻声安抚，三娘的情绪好一会儿才平静下来。现在三娘担心这个噩梦是不好的兆头，今日早朝可能会有麻烦。

早朝开始时一切还算顺利，首先是文官们对女王歌功颂德一番，接着女王开始按照三娘给她的名单提出赏赐提拔一些官员。诸坚仍为丞相，增加一个副丞相由朱武担任。诸坚一直在为伪辽主卖命，但是他手下有一大批追随他的官员，三娘朱武反复推敲后认为现在还不能动他，他手下的官员们也大部不动。

那些已经归顺了的边军将领们都得到了金银珠宝的赏赐，官职不变或略有升迁。京城被攻破后最先来归顺的原兵马大元帅耶律忠被封为靖国侯，他已经年逾七旬，女王赐给他一座豪华府邸让他在京城养老。耶律清，曲利出云，萧大观都被任命为执掌一方的封疆大吏。

王进被任命为禁军都统领，栾廷玉为副都统领。顾大嫂为左将军，琼英为右将军，两人一起负责女王的安全。兀颜将军升为兵马大元帅，花逢春为骠骑将军，张节为龙骑将军，两人都在兀颜大元帅手下。

以上任命似乎都无异议，最后一项却遭到强烈反对：任命青山盟盟主扈三娘为护国大元帅与兀颜大元帅共掌兵权。反对的人包括几乎所有贵族和大部分文武官员，他们反对的理由除了扈三娘是女人外，还有她不是契丹人，不可将全辽国的兵马都交与她。

女王定要坚持这项任命，但反对的人毫不退缩，场面有点失控。朱武向女王建议暂缓这项任命，待下次朝会再商议，女王准了。王公贵族文武百官退朝不提。

看来这些反对女王的人是事先串通好了的，他们的主要目的似乎在于遏制青山盟对辽国的控制。如果盟主扈三娘没有了大元帅的称号，青山盟的地位就被大大地削弱了。

下朝后三娘将朱武单独找来商议，她现在越来越离不开朱武的谋划了。朱武道："盟主近来忧心甚重，深恐无法将这大辽治理好，这也是盟主仁慈之心太过。这辽国一直想侵占中原，我等是中原人，治理不好辽国对中原百姓来说恐怕不是坏事。若要事事顾及辽国的民意，岂不是要助他侵占我等家园屠杀中原百姓？故此盟主大可放下仁慈之心，只要不择手段取我之所需，何来诸多烦恼？"

一语惊醒扈三娘，她寻思了一回，道："军师所言极是，三娘险些误了大事。多谢军师指点迷津。"这时有探子来报，伪辽主的第三子耶律重文率领麾下两万兵马正从他在辽北的领地杀向京城，一路上收编不愿归顺女王的兵将，现已拥有兵马三万余人马。

朱武沉思了一刻，道："我今有一毒计，即可铲除朝廷里与我等对立的那些武将们，又可剿灭耶律重文。我等只需如此这般 ......"三娘听了，道："真乃妙计也。只是此计太过狠毒，我需先与女王陛下商议。"朱武点头称是。

三娘将朱武之计说与女王陛下，女王当即依允。当初她被伪辽主和乌利可安欺凌羞辱，这帮官员们虽深受老辽主之恩却拒绝对她施以援手，有的还助纣为虐，令她极为气愤。

三娘将时迁唤来，交给他不少从太祖藏宝库里取来的罕见珠宝，要他去收买几个朝廷里反对青山盟的主要文官。这几个文官平日里都是比较贪财的。时迁在青山盟里负责秘密活动，他手下有的人表面上跟青山盟毫无关系，即使收买不成也不会暴露。

第二次朝会上女王又提出封扈三娘为护国大元帅，并让她领兵去征讨叛贼耶律重文。大部分文武官员和贵族们又站出来反对，女王无奈，只得提出先让扈三娘去征讨耶律重文，待得胜后再封她为护国大元帅。那几个被收买的文官们齐声反驳，道："莫非我契丹将领们就不能打仗，不能领兵去征讨叛贼？"

他们提出："这次征讨叛军须让契丹将领们领兵前去，若得胜则要将立功最大的人封为护国大元帅。"下面官员和贵族多数人赞同。那些契丹武将们也垂涎这个护国大元帅的位子，都争着要前去。他们为谁领兵之事争吵激烈，差一点儿动了手。

女王神色沮丧，最后只好同意由几个主要的契丹大将率麾下军兵组成八万联军，一个月后从京城出发前去迎战耶律重文。女王许诺，斩获耶律重文首级者将被封为护国大元帅。见女王被迫让步，诸坚等人心里高兴，不疑有他。三娘遂秘密调动青山盟的人马按朱武的计策作出各项布置。

契丹将领们统帅的八万联军如期出战，在离京城大约三百里的地方截住了耶律重文的三万兵马。这是一片广大的开阔地，是厮杀的好战场。耶律重文的军队为边军，曾多次参战，是精锐之师。而联军则装备精良，因靠近京城，无粮草之忧。

开战前，青山盟派兀颜将军挑选的几个人冒充朝里忠于偽辽主的军官给耶律重文送信，信中道联军内部不和，虽人数众多但是一旦打起来定会崩溃。朝里偽辽主的势力正在串联，到时会趁机起事将女王囚禁。他们还给耶律重文送来了急需的箭矢五十万支，并许诺提供粮草。耶律重文现在完全放了心，指挥兵马迎战朝廷的联军。

战事开始时还算平稳，后来日趋激烈，联军没料到耶律重文手下军兵的战力强悍，渐渐感到支持不住。这时又传来女王旨意：若能战胜耶律重文，不但要封护国大元帅，战功最大的五个将领还会封侯。这下本来支持不住的联军重新鼓起了士气，双方杀得血流成河。联军死伤了大约六万人，最后只剩下两万余残兵向京城败退，耶律重文的三万兵马也损失过半，根本无力追击逃跑的敌军。

联军的残兵跑了不到一百里就遭到伏击，参与伏击的两万人是青山盟派来的，打的是耶律重文的旗号。他们见人就杀，不要俘虏，不到两天就将那些联军的残兵统统杀光。又过了两天朝廷才接到噩耗：联军被耶律重文的兵马全歼，朝里的文武官员们马上陷入一片慌乱之中。

女王紧急下令让禁军封锁京城，并派青山盟盟主扈三娘挂帅领军一万出城迎敌。女王的任何命令现在都畅行无阻，反对她的高级武官们都阵亡了，文官们根本没胆量再挑起事端。

这时耶律重文因损失惨重还在原地休整。手下人来报，押送粮草辎重的军兵半路被伏击，所有粮草辎重都被劫去。耶律重文气得吐血，昏倒在地。这时扈三娘花逢春张节带领的一万生力军已围了上来。耶律重文的兵马因粮草已尽，连逃走都无力，只得全体向女王投降，耶律重文被生擒回朝。

扈三娘领兵押着耶律重文得胜班师，女王率领贵族和满朝官员出城迎接。三娘和部将们跪谢了女王陛下，并将耶律重文和他的重要亲信们即刻斩首示众，被俘的军兵则被青山盟收编。

次日，女王传出旨意，封扈三娘为护国大元帅。这一次朝廷里无人提出异议。本来女王还要封三娘为一字并肩王，被三娘和朱武阻止了。晚上女王在宫里设私宴为三娘庆贺，三娘见了女王依礼跪拜，被女王拦住。

女王道："姐姐休要多礼，我们以后私下依然姐妹相称，姐姐可要不时进宫来看望妹妹啊。"说完拉着三娘的手入席，和众人饮酒畅谈，宫女们在下面歌舞助兴。

宴席散后，三娘笑着对女王道："妹妹现在是一国之君，国事繁忙，要多保重身子。我想给你找个俊俏后生做你的如意郎君如何？你看上了哪个只管告诉姐姐。"女王把三娘拉进怀里，抚摸着她的两乳道："姐姐你就是我的如意郎君，何须他人？"

三娘知道女王在宫里寂寞，也不能像从前那样时常和自己见面，所以时时替她留心合适的人。前两天有一个相貌俊美的年轻人来投书拜见三娘，书信是柴进写的。三娘看了大惊，投书人竟是柴进和方腊的女儿金芝公主所生的孩子，现在已改名作柴承宗。

当年柴进化名柯引去做方腊的驸马，娶了方腊的女儿金芝公主。后来方腊被灭，金芝公主自尽身亡。柴承宗被柴进从小养大，却不敢让他姓柴，害怕朝廷得知自己做过方腊驸马之事。柴进碰巧见到一个新近从辽国回乡的商人，打听得扈三娘在辽国拥立了女王，就遣柴承宗来投奔她。

三娘看柴承宗举止文雅，知书达理，心里高兴，又得知他尚未婚配，就对柴承宗道："我的结义妹妹现为辽国女王，我欲让你去陪伴她，将来定可赐你个好官职让你施展抱负，不知你意下如何？"

柴承宗道："我从小虽跟着父亲，但因出身一直见不得人。三娘姑姑让我陪伴女王，此乃一步登天的好事，我如何不愿意？柴承宗谨谢三娘姑姑提携之恩。"说完跪下磕头。

三娘嘱咐他道：“我青山盟树敌甚多，你在女王身边须小心谨慎，不可向人泄露与我的关系，还要时刻替我留意朝廷大臣们的动静。”柴承宗答道：“承宗谨遵盟主之命。”

三娘对女王道：“我带来一个妙人儿，候在宫外，妹妹见他一见？”女王道：“且传进来。”柴承宗被招进宫来，跪下行礼。

女王见了柴承宗这美玉般人物，心里高兴。柴承宗自小受柴进熏陶，颇有文采，女王问话，他对答如流，女王大喜，赐酒给他，柴承宗一饮而尽。女王将他留作近侍，就住在宫里。至晚三娘告辞离去，女王喝得大醉。柴承宗殷勤服侍女王安歇，一夜温柔，几度风流。自此柴承宗寸步不离地留在女王身边。

三娘又请朱武来商议，道：“我等的绝户计将在朝的契丹武将们几乎一网打尽，此事难保不泄露出去，那时怕会引起骚乱。须寻思一个法子安抚众人才好。”朱武道：“三娘所见极是。我等可请女王钦赐婚姻，让青山盟的几个青年将领和朝廷里的贵族重臣结为姻亲，如此可让青山盟势力大增。”

三娘将花逢春和张节找来，对他们说了朱武的计策，道：“我欲在朝廷重臣或贵族的女儿孙女之中寻找才貌双全的配给你们两个为妻，这样做也是为了增强青山盟的势力，不知你们意下如何?”花逢春跪下道：“我辞别父亲时已得他吩咐，所有大事包括婚姻都由盟主做主。”张节也跪下道：“属下全凭盟主和母亲做主。”

三娘将此事与琼英说了，她亦点头依允。三娘和朱武等人商议后，决定让花逢春娶原兵马大元帅耶律忠的孙女耶律萍，张节娶左尚书萧文斌的女儿萧玉兰。耶律忠不但是靖国侯还是老辽主的堂弟，萧文斌则是除丞相诸坚副丞相朱武外的最高文官。

扈三娘分别拜访了耶律忠和萧文斌两家，向他们提亲，耶律忠和萧文斌都满口答应。此时青山盟欲借助于朝廷权贵，朝廷权贵何尝不想借助于青山盟?不说青山盟掌握的兵权，单单是扈三娘和女王的亲密关系就令人羡慕不已。

三娘禀报女王后，次日女王在朝会上赐婚，将耶律萍赐给骠骑将军花逢春为妻，萧玉兰赐给龙骑将军张节为妻。三娘与两家商议，择定吉日为两对新人举行婚礼，女王将亲自出席。

这一天晚上，三娘将花逢春张节一起找来，拿出自己珍藏的刻着龙凤花纹的两枚戒指，一枚送与花逢春，一枚送与张节，然后将他两人搂在怀里大哭了一场。花逢春和张节对三娘也十分不舍，她即是恋人又是母亲，两人一边亲吻抚摸三娘一边流泪不止。接着三人在床上颠鸾倒凤，花逢春和张节打起精神将三娘伺候得欲仙欲死，最后三人精疲力尽倒下睡了。

新婚那天，花逢春第一次见到了自己的妻子耶律萍。她已二十岁了，比花逢春大了五六岁，长得美丽文静，一看就是个知书识礼温柔贤淑的女子。她发育成熟的身子令花逢春怦然心动，不由得期待着洞房花烛的时刻。

婚礼后的酒宴上，耶律萍的两个弟弟耶律虎和耶律豹对花逢春却不甚友好。他们不服气花逢春，道他的军功不知是不是凭自己本事得来的。听说偽辽主是花逢春射死的，他们就叫嚣着要和花逢春比试弓箭。宴席上在座的年轻人以武将居多，大家都喝得有点醉了，一起大声附和耶律兄弟，要看花逢春的箭术。

一群人来到后花园，这后花园有一大块空地专供耶律家的人练武之用。耶律兄弟让仆人们点起许多火把将整个后花园照得通红透亮。花逢春吩咐下人将三个箭靶并排放到一百步开外，耶律兄弟见了不由心里暗笑：”射一百步的靶子有甚稀奇?”

花逢春又叫先将所有火把都熄灭了，众人不解，耶律兄弟吩咐仆人照办。黑暗中只听得嗖嗖嗖三声响，待点亮火把一看，花逢春的三支箭稳稳当当地插在那个箭靶的靶心上。

这下子不单耶律兄弟，在场的众人包括耶律萍和她妹妹耶律燕都惊得张大了嘴合不拢来。耶律兄弟扑翻身就要对花逢春下拜，花逢春连称不敢将他俩扭住。耶律忠见了，对自己这个孙女婿大为满意，乐得开怀大笑。

耶律燕和花逢春同年，她性格泼辣活泼，大胆刁钻，和她姐姐大不一样。此时她看着花逢春，眼睛里闪着异彩。姐姐跟她说话她似乎一点儿都听不见。

进了洞房花逢春才有机会触摸耶律萍那凹凸有致的身子，他将她脱得精光，一寸一寸地从上吻到下。耶律萍虽然大他几岁，此是第一次接近男人，满脸羞得通红，牙关咬得虽紧可还是忍不住发出轻微的呻吟。花逢春则像个花丛老手，尽情地品尝着耶律萍成熟的身子，闻着她诱人的体香。

花逢春因喝了不少酒，与耶律萍大战一通后就倒下睡着了。醒来时天还未大亮，一把抱住身边的躺着的女人又是一阵狂肏。肏着肏着发现不对，这个女人不如耶律萍丰满，呻吟之声也清亮了许多。借着微弱的晨光一看，这女人不是耶律萍，而是她妹妹耶律燕！

花逢春刚要从耶律燕身上下来，耶律萍从后面将他按住，道："郎君不必惊慌，我们契丹人两姊妹同嫁一人为妻实属常事。昨天看了你射箭后妹妹就非要嫁给你不可，害怕你是中原人不会依允此事，她就想出这个法子来。"

耶律萍说这话的时候赤裸着身子，两乳摩擦着花逢春光光的胳膊和脊背，花逢春的下体则还插在耶律燕的两腿间。

饶是花逢春脸皮赛过城墙厚现在也红成了绛紫色。低头再看耶律燕，她羞得把两手遮住眼睛，白白的两乳在花逢春眼前不停地颤动。花逢春闭上眼睛，下身一阵猛烈的抽动，耳边传来了耶律燕的娇声呼喊。他肏完耶律燕一阵后又开始肏耶律萍，如此交换了好几次方才罢休。耶律姐妹俩早已软成了一滩泥。

歇了一会儿，耶律萍道："郎君，时候不早了，该起来给爷爷和父亲请安了，顺便可向他们提起娶小妹之事。"

见了耶律忠，花逢春不知如何开口提耶律燕之事。其实耶律燕昨晚睡在姐姐洞房里这事儿耶律一家都已知晓，耶律虎和耶律豹正冲着花逢春挤眉弄眼。耶律忠看着花逢春的窘样儿，实在不忍心，就主动提出要将小孙女耶律燕也嫁给他。花逢春表面上羞答答地应允，心里早乐开了花。只盼着晚上跟她姐妹两再来大战一场。

中午时分，依本家族的习俗，花逢春要独自逐个去族中长辈们的家中拜访他们。耶律萍的母亲特地让一个俊俏少妇给他引路。耶律忠的整个家族大小一百余口，其中有至少三十余人是花逢春的长辈。因花逢春昨夜和今晨体力消耗过大，才见了一半人就将他累得不轻。

那俊俏少妇名叫耶律婷，是耶律萍的堂姐，二十七八岁，已嫁人并生育有一子一女。她让花逢春叫她姐姐。花逢春看着她有点儿面熟，可是想不起在哪儿见过她。耶律婷心里也在纳闷儿，这个少年好像是从前见过的？

耶律婷见花逢春累了，有点儿心疼他，就领他到自己家里暂歇一会儿。耶律婷出去烧水泡茶。等她给花逢春端来了一盏热茶时，却见他歪着身子靠在被卧上睡着了。忽然间，她看见了花逢春从腰间取下挂在床边的腰刀。她想起来了！这人就是那天当她被几个士兵剥光了衣服，快要被强奸时出手救了她的那个少年。她回想起那天的情形，不禁脸红了。原来耶律婷的丈夫就是那个兀颜将军的下属。

耶律婷仔细端详睡着了的花逢春，见他生得齿白唇红，端的是个美少年，暗道："耶律萍耶律燕姐妹俩真是好福气。"她心里一阵迷乱，鬼使神差地伸出玉手来抚摸花逢春英俊的脸。

不知不觉中耶律婷春情泛滥，不可收拾。她见四下无人，遂解开衣服将花逢春搂在了自己怀里。她哪里知道花逢春虽然生得嫩，却是个色胆包天之人。此时他已醒了，张嘴含住耶律婷的乳头一阵吸允，允得她娇喘连连。

耶律婷清醒过来，羞愧难挡，欲挣脱逃走。却被花逢春两臂紧紧地抱住了，其实她自己心里也舍不得放开这个美少年。过了一会儿她被花逢春脱得精光，半推半就地和他滚在一处。

紧要关头，耶律婷两手用力撑开花逢春身子，道："且住。姐姐我早已和人成亲生儿育女，实不该和你乱来。你须先依允我，只此一次，不然我绝不能从你。"

花逢春点了点头，那耶律婷手一松，被他趁势掰开两腿，将胯下那话儿刺入她身子里。耶律婷只觉得浑身舒服，忘了羞耻，搂着花逢春娇声呻吟。两个颠鸾倒凤了一会儿，见天色已晚，赶紧起身穿好衣服，又接着去拜见其他长辈去了。

张节的婚姻则是另外一种完全不同情形。张节的未婚妻萧玉兰和她的名字大不相符。她是个完全的武痴，醉心于各种军器和近身搏斗之技，长得不是很美，但体魄强健，上下凹凸有致，看起来很让人舒服。三娘原来对她的长相有点儿不放心，特地叫琮英来先和她见了一面，琮英一看马上就喜欢上她了。

萧玉兰原来许配给叛贼耶律重文的儿子，那小子在耶律重文兵败被擒后和他父亲一起被斩首弃尸。萧玉兰是个实心眼儿，总觉得张节应该是她的仇人，虽然她从未见过耶律重文的那个儿子。

婚前一天萧玉兰扮作男子去找张节比武，把他生拉硬拽到城外一个荒凉去处，两人下了马。这时萧玉兰说了自己的名字，以及自己曾被许配给耶律重文的儿子之事。

她提出和张节比试武艺，若张节胜了才能娶她，否则她宁死不从。张节早看出她是个女人假拌的，要不也不会被她拉出城来。只是想不到她是自己的未婚妻，碰上她这么个性格古怪的未婚妻还真不知是福是祸。

张节没有任何选择，只有跟她上马开战。萧玉兰使一杆亮银枪，张节则是用方天画戟，两人斗了五十余合还分不出胜负。张节不由得焦躁起来，他看得出来，萧玉兰的武艺跟他不相上下，这场比试非得斗个两败俱伤不可。他现在只剩下飞石绝招了，可是总不能在新婚前将未婚妻打个鼻青脸肿吧？张节心里左右为难。

这时萧玉兰骑的马一声嘶叫，张节心中一亮，想到了一个妙法：我不能打你的人难道还不能打你的马？张节虚晃一戟回马就走，萧玉兰纵马赶来。

张节摸出两个石子打来，萧玉兰早就听说过张节的飞石绝技，忙舞起亮银枪格挡。谁知那石子并不朝她飞来，而是一左一右打在她坐骑的两个眼眶上。那马负痛，长嘶一声，两腿直立将萧玉兰摔下马来。

张节连忙跳下马去扶萧玉兰，口称得罪。萧玉兰气得满脸通红，二话不说搂住张节的腰一个大转身，将张节摔倒在地。这一摔把张节的火气摔出来了，他爬起来向萧玉兰猛扑过去。

两人一来一往又比起了摔跤。这一下两个好似生死相搏一般，直斗得尘土飞扬，天昏地暗。渐渐地两人大汗淋漓，上下衣服全被撕破扯碎。萧玉兰胸前晃荡两只白兔腿间仿佛一蓬芳草，张节胯下玉柱挺立两侧裸臂逞威。斗着斗着两个抱在一团再也无法分开。怒吼变成呻吟，烈焰化为温馨，裸臂把玩白兔，玉柱探寻芳草。

张节搂住萧玉兰的身子，挺胯下之物直捣她两腿间那迷人之处。萧玉兰红着脸不敢看他，下体传来撕裂般疼痛。她知道这一刻自己成了张节的女人，遂强忍住痛苦，将嘴唇吻向身上压着的这个男人。张节心底忽地升起万般柔情，他放慢动作，开始温柔地抚摸自己的女人。荒郊野地里响起了辗转动听的呻吟之声。

婚后第二天，萧玉兰对张节道："我虽然已成了你的妻子，但是先前我被许给耶律重文之子。现在他被抛尸荒野，我欲将他入土安葬，方能死心塌地和你做夫妻。"张节道："没想到娘子有如此豪侠仁义之心。我就陪你一起去安葬他。"萧玉兰大喜，主动送上红唇亲吻她的夫君。

三娘和琼英得知后，均被萧玉兰的为人感动。三娘和女王商议后，下令将伪辽主一家人的尸骨和骨灰都收集好，找了个坟地安葬，并立碑铭文纪念。此事一传开，契丹人奔走相告，他们对护国大元帅本人和青山盟的敌意都大大减少了。

辽国本来就居住着许多汉人，女王亲自赐婚的虽然只有花逢春和张节两人，但此事极大地推动了契丹人和汉人之间的通婚。有个女王的堂哥哥，已经年过六十，他竟托人提亲，要娶扈三娘为妻。三娘婉言谢绝了他。

不过其他人并未灰心，风传又有几个贵族想来提亲，要娶扈三娘。女王只得亲自出面向王公贵族们传话，道："我这个姐姐聪明美貌无双，更兼武艺出众兵法谋略过人。谁想要娶她为妻，须得在各方面都配得上她，或者能为辽国立下盖世奇功。"此话一出，才让这帮人暂时死了这颗心。

三娘和朱武等人商议后，奏请女王颁布新法：辽国境内各族一律平等，禁止挑动种族间的冲突，违者严惩不贷。此法一经颁布，各地与种族相关的械斗大为减少，百姓们安居乐业。

欲知后事如何，且听下回分解。

第八回： 林无双驰誉朔州，金翠莲改嫁王进

花逢春和张节的婚事佳话轰动朝野，一时间在市井广为传颂，连青楼茶坊亦有人编小曲写话本说唱此事。

却说辽国的朔州守将名叫萧万忠，时年四十七岁，乃是老辽主亲信。他能征惯战，多次立功，曾经被老辽主拜为镇国大将军。只是他性情粗野，因酒后与人相斗杀死了当时的丞相之子，被朝廷贬至朔州镇守。

这人治理地方也颇有才能，手下收罗了不少能人，将朔州治理得像他家后院一般。他听说了青山盟盟主扈三娘主持与契丹权贵联姻之事，心里活泛起来。他寻思若能和青山盟的人联姻，日后定有机会重回京城再掌大权。

萧万忠觉得机不可失，遂遣人给护国大元帅扈三娘捎信，除向三娘表示钦敬恭顺之意外，还提到三娘之女林无双美貌贤淑，万忠我倾慕多时，愿娶她为妻云云。送信的使者还带来许多奇珍异宝作为聘礼。

三娘看了萧万忠的信颇费思量，这萧万忠比自己都大了差不多十岁却要娶年纪这么小的林无双，就算自己答应了此事，女儿无双心里恐怕也不会乐意。琼英顾大嫂亦不愿意将无双嫁给萧万忠，怕她去朔州后受苦。

朱武道：“这朔州兵强马壮，可见萧万忠此人颇有胆略才能。若能将他的兵马收编过来，对盟主的大业一定大有助益。不过此事还得看无双自己的意思。”

三娘将女儿无双叫来，对她说了此事，问她意下如何。出乎所有人意料之外，无双一口答应下来。原来无双年岁虽小，但深明事理。她眼见母亲自从来到辽国，日夜处理军情民事，苦心经营朝廷大局，便立志要为母亲分忧为母亲的大业献身。

三娘将她揽在怀里劝道：”此事还须从长计议，听说那萧万忠生得凶险，喜生食猪羊飞禽，又好色无度。我如何舍得将你嫁给这等人，去朔州受苦？再说回了这门亲事我青山盟还另有他法拉拢收编他的朔州兵马，不只这一条路可走。“

无双道："母亲不必劝阻，女儿我主意已定。母亲养育之恩深似大海，女儿即使丢了这条命亦要报答母亲。况且女儿也不是任人欺凌之辈，到时定可助母亲完成大业。"一番话，说得三娘琼英顾大嫂几个涕泪横流，连朱武亦眼眶潮湿。

三娘见无双主意已定，只得转告萧万忠的信使，道自己已答应下这门亲事，一个月后即会将女儿送去朔州完婚。女王得知此事后，急下旨招三娘和无双进宫，将无双认作干女儿，封她为银瓶公主。

私下里女王避开无双，抱住三娘哭道："无双还小，姐姐你怎能狠心让她一个人去朔州受苦？"三娘也哭了。她叹了一口气，对女王道："这次是她自己非要去不可，我亦无法劝阻。我这女儿从小心志高远，或许是她命中该受此番磨难。"

张节得到消息，快马加鞭地赶了回来。他先去见三娘，求她不要将无双远嫁朔州。女王正好也在三娘处，张节顾不得害羞，扑进三娘和女王的怀里大哭，惹得她们两个都泪流不止。

后来他又去见无双，见了面却又不知该说什么。他和无双是师兄妹，感情极好，只是三娘已告诉他这件事是无双自己的主意，并未有他人强迫。无双虽小，也到了寻常人家姑娘该出嫁的年纪。

他舍不得师妹走，只是紧紧拉住她的手，好似害怕有人将她抢去一般。林无双反过来宽慰师兄，道那朔州也不是龙潭虎穴，不必为她担心。两人最后搂抱在一起，洒泪而别。

一个月后，三娘给无双收拾好马匹行礼嫁妆送她启程去朔州，右将军琼英奉女王之命全程护送银瓶公主，左将军顾大嫂亲自从青山盟的女兵中挑选了春桃夏荷秋菊冬梅四人作为银瓶公主侍婢一起去朔州。三娘和无双临别时涕泪滂沱，千叮咛万嘱咐自不必说。

一路上少不得风餐露宿，几经辗转终于抵达朔州城。琼英吩咐先去当地一家最大的客店里安歇下来。萧万忠闻知银瓶公主到了，下令整个朔州城里披红挂彩迎接银瓶公主，并嘱咐手下的军师和管事的加紧安排，希望早日将无双娶过门。

琼英因不放心无双，想多留几天，待无双成亲后再回去。抵达朔州的第二天晚间，有个自称朔州军师的前来拜访右将军。琼英将他迎进屋里，这人姓张名盛。只见他年约四十，生得儒雅，谈吐不俗。

张盛先替萧万忠将军谢过右将军，说罢躬身向琮英施礼。琮英连称不敢，请他坐下，让侍女置酒食相待。

闲聊几句后，说起各自出身籍贯，发现这张盛是彰德府人，与琮英的丈夫张清是同宗。他中过秀才，因家道败落流落在辽国多年，给几个辽国将军当过幕僚，熟悉契丹文字和辽国各地风俗人情地理，对军事也颇有见解。

两人相谈甚欢，琮英十分钦佩张盛的见识，心道："这萧万忠果然有两下子，手下竟有如此能人为他出谋划策。不知我能否将他拉拢过来为三娘姐姐效力？"

琮英和张盛交谈的语气由尊敬转为亲切，好像两人是多年不见的好友一般。说得越多，琮英对无双的处境越发担忧。

原来这萧万忠早已娶了五个妻子，并生了四个儿子六个女儿。他的大儿子已经二十九岁了，比无双大了十几岁。琮英不但是三娘的好妹妹也是无双的师傅，知道这些情况后琮英怎能放心将无双撇下在这里？琮英脑子急转，想着各种法子来帮无双。

张盛如何不清楚琮英的忧虑？他虽在辽国多年，心里还是向着中原向着家乡的。琮英在他面前真情流露，让他倍感亲切。刚开始时他不敢直视琮英，因为她太美了。现在又发现了她的聪明善良和豪爽，心里不由暗叹道："若能获得此女的青睐，今生何憾？"

琮英为了三娘和无双愿意献出自己的一切，她当然能看得懂张盛的眼神，心里对他也颇有好感。琮英遣开侍女仆人，关好门，亲自为张盛斟酒。两只玉手将酒杯端起送到张盛嘴边，张盛心里扑腾跳着，从琮英手里的酒杯里喝了一口，琮英将杯子里剩下的酒喝干了，扔了酒杯，往张盛怀里扑去。

张盛伸手抱住琮英的娇躯，心里还不敢相信这是真的。刚要开口，嘴就被琮英的红唇吻住了。琮英给他宽衣解带，自己也脱得一丝不挂，张盛浑身像着了火似的，抱着琮英的身子不停地抚摸揉搓。琮英大声呻吟，张开两腿让张盛硬邦邦的下体插进来，两人如胶似漆抱成一团翻滚。

上次兀颜将军因认错人将琮英肏了，她还觉得对不起死去的丈夫，独自难过了好几天。这一次她心里只想着自己这么做是为了心爱的三娘姐姐而献身，竟然情不自禁，胯下早已淫水泛滥。这一夜张盛将琮英肏了三次，两人都累得精疲力尽。

本来辽人没有太严格的妻妾之分，张盛答应琼英一定要说服萧万忠将林无双立为正妻，还要竭力保证无双的安全。琼英取出女王给她的黄金令牌交给张盛，凭此可行使钦差权力。

她还告诉张盛自己回去后就会向女王奏报，秘密任命他为大辽国三品巡察使，可随时向护国大元帅禀报朔州军情，并协助银瓶公主林无双处理朔州的一切事宜。

婚礼如期举行。琼英花了足足两个时辰来替无双梳洗打扮。她只有张节一个儿子，没有女儿，今后恐怕也不会有了。徒弟无双就像她的亲生女儿一样。看着像花儿一样美丽的无双，她忍不住哭了。反倒是无双过来将她搂在怀里安慰。

婚礼上琼英代表女王和护国大元帅致辞祝贺。那些萧万忠手下的朔州将官们一个个都被琼英的风采迷住了，连萧万忠自己也不时地盯着她看。有个莽撞的军官喝多了，竟然伸手去摸她的脸。萧万忠大怒，喝令将他拖下去打四十大板。琼英不愿扫了大家的兴，婉言劝阻了。那个军官早被吓醒了，跪在地下给琼英磕头赔了罪。

婚礼过后右将军琼英立刻向萧万忠将军告辞，启程回去向女王和护国大元帅复命，萧万忠吩咐军师张盛将她一直送出朔州辖地。路上无人时琼英和张盛两个免不了寻找机会卿卿我我，亲亲摸摸。分手时两人又避开随从抱在一起叮咛嘱咐了一番。

洞房对无双来说是陌生的，也是充满恐惧的。临别时三娘顾不得自己的脸面，向无双传授了如何取悦男人的经验。无双当然无法一下子就学会这些东西，三娘只是想让她心里有所准备。

萧万忠满脸硬茬胡须，身材高大魁梧，脸上的一道伤疤让他略显狰狞。他对和年纪小的女孩睡觉没有感到任何不妥，以前他甚至睡过不到十二岁的小女孩。他对琼英坚持要他立银瓶公主为正妻有些不满，但经过军师张盛的劝说他也就依允了。毕竟无双的美丽容貌和尊贵的公主身份让他面子上十分好看。

灌了几大碗马奶酒后他就大踏步进入洞房，两只大手几下就将坐在床边的无双脱得赤条条的。无双心里默记着三娘传授给她的经验，可身子不由自主地发抖，萧万忠将她剥光了扔到床上，立刻用胯下之物直捣无双的花心。

无双的下体撕裂般地痛，她忍不住哭出声来。野兽般的萧万忠压在她身上，让她回想起一年前她带领栾英栾勇和一群歹徒恶战，那个刀疤脸的大汉剥光了她衣裙差一点将她奸污的事情来。

萧万忠的模样儿比那个刀疤脸要凶多了。他力气也大，无双简直是毫无抵抗之力，只能任由他欺反复凌辱。母亲虽跟她说过男人和女人在洞房里会发生些什么，不过她没想到会这么痛。

无双的新婚第一夜就这么在恐惧和疼痛的煎熬之中过去了。萧万忠好像根本没听见她的哭声。他不会怜香惜玉，也不在意无双表现不佳。他睡过的处女太多了，第一夜都差异不大。

自第二夜开始他惊喜地发现无双无师自通地掌握了许多令男人愉悦的技巧，当然他不知道这是来自无双的母亲护国大元帅扈三娘的亲身传授。他不由得雄风大振，夜夜沉迷在无双的娇躯里不可自拔。这也使得无双在他的其他妻子们口中成了不要脸的小狐狸精。

无双夜里也挺享受丈夫的专宠。萧万忠身体强壮，精力充沛，肏起女人来毫无节制。每次他都是全力以赴，大喊大叫。无双刚开始时挺不好意思的，早晨见了自己的侍女都红了脸低着头。不过后来她习惯了，自己也跟着浪叫起来。

无双白天带着四个贴身女兵和将军府的卫士们去军营里操练，去野外打猎，有时也去集市上逛逛。她浑然不知自己在将军府内已成了众矢之的，将军的其他妻子们都去他面前编排诉说无双的许多不是。

将军的第四个儿子萧天狼则用色迷迷的眼光盯着春桃夏荷秋菊冬梅四个侍女看。她们四人都是顾大嫂从青山盟军中挑出来的孤儿，年龄十七到二十岁，都练武至少一年。长相虽不是特别出众，四个女孩站在一起在朔州城里也算是一道亮丽的风景。

这一日四人中年龄最大的夏荷偶感风寒，无双让她留在家中歇息，自己带着其他三个像往常一样出门去了。不料萧天狼趁机钻入屋里要强奸夏荷。

夏荷本来在病中，如何敌得过壮汉萧天狼？被他一手揪住头发一手用力撕扯衣服，一会儿就将她脱得精光，然后按在地上挺胯下之物一阵猛肏，夏荷声嘶力竭地呼喊救命。最后还是为人忠厚的大哥萧天龙进屋里来将萧天狼拉开了。

无双回来时夏荷还躺在地下哭泣，两乳和屁股都被掐得青一块紫一块，两腿间流着污血。无双大怒，喝叫将军府卫士去把萧天狼绑了。卫士们害怕萧天狼，抗命不动，无双气得抽出刀来将一个卫士砍倒在地，其他卫士吓得赶忙去将萧天狼绑来。

萧天狼一边挣扎一边大骂无双是狐狸精臭婊子。无双喝令卫士们将萧天狼按倒打四十大板。卫士正要行刑，萧万忠赶回来了，后面跟着啼啼哭哭的萧天狼的母亲。

萧万忠喝叫卫士住手。无双看着萧万忠道："我是你正妻，又是公主。萧天狼强奸我的侍女，又对我大声辱骂，我如何打他不得？我闻你平时治军甚严，为何自己儿子在家中就可以不守规矩，强奸母亲的侍女，还大声辱骂母亲？"

萧万忠被驳得无话可说，他也知此事是萧天狼的错，只是被无双在众人面前驳倒不甘心。想了一会儿，他对无双道："好，你可以惩治萧天狼。但是你将我的卫士砍伤又当得何罪？"

无双知他是放不下面子，但今日之事若不惩治萧天狼往后局面不堪设想，就对萧万忠道："待我处置了萧天狼后，我自会向你领罪。"萧万忠道："我且等在这里，看你如何处置，又如何领罪。"

无双叫卫士们把萧天狼按在大厅的地上重打四十大板，如有徇私者与萧天狼同罪。卫士们齐声领命，将萧天狼打得一佛出世，二佛升天。打完后，无双吩咐将萧天狼抬下去请医看视。

随后无双对萧万忠道："我今日顶撞将军，又砍伤将军的卫士，是我的不是。现在你可随意惩治我。"说罢将全身衣裙都脱光，赤身裸体地趴在地下，撅起屁股让萧万忠打她。

整个将军府里的人都惊呆了。萧万忠看着妻子无双那高高撅起的白嫩的屁股，竟说不出话来。这时萧万忠的另外三个儿子萧天龙萧天虎萧天豹一齐跪下替母亲求情，连那个被无双砍伤的卫士也跪下磕头。他痛哭流涕，道罪在自己，此事公主殿下没有任何过错。

最后萧万忠的其他妻妾和仆人侍女们也全都跪下了，恳求他不要惩罚公主。萧万忠跺了跺脚，一声不吭地出门去了。

春桃秋菊冬梅几个连忙上前帮无双穿好衣服，扶她进屋。这天晚上四个侍女一齐跪在无双面前，誓言要为公主赴汤蹈火，万死不辞。

此事传了出去，朔州上下对公主一片赞誉之声，都夸她是个豪侠仗义的女中豪杰。张盛暗道：“果然是护国大元帅之女，竟有如此气量，非同小可。”他心里暗自庆幸自己早已投靠了扈三娘。

琼英回到京城，见了三娘和女王，将朔州的情形向她们说了，还说了自己已将朔州的军师张盛拉拢过来为青山盟效力。女王立即将张盛封为三品巡察使，钦差大臣，遣密使将旨意送到朔州交予张盛。

三娘抱住琼英亲吻，道：“这次你屈身勾引那个张盛，真是难为妹妹你了。”琼英道：“这个不值甚么，都是为了我那徒儿。再说那张盛也是个极有趣之人，我们两个也算是情投意合。”

三娘见琼英终于有了喜欢的男人，替她高兴，不过心里也略微有一点儿醋意。她一边在琼英身子上温柔地抚摸，一边对她附耳道：“姐姐跟你也是情投意合呢。你可不要将姐姐给忘了啊。”琼英红着脸“嗯”了一声，掀开三娘胸前的衣服，将头埋了进去。

三娘又道：“无双的婚事算是办完了，下面该给我们的王进王都统领办婚事了。”琼英听了忙问缘由，三娘笑着给琼英将此事原委一一道来。

王进任禁军都统领，管着近四万人马。他时刻将鲁铁柱带在身边学习军旅之事，又抽空将十八般武艺一件一件地教给铁柱。铁柱虽不善言语，学武却极有悟性，和花逢春张节这等聪明伶俐的人相比也各有千秋。

铁柱的母亲金翠莲见王进无有家室，常将他邀请来一起用饭，平日里也为他缝补浆洗，烧汤端茶。久而久之，王进也不住在军营里了，只住在铁柱母亲专为他收拾的一间小屋里，早晚都在一起用饭，三人过得越来越像一家人。

铁柱没见过亲生父亲鲁智深，养父赵员外也死了。现在铁柱被王进整天带在身边教诲，他嘴上虽不会说，心里感觉很温暖。他事事都听师傅王进的，孝顺得很。

这一日，王进病了，浑身发热。他叫铁柱自去军营里听候栾廷玉的吩咐，道他自己躺在床上将息一日就好。铁柱担心师傅一人在家，不敢离去。他母亲道："你听师傅的话快去，我自在家伺候服侍你师傅。"

铁柱走后，金翠莲请医士来家给王进看了。开了一副发汗的药，用温水伺候王进服下。少时王进出了一身大汗，将衣服全都湿透了。金翠莲怕穿着湿衣服睡会让王进的病加重，就给他烧热汤沐浴，然后再换上干衣服。

烧好热汤后，她来床边搀扶王进，王进病得头重脚轻，把身躯倚在金翠莲身上。金翠莲将他扶到汤桶边，替他脱光衣服，让他坐下来。金翠莲已累得浑身是汗，索性自己也脱了衣服，跳进汤桶里来服侍王进沐浴。

王进睁不开眼，迷迷糊糊地觉得自己回到了小时候，母亲正在给自己沐浴，他伸手去抱住母亲的躯体。金翠莲羞得满脸通红，她自赵员外三年前病死后就再未碰过男人，心里如何不想？就把王进的脸按在自己白白的两乳间来回摩擦，轻声呻吟。

过来一会儿，王进病已略好，知道自己是躺在金翠莲的怀里。他原来就喜欢金翠莲的温柔体贴，伸头去她脸上吻了一下。金翠莲红着脸替王进擦干身子，扶去床上躺好，盖了被卧。自己也穿好了衣服，收拾好汤桶，又去做饭。

待晚上铁柱回到家中，翠莲和他一起去扶王进下床吃饭，吃完饭又将王进扶去床上躺下歇息。她叫铁柱自去安歇，自己悄悄地回到王进房里，脱了衣服，掀开被卧钻了进去，和王进一夜卿卿我我不提。

王进的母亲为人温柔贤惠。王进从小就喜欢像他母亲那样的端庄贤淑的美妇，对年轻的姑娘反倒没有什么兴趣。他和金翠莲就好似天生的一对儿。

自此以后每天晚上金翠莲待铁柱睡下后都来王进屋里安歇。有时王进在操练军士之余，中午也会偷空回家来和她享受鱼水之欢。因铁柱不在家，他们没了顾虑，在床上的动静颇大。金翠莲觉得自己似乎变成了一个淫荡下贱的女人。

金翠莲心里虽然愧疚，可是她的身子却再也离不开身边这个男人了。就这样他们偷欢了两个多月，直至五天前她感觉身体不适，请医看视后才知自己有孕了。

王进得知后红着脸来找三娘商议，三娘笑着道："此是天大的好事，有何难处？你且放心，聘礼嫁妆都交给我来办，我包你能尽快将娇妻娶进门。你那几个徒弟都得叫回来让他们来给你磕头贺喜。"王进谢了三娘，满心欢喜地离去了。

琼英听了三娘所述，笑道："如此甚好，待我去叫张节来给他师傅准备礼物。铁柱那憨孩子你也得去跟他说一下，免得他被惊吓着。"三娘道："这个自然。"

顾大嫂得知后也要来帮忙，连女王都惊动了，她传来旨意道要将王都统领的婚事放到王宫里办。

三娘没忘了将鲁铁柱找到大元帅府里来细心开导了一番。铁柱虽然还不太明白男女之事，师傅王进对他和母亲都很好，这他是知道的。何况三娘是母亲和他的大恩人，三娘说的话铁柱句句都听。

三日后是吉日，王宫里张灯结彩，女王亲自主持婚礼，王公贵族和朝里的百官们都来贺喜。然后是张节花逢春鲁铁柱及禁军的其他将领们来行礼，三娘朱武也领着青山盟众人来贺喜，好不热闹。兀颜大元帅耶律清萧大观曲利出云等领兵在外不能赶回，只遣人送来了贺礼。

女王特赐一座新宅院给王进夫妻婚后居住。此时鲁铁柱学艺已成，三娘将他调来自己身边任亲随兼大元帅卫队统领。此话暂且放过不提。

再说萧万忠因无双处罚萧天狼之事对她心生不满。无双却不与自己的丈夫计较，每天夜晚上床后她都温柔殷勤地服侍他，让他舒服得说不出话来。不仅如此，她还亲自示范，训练自己的四个侍女。让她们学会伺候男人，这样自己身子不便时她们能够顶上来。

萧万忠被她感化了，其实他早就知道无双深明事理，错全在自己的儿子萧天狼身上。萧万忠是个倔强的人，他不会主动向无双认错。不过他将其他妻妾们都召集起来，痛骂了她们一顿。他道："以后谁要是再敢来我面前搬弄是非，说银瓶公主的坏话，定责不饶。"

他还命几个儿子们每天都须向母亲请安问好。萧天龙萧天虎萧天豹早就对无双这个比他们还年轻的母亲既钦敬又爱慕，觉得她拥有一个好母亲的博大胸怀。至于萧天狼，无双也不计较他以前的过失，时常对他做得好的地方就加以称赞。萧天狼对无双的感情也慢慢由嫉恨转变成了敬畏和爱戴。

自此以后将军府的人都对银瓶公主是心服口服，绝不敢违拗她。

萧万忠似乎精力太过旺盛，他几乎每天晚上在床上都尽情地折腾无双。有时疯狂起来他会用牙齿咬她的胸前的肉或者用皮鞭抽她的屁股，然后再用舌头去舔她的伤处。无双渐渐习惯了这种日子，若哪天丈夫不在身边，她心里反而觉得空虚。

欲知后事如何，且听下回分解。

第九回： 童贯领兵征辽国，兀颜挂帅抗金兵

却说金国皇帝遣密使来见宋朝天子，要与大宋联合起兵伐辽，若得胜则平分所占土地。天子将此事交由蔡京高俅童贯商议，三人回奏天子，可遣大军北上配合金国攻辽国。天子准奏，叫枢密使童贯亲自领兵五万前去，大将王禀作先锋，择日启程。

陈丽卿对上一次父亲因病未能出征之事一直耿耿于怀，听得消息后火速去太尉府求见高衙内，请他为自己父亲安排副先锋之职。见了高衙内，丽卿二话不说就将自己脱得一丝不挂，伸手又去给高衙内宽衣解带。

高衙内许久未能和丽卿同床共枕，心里正思念她，茶饭不思焦虑不堪，巴不得天天有战事好教丽卿来求他。见了丽卿这般模样，心下大喜，附在丽卿耳边道："你父亲的副先锋之职包在我身上。"

说完就含住丽卿的深色乳头吸允，又将手伸进丽卿胯下抚摸。丽卿如今也熟知高衙内的秉性，主动把手去揉搓高衙内的胯下之物，待硬起来了就将它塞入自己身子里，口里还大声呻吟不止。高衙内骑在丽卿身上肏了她半个时辰方在丽卿身子里发泄完毕，整个人瘫软在丽卿的娇躯上。丽卿亦十分满足，浑身抽搐不停。

稍停，丽卿欲起身穿衣，高衙内捏住她，指着自己胯下道："且不忙穿衣，你若能把它舔干净了，我一发帮到底，教你和你父亲一同出征。"丽卿盯着衙内胯下看了一回，道："我丈夫祝永清也须和我同去。"

高衙内点头依允，丽卿伸手捧住衙内那话儿，头伸到跟前将它含到嘴里用舌头来回舔允，高衙内闭上两眼尽情享受。不一时那话儿又硬起来，免不了又将丽卿按住肏了一回。肏到高兴时将手掌用力拍打丽卿的屁股，直打得丽卿的两瓣屁股都红肿起来。丽卿闭上眼睛任他打，口里还不停地娇声呻吟，此是高衙内肏女人肏得最为得趣的一次。

丽卿回来后即去父亲那里，告诉父亲自己为他谋了副先锋之职一事。陈希真听了一面高兴自己终于又有了一次领兵的机会，一面又心疼女儿丽卿。丽卿解开衣服，把父亲的脸贴在自己两乳上，对他道："爹爹休要为此事烦恼，丽卿最爱爹爹，为爹爹做这样的事心甘情愿。"

陈希真心里明知不妥，可是大错早已犯下。面对丽卿这样的美貌女儿，他还是忍不住要骑在她身上肏她。丽卿大声回应，完了又学在太尉府里对高衙内那样把父亲那话儿含在嘴里舔允，陈希真胯下又硬起来，只得又把丽卿肏了一回。

晚上丽卿回到家中见了丈夫祝永清，不免心里有愧，遂拉住他主动求欢。永清看着丽卿红红的脸，高耸的两乳，心里不知怎么浮起扈三娘的影子来，他轻轻地把丽卿抱到床上，脱了衣服，开始用最温柔的方式来爱抚她。

在东京的乐和将宋金欲联合起兵两路进犯辽国的消息传给了扈三娘。三娘觉得此事恐怕不假，就将朱武王进找来商议对策。朱武道："若金国起兵，必从东边或东北边杀来，宋朝则会从南边来，我等须早日调兵遣将，做好准备。南边若吃紧，我青山盟的兵马可出动支援，东边则须另遣一将独挡一面。"

三娘道："此事非兀颜元帅莫属。东北部统兵的边关将领都是契丹人，士兵也以契丹人居多，兀颜元帅在军中威望甚高，派他去定能镇住那些骄兵悍将。"朱武道："三娘言之有理，我也是这个意思。"王进道："兀颜虽然为人正直，但他兵权日重，我等也要防他生不臣之心。"三娘道："用人不疑，此时正当要紧关头，不可让人寒了心。即使要防他，也不可明着来，要暗地行事。"朱武王进点头称是。

朱武王进离去后，三娘寻思了一会儿，派人去兀颜元帅府里将他请来。兀颜见了三娘欲跪下行礼，三娘捏住他，道："我等同朝为臣，不必如此。"兀颜道："盟主待我恩重如山，兀颜早就对盟主倾心臣服，今生定不负盟主提携宠爱之恩。"说罢跪下向三娘磕了头。

三娘让侍女卫士离开，伸手将兀颜拉起来，拥在怀里。兀颜闻着三娘的体香，不觉心旷神怡，两手在三娘成熟的身子上游走。三娘的胳膊环住兀颜强健的躯体，嘴对着兀颜的嘴，香舌轻吐，兀颜大口吸允，如饮琼浆玉液。三娘将自己的裙子从后拉起来，背向兀颜趴着，露出雪白的屁股。兀颜捧住三娘的香臀，把舌头去那股沟里来回舔，舔得三娘大叫不止。

兀颜将自己早已坚硬的胯下之物从三娘身后插进她湿淋淋的桃花溪之中，用力抽动，三娘合着他的节奏娇声呻吟。这兀颜已是兵马大元帅，府里妻妾成群，不过他觉得她们都不如三娘美艳娇柔，肏起来让人浑身舒坦。

良久，两人整理衣裙，坐下叙话。兀颜道："盟主招属下来，必有大事相告。"三娘道："如今有消息传来，道宋金两国欲联合攻我辽国，分东南两路进兵，我等须早做迎敌准备。”兀颜道：“此正是属下效忠盟主之时，但请盟主吩咐，属下万死不辞。”

三娘道：“我欲奏请女王，让你挂帅统领整个东北部军兵，抵御金国来犯之敌。你要多加小心，谨防将士们轻敌致败。你可将张节花逢春带上，让他们多去战场上历练一番。”兀颜道：“盟主放心，属下一定谨尊盟主之命。他们两个都是极好的将才，一定能为盟主立下不世奇功。”

自从上次因为认错人“误”肏了琼英之后，兀颜就在心里将张节看成了自己的晚辈，对他十分呵护。他和三娘两人商议了一会儿军情，然后告辞离去。

花逢春外出巡视各处军营未归，三娘将张节叫来，唤入密室叮嘱一番。张节将头埋在三娘怀里，道：“盟主阿姨想死我了。”三娘道：“听说你和妻子十分恩爱？”张节道：“都是盟主做主，让我娶得萧玉兰这等称心如意的妻子，张节感激不尽。”三娘道：“如此甚好。那萧玉兰武艺不错，这次出兵抗金，我可让她做你的副将同去。”张节道：“若如此她必定感激盟主阿姨的大恩大德。”

说着说着三娘的裙子被张节退了下来，她光着下身迎面坐在张节的膝上。张节将自己的坚挺插进三娘芳草遮盖着的桃花洞里，两人一番恩爱缠绵不提。

次日三娘进宫向女王禀报宋金两国欲联合起兵来犯之事，又说了自己和朱武等商议的对敌之策，女王准奏。三娘告辞女王，回大元帅府布置筹备出兵迎敌之事。

女王回到后宫，脱了衣服上床与柴承宗滚在一起。她近来与柴承宗形影不离，恩爱有加。刚才去见三娘之前正和柴承宗在床上激战。她让柴承宗在床上等她，见完三娘后马上回来让他继续肏她。

三娘回府后，下人来报，道一契丹青年求见。三娘心里纳闷儿，不知是谁。待请进屋里一看，原来却是自己的儿子林无敌。三娘大惊，继而大喜，问道：“我儿如何这般打扮？你父亲可好？”林无敌向三娘磕了三个头，道：“父亲很好，还在六和寺里练那佛门功法。我这一年多来一直跟随师傅在辽国各地游览，学习契丹话和风土人情。师傅道这样做是为了让我对母亲的大业有所帮助。”

三娘道：“你师傅也来了？他在何处？”无敌道：“一个月前他已回去搬取一家老小，让我自己先进京看望母亲，我因事耽误了一阵今天才到，估计师傅一家应该也快到了。”

三娘大喜，她许多时未见儿子，早就想得不得了，今日见他长得比自己高了，也壮实了许多。母子俩抱在一起久久不肯放手，晚上两人同床夜话不提。

过了几天，花逢春回来了。他听说三娘的儿子来了，就和张节一起来三娘府上见师弟。三娘让林无敌对花逢春张节鲁铁柱下拜，认作哥哥。琼英和顾大嫂闻讯带着栾英栾勇赶来，轮流把林无敌抱在怀里疼爱了一番，栾英栾勇两个也拜了林无敌作哥哥。大家尽皆欢喜，只可惜林无双远嫁朔州不能得见。

女王接到消息当晚将三娘和林无敌招进宫里，三娘拉着无敌拜见女王。无敌依旧契丹人打扮，用契丹话给女王请安。女王见了大喜，拉着林无敌的手左看右看了一回，对三娘道："你从今以后要无敌都是今天这般打扮，还要叮嘱熟识的人不要泄露出去。总之只许他以契丹人的模样露面，你这个儿子我要了。"

三娘不解，问道："这却是为何？"女王道："我过几日要认他做儿子，以后再把他立为太子。姐姐你知道我嫁过两个丈夫都无儿无女，这些年和其他男人来往也未怀过孕，或许我今生注定不能生育。我要让无敌以契丹人的身份给我当儿子，将来好把这大位传给他。"

三娘听了，眼泪夺眶而出，她心里明白，女王这是要报她的大恩，让三娘的后代永掌辽国。三娘让无敌再次给女王跪下磕了三个头，道："女王从今以后也是你的娘。"无敌亦被女王和母亲之间的真情感动，含着眼泪叫了女王一声："娘。"女王把三娘和无敌都拉进怀里搂着，久久不愿松开。

金国这次征辽的兵马共五万人，都是能征惯战的，由元帅完颜雄领兵。先锋官却是一员女将，叫做完颜红，乃是金国皇帝的堂妹。她被皇帝封为杏花公主，使两口镔铁雪花刀，既有武艺又懂谋略。完颜元帅分给她了五千骑兵打头阵。

兀颜大元帅点起一万契丹兵，押着粮草启程往东部边境去迎战金国兵马，花逢春和张节都跟着一起出征，萧玉兰被任命为龙骑将军张节的副将也随军出发。这次从京城只带来一万人马，其他九万兵都是从辽国东北部各支边军中抽出来的，他们会在辽金边境那边与大元帅会合。

兀颜张节花逢春与各支边军会合后，补充粮草，稍加操练，就去金兵来的路上扎营，摆开阵势迎敌。兀颜元帅深知己方短处，虽然人多但因多年无战事，不免缺少训练，军器不整。军纪亦差，真打起来很难指挥自如。他自幼跟父亲学习，深通阵法的变化，此时摆出的大阵看起来虽然简单，但阵内各块相互呼应，是以多胜少的极好阵法。

杏花公主完颜红领着五千骑兵做先锋，听说辽兵摆了个大阵，就只带几十骑前去观察敌阵，临走前嘱咐副将马大保做好冲阵杀敌的准备。

完颜红看了辽军的大阵，觉得无甚破绽，正欲离去，只听得一声大喝："哪个金国婆娘敢来窥探我辽国大军？与我捉了！"只见阵中驰出十余骑，当先一将手持三尖两刃刀。此人是曲利虎，原在北部边关镇守，这次被调来加入兀颜元帅的大军抵御金兵。

元帅原已下令各军不得轻易出战，曲利虎见完颜红长得美，就想擒了回来自己受用。他将自己的一千兵交给兄弟曲利豹，自己只领亲兵十几人来捉完颜红，若元帅怪罪下来，就道是去捉拿金国奸细。

完颜红暗道："我正发愁你军阵严整无法破你，现在你自己杀出来，岂不是自投罗网？"当下舞动双刀来战曲利虎，曲利虎见完颜红没有转身逃走，大喜，舞动三尖两刃刀向她砍来。

完颜红举起右手刀挡下曲利虎的兵器，左手刀往曲利虎的脖子抹去。也是曲利虎太大意，只道她一女人臂力定比不过男人，出全力一刀砍去，想不到完颜红右手单臂就能格挡他的兵器。

这完颜红其实惯使左手，后面这一刀轻飘飘的抹出，正是杀人于无形的绝技，看起来好像曲利虎自己把脖颈往她刀口上送过去一般。但见血光一闪，曲利虎早已捂着脖子跌下马去。跟随的亲兵们看了，唬得回马就走，屁滚尿流地奔回阵去。

曲利豹在后面看见这女人一个回合就杀了他亲哥哥，大怒之下也顾不得元帅军令，带着手下一千人冲出了大阵，纵马向完颜红赶来，一心要杀了这女人为他哥哥报仇。完颜红见了，带着亲兵往回打马而去。曲利豹不舍，一直在后紧追。

这完颜红正要他追来，走得也不甚快，把他那一千追兵往副先锋马大保的人马扎营处引来。那马大保是个多次上阵的老将，老远看见完颜红和后面的追兵，忙带了两千余精兵马隐藏在树林子里，准备袭击追兵。

曲利豹是个粗鲁之人，只顾赶来，哪里注意有无伏兵？只听得一声锣响，对面和两侧树林子里冲出两千余骑，向他的一千追兵杀来。这一千曲利豹的兵正追之间如何停得下来？不一时被他两千伏兵冲得七零八落，经过不到半个时辰的砍杀，约三百人被杀死，其余的或负伤或投降，都被擒了，曲利豹亦被活捉。

兀颜元帅闻报曲利虎被杀曲利豹引兵追赶敌人去了，知道大事不妙。叫过张节花逢春，让他们领五十骑前去打探，若遇敌兵速回，不得恋战。

两人领命后带兵循着曲利豹追兵的马蹄印一路搜寻过来，到了刚才曲利豹遇埋伏的树林前面。张节花逢春见地势险要，虽未见伏兵，但树林中似乎有隐隐杀气透出。两人见天色将晚，再往前探寻只怕凶多吉少，就令手下原路返回。

这时埋伏在左侧树林里的副先锋马大保见敌人并不上当，只得将伏兵收了。过了大约半个时辰，埋伏在右侧的军兵来报，道先锋完颜红不甘心放走刚才的敌军，自己领五十轻骑抄小路赶到敌人前面去堵截。马大保听了，寻思敌人虽只有五十余人，为防万一他急调一千军马前去接应完颜红。

谁知等了大半夜也不见完颜红回来，这一千军马也无消息。直到天明，才见那一千军马稀稀落落地回来，报道一路寻不见先锋完颜红，直到快看见敌人的大营时才发现地上有厮杀痕迹，还找到了四十余具尸体，都是完颜将军带去的人，完颜将军想来凶多吉少。马大保听了叫声苦，不知高低，急遣人去元帅完颜雄处将实情报知。

原来张节花逢春带人退走，快回到辽军大营地时被完颜红带的人马拦住去路。完颜红也是因为走迷了路，直到快见到敌营时才将张节花逢春赶上。张节对花逢春笑道："这女将真不知死活，竟在此地拦截我等，若厮杀起来我大营的兵马立时可至。兄弟，我且领其余人去杀她的兵马，这女的就交给你了。"

花逢春道："多谢大哥成全小弟的功劳。"说完挺枪向完颜红杀去，张节领其余人跟着一齐杀过去。完颜红此时也后悔带的人少了，只是不及多想，花逢春已杀到眼前，只得抡起双刀迎敌。

张节领人杀向完颜红身后的军兵，那些兵都是先锋官挑出来的精锐，见完颜红正在和花逢春力战，也奋不顾身上前冲杀，双方兵器还未相交就被张节用石子打倒三五个。其余人虽然吃惊，只是不敢撇下完颜红逃命，只得硬着头皮抵抗。张节大逞神威，稍远的用石子打，近的用画戟戳，手下军兵也刀枪并举，不一时将完颜红的人杀了个干干净净。

张节回身停下来远远地观看花逢春和完颜红鏖战。见了两人相斗情形，知花逢春必胜无疑，就吩咐手下四散去各处哨探，看是否还有敌兵追来。

花逢春手持亮银枪与完颜红斗了五十余合，未分胜负。完颜红累得汗透全身，好似从水里捞出来的一般，她瞥见自己的亲随都被杀光了，心知今日凶多吉少，只得咬紧牙关舞双刀拼命抵御花逢春的亮银枪。

花逢春暗道："这女人生的这般美，双刀却如此厉害，好似三娘姐姐一般。要不是三娘姐姐当初教给我不少刀法招数和相应的破法，我今天还真奈何不了她。"

这时完颜红已精疲力尽，弃了双刀，拔转战马就走，花逢春如何肯放她？张弓搭箭，一连三箭射在她战马的屁股和腿上。那马虽是匹宝马，中了三箭如何还能跑得快，花逢春赶上前，俯身将完颜红拽过马来活捉了。完颜红被他从背后一手搂住腰，一手抓在胸前两乳上，只道他是故意轻薄她。她是公主，如何受得了这个？张嘴就往花逢春手上咬去。

花逢春吃痛，大怒，道："你这恶婆娘被擒住还不老实，看我怎么治你。"他将完颜红两手扭在身后，脸朝下按在马背上。将她下面裙子撕开，扬手对着她粉嫩的翘臀上一连打了十几巴掌。

完颜红羞怒交加，昏死过去。花逢春从她身上搜出贴胸脯挂着的令牌，方知她是敌军先锋官杏花公主，心里有点后悔刚才对她的轻薄。

这时张节带人过来了，和花逢春一起将完颜红押回大营去，交给兀颜元帅手下的负责收集军情的将领去审问。审了半天，因完颜红什么也不肯说，这个将领只得回禀兀颜元帅，元帅就将她赏给了花逢春。

遇到这种情况，按辽军里的规矩，男的自然要砍头，女的一般交给俘获她的将军处置，当然元帅也可以自己留下她。完颜红这么美艳的女俘虏被赏给了花逢春，其余将领们都羡慕不已。这次交锋虽然损失了曲利虎曲利豹的一千兵马，却将敌方先锋俘获，算是个大胜，张节花逢春立了头功。

张节回到自己的军帐里，萧玉兰接着，问道："听说你今天活捉了一员女将？"张节道："不是我，是花逢春兄弟。那女的是金国的先锋官杏花公主完颜红。"

萧玉兰问道："那杏花公主生的如何？"张节笑道："生的美极了，快赶上护国大元帅了。花逢春那小子看来是被迷住了，你那耶律萍姐姐和耶律燕妹妹恐怕就要添一个新的姐妹了。"

萧玉兰伸手握住张节的胯下之物道："你是不是嫉妒姓花的了？"张节伸手探入萧玉兰的衣服里，抚摸着她挺拔的两乳道："不嫉妒他，我只喜欢你一个。"

萧玉兰骂道："就你油嘴滑舌，看我怎么整治你。"说完两人在军帐里搂住滚在一处，像新婚前一样摔起跤来，两人身上衣衫渐少，喘息之声渐重。

花逢春在自己军帐里，看着地下被捆成一团的完颜红，不知该怎么办。完颜红两眼瞪着花逢春，心里却在叫苦："这下落在这个人手里，即使不死明天也没脸活下去了。"

花逢春蹲下身子，凑到完颜红的脸跟前低声对她道："我先给你松绑，然后再给你身上的伤处敷上金创药。你不要乱动，不然吃苦的是你自己，明白么？"完颜红寻思了一回，点了点头。

花逢春叫人烧了热汤端进账里，他先把捆完颜红的绳子解开，让她脱了衣服将她身子上下擦拭了一遍，又让她脸朝下躺下给她伤处敷上金创药。自始至终完颜红都红着脸不吭一声，只是当花逢春的手碰到她伤处时才痛得轻哼一下。她身上的伤多在背部屁股和两腿上，大多是因她不招供被审讯她的军官用鞭子打的。

花逢春给她换上干净的男人衣服，道："我也不绑你了，你看这军营里数万男人，要是你逃跑被逮住了定会被他们轮奸致死，到时我可救不了你。"说完就走出去了。过了一会儿有小兵进来给她送饭送水，一夜无话。

又过了两天，有金国元帅完颜雄的使者送信给兀颜元帅，信中提出金国可以先退兵，放还被俘的曲利豹和被擒的七百士兵，并赔偿辽国十万两银子，辽国方面则须将杏花公主完颜红放回。

兀颜元帅对自己统领的这十万兵马能否战胜金国的五万精兵也无甚信心，这样的结局也符合盟主扈三娘定下的战略目标，就准许了完颜雄的请求。他将花逢春叫来，对他说了要将完颜红放回之事。花逢春道："谨尊元帅之命。"兀颜元帅拍了拍花逢春的肩膀表示歉意,花逢春回自己营帐去了。

花逢春对完颜红说了元帅要将她放回金国，两国罢兵言和之事。谁知完颜红听了反倒大哭起来。这完颜红也是苦命之人，她母亲死得早，自己因生的美，十岁时就被好色的亲舅舅强奸。她苦练武艺为的是有朝一日能领军为国立功，掌了兵权后再去杀了舅舅报仇。

她那个舅舅是皇帝的亲信大将，已征得完颜红父亲同意将完颜红嫁给他（外甥女嫁给舅舅在金国不是违礼之事）。这次出兵前，完颜红去向她那个做皇帝的堂哥哭诉，堂哥有点被她打动了，就答应她这次若能立下大功，回来后不必嫁给舅舅。

花逢春被她哭得莫名其妙，心道：我还一次都没肏过你呢，你就哭个不停。完颜红心知就算被放回去也是入虎口，把心一横，上前抱住花逢春就亲他的嘴。她对花逢春的恶感早就消失了，细看之下发现花逢春是个英俊得能迷死不少姑娘少妇的美男子。带着报复舅舅的心理，她不顾廉耻地将自己脱光，强拉逢春和她春风一度。

花逢春翩翩少年，如何抵得过这等诱惑？当下两人口里喘个不停，肉体猛烈撞击，汗水淫水横流，军帐里头雾气腾腾。

完事之后她才向花逢春说起自己小时的遭遇和回去后面临的厄运。花逢春知道因涉及两国罢兵议和的大事，自己现在无法救她。只是向她发毒誓保证，少则一年多则三年一定要将完颜红救出火坑。

完颜红边亲吻花逢春边道：“我在金国每日都会思念将军，望将军要早早来救我。”两人依依不舍地分别，完颜红随着金国来接她的人一起走了。张节和其他将军们看见完颜红对花逢春含情脉脉的样子，不由都对他竖起了大拇指。花逢春苦笑一声，回自己账里去了。至此辽金两国罢战休兵，兀颜元帅班师回朝不提。

再说童贯领兵北征辽国，选中了朔州作为他首先攻击的目标。他想朔州远离辽国京城远且多年未有争战，想来无甚精兵强将。金国从东部杀来，辽国怕是无暇顾及朔州这等边远之地。这些年宋国跟辽国打仗败多胜少，自己若能先拿下朔州定可鼓舞全军士气。

萧万忠在朔州听得宋兵来犯，怒从心起，道：“我正思量去你那里烧杀抢掠，还未及起兵，你倒来送死？”传令下去让各支军马准备迎敌。

为何他不奏报朝廷求援？原来他自己秘密征兵，练得五千骑精锐，临近州县也唯他马首是瞻，他手中可调之兵已经超过两万。若向朝廷求援，就算最后得胜，自己的精兵也会被朝廷收去，除非他公开造反。

林无双自嫁到朔州后，表面上对朔州军政民事毫不关心，暗地里却与张盛筹划大事，也收买拉拢了一些文武官员，只等时机成熟就由朝廷收回朔州兵权。这次宋兵进犯，她已经秘密遣人去向母亲报知详情。

这一日萧万忠从州衙里回来，无双领四个侍女将他迎进屋里，从侍女手中接过热茶向丈夫敬上。萧万忠刚才因军队辎重之事心里窝了一团火，接过茶杯摔在地上。伸手把无双拽过来，当着侍女们的面，掀起无双的裙子，露出屁股，把自己的胯下之物从后插入无双的花心里猛烈抽动。无双为了母亲大局，对这类事一直都隐忍不发，久而久之竟喜欢上了，几个侍女也习以为常。

萧万忠性欲极强，有时他光肏完无双还不能尽兴，还将春桃夏荷秋菊冬梅叫来一起肏。不过他在其他事上倒是挺尊重无双，整个将军府现在都交给无双管理，所有侍女卫士和他的其他妻子们都恭恭敬敬地听从无双的吩咐，他的儿子们也须早晚向无双问安。

萧万忠留下大儿子萧天龙和部分将领守城，自己领着其他三个儿子和其他将领出城迎敌。他的四个儿子从小习武，都在军中有官职。

大宋先锋王禀副先锋陈希真带领的五千军马真此时已进到朔州境内，和萧万忠的先锋二儿子萧天虎的军队相遇，两军都是五千余人，各自扎下营寨。

陈希真看了敌方军兵，觉得比宋军略强，遂向王禀进献分兵埋伏，诱敌伏击之计。王禀嫉妒陈希真的才能，偏不听他的计策，道：“副先锋不必多言，本将到时自有妙计。”

陈希真叹了口气，只得退下。副将祝永清陈丽卿看了，心里十分恼恨这王禀。这时有辽兵前来搦战，王禀传令全军出动，列阵迎敌。

只见对面一员辽将手持大刀喝叫：“你那宋国人听好了，我辽国精兵勇猛无敌，你等快过来投降，饶你不死！”

宋军这边有一姓王的副将，是王禀的一个侄子，因立功心切，不待先锋发话就纵马杀过来。两下交兵，斗不到十合，这王副将气力不加，从马上掉了下来，眼看就要丧命。

陈丽卿见了，弯弓搭箭，一箭将那辽将射死。丽卿和祝永清双双领部下两百军兵上前，掩护那王副将逃回阵来。萧天虎见了大怒，喝叫手下放弩箭。

朔州军中使用的弩弓做的颇大，射程比一般弩弓远。一阵箭雨之后，丽卿和永清领的兵被射倒一片，约五十余人，祝永清亦被弩箭射中肩膀和大腿，血流不止，跌下马来。

丽卿大怒，举弓连发五箭，射死两员萧前的辽将和三名辽国弩弓兵。然后下马将永清抱在怀里，牵马奔回自己阵中。这边的宋兵见了，都为丽卿大声喝彩，陈希真忙叫军医为祝永清诊治。

当晚先锋官王禀叫手下将陈丽卿请至议事帐中，丽卿只道自己射杀三员辽将立了功，他要嘉奖自己。到帐中一看除了王禀的亲信外并无其他军官在场，心里觉得不对劲。

这时坐在上面的王禀一声怒喝："大胆陈丽卿，你不得我将令私自领兵出阵，致使麾下军兵折损，挫伤了我军士气，该当何罪？"丽卿分辨道："我是未得将令，但是我出阵乃是为了救你侄儿，况且我还射杀了三员辽将，你不赏我倒罢了，如何要将我治罪？"

王禀道："胡说！你事到如今还敢狡辩，左右与我加力打她二十大板！"当下有军士上前不由分说将陈丽卿两条胳膊扭住，脱光衣服，抡起大棒照着丽卿屁股上就打，直打得她两瓣屁股血肉模糊。

丽卿知道现在和他争论徒取其辱，既不求饶也不认罪，闭了嘴一声不吭。王禀见她还不服软，又叫左右来打她。这时王禀的亲信部将们亦看不下去了，纷纷跪下替丽卿求情。那个被丽卿救了的侄子也边磕头边哭，求他叔叔手下留情，绕了丽卿。王禀怕犯了众怒，叫左右将丽卿放开。

丽卿此时赤身裸体趴在地下，动弹不得。王禀走到她跟前，一手托起她下巴，一手去用力掐捏她的乳头，道："你这贱人，生就这么好一副脸蛋儿和身子，不去青楼里卖笑却来这军营里混饭吃，岂不是弄错了地方？下次犯在我手里再叫你尝尝厉害！”说完带着手下人扬长而去。

有几个平日里钦服丽卿的士兵，见王禀走远了，偷偷过来将丽卿抬去她父亲陈希真账里，然后告辞离去。陈希真见了丽卿这副模样，大吃一惊，慌忙问丽卿缘由。丽卿将实情一一告诉父亲，道那王禀已横下心来，下次还要找她和父亲的麻烦。

陈希真一边给丽卿擦洗包裹伤口，一边思索。他对丽卿道："这王禀心狠手辣，既已结下深仇，定不会放过我等，不若我豁出性命去将他杀了，然后再带着你和永清去逃难。"

丽卿道："逃难倒是不必，我刚才已想到一个法子。待我将息一个时辰，我就去他账里将他杀了，哨兵卫士也一个不留，然后放一把火。父亲你叫心腹去外面大喊有辽兵细作来行刺，带人扑灭火，然后将王禀的死推在辽兵细作身上。那时你是副先锋兵权自然归你。我等再打个大大的胜仗，上司定不会追究，倒是有可能给你升官。"

希真道："此计甚好，只是凶险无比。现在你伤得厉害，如何能去刺杀王禀？"丽卿道："父亲放心，我刚才是假作伤重要骗过王禀他们，再将息一个时辰我定能将王禀杀了。"陈希真只得依允，起身去找自己的几个心腹去了。

子时过后，王禀在他的寝帐里呼呼大睡，丽卿全身裹着黑衣绕过哨兵闪进来，伸手摸到王禀的头，一刀割了。又将账里的其他几人都杀死，出来后将附近的几个哨兵也一刀一个杀了，这才放了一把火。

陈希真见了火光，令心腹们喊"辽军细作来了！"军营里登时乱成一团，待他集合好队伍，扑灭了火，只见王禀和他的卫士们都被杀死在地上，王禀的头也不见了。陈希真道："此定是辽军细作将头割去请功了。"

将领们惊慌失措，纷纷推举陈希真暂时领军，将王禀的先锋印塞在他手上。陈希真道："我且暂领这先锋之职，现在听我号令，各去准备，明日定要打败辽军，为王先锋报仇。"众军士齐声领命。

次日，陈希真将五千兵马分作两队。第一队三千人，由陈丽卿领着去向敌军挑战，第二队两千人准备弓弩箭矢去隐秘险要之处埋伏好。好个丽卿，屁股上伤还未好，强忍着剧痛带兵上马冲向敌阵，萧天虎早已列阵相迎。有三员辽将见了丽卿，知她是昨日逞威的女将，一齐打马朝她奔来。丽卿拉开弓嗖嗖嗖一连三箭，将这三人都射下马来。

丽卿因在马上颠簸，屁股上伤口迸裂，痛得厉害，遂拔转马往本阵就走。萧天虎大怒，亲自领兵追来。丽卿带着这三千兵且战且退，不时放箭射杀追在前面的几个辽兵。萧天虎红着眼穷追不舍，渐渐被引入陈希真埋伏之处。

只听得一声锣响，两面箭矢如雨射将来，冲在前面的萧天虎被射成个刺猬。陈希真带两千生力军杀来，陈丽卿亦领兵转身杀回来。此战宋兵大胜，辽兵共被杀死五百余人，被俘获的也有三百多。

陈丽卿因伤痛加劳累从马上栽下，昏倒在地，陈希真急令将她抬回自己营帐里请军医救治。

欲知后事如何，且听下回分解。

第十回： 杀万忠丽卿立奇功，嫁天龙无双全大义

陈希真将昏迷的丽卿抬回自己营账里，军医来看了，道伤势无大碍，静养些日子就可痊愈。军营里并无女兵，祝永清的伤比丽卿的还重，希真只好吩咐其他将领整顿军器，修理寨栅，安排弓弩，严防敌军来袭。自己将丽卿留在账里亲自照料。

希真早年丧妻，丽卿是他一手养大，喂饭端茶这些事自然都会。他害怕丽卿的伤口化脓，每日都清洗换药，还给她擦洗身子，抱她如厕等等。丽卿得父亲每日看护，伤势好得快，三天后即能下地走动。

那王禀只知谄媚上官，在士兵中人缘极坏，他死了也无人愿意过问。希真将得胜捷报送往童贯处，细说丽卿等将领率部斩杀约一千敌军的功劳，末了只提了一句王禀被辽军细作潜入营中杀死。童贯得报大喜，回信嘉奖，升陈希真为正先锋陈丽卿为副先锋，也不追问王禀之死的详情。

因补充粮草未运到，希真没有主动出击，萧天虎剩下的四千败兵早已逃回萧万忠的大营去了，所以这几日都无甚战事。这时祝永清的伤也好了，希真每日都遣丽卿和永清带兵巡哨五十余里，侦探敌情。

永清因受伤错过了立功机会，丽卿怕他心里烦恼，每天夜里都脱了衣服将他搂在怀里宽慰，还用嘴允舔他的胯下之物，两个人如新婚夫妻一般亲热恩爱。

又过了几日童贯的四万多大军和粮草都到了，几乎同时萧万忠的近两万兵马也来了，两军相距十里下寨。陈希真率丽卿和部下将领去参见了枢密使童贯。

那童贯虽是宦官，也曾多次领兵出征，颇有谋略。他原以为新任副先锋陈丽卿定是个粗手大脚的悍妇，见了面才知她美丽出众，大为惊奇。问起兵法谋略，丽卿对答如流，童贯大喜，赏了她和希真各十两黄金，勉励她父女为国再立新功。希真丽卿磕头谢了，退下和其余众将站在一起。

因陈希真的大胜，童贯将朔州兵马看得轻了，加上自己领的兵马是敌方两倍半，他当下传令明日在野外列阵与敌决战。陈希真和丽卿心里都觉得不妥，只是官职低微，不敢贸然在枢密使跟前献计。

次日两军列阵相对，萧万忠为替他儿子报仇，事前曾细问部下萧天虎和陈希真两军交战的情形，今天他在自己兵马里藏了足足三千弓弩兵。

童贯要先发制人，下令手下大将赵谭领五千骑兵率先冲向敌阵。萧万忠带两千精骑出战，他勇不可挡，和部下一起斩杀宋兵三百余，自己的损失寥寥可数。然后他假作力竭，拔马退回本阵。

赵谭在童贯眼前吃了亏，大怒，喝叫全军追击敌人。这时萧万忠已带兵撤回本阵，见赵谭追来，把令旗摇动，那三千弓弩兵上前对准敌方人马施放弩箭，第一轮就射死射伤冲在前面的五百余人，后面的急退，兵马自相践踏，萧万忠又带兵追杀，赵谭的五千骑兵只剩得一半逃回来。

此战朔州军士气大振，童贯气得大叫，赵谭被打了二十军棍，降职为副将戴罪立功。童贯手下军师献计道："萧万忠今日得胜，夜晚防备必然疏忽，我等可遣精兵夜里去劫他营寨，必获大胜。"童贯依允，令陈希真陈丽卿带麾下五千军兵夜间去劫敌寨，他自率大军随后接应。

希真与丽卿永清商议，道："今夜劫寨，恐有不测，然军令不可违，奈何？"丽卿道："我带三百兵打头阵，爹爹和永清随后跟来，不可跟得太紧，如此可防敌人埋伏。"

永清要去打头阵，替下丽卿，丽卿不允。永清争执不过，将自己的盔甲解了，罩在丽卿的盔甲外面，希真亦将自己盔甲给丽卿穿上，又把自己这匹好马换给丽卿乘坐。

子时过后，丽卿披着三重盔甲领三百骑兵冲在前面，直奔敌营而去。萧万忠果然有准备，待丽卿杀进敌营，外面发声喊，千弩齐发。丽卿拼死冲杀，只带得十余人突围出来，萧万忠的兵马见她后面有兵接应，也不再追赶。丽卿身带十来箭，亏得去之前身上披了三重甲，她的坐骑亦中箭而死。

丽卿见了希真和永清，相抱大哭道："带去的三百人几乎丧尽，我险些不能与父亲和夫君相见！"领兵回去时，半路上遇见童贯的大军，陈希真跪下禀报："中了敌人埋伏，折损了近三百军兵，特来向枢密使请罪。"

童贯心里疑惑，问道："你五千人马去劫寨，既是中了埋伏，如何只折损了三百人？"希真道："为防敌人埋伏，小女丽卿执意率三百勇士打头阵，故能保得大军安全撤回。"

童贯唤丽卿近前细看，只见她盔甲上兀自插着十余枝弩箭，不禁赞道："真巾帼勇士也！"回营后，童贯升帐赏赐陈丽卿父女两人，将丽卿升为先锋官，赏十两黄金，将希真升为自己手下大将，替了赵谭的职位。希真丽卿谢恩退下，赵谭则嫉恨不已。

童贯叫众将都来给丽卿敬酒，丽卿喝得大醉，被永清扶回军帐后，脱光自己的衣服又去脱永清的，然后骑在永清身上大声浪叫，宿在附近营帐的军士都听见了。第二日众军见了永清夫妻二人，都在背后指点，低声窃笑。丽卿不记得昨夜之事，永清则羞得脸红耳赤，丽卿问他也不答话。

萧万忠连获大胜，正在军营里庆功，手下来报，银瓶公主亲自押解猪羊美酒，前来劳军。萧万忠道："来得正好！"跳上马往她的来路疾驰而去，远远望见一英姿飒爽的女将，领着一队军兵押着车辆而来。

萧万忠平日里听闻公主喜好舞弄刀枪，只当她是玩耍，今日见她威风凛凛，其中又带着说不尽的妩媚风情，遂怪叫一声，纵马冲上前去，搂住公主的身子将她抱在自己胸前，加鞭纵马狂奔。

无双被他一手搂在腰间，一手握着两乳使劲揉搓，不由得大叫起来。萧万忠一边哈哈大笑，一边撕扯她的衣服，不一会儿就将她剥得赤条条的像只白色羔羊。这时马已跑到一空旷的草地上停下来，萧万忠撕开自己的衣服，就在马上将无双狂肏起来。无双赤裸的两臂抱着马脖子，屁股跟着萧万忠的胯下之物耸动，嘴里大声呻吟，不一时两人的汗水和马的汗水混合着顺着马腿流下来。

无双被肏得欲仙欲死，心道："这个人虽然粗俗，却是个不折不扣的真男人。"军士们远远地睁大眼睛看着他俩，心里无比羡慕萧大将军。

次日童贯又要领军出战，希真道："我等可学辽兵，藏一支数千人的弓弩兵在后面，若交战不利时可用来阻击敌军，防他追杀。"童贯依希真所言，安排了三千弓弩兵在阵后接应。

这次无双也全身披挂，持双刀立在萧万忠身后观战。宋军阵里新任先锋陈丽卿挺戟立马在阵前挑战，萧万忠部下一偏将叫做萧黑熊的欺她是个女将，舞着两柄大锤向她冲来。丽卿将画戟往萧黑熊咽喉刺来，萧黑熊两臂举锤格挡却挡个空，被她画戟在腿上划开一道口子，鲜血直流。萧黑熊勒马驰回本阵，不提防丽卿一箭正射在他战马的屁股眼里，那马便倒，将萧黑熊摔下马来。萧黑熊一瘸一拐地奔回阵来，丽卿也不来追赶，对阵宋兵大笑不止。

这下惹恼了萧万忠的第四个儿子萧天狼，他举着大砍刀冲上前与丽卿交锋，两个斗了五十余合，萧天狼支持不住，败回阵来。丽卿知他是萧万忠的儿子，张弓搭箭就要往他后心射来。萧万忠见丽卿刚拿起弓箭就叫声不好，正待遣将出去救他，只见身后一骑风驰电掣般往阵中冲去，仔细一看竟是银瓶公主林无双。萧万忠阻拦不及，大叫："双儿快回来！"

无双的马早跑到阵中，说时迟那时快，丽卿拉开弓一箭射出，直奔萧天狼后心而来。林无双右手一扬，飞出一块石子。萧天狼听得背后铮的一声，那枝箭被石块打偏了，擦着萧天狼的肩膀飞过去，吓得他一身冷汗。

再看阵中两员女将已经战作一团，无双的两把刀直上直下往丽卿要害处砍来，丽卿也抖擞精神舞动画戟左刺右挡，上砍下挑。两个在阵前一来一往斗了五十回合不分胜负，萧万忠嘴里不说，心里却替无双担心，两手紧捏，手心里都是汗水。

两员女将虽然美貌如花，武艺上却不含糊。无双刀法传自母亲扈三娘，凌厉快捷。丽卿的戟法则是学自父亲陈希真，力大招沉。众人看得眼都花了。

童贯见丽卿一人连斗三将，怕她有失，教鸣金收兵。丽卿见无双的刀法无破绽可寻，拨转马往回就走，待她追来时再用弓箭射她。萧万忠害怕无双去追赶她，在这边阵上大叫："双儿回来，不可追赶！"无双也知丽卿并未真败，遂勒马跑回本阵。

萧万忠见无双安然无恙，放下心来，回头喝叫萧天狼："小兔崽子快来谢过你母亲。"萧天狼近前扑通一声给无双跪下，磕了几个响头，又去亲吻无双的靴子："小子谢过母亲大人救命大恩。"

无双红着脸将他从地上扶起来，萧万忠命收兵回营。众人今日才知这个美貌娇柔的银瓶公主，武艺竟是如此高强，整个军营一片赞誉之声。

晚膳时萧万忠十分高兴，第一次亲自给无双敬酒，无双从他眼里看到了一丝关怀和慈爱。萧万忠的三个儿子和部将们也来恭恭敬敬地给无双敬酒，无双喝得大醉，站立不稳。萧万忠将她轻轻抱回账里，这一夜他没有任何粗鲁的动作，只是两手温柔地抚摸无双的娇躯。无双来到朔州后第一次和萧万忠一起享受到了一个温馨宁静的夜晚。

祝永清在阵上看见了无双的模样，心里起疑，这美貌女子长得太像扈三娘了。因丽卿并未见过扈三娘，他问丽卿也问不出甚么来。听了军营里众人的议论，他知道这个女子是辽国的银瓶公主，嫁给萧万忠为妻，却不知她和扈三娘是何关系。

晚上和丽卿亲热时他心里又浮现出扈三娘的影子，丽卿的娇声呻吟让他觉得扈三娘彷佛就在自己怀里。这让他雄风大振亢奋异常，丽卿心里不由掠过一丝诧异。

这时辽金两国罢战休兵的消息已传来，童贯大为沮丧，召集众将商议准备退兵。若无金国的夹攻，他不认为光靠宋兵就能够拿下朔州，就算拿下了，也守不住。陈希真道："无金国在东边牵制要攻下朔州实是难事，不过即使退兵也不能转身就走，我等可借退兵先示敌以弱，若朔州军上当，就给他狠狠一击，或许能拿下朔州亦未可知。"

童贯道："愿闻将军妙计。"陈希真道："我等须如此这般 ......"童贯道："此计大妙，就依将军之计而行。"

三娘自从接到无双的密报后就开始调兵遣将，现已决定由禁军都统领王进亲自领兵前去解朔州之危。她心里担心无双的处境，也知道这是个把朔州兵马收人囊中的好机会。

萧万忠的势力早就扩大到了临近四个州，把朔州掌握住就相当于一下子曾添了好几万兵马和大片的土地。林无双在朔州阁下的名声她都已知道了，她一直愧疚自己对女儿关心不够，现在看来女儿性格及为人处事还是很像她的，她不认为自己能比女儿做得更好。

晚上三娘躺在床上睡不着，寻思是不是也给自己找一个像柴承宗那样的人，能够不时解解思念男人之渴。侍女来报，花逢春求见。三娘大喜，叫快请他直接进卧室来。

花逢春见三娘在床上衣衫不整，两乳大腿都露在外面，一跃而起，跳上床搂住三娘就不停地亲吻她的嘴唇和身子。三娘道："小猴子急什么！"伸手去脱他的衣服，两人在床上翻来覆去大战一场，完事后抱在一起喘息。

三娘问道："你今晚来找姐姐有何事？"花逢春道："无他事，就是许久未和姐姐在一起，思念姐姐了。姐姐是不是也想我了？"三娘笑道："就你会油嘴滑舌。我且问你，你和那耶律家两姊妹相处还好？她们两个你更喜欢哪一个？"

花逢春道："很好，两个我都喜欢。我更喜欢姐姐你，要不是姐姐主持，我花逢春何德何能可以娶到这一对如花似玉的姊妹？"三娘打了他屁股一下，道："我可听说你还不知足，要去招惹那金国的杏花公主完颜红。你快从实对姐姐招来。"

花逢春遂将完颜红的身世都向三娘说了，还告诉她自己答应完颜红三年内要将她救出来。三娘道："如此说来，我得安排你去金国一趟。"花逢春搂住三娘道："我就知道姐姐最心疼我了。"说完又把胯下之物往三娘两腿间伸进去，捅个不停。

花逢春刚走，琼英就来了。她和三娘搂住亲热了一会儿，琼英告诉三娘她也想去朔州，一来是不放心她徒儿无双，二来是去会会情人张盛，三娘依允了。两人脱了衣服抱在一起上了床，她们互相用嘴去舔允对方下身，两手也用力抚摸揉搓对方的身子，后来一起睡了。

女王已经在前几天正式将林无敌认作儿子，用的是契丹名字耶律森，名字里藏着无敌的姓。林无敌在女王亲自主持的一次京城大比武里以惊人的技艺的夺得箭术和枪术第一，他的箭术自然是师傅小李广花荣传授，枪术则是从小跟父亲豹子头林冲学的。

女王当着众人将他拉住用契丹话问长问短，得知他叫耶律森，出身辽北，祖父曾在老辽主的禁军中服役，家乡已无亲人，来京城是为了加入禁军报效国家等等。当然这些都是事先编好的词语。

女王听了大喜，当场将他认作儿子，并让他做了禁军校尉。众人都知道女王无儿无女，她喜欢这个优秀的年轻人是极为正常的。丞相诸坚也觉得女王能提携契丹青年是一件大好事，将来若耶律森被立为太子，青山盟的势力定会受到遏制。

耶律虎耶律豹两兄弟见了耶律森的武艺，回去对姐夫花逢春道，现在总算有一个契丹人本事不比你差了，花逢春微笑不语。因妹妹耶律燕也嫁给了花逢春，他们俩开始都叫花逢春妹夫，想在嘴上占点便宜。姐姐耶律萍不干了，找到爷爷耶律忠告状，兄弟俩被狠狠地训了一顿。

耶律森思念妹妹林无双，央求女王说自己要跟着都统领王进去救朔州，女王正要他立些功劳好立他为太子，就点头依允了。

一连几日童贯都未派兵来搦战，萧万忠觉得可疑，不知他葫芦里卖的什么药，看样子宋国像是要退兵了。京城传来消息，金国已经和辽国议和了，兀颜大元帅的兵马已经从东部班师，朝廷已派禁军都统领王进，右将军琮英领一万精兵驰援朔州。

这时萧万忠派出的探子来报，在宋军兵营东南方向约一百里处发现大批运粮车队。萧万忠恍然："我道童贯为何还不撤军，原来是在等这批粮草。且看我略施计谋叫他大败亏输，爬着回宋国去。"

当晚他叫张盛带三百军兵先将林无双送回朔州城去协助萧天龙守城，自己点起所有军马去袭击宋国的运粮军兵，焚烧粮草。

按照他的打算，若能成功地把粮草烧掉，则童贯的五万大军想走也走不远。那时朔州军可化整为零沿途袭扰，最后击溃敌军，杀伤大部，至不济也要夺其全部辎重。林无双不知怎的心里不安，要与丈夫同去。

万忠笑道："夫人且请放宽心，我萧万忠开始打仗时童贯还不知在哪给老宫女端洗脚水呢！我军两万人个个不怕死，就是面对面开战也不会输与那童贯的五万兵，何况是偷袭他的运粮军？"说完催促无双和张盛快快启程，无双无奈，只得先回朔州去了。

萧万忠只留下一千余人守卫营寨，自己带上一万八千余人上马疾驰五十里，傍晚时正好在一片四面环山的开阔地上截住宋军的运粮队。萧万忠根本没打算掩饰自己的军兵，直接开始强攻。

宋兵有两千余人，听见大军逼近的马蹄声就赶快将两百多辆运粮车围成一个大圈子，躲在车子后面手持弓箭严阵以待。随着一波波弓箭的射出，一排排冲到跟前的辽军骑兵被射下马来。

萧万忠开始根本不在乎，哪怕损失两千人马只要能烧了粮草就算划得来了。半个时辰后粮车后的宋兵还没有被歼灭。萧万忠觉得不对劲儿，那些人不像是运粮队，倒像是娴熟的弓弩兵。

已经有两千五百萧万忠的骑兵倒在了这片开阔地上，那些守军仍在有条不紊地发射箭矢。他们大多数都穿着重甲，似乎有用不完的箭矢。更奇怪的是那些粮车，扔了那么多火把还没有被点燃几辆，难道上面没装粮食?

萧万忠终于醒悟过来了，这完全是一个针对他的圈套。这时四面山上火把齐明，四万宋兵出现在山上，将萧万忠的人马团团围住。萧万忠将剩下的兵马集合起来，让两个儿子萧天豹和萧天狼冲在前面，自己亲自带着将军府卫队断后，一路向朔州方向杀回去。

朔州城里林无双彻夜无眠，她披衣坐在灯前等着丈夫萧万忠的消息。天亮时终于传来噩耗，萧万忠昨夜劫粮时中伏，未能突围出来。萧天豹和萧天狼倒是回来了，他们浑身血迹，伤痕累累。萧天豹是被抬回来的，萧天狼刚进朔州城就昏倒在地。

据突围出来的士兵说，大部分将领和士兵们都被打散了。萧万忠将军和他的将军府卫士们因为负责断后，被敌军重重包围，根本别想冲出来。

萧天龙要派人去宋军中把父亲赎出来，被无双阻止了，她擦了擦眼泪道："依将军性格定不会被敌人活捉，我等当务之急是收罗残兵，谨守朔州城。"张盛点头称是。又过了两日，一个被砍断胳膊的将军的卫士逃了回来，他说将军死战不降，最后被那个叫做陈丽卿的女将一箭射死了。

次日，四万多宋兵乘胜围住了朔州城。童贯在东门南门和西门各布置了兵马准备攻城，只留下北门不围，他要让城里的人有逃走之路，这样或许他可以不战而得朔州。

这一日银瓶公主只带着四个侍女去南门外宋兵大营求见童贯，请求将她丈夫的尸体交还给她。她和侍女们都是一身孝服，军营里的将领和士兵们目不转睛地盯住这个美艳的女人，无人说话，军营里静得可怕。

丽卿和永清也在看着她，丽卿射萧万忠的那一箭也是为了让他解脱，他是她心里佩服的敌将。永清那天夜里在到处寻找这个长的像扈三娘的年轻女人，他心里又害怕真的找到她。他极不愿意这么个美丽的女人陨落在这场战火之中。

童贯依允了无双的请求，将萧万忠的尸体交给她运回朔州城去了。对这个美丽迷人，有胆有识的女人童贯心里也是敬佩的。

萧天龙和张盛见到林无双果然把萧万忠的尸体要回来了，都松了口气。整个将军府都披麻戴孝，祭奠萧万忠。本来张盛要把朔州城门封了，不让人进出。无双不允，城里兵少，她需要那些被打散了的残兵。

守城的军兵对每个进城的人都会严加盘问，只让朔州本地人进来。童贯原想派些奸细入城，但懂得契丹话或朔州方言的宋兵太少了，派去的人被杀了几批之后童贯就放弃了这个打算。

朔州守军全加起来不到五千人，而且士气低迷，不知能不能坚持到朝廷的援军赶来。张盛想到了一个鼓励士气的办法，他吞吞吐吐，不知如何对无双说，最后还是说了出来：他要无双改嫁给儿子萧天龙。对契丹人来说，父亲死后儿子娶继母是不稀奇的。

自从萧万忠死后，朔州就流传着一种说法，说女王和大元帅会把银瓶公主再嫁给另一个驻守北部边关的大将，朔州要被她们抛弃了。朔州的将领们大多数是忠于萧万忠的，若萧天龙能娶了银瓶公主，对他们来说意味着女王和大元帅没有放弃朔州，这无疑是天大的喜讯。

林无双仔细思虑了一番，决定采纳张盛的办法，改嫁萧天龙。萧天龙虽是儿子，但比无双大了十几岁，原配妻子已死，他儿子萧剑锋十四岁，女儿萧剑萍十五岁，都只比无双小那么一点。

林无双在半年之内第二次穿上了婚礼服饰，在喜乐和爆竹声中被送进了洞房。

萧天龙为人忠厚老实，对兄弟和家人很宽容，完全没有他父亲的凶狠。他对无双一直都把她当成母亲来尊敬，她在他心里就像仙女一般，做梦也想不到自己会把她娶进门。

婚礼上他让儿子女儿恭恭敬敬地给林无双磕头拜见了母亲，两个孩子都很乖巧，虽然只比林无双这个母亲小一点点，无双还是像真正的母亲一样将他们亲热地一左一右拉进怀里搂抱着，周围的人都露出赞许的目光。儿子萧剑锋低声说的一句话却让无双震惊不已："我长大了也要娶美丽的母亲为妻！"

进了洞房后，萧天龙先请无双坐好，自己跪在她面前道："我今日虽娶公主为妻，但公主在我心里永远都是母亲。母亲对萧家对整个朔州的恩情我将永世不忘，我此生一定对女王大元帅和公主效忠，万死不辞！"无双也不言语，只将他从地上拉起来，为他宽衣，然后自己也脱光了，两人搂抱着上床行那夫妻之事。

萧天龙和他父亲一样强壮，只是眼睛里没有萧万忠那样的凶光，只有尊敬和爱慕，无双觉得他会是一个好丈夫。无双在没有萧万忠的日子里十分寂寞，她现在把萧天龙当成了他父亲，主动挑逗他，整个身子亢奋异常，萧天龙也全力配合她，洞房里响彻了肉体撞击之声。

婚礼以后整个朔州气势大变，欢声笑语再次充满大街小巷。守军士气高昂，萧天龙代理朔州将军之职，他和银瓶公主每天都去城上巡视。萧万忠那些被打散的军兵陆陆续续回来了一万多人，童贯开始后悔当初没有把朔州城封锁起来严禁出入。

这时王进琼英率领的援军离开这里只有两天路程了，童贯万般无奈，只好撤军，再不走就可能永远走不脱了。好在给朝廷的奏报上可把一切都推到金国的罢战休兵上。毕竟这次大军没败，斩杀了萧万忠这样的大将也算是不小的功绩。

童贯的大军刚撤走不到两天，王进和琼英率领的辽国禁军就到了。萧天龙将他们迎进朔州城里，杀牛宰羊款待。

琼英得知萧万忠已死林无双已改嫁萧天龙和其他许多事，叫声"我的天哪"，一把将无双抱在怀里大哭不止。王进派快马日夜兼程将这里的情形火速报给大元帅和女王知晓。

琼英对无双道："还有一件喜事，你哥哥林无敌来了，不过你现在只能叫他的契丹名字耶律森，不可暴露他的真实身份。"接着她跟无双解释了女王将无敌认作儿子还要立他为太子之事。说完将无敌唤进来，让兄妹俩到密室里互诉亲情不提。

当晚琼英将她的情人张盛请来相会，两人互诉离别之情，然后脱衣上床恩爱如旧，张盛打起精神一夜将琼英肏了五次方罢。

过了一个月，收到朝廷快马送来的女王旨意，包括朔州在内的四个州都被女王划给银瓶公主当作她的领地，还赐银二万两，并替她在朔州城建一座巨大的公主府居住。萧天龙被封为四州节度使，总领四个州的兵马，张盛被封为朔州刺史和节度使幕府军师。朔州各位将军都有封赏，萧天豹和萧天狼也被派往其他两州领兵。

琼英和王进从带来的禁军中抽出一千精锐担任银瓶公主的护卫，一批禁军中的军官也被提拔到这四个州军中的关键部位任职。处理好这些事，王进和琼英告辞银瓶公主启程回京。

琼英把无双拉进怀里一番叮嘱。她见萧天龙和两个弟弟对无双无比尊敬，心里也放了心。无双流着泪给师傅磕头拜别，耶律森也和无双交流着送别的眼神，等他们都走远了，无双才回府。

一日无双听得侍女议论，道萧天豹和萧天狼两个对银瓶公主嫁给大哥萧天龙颇有怨言。无双将他两个唤进内室训斥道："本公主行事哪一件不是为了萧家和整个朔州？你父亲死了，自从我改嫁给你大哥后，萧家的势力比过去大了数倍，你们两个现在也能单独领军了。这些难道都是你们自己凭本事挣来的？你们口吐怨言，怎对得起你们死去的父亲？"

萧天豹萧天狼两个吓得赶紧跪下给无双磕头，道："公主赎罪。公主对萧家对朔州之恩可昭日月，我等两个如何不知，如何敢有怨言？公主嫁给父亲后，对我等言传身教，我兄弟两个早已将公主当成亲娘，不，当成神仙一样敬重爱慕。现在公主嫁给大哥，我们和公主之间失了母子名分，心里万分失落，这才有些不当的话语。我等真不是对公主有任何不满。"

无双暗道："原来他们是为此烦恼。"便对两个道："虽是我已嫁给你大哥，毕竟嫁给你父亲在前，你们若愿意，在府里仍可将我当作你们的母亲，我也将你们看做我的孩儿一般。"萧天豹萧天狼两个听了大喜，道："多谢母亲大恩大德。"

无双心里一动，想起听来的辽国民间的一个习俗，就把衣服解开，露出两乳，对兄弟两个道："你们虽称我为母亲，但并未吃过我的奶。我今天让你们两个来吸允我的乳头，就像吃你娘的奶一样。从今后你们须听母亲教诲，尊敬大哥，忠于女王。若有不臣之心，天诛地灭！"

萧天豹萧天狼听了，泪流满面，齐声叫"娘"。两个壮汉跪下爬到无双身前，一边一个用嘴含住无双的乳头吸允。

再说陈丽卿祝永清和陈希真跟着童贯大军回到宋国京城，因射杀萧万忠的功劳丽卿被天子赐予“巾帼将军”的封号，并赏赐了一座府邸让她和永清居住。祝永清心里清楚无论是武艺，还是智谋，还是胆识，自己都比不过妻子。现在他已放下了争强好胜之心，每日与丽卿恩爱和睦相处。丽卿对丈夫十分满意，陈希真看了亦感欣慰。

这一日丽卿去酒店请几个同僚饮酒，酒饱饭足后同僚们相继告辞离去。丽卿正要叫酒保来算还酒钱，只见一人鬼鬼祟祟地闪进来，看着丽卿道：“丽卿姑娘春风得意，还记得小人吗？”丽卿一看，原来是赵谭。

赵谭回京后即被革除军职，不知下落。现在他来寻自己定无好事。丽卿道：“赵将军不知有何事找我？”赵谭道：“不敢，我早不是什么捞什子的将军了。不过丽卿姑娘不要太得意，忘了自己在辽国干的好事。倘若我口吐三言两语，那王禀的家人决不会轻易放过你的。”

丽卿一听，果然是这件事。现在丽卿永清希真他们都是名利双收，可不想再轻易失去。她心里真想立刻将赵谭杀了，以绝后患。只是现在正在闹市之中，如何下得了手？心道：“我且将她稳住，再寻机取他性命。”当下丽卿吩咐酒保再添酒菜，请赵谭坐下同饮。

丽卿频频向赵谭劝酒。赵谭见丽卿服软，心里十分得意，道：“我有一事欲求丽卿姑娘，不知能否应允？”丽卿道：“愿闻何事。”赵谭道：“丽卿姑娘生得如此美丽妖娆，不知能否让我亲近一二，也解了我每日的相思之苦？”

丽卿恶心得差点将吃下去的酒食都吐出来，心里却提醒自己千万要忍住，不能让他起了戒心，便道：“此事容易，赵将军家住何处，丽卿可跟去将军家里让赵将军得偿所愿。”

赵谭笑道：“这个却使不得。我家中无人，万一姑娘杀心一起，我如何逃得过女飞卫之手？还是就在本店中行事为好。”丽卿暗道：“罢了，且让他占些便宜，待他戒心放下后再伺机而动。”

遂走过去将门锁了，将自己衣服解开，退下裙子，露出两乳和两腿间的萋萋芳草。赵谭见了如苍蝇见血，扑过来将丽卿按倒在地下，掏出自己的胯下之物就往丽卿两腿间捅去，一张臭烘烘的大嘴也往丽卿脸上嘴里乱亲。

丽卿强忍住心里不快，任他折腾。这赵谭长得猥琐不堪，胯下之物却大得出奇，一阵抽动，肏得丽卿呻吟不止。完事后，丽卿故作不舍，黏在赵谭身上道：“赵大哥这个东西真乃神物，让妹妹好生不舍。不若我们再去寻一隐秘的地方，妹妹我想再试一次。”

赵谭这胯下之物确实是他的平生最为得意之物，当下被丽卿捧得不知天高地厚，就将她带到了家中。寻思自己也是住在人烟稠密之处，现在天色还早，不怕她马上行凶。

两个关了门，又去床上纠缠。赵谭下体刚才使用过度，无法勃起，丽卿就张嘴把它含住舔允。不一时赵谭再度雄起，将丽卿肏了个一佛出世，二佛升天。

丽卿见天色还早，就故意搂住赵谭撒娇撒痴。赵谭问起她和其他男人的事，丽卿就将被高衙内肏的几次从头至尾与他道来。赵谭听得脸红耳热，听完后又将丽卿肏了一遍。

此时天还未黑，丽卿又对他说起自己和父亲陈希真的奸情。赵谭听完后感觉下体又硬了起来，插进丽卿身子里又是一阵猛肏。这时他突然发觉天色已全黑下来，暗叫不好。

可是已经晚了，丽卿的手已扼住他的脖子。他用力挣扎，却如何能挡得丽卿的神力？不一会儿就被丽卿活活掐死，死时下身还插在丽卿身子里未拔出来。

丽卿穿好衣服，从他家里翻出一个布袋。她将赵谭的尸体装进布袋里，背在身上离去。因天色已晚，路上并未遇见一个行人。来到附近的一条小河边，她将装赵谭尸体的布袋绑上石头，然后沉入河里。这才松了一口气，回家去了。

欲知后事如何，且听下回分解。

第十一回： 施毒计诸坚送男色，饮御酒三娘中淫毒

陈丽卿处置了赵谭的尸体后，没有先回到家里而是去了父亲陈希真那儿。她将杀赵谭的事从头至尾跟父亲说了，连赵谭和自己之间说了什么话赵谭肏了自己几次都不曾遗漏。

陈希真听了半晌做声不得。自己这个女儿真了不得，杀伐决断尽在瞬间完成，他自忖自己无论年轻时还是现在都无这般见识和手段。

搂住女儿亲了亲她的嘴，对她道："我儿做得毫无破绽，那赵谭自革职之后已无人愿意搭理他，现在死了就跟死只狗一般。"丽卿道："我也是这么想的。"

希真伸手进女儿衣服里捏住她的两乳把玩，又道："我儿自小就聪明，行事干练，性格豪爽，颇有古大将之风。你不生为男子真是可惜了。"丽卿道："我有爹爹和丈夫永清，十分知足了。"

说罢就掏出父亲的胯下之物，含在嘴里吸允。父女两个互相痴迷地抚摸亲吻着对方。陈希真觉得心里忽地升起一股恶念，仿佛和第一次奸污丽卿时一样。他扒下丽卿的衣裙，用力打丽卿的屁股，还使劲拧丽卿的两乳。丽卿趴在地上哼哼唧唧，竟像是十分享受的样子。父女两人毫无羞耻地淫乱了一番。

丽卿回到家时丈夫永清早已上床歇息，她把身子洗了洗，觉得洗去了男人的气味后，就掀开被卧钻了进去。丈夫翻过身来抱住她迷迷糊糊地问："你去哪了？现在才回来。"丽卿道："我请同僚去饮酒，后来又去父亲那儿看了看，他最近身子不大好，我多留了一会儿。"

永清道："我做了个梦，梦见你把我扔下不管了，就像小时候我娘把我扔下一样。"丽卿道："别胡思乱想，你是我的乖儿子，我不要你要谁？"丽卿的屁股被父亲打得红肿，乳房上也被掐的青紫斑斑。不过没点灯，永清什么都看不见。两个搂着卿卿我我，一夜无话。

林无敌刚来辽国京城时就对师兄花逢春说了，他父亲花荣会把一家子都搬到这里来。花逢春估计他们应该快到了，就对两个妻子耶律萍和耶律燕说知此事。耶律燕还是一副无忧无虑的样子，耶律萍则心里忐忑不安，生怕公公婆婆不喜欢自己。

花逢春笑道：“你们不必担心，我父亲除了对我凶，对其他人都是极好的，我母亲是个菩萨心肠。我姑姑是个大美人儿，美得跟三娘姑姑和琼英姑姑不相上下。我还有一个姐姐叫花迎春，一个妹妹叫花忆春，她们两个都还没出嫁。”

耶律萍道：“她们生得如何？能不能配上我们家那两个弟弟？”花逢春道：“耶律虎耶律豹那两个活宝，给我姐姐妹妹提鞋都不配。”

耶律燕不依了，走过来就要揪花逢春的耳朵，却被他躲过，反将手伸进她衣服里两乳上抓捏，耶律燕用力挣扎，不一会儿连裙子也被脱下。耶律萍过来劝解，花逢春一手抱一个，一起丢在床上，自己脱了衣服跳上去，先肏耶律燕，后肏耶律萍，肏一个女人时嘴里就舔允另一个女人，双手也不闲着，三人一起忙得不亦乐乎。

花逢春这两个妻子，因新婚那天被花逢春一起肏了，以后但凡同房都是两姐妹一起来。她们还以为别的人家也是如此，以致于花逢春再次娶妻时差一点闹了笑话，此是后话不提。

丞相诸坚自女王登基以来就一直在秘密策划反青山盟的活动，可是每一次都收效甚微。老辽主和伪辽主在位时他一直是朝廷重臣，许多事情没有他的支持根本就办不成。

现在扈三娘那个贱女人根本不把他放在眼里。他作为丞相的大权被朱武至少分去了一半，武将中的契丹人被收拾得服服帖帖，文官们本来就趋炎附势，现在不少文官都去抱扈三娘的大腿，这是诸坚最不能容忍的。

他左思右想没有找到治扈三娘的好办法，来武的不行，来文的也不奏效，这个女人真她妈……等等，女人！对了，当权的女人最怕甚么？坏名声。要是把名声搞坏了，她还怎么当权？怎么才能将她的名声搞坏呢？无非是让她出丑，让她在别人眼里成为千人骑万人压的婊子。

有了这个思路，诸坚兴奋得睡不着觉。他通宵达旦苦思细节，终于想出了一个周密可行的法子来。于是他马上付诸实施，吩咐几个心腹出去找他需要的人。

皇天不负苦心人，两个月之后他就找到了合适的人。那个人为了荣华富贵也愿意当他人的棋子，不过为防万一诸坚并未亲自见他，所有的事都是通过自己的心腹操办的。

女王这段日子过得很不好，原因是柴承宗不在身边。前一段时间童贯的兵马从朔州撤走以后宋朝皇帝怕辽国发兵报复，就遣使来辽国商议和亲之事。这边大臣们都说要派一个能言善辩的人去宋国回访，一来当面训斥擅动干戈的宋朝大臣们，二来也去他那里探探虚实，看能不能联宋抗金。因为金国的崛起对辽国是个大威胁。

丞相诸坚道："久闻女王近侍耶律薪才华卓著，又通晓宋朝文字，可遣他去。若能胜任此项重任，回来以后可将他升为侍郎到吏部或户部致力。毕竟我国此等人才最为难得。"

耶律薪就是柴承宗的契丹名字。女王听了，未置可否。回到宫里后她就开始烦恼起来。她现在舍不得离开柴承宗，可人家柴承宗也是为了荣华富贵来服侍她的。女王不可能要他一辈子呆在宫里，迟早要将他提拔出去当官。

她叫柴承宗近前，问道："我欲遣你为使去宋朝商议国事，你意下如何？"柴承宗道："承宗深感女王大恩大德，愿为女王效力，只是舍不得离开女王。"

女王叹了口气，从柴承宗的话中她已听出他其实是想去的，这也是人之常情。一个大男人整天被限制在宫里怎能不烦？柴承宗给她带来这许多快乐，是该她作出些回报的时候了。

于是她将耶律薪也就是柴承宗封为钦差大臣，去宋国回访，商议和亲联盟之事。柴承宗这也算是衣锦还乡了，连三娘都替他高兴。女王真想马上让三娘姐姐再给她找几个柴承宗来，只是拉不下脸开这个口。这些年重大国事都是三娘为她代劳，她真的很心疼她的三娘姐姐，不愿给她添麻烦。

花逢春终于等来了父亲母亲一大家子人，他的骠骑将军府热闹起来了。耶律萍耶律燕恭恭敬敬地向花荣夫妇行礼，花荣夫人连忙将她俩扶起来。两姐妹将长辈们请上座，然后敬上香茶。

花荣夫人将耶律萍耶律燕一边一个拉着手问长问短。花荣也面带微笑，听花逢春讲着到辽国后的经历，花荣的妹子秦明夫人也在座，她似乎也很喜欢花逢春娶的这一对姐妹。花迎春花忆春两姐妹也是第一次来辽国，对这里的一切都很好奇。

歇息了一会儿，花逢春带着一家人去大元帅府拜访扈三娘。三娘对花荣道："终于将花大哥你给盼来了。"花荣道："三娘贤妹，你在辽国创下这么大个基业，不由人不佩服得五体投地。我等的儿女辈的福分真不浅啊。临来时我去六合寺见了林冲大哥一面，他也道你天赋秉异，迟早能成大事。”

三娘道：“花大哥过奖，我那儿子多亏你教导成人，辛苦你了。”花荣夫人道：“三娘妹妹休如此说，无敌那孩子极为孝顺，为人聪明正直，不像逢春这般调皮捣蛋。逢春能在三娘你麾下效劳真不知是他哪世修来的福分。”

因女王已从宫里传来旨意要见花荣，三娘就引着花荣一家子进宫去。女王设宴请花荣一家人，完了给花荣封了个禁军总教头的职位，还赐了一座宅院居住。这也是女王事先和三娘商量好的，她们知道花荣喜清闲，就给他这么个闲职，来去由他自己。花荣跪谢了女王的恩赐。

女王见了花迎春花忆春两姐妹，就央求花荣夫妇要认她两个做干女儿。花荣夫妇当下叫她们俩跪下拜了干娘，女王赐了许多珍珠宝贝给她姐妹，大家皆大欢喜。

秦明夫人微笑着跟在哥哥身后，自始至终除了女王问她，未主动发一言。其实女王早就注意到她了，暗道：“她果然如三娘所说，是个倾城倾国的绝色女子，以后定要与她多亲近亲近。”

告辞女王后，三娘带花荣去见顾大嫂时迁邹润等梁山旧人，花逢春带母亲和其他人回到骠骑将军府。花荣夫人和秦明夫人各自去客房歇息，花迎春姐妹被耶律萍姐妹拉着去京城大街上玩耍去了。

花逢春推门进了母亲房间，他母亲正在宽衣，见是他，就骂道：“捣蛋鬼，怎么不言语一声就进来了？”花逢春抱着母亲的身子笑道：“这几年我想娘都快想死了。”

花荣夫人在他屁股上打了一下，道：“你都娶了两个媳妇了还是这般调皮，莫非你还想吃奶不成？”花逢春道：“知我者，亲娘也。”说完就撇开母亲的衣服，将头拱入母亲怀里，用嘴含住母亲的乳头吸允。花荣夫人叹了口气，道：“都是我从小将你给惯坏了。”其实她也想和花逢春亲近亲近，毕竟他是自己的心头肉。花荣夫人乳头被儿子吸得兹兹响，觉得全身一阵酥麻。

花逢春在母亲处“得逞”后，又将鬼点子打到了姑姑身上。不过这要等她晚上熟睡之后才行。

从街上回来后，花迎春和花忆春与两位嫂子成了无话不谈的好友。当晚她们四个就睡在一间客房里，这倒给花逢春提供了作案机会。夜深后他悄悄摸进姑姑睡的房间，在床边静听了一会儿，觉得姑姑已睡熟了。就大着胆子掀开被卧，解开姑姑的胸前的衣服，将嘴去吸允她的乳头。

这是他从小就常干的事，所以他轻车熟路，不假思索就去干了。却不知他现在已是身体发育成熟的男子汉，也是已经历过好几个女人的，姑姑又是这般迷人，他如何把持得住分寸？闻着姑姑那醉人的体香花逢春不禁昏了头，大着胆子将衣服脱光了钻进了姑姑的被卧。

秦明夫人这晚做了不少梦。先是梦见新婚之夜丈夫秦明在洞房里狠狠地肏她。后来又梦见梁山打曾头市时为了救出负伤被俘的丈夫，她独自去找曾家兄弟，用自己的身子把丈夫换了回来。最后梦见哥哥花荣在宋江墓前上吊，她赶去救下了哥哥，只是哥哥精神受挫，整天眼神痴呆，茶饭不思。为了唤醒哥哥，她不顾廉耻地脱光了用身子诱惑哥哥，终于引得哥哥欲火爆发将她给肏了，同时也使他恢复了神智。

就在哥哥肏她的最后关头她从梦中醒了过来，发现一个年轻男人爬在自己身上，那话儿正塞在自己的两腿间耸动。花逢春见姑姑睁开了眼睛，吓得清醒过来。他知道自己犯下大错，连忙下床光着屁股趴在地下给姑姑磕头请罪。

过了一会儿，没听见姑姑说话，抬头却看见姑姑的眼里正往外流泪。花逢春举手就狠狠打自己耳光，打了十来下后手被姑姑抓住。姑姑已经把眼泪擦干，目光平静，对花逢春道：“姑姑没事，你回屋去吧。”说完自己又面朝里躺下睡了。花逢春走也不是留也不是，最后想起了三娘姐姐就出门找她去了。

三娘见花逢春半夜里来她府上，半边脸肿得老高，吃了一惊，问道：“你这是怎么了？你父亲打的？”花逢春道：“是我自己打的。不过父亲可能会杀了我。”一贯口齿伶俐的他结结巴巴地将自己对姑姑干的好事对三娘说了。

三娘一听，肺都快气炸了，骂道：“早知道你是个祸害，只恨我当初没一刀砍了你！”花逢春道：“逢春已知犯下大错，请三娘姐姐重重地责打。”

三娘道：“你道我不会打你？”说完就去找来一根马鞭，将花逢春衣服扒光了，照着他屁股和背上狠狠抽了几十鞭子，抽出一道道血印来。

花逢春被抽了这几十鞭子后，心里痛快了许多。刚才看见姑姑的眼泪时他真恨不得拿把刀抹了脖子。他不由对三娘心生感激，只有三娘姐姐才知道怎么宽慰他。三娘怒气平息下来后，去找了些金创药来给逢春抹在被她鞭打过的地方，告诉他："明天务必将你姑姑请到我府里来。若是办不到，你这辈子都不要来见我！"

第二天傍晚花逢春果然将姑姑秦明夫人带来三娘的大元帅府，三娘亲热地拉着秦明夫人的手，搂着肩膀把她迎进内室里来。花逢春跟着进来，三娘把眼一瞪，道："你进来干甚么，去外面跪着去！"

花逢春浑身一哆嗦，乖乖地去跪在外间。秦明夫人正待开口，三娘笑容满面地道："我们不要理他，夫人快请进。"侍女端上酒菜。

三娘向秦明夫人道："三娘我为人粗俗，原来在梁山时虽见过夫人，可惜不曾深交。夫人的为人我是极为敬佩的，今日我想高攀一下，跟夫人结为姐妹，不知能依允否？"

秦明夫人道："一丈青扈三娘的英名谁人不知谁人不晓？是花菱我高攀了。"梁山上的人一般都知她是秦明夫人和花荣妹子，却不知她芳名叫做花菱。扈三娘也是不久前才听花逢春说的。

两人叙过年齿，是同年同月生，三娘大了几天，花菱就拜了三娘四拜，认作姐姐，两人喝了结义酒。三娘大喜，把花菱搂在怀里左看右看，道："我自小被拐卖，不记得爹娘和亲姐姐的模样。后来幸亏遇见林冲哥哥，才知他娘子就是我姐姐，只可惜她被高衙内害死了。这些年我时来运转，结拜了一些生死与共的好姐妹们，今天又遇见妹妹你，真大幸也！"

想起早年的坎坷三娘不禁泪如雨下。花菱也是经历过不少劫难之人，被三娘的话语感动，亦陪着她流泪。两人叙了一会儿话，花菱开口替花逢春求情，道："姐姐别让他再跪了，他一个小孩子，知错改了就是。"

三娘将花逢春叫过来道："今天看在你姑姑的面子上暂且饶你。你回家去告诉你父母亲，就说三娘我今夜要留我妹妹同榻而眠，叫他们不必忧心。"花逢春诺诺连声而退。

这一晚三娘和花菱将各自心里的隐秘之事都诉说了一遍。三娘告诉花菱她早年被卖到扈家庄后如何被扈太公收养，如何许给祝彪又被祝家兄弟轮奸糟蹋，祝家庄被打破后宋江让她嫁给王矮虎，又如何爱上了林冲哥哥，为他生了两个孩子等等。花菱讲了宋江将她嫁给秦明，后来在曾头市为救秦明被曾家兄弟和其他人奸污，以及她与曾升的短暂恋情，还讲了自己裸身诱惑哥哥花荣将他从神智失迷中唤醒等等。说到痛心时两人相抱大哭，说到高兴时又哈哈大笑。直到五更天两姐妹才脱了衣服，上床搂抱着睡了。

女王的舅母进宫来看她母亲，正巧赶上女王也在，就聊了几句。舅母告诉女王，道她有个远房亲戚叫西门玉的想见女王，谋个小官职。接着她将西门玉夸得天花乱坠。女王见是舅母推荐，就叫她下次把西门玉领来宫里。其实这西门玉就是丞相诸坚找来的人，诸坚花了重金收买女王的舅母，让她将西门玉送进宫去。

这西门玉没别的本事，长得也不算太出众，就是极有女人缘，一般良家妇女他三言两语就能勾搭上。第二天西门玉就被舅母带进宫来了，女王和他说了几句话，觉得还不错就将他留在宫里做侍从。

或许是女王太想男人了，当天晚上她就让宫女将西门玉带到寝宫里，脱了衣服一看才知西门玉人如其名。只见他体格健美，浑身似美玉一般，无一丝瑕疵。女王看得心痒难忍，不觉将自己衣裙都脱了，上前抱住他的身子爱抚。那西门玉是个惯玩女人的，把出浑身本事来取悦女王，不几天就和女王亲密得形影不离了。

过几天是一年一度的文武百官同乐会，参加的都是朝廷高级官员。会上一般是文官吟诗作赋猜谜，武官谈论兵法演示刀枪。为了让百官们无拘无束，女王不会来参加同乐会，只会送来些御赐美酒给与会的高官们饮用。

今年的同乐会已经定下在护国大元帅府里举行。诸坚的计谋就是在这御赐美酒上做文章。他找到了一种极为厉害的毒药，叫做“阴香摄魂散”，男人喝了没事儿，女人喝了会浑身奇痒难熬，骚热不堪，神智昏迷，见了男人就要去抱住跟他交合。

有资格参加同乐会的高官只有扈三娘一人是女的，若御赐美酒里放了“阴香摄魂散”，到时出丑的自然是她。女人的名声一经败坏，如何洗刷得干净？诸坚将西门玉送进宫里，就是为了取得女王信任，好在御赐美酒里加“阴香摄魂散”。西门玉有女王的信任，现在已在内宫里横行无阻，做这事儿没费太多手脚。

这一日百官同乐会如期举行，护国大元帅府戒备森严。扈三娘一身盛装，站在门口迎接文武百官，朱武，兀颜，还有王进都立在她身后。

现在三娘在朝中声望日隆，文武官员们对她都极为恭敬，有的是真心钦敬她，还有不少则是想靠上她往上爬，敢于公开挑衅的人已经绝迹了。现在扈三娘和琼英两人被誉为辽国最美少妇，男人们大多欣赏爱慕她们，女人们一般是羡慕加嫉妒。

丞相诸坚也来了，他恭敬地向三娘施礼问候。三娘给他回礼，将他迎进门。诸坚坐下后，向周围的人微笑着点头致意。他眼神里透出一股自信，因为今天将是他彻底击败对手重掌大权的开始。

请来的杂耍艺人和舞女们都已开始表演，官员们也在高谈阔论，互相敬酒。三娘朱武他们也加入进来，好不热闹。这时宫里女王派遣的送御酒的特使来了，那一大坛御赐美酒被抬到前面，倾在一只只玉碗里。百官们先向王宫方向跪下谢恩，遥祝女王安康，然后将手里那碗御酒一饮而尽。

同乐会继续，大家对摆上来的美味佳肴赞不绝口。扈三娘喝下御酒之后，小腹内开始有点发热，她没在意，仍然与邻座的官员们交谈着。后来那点热气逐渐扩散到全身，她的脖颈两乳和大腿内侧开始发痒，她开始坐立不安。坐在一旁的朱武和兀颜注意到三娘有点不正常，向她投来关切的目光。

三娘开始意识到事态严重，她喝的酒里定是被人参入了比一般的春药厉害得多的东西。她想避席离去，可是这满屋子的男人们身上的气味竟对她有着强大无比的吸引力，她挪不动自己的双腿。

她现在最渴望的，就是将自己浑身衣裙撕碎脱光，投入男人的怀抱，让男人的大手用力揉搓自己，让男人胯下那东西狠狠地插进来。对，男人，不管谁，只要是男人就行！三娘觉得理智和控制力在飞快地远离自己而去。

诸坚当然也注意到了三娘的情况，他也开始亢奋起来，当然不是因为那碗御酒，而是对胜利的渴望。三娘一定是到了崩溃的边缘，权利在向他招手了。这时三娘摇摇晃晃地站了起来，他看见三娘对着他的方向笑了一下，那分明是个极淫荡的笑容，诸坚乐得几乎要手舞足蹈了。

三娘抬腿向一群年轻的文武官员们走去，她在下台阶时突然脚一滑，摔倒了。那个台阶总共只有两级，可是三娘的头重重地磕在地上，昏了过去。怎么回事？诸坚气得快要跳起来了。

朱武兀颜飞快地来到三娘身边查看，王进也跟了过来，后面还跟着几十个女兵。文武百官们也慌乱起来，不知发生了什么事。朱武见三娘满身通红，恐怕不是醉酒，而是中毒了，因为他知道三娘的酒量。他赶快请兀颜继续主持同乐会，然后叫女兵们把三娘抬进内室，自己和王进也跟了进去。

兀颜大声对百官道，护国大元帅因多喝了几杯，不胜酒力醉倒了，同乐会继续进行，大家务必要尽兴云云。诸坚暗道："完了。"眼见就要成功，所有努力顷刻间化为乌有。

朱武和王进却还在三娘的房间外急得抓耳挠腮，想不出办法来救三娘。伺候三娘的女兵道，三娘还未醒来，但是她浑身皮肤发热发红，背上出现些许紫斑，可能是中了毒。

朱武先冷静下来，他刚才在三娘没摔倒前就在观察她，觉得她并无胸痛腹痛或头痛之状，而且那一跤好像是她故意摔的。她为什么要故意摔昏过去呢？是不是她觉得自己要出事？

这时王进走过来将朱武拉到一边，小声告诉他：自己早年在边军时，有两个军官互相结下了大仇。其中一个找来一种叫"阴香摄魂散"的毒药偷偷给另一个军官的夫人吃了，那女人毒发之后将自己脱得精光，走进军营里抱住每一个碰见的男人交合。数千人围着看热闹，此事一直闹了一整天。王进当时离得近，清清楚楚地看见那女人皮肤发红，背上有紫斑。

朱武觉得这就对了，三娘刚才一定是发现自己中了毒控制不住自己，所以故意摔昏过去，忙问王进可知道怎么解毒。王进道他听说这"阴香摄魂散"并不致命，只是发作起来谁也控制不住，她会拼命找男人交合，唯一能快速解毒的办法就是和未经人事的童男交合。

眼见得三娘快要醒来了，这一下上哪儿去找童男？就算找到了，难道让他赶快脱光了衣服去和护国大元帅睡觉？朱武王进急得团团转。

这时一个女兵进来禀报，大元帅的侍卫队长鲁铁柱听说大元帅中了毒，带兵将大元帅府围起来了，不让官员们离去，外面正吵得不可开交。王进听了心里一亮，对那女兵道："快叫铁柱把包围元帅府的兵撤了，叫他自己立刻进来见我！"

朱武听了王进这话，长长地出了一口气，对王进拱手施礼，道："这里全靠你了。"说罢出门去了。

鲁铁柱进来后，王进盯着他看了一会儿，看得铁柱心里发毛，因为师傅从未用这么严厉的眼光去看他。王进问铁柱道："大元帅待你如何？"

铁柱答道："恩重如山。"王进又道："大元帅现在中了极厉害的毒，等下她醒来后只有你能救她。"铁柱流着泪道："大元帅对我胜似亲娘，请师傅告诉我如何救大元帅。"

王进道："等下你去大元帅屋里，将衣服都脱光了，等在大元帅身边。她醒来之后，你什么都不要做，也不要说话，只是要呆在她身边寸步不离。她要做任何事你都不得违拗，听明白了？"

铁柱道："明白了。"王进道："好，你去吧。能不能救大元帅就指望你了。"说完将铁柱送入三娘的房间，叫女兵们都出来。关了门然后派几个女兵守在门口，吩咐任何人都不能进去，听到里面任何动静都不要管它，也不要将这里的事泄露给任何人，违令者斩首。说完自己也守在门外等候。

过了一会儿，屋里开始有动静了，先是撕扯衣服的声音，后是桌椅翻倒的声音，伴随着几声三娘的喘息和呻吟。后来动静越来越大，三娘声音间还夹杂着铁柱的呼吸声。一直折腾了大约两个时辰，在三娘一阵尖厉的嚎叫后，一切归于平静。

又过了一会儿，门开了。三娘倚在铁柱身上出现在门口，她衣裙被撕得支离破碎，两乳屁股和胯下都裸露着。铁柱还是一丝不挂，一声不吭地搀扶着三娘，两人身上湿漉漉的全是汗水。

女兵们赶忙去找衣服来给三娘穿上。三娘对王进笑了笑，在铁柱额头上亲了一下，说："难为这孩子了。"此时王进方才放下心来，感觉浑身虚脱无力，几乎站立不稳。

女王正在内宫里抱住西门玉的身子行乐，嘴里不时发出娇声呻吟。西门玉那话儿像个玉石打磨的药杵子，女王两腿张开胯下桃花洞迎着他，西门玉不停地将玉药杵用力往女王身子里捣去。

这时门被推开了，顾大嫂和琮英两人走了进来。平时她们几乎从来不进女王的寝宫，女王知道一定发生了大事。

顾大嫂向女王禀报道护国大元帅扈三娘被人下了毒药，现在正在找人医治。女王听了，二话不说从西门玉身上下来，披上衣服就往护国大元帅府赶去，顾大嫂琮英也跟着去了。出门时琮英面无表情地看了一眼西门玉，他现在还一丝不挂呆立在床边，胯下的玉柱还在往下滴着女王的汁液。

赶到护国大元帅府后，三娘已经没事了，女王过去搂住三娘，眼泪哗哗直流。三娘笑着宽慰她，顾大嫂琮英也和三娘抱在一起流泪。后来三娘新结拜的妹妹花菱也在花逢春的陪同下赶来了。她见三娘已经没事了，满是眼泪的美丽的脸上露出了笑容。

朱武王进进来向女王禀报他们的推测，这毒药很有可能是下在御酒里，他们叫几个女兵尝遍了所有府里的饭菜和茶酒都没事，只有御酒已喝完了没法尝试。王进问琮英和顾大嫂最近宫里进来了什么新人没有。

女王听了心里咯噔一声，马上想到了西门玉。暗道："难道是因我贪恋这个男人险些把三娘姐姐给害了？"她转头跟顾大嫂耳语了几句，顾大嫂马上带人回宫去了。

接着她顾不得尴尬当着众人对三娘说起了舅母推荐西门玉进宫之事，说自己怀疑是他干的，还说自己真对不起三娘，说着说着就大哭起来。三娘搂住女王道："好妹妹，是我关心你不够，让你过得太寂寞了。"她替女王擦干了眼泪，将她搂在怀里宽慰。

琮英犹豫了一下，问道："女王的舅母那儿怎么办？"女王斩钉截铁地吐出一句："将她全家都关起来彻查一遍！"王进领命去了。

西门玉在女王离开时就觉得大事不好，他匆匆收拾了一下就要出宫，可是守宫门的卫士不让他出去，除非有顾大嫂或琮英发的令牌，或者女王的手谕。西门玉在内宫里可以横着走，但是宫门是左右将军负责。卫士们根本不管你是谁，无令牌或手谕就不放你出入。西门玉急的不行，无奈搬出女王来，道我是女王的男宠，谁敢不放我出宫？

这时一声冷笑传来："你道你是谁的男宠？"顾大嫂带人从宫外走来。西门玉赶忙给顾大嫂施礼，道自己要急着出去给女王办事，一时口不择言说了不该说的话。

顾大嫂喝道："闭嘴！女王有令，快将这小子给绑了，我要审审他给护国大元帅下毒之事。"然后又叫人去西门玉住处仔细搜索。

女王的舅母因推荐西门玉入宫得了一百两黄金的贿赂，心里高兴得不得了。此时她正和女王的舅舅商议，想让他出面去问问同僚，看是不是还有人的亲戚朋友愿意进宫。忽然间听得外面人声喧哗，下人进来道整个府邸都被禁军包围了。她心中大怒，道："谁如此大胆敢来包围女王舅舅的府邸？"

这时王进领着全副披挂的禁军砸开大门冲了进来，指挥士兵将府里所有人都绑了押走。女王的舅舅这才想起问他老婆："你到底在宫里干了甚么好事？！"

晚上女王没有回宫，就住在大元帅府里，琼英也带兵留下来保护，虽然大元帅府的兵已经够多的了。三娘将花菱也留下了，三娘琼英花菱和女王四人晚膳后一起躺在大床上闲聊，倘若市井百姓得知这辽国的四大美女全都聚集在一张床上，定会编出不少传奇话本或香艳词曲来。

顾大嫂进来禀报女王道那西门玉已经招了，还从他那里搜出剩余的一些"阴香摄魂散"来。不过指使他干这事的人已经逃走了，问女王要如何处置这西门玉。女王道："或杀或剐都由三娘姐姐拿主意。"

三娘道："给他吃些苦头，不过要留他一条命。"她想到这西门玉毕竟是在床上伺候过女王的人，这么杀了怕女王难过。女王感激地看了三娘一眼，一切都在不言中。

顾大嫂边走边想着该如何给西门玉吃苦头，出了大元帅府后碰见了花逢春。她喊住他："喂，你这小子脑瓜子灵，快给阿姨我想个整治人的法子。"她一直叫花逢春小子，即使他已经当上了骠骑将军。

花逢春问整治何人，顾大嫂将西门玉的事说了。花逢春听了气得一蹦老高，他最恨伤害三娘姐姐的人了。眼珠眨了两下，他附在顾大嫂耳朵边说了几句话，顾大嫂听得乐了，道："还是你小子聪明，这等主意也想得出来。"说完高兴地去了。

回到宫里，顾大嫂叫人挑选了二十个身强体壮的做粗活的中年宫女，长得越丑越好。给她们吃了有生以来最美味的一顿饭食，然后将她们带进一间大屋子，派卫士看住了不许出来。再给她们喝下放了“阴香摄魂散”的美酒，最后将西门玉扒光衣服推进门去，锁了房门。对卫士们吩咐：不到天明不许开门。

这一夜卫士们除了听见这些丑宫女们放肆的呻吟和嚎叫外，还有西门玉声嘶力竭的哀鸣。天明以后打开房门，丑宫女们一个个心满意足，西门玉则纹丝不动地躺在地上，他仿佛一下子老了三十岁，身上已经没有一处完好的皮肤了。

欲知后事如何，且听下回分解。

第十二回： 小文谨高中状元，林无敌迎娶公主

女王的舅母因贪图贿赂举荐西门玉给女王，虽并不知西门玉欲加害大元帅之事，但已是大罪难赦，被刑部判罚去宫里做一辈子粗活。原本还要打四十大板，三娘求情给她免了，不然这四十大板下来，她这条命多半是没了。

女王本来还要治她舅舅的罪，三娘和朱武都来劝阻，道他确实毫不知情，只是训斥一番，保留原职，若再犯过错一并惩治。女王的舅舅任吏部主事，这次逃过惩罚，他对大元帅感激涕零，自此成了朝中最忠于女王和大元帅的人之一。

朱武王进等认为此次给大元帅下毒之事定是朝里反对青山盟的人策划的，他们怀疑丞相诸坚，只是苦于无甚证据，不好处置他。三娘就吩咐时迁秘密调查诸坚和与之关系密切之人，最后终于将诸坚和他的亲信尽数拿下，此是后话暂且略过不提。

三娘对鲁铁柱益发好了，疼他像疼亲儿子一般。她还将铁柱的母亲金翠莲请来大元帅府，专门表示感谢之意。金翠莲道："师娘千万不要说感谢的话，铁柱这孩子能跟着师娘是他几辈子都修不来的福分。我常对他说，宁可丢了性命也要保得师娘的安全。"

三娘亲自保媒，要将花荣的长女花迎春嫁与鲁铁柱。花荣夫妇亦喜欢铁柱为人忠厚，允了这门亲事。金翠莲见了花迎春的模样喜得合不拢嘴。三娘择吉日为铁柱办婚事，聘礼全是三娘出的，琼英顾大嫂也来帮忙布置，不要他母亲金翠莲操一点儿心。

铁柱和花迎春成亲后十分和美。其实多亏了鲁铁柱因替三娘解毒，经历过了这男女之事，三娘又在婚前私下里亲身示范点拨了他几次。不然他这等实心眼儿的人恐怕是一下子难以领悟男人女人之间的奥妙的。鲁铁柱依然担任护国大元帅的侍卫队统领兼贴身亲随，他孝顺三娘像孝顺亲娘一样，有时三娘也忍不住会将他搂在怀里亲吻夸奖一番。

三娘因这一次教训，对女王的需求格外重视。她嘱咐顾大嫂和琼英在禁军中挑选出三百个出身贫贱，容貌俊美，体格强健的士兵。对他们加以礼仪言谈举止方面的训

练并进行严格的秘密考察，主要考察他们对女王的忠诚和严守秘密的能力。然后每月会挑出几个来陪伴女王。

除非女王要求保留，这些陪伴过她的人都会被送往他处提拔为军官，这批人必须终生保守此项秘密，否则将受到最严厉的惩处。现在女王在宫里再也不会因没有男人而寂寞了，她对三娘的感激之情日盛。

话说这辽国也有科举，跟宋朝一样每三年一次大考，取状元一名，进士若干。只是为了保持契丹人强悍的武力，历任辽主禁止契丹人参加科举考试，只允许其他族的人去考。因此辽国的文官中有不少汉人。许多契丹人对此不满，他们的子女中亦有许多不喜习武酷爱文学的，若能中了科举不但举家荣耀，去朝廷里做官亦容易些。

女王及位后，三娘和朱武提议废除了不许契丹人参加科举的限制，因此深得人心。女王又下旨在将朝廷里的公文律法和王宫里发出的各项旨意都改成用汉字书写。因辽国懂汉文的本来就多，官员贵族更是以用汉文吟诗作赋为荣，故此女王的这一旨意也无人反对。

这一年是女王及位后的第一次大考，取的状元名叫耶律文谨，十五岁，无父，母亲孙氏。考官只道他是孙氏嫁与耶律氏生的孩儿，父亲已故。三娘现在急需有才能又能信得过的文人来朝廷做官，所以嘱咐朱武多加留意。

朱武将耶律文谨找来，一番考校，发现他端的是个奇才，懂汉文契丹文和西夏文，通今博古出口成章，对兵法阵法亦有研究，见解不凡。只是他道自己并不知自己姓什么，从小被母亲一人养大，参加科举考试时须得有名有姓，这才将耶律作为姓氏写上。

问起他母亲，耶律文谨道母亲叫做孙二娘，含辛茹苦地将他养大只为他长大后能博取功名光宗耀祖。还道等他当了大官后母亲才会告诉他父亲是谁。朱武吃了一惊，莫非他是梁山女头领孙二娘的儿子？急将扈三娘顾大嫂琼英都请来商议。

耶律文谨拜见了护国大元帅扈三娘。他恭敬有礼，言语得体，不卑不亢。三娘琼英顾大嫂看这文谨生得英俊儒雅，都喜欢他。三娘道："我们几个与你母亲或许是故交，你可将母亲接来大元帅府和我等见一面，若她真是那个孙二娘我可以帮你问出父亲是谁。至于做官，不管你母亲是否孙二娘，我明天都会奏请女王封你个官职，你想去吏部兵部户部都不在话下。"

耶律文谨大喜，回去接母亲去了。待接来元帅府一看，ㄈ的不是孙二娘是谁？只是她衣衫肮脏破旧，面黄肌瘦，头发凌乱，像个五六十岁的女叫花子。三娘琼英顾大嫂见了孙二娘，欲上来拥抱她，孙二娘吓得直往后躲，她嫌自己身上太脏了。三娘道先不忙叙旧，安排侍女给孙二娘香汤沐浴，梳了头，换了一身簇新的衣裳。

孙二娘这才和姐妹们抱在一起大哭，然后拉儿子给她们下拜。三娘琼英顾大嫂几个泪流满面，轮流将小文谨搂在怀里亲了又亲。三娘又吩咐安排家宴，将花荣等原来梁山的一班头领们都请来一起叙旧。

孙二娘得知儿子中了状元，得意非凡，在席上对众人道："别看我大字不识几个，养的这个儿子从小聪明绝顶，这满肚子的学问大都是他自己学来的。后来他远近闻名，那些临近的先生们都不收钱争着来教他。连知县老爷见了他都客客气气。"

三娘问她："为何他无姓氏，他父亲是谁？"孙二娘踟蹰了半晌，红着脸答道："他爹是武松。"只这一句，满座的人几乎都被惊得从坐椅上摔下来。孙二娘这才开始将前后原由细细道来。

孙二娘道："自从当初在十字坡卖人肉包子结识了武松兄弟后，我就心里爱他梦里也想他。只是我已嫁了丈夫张青，武松又对我像亲嫂嫂般相亲相敬，再加上我为人粗俗又无甚姿色，不免自惭形秽，只得将这爱意藏在心中。后来打方腊我丈夫张青阵亡，武松也废了一条臂膀去六和寺出家。我就自愿留在杭州，住在六和寺旁照顾武松。后来年岁渐大，想找人嫁了生个自己的孩子来养，只是谁愿意要我这等人？不觉又将主意打到武松兄弟头上。我自己拉不下这张老脸，就打起了歪主意。我将武松兄弟请来喝酒，酒里下了许多春药，趁他药性发作时和他交合。武松后来一言不发走了，我也羞愧得无地自容，再也无脸见他。后来生下文谨这孩子，我心里发誓除非他将来能当大官，我决不告诉他父亲是谁，免得传出去丢了武松兄弟的脸。"

众人听了，唏嘘感慨不已。耶律文谨这才知道他父亲是梁山打虎好汉武松，也知道了他娘就是那在江湖上有赫赫凶名的母夜叉孙二娘。三娘接着问："那你这些年如何过活？如何养大这孩子？"

孙二娘道："我除了杀人无甚本事，带着文谨几年时间就将积蓄花了个精光。为了要这孩子学好我忍住了不再去做那些害人之事，自己每日替人缝补浆洗度日。只有一次一个富家子弟欺负文谨，惹得我愤怒时出手，将他打破了头。每当我因为没钱而走投无路之时，总有好心人施舍我五两十两的帮我度过难关。开始我感谢菩萨神灵，后来我想明白了，定是孩子他爹我那武松兄弟暗中相助。只是我这辈子无论如何也无脸去见他了。”

众人盯着文谨看了看，都道：“这孩子虽然生得文静，脸庞确实有些武松的影子。”琼英道：“你给文谨取的这名字甚好，我很喜欢。”

孙二娘道：“不怕你们见笑，我哪会取名字？我想他爹是武松，我就叫他文紧，也容易记。后来识字后他自己将名字改作文谨了。”三娘琼英等人忍不住大笑起来，朱武花荣也笑得直不起腰来。

三娘将文谨拉过来搂在怀里，对孙二娘道：“你娘儿俩今天就搬到我这大元帅府来居住。我明天会去向女王奏报，让文谨在户部先任侍郎之职，历练一段后再加以重用。”孙二娘道：“如此多多相扰了。”三娘道：“哪里话，先不说我等姐妹生死之交，我现在正急需他这样的人才。契丹人耶律和萧姓最多，这孩子就叫他暂姓耶律，以后想改也不迟。”

自此耶律文谨在户部任职，三娘嘱咐朱武不时提点教诲于他。孙二娘在大元帅府衣食无忧，因无事可做，三娘就叫她帮着训练女兵，教她们些实战之技，又叫她给时迁手下的人传授些下迷药的法子。孙二娘至此方感觉扬眉吐气，人也变年轻了些，心里十分感激大元帅扈三娘。

柴承宗传回书信，道宋朝天子有意将皇后的亲生女儿明月公主嫁给辽国女王之子耶律森。只是皇帝和皇后想让耶律森也就是林无敌前来宋国和明月公主成亲，成亲后两口子再回辽国。

三娘和朱武思虑再三，认为此事并无太大风险，就决定让无敌前去。琼英上次护送林无双去朔州成亲，这次她又毛遂自荐要护送无敌去宋国，三娘点头依允。

临别时三娘唤无敌来大元帅府，将他搂在胸前嘱咐道：“你这次前去，要对那宋朝天子言明，我辽国决无南下侵略宋国之意。宋国朝中说不定有不少对与我国结盟不满者，你要小心应付。”无敌道：“孩儿谨记娘的吩咐。”母子洒泪而别。无敌又来辞别女王，女王不舍分离，将他抱在怀里大哭了一场。无敌和琼英由两百禁军护卫，启程南下往宋国都城开封府而来。

无敌走后当晚三娘进宫来陪女王，她俩共进晚膳后女王就留三娘睡在宫里。两人躺在床上聊些有趣之事，后来将衣服都脱光了，搂在一起互相触摸亲吻，就像往日一样。

后来女王摸着三娘的乳悄声对她道："姐姐还记得你曾对我说过：姐姐的就是妹妹的？所以我不客气地将你儿子要来做了我的儿子。我想对姐姐说，妹妹的也是姐姐的。无论姐姐想要什么都可以，这女王之位都可相送。"三娘亲着女王的胸脯道："姐姐我现在只想要你。"说完用两手将女王赤裸的身子上下抚摸，女王喘着气，张嘴叼住三娘红红的乳头吸允，三娘禁不住大声呻吟。

末了女王拍了拍手，外面进来六个一丝不挂的俊美年轻人，都是顾大嫂琼英严格挑选出来的人。女王对三娘说："这些人是三娘姐姐你为我选的，现在我让他们来服侍你。"对那几个道："你们都来服侍大元帅，伺候得她高兴时我重重有赏。"三娘顿时羞得满脸通红，把头埋在女王怀里。

那六个年轻人见了三娘这样的绝色美妇惊叹不已，更兼她还是那掌握着生杀大权的大元帅。几个过来先为三娘沐浴，他们把三娘扶起来站在一个木盆里，两个人用碗舀温汤从上往下浇下，其他四个用舌头给三娘舔洗全身。三娘闭上两眼咬着嘴唇，满脸通红，身子微微颤抖。

沐浴后他们又开始轮流用舌头舔三娘胯下的桃花溪，其他几个就在旁轻轻地用手揉捏三娘的身子各处，如此几次后，改用胯下玉柱来肏三娘。三娘被肏得大声呼喊，全身抽搐不停。女王在一旁看了，乐得拍手大笑。

林无敌心里对母亲扈三娘无比崇敬：她能带领一帮属下为孩儿们打下如今的这个基业实属不易，足令天下男子汗颜。妹妹无双亦在朔州为母亲为辽国独挡一面，无敌对她也是钦佩不已。他兄妹俩是龙凤胎，从小都在一起长大，直到三娘将他们分别送出家门拜师学艺。无敌在无双面前以兄长自居，要保护妹妹，无双则将他当弟弟疼爱，两人感情极好。

现在无双已经出落成像她母亲一样的绝色美女，无敌也是个英俊挺拔的青年男子。他心里渴望能像无双一样为母亲分忧，助母亲完成大业。他对琼英阿姨亦十分爱慕，心里觉得若能娶一个像她那样的妻子就此生无憾了。不过他对自己的肩上的责任也很清楚，为了母亲的大业哪怕让他娶个丑八怪他也不皱一下眉头。

林无敌和琼英来到开封，受到朝廷高官的隆重迎接和款待。他们知道他现在虽不是太子，但辽国女王只有他一个儿子，立为太子是早晚的事。第二日蔡太师设宴招待辽国王子，又请文武百官和名流贵族一起出席作陪。琼英扮作贴身侍从和几个卫士跟在无敌身后，辽国钦差柴承宗亦被请来了。

此时道君皇帝赵佶已将大位传给了儿子赵桓，明月公主即是赵桓和皇后的亲生女儿，倍受疼爱，十八岁了还不舍得将她嫁人。她自小跟名师学习诗书礼仪琴棋书画，又曾习武。皇后请侍卫中的高手教给她精湛剑术，宫里办家宴时她常亲自下场舞剑助兴，博得满堂喝彩。这一日，她求得皇帝皇后许可，扮作一个青年文士去参加欢迎辽国王子的宴会。

蔡京在席上对女王大加恭维，无敌亦致词赞扬宋朝天子仁德，表示谦顺之意。酒过三巡，席上的宾客们开始高谈阔论。只见一个青年文士站起身来对王子发问："在下姓黄名佳仁。敢问王子，你辽国何时能将燕云十六州归还与我宋国？"此人正是明月公主。

此问一出，满座皆惊。蔡京不认识发问的黄佳仁是何等人，想来是个朝廷权贵武高官的后辈，他正要看看辽国王子如何作答。

无敌反问道："这位黄公子可否告诉在下，我辽国何年何月将宋国的燕云十六州占了？"明月公主答不出来，满脸通红。

原来那燕云十六州早在宋朝立国前就被前朝皇帝送与辽国了，这叫明月公主如何作答？无敌又道："辽宋两国历来征战不休，互有胜负。自女王即位以来，不曾发起过一次对宋国的侵扰。倒是贵国和金国联合兴兵夹击，欲夺我朔州，且杀死了我朝驸马萧万忠将军。我可有说错之处？"

明月公主哑口无言，其他文武官员也不知如何应对。蔡京连忙举杯劝酒，将尴尬遮掩过去。琼英柴承宗心里都对无敌的机智赞许不已。

明月公主平时颐指气使惯了，怎肯服输？文的不行就想来武的，她又向无敌发难："久闻辽国男子从小无不习武，王子可否展示一番辽国武艺，叫我等开开眼界？"无敌道："公子想来是武艺高强之人，不妨先赐教一二。"

明月公主正要显示自己的武艺，挽回刚才的尴尬，就道："那在下就献丑了。"她接过侍从递过来的宝剑，去席前的空地上舞了一回。但见劈挑砍刺，寒光闪闪，翻滚跳越，进退自如。剑光耀日，略带彩虹之色，青锋铮鸣，微含雷电之声。一时间博得满堂喝彩，林无敌亦点头赞许。

明月公主看着无敌道："请王子下场与黄某切磋一下，如何？"蔡京喝道："不得对王子无礼！"无敌看了她舞剑的身段，猜到她是女扮男装，又看了她手上那把名贵的宝剑，已大致猜出她是何人。她的名字"黄佳仁"不就是"皇家人"或"皇家佳人"？辽国早已打听到这明月公主善舞剑，所以无敌料定此人就是明月公主。

却待要上前与她比试，被琼英阿姨拦住。琼英是征田虎王庆时立了大功的将军，十几年过去了，谁也没料到她去了辽国，现在又跟着辽国王子来到京城。她打扮成王子侍从其他人也认不出她来。

琼英拔剑对那黄佳仁道："我乃王子侍从，你想与王子比试，先过我这一关。"明月公主道："我自与王子较量，你这女人为何阻拦？"琼英道："我自不会去阻拦一个男人。"一句话点出明月公主的女人身份，将她羞得脸红耳赤。

这时众人都已看出黄佳仁是女的，又见琼英也是个绝色美女，兴致更加高昂，吆喝助威的有，大声哄笑的也有。明月公主羞怒之下，将手中剑向琼英刺来，恨不得将她刺个透明窟窿。琼英出剑格挡。两人一来一往，战作一团。这琼英是使画戟的，剑术不精。只是她久经战阵，岂是明月公主可比。

陈丽卿和祝永清两个都在人群里观看，祝永清看得不甚明白，就问妻子："娘子觉得胜负如何？"丽卿答道："这女人定是个武将，杀过不少人的，那黄佳仁少时必败。"

明月公主越战心里越吃惊，那琼英丝毫不理会她的精妙剑招，每次都攻她之必救，迫得她手忙脚乱。不一会儿她体力不支，堪堪要输。幸亏琼英停下手中剑，只把两眼看着她。

明月公主自知不敌，满脸通红，道声"小人输了"转身就走。明月公主回到宫里后，向她父母诉说宴会上的情形，撒着娇要父皇替她出气。

天子大笑，道："这辽国王子是你的夫婿，他越是优秀手下能人越多，你不是越该高兴才是？"皇后亦搂住女儿大笑，明月公主的脸更红了。

当晚琼英把林无敌叫到自己屋里，拉着他的手道："孩子，我观你今天白日里所为，心里真替你娘高兴。只是这明月公主在宫里娇生惯养，恐怕一时难以被你驯服。"无敌道："阿姨说得是。我从未经男女之事，对女人所知甚少，不知怎么跟女人单独相处，特别是这么个皇家的公主。"

琼英道："不论她是何高贵的出身，你都要有自信，不要失了男子汉气概，这样她才会服你。"无敌问道："究竟如何才能表现男子汉气概？"

琼英道："此事很难用言词说出来，必须慢慢积累经验。另外，男女之事你也得学习。罢了，我与你娘是生死至交，我今天就拉下老脸，教你那男女之事。"说罢开始宽衣解带，林无敌看着眼前这个美艳的成熟女人，心里扑腾扑腾直跳。

他早就对琼英爱慕不已，碍于她是长辈又是大哥张节的母亲，无法表露。琼英将无敌的衣服也脱了，拉他到胸前搂住亲吻。林无敌闻着琼英的体香，只觉得浑身冒火，忍不住大吼一声将琼英抱住滚到床上。琼英见无敌那话儿已经硬挺起来，就张开两腿迎住，让它插进自己身子，口里娇声呻吟。无敌被琼英的两手引导着，嘴在琼英脖子两乳上不停地亲吻，下身猛烈耸动，不一会儿就肏得琼英淫水泛滥。

次日辽国钦差柴承宗陪同王子进宫去见天子。到了大殿之前，先向上面坐着的皇帝皇后施礼，献上了女王让他带来的许多聘礼。天子叫侍从太监收下了，要王子代向女王致意。皇后将无敌叫到身前，拉住他的手问长问短，十分满意这个女婿。

天子问起两国间大事，王子转答了辽国护国大元帅的意思，道我辽国今后绝不会首先挑起争端，更无南侵宋国之意。天子微笑着点头赞许，要王子回去后向护国大元帅致谢。

稍后王子施礼告退，出了皇宫回去了。这时有文官启奏，道辽国一贯狼子野心不可轻信。又有武官奏道，昨日太师宴会上比武时我国输了锐气，应该另外举行一次比武大会，派高手挑战辽国王子。天子也想知道辽国王子的真本事，就叫高太尉安排，但不得伤了王子一根毫毛。高太尉道："臣遵命。"

高太尉回到府里后异常烦恼，不知此事该如何安排。他想起衙内最近为人行事似有不少长进，就将他叫来一起商议。高衙内道："巾帼将军陈丽卿武艺高强，若遣她出马必能扬我国威。"

高太尉道：“如何能做到不伤王子一根毫毛？”衙内道：“待我将陈丽卿请来商议个法子，定能让父亲满意。”太尉允了，衙内告辞出来。

高衙内心里只想着和陈丽卿再续前缘，坐在屋里寻思了一会儿，叫人将陈丽卿找来。丽卿进来后，高衙内故作神秘地对丽卿道：“前几日有人禀报，原枢密使手下军官赵谭失踪了。又有人在京城的一条河里发现一具尸体，系被人掐死后扔进河里去的。”

丽卿听了扑哧一笑，道：“衙内你变着法子想要肏我，你也不寻个像样的借口。那赵谭据我所知已被革除军职，已是自由之身，他随便去哪儿都不必向上官禀报，谁能断定他失踪了？这京城人口过百万，哪年不在河里死个二三十人，这跟赵谭又有何相干？你知我与那赵谭不和，凭此就想来要挟我？”

高衙内被丽卿这一笑迷得丢了魂儿，赶忙道：“姑娘说得是，是我不该总变着法儿想要肏姑娘。我真是那想吃天鹅肉的癞蛤蟆。姑娘不知，但凡癞蛤蟆吃过一次天鹅肉就总惦记着再去吃，死活都忘不了。我因最近无甚战事，姑娘不来求我，因此出此下策。”

丽卿现在也不讨厌这高衙内了，被他几句话说得心痒了，道：“本姑娘给你肏肏也无不可，你有啥好处给我？”高衙内道：“我可找机会让你去和那契丹王子比试武艺。你若赢了他定能享誉宋辽两国，下次征战自然少不得你去。”丽卿道：“你这是想要赚我去与他比武吧？本姑娘现今囊中羞涩，不管输赢，你得先给我一百两银子的辛苦钱。”

衙内道：“姑娘真是个聪明人。”说着进里屋取出十两黄澄澄的蒜条金，折合一百两银子交给丽卿。

高衙内又道：“天子吩咐比武时不能伤了这契丹王子一根毫毛，这样如何比试？”丽卿道：“此事容易，上马比军器时将枪尖去了，用骨朵头包了毡布然后沾些石灰即可。比完后以身上石灰少者为胜。若是比射箭则可射箭靶或射活物。”

衙内去关好门，对丽卿道：“我们今天玩个新鲜的花样儿。你先莫问，一会儿便知。”说着就脱丽卿的衣裙，丽卿由着他将自己脱光了。这屋里有两根立着的木头柱子，高衙内取了些绳子，让丽卿两手伸开将她的手紧绑在两根柱子上，又让丽卿两脚也伸开绑好，现在丽卿赤裸着站在那里，手脚张开皆不能动弹，整个身子像个“大”字。

高衙内把手指去丽卿的腋下搔痒。丽卿最怕痒，这下搔得她身子用力扭动，口里大叫“停下”，可惜手脚被绑着动不了。高衙内又去她大腿侧面，屁股上，胯下，胸前不停地搔，还把她的脚抬起搔她脚心。丽卿用力挣扎，口里大喊大叫，直至声嘶力竭，高衙内仍然无动于衷。

丽卿哀求他道：“你打我一顿鞭子吧，以后你什么时候想肏我就让你肏。”高衙内道：“这可是你说的。”取来马鞭就抽打丽卿的屁股两乳和胯下，丽卿觉得这样舒服多了，嘴里开始哼哼唧唧呻吟起来。

后来高衙内将绑丽卿的绳子解开了，丽卿一跃而起朝衙内扑过来，高衙内吓得“妈呀”叫了一声，只恐丽卿将他狠揍一顿。谁知丽卿抱住他的身子就去亲他的嘴，嘴里“心肝宝贝”地叫个不停，还伸手去揉搓衙内胯下的那话儿。

一个时辰后高衙内才从丽卿身子底下爬出来，丽卿将他“肏”了以后自己竟累得睡着了。

林无敌晚上在客店里的床上睡不着，心里全是琼英白嫩成熟的身子。他起身去找琼英。琼英开了门，盯着他的眼睛看了看，林无敌刚开口叫声“琼英阿姨”就被琼英用嘴堵住了。琼英身子用被卧裹着，显然是刚从床上爬起来。无敌又闻见了那股醉人的体香，琼英叫他将衣服脱光了，掀开裹着自己的被卧将他也裹了进去。林无敌这才发现被卧里的琼英身上光溜溜的甚么都没穿。

次日高太尉邀请辽国王子去观看禁军操练，文武百官和各国在京的使臣也都被邀请去观看。明月公主亦扮作男人混在观众里，前天她输给琼英后很不服气，她不是不服气琼英，而是不服气王子。谁知他是不是个躲在女人身后的没用的花架子？她对琼英还是很佩服的，人家武艺比她强人又长得比她漂亮，她虽贵为公主竟对琼英这个看不出年龄的女人有些嫉妒了。

她知道今天巾帼将军陈丽卿会向王子挑战，她要看看自己要嫁的王子到底武艺如何。巾帼将军的威名她是知道的，人家那是真刀真枪从男人堆里打出来的。若辽国王子今天在巾帼将军面前丢了丑，她就不嫁他。她从小就被溺爱，父皇和母后也没法改变她的主意。其实她也不知自己到底想让王子赢还是想让他输。

这时天子和皇后的銮驾到了，天子和皇后坐好后众官员跪下山呼万岁，天子叫众官员免礼。无敌也向天子施礼，天子微笑着点点头。高太尉示意操练可以开始了。禁军先是演示了行军和布阵，很整齐也很好看，兵器装备也好。林无敌觉得缺少的是杀气，难怪宋朝的兵打不过辽国西夏和金国的兵。

后来十几个武将开始轮番在马上演示了军器，无敌觉得其中有三个人武艺很不错，特别是最后那个女将，画戟使得很有气势。那女将使完一路画戟，跑马走向看台来，她就是巾帼将军陈丽卿。按照高衙内的安排，她会先向天子行礼，然后当众邀请辽国王子下场切磋武艺。

无敌刚才没看清丽卿的脸，现在才发现这个女将生得美丽非凡，心里一动，觉得这样的女人才是自己该娶的。那个明月公主不过身份高贵罢了，论容貌论武艺都不及眼前这个女将。只见她向天子跪下行礼，然后道："末将陈丽卿闻知陛下要将明月公主嫁与辽国王子，此乃宋辽两国之盛事。丽卿久闻王子文武双全，想请王子下场来与末将切磋武艺，以彰显陛下盛德和王子风采。"

无敌听了，吃了一惊："原来她就是陈丽卿，那个射死了妹夫萧万忠的女将？"刚才无敌心里对丽卿升起了一丝爱慕之情，现在知道此事决无可能，心里不禁充满了苦涩和无奈。站在无敌身边的琼英好像看穿了无敌心里所想，拉住了他的手摇了摇，似乎在安慰他。琼英这个动作却被一直盯着无敌的明月公主看见了，一股醋意不由从她心底升起。

丽卿的话音刚落，就听到一声："且慢。"一个大汉从人群里走过来，身后跟着一大帮身着西夏国服饰的人。他开口道："俺是西夏国三王子李仁义，特来宋国求娶明月公主为妻。我欲挑战辽国王子，和他较量武艺，获胜者方能娶回公主。请陛下恩准。"

天子和在座的朝廷高官们都大吃一惊，高太尉认得那大汉后面跟着的正是西夏国驻宋国特使，就将此事禀报天子。天子拿不定主意，问蔡太师。

蔡京答道："若辽国王子愿意，自可与西夏王子切磋武艺。嫁娶明月公主之事却不可以比武胜负来定。"天子点头，传旨下去：明月公主嫁人之事不在此议。若辽国王子愿意，可与西夏王子自由切磋。

宋朝天子这样做辽夏两方都不得罪。若无敌比武赢了，西夏再也无话可说。若他不敢比武比输了，那时还可再作商议。无敌却别无选择，他不能在宋朝君臣面前丢了辽国的脸。

当下他走上前，对那个西夏王子李仁义道："不知你要如何比试较量？"李仁义道："摔跤军器射箭三样，任你挑选。"

无敌看了看那李仁义，只见他身高九尺，膀阔腰圆，满胸脯黑毛，走起路来虎虎生风，想必是摔跤高手。寻思我若将他摔倒，定会让他心服口服。

就对他道："那我们就比摔跤。"李仁义心下大喜，暗道"这辽国王子看起来长得不俗，竟是个呆子，不比别的却偏要与我比摔跤。"李仁义在西夏国是摔跤第一，对上身材不如他强壮的无敌，觉得必能轻易获胜。

高太尉本人也懂摔跤，当初被擒上梁山后曾与燕青交过手。他叫军士将看台前的空地上铺上厚厚的绒毯，请两个王子上来比试。

当下两个脱光了上身衣服，一来一往动起手来，看的人压肩叠背，明月公主和琼英也都屏住呼吸盯着他俩看。两个过了几招后，李仁义明明几次都将林无敌的胳膊或腰揪住，正要将他摔倒，不知怎地都被他挣脱开去。

宋时摔跤除不能使用兵刃暗器外并无任何限制，无敌从小跟林冲学习十八般武艺，后来又跟着师傅花荣，常与许多比他高大强壮的人交手，他聪明好学又得父亲和师傅指点，掌握了不少对付高大敌手的妙法。

李仁义见摔不倒无敌，心里焦躁起来，张开两只大手要去抱住无敌，胸前不免门户大开。无敌抓住机会，出拳猛击李仁义胸口，这一拳似有千钧之力，打得李仁义气血翻涌，两眼冒金星。无敌跟着一脚扫在李仁义腿弯处，将他扫得单膝跪倒在地，场下响起雷鸣般的叫好声。

李仁义虽输了，并未受伤，只见他站起身来对无敌鞠了一躬，道："耶律兄身手不错，小弟我输了。"无敌寻思他倒是个豪爽汉子，便道："侥幸得胜，何足挂齿。李兄可在军器射箭中挑一样，我们再比过。"

李仁义道："我想和耶律兄比射箭，只当是切磋，不敢再与兄争胜负。"众人见李仁义如此豪爽，大声叫好。

高太尉吩咐叫两人背对着背站好，让军士在两人面前一百步处各放一个箭靶。无敌和李仁义同时开始射自己前面的靶子。李仁义张弓搭箭一连十箭射出，密密麻麻地都插在靶心上。

他心里高兴，却没听见众人的喝彩声。转过身来一看，见无敌亦十箭都射中靶心，再看无敌，他眼睛上用一条黑布蒙着。他竟然是蒙着眼睛射中靶心！

众人都惊得呆了，忘了喝彩。等无敌将蒙着眼睛的黑布取下，这才响起雷鸣般的喝彩声，明月公主也不顾体面地跳起来大声喝彩。

陈丽卿看着无敌，她眼睛里也闪着些微异样的光彩。只有琼英微笑着没啃声儿，比箭的结果早在她意料之中。天子和皇后看了心里高兴，叫太监赏赐了一盘金银珠宝给无敌，无敌跪谢了。天子传旨三日后为辽国王子和明月公主举行婚礼。

婚礼在开封府里一座原属于皇家的府邸举行，天子已将这座府邸赐予了辽国王子。当晚文武百官王公贵族富豪名流以及各国使者都来道贺，林无敌喝得大醉，被琼英扶着进了洞房。

无敌摸着明月公主的身子，伸手就去剥她的衣服，明月公主比武后已对无敌芳心暗许，这时羞得脸红心跳，不一会儿被他脱光了。无敌自己也脱得赤条条的，他抱住明月公主亲吻抚摸，一会儿觉得自己抱着的是琼英阿姨，一会儿又仿佛是陈丽卿，不由得性趣盎然，挺枪忽肏，将明月公主折腾得死去活来。

第二日早上无敌睁开两眼却看见了两个女人，除了明月公主外还有琼英阿姨。原来昨晚琼英放心不下无敌，扶他进洞房后没有离去，而是留下来照料两人。无敌和明月公主昨晚一番大战，谁都没注意的房间里还有一人。早上明月公主先醒过来，见了琼英，虽不知她是何身份，料定是无敌亲近之人。她现在是死心塌地跟着无敌的人，对琼英也不再介意，琼英自己也没有解释。

无敌醒来后，明月过来依在他怀里。无敌记起琼英的话，觉得是自己显示男子汉气概的时候了。就将琼英拉过来对明月公主说，这是我的琼英阿姨，也是自己这一生最爱的人之一，要明月公主今后对她尊重，不可有任何无礼之处。

明月公主听了，乖巧地跪下以晚辈身份向琼英施礼。她知道辽国跟宋国大不一样，没有那么多尊卑之分，自己身为宋国公主也得一切服从丈夫。琼英忙将明月公主从地上拉起来。

无敌看着眼前的两个女人，胯下雄风再度刮起，他将两个女人的衣服都脱了，叫她们互相亲吻抚摸。然后自己开始轮流肏她们两个，心里竟然还有一丝不满足：要是能将陈丽卿也一起肏了那该多好。

欲知后事如何，且听下回分解。

第十三回： 陈丽卿单挑王子，林无敌双纳娇娘

无敌婚后第二日，西夏王子李仁义独自一人来拜访无敌，邀请他出门去东京街上酒肆里喝酒。无敌以前未到过东京，跟着他一起去了，没带一个随从。进来一间酒肆里坐下，叫酒保安排些酒肉端上来，两人各饮了几杯。李仁义比无敌大十来岁，他却要拜无敌做结义兄长。无敌争不过他，又喜欢他为人豪爽，就和他结拜了。

李仁义跟无敌说他和哥哥因争这西夏的太子之位成了死敌，父亲一死恐怕就是他们兄弟相残之日。他哥哥的生母是父亲的正妻，势力比他自己的母亲家的势力大得多，到时只怕他得逃出西夏才能活命了。无敌告诉他，如果无路可走就去找自己的妹妹银瓶公主。银瓶公主带着萧家兄弟现在已把辽国西南部的大片土地，包括和西夏接壤的一些地方都掌握在手里了。

无敌还叫酒保找来笔墨给妹妹写了一封信交给李仁义，信中说了李仁义是自己的义弟，若来投奔她时要她给予帮助。两人又喝了些酒，李仁义拜别无敌，出了酒肆自己回去了。无敌转身回自己的驸马府，行不得几步，迎面撞见了那个美貌的巾帼将军陈丽卿。她也是独自一人，身后牵着一匹马。

丽卿刚从高衙内的府邸出来。高衙内现在已从太尉府搬出来自己住。丽卿那天正要与无敌比武时被李仁义打断，她心里觉得这个辽国王子似乎与自己有缘，因此前来高衙内处打听一些他在辽国的事。

高衙内告诉她，朝廷在辽国的细作有密报回来，道现在辽国的女王是由青山盟盟主扈三娘扶持着登上王位的，她们俩是结义姐妹。女王并无亲生儿子，现在的这个王子和银瓶公主都是后来认的。不过她娘儿俩关系极好，胜似亲生儿子。

丽卿想起那个在登州将永清活捉的女人扈三娘，当时她将永清放回来后就领着部众从海上撤走了，原来她是去了辽国。

丽卿谢过高衙内，衙内口里说道不必了，眼睛却直直地盯着丽卿的胸脯看。丽卿知道他的意思，她自己心里也想再试试那天的新鲜玩法儿。两人心里都有默契，就抱在了一起。高衙内先将丽卿脱了衣服站着肏了一遍，然后又和那天一样将她的手脚绑在柱子上。

就在这时高太尉遣人来寻衙内问话，衙内无奈，只得给丽卿松绑后出门跟着太尉的随从去了。丽卿未能尽兴，心里好生不快，穿好衣服离开高衙内府邸。牵着马走到街上，远远看见那辽国王子和李仁义从酒肆里出来，她心里一动，就跟在后面。

待李仁义离去，她就上前和无敌施礼相见，道："丽卿这里给驸马贺喜了。那日欲和驸马切磋武艺，被别人打断。今日巧遇，不知驸马得空否？"

无敌见了心里思念的人，虽知她是自己妹妹的仇人，可还是舍不得就此离开，他对丽卿还了礼，道："陈将军武艺高强，比武却是不必了。"丽卿道："莫非驸马看不起丽卿？"

无敌道："非也。谁敢看不起大名鼎鼎的女飞卫？将军的戟法那日我已见识过了，箭术想必更是出神入化。只是你我在此大街上如何能比武？弄不好伤了行人和看客。"丽卿道："说的是。你且上我马来，我带你去一个好地方，绝无人打扰。"说完自己先跳上了马。

无敌只好也上了丽卿的马，坐在她身后。他两手从后面抱住她的腰，丽卿打马往东而去。一路上两人聊些家常，无敌得知丽卿已嫁了人，不由心里有些醋意。

路上颠簸之处，无敌的胸脯碰撞着丽卿的后背，手臂也免不了摩擦着丽卿的两乳。他鼻子里闻着丽卿身上的体香，觉得自己胯下开始硬起来了。丽卿倒是毫不在意，她感觉到无敌脸红心跳得厉害，心里暗笑。

两人来到一处废弃的禁军校场，丽卿和无敌下了马。丽卿道："我不曾带得我的画戟，你也无长兵刃在身上，我们只能以摔跤定输赢了。"无敌道："不必了，姑娘一介女流能在高手如云的禁军中驰骋纵横，我自当甘拜下风。"丽卿笑道："你倒是会说话。罢了，比武之事等下再说，我俩反正无事，先坐下闲谈一会儿。"

两人遂坐在石头上海阔天空地闲聊起来。也不知怎的，无敌自遇见了丽卿，就对她一见钟情，她嘴里无论说什么他都倍感亲切。丽卿也喜欢上了这个辽国来的英俊青年，两个越说越投机。丽卿说起自己小时如何痛打东京的纨绔们，如何三天两头与人比军器比射箭，赢得这女飞卫的称号。无敌因不能跟丽卿说他自己的身世，就说他在各处游历看到听到的许多趣事，两人不时开心大笑。

只是无敌心里还存着丽卿杀死他妹夫这件事放不下，寻思：“我何不向她挑明了，看她如何作答。”遂收起笑容，对丽卿正颜道：“我与丽卿姑娘一见如故，倍感荣幸。只是我心里压着个大石头放不下，想对姑娘言明。”

丽卿问道：“何事如此严重？”无敌道：“上次宋金合兵夹攻辽国，姑娘在朔州射死了我妹夫萧万忠将军，虽说是两国交战各为其主，我心里却因这件事难与姑娘倾心交往。”

丽卿听了一愣，道：“原来如此，我没想到那银瓶公主是你妹妹。她曾与我在战场上交手，不分胜负，后来她又单身一人来宋军中找童贯要回了自己丈夫的尸体，我很钦佩她的胆识和武艺。你妹夫更是勇猛，陷入重围后死战不降，浑身带伤还单人独马杀死了许多宋兵。我对这样的将军最为钦佩，当时他已无路可逃，我射死他也是想成全他，免得他被俘后受辱。”

无敌两眼看着丽卿问道：“此话当真？”丽卿亦正色道：“绝无半句虚言。”无敌道：“既如此我替妹妹谢过姑娘成全之恩。”说罢向丽卿躬身施礼，丽卿连忙拉住他，道：“你我朋友之间何需如此多礼？”无敌现在像是放下了大包袱，心里轻松起来，丽卿对他的吸引力仿佛越来越强。

丽卿突然想起什么，叫了一声：“啊呀。”无敌问道：“何事惊慌？”丽卿道：“非是惊慌。我们在此聊了许久，天色将晚，我们得赶紧开始比武，不然就没时间了。”

无敌笑道：“当真非得比武不可？”丽卿道：“这个自然。不过比摔跤难免会将衣服弄脏撕破，到时难以回家。这里无人看见，你我不妨脱光了衣服再来摔跤。”

无敌想不到丽卿会有此奇想，寻思她是个姑娘都不在乎，我这男子汉更不该扭扭捏捏。两人将衣裙都脱了，叠好放在一边，然后开始摔跤。两个青年男女赤身裸体抱在一起，彼此又心里喜欢对方，必定会有好事。开始两人只是你摸我的乳我揉你的胯下，到后来抱住对方，身子紧贴在一起，笑得喘不过气来。

接下来就是急促的喘息，丽卿晃荡着胸前两个大白兔，两个硕大的深色乳头像是在召唤无敌。无敌胯下夹着根玉柱，走上前将丽卿抱在怀里。丽卿香舌微吐，无敌张嘴含住，吻在一起。无敌胯下的那根玉柱早就坚硬如铁，迫不及待地探寻到丽卿两腿之间的芳草丛，捅了进去。丽卿娇声呻吟，引得无敌热血奔涌，大力抽插不停。

良久，两人方才瘫软在地上，浑身大汗淋漓。歇了一会儿，他们互相搀扶着起身来到一条小溪边，两个将身子洗净，穿了衣服，依旧骑在一匹马上搂抱着往回走。这时天色已暗，行人稀少，丽卿将无敌送到驸马府前，搂住他猛亲了一阵，告辞上马自去了。无敌等她走得看不见了才转身进府。

明月公主带着几个侍女将无敌迎进屋里，为无敌端来饭食酒菜，两个吃了晚膳。明月公主又叫侍女们伺候无敌香汤沐浴，然后两个上床甜蜜恩爱了一番。无敌今天肏了丽卿，心里高兴得睡不着，看明月公主已睡熟了，就下床来到琼英阿姨的房间外。

琼英还未睡，开门将无敌拉进屋里来。无敌把琼英脱了衣裙抱到床上，一边肏着她一边跟她说了今天自己的艳遇，琼英口里娇声呻吟也无暇答话。过后方对他道："这丽卿姑娘和你如此相得，真是好事，只可惜她已嫁人了。不过世事难料，你两个日后或有夫妻之缘亦未可知。"无敌点头称是。

丽卿回家后和永清一起用了晚膳，两人熄灯上床歇息。丽卿对永清道："我今日在太尉府听得消息，那个在登州将你生擒了的扈三娘，她到辽国去了。现在辽国的女王就是她结拜姐妹，她已做了辽国的护国大元帅。"永清心里暗道："这就是了，那个银瓶公主和她如此相像，定是她的亲生女儿。"

接下来两人行那夫妻之事，丽卿白天先后被高衙内和林无敌都肏过了，心里不免对永清有愧，在床上伺候永清十分卖力。永清心里想着三娘和银瓶公主，一会儿将丽卿当作扈三娘肏，一会儿又将她当作银瓶公主肏，胯下比往日更加坚硬持久。两个在床上折腾了大半宿，最后精疲力尽倒下睡着了。

次日无敌到乐和安排的一处秘密所在见了燕青和李师师。燕青原来想带了李师师离开东京去隐居，只是担心师师过不惯清苦的日子，他又舍不得抛开师师自己一个人去，故此一直未能成行。后来乐和将扈三娘在辽国做的大事相告，说服他为大元帅效力，他便依允了。三娘叫他仍在东京协助乐和搜集军情。

无敌见了李师师的模样，暗道："这女人真是个尤物，怪不得连燕青叔叔都被她迷住了。"乐和将无敌的真实身份告诉燕青，燕青这才知道这个名震东京的辽国王子竟是大元帅的亲生儿子，忙拉着师师跪下给无敌行礼。无敌慌忙扶住道："使不得，我母亲对燕叔叔十分钦敬，叫我千万不要怠慢了燕叔叔。"

燕青见无敌如此恭谦有礼，心里也高兴。李师师现在也是在为大元帅效力，三娘托无敌送给她一些罕见的辽国首饰，她很喜欢。她心里也喜欢无敌这样的英俊青年。燕青和乐和将搜集到的军情及朝廷里的大事向无敌详细说知，无敌回去后自会禀报三娘，此话略过不提。

李师师和燕青回到家后，又赶上太上皇来访。燕青心里不愿再与太上皇有瓜葛，只是李师师本是太上皇的女人，他如何能阻止他来？偏偏太上皇和师师行事时喜欢让燕青陪在身边，燕青只得屈从。

太上皇最喜欢的事的是让师师一边帮他吹箫，一边让燕青在师师背后肏她。燕青心里憋屈，就抓住师师雪白的屁股一阵猛肏，肏得师师浑身酥软，站立不住，呻吟之声越来越大，太上皇在她前面用手托住她的两乳大笑不止。

后来侍女端来点心和香茶，三个坐下喝茶歇息。师师缠住太上皇问宫里的趣事，这是燕青教她的，要帮三娘打听些要紧的消息。太上皇高兴，就和师师闲扯了一通，无意中说出在明月公主的侍女中安插有密探，专门刺探辽国宫里的内情。燕青听了吃了一惊，太上皇走后他就去通知乐和，叫他派人连夜将此事告知无敌。

无敌回府后接到太上皇处送来的请柬，太上皇明日在芙蓉苑宴请辽国王子，还请了许多王公贵族和朝廷高官的子弟们作陪。芙蓉苑是太上皇的一处奢华住所，离开皇宫不远。

这太上皇自退位以来清闲了许多，行事少了许多束缚。他风流不改当年，除了与李师师等多个青楼女子来往外，还有数不清的红颜知己，平时最喜欢邀请贵族高官的子女和当今的青年才俊们一起聚饮取乐。众人看他是当今皇帝的老子的面子，如何不抢着来奉承他？

无敌只带着琼英一人前来赴宴，先拜见了太上皇，又和各位来宾相见。无敌见芙蓉苑奢华无比，暗暗摇头。此时金国已侵占了宋国不少州县，宋军屡败，可是皇帝父子两人却还在醉生梦死。

因比武胜了西夏王子，无敌在京城里名声大振，宴会上许多姑娘少妇都仰慕他，都来和他搭话。人群中有一个姑娘叫呼延玲，今年才十五岁，她上次看了无敌和西夏王子的比武就被无敌迷住了。呼延玲的父亲是呼延灼，原是梁山头领，现在正在前方率军抵抗金兵的侵扰。

呼延玲生性好动，从小跟父亲和哥哥学得一身好武艺。她最佩服的女人是巾帼将军陈丽卿。她一直幻想着将来能像陈丽卿那样领兵上战场杀敌立功，一点儿也不知道陈丽卿迄今所经历的痛苦，屈辱和无奈。

她本无资格来赴宴，因大姐呼延琮嫁给了一位皇族为妾，她是扮作侍女跟着姐夫混进芙蓉苑来的。她自己害羞，不敢去和无敌说话，就远远地跟着他。

无敌在宴会上遇见了陈丽卿，她是和丈夫祝永清一起来的。无敌见丽卿和她丈夫亲热恩爱的样子心里酸酸的。祝永清和他说话时陈丽卿面无表情，好像不认识他似的。宴会上那些青年才俊们在吟诗作赋，无敌不懂诗文，就自己去各处走动，观看那精美的雕梁画栋和奇花异草。

这芙蓉苑极大，无敌走着走着竟迷了路，不过他也不着急，自己一个人在那花园里慢慢转悠。呼延玲悄悄地跟着无敌，心里不知胡思乱想些什么。无敌正在那里看花，忽然一阵香风袭来，身子被一个柔软的娇躯抱住。回头一看，却是陈丽卿。她一边亲吻无敌一边道：“我的心肝宝贝，可想死我了。”

无敌心里大喜，伸手将丽卿拉进花丛之中，就去脱她的衣裙。两人赤条条地在那里动作，躲在一边的呼延玲睁大双眼，看得呆了。无敌大力揉搓丽卿的两乳，将胯下之物插进丽卿的身子里,屁股不停地耸动，丽卿两手在无敌赤裸的身上抚摸，因强忍着不发出呻吟，脸和脖子涨得通红，更显得可爱，无敌肏她肏得更起劲了。

呼延玲看得脸红耳热，心跳加速，几乎要喊出声来。这时一个人从背后伸手捂住了她的嘴。她待要挣扎却被那人用力抱住了动弹不得。鼻子里闻到了那人身上的香味，背上也感受到了那人胸部的柔软，知道抱住自己的是个女人。那女人将她提起来，来到稍远的一个树丛里。

呼延玲刚才偷看她最敬重的女人陈丽卿和她最仰慕的男人耶律森（林无敌）做那羞人的事儿，现在被这个女人抓住，感觉好似自己在做那事儿被抓住了，心里慌慌张张，不知该说些什么。抬头细看那女人，认出她是跟在辽国王子身后的那个女侍从。只见她齿白唇红，长着一副美艳娇柔而又成熟的脸。看不出她的年纪，只见她身材凹凸有致，让向来以身材自傲的呼延玲也自愧不如。

琼英本来远远地关注着无敌的动静，发现这个姑娘鬼鬼祟祟地跟在无敌后面，就跟上来看她要干什么。后来丽卿和无敌在花丛里做出一连串香艳无比的举动，琼英害怕这姑娘声张坏了无敌和丽卿的好事，就把她擒来了。琼英问道："你是何人？偷偷跟着王子是否要行刺他？"

呼延玲刚才被琼英一路抱到这里，觉得她身手矫健，力大无比，抱着她这个大活人似乎不费吹灰之力。这时她也不敢挣扎反抗，口里支支吾吾说不出话来。琼英见她的表情像是做了错事的孩子，不像是刺客。她伸手去呼延玲的两腿间摸了摸，感觉湿漉漉的，心里暗笑。

呼延玲刚才就被刺激得情欲高涨，被琼英去胯下这一摸摸得她身子一阵颤抖，刚要出声就被琼英的另一只手捂住了嘴。琼英吓唬她道："你快从实说来，到底是何人？不然我会将你交给太上皇处置。"

这下将呼延玲吓傻了，害怕传出去给自己的父母丢丑。于是就向她坦白说自己是边关大将呼延灼的女儿，跟着王子是想多看看这个名震京城的人物，末了哀求这位姐姐行行好放了她。

琼英当然知道呼延灼，暗道这真是太巧了，三娘前些日子还跟她提起，说现在辽国缺少自己信得过的大将驻守各处关隘，要是能将呼延灼关胜这两员会带兵的原梁山头领拉过来就好了。琼英对她说："你不要吃惊，我不是契丹人，我和你父亲是故交，一起出生入死过的。"然后就把自己的名字告诉给她。

呼延玲从小就听自己父亲讲过张清琼英夫妇如何会用飞石伤敌如何立下赫赫战功，今天见了真的琼英阿姨，高兴得抱住她不放，要跟她学飞石打人的绝技。琼英忙叫她不要高声，以免引人注意。接着又问了些她家的情况，知道了呼延灼和儿子呼延钰都驻扎在宋金边境，离辽国也不远。呼延玲的姐姐呼延琼嫁给了太上皇的堂弟为妾，她自己暂时借住在姐姐家里。

琼英也喜欢这个长得水灵灵的女孩子，她暗道要是无敌能娶这个姑娘为妾就好了，那样的话就可想法将呼延灼拉过来了。无敌以后做了太子肯定会娶不少妾的，不在乎多这一个，只是她父亲呼延灼不在，一时无人做主。

呼延玲想起琼英是王子的侍从，就问她："阿姨你为何给契丹王子做了侍从？"琼英道："这个现在不能告诉你，以后再给你说知。王子将来会成为举世皆知的大英雄，我想遣人去你父亲处说知，将你配给他做妾，不知你意下如何？"呼延玲红着脸不做声，心里早愿意了。琼英道："我们不久就要回辽国去，这几天你若有事可来驸马府找我。"呼延玲点头，依依不舍地告辞去了。

呼延玲回家见了姐姐呼延琮，说起自己遇见了琮英阿姨之事，还说想跟琮英阿姨去辽国。呼延琮是大姐，已经快三十岁了，她小时候是见过琮英的，很羡慕琮英那样的女英雄。只是她从小身体弱不曾习武。后来父亲因要攀上皇家的亲戚，将她嫁给太上皇的堂弟做妾。

她丈夫的父亲封了侯，自己则在禁军中做武将，家里妻妾成群。刚成亲时对呼延琮还好，后来渐渐地厌倦她了，还指使其他妻妾殴打过她。呼延玲住到姐姐这里后他忽然又对呼延琮好了，呼延琮知道他不安好心。她时时刻刻看着妹妹，不让她像自己一样跌进火坑。

若呼延玲能跟着琮英阿姨，她这个做姐姐的就放了心，妹妹有人管着也不容易出去闯祸。现在都传说金国人迟早要攻打宋国，去辽国可能比留在东京还安全一些。至于将来妹妹嫁给谁只能听天由命了，反正留在这里迟早会被自己的丈夫给祸害了。

晚上丈夫喝了酒后又来到呼延琮这里，进屋后就将她衣裙扯脱狠狠地肏了一通。呼延琮赤裸着身子趴在床上喘息，心里对丈夫极为厌恶但又不敢吭声。丈夫这时向她提起要纳呼延玲为妾，她哪能让妹妹也来受这个罪？于是咬紧牙关坚决不允。

她丈夫见这个平日逆来顺受的女人竟敢顶撞他，气得把她从床上拖起来抽她耳光，噼里啪啦一连打了十几下。呼延玲睡在隔壁房间，因为刚搬来不久，还不知道姐姐在家受欺负的事，她姐姐也不想让她知道。她听到姐姐屋里的动静后惊醒了，衣裙也未穿好就进姐姐屋里来查看。只见姐姐姐夫两人都赤身裸体，姐姐嘴里还流着血。

她姐夫见她衣不蔽体，胯下马上就硬起来，吼叫一声就向她扑过来，抓住她将她按在床上撕扯她的衣服。呼延玲见平日里对她和蔼可亲的姐夫这般凶模样，吓得呆了，也忘了反抗。呼延琮奔过来抓住丈夫的手，要将他从妹妹身上拉下来，她丈夫用力一掌推过来，她的头撞在墙上晕了过去。

这时呼延玲才开始反抗，她虽练过武艺，赤手空拳如何敌得过姐夫这般强壮的男人？被压在姐夫身子底下动弹不得，姐夫胯下那根粗大的东西也毫不怜悯地捅进了她的两腿间。

过了一刻，呼延琮被妹妹的哭叫声惊醒，爬起来见她丈夫还在狠肏着妹妹。听着妹妹撕心裂肺般的叫喊，她这个虽然懦弱但也有着武将血统的女人心里燃起了怒火。

她抓起桌上一个茶壶往丈夫头上砸去。他丈夫正将呼延玲肏得带劲，被她这一下砸得头破血流昏了过去。

呼延玲爬起来哭着扑进姐姐怀里，两个人都是赤条条的，抱在一起只顾哭。过了一会儿呼延琼不见丈夫动静，就走近前来查看，呼延玲心里还是害怕，躲得远远的。只见那个男人一动不动躺在地上，边上流了一滩血。呼延琼叫了丈夫两声不见动静，又用手推了推，还是不动。这下她心慌了，探手去他口鼻边，觉不出一点呼吸。

知道自己闯了大祸，呼延琼忙叫过妹妹来，对她道："你姐夫被我砸死了，如何是好？"心想这下就算不被送官，也会被他的其他妻妾们活活打死。自己死倒不打紧，可怜妹妹尚未出嫁就落得如此悲惨下场，叫她怎不心疼？

这时呼延玲冷静下来，对姐姐道："左右是个死，不如我们逃走吧，或许有条活路。"呼延琼道："我们无依无靠，待走哪里去？"呼延玲道："琼英阿姨说若有事就去驸马府找她，或许她有法子救我们姐妹俩。"

呼延琼寻思这总比等死好，就和妹妹穿了衣服，把丈夫的尸体拖到床底下藏好，地上的血迹揩干净了。两人悄悄开了门，溜出来往驸马府疾走，幸亏下人们都睡着了不曾听见门响。

这一晚无敌和明月公主外出拜客，宿在客人家里未回，只有琼英一人在驸马府。侍卫来报道是有两个女人声称是琼英故交之女，要见琼英阿姨。引进屋里一看，只见呼延琼呼延玲姐妹俩走得一身大汗，呼延琼脸上被丈夫打的依然红肿未消。琼英吃了一惊，问呼延玲道："这是何人？你们如何这等模样？"

呼延玲道："这个是我亲姐姐呼延琼。我们因杀了人，特来阿姨处寻求庇护，请阿姨看在我等父亲面上救一救我们姐妹俩。"然后给琼英跪下，结结巴巴地将杀死姐夫一事从头到尾说了一遍。

琼英听了，将她姐妹两拉起来搂在怀里宽慰，她两个这时看着琼英好似见了亲娘一般，不由得嚎啕大哭。琼英问道："你们走来这里一路上可有人看见？"两人道："我们逃出来时天已经黑了，路上并没有一个行人。"

琮英道："如此甚好。"叫她俩不必担心，先安排侍女伺候她们姐妹沐浴更衣，又搬出饭食茶水给她们吃喝了，送去客房里安睡。姐妹两人受了许多惊恐，如今才把心放下，很快就睡熟了。

第二日早膳后，琮英将呼延琮呼延玲叫到屋里商议。她看着呼延琮寻思，她虽是年岁大了些，可是长得很端正，富有成熟女人的魅力，无敌肯定是会喜欢的。她对两姐妹道："我实话告诉你们，这个辽国王子也不是契丹人，他叫林无敌，是你们扈三娘阿姨的儿子，认了辽国女王为母亲，以后要接掌大位的。"

接着她向两姐妹说了护国大元帅扈三娘创下的宏大基业，呼延琮呼延玲听了惊得合不拢嘴。她们早就听说过一丈青扈三娘的英名，只是不知她竟能干出这许多令男人汗颜的惊天动地的大事来。

琮英又道："有一件事我本想和你们父亲商议后再做安排，现在你们杀了人，已无家可归了，我说说也无妨。不知你们姐妹是否愿意给无敌做妾？若不愿意，我就想法送你们去见你父亲，绝不会勉强。"呼延玲自然是愿意的，呼延琮道："王子他如何肯要我这残花败柳？"

琮英笑着道："这个不必担心，包在我身上。今晚你们就睡在我屋里，到时我自有安排。"

无敌回来后，琮英也未提呼延姐妹之事。无敌晚上肏过明月公主后，照例又来琮英房里。虽然灯光昏暗，但他早已轻车熟路，也不言语，脱了衣服就跳上床去。把手一摸，顿时傻了。床上不是一个，而是三个赤裸裸的火热身子在等着他。他不由张嘴喊出："琮英阿姨？"

琮英从后面抱住无敌，两乳贴在他背上，嘴凑在他耳边道："无敌，我自作主张给你找来一对美貌的姐妹做你的妾室，你不会不给阿姨面子吧？"无敌的脸这时红得像猪肝，只是灯光太暗没人看见。他知道琮英肯定是为了他好，就道："多谢阿姨，小子将来一定报答阿姨的大恩。"琮英就将呼延琮呼延玲一起拉过来塞到无敌怀里，自己下了床，却不离开，就在桌边坐下了。

这时无敌已开始大战两姐妹，床上响起一片娇声淫语。这两姐妹一心要讨无敌欢心，对他温柔如水，无敌觉得自己像要化了一般。呼延琮是经历过男人的，觉得无敌和她丈夫不同，是个顶天立地的男子汉，她拿出成熟女人的所有手段来取悦无敌，无敌自然是来者不拒。呼延玲现在也没了初次的疼痛，可以尽情地享受来自无敌的恩爱，她的娇声呻吟令无敌亢奋异常。无敌心里寻思："神仙的日子也不过如此了。"

过后无敌小睡了一会儿，醒来时见琼英穿好衣服坐在床前，眼带微笑看着他。无敌赤条条地跳下床抱住她，将她衣服脱光了抱上床来，叫一声："琼英阿姨我爱死你了。"就把头埋到她胸前亲吻。这时呼延姐妹也醒了，姐姐呼延琼对妹妹使了个眼色，两人也上前来，一个亲吻无敌，一个亲吻琼英，屋里再次响起淫声浪语。

呼延琼她丈夫家里第二天下午才发现主人死在呼延琼床下，顿时一片慌乱。因找不到呼延琼和她妹妹，认定必是她们两个杀人后潜逃，就去报了官。开封府差人四下里打探捉拿凶手不提。

琼英将呼延姐妹的事跟无敌详细说了，无敌道："这等歹人死就死了。"只是叮嘱呼延姐妹注意安全，不得离开驸马府半步。开封府的捕快们拿不着人，断定疑犯已逃往他处，就给临近各州县发出捉拿杀人疑犯呼延琼呼延玲的海捕文书。

这一日巾帼将军陈丽卿来驸马府正式拜访王子，实则是要和无敌幽会。因快要离开东京回辽国了，无敌对丽卿十分迷恋不舍。两人一番云雨之后，无敌对丽卿道，他想要她和自己同去辽国。

丽卿道："我已有丈夫，虽然不比你我之情，但是我也很爱他，不愿让他伤心。你我能有今天我已很知足了，为人不可太贪心，你我若还有缘他日定会再相见。你一路多加保重。"无敌道："姐姐说得是。近来金国像是要攻打宋国了，若宋国战败，到时你可带丈夫和家人来我辽国。我保你一家衣食无忧。你若想要功名，亦可来我辽军中效力。"丽卿道："那我多谢弟弟了。"说完两人洒泪而别。

过了两天无敌一行人拜辞天子，启程回辽国去了。

回到辽国后，无敌和明月公主一起去拜见了女王。几天以后女王正式举行盛大仪式，将无敌立为太子，明月公主封为太子妃，呼延玲呼延琼两人亦被封为妃子。

无敌怕呼延玲闲不住，就请琼英和顾大嫂挑选了三百女兵交给她来操练。呼延玲做梦也没想到来辽国后的日子竟是这般惬意，心里将无敌爱得不得了。她白天不是缠着琼英阿姨学飞石，就是去操练女兵，只觉日子过得飞快。明月公主见了也要和呼延玲一起玩，无敌依允了，两人自此亲如姐妹，晚上常常一起伺候无敌。

呼延琼性子不好动，大多时间呆在宫里，她觉得现在比起在东京时真是天壤之别。无敌喜欢她的成熟妩媚，陪她的时间反而多些。不久两姐妹同时怀了身孕，女王得知后大喜，在宫里举办宴会庆贺。

琼英和顾大嫂已经从明月公主的侍女中将那几个密探拷问出来，一共四人。其中三个愿意合作，三娘将她们留下向宋朝传递自己需要传递的消息。另一个宁死不降，只好将她杀了。

因无敌的太子身份，三娘不能公开和她的儿媳妇们见面，琼英只能偷偷地带明月公主和呼延琼呼延玲姐妹来大元帅府拜见婆婆。这时无敌已将自己的身世的秘密告诉了明月公主。

三娘对这三个儿媳妇很满意，将她们一个个拉进怀里问长问短。明月公主等三人见了三娘，心里惊呼：她看起来这么年轻，真是无敌的娘吗？而且她长得也太美了。呼延玲年纪最小，拉住三娘的手不放，好像见了亲娘一般。三娘已听琼英说起过她们姐妹之事，想起了自己当年和呼延灼还有过一夕之缘，心里不免对她俩格外疼爱。

女王传旨召见护国大元帅，三娘来到宫里见了女王，花荣妹子花菱也被三娘带来了。女王道自己想退位享清闲，让无敌来做辽国国王。三娘道现在还不行，无敌需要多历练，还要多为国立功，提高他在朝中的威望，操之过急反而不美。女王叹了口气，只得作罢。女王叫进来六个英俊青年，分三个去伺候三娘，三个伺候花菱。

这些人都是琼英和顾大嫂挑出来的，三娘已不是第一次享受他们的服务，她叫花菱一起来是觉得她的日子过得太苦了。花菱已告诉她这一辈子自己最爱的人是自己的哥哥花荣，花菱为救哥哥曾经和他有过一次男女之事。另一个她爱过的人是曾头市曾长官的第五子曾升，他现在音讯全无。

三娘觉得花菱应该享受些男欢女爱，不然将青春如此浪费太可惜了。这六个青年浑身脱得赤条条地，见了三娘花菱这样的绝色美妇，一个个热血沸腾，打起精神将三娘和花菱肏了个一佛出世二佛升天。花菱第一次这样玩，羞得满脸通红，如此更将那三个英俊青年的胯下之物刺激的像钢铁般坚硬。她一边喘息，一边心里感激三娘对她的好意。三娘自己脸皮已变厚了许多，她在旁若无人地尽情享受着三个年轻男人。

女王几乎天天都玩这个，现在她只是坐在一旁，看着三娘和花菱咯咯地笑个不停。完事后侍女过来服侍她们沐浴，然后三个女人同榻而眠。

欲知后事如何，且听下回分解。

第十四回：银瓶公主图谋西夏，护国元帅出使金国

再说银瓶公主林无双在朔州主持辽国西南部大局。大元帅府早已给朔州送来了女王的新旨意，将银瓶公主林无双封为镇西大将军，无双的公主府也改成了大将军府。林无双现在完全掌握了辽国西南部的军权，她带着萧家兄弟没用多久就将那些不顺从女王和大元帅的势力全部扫平了。

萧万忠的四个儿子里老二萧天虎已死，剩下的三兄弟虽无他们父亲那样的大才和野心，打起仗来还是很有两下子的。他们现在一切都听无双的吩咐，无双对他们也很好。他们常年领兵在外，无双的四个贴身侍女中有三个都送给了他们做妾，其中春桃给了萧天龙也就是无双现在的丈夫，夏荷给了萧天豹，秋菊给了萧天狼，最小的冬梅则还留在自己身边。

这四个侍女对无双忠心耿耿，无双这么做也有派她们去看住这兄弟几个的意思。她为环境所迫，玩起手腕来有时甚至超过了她母亲扈三娘。

无双很倚重军师张盛，不但因为他有才能，还因为他是自己的师傅琼英的情人，可以完全放心。张盛四十余岁，未娶妻，无双就把萧天龙的女儿萧剑萍嫁给他，也就是说张盛成了无双的女婿。萧剑萍叫无双母亲，实际上她只比无双小半岁。她很乖巧，什么事都听无双的，跟亲生女儿一样听话孝顺。她弟弟萧剑锋比她小一岁，整天跟在无双屁股后面，无双将许多事都交给萧剑锋去办。他现在长大些了，不敢再说"长大后要娶美丽的母亲为妻"的话了，他将对无双的爱慕藏进了心里深处。无双知道他的心思，正准备为他在门当户对的人家的女儿中挑选才貌双全的妻子。

女王登基后采纳三娘的建议大力提倡鼓励契丹人和其他各族通婚，凡跨族通婚的朝廷奖励一两银子，每生一个孩子又奖励一两。钱虽不多，但是有效地改变了某些契丹人对汉人的敌视。在西南部的契丹人中，林无双用自己的心胸和风采赢得了无数人的尊敬和爱戴，现在在她治下根本无人敢挑起种族之争。若是有谁敢对她口吐不敬之语，定会被百姓们揍得鼻青脸肿。

现在萧天豹和萧天狼正在将军府里向正襟危坐的无双禀报有关西夏的军情，他们发现近来西夏那边有些反常，有传言说老国主病危，太子和他弟弟三王子李仁义的两派人正在打得不可开交。无双吩咐萧天豹和萧天狼将军兵粮草都安排好，时刻准备

听令去攻打西夏。护国大元帅扈三娘说过不能南攻宋朝，但没说过不能打西夏。若能占了西夏则辽国会更强大，到时就算金国和宋国合兵来攻也不惧了。

这时侍女抱着个两个月大的女孩进来了，她是无双和萧万忠的女儿，取名叫萧天凤。无双是在萧万忠死后改嫁给他儿子萧天龙不久发现自己怀了身孕的，萧家兄弟们都很疼爱无双生的这个小妹妹。无双从侍女手里接过女儿，也不避讳萧天豹和萧天狼，解开衣服敞着胸脯给女儿喂奶，先用左乳喂，过了一会儿又换右乳喂她。孩子吃饱后无双让侍女将她抱走了。

萧天豹和萧天狼两个因为看无双喂孩子，忘了刚才说到哪儿了，两双眼睛还一眨不眨地盯住无双的依然露在外面的雪白的两乳看。无双微微一笑，对他们道："孩儿们辛苦了，你们过来，为娘给你们几口奶吃。"兄弟两个向无双磕头谢了，爬过来一边一个允住无双的乳头吸奶。无双的乳头红红的，和她母亲扈三娘的乳头一模一样。自当初嫁给萧天龙时让他兄弟俩吸允过自己的乳头后，无双就把这当成了奖励他兄弟俩的一种方式。

萧家兄弟走后无双又找来军师张盛商议进兵西夏之事，张盛极为赞成向西夏扩张的战略，只是觉得缺少一个说得过去的出兵的借口。无双道这个不必着急，等一段时间再看看，也许机会自己就来了。张盛告辞去了。无双靠在床上歇息了一会儿，她现在越来越像母亲扈三娘了，不但出落得和三娘一样美，每天操劳的事情也差不多。

丈夫萧天龙对她很好，只是他经常被无双差遣去各个关隘军营里巡视，不在家的时候居多。这一年多来她先后嫁了萧万忠萧天龙父子两人，现在成了萧家的顶梁柱，同时也为女王和母亲支撑着辽国的西南部。一年多以前她还常依在母亲怀里撒娇呢，回想起来真是不可思议。

两天后无双正坐在镇西将军府里处理公务，侍卫给她带进来一个身高九尺浑身是血的大汉。当他得知对面这个美艳女人就是辽国的镇西大将军银瓶公主时，就扑通一声跪倒在地，从怀里掏出一封染着血迹的书信来。侍卫接过书信递给大将军，无双还没来得及看信，那大汉就倒在地上昏了过去。无双连忙叫人将他抬下去请医看视。

这个大汉就是西夏国的三王子李仁义，他在开封府辞别了义兄林无敌后就回到了西夏国。西夏的老国主不太喜欢大儿子，想立李仁义为太子，只是他后来突然风瘫了，既不能行走也无法言语。这下子大王子和他母亲那一派的人乘机控制了整个都城，不许李仁义去见他父亲。

李仁义知道自己和大哥无法和平相处，早就在作起兵造反的准备。可是他大哥准备得更充分手段也更狠辣，父亲刚咽气他就将李仁义抓了起来。朝廷里同情李仁义的人不论关系远近都被清洗，一时间整个都城里人心惶惶。

大哥的母亲是个狠毒之人，她唆使自己的五个兄弟在后宫里当着李仁义的面强暴他的亲娘，还亲自用马鞭狠狠地抽打她赤裸的身子，以此来发泄她对李仁义母子的仇恨。李仁义被绑在旁边的一根柱子上，闭着两眼咬紧牙关，耳朵里听着母亲的惨叫和大哥的母亲和她那几个兄弟们的笑声，他心里发誓定要报此大仇。他母亲最后不堪虐待以头撞墙而死，他们又去将他已出嫁的亲姐姐抓来鞭打强暴，他的姐夫也被处死了。

李仁义很小就被父亲派出去领军。他独挡一面，跟回纥人吐蕃人打过不少仗。大哥的亲信将领中有一人曾在战场上被李仁义救过性命，这人冒着杀头灭族之险将李仁义从牢里偷偷地放了出来。李仁义想起了辽国王子耶律森曾对他说过，要他紧要时刻去找银瓶公主帮忙。他逃出牢笼找到自己的几十个亲信后就一起往朔州而来，在快进入辽国时被大哥的军队追上。

一番惨烈的拼杀后，他的亲信全部阵亡。他自己身带几十处伤越过了边境，被几个辽国巡哨的士兵所救。辽国的边关将领见他身上的西夏服饰和佩戴的象征着西夏王子身份的玉佩，就将他送到了镇西大将军处。

李仁义整整昏迷了七天才清醒过来。这七天中他迷迷糊糊地觉得有一个女人将他抱在怀里喂汤喂药，为他清洗伤口，还将他全身都用温汤擦洗干净了。他受的伤都不是致命伤，因他体格强健恢复得也快，现在身上的伤都好了许多。

他睁开眼后发现自己躺在一个干净明亮的屋子里，全身赤裸，只盖着一床被卧。床头放着些叠的整整齐齐的干净衣服，边上还有自己的玉佩和腰刀。原来穿着的血迹斑斑的破衣服都不见了，屋里的桌子上还放着些冒着热气的饭菜。

他穿好衣服，下得床来。这时有两个侍女推门进来，见他醒了，就道：“三王子醒了？快请坐下用饭，我等立刻去禀报大将军。”他肚子早饿了，就大口将那些饭菜全吃了。两个侍女进来，请他去见大将军。她们两人一边一个搀扶着他，柔软的胸部贴在他的两条臂膀上。

来到大将军的议事厅，他看到了林无双那张英武娇媚的脸。在昏倒前他就见过这张脸，她简直太美了，李仁义的心扑通扑通地跳个不停。无双站起身来迎接他，带着亲切的笑容，道："你就是西夏三王子吧，我已看了我哥的亲笔信。你既是他义弟，就该叫我一声姐姐。"其实论年龄李仁义比无敌无双兄妹都大许多。

李仁义双膝重重地跪下对无双磕了三个头，道："仁义先谢过大将军姐姐的救命之恩。今后大将军姐姐但有差遣，仁义万死不辞！"无双哈哈地笑着，走过来将他搀扶起来，道："大将军姐姐？这个称呼我喜欢。"说完吩咐侍女给他端上香茶。

这时有好几个官员来向无双禀报军情民事，无双对他道："我已在离将军府不远处安排了府邸和侍女下人，弟弟你先住进去安心歇息几天，待身子无碍了我再和你详谈今后的打算。"李仁义听了就向无双告辞，自有侍女来送他回自己府邸歇息。

回房后他躺在床上却睡不着，心里像大海般翻腾。刚才无双搀扶他时他闻见了无双身上的体香，跟他昏迷时那个照顾他的女人身上的味道一模一样，难道这几天是大将军亲自为他喂药喂水擦洗身子？

他至今只爱过两个女人，一个是跟他从小一起长大的表妹，她后来被大哥强娶回去做侍妾。那时他才十二岁，无法跟大哥争。另一个女人是一个回纥的部落首领，战场上被他俘获了，她让他第一次尝到了做男人的滋味。

她告诉李仁义自己已生过八个儿女了，最大的孩子跟李仁义差不多大。李仁义被她的成熟风韵深深吸引，肏过她之后心里一软，将她放了回去，叮嘱她以后不要再与西夏国作对。

现在李仁义的心被无双占满了，她既有表妹的年轻貌美，又有回纥女人的成熟妩媚，更有公主的高贵气质和大将军的威严，李仁义恨不得马上就去为她冲锋陷阵赴汤蹈火，以此赢得她的芳心。

林无双这晚也躺在床上翻来覆去地睡不着。这个西夏三王子李仁义让她想起了第一个丈夫萧万忠，她有点怀念萧万忠的狂野和粗暴。她本来在思考如何利用李仁义去攻打西夏，可眼前老是出现丈夫萧万忠粗犷的脸和满胸脯的黑毛。过了一会儿萧万忠的脸被李仁义代替了，她不由得用手揉搓着自己的胯下呻吟起来。后来她下了床，叫侍女去把西夏王子请来。

李仁义来到无双的闺房，闻着那一股幽香，像是到了仙境一般。无双叫他在自己身边坐下，他近距离看着她像仙女一样美丽的脸，白玉般的脖颈，高耸的胸部，整个身子兴奋得颤抖起来。无双盯住李仁义的眼睛看了一会儿，然后叹了口气。她慢慢解开自己的衣服，裸露着胸脯，两手将他的脸按在自己丰满的两乳间。

李仁义激动得热泪盈眶，他用嘴含住无双的乳头吸允，尝到了她那甜甜的乳汁。无双的乳房被他满脸的胡须来回蹭着，她伸手去脱了他的衣服，自己也脱光了，身子投入他长满黑毛的怀里。李仁义胯下早已硬的像铁棒一般，扑哧一声就没入了无双潮湿的洞口。无双大叫一声，紧紧搂住他的身子。李仁义一手托住无双的屁股，一手扶着她的后背将她按在自己胸前，站起身来，开始用力耸动下体。

无双贴在他庞大的身躯上，觉得自己下面被塞得满满的，舒服得大声喊叫，一直到李仁义在她身子里猛烈爆发。后来无双搂着他睡着了，这是她自嫁到朔州以来睡得最好的一觉。

无双一觉醒来浑身舒坦，发觉自己躺在李仁义身边，他正用爱慕和贪婪的眼光盯着自己赤裸裸的身子，无双的脸一下子红到了脖子根，把头埋进他胸脯里半晌才出来。

无双问他道："你想做西夏之主吗？"李仁义告诉无双，自己原来和大哥争太子之位是因为要保护母亲，不然父亲死后大哥的母亲定不会放过她。现在母亲已死，他只想报仇和救出落在大哥手里的亲姐姐。只要能报仇能救出姐姐，他今后跟着无双哪怕是做奴隶也不在乎。

无双笑道："你若是不做西夏之主，我辽国怎有借口干预西夏之事？西夏人也不会顺从。我治下的辽国区域内有许多西夏人，我要你在他们中招募一支至少两万人的军队，攻进西夏夺了王位，我自率大军相助。"

她其实知道这些住在辽国的西夏人早已被她收服，就算李仁义夺得王位后要翻脸也行不通。李仁义想了想，道："也好，待我夺了王位后再将西夏并入大辽，若有翻悔天地不容！"无双也不答话，张嘴吻住他，两人在床上又是一番大战。

无双觉得李仁义这个人是取西夏的关键，自己一定要用好掌握好。她将自己的侍女冬梅叫来，问她愿不愿意去给西夏王子做妾？冬梅道只要是大将军吩咐，让她上刀山下火海都可以，何况是去给王子做妾？无双点点头，亲自将冬梅送到了李仁义的府邸。

无双又找来军师张盛，叫他安排人帮着李仁义招募西夏军，即使找不到两万人也不打紧，到时可用自己的人马充作西夏人。张盛心领神会，立刻去布置招兵之事。这时无双接到大元帅府的来信，她母亲派右将军琼英新科状元耶律文谨和女王近侍柴承宗来协助她攻取西夏，已经启程了。同来的还有耶律虎耶律豹栾英栾勇几个，这几个年轻人都是再三央求，才得三娘依允来无双处历练的。

过了十来天，琼英带着一帮人到达朔州，同来的还有三千禁军精锐和三百名太子妃呼延玲训练出来的女兵。这些女兵是太子林无敌特意派来伺候保护妹妹林无双的。琼英依礼跪下向银瓶公主施礼，无双现在已不是一年多前那个小女孩了，她强忍住扑向师傅怀里去的冲动，恭恭敬敬地将琼英一行接到大将军府来，吩咐手下安排宴席款待。

琼英一路上看到无双治下军纪森严，农商繁荣，百姓安居乐业，心里对这个徒弟的能力极为欣赏。晚上无双将琼英接进自己闺房，这才露出女儿模样，扑进琼英怀里。两个人互相亲吻，泪流满面，说了大半夜的知心话。

这时西夏军已招募到了近两万人，由西夏三王子李仁义统领。无双让萧天豹任李仁义的副将，继续招募训练军兵，等待军令向西夏进攻。她又派丈夫萧天龙统领两万朔州军作为接应支援的人马，萧天狼为副将。

耶律文谨暂时代理四州节度使的职位，负责所有民政事务，柴承宗代理朔州刺史。耶律虎耶律豹被派到李仁义军前效力，栾英栾勇则跟着无双的丈夫萧天龙。右将军琼英协助军师张盛为整个攻取西夏的行动出谋划策，无双这样安排也是为了照顾琼英张盛这一对情人。

安排好这些后，无双心里松了一口气。她借口商量紧要的事，将琼英和张盛请进了自己的卧室，然后自己出来关上房门离去了。

琼英和张盛相视一笑，也不多话，用最快的速度脱光全身衣服抱在一起亲吻起来。他们有快一年没见面了，干柴遇烈火，顷刻就燃烧起来。琼英从来没想过要改嫁，张盛也已经娶了自己满意的妻子，他们两人现在纯粹是为了喜欢对方而在一起。这一次张盛又将琼英胯下的洞口肏的红肿不堪，琼英也呼喊得嗓子都哑了。

西夏国内部，李仁义的大哥李仁忠做了国主，他正忙着清洗政敌提拔自己的亲信们。他知道李仁义逃到辽国投奔银瓶公主去了，但是他打死也不信李仁义有能力再杀回西夏来，他还以为银瓶公主只管着朔州一个州的兵马呢。

和他母亲不一样，他心里并不恨李仁义，觉得这一切只是为了争夺国主之位而已。他认为自己的母亲和舅舅们虐杀李仁义母亲的行为太残忍太没必要了，只是他也管不了那么多。

因为李仁义从前立了不少战功，西夏边军中有不少将领都同情他，都城里李仁义反而没什么势力。李仁忠和他母亲舅舅们在都城里大肆清洗，无疑犯下了一个大错，将许多中间派都推到李仁义那方去了。这些人暂时隐忍，一旦时机一到就会起来反对李仁忠和他母亲的势力。

又过了十来天，一切准备就绪，镇西大将军林无双一声令下，李仁义萧天龙各自领军穿过夏辽边境直插西夏都城。他们的大军对攻城掠地一点儿也不感兴趣，而是要直接拿下李仁忠夺取王位。

西夏本来就没有非得传位给长子的传统，李仁义和他大哥争王位不是什么大逆不道的事。大部分的西夏边军都在观望，有一部分同情三王子的边军和百姓还加入了讨伐李仁忠的队伍。李仁义的军队很快就达到了八万人，声势极大。这些新加入的人除了同情李仁义外，还因为有辽军的支持，他们很看好李仁义的前程。西夏都城里一时间风声鹤唳，惊恐万分。

护国大元帅扈三娘很赞成无双对西夏用兵，只是担心她太年轻有考虑不周之处，所以派琼英等人去帮她。现在金国在东部与宋辽两国都有战事，她已派兀颜元帅带张节花逢春去东部防御金兵。今天她接到金国皇帝完颜明的信，邀请护国大元帅去金国商议两国边境之争。

三娘早就听说这完颜明雄才大略，自登基以来四处征讨，将金国土地扩大了许多倍：主要是侵占了宋国和辽国的地方。辽国现在军力不是很强，不想单独对抗金国，但是宋国又不敢与辽国结盟共同抗金。三娘想去会一会这个金国皇帝，看他到底是何打算。

她与朱武商议后，决定去金国一趟，嘱咐朱武王进栾廷玉守卫好辽国京城。朱武有些不放心三娘，怕完颜明加害于她。三娘道：“那完颜明也算是个英雄人物，不至于做此等小人之事吧？”

这时花荣自告奋勇要随三娘去金国，道："我扮作随从前去，若他们敢对大元帅不利，我这张弓须不答应！"三娘待要阻止，朱武道："有花将军护卫，我等才能放心。"三娘只得依允，心道这花荣平时虽不愿参与国事，关键时刻却挺身而出，真乃大丈夫也。

女王花菱顾大嫂孙二娘都来与三娘送行，女王和花菱几个人泪如雨下，十分不舍三娘离开，又担心她的安全。三娘道："姐妹们不必担心，有花大哥护卫，我定能平安回来。"

鲁铁柱是贴身亲随又是侍卫队长，带着一百从侍卫中挑选出来的精锐随行。花荣为了不引人注意，扮作普通侍卫跟着，同行的还有十几个平日里贴身伺候三娘的女兵。

一行人离了辽国京城，往东投金国而来。走了十来天，到了边境辽军大营。兀颜元帅闻报慌忙带张节花逢春出来迎接，见了三娘花荣等人，请到元帅大帐里叙话。

三娘说了金国皇帝邀请之事，兀颜虽不以为然，但三娘已决定了，他也不好劝阻。花逢春张节两个也满脸都是担心，只是不好开口干预此事。三娘道："你们的心思我已知了，不必为我担心。我等辛苦创下的基业迟早要交予下一代，谁能保得长命百岁？花逢春张节你们听好了，如我有不测，你们要一直对女王尽忠，一切以国家大事为重，不可有误！"

花逢春张节跪下道："大元帅放心，我等一定忠心辅佐女王陛下和太子殿下，万死不辞！"花荣也对花逢春叮嘱了一番。

当晚张节萧玉兰两口子深夜时来到三娘帐中，央求她一件事。原来他夫妻俩婚后恩爱异常，萧玉兰已生有一子，但她不放心张节一人出征，就将孩子留在辽国京城萧玉兰父母处抚养，自己陪伴张节跟随兀颜元帅来守边关。因她自己原本在军中有副将之职，兀颜元帅就依允了。

张节对萧玉兰说了三娘要出使金国之事，她提出要跟着一起去保护三娘。她道自己的美满姻缘是三娘给的，三娘有难时自己理所当然要替她遮挡。张节对三娘的感情亦是深如大海，心里也赞同妻子的主张，这件事也只有妻子去适合。

两口子在床上商议定了，就爬起来去找三娘。三娘如何忍心让萧玉兰离开丈夫跟着她去金国？只是萧玉兰决心已定，跪在地下不肯起来，非要三娘答应不可。三娘无奈，只得答应了，两口子这才离去。张节萧玉兰回去后免不了在床上一番恩爱缠绵，此话略过不提。

第二天三娘告别兀颜元帅，又对花逢春道此去金国她会去找完颜红，想法儿带她回来与他团聚。花逢春听了跪在地下抱住三娘的腿大哭，要三娘千万保重，不可因救完颜红而陷入险境。三娘上马和花荣鲁铁柱萧玉兰领着众人往金国而去，兀颜元帅张节花逢春洒泪拜别。

行至半路，花荣手里揪着一个小兵来见三娘。三娘仔细一看，原来是花荣的小女儿花忆春。她瞒着父母亲扮成一个小兵从京城一直跟着来到这里。她道大元帅是她一家的大恩人，父亲大哥都在为大元帅效力，她也要像父亲那样去金国保护大元帅。

花荣道他这个小女儿自小跟他学箭和其他十八般武艺，虽不及她大哥也颇有能耐，大元帅身边又需要女护卫，不妨让她也跟去。三娘叹了口气，只得点头依允。花忆春高兴得一头扑进三娘怀里。三娘吩咐萧玉兰对这个妹妹多加照顾，萧玉兰忙过来拉着花忆春的手，两人一起上马跟着队伍前行。

金国的边关将领接着三娘一行，派兵马护送去见皇帝完颜明。一路上三娘观察金国的军队，果然是兵强马壮。完颜明此时正在金国都城厉兵秣马，想要发动一场大战，至于先攻辽国还是先攻宋国则还未决定。闻报辽国的护国大元帅来了，心中大喜。

他早就听说过辽国那个美貌的大元帅扈三娘，对她仰慕心仪已久，忙传旨文武官员都随他去城门外迎接。在城外接着三娘，各自施礼相见，完颜明暗道："扈三娘果然是个绝色女子，若能将她娶回来，今生也值了。"

原来这完颜明最喜成熟美艳的女子，对十几岁的年轻姑娘兴趣不甚大。三娘见这金国皇帝二十五六岁，形容威武，器宇轩昂，俨然是一个有为君王。两人并马入得城里，和文武百官一齐来到皇宫大殿里，分宾主坐定。

金国官员们因近来出兵屡屡获胜，未免瞧不起辽国和宋国的军兵。今见皇帝对辽国大元帅如此礼敬有加，心里不以为然。一个文官出班跪下，道："陛下在上，今辽国大元帅奉陛下旨意前来我国参见，本官想问她一声：辽军为何屡屡与宋军联合，抗拒我金国之兵？"

这时众人都将眼睛盯住扈三娘看，花荣萧玉兰站在一旁亦心里担忧，不知该如何应付这一挑衅。扈三娘微微一笑，答道："金国皇帝写信邀请辽国大元帅来此共商国事，何来奉旨参见一说？你皇帝的书信在此，莫非我等理会错了？亦或是陛下写错了？你何不当着众人之面给我等解释一二？"说完取出金国皇帝的书信扔在阶下。

那官员张开结舌，无法作答。三娘又道："至于与宋国联合，乃是从未有过之事。即使有这事，又得何罪？若是金国面对强敌，你们的将军们不想方设法奋力抗敌，难道要弃甲抛戈望风而降不成？"

一席话将在座的文武官员说得脸红耳热，心里却对这个女元帅佩服不已。皇帝在一旁亦感尴尬，遂开口道："大元帅一行一路辛苦，今日且去皇宫旁宾馆安歇，明日设宴为大元帅接风。"说罢散朝。

金国皇帝派人将三娘等人带到宾馆，是一处小巧而豪华的宫殿，专门用来招待皇帝的贵宾。里面有许多侍女伺候饭食沐浴，三娘等人的住处已被打扫的一尘不染。进了房间屏退侍女们，三娘和花荣萧玉兰等人商议适才之事，花荣对三娘的机智应对赞不绝口。

三娘道："看来金国人并没有将我国放在眼里，明日定然还有其他人挑起事端。今日是文官出面，明日说不定是武将，我等要小心应对。"花荣萧玉兰点头称是，鲁铁柱花忆春也道，明日即使拼了性命也不能让金国人欺辱大元帅。

三娘晚上躺在床上睡不着：自己来金国的决定或许有点仓促了。这金国皇帝迷信武力，并不看重和辽国的关系，他或许只是对自己这个女人有兴趣。怎样才能达到自己此行的目的并安然离开金国呢？三娘苦思不得其解，心想要是朱武武王进在此就好了，自己一直倚重这两个人，若是自己这次回不得辽国，他们能否继续辅佐女王和无敌完成自己的梦想？

后来她也不再想这些事了，起床开门，让守在门外的女兵将鲁铁柱叫了进来。她给铁柱脱了衣服，拉他上了床，吻住铁柱的嘴，把自己赤露的两乳贴在铁柱宽厚健壮的胸脯上摩擦，不一会儿她胯下潮水泛滥。她骑在铁柱身上，桃花洞对准铁柱胯下粗黑的柱子坐了下去，一种温暖充实的感觉传遍全身，她不由得伴随铁柱下体的耸动高声叫唤起来。

铁柱对师娘扈三娘的感情恐怕比任何人都深，这里边夹杂着恩情亲情和恋情。师娘当初收留他和他母亲，让他母子俩过上美满幸福的日子，还给他娶了美丽的妻子，单凭这一点铁柱就能为师娘献出自己的生命。

他一直做师娘的亲随，师娘待他比亲生儿子还好，在他心里师娘和亲娘是一样的，他母亲和王进也时常提醒他这一点。师娘还是他的第一个女人，虽然当时是为了给师娘解那“阴香摄魂散”之毒，师娘的美丽和风骚到现在依然震撼着他的心灵。

后来给他娶亲时，师娘为了让他多了解女人，脱了衣服上床，手把着手教给他女人的秘密和如何做个好男人。这一切让铁柱心里将师娘看成了天上下凡的神仙，对她好生敬仰爱慕，师娘所做的任何事铁柱都认为是理所当然的。

金国皇帝完颜明回到寝宫茶饭不思，心里都是扈三娘的影子。今日之事令他觉得三娘不是那种单有美貌的女人，他益发爱慕三娘，定要得到这个女人不可。他将自己的三个心腹找来商议，他们三个是左元帅完颜雄，右元帅鳌勇，丞相凌生。

右元帅鳌勇道：“扈三娘她虽是大元帅，也还是一个女人，有何难对付处？陛下将她请来挑明了这事，若她还不识抬举，就将她拿下，生米做成熟饭，到时她不依也得依了。”

这鳌勇即是杏花公主完颜红的丈夫，也是她的亲舅舅。完颜红上次被兀颜元帅释放回金国后，终于还是落入她舅舅的魔掌，被他娶回家做了正妻。她心里还惦记着和花逢春的约定，指望他来金国救她，表面上与鳌勇虚与委蛇。

鳌勇一直是完颜明的亲信，当初老皇帝死后为了拥立完颜明上位，他将太子和两个皇叔都杀了，因此完颜明对他极为信任。他五十多岁了，依然好色无度，喜欢羞辱虐待女人。完颜红常被他折磨得死去活来，要不是心里存着花逢春这一线希望，她早已自尽了。

丞相凌生道：“不可。这护国大元帅虽是女人，但她在辽国威望极高，女王是她拥立上位的，兀颜元帅亦甘心做她的属下。若陛下强加羞辱于她，定会激起辽国举国愤怒之情，对陛下建立一统江山的大业不利。此事当三思而行。”

左元帅完颜雄亦道：“丞相所言极是，依臣之见，我等可向她展示我金国的军威，震慑于她。然后陛下对她格外施恩，用尊敬爱慕之心感化她。她是个聪明人，定能猜出陛下的意思，投入陛下怀抱。”完颜明点头称是，吩咐完颜雄凌生去安排，让三娘等接下来几天去赴各种酒宴，观看金国操练兵马和擂台比武等等。

鳌勇回到家中，妻子完颜红和其他妻妾们在门口跪迎。这鳌勇共有十二个妻妾，他制定了一整套家规，专门用来整治虐待他的女人，稍有触犯即施加刑罚。晚膳时他愤愤不平地对众妻妾们说起皇帝没听他的强力收服辽国女元帅的主意，她们见丈夫脸色不好，唯唯诺诺不敢支声。

完颜红听了，想起花逢春对她说起过这扈三娘和他关系密切，不知他有无委托扈三娘将自己救出去？想到此心里忐忑，脸色变幻不定。鳌勇见了心里起疑，暗道：“我听人传说完颜红当初被辽国俘虏时与那个擒住她的青年将领有染，莫非此事属实？”

当下叫完颜红近前，一把揪住她的头发，问道：“你心里是否还惦记着那个辽国将军？”完颜红连忙摇头说没有。鳌勇道：“不管你有没有，我今日先给你个教训，省得你日后犯事。”说完叫侍女去请小姐来。

小姐名叫鳌丽英，是鳌勇和亡妻的女儿。她虽娶了这么个好听的名字，人却生的高大威猛，脸长得奇丑无比。她已三十五岁，比鳌勇现在的妻妾们都要大，因无人愿意娶她为妻，使得她性格扭曲，以帮着鳌勇折磨他的妻妾们为乐。鳌丽英进来后，鳌勇也不多话，指了指完颜红。

鳌丽英咧开大嘴笑了笑，走过来将完颜红像抓小鸡一样抓到厅前空地上，两只大手几下就将完颜红的衣裙撕得粉碎。鳌丽英先用她那蒲扇般的大手掌用力拍打完颜红的屁股，直打得红肿起来。

完颜红早被鳌丽英虐待过多次，知道现在自己不能哭喊。越是哭喊她越兴奋，打得就越厉害，她只得咬牙拼命忍住。鳌丽英打完后又去捏完颜红的两个乳头，完颜红实在忍不住疼痛叫出声来。其他妻妾们都低了头，不敢看她。旁边围着的管家下人侍女们也心里不忍，完颜红平日里对他们极为宽厚，他们都尊重她，只是现在无法救她。

这时鳌丽英自己也脱光了，一屁股坐在完颜红脸上，将手去捅她胯下，一直折腾了快半个时辰鳌勇才叫她停下。

欲知后事如何，且听下回分解。

第十五回： 吞西夏无双为女王，谋金国三娘作皇后

镇西大将军林无双时刻在关注着西夏的战事，等到李仁义的兵马快打到西夏国都时，她觉得是自己出马的时候了。她领着早已整装待发的两万援军和大批粮草向西夏国都进发，琼英跟着她。军师张盛则被留下来守卫无双在辽国的领地。虽然无论是宋国还是西夏现在都无力进攻辽国，她也要防备万一。

琼英这些天过得很快活，因为不知道下次何时才能见面，她和张盛抓住一切机会偷情。俩人不但在无双的屋子里肏，还在大将军府的议事厅里肏，更有一次是在臭气熏人的马房里肏。有几次无双撞见师傅和张盛正干那事儿，她心里暗笑，转头就走。琼英有时觉得自己是小孩子，无双才是长辈，心里羞愧不已。

无双的队伍打的是西夏王子李仁义的旗号，西夏的边军根本不理他们，有时对面碰上，西夏人只是默默地等在路边让无双的队伍过去。快到西夏都城时她们终于遇见了五千前来拦截的敌军，由李仁忠的女儿公主李玉倩和驸马王平领兵，全是骑兵。他们是因为都城里粮草不足，被李仁忠派出来劫粮的。

无双只有三千骑兵，她现在已是经验老到的将军了，她吩咐大军停下，将辎重粮草车辆围了起来，安排弓弩兵躲在车辆后面防止敌人来烧粮草，步兵持长枪列阵准备，骑兵则跟着她和琼英上前迎敌。

只见一敌将舞大斧上前搦战，琼英挺画戟迎战，两人一来一往斗了三十余合，琼英手起一戟将那敌将戳下马去。无双这边军兵大声喝彩，敌方又出来两员将军夹攻琼英，琼英毫不畏惧，纵马上前，两员敌将还未曾与她交手就被她两块飞石打下马去。敌军阵上都看不清他们俩是如何输的，只道琼英会使妖法，不由得胆颤心惊。

无双看见机不可失，下令三千骑兵全力冲向敌阵，步兵也随后跟上接应。公主李玉倩情知己方士气不振，败象已露，只得将五千骑兵分作两下，她和驸马王平各带一部分别逃命。无双直盯着公主的旗帜追过去，高呼“降者不杀”，琼英则带人去追驸马带的兵。西夏兵因粮草不足，马匹都未喂饱，因此走得不快，被无双琼英的兵马赶上，很多士兵弃械投降，少部分顽抗的被杀死。

无双的马快，终于赶上了公主李玉倩，公主和跟随她的五六个女兵只得回马来战无双，这时无双的亲兵还离得较远。无双大展神威，双刀砍瓜切菜似的将那几个女兵都杀了，又跟李玉倩战作一团。李玉倩使的是三尖两刃刀，她的刀法亦高明，无双一时急切赢她不得，又不愿用飞石将她伤了。

斗到间深里无双撇了双刀，抢入去抱住李玉倩的腰。李玉倩也撇了军器，两人在马上徒手厮打起来。你揪我的衣襟我扯你的头发，不一时衣甲都被撕开散落地下，裙子亦被扯破。两人滚到马下，赤裸着身子仍旧抱在一团厮打。后来无双的亲兵赶来，围上去将公主擒了，取衣服给无双穿了。金枝公主被绑起来押回无双的阵里来。

这一仗无双大获全胜，杀了五百余敌兵，俘虏了近四千，只不见了师傅琼英。琼英的亲兵道她独自去追赶驸马王平去了。无双心里大急，忙传令全军四散寻找右将军，找到者有重赏。自己也率领亲兵往琼英追赶的方向一路寻去。

原来琼英去追驸马王平，王平见她追得急，就撇了军兵自己一人逃命。琼英叫手下去俘获驸马带的人马，自己一人加鞭追赶驸马。渐渐地越赶离得众人越远，到了一个山坡边。眼看就要赶上，琼英的马忽然失了前蹄，将她摔下马来，头磕在地上晕了过去。

王平见琼英倒地不起，心下大喜，跳下马抽出腰刀就来砍琼英的头。来到跟前扯住琼英的头发，举刀就要砍下，忽然发现琼英是个绝色女子，比他妻子李玉倩公主还美。刚才在阵上看得不清楚，只知她一人杀了西夏的三员悍将。现在见了她的美貌，四下里又无人，王平不禁色心大起。

他将琼英拖到一棵树旁，用腰刀割开琼英的衣裙，撕成条将她两手绑在树上。他往四周看了看，见无一人，就脱了衣服，上前两手抬起琼英的大腿，把胯下之物往琼英的桃花洞里捅进来。看着琼英如花似玉的脸，挺拔的两乳，健美的大腿，王平大力猛肏琼英，不一会儿就大汗淋漓。

琼英渐渐被王平肏醒，只道自己正和张盛干那事儿，口里娇声呻吟不断。后来发觉自己手被绑着，睁开眼一看，一个赤裸裸的陌生男人正在肏她。琼英这才想起自己因追赶驸马王平马失前蹄之事，心道这男人肯定是驸马王平无疑了。

她羞得面红耳赤，心里只恨自己轻敌受辱。王平见琼英醒来，肏琼英肏得益发来劲，最后大叫一声爆发在琼英身子里。

他完事后穿好衣服，从地下拾起腰刀，走过来要将琮英杀了。琮英自知大限已到，闭了眼睛不吭声，心里却在流泪，哀叹自己死前没有见得三娘姐姐一面。

王平看着琮英绝美的脸，白嫩的身子，丰满的两乳，实在不忍下刀杀她。琮英久等他的刀不见落下，睁开眼看了王平的表情，她是何等聪明之人，立刻知道王平舍不得杀她。她对王平道："我乃辽国右将军，护国大元帅和女王的结义姐妹，银瓶公主的师傅。你若能放了我，我可保你平安富贵。"

王平寻思了一会儿，他也知大势已去，不想为李仁忠陪葬，问道："此话当真？"琮英道："若有翻悔，天地不容！"

王平遂将绑琮英的布条解开，琮英谢了他不杀之恩，又道："我衣裙全被你割碎撕破了，我如何回得去军营?军士们看了须笑话我。"王平道："这个我也无法，这里又没一户人家。"

琮英道："你可将衣服脱了给我穿，就当我将你生擒了带回军营里。似这样方无人起疑。"王平无奈，只得脱下衣服给琮英。琮英穿好衣服，将王平的手用布条绑了。待要将他扶上马，却看见王平胯下那话儿又硬起来了。

琮英红着脸啐了一口，伸手去王平屁股上打了一下，道："刚才肏那么久还没肏够？"王平苦笑道："俺是个男人，见了女人就这样，似你这样的绝色女人也不是天天能见着的。"

琮英刚才害怕王平将她杀了，并未体会到多少被男人肏的乐趣。见了王平那话儿直挺挺地杵在那里，心里跳得厉害，两腿也发软。她四下里看了看，两手将衣服撩起至腰间，撅着光屁股趴在地下道："你若还想肏我就快点来肏。"王平大喜，也不顾两手被绑着，下身只一挺就将胯下之物捅进了琮英的身子，这次比刚才还要带劲，琮英被肏得浑身颤抖，张嘴大声喊叫。

肏完后她将王平扶上马，自己也骑上马，两人往回走去。快到军营时，琮英将马挨近王平，在王平脸上亲了一下，道："你放心，我绝不会食言。"王平全身感到一阵温暖，暗道这女人的心肠真好。

无双听得琮英回来了，还活捉了驸马王平，大喜。出帐来迎接，见了琮英，一把抱住，道："师傅你急死我了。"琮英想起刚才的惊险，不禁眼里流出泪来。无双看见赤裸裸地绑在马上的王平，扑哧一声笑了，道：“师傅你为何把他的衣服都脱了，怕他穿着衣服逃走吗？”

琮英满脸通红，支支吾吾，不知如何是好。好在无双也没多问，叫军士将驸马王平绑起来和公主李玉倩关在一个帐篷里。李玉倩见丈夫也被捉来，不由长叹一声。

无双捉住她后至今还未来得及发落她，也没给她穿衣服，她还是赤身裸体地被绑着。她见丈夫也是赤身裸体，心里不由嘀咕：这辽国人真没羞耻，怎的都喜欢剥人家的衣服？

琮英把无双拉进账里，红着脸将自己马失前蹄跌倒，被王平抓住强奸一事说了。无双听了扭头往门外就走，琮英捏住她道：“哪里去？”

无双道：“师傅稍等，我去将那王平千刀万剐。”琮英道：“不可。他奸我之后原要杀我，被我苦苦哀求，许诺他平安富贵，这才将我放回来的。”

无双道：“若如此则更显他可恶，罪加一等。”琮英急了，红了脸道：“其实他……也不是坏人，他将为师肏得……挺舒服的。”

无双心里暗笑，仍板着脸，命军士将那王平带到大帐里，对他道：“你这厮罪大恶极，本当将你碎割了喂狗。看我师傅的面，暂且饶你，待我取了西夏后再作发落。”王平跪下，千恩万谢地磕头，后被军士带走了。

琮英红着脸站在无双身后，一言不发。无双吩咐女兵烧了热汤，亲自伺候师傅沐浴，至晚师徒两人搂在一处安歇了。

第二日，大军来到西夏都城外，会合了李仁义和萧天龙的人马，将都城围了。李仁义在城下喊话，令守城军兵投降，答应既往不咎，否则城破之时格杀勿论。城上守军早已胆颤心惊，那个将李仁义放走的将领也在此。他见时机已到，就领几个亲信打开城门献城，城外的军兵一拥而入。

无双当即颁布军令：枉杀百姓者斩，奸淫妇女者斩，抢掠财物者斩。城内人心大定，竟有不少百姓涌上街来，要看看辽国大名鼎鼎的银瓶公主什么模样。萧天龙李仁义琮英等带领大军，簇拥着银瓶公主林无双进得城来。文武百官大多数都跪在道旁迎接三王子和银瓶公主。

李仁忠和他的母亲舅舅们加上王室成员和不愿投降的文武官员们龟缩在王宫里不敢出来，他们加上士兵共有一万余人，都挤在王宫里。林无双李仁义萧天龙领兵将王宫围得水泄不通，这王宫虽然不很大，但其围墙高大厚实，易守难攻。无双令军兵搬来了许多干柴和引火之物，准备将王宫烧了。

这时李仁忠出现在宫墙之上，他大喊李仁义出来答话。李仁义走上前来，道："你有话快说。"李仁忠道："你亲姐姐在此，我将她放了，这王位让给你来坐，你饶我性命，如何？"

李仁义道："你先将姐姐放出来。"李仁忠令人将李仁义的姐姐放在一竹箩里，用绳子从王宫的墙上慢慢坠下来，这边几个军兵上前将她抬了回来。

李仁忠还在墙上等李仁义回话。李仁义欲下令放火，忽然想起自己很小的时候大哥对自己还是不错的，心里犹豫不决。这时所有人都盯着李仁义看，他转头去看无双，无双道："请三王子自行定夺。"

李仁义的眼光在无双那美丽的脸上停了许久，最后把心一横，下令放火烧王宫。李仁忠见事已至此，拔出所佩宝剑自刎而死。王宫里响起一片哭声，却无一人打开宫门往外逃。这王宫里房屋多是树木造的，大火烧了三日三夜方才止住。

这西夏国王宫其实有两座，烧掉的叫东宫，还有一座较小的西宫。火烧东宫后王室成员只剩下了李仁义和他姐姐，再加上那个被俘的公主李玉倩。过了几天，已经投降三王子的西夏官员们将李仁义迎往西宫，劝他早登王位。

这李仁义自火烧东宫后一直神情落寞，萎靡不振。他推辞道自己有罪于西夏，死活不肯登基。

最后李仁义被逼得无奈，他向官员们提出不要再立西夏王了，干脆直接将西夏并入辽国。这一下众人大哗，官员们立刻分为两派，一派赞同另一派坚决反对，大吵起来。

一直冷眼观看的李仁义这时又出惊人之语，道："你等争吵不休，不知要到何时？不如将银瓶公主立为西夏女王，如何？"

全场顿时一片寂静。过了一会儿，赞同立银瓶公主为西夏女王的声音此起彼伏，出乎所有人意料之外，反对者竟无一人。于是众人簇拥着三王子李仁义往辽军大营而来。林无双琮英萧天龙等吃了一惊，不知发生了何事，军士们全部手握刀枪严阵以待。

这三王子李仁义走上前，恭恭敬敬地向银瓶公主林无双跪下，请她登基为西夏女王，众位官员一齐跪下大声附和。

无双惊得呆了一会儿，萧天龙琮英等也呆住了。好在无双马上回过神来，当机立断，接受众人所请，即日起登基为西夏女王。军营内外欢声雷动，渐渐地欢呼之声响彻了整个都城。

其实西夏人不傻，无双登基对西夏最为有利。因李仁义死活不当国王，王室已无其他合适的人了，由非王室的人来改朝换代已成定局。西夏直接并入辽国则会使西夏本地利益受损。

若银瓶公主登基为西夏女王，西夏不会变弱反而会更强，因为她和辽国女王情同母女，女王不会消弱她的势力，况且她手中还掌握着辽国西南部的军队和大片土地。因朔州离西夏近，在西夏百姓中间无双早已家喻户晓，声望甚高。

无双就这样被迎进西宫做了西夏女王，麾下众将们都来道贺。当晚无双将李仁义单独换入西宫密室。李仁义见了无双，一言不发，两眼都是泪水。无双拉住李仁义的手放在自己胸脯上，道："我知你不忍心眼看着西夏李姓王室消失，这也不是我的本意。"

李仁义还是不吭声。无双寻思了一会儿，取来一根马鞭塞到李仁义手里，道："你若心里憋屈，就打我一顿吧，这样可能让你好受一些。"说完把裙子退下，撅起雪白的屁股趴在李仁义跟前。

李仁义举起马鞭在无双屁股上狠狠抽了几鞭，留下几道深深的血印，然后他抱住无双的屁股伸舌头去舔那伤痕，一边舔一边流泪。无双脱光了衣服，将李仁义搂在自己的丰满的两乳前，让他吸允自己的乳汁，两人亲热至天明方才睡去。自此李仁义抛弃了自己西夏王子的身份，成了新女王的忠实臣子。

第二日，无双叫人带王平进西宫，王平见了无双，跪倒向新女王磕头行礼。无双道："本王将你赐予我师傅为仆，你若伺候得她老人家好了，我自有赏赐。若有怠慢，仔细你的皮！"

王平磕头谢恩，跟着琮英去了。出了西宫，王平央求琮英道：“我原来的妻子李玉倩公主还被女王关着，我想去与她辞别，望主人依允。”琮英道：“此人之常情，我带你去见她。”

来到关押公主处，琮英将王平送进牢门，道：“你自去见你妻子，我回西宫见女王，或可求她一发赦免了你妻子。”说完自去了。

公主李玉倩见了王平，道：“你怎么被放出来了？”王平道：“西夏新女王已赦了我的罪，将我赐给她师傅为仆。今特来向你告别。”李玉倩听了，泪如雨下，道：“恭喜你了。”两人多年夫妻，王平心里也不忍和她分离，只是别无他法，搂住妻子泪流不止。

过了一会儿，琮英推门进来，王平李玉倩连忙分开两下。琮英对王平道：“女王已将你妻子李玉倩也赐予我为仆，从今后你们仍为夫妻。”王平李玉倩听了呆了一会儿，回过神来，两人扑通跪倒给琮英磕头，道：“多谢女王和主人恩典，我等今后一定尽心伺候主人，以报女王和主人的大恩。”

说完两人站起身，跟随在琮英身后，寸步不离。这琮英心肠最好，待下人侍女极为宽厚，王平李玉倩两口子感激她的仁慈之心，很快就成了她的忠心耿耿的心腹之人。

无双当了西夏女王后，搬来西夏都城住在西宫里。她自任大元帅，统领西夏和辽国领地的所有兵马。军师张盛负责辽国领地内的防务，耶律虎耶律豹都升为将军由张盛节制。耶律文谨和柴承宗管理辽国领地内的民政。李仁义被封为西夏靖国公，兵马副元帅兼禁军统领。丈夫萧天龙为西夏保国公，骠骑将军。萧天豹为武德侯，龙骑将军，萧天狼为武胜侯，车骑将军。萧剑锋栾英栾勇皆为女王亲随将领，负责警卫西宫和女王出行的安全。

萧剑锋似乎看上了栾英，他每日里寻机与栾英接近，只是栾英道自己和女王姐妹相称，定要萧剑锋叫她阿姨。她和栾勇两个常支使萧剑锋干这干那，弄得他为此整天愁眉苦脸。

原来西夏王还有部分嫔妃宫女在其他各处，未被东宫大火烧死。无双从中挑选些年轻漂亮的赐给麾下的将军们为妻妾，众将们对她感激涕零。无双身为女王，国事繁忙，每日来见她的人络绎不绝，连丈夫萧天龙要见她亦须事先禀报。夫妻见面时通常是萧天龙一边肏她一边向她禀报军情公事。

再说金国皇帝完颜明为了赢得辽国大元帅扈三娘的芳心，不但送了她许多奇珍异宝，还三天一小宴五天一大宴，一般是亲自陪同三娘出席，若实在分不开身就遣他最宠爱的琴妃来陪同。这琴妃出身青楼，一张嘴能说会道，三娘常被她逗得开怀大笑。

另一方面金国的武将们也在皇帝授意下不断向三娘展示武力，对她的随从时有挑衅行为，这一切都做得恰到好处，让人抓不到把柄。现在三娘住的宾馆被三千精兵重重围住，名曰保护实则软禁。他指望三娘能有朝一日被他的诚意所感动，或者能认清自己的处境，向他投怀送抱。

三娘表面上日子过得快活，私下里每日都在苦思对策。她对每次金国安排的宴会，军队操演，比武大会都是有请必去。每次花荣萧玉兰鲁铁柱花忆春都紧紧跟随，生怕有意外发生。

这一日三娘第一次观看金国飞狼军的比武大会，这飞狼军相当于宋国和辽国的禁军，是金国的精锐。飞狼军比武分弓箭摔跤和军器三种。比军器时都是真刀真枪上阵，受伤是常事，有时也有丢掉性命的。摔跤的规则很简单，跟打擂台一样，输了的下场，赢了的继续和其他人交手。

比武在一块平整的空地上举行，周围搭了许多看台。这天完颜明没来，琴妃和左元帅完颜雄陪着三娘坐在正中的看台上，花荣鲁铁柱萧玉兰等人立在三娘身后。

现在场中正在比摔跤，那个台上的武士已连续击败五个对手。他是右元帅鳌勇的侄子鳌虎，生得高大强壮，赤裸着上身露出满身黑毛。他将第五个对手摔倒后就对着三娘的方向怪叫一通，三娘听不懂他说什么，琴妃道他要与辽国元帅的手下切磋。

前几次看比武时也曾有向三娘的人挑战的，都是鲁铁柱出场应付。只是这次是摔跤，鲁铁柱并不擅长。花荣见这鳌虎力大无穷，且身形灵活，很不好对付，就拦住正要下场的鲁铁柱，要自己去会会鳌虎。这时萧玉兰站了出来，请求三娘让她出场。

这萧玉兰是个武痴，酷爱各类武技，最擅长的是枪术和摔跤。新婚前她就与张节交过手，军器上不相上下，摔跤则更胜一筹。她两口子最喜欢在卧房里床上较量，丈夫张节输多赢少，常被妻子骑在胯下。好在他自己乐意，心里没什么不快。军中许多将领都领教过她的厉害，恐怕只有林无敌能在摔跤上胜她。三娘也不想让花荣出场，因为等下很可能还要比弓箭。三娘叮嘱萧玉兰小心应付，不要跟对方比力气，萧玉兰点头下去了。

鳌虎看见上场的是一个年轻女人，仿佛受了羞辱，脸涨得通红。这时场下观众的兴致被激发出来，大叫大喊之声不绝于耳。比赛一开始，鳌虎就发起凶猛的进攻，萧玉兰则沉着应战。这鳌虎虽然身躯长大，灵活性却一点儿也不差，萧玉兰应付起来很吃力，几次都差点儿被他抱住。依鳌虎的力气，只要被他抱住萧玉兰就必输无疑。

十来个回合后，两人都大汗淋漓。鳌虎本来就赤膊着上身，流汗也无所谓。萧玉兰就不同了，她汗水湿透了衣服，胸前显出两个大肉球在来回晃动，底下的男人们都瞪大眼睛盯着她胸部看，也没了哄笑和叫喊声。

萧玉兰牢记三娘的嘱咐，不与鳌虎拼力气，保持自己的体力。鳌虎却沉不住气了，从来没有人能在他面前坚持这么久不败，他心里不禁焦躁起来，手上脚上都使上了全力。这一下萧玉兰险象环生，不过鳌虎的力气也开始耗尽。

萧玉兰卖个破绽，脚下一个踉跄，故作站立不稳，鳌虎大喜，张开手臂往萧玉兰身上猛抱过去。只见萧玉兰身子一闪，闪在一侧，抬腿往鳌虎腰里用力一蹬。鳌虎心道不好，手臂往后一捞想抱住萧玉兰的身子，却没捞着，只抓住她一只袖子。只听得嘶啦一声响亮，萧玉兰的袖子连着半边衣服被撕掉，鳌虎无处借力，庞大的身躯重重地摔在地上。

萧玉兰上身衣服只剩了左边一半，整个白白的右乳和光洁的右臂膀都露在外面，她站在比武场地中间发呆，脸羞得通红。花荣反应快，立刻冲进场中脱了自己的衣服将萧玉兰的身子包住，一把将她抱起来，走下场来。这时观众们才开始大声喝彩，鳌虎被摔得鼻青脸肿，无精打采地下场去了。

观众看了如此精彩的比武，如何肯离去？这时另一个武将上场要与辽国的将军比弓箭，三娘叫过花荣，附耳低声嘱咐，要他隐藏实力，不可赢得太多。花荣点头，拿了自己的泥金鹊画雕弓下场去。

先是射一百步远的箭靶，那金国武将十箭有九箭中在靶心，另一箭偏了一点，也射在靶子上。花荣等他射完，自己也张弓搭箭射了十箭，都中在靶心上。后来又开始射二百步的靶子，这次金国将军只中了五箭，其他五箭脱靶了，花荣则中了六箭。最后射二百五十步的箭靶，那金国人十箭中只中了两箭，花荣中了四箭。总之花荣完胜，可是观众们都觉得他也只比对手强那么一点点，不怎么满足。只有三娘的人清楚花荣的真正实力。

下一个出场的将领是个漂亮的女人，琴妃给三娘介绍道她叫完颜红，是右元帅鳌勇的妻子。这完颜红虽嫁给了鳌勇，但她在禁军中还有将军之职。鳌勇虽常常虐待她，但并不阻止她在军中任职，若有军令下来时也不阻止她出战，或许是因为虐待一个禁军中的女将军会让他更加兴奋。

三娘见是完颜红，马上站起身来从侍卫手中接过自己的双刀，她要上场亲自与完颜红比试。那些金国的官兵们见过国这个美丽的女元帅要亲自上阵，一开始惊得合不拢口。继而发出一阵欢呼，在场的每个人都兴奋不已。

完颜雄元帅也想不到三娘要亲自下场比武，不知该如何应付，这时三娘已站在完颜红对面了。他只好叫过手下，让他赶快去吩咐完颜红，千万不能伤了扈三娘，告诉她这是皇帝下的死命令。

完颜红也想不到会与三娘在这种场合下见面，她心里扑通扑通跳个不停。她看不出三娘脸上有何表情，只是心里觉得这个美艳的女人身上透着一股亲切的气息。她小心翼翼地舞动双刀向三娘发起攻击，打了十多回合后，她发现三娘根本就不需要她手下留情。她的刀法比自己快，力气也比自己大，这样下去在五十回合里自己必输无疑。

战到五十合后，三娘有许多取胜的机会，可是她往往点到即止，像是在传授完颜红刀法。场上大多数人觉得两个女人花团锦簇地战在一起很好看，个别武艺精湛的如完颜雄花荣等则看出端倪。完颜雄松了一口气，他也没想到三娘的武艺如此之精，金国军中单打独斗能胜过她的恐怕不多。

这时三娘已主动停止了比试，拉着完颜红的手回到座位上。观战的人大声喝彩，他们可从来没见过这么美丽的两个女人比武。三娘对完颜雄和琴妃道她很喜欢完颜红，要请她一起回宾馆多聊聊，还要留她在宾馆过夜。

完颜雄当然不会干预两个女人的事。皇帝交给琴妃的任务是让三娘高兴，她也无甚说的。这些天鳌勇在前线巡视，完颜红不必担心他，就和三娘一起回宾馆了。

在回宾馆的路上，三娘一行人看见了路上一长列宋军俘虏，足有三千余人。大约二百个趾高气扬的金兵在驱赶着他们。三娘暗道金国人又打了个大胜仗。突然一个满脸胡须的俘虏引起了三娘的注意，她定睛仔细一看，认出那人是呼延灼。

呼延灼目光呆滞，一步一步往前走着。三娘衣着华丽，旁边又有琴妃和完颜雄陪同，那些俘虏都当她是金国皇帝的另一个妃子。三娘强忍住冲动，没有上前去和呼延灼答话。将三娘送回宾馆后完颜雄和琴妃都告辞回去了。

三娘晚膳后让女兵们烧好热汤，她邀请完颜红和她一起沐浴。两人脱光了衣服跳进一个汤桶，三娘亲自给完颜红搓背。完颜红满脸羞涩，身子感受着三娘温柔的触摸。沐浴后两人擦干了身子，衣服也没穿就直接上了床。三娘这才对完颜红问长问短，完颜红红着脸一一作答，连当初如何主动勾引花逢春的事都说了。

她现在觉得三娘是自己最亲的人，没有什么值得隐瞒的。三娘道她已答应花逢春一定要将完颜红带回辽国去，问她是不是现在就想走。

完颜红知道她那个堂兄皇帝派精兵软禁三娘的事，也知道皇帝对三娘垂涎三尺，想将三娘娶过来。她不愿扔下三娘自己去辽国，想必花逢春也不愿意她这么做。于是对三娘道："大元帅对我的大恩我心领了。我决定留下来，将来跟大元帅一起回辽国，说不定我还可以助大元帅办成些事情。"

三娘一听，正中下怀，她正需要在金国有个内应，就道："如此甚好。你若不嫌弃我，从今以后你就和我的女儿一样，我发誓一年内定要让你和春儿团聚。"完颜红听了，就在床上向三娘跪下磕了三个头，叫了声："娘。"三娘忍不住将她搂在胸前，两个赤裸的女人抱在一起眼泪哗哗直流。

这一晚完颜红在床上还给三娘传递了两个重要消息。一个是关于呼延灼的，他的军队是因粮草不济加上他的上司临阵逃跑，致使他孤军被围，最后和儿子呼延钰一起力尽被俘。另一个是关于丞相凌生的，他原来姓曾名升，是曾头市曾长官的第五子，祖上是金国人。曾头市被梁山打破后他逃到金国，改名凌生。

三娘听了，心里想到了一条绝妙的计策，暗道："凌生这名字分明是花菱和曾升的意思，他心里一定还装着花菱。似此我可将他拉拢过来。若有完颜红和丞相凌生做内应，我要将这金国搅得天翻地覆，到时或可夺下整个金国也未可知。"

想到此三娘心里激动得无法自已。她一把搂住完颜红就去亲她的嘴唇和胸脯，亲得她娇喘连连。

金国皇帝完颜明这时也在和完颜雄元帅和凌生丞相商议。他前一段对三娘的示好和示威都收效不大，问是不是该采取蛮勇的办法对扈三娘来个霸王硬上弓，生米煮成熟饭。

完颜雄道现在还不用走那一步，他还有一计可有效地显示金国的军威。皇帝忙问：“计从何出？”

完颜雄答道：“辽国镇守边关的兀颜元帅手下有一个大将名叫穆赫德。他原是回纥人，独自镇守着一个与金国交界的险要去处。这人对兀颜元帅极为不满，曾给我写信要投到金国这边来。他道几乎每过几天兀颜元帅都会率亲兵去他那里巡视。若得他做内应，我军只需遣一千精兵接应，就可将兀颜元帅活捉过来。”

皇帝问：“能否将那关隘也一起夺了？”完颜雄道：“不可，那个地方周围的辽国守军甚多，若遣大队兵马去，他们定会倾巢来救，就算夺了关隘也守不住，到时会与辽国全面开战。我军正在攻打宋国，辽国从后面夹击于我不利。若只是悄悄将兀颜元帅擒了，辽国人定不敢越境来攻我。这兀颜元帅对扈三娘极为重要，她若得知兀颜被我擒了，定会举止失措，那时陛下再温言开导，定能俘获她的芳心。”

皇帝道：“此计大妙。”丞相凌生亦点头称赞，皇帝遂吩咐完颜雄依计而行。

这一日三娘使人给丞相凌生送去一颗夜明珠，指望他收了礼物后来回拜，那时再趁机拉拢于他。那金国皇帝不单自己给三娘送珠宝，还唆使手下人给三娘送礼，以博取她欢心。故此扈三娘送一件礼物给金国丞相并不会引起他人怀疑。

晚间凌生果然来访，三娘大喜，就将他请进密室。女兵端上酒菜，三娘向凌生敬酒，道：“久闻丞相能文能武，今日相见果然名不虚传。”凌生道：“承蒙元帅错爱，小人实不敢当。元帅厚礼相赠，凌生受之有愧。”

当初梁山两次攻打曾头市时，三娘都没参与，故此她与曾生从未见过面。今日见了，方知他生得一表人才，难怪花菱妹妹会爱上他。

凌生见了三娘，亦被她的美貌和气质打动，心道：怪不得皇帝非要得到这个女人，果然是好眼力。此等美人真是可遇而不可求的。

三娘屏退服侍的女兵，亲自端起酒杯递给凌生。又抱怨屋里热，将外衣脱了，里面的衣襟也解开少许，用手去把玩胸前佩戴着的那块玉佩。此时三娘已喝了几杯，面泛桃花。

凌生看得呆了，不由眼光往下移动，瞥见了三娘微露着的酥胸，凌生看得心里扑腾扑腾直跳。忙将眼睛从三娘胸口移开，却看见了三娘芊芊玉手里握着的玉佩，不由瞪大了两眼，结结巴巴地问道："元 …… 元帅手里拿的玉佩，从 …… 从何而来？"

这凌生有一块一模一样的玉佩，是当年与花菱分别时她赠送的信物。因此他见了三娘这块玉佩心里吃惊。

三娘微微一笑，道："这是我的生死之交花菱妹妹送给我的，我还知道她有一个心爱之人名叫曾升的现在金国当官呢。"凌生道："我便是曾升，想必元帅已知晓。元帅可否告诉我花菱现在何处？"

三娘道："她现在住在辽国，我的侍从中有一人是她亲哥哥花荣。花菱妹妹她每日都思念着她的曾升大哥。"

曾升道："谢天谢地，总算知晓了她的去处。不瞒元帅，我的命是她救的，她也是我一生的最爱。我曾发誓今生一定要报答她的相救相知之恩。元帅既是她的生死之交，但有差遣曾升处，曾升一定赴汤蹈火万死不辞。"

三娘道："我确有用你之处，只是我与金国乃是你死我活。若你依旧效忠于这个金国皇帝则无法帮我。"

曾升道："我祖上虽是金国人，但我生在宋朝长在宋朝，如今为金国皇帝效劳实属无奈之举。这个皇帝虽有才干，但他只迷信武功不修文治，且滥杀无数。此人想成大业实是万难。只要元帅肯接纳我，我一定唯元帅之命是从。"过来一会儿又道："现有一机密之事禀报元帅，完颜雄已设计要活捉辽国的兀颜元帅。皇帝好几天前就遣人去安排，现在恐怕来不及阻止他了！"

他将辽国大将穆赫德叛变之事及完颜雄的计策说了。三娘寻思了一会儿，现在确实无法阻止完颜雄去捉兀颜元帅，但曾升能将如此机密之事告知，说明他已决心投靠自己，自己也可与他敞开心扉了。

她对曾升道："此事暂不要管它，我自有法子处置。你且近前来，我有许多事要和你说知。"说罢把衣裙都脱了，躺在床上张开两条光洁的玉臂招呼曾升。

曾升瞪大两眼，直看得浑身热血奔涌。这三娘本是和花菱一样美艳的妙人儿，叫他如何把持得住？他三两下除去自己衣，趴在了三娘身上。

曾升一边肏三娘，一边听她将自己的谋划说出。他若想起疏忽遗漏之处就提醒三娘加以补正，两个一夜之间就把三娘的谋划修订得天衣无缝。

第二天三娘又叫花荣来，告知曾升投靠一事和自己的打算。饶是花荣见多识广也被三娘的谋划惊得合不拢口来，半晌方道："元帅大才，实令天下男子汗颜。难怪你能做成我等男人做梦也想不到的大事来。"

三娘道："花大哥过奖，此事还需花大哥多多出力相助。"花荣道："这个自然，元帅只管吩咐花荣就是。"两个商议了一整天，晚上三娘就带着萧玉兰和花忆春进宫求见皇帝完颜明。

完颜明刚刚得到情报，道是金国的精兵已在移赫德配合下将兀颜元帅抓获，只是移赫德被赶来救援的骠骑将军花逢春和龙骑将军张节斩杀，那个关隘又被夺了回去。现在辽军已全线戒严，防备金国来袭。

完颜明觉得只要辽军不敢马上进攻金国就是好事，他不知道的是，其实辽国的将领们得知兀颜元帅被擒后，都想立刻发动对金国的进攻。张节花逢春顾虑到大元帅扈三娘还在金国，强力压制住了那些将领们的冲动。

这事让完颜明兴高采烈，他想明天就去找三娘摊牌，不料三娘当晚就进宫来找他了。

三娘找完颜明就是告诉他自己要嫁给他当金国的皇后。这是她的谋划的第一步。当然，完颜明要娶她是有条件的，她就是来和他谈这些条件的。

可笑的是她原来担心完颜明纠缠她，现在却担心完颜明突然对她失去兴趣。她竟然觉得完颜明是个不错的男人，二十五六岁正当青春，长相威严，气质高贵，简直挑不出什么缺点来。她几乎对自己的魅力失去信心了。直到进了皇宫见到完颜明，她才平静下来，恢复了往日的英武美艳和风骚妩媚。

两人施礼已毕，坐下交谈。完颜明得意洋洋地说出了兀颜元帅被擒之事，出乎他的意料之外，三娘只是淡然一笑。她接着说出了自己的打算，完颜明惊得几乎从宝座上跌下来：她要嫁给我？她想要做金国的皇后？

完颜明觉得自己像是在梦里一样，看着三娘美丽娇嫩的脸，阿娜妖娆的腰肢，还有丰满挺拔的胸部，妩媚迷人的声音，完颜明的胯下之物立刻坚硬起来。他恨不得马上抱着三娘入洞房。三娘看着完颜明急吼吼的样子，心里暗笑。

她不慌不忙地说出了所有条件，完颜明一概答应，还马上亲笔书写了圣旨，封三娘为金国皇后。有了这道圣旨，即使没有婚礼三娘已经是金国的皇后了。三娘拿起圣旨，将它交给一旁站着的萧玉兰和花忆春收好。

这时完颜明再也不愿意等待了，他叫宫女给他倒了一大碗酒，一口喝尽。然后不顾一旁站着的萧玉兰和花忆春，抱住三娘就脱她的衣服。

三娘被皇帝脱得精光抱到御床上，他那硬邦邦的胯下之物直接捅进了三娘的身子。三娘一边配合着皇帝的动作，一边口里娇声呻吟。皇帝变得越发亢奋，猛肏三娘。

一个时辰后，三娘忽然发觉自己低估了这个皇帝。她已年近四十，昨晚和曾升彻夜谋划，没怎么歇息。这皇帝才二十五六，他全身似有使不完的劲。三娘被肏得快要虚脱了，可是皇帝还是兴致勃勃的样子。萧玉兰和花忆春看在眼里，心中十分心疼她们的三娘阿姨。

最后她们眼看三娘快要昏死过去了，就脱光了自己的衣服将身子挡在三娘和皇帝之间，要来顶替三娘。皇帝一把将花忆春推开，他对小姑娘无甚兴趣。他伸手推萧玉兰时发觉她身子与众不同，特别有弹性，逮住她就开始肏起来。越肏越觉得有味道，从前面肏了又换成从后面肏。

三娘这才喘过气起来。不过萧玉兰却被肏得死去活来。夜里离开皇宫时是花忆春一边一个，半搀扶半搂抱，费尽全力这才将届三娘和萧玉兰送回宾馆的。

欲知后事如何，且听下回分解。

第十六回： 小李广神箭灭鳌勇，完颜红舍身救三娘

次日金国皇帝完颜明睡醒后没起来，他躺在床回味昨晚和辽国大元帅颠鸾倒凤之事，真难相信那是真的。还有另外那个少妇，滋味也很不错，他还不知道萧玉兰的名字。昨天他答应了三娘许多事，其中主要的有三件，第一件是皇后可拥有自己的女兵，再一件金国一年内不能对辽国用兵，最后还有释放兀颜元帅和呼延灼父子。他起来后将他的三个亲信完颜雄鳌勇和凌生找来商议。

三人一听三娘愿意嫁给皇帝了，就一齐向陛下道贺，恭维陛下雄才大略，终于将美人大元帅的芳心征服。三娘提出的条件他们都认可，只有鳌勇反对释放兀颜元帅和呼延灼父子，这些人可是好不容易才捉来的。兀颜元帅且不说，那呼延灼父子并不是辽国人，为何要释放他们?

皇帝自己也觉得此事蹊跷。丞相凌生献计道："陛下已答应的事不可翻悔，鳌元帅可安排自己的亲兵在兀颜元帅和呼延灼将军离开金国时于路上伏击他们，不声不响将他们全杀了，到时谁也怪不到陛下头上。"完颜明道："此计甚好，就依此计行事。"鳌勇领命，准备去了。曾升当晚将鳌勇要袭击兀颜元帅和呼延灼之事暗地里通报了三娘。

皇帝完颜明在朝会上正式颁布旨意，封原辽国护国大元帅扈三娘为金国皇后，择吉日完婚。旨意当中将三娘大肆夸奖了一番，显示皇帝对她的特别恩宠。扈三娘在金国早已艳名远播，不几天她要当皇后的事就传遍了整个都城。上至王公贵族下至平民百姓都在议论此事，戏院里也上演了英明无比的陛下如何征服风骚美艳的大元帅的剧目。陛下和扈三娘的婚礼定在一个月之后举行。

花忆春对皇帝肏三娘那天晚上将自己推开在一边的事很愤怨，这简直是她的奇耻大辱。她缠住萧玉兰不停地问皇帝为何偏偏喜欢她而不喜欢自己，萧玉兰道我怎知此事? 最后她被问烦了，就对花忆春道或许皇帝不喜欢处女只喜欢少妇。花忆春一句"何为处女"，差点将萧玉兰逗得笑岔了气，不过最后花忆春还是从她那儿打听到了处女和少妇的区别。花忆春一直对自己到金国后没给三娘阿姨帮上一点儿忙耿耿于怀，她打定主意要帮三娘遮风挡雨，做父亲和大哥那样的人。

灵机一动，她找到了姐夫鲁铁柱，将他连拉带扯弄到自己屋里。铁柱莫名其妙地看着小妹花忆春在他眼前脱得一丝不挂，然后又来脱铁柱的衣服。他赶紧抓住她伸进自己衣服里的手，问她要干什么。花忆春道她要学怎样救三娘阿姨，说完又去脱铁柱的衣服，无奈铁柱抓住她挣不开，急得她大哭起来。

铁柱无奈，只得松手，然后自己就被剥得跟花小妹一样赤条条的了。花忆春虽是处女，那天晚上她可是从头至尾看完了扈三娘萧玉兰和皇帝之间的恶战。她将姐夫推倒在床上，骑了上去，嘴对着他的嘴，抓住铁柱的手放在自己的嫩乳上揉搓。她年纪虽小，身子比不上成熟的少妇，可脸蛋儿长得漂亮身材也匀称，假以时日就有可能赶上她姑姑花菱。

鲁铁柱被"折磨"得忍无可忍，下身一挺，将胯下那硕大的家伙捅进了花忆春身子里。花忆春大叫一声，痛得眼泪直流。铁柱不敢动了，也不知说什么好，刚要将它拔出来，却被花忆春止住。

花忆春忍着疼痛学着三娘和萧玉兰那晚的样子上下耸动着屁股，动作很慢，因为她下体实在疼得厉害。过了一会儿似乎没那么痛了，她又开始大动起来。最后她被压在了下面，鲁铁柱骑上来一阵狂肏将她彻底地从无知少女变成了风骚女人。

三娘自那日被皇帝肏了以后再也没去过皇宫，尽管皇帝遣人来召唤了几次。她和萧玉兰私下里对上次的经历都稍微有点儿恐惧，这个皇帝那方面也太强了。

三娘不由回想起当初自己被辽国国师霍尔赤暴力强奸之事。那次幸亏花逢春赶到将霍尔赤射死了，不然就算霍尔赤不杀她，自己也会被他奸死。

唯独花忆春拍着不大的胸脯对她们道："不怕，下次有我在呢。"三娘不解地望着她，萧玉兰则转过脸去抿着嘴偷笑。

呼延灼和儿子呼延钰不明白为何自己会被带来见辽国的护国大元帅。他们刚进屋里就看见扈三娘迎了上来，道："呼延大哥别来无恙？"他惊得不知所措，怎的扈三娘成了护国大元帅？

三娘请他父子坐下，跟他们说了自己这几年所做的事，呼延灼心里这才转过弯来。他和呼延钰被俘虏后受了许多羞辱，一言难尽，现在知道自己终于得救了。

看着三娘英武美艳风采依旧，他自己却老态毕现，呼延灼不得不感慨万千。三娘又道："呼延大哥可能还不知道我们已成了亲家吧？"

接着将呼延琮呼延玲都嫁给了自己儿子林无敌之事从头至尾说了一遍，呼延灼听了，拉着儿子呼延钰给三娘跪下，磕谢她救了他们父子和两个女儿之事。三娘又说了自己马上要嫁给金国皇帝，问呼延灼父子现在想不想回宋国去。

呼延灼此时方想起自己兵败被俘，回去宋国定会被治罪。何况自己的女儿还杀了太上皇的堂弟，现在他是走投无路，真不知该去哪儿才好。

突然他灵机一动，对三娘道："大元帅救人救到底吧，我虽年迈无甚用处，还可勉强替大元帅出一把力。我这儿子身强体健，学过武艺兵法，就让他也跟着大元帅吧。"此正合三娘心意，就点头依允了。

呼延灼道："我舍弃这张老脸，求三娘将钰儿认作干儿子，不知可否？"三娘大喜，于是呼延钰又给三娘磕了几个头，叫了声"娘。"呼延钰比呼延琮小几岁，生得威猛，留着呼延灼一般的大胡子。三娘见他和年轻时的呼延灼很像，心里高兴。吩咐女兵带他父子去沐浴更衣，然后伺候他们用膳。

膳后三娘将他父子唤入密室，这才将自己要图谋整个金国之事相告。呼延灼听了，盯着三娘的脸呆看了许久，扑通一声双膝跪下，道："三娘你不单是我呼延家的大恩人，也是宋国百姓的大恩人。我呼延灼一家从今以后生是三娘的人，死做三娘的鬼，绝不敢有违三娘的心意！"

呼延钰见了也跪下给三娘磕头。三娘赶忙上前将他父子搀扶起来，呼延灼闻着三娘身上久违了的体香，想起当年和三娘的一夕之缘，不禁老泪纵横，泣不成声。

三娘晚上搂着鲁铁柱睡在床上，心里回想着年轻时呼延灼肏她的情形，满脸潮红。她春心勃动，嘴里娇声不断，玉手去铁柱身上乱摸。鲁铁柱还是不善言语，他一闻得三娘召唤，下体立时就硬了起来。

此时铁柱正骑上三娘的身子奋力驰骋。萧玉兰立在外面伺候，她见花忆春满脸绯红，身不由己地要去推三娘房间的门，就走过去将她一把抱起来，放到自己床上用身子压住她。

花忆春挣不动，正好萧玉兰丰满的胸脯就在她嘴边，她张嘴隔着衣服咬着萧玉兰的乳头用力吸允。一阵酥麻的感觉传遍萧玉兰全身，她发出了一声长长的呻吟。

安顿好了呼延灼父子后，兀颜元帅被接来了。他一见三娘就跪在她脚下请罪，道："都是兀颜无能，辜负了护国大元帅的信任，不但自己落入敌手，还险些将辽国的关隘都丢失了。"说完抱住三娘的腿大哭。三娘将他拉起去，把他的头搂在怀里宽慰了好一会儿。

女兵端上来酒饭茶水，兀颜这些天忧心如焚，不曾好好进食。现在见了三娘，心情和胃口都好了，敞开肚皮大吃了一顿。膳后三娘说了自己要做金国皇后，伺机将整个金国夺下来。

兀颜担心地问三娘："听说这金国皇帝是虎狼般的人，大元帅这不是以身犯险虎口夺食？"其实他是心里有些吃皇帝完颜明的醋。

三娘笑道："此次机会难得，我不入虎口谁入虎口？为了我自己的儿女们，也为辽宋两国的百姓，我决不后悔！"兀颜道："大元帅的高风亮节和侠义心肠兀颜佩服得五体投地。若有用兀颜之处，但请大元帅吩咐。"

三娘道："我已收服了原宋国大将呼延灼和他儿子呼延钰，过两天我欲派花荣大哥将他父子和你一起送回辽国。他两人都是不可多得的将才，你要多加重用。待他们能接手边关防务后，我要将张节和花逢春调来金国助我。"

兀颜道："有一件事我要禀报大元帅。我被捉后关在大牢里，隔壁房间关着一人，听牢子说他叫做神医安道全。每日里都有金国的贵族和将军们带自己的家眷来请他看病，常常药到病除。似这等人才大元帅不妨求那皇帝将他赏给你，以后大有用处。"三娘听了大喜，道："这人是我老相识了，我定要将他弄来。"

三娘心里一高兴，就搂住兀颜亲嘴。兀颜因三娘现在是金国皇后，不敢冒昧和她亲近，心里却一直渴望着能与她旧梦重温。见三娘主动迎上来，马上手忙脚乱地替三娘宽衣解带，抱到床上将她狠狠肏了一通。

三娘给皇帝写了一封信，道被关在大牢里的安道全是她的远亲，请皇帝将安道全放还给她。三娘叫萧玉兰马上将信亲自送进宫里交给皇帝。

皇帝完颜明正在与大臣们商议进攻宋国之事，闻报皇后派侍女送信来了，他知道定是三娘有事求他，就吩咐将信使带到密室见他。看了三娘的信，他也不知安道全是何人，就着手下一个心腹赶快去查一查这安道全是因何事被关起来的。

不一时那人来回报，道安道全是个宋国的普通百姓，以前做过官，正赋闲在家。金兵打到他家乡时将他顺便虏来了，将他关在牢里估计是想要讹他的钱财。完颜明也不耐烦细问，就写了一道旨意交给萧玉兰，将安道全赐给皇后为仆。

萧玉兰临出门时被皇帝搂在怀里亲嘴，两手伸去她衣服里面，将她的身子上下抚摸揉搓了一通。还附耳低声对她道：他要将她封为皇妃。

萧玉兰被他摸得脸红耳赤。她走之后，完颜明回去和大臣们继续商议军国大事，这时才想起来他又忘了问萧玉兰的名字，封皇妃的事只能等和三娘大婚之后再说了。

这一天清早呼延灼父子和兀颜大元帅吃了早膳后收拾停当，由花荣持皇帝旨意将他们送回辽国，安道全也随行同去。三娘有曾升和完颜红做卧底，早已探知鳌勇欲在辽金边境一个叫做黑风峪的峡谷袭击花荣一行。

花荣只带着十个士兵，一行人都身披双重盔甲，上马离开金国都城往辽国去了。鲁铁柱则已奉三娘之命早就带着五十余人出城去那黑风峪埋伏接应。

到了黑风峪，花荣叫众人停下，取出带来的牛皮甲给马匹披上，然后驱马进了谷口。这黑风峪只有两里长，两侧山势陡峭，极难上去。这里虽是要道，但邻近并无村镇集市，附近还有其他关隘，因此平时金国辽国都未派兵在此驻守。

鳌勇一共带来了一百精兵参与这次袭击，都藏身在两边山上。他见花荣一行都进了峡谷口，心下大喜，暗道别说是十几个人，就是来三百人，进了谷口就只有死路一条。他自己带的都是金兵中挑选出来的善射之人，又有充足的箭矢，到时只需将他们全射倒，然后下山去割首级就行了。

花荣他们走到峡谷中间就听得嗖嗖的弓箭之声，花荣忙招呼众人下马躲避。因大家事先有备，马匹也披着皮甲，虽有人和马匹中箭，却并无甚损伤。鳌勇叫军士们将带来的箭矢都放完了，这才大呼着往山下杀去。

这时早已隐藏在山上的鲁铁柱带的兵开始放箭从背后射杀鳌勇的金兵。金兵遭到来自后面的偷袭，一时慌乱不堪。几轮弓箭下来，射死了十几个人，还跌死摔伤了二十余人。

鳌勇不知偷袭自己的军兵有多少，心道不如先将兀颜和呼延灼等擒获，然后再以他们为人质想法脱身。于是指挥剩下的人不要管背后的敌人，只往山下杀去。

冲到近前，只见一个威风凛凛的将军，他手持弓箭身边插着亮银枪立在前面挡住去路。接着只听得嗖嗖嗖的弓弦响，冲在前面的十个人应声倒地。鳌勇的兵也穿着盔甲，可是花荣这十箭都是射在咽喉上，被射中的立时毙命。

鳌勇吃了一惊，心知今天碰上了厉害的，无奈自己这边的弓箭刚才都已射完了。背后敌人随时都可能追上来，他对手下高呼：“谁杀了眼前这个敌将赏银一千两，官升三级！”

手下人听了，呐声喊，又往前冲来。花荣又是十箭射去，顷刻地上又多了十个躺着的。剩下的人都吓得不敢再往前走一步。

鳌勇倒吸一口凉气，上前喊道：“你是何人？若能投降我大金国皇帝，定可高官任做，金银美女任取。”花荣道：“你的高官金银美女我都不稀罕，只要取你等的人头。”鳌勇带来的心腹都已死光，其余的金兵一听，撇下鳌勇转身就跑。

鳌勇身边只剩得一人，是他女儿鳌丽英。鳌丽英怪叫一声，舞着一把大刀向花荣杀来。花荣嗖嗖两箭，钉在鳌丽英胸前，箭矢穿透了她的铠甲。鳌丽英吃痛，转身欲走，花荣又是两箭，钉在她的两瓣屁股上，鳌丽英倒在地上痛得直打滚。

这鳌勇怒目圆睁，舞着一条熟铜棍向花荣杀来。他是大金国排名第二的勇将，将一条熟铜棍舞得密不透风。因害怕花荣的神箭，他眼都不敢睁开，只估摸着花荣所站之处往他那里冲过去。

他这条熟铜棍重约一百余斤，如何能够持久舞动？鳌勇渐渐手臂酸软，待要睁开眼睛，这时一条亮银枪直刺过来，将他的咽喉穿透。鳌勇两手扔了熟铜棍，握住枪杆大叫一声，轰然倒地。

这时逃走的金兵也被鲁铁柱带的人全部杀了，连刚才下山时摔伤的也一个不留。

花荣走近前来将亮银枪从鳌勇咽喉里拔出来，揩干净血迹。这时兀颜元帅呼延灼父子和神医安道全都走过来，看着满地的金兵尸首，对花荣拱手致谢。那鳌丽英还在地上痛得大叫，见花荣走近前来，竟被吓得昏死过去。众人见了鳌丽英魁伟雄健的躯体，都啧啧称奇。

花荣指着鳌丽英问安道全："这个女人你还能救得过来么？我欲将她带回去，调教好了以后送给三娘作侍卫。"安道全道："待我试试看。"

刚才鳌丽英在地上翻滚，已将射在身上的箭杆折断。安道全叫几个士兵将鳌丽英的上下衣服剥光了，露出屁股和胸前的箭伤。安道全先用尖刀挖出深陷在她屁股肉里的两个箭头，然后敷上自配的金疮药，包裹好了。又将鳌丽英的身子翻过身来，仰面躺在地下。众人见鳌丽英胸前的两箭正好钉在她两乳的乳头上，都伸出大拇指夸花荣的箭法神奇。

安道全再用尖刀挖出鳌丽英胸前的两个箭头，也敷了金创药，包裹好伤口。他对花荣道："她的伤不用一个月即可痊愈。只是两个乳头被你的箭头损伤的厉害，只好将其割去。另外她并不是天生的丑陋，而是脸上长了一种罕见的疮。待你将她调教好以后我再给她医治，虽不能让她变作西施貂蝉，嫁人生孩子却不是难事。"花荣道："如此有劳安大哥了。"

呼延灼是梁山老人，早已见识过安道全的神技。其余在场的人都对安道全的医术佩服得五体投地，看他的眼光如看神仙一般。一行人将金兵的尸体挖坑埋了，抬着鳌丽英进入辽国境内。

张节花逢春见兀颜元帅安然无恙回来了，大喜，忙设酒宴接风。兀颜对张节花逢春说了三娘嫁给皇帝成了金国的皇后，并将三娘的长远打算告诉了他们，要他们配合行事。两人都表示决不负三娘所托之重任。

歇了一夜，第二日兀颜元帅打发鲁铁柱护送花荣呼延灼父子和安道全去辽国京城参见女王，鳌丽英也被士兵们抬上一辆车子一同送去。

朱武王进等听说三娘派花荣回来了，出城十里迎接。见了花荣，方才得知三娘在金国的所作所为。闻知她舍身嫁入虎穴，为辽国赢得了宝贵的时间，都感动得热泪盈眶。两人连忙将花荣呼延灼父子和安道全送进皇宫里去觐见女王。

女王在宫里久盼三娘不归，忧郁成疾。待花荣说了三娘为了辽国嫁给金国皇帝后，女王当场大哭不止。朱武王进等慌忙劝止，并说了三娘的长远谋划，女王这才稍稍宽心。

朱武又为女王引见了呼延灼父子和安道全，女王道："既是三娘看重的人，你们酌情安排重用就是。"众人拜谢了。

安道全观女王气色，为她写了一张药方献上。女王当晚服了药，睡下后第二日中午才醒来，精神好了许多。原来她因为思念三娘，茶饭不思，夜不能寐，连和男侍们的游戏也停了许多天。这次一觉醒来，胃口大开，吃了饭食后思念男色，急找来三个男侍，脱光了衣服上床大战一场，最后被他们三个肏得香汗淋漓，浑身舒坦。女王感激安道全为她治好了病，赏赐了他一千两银子和一个漂亮的宫女。

过了三日，女王传旨将朱武王进花荣等招进宫里，宣布自己要退位为太后，由太子耶律森，也就是三娘的儿子林无敌继任辽国国王之位。朱武王进等跪下苦苦劝阻，女王道她主意已定，明日就要对所有朝臣宣布。

这时丞相诸坚上次阴谋毒害护国大元帅之案已经侦破，女王罢了他的丞相之职，将他关进了大牢里，朱武已继任丞相之位。林无敌也已经充分展示了他的胆魄和魅力，得到了朝野上下的一致好评。他继承王位的时机确已成熟。

次日女王果然在朝会上颁布了退位诏书，传辽国国王之位给太子耶律森。不过在颁布退位诏书之前，女王向朝臣们讲述了护国大元帅扈三娘为辽国做出的巨大牺牲：她为了稳住金国不让它向辽国进兵，舍身嫁给了金国皇帝，为辽国赢得了宝贵的时间。

大臣们被扈三娘的义举感动得声泪俱下，女王乘机封扈三娘为辽国国母。文武大臣们一致支持女王此举，一齐朝金国方向跪下遥拜国母扈三娘。

林无敌的登基仪式在三天后举行，这天辽国举国欢腾，百姓载歌载舞庆贺。登基后国王林无敌立即大赦天下，并将包括朔州在内的一大片西南部的辽国土地当做礼物送给妹妹林无双的西夏国。辽国和西夏结成同盟，盟约规定一方被攻，另一方将举全国之力来援。

辽国百姓早知西夏女王林无双和国王太后之间的亲密关系，对赠送国土一事毫无异议。况且这西夏女王本是辽国国母扈三娘之女，这就和将自己的东西从左手交到右手一样。

林无双在西夏也宣布将母亲扈三娘封为西夏国母。西夏人早就将她看做神仙一般，她说的话无论上层还是百姓都从无异议，何况这次还从辽国得到了一大片国土。

完颜明和扈三娘的大婚终于如期举行。他得已扈三娘被辽国女王和西夏女王封为国母之事，心里益发得意。他道你们两国将我老婆封为国母，我天天肏着她，岂不是成了你们的国父？待我攻下宋国后就将辽国和西夏全部纳入大金国版图，那时恐怕兵不血刃就能完成此一盛举。

金国的大臣们也对皇帝高瞻远瞩娶了辽国护国大元帅之事赞不绝口，纷纷上表祝贺陛下成了辽国和西夏的事实上的国父。皇帝龙心大悦，对带头上表的几个大臣赏赐有加。大婚之日安排盛宴，邀请了所有皇室贵族和在朝的文武官员们出席。

唯一不顺心的事是亲信鳌勇死了。完颜明派了大批军队去黑风峪找了许久，最后找到了鳌勇被埋在地下的已经腐烂了的尸体。完颜明交待过鳌勇，袭击兀颜时不可暴露自己的身份，以免扈三娘得知后来质问皇帝。此事极为机密，除左元帅完颜雄丞相凌生外再无他人知晓。现在看来是鳌勇轻敌，计划不周导致他命丧黑风峪。

好在完颜明已经有了右元帅的新人选，此人乃是大金国第一勇士，名叫完颜兀术。兀术出身皇室，算起来是完颜明的同一辈人。他勇猛无敌且深通兵法。以前他在金国军中不得重用，因为他曾是皇位继承人之一，完颜明对他颇为忌惮。

现在老皇帝早死了，完颜明即位已久，兀术自己根本无希望接近皇位。于是完颜明对他大加拉拢，兀术也愿意投靠，最近攻打宋国时他所向披靡，立了许多战功。完颜明打算大婚后即将兀术封为大金国右元帅。

皇帝的洞房花烛之夜整个皇宫都戒备森严，扈三娘被送进皇宫时身边只有萧玉兰和花忆春两人陪伴。三娘的脸红红的，像喝醉了一般，更显得风骚妩媚，令人倍加怜爱。

花忆春兴致勃勃地和萧玉兰一起搀扶着三娘往洞房里走，到门口时却被宫里的侍卫拦住搜身。她委屈得要命，因为三娘和萧玉兰都未经搜身就直接被迎进洞房去了。

侍卫们将她全身衣服脱光了，细细地搜了一遍。后来又出来了几个宫装妇人，她头发里腋下胯下都被她们伸手进去又摸又捅，弄得花忆春满脸通红。末了她被带到远离洞房的另一间屋子里等候，门口站着许多手持刀枪的侍卫。

她不知宫里的规矩，不敢乱问，害怕给三娘阿姨惹麻烦。看着那些板着脸的侍卫太监和宫女们，她也知道问了也没用。于是她悲哀地在这间小屋子里呆了一整夜。

这一夜完颜明享尽了人间艳福。三娘和萧玉兰两个尽心竭力地将他伺候得欲仙欲死，有一刻他甚至觉得争夺天下建立大金的一统江山都不重要了。

他和其他嫔妃们同房时并没有这么高的兴致和这么强大的精力，三娘和萧玉兰身上似乎有着一种迷人的魔力，让他坚硬的下体持久不软。自从上次肏了她们俩以后他就想着再次肏她们，可是三娘有意避开他，作为皇帝他又不能将没过门的皇后绑来，所以他这些天忍得很辛苦。

三娘和萧玉兰三天前就开始养精蓄锐，准备以充足的体力来对付完颜明洞房攻势。她们的城堡很快就被完颜明攻下了，两人浑身酥软，躺在床上起不来了。不过这一次她们克服了恐惧心理，真正享受到了被这个男人狂肏的乐趣。歇了片刻，她们又爬起身来，开始用自己的温柔来降服这个依然精力充沛的陛下。

这一次皇帝终于没有忘记问萧玉兰的名字，第二天他就下旨将她封为丽贵妃。

鳌勇死了，完颜红终于得救了。虽然还没有与花逢春团聚，但那是迟早的事。她心里对三娘感激万分，要不是她来金国，自己会被鳌勇一直糟蹋到死。她已经知道了跟着三娘的那个善射的侍从就是花逢春的父亲花荣，自己未来的公公。

花荣走之前她红着脸求三娘让她和花荣单独见了一面，花荣用慈爱的眼光看着她，道："你和春儿的事我已知道了，我会吩咐他今后好好待你的。"因为母亲死得早，父亲也不怎么关心她，花荣的话让完颜红感动得一塌糊涂。她觉得这才是自己憧憬的父爱，她忍不住扑进花荣怀里大哭起来。花荣搂住她的身躯没有言语，只是用手轻拍她的后背，像哄小孩那样哄她。

完颜红因为出身高贵，自己又有杏花公主的称号，所以嫁给鳌勇时她就是正妻。现在鳌勇府里一切都得听她的，她终于做了一回主人。她并没有将原来的管家和侍女下人们换掉，因为她们原来就一直对她很尊重。只是鳌勇一人有虐待自己妻子的变态心理，大家怕他像怕猛兽一样。现在完颜红当了家，府里呈现一片欢快的气氛，平日里低声下气的鳌勇的妻子们脸上都有了笑容。

全府里只有一人心情不好，那就是鳌勇的大儿子鳌康。跟鳌勇相反，他长得瘦弱，也没有和鳌勇一样的虐妻嗜好。但他却有鳌勇的自私贪婪和野心。本来靠着父亲他就能飞黄腾达，现在一切化为乌有，他不甘心。鳌勇并没有告诉他去袭击兀颜元帅之事，但是他偷听到了一些秘密，知道父亲一定是被扈三娘的人给害了。

现在三娘在全国声望甚高，皇帝又万般宠爱于她，自己根本无实力搬倒她。他正在和心里不满的一些完颜氏贵族密谋，想要刺杀皇帝或者皇后。这些人都是被完颜明排挤的族人或者他们的亲朋。

鳌康在朝中任兵部侍郎。完颜红原来叫鳌康表哥，因为他是舅舅的儿子。嫁了鳌勇后鳌康就开始称她为母亲。嫁鳌勇之前鳌康也曾对完颜红垂涎，但完颜红看不起他和他一家人，后来成了他母亲是无奈之举。鳌勇在世时一家人都怕他，鳌康当着大家的面见了完颜红也恭恭敬敬。不过完颜红仍然能感觉到他从背后射来的色迷迷的眼光。

完颜红从鳌康的只言片语中觉察出他对皇后扈三娘十分痛恨，难道他知道了鳌勇之死的真相？完颜红最近特别留意鳌康的一举一动，他似乎在与人密谋着一些事情。完颜红收买了鳌康身边的下人，可还是没发现他到底在干什么。

这让她更加坐立不安。三娘是她的大恩人，也是她的希望，她决不能让三娘陷入任何危险之中。最后她决定对鳌康施展美人计。

鳌康发现父亲死后，母亲完颜红似乎变得对自己温柔和善了，他不时感觉到她那含情脉脉的眼神。难道这女人刚死了丈夫就熬不住啦？鳌康不由得心情激动。

他对完颜红的脸蛋和身子向往已久，觉得能和她同床共枕哪怕是死了也值得了。但他又觉得不能分心，现在得专心对付扈三娘这个贱女人，等将她杀了，再回头来收拾完颜红不迟。

可是他眼睛老是不听使唤地往完颜红那里看，先是盯住看她的脸，后来又看她的挺拔的两乳，然后看她走路时一扭一扭的臀部和被裙子包住的性感的大腿轮廓。他胯下早已硬的直挺挺的了。

这天晚膳后完颜红让心腹侍女将鳌康叫到府里的密室，他心里狂跳，觉得今晚一定会有好事降临到他头上。只见完颜红坐在那里两眼含泪，露出悲哀的模样。鳌康跪下道："母亲为何事悲哀，不妨告知孩儿，孩儿一定替母亲分忧。"

完颜红道："你父亲是皇帝的心腹，为了皇帝一统江山的大业不辞艰辛不畏凶险。现在大业将成，他突然离世，抛下我这寡妇如何熬下去？那皇帝原来对你父亲恩宠有加，现在有了那个新皇后，竟然忘了老功臣的妻儿老小，想起来令人十分寒心。"

鳌康忍了好久才忍住没将自己密谋之事说出来。完颜红见了，暗道若不给他些甜头，看来今晚要白费功夫了。就俯下身子将鳌康从地上拉起来，然后假装没站稳，身子倒向鳌康怀里。

鳌康伸手将完颜红接住，正好触到她丰满挺拔的胸部，全身立刻像着了火一般，迫不及待就将她的衣服扯下来，自己也脱光了，将胯下之物往她两腿间直捅进去。完颜红娇声呻吟，恰似火上浇油，鳌康越肏越带劲，最后大叫一声，像一滩烂泥般瘫软在完颜红身上。完颜红顾不得疲劳和恶心，又爬起来舔允鳌康的胯下。

第二日清早完颜红化了妆，急急忙忙跑来皇宫里寻找三娘。皇帝上早朝去了，三娘和萧玉兰昨夜又被皇帝肏得疲惫不堪，还没起床。她听得完颜红求见，知道定是发生了大事，衣服也没穿就让宫女将她带进寝宫里来。完颜红也顾不得许多，上前搂住三娘赤裸裸的身子，将嘴贴在她耳边，将自己从鳌康那里探听到的密谋全说了一遍。

原来鳌康和那些贵族们收买了不少死士，准备在皇帝和皇后去太庙祭祖时发起袭击，他们会佯装刺杀皇帝，趁侍卫们混乱时去取皇后扈三娘的性命。他们的兵器和暗器上都涂有见血封喉的剧毒。

三娘对完颜红道："好了，既然我知道了此事就不会让他们得逞。孩子，你为了得到这些秘密一定吃了不少苦吧？"看着三娘关切的眼神，完颜红觉得为了三娘再多的委屈再多的苦难自己都能承受。

这时同一张床上睡着的萧玉兰也醒了，她亦十分感激完颜红。三娘和萧玉兰将完颜红抱到床上，两人开始亲吻她的每一寸肌肤，就像昨晚她们伺候皇帝一样。

完颜红眼看三娘的舌头伸进了自己胯下的桃花洞里，忽然想起昨晚那里被鳌康肏过，还未来得及清洗，又羞又急，但又不知说什么好，急得满脸通红。这时萧玉兰骑上了完颜红，将胯下的洞口对着她的嘴坐了下来，完颜只得张嘴用舌头舔食她那里。她不知道的是，萧玉兰那里昨晚被皇帝肏过，也没来得及清洗。

接下来的事就容易了，三娘将曾升请来，将鳌康的密谋说给他听了。她告诉曾升，这一次要将鳌康除去，但不要动那些反对皇帝的贵族们，她要留着这些人以后有大用。曾升领命去了。

祭祖这一天早上，临出发时三娘走过来搂住完颜明，道她昨晚做了个噩梦，今天祭祖恐怕会有些凶险。她要完颜明在衣服里面穿一套金丝软甲护身。完颜明觉得可笑，不过看着三娘哀求的眼神，就依她所说将软甲穿上了。三娘和萧玉兰也在衣服底下穿着金丝软甲。这金丝软甲可是皇宫里的宝贝，一般箭矢刀枪都不能刺透。

皇帝为了给三娘面子，吩咐侍卫们一定要打起精神，保护好皇后。侍卫们轰然答应。

祭祖的路上果然有身着黑衣的一群死士向皇帝的车驾发起攻击，一时间箭矢乱飞，刀枪齐举。侍卫们早得皇帝吩咐，将皇帝和皇后的车驾护得水泄不通，那些死士们成了最倒霉的刺客，除了两人外其余都被人数众多的侍卫包围后当场斩杀。侍卫中也有五人被对方的兵器箭矢所伤，中剧毒死了。

那两个逃走的黑衣死士也没走远，曾升早带着亲兵前来救驾，将这两人活捉了。曾升下令将他俩杀了，然后剥了其中一人的衣服给早已捉拿在手的鳌康穿上。他向皇帝禀报，说拿得一个活的。皇帝大喜，赏了他一千两银子，叫他亲自对那刺客严加审讯，找出幕后之人。

倒霉的鳌康自己也不知道怎么会穿上刺客的黑衣被在现场捉住，他在大刑伺候下将什么都招了。只是他的招供不能令丞相满意，仍然将他反复拷打，直到他将一切罪过都揽在自己头上。

他这时明白了，一定是那些贵族们买通了丞相，自己被抓也是他们事先留的后路。自己唯一能获得解脱的方法就是承认自己筹划了所有密谋，然后被斩首示众。

曾升拿着鳌康的供词去见皇帝，鳌康在供词上说他对皇帝忘了自己父亲的功劳，专宠皇后不满，因此要刺杀皇后泄愤。皇帝此时也觉得他似乎对功臣鳌勇的后人不公，就下旨只将鳌康处死，其他的妻妾子女不受牵连。鳌勇的妻子完颜红还被封为杏花亲王，这可是大金国的第一个女亲王。完颜红领着一家大小进宫向皇帝叩头谢恩。

三娘和曾升却没有完全放过那些密谋杀死她的贵族们。曾升将他们一个个秘密招来相府，给他们看鳌勇初次招供的证词，他们的姓名都在上面写着。曾升告诉他们，因为皇后仁慈大度，不想让皇家人自相残杀，这才逼着鳌康将所有罪过担起来。这些贵族们听了无一例外都扑通跪倒，痛哭流涕，向皇后表示忠心。今后皇后但有吩咐，他们全家将赴汤蹈火万死不辞。

自此以后皇帝完颜明对三娘益发宠爱了，他认为娶了这个皇后实乃大吉大利之事。扈三娘心里亦高兴，她的各项大计都进行得很顺利。

俗话说“乐极生悲”。三娘几天后忽然发现了一件既尴尬又麻烦的事：自己怀上了身孕。她原来计划在适当的时候将完颜明除去，然后自己接掌皇位。现在她怀着皇帝的骨血，难道要她亲手杀死自己孩子的父亲？即使是为了辽国金国宋国西夏的百姓们，她也难以做到。

欲知后事如何，且听下回分解。

第十七回：陷二帝大宋濒危，攻回纥西夏扩张

完颜明为拉拢完颜兀术为他效力，任命他为大金国右元帅并加封征南王。还将他的儿子收为义子。

大金国的军队在兀术率领下再次向宋国挥起了屠刀。也不是金国的军队就那么强，主要是宋国的文官无能武将怕死，几十万马步军被兀术的五万金兵打得望风而逃，一直逃进了东京开封府。

三娘没料到宋国会败得这么快这么彻底，她原想先让宋国大肆消耗金国的国力，然后西夏和辽国再合兵进攻金国。自己最后从内部乘机起事，那时金国必遭覆灭的命运。好在自己早就将此谋划告知了无敌和无双两人，他们一直在厉兵秣马，随时准备起兵进攻金国，估计就算要提前发动也不是什么难事。

三娘现在已经将后宫大权握在手中，从侍卫到宫女都是她亲自挑选的。不过她一点儿也不干预朝政，每天不是与贵族高官的夫人们周旋，就是到民间访贫问苦，用自己的私房周济穷人，因此深得金国上下的尊敬和喜爱，皇帝对她也十分满意。

三娘不在宫里时都要将萧玉兰留下来陪伴皇帝，萧玉兰现在已是身经百战，能够独自面对皇帝的超强欲火了。

皇帝完颜明现在心情大好，前方捷报频传，皇后又怀上了龙种，岂不是天意要助他成就一统霸业？他征召了几乎所有的金国青壮，准备挥军直捣宋国都城开封，将大宋灭了。到那时就算辽国西夏不主动来上表投降，自己也可凭武力将两国踏平。当然，辽国国王和西夏女王既然称自己的皇后为母亲，他不会将他们杀了，大不了给封个亲王的爵位，到时皇后一定会感激他的仁慈大度。

左元帅完颜雄似乎不太看好他的雄心勃勃的征讨计划，也许他人老了胆子变小了。完颜明决定让完颜雄带二十万兵留守后方，这样他也可以放心。他自己马上就要带援军和粮草去会合兀术的兵马攻打开封。

皇后刚刚怀孕，他舍不得让她劳累，暂时留她在后方修养。丽贵妃萧玉兰却是一定要带走的。萧玉兰临别时三娘拖着昨晚被皇帝肏得疲惫不堪的身子向她交待了许多事情，萧玉兰一一牢记在心。

完颜明离开后不几天，左元帅完颜雄就带着他的三个儿子进宫来见皇后。这个完颜雄是个极聪明的人，他似乎已看出金国在一连串胜利掩盖下的严重危机，但是三娘对他为什么要来见自己一点儿都不清楚。

三娘对金国的贵族高官们一直尊敬礼遇，常常赐各种珠宝玩物给他们的夫人们，因此提起这个新皇后他们都赞不绝口。许多武将们也十分佩服这个辽国的护国大元帅，他们中不少人亲眼见过三娘的武艺，也听说过辽国的军事实力自三娘掌权后大大增强了。更何况那个最近大肆扩张领土的西夏女王就是三娘的亲生女儿。

完颜雄向皇后行礼，三娘亲自扶他坐下后，让宫女敬上香茶。完颜雄盯住三娘看了许久，开口道："皇后英明睿智，老臣欲带着儿孙们投在皇后麾下效力。"说完又起身和三个儿子一起恭恭敬敬地跪下给三娘磕头。

三娘大吃一惊，半晌不知说什么好。完颜雄磕完头后，开口道："臣虽老朽，但这一生南征北战，杀人无数，也阅人无数。臣早就看出皇后是胸有大志腹藏良谋之人，也是我见过的对属下最宽厚仁慈的皇家人。陛下虽然少年得志，然其迷信武力谋略不足，更兼刚愎自用，用不了几年定会遭遇重大挫败。老臣一生忠于金国，忠于完颜氏，一直不忍抛弃陛下而去。现在皇后已怀上了完颜氏的后代，不论生男生女都是我完颜氏的人。故此我没了顾虑，带领全家来投靠皇后。既为我的子孙们谋一个光明前程，也恳请皇后在成就大业后为我完颜氏留下一片栖息之地。"

三娘知道像完颜雄这样心胸的人是不会用诈降计来骗她的，忙将他扶起来，道："三娘何德何能，承蒙老元帅如此看重？"完颜雄道："我是不会看错人的。"说完叫几个儿子发毒誓，今生今世追随雇三娘，绝不反悔。

三娘见了，亦当场发誓绝不亏负完颜雄一家人，并保证成就大业后将皇帝一脉保留下去，完颜雄听了大喜。三娘心里暗自感慨不已，原来自己怀上了完颜明的种还有这等好处！

三娘问完颜雄道："若时机成熟，元帅手下二十万人中能有多少愿意听从元帅跟着我一起起事？"完颜雄笑道："皇后难道还不知自己在金国的贵族和百姓中有多么崇高的威望吗？到时若我手下没有十五万愿意跟着皇后的，我将这颗头割下来谢罪！"三娘与完颜雄父子亲切交谈了两个时辰，方起身将他们送出皇宫。

宋国京城开封现在已经乱成一团。蔡京童贯高俅都已被罢免官职，下在刑部的大牢里。每天朝廷上吵成一锅粥，太上皇和皇帝都急得像热锅上的蚂蚁。此时城里还有约三十万兵力，可是军无战心，每天逃跑的士兵不计其数。大军的粮草辎重被士兵和乱民们盗走毁坏了不少，很难再支持一场大战。

陈丽卿夫妻俩和陈希真这时也都没了主意，不知该投那里去好。丽卿以前为了上阵杀敌立功，不惜送上门让高衙内肏她，现在倒好了，想打仗的话出了京城后到处是战场。只是现在军无战心，凭一人之勇不但无法立功，还随时有可能将命都丢了。

丽卿独自去高太尉府邸看了看，那里只剩下高衙内一人和一些家丁们，连他的心腹党氏兄弟都不见了。高衙内见了丽卿道："姑娘能走就赶快走吧，赶快离开京城，不然就来不及了。"

丽卿想起那个辽国王子说过的话来，好像听说他已经登基为国王。于是她对父亲和丈夫说要去辽国。当然，她不能提自己和辽国国王有私情，而是说王子耶律森曾来信招她前去军中效力。陈希真和祝永清也别无他法，三人就收拾了些细软带在身上，化了妆混在普通百姓中出城往北而逃。

不巧的是，刚出城就迎面碰上了来攻打开封的金兵先锋。原来一起走的百姓们四散而逃，丽卿和丈夫父亲不一会儿就走散了。丽卿到处去找他们，结果被一小队金兵逮住。丽卿已经化妆成农妇，可是那些金兵不管丑俊，只要是女人，拖过来剥了衣服就肏。

被脱光后丽卿立刻就露馅了，她身材健美，皮肤粉嫩，白白的两乳十分诱人，金兵们见了也不去抓其他女人了，一拥而上都来肏丽卿。

丽卿被这十几个男人轮流肏了一遍，被肏得浑身发软。这时有一个刚肏过丽卿的金兵似乎觉得还不过瘾，手里拿着条马鞭上来用力抽打丽卿赤裸的身子取乐，丽卿被他打得火起，光着屁股跳起来，从地上拾起一把刀，手起一刀将他砍死了。

其他金兵惊呆了，丽卿一不做二不休，将他们挨头砍过去，十几个刚肏过丽卿的男人们顷刻之间做了她的刀下之鬼。丽卿这才扔了那把早已缺了口的刀，张大嘴在那儿喘息。

她发觉自己身上还是一丝不挂，就去小溪边洗净了身上的血迹。打开金兵马背上的包裹取了些干净衣服换上，又将那些金兵抢来的金银包好，还带了些干粮在包袱里。丽卿从那十几匹战马中选了三匹好的，还挑了一张好弓，一些箭矢和几把称手的兵刃，骑上那匹最好的马牵着其他两匹马，出发寻找父亲和丈夫去了。

找了两天才在二十里外在一个小镇上找到他们。陈希真和祝永清两个一路奔走，背的行李包裹全丢了。现在他们又累又饿，正蹲在一个小酒馆外的墙角下，因为没银子他们刚被人从小酒馆里赶了出来。丽卿见了，知道他们肚子饿，连忙取出干粮给父亲和丈夫吃了，又去小酒馆里买些酒和茶水来给他们解渴。歇了一会儿丽卿就带他们找到了一家客店住下。

问起这几天的经历，丽卿没有提自己被金兵抓住强奸之事。只道自己杀了几个金兵，抢了他们的坐骑，还有金银和干粮。陈希真和祝永清听了，心里惭愧得紧，自己堂堂两个大男人被追得走投无路，反倒需要陈丽卿这个女人来搭救。

因和岳父睡在同一间屋里，晚上永清也不好意思和丽卿亲热，只是吹灯后搂住她亲了亲嘴。第二天三人起来喂饱了马，都骑上马拿了兵刃往宋辽边境驰去。

快进入辽国时他们又遭遇了大约一百金兵，这次他们手里有兵器坐下有马匹，三人奋力向那些金兵杀去。丽卿一人杀了至少二十个金兵，冲出包围进入了辽国。回头一看，父亲和丈夫又不见了。她只得回马去找，那些金兵早已退走了，她一路寻找不见他们俩人的踪迹。

她想自己刚才因为带有弓箭，一开始就射杀了十多个金兵，所以金兵都将她作为主要敌人，来围攻她的足有七八十人。父亲和永清面对的敌人较少，可能早已脱险冲进辽国境内了。现在若再停留在此可能会招来大批金兵，到时能不能脱身就难说了。她决定返回辽国，若父亲和丈夫真被金兵抓去了，就只好去求她的相好国王耶律森发兵来救他们了。

辽国国王林无敌登基后将内政交给母亲信任的文官们去管理，要求他们遵循女王和护国大元帅制定的各项律法和政策，不得轻易改变。还要他们研究妹妹林无双在西夏施行的一些大政方针，凡适合辽国的就搬过来用。他自己和丞相朱武将主要精力放在筹集粮草和训练军队上，他知道现在形势变化极快，母亲随时都可能需要自己出兵协助。

林无敌现在正在离边境不远的一处军营里视察军队的训练情况。他当了国王后将明月公主呼延琮呼延玲都立为王妃，名分不分高低，却没有立后。他心里觉得理想的王后人选有两人，一个是琼英阿姨，另一个是陈丽卿。琼英阿姨是自己的长辈又是张节大哥的母亲，不太可能愿意当自己的王后。陈丽卿则是有夫之妇，现在金国围住了宋国的东京，不知她能不能顺利脱险逃出来。无敌感叹身为国王亦有许多不如意之事。

这一日几乎同一时间无敌接到两处相邻的边关送来的奏报。其中一个说抓到两个可疑的宋国人，叫做陈希真和祝永清，他们声称认识辽国王子要前来投奔他。另一份奏报说来了一个叫陈丽卿的宋国女将，说是国王的故交，有紧急事情要见国王。

无敌听了心里狂跳，觉得这是天赐良机，自己的心愿似乎可以实现了。他唤来自己的一个心腹，叫他带侍卫去将陈希真和祝永清严密控制起来，不让他们见任何人，并传旨不得泄露这两个人的任何消息，违者杀头。然后他又吩咐去将陈丽卿送来见他。

丽卿见了当了国王前呼后拥的无敌，不顾在场随从，上去就扑在他怀里将他紧紧抱住。这些天来所受的委屈一齐涌上心头，一贯坚强的她也不禁大哭起来。无敌挥了挥手，随从们全部退出，只留着些贴身宫女在旁伺候。丽卿和无敌将衣服都脱了，两人抱在一起互相亲吻抚摸，不一会儿就肢体交缠，呻吟之声不断。这一次无敌足足将丽卿肏了一个时辰，最后两人都累得睡着了。

接下来十几天无敌都不理朝政，每天关起门来和丽卿在床上亲热。丽卿提了几次让他帮着寻找父亲和丈夫，无敌口里说已经叫人去找了，心里却犹豫不决。

他原来的想法是将陈希真祝永清长期关起来，这样自己可以霸占陈丽卿，直到生米做成熟饭，也就是陈丽卿当了自己的王后以后再放他们出来。或者一不做二不休将他们杀了以绝后患。

可是这样做有违母亲扈三娘对自己的教诲，一方面他爱陈丽卿爱得发狂，丽卿一提起她的丈夫无敌心里就酸溜溜的，另一方面他又觉得如此行事自己没脸见母亲和妹妹，也没脸面对自己的臣民。心里受了十多天的煎熬之后，无敌终于向丽卿和盘说出了实情：她的父亲和丈夫早已找到，现在正在赶来的路上。

丽卿是何等聪明之人，立刻就知道了无敌心里的所有龌龊打算。她盯住无敌的脸看了许久，突然一拳打在他肚子上，无敌哎呦一声弯下了腰捂住肚子叫唤。

在场的宫女们大惊失色，侍卫们立刻拔刀在手。无敌忙挥手止住侍卫们，严令他们退下。丽卿接着狠揍无敌，拳脚一齐上，无敌也不还手，只是咬牙忍着。最后无敌倒在地上动弹不得，丽卿也累得直喘气。后来她叫宫女们请医师来给无敌看视，其实她下手很有分寸，无敌看起来被揍得惨，实际上没有任何大伤。

很久以后无敌问丽卿当时为什么要打他，丽卿道："因为你为了霸占我竟然想到要去害我父亲和丈夫。"无敌又问为什么没将他打死，丽卿道："你想害我父亲和丈夫只是因为太爱我。"

宋国皇帝和太上皇因为大臣们为迁都之事争论不休，误了时机，想逃走时京城已经被金兵团团围住，只得乖乖地做了金兵的俘虏。完颜兀术占领开封后立刻向皇帝完颜明报捷，请他移驾开封府。

完颜明带着丽贵妃萧玉兰和他的大军浩浩荡荡开地进开封府，住进了宋国皇帝的宫殿里。许多宋国来不及逃走的文武官员都来向他投降，他满耳朵听的都是恭维他的话语，有的甚至将他比作灭掉六国统一天下的始皇帝，他心里十分得意。当天晚上他喝得大醉，搂着萧玉兰在宋国皇帝的龙床上一番大战，将身体强健的萧玉兰肏得眼泪直流。

完颜明已决定要将金国都城迁到开封来，第二天他下令将宋国的皇帝太上皇和他们的嫔妃们押送往现在的金国都城。赵佶和赵桓两人自打娘胎里出来就不曾受过这等委屈，不过在人屋檐下怎能不低头？只好一路颠簸往北而去。

那些押送他们的金兵们开始几天见他们是宋国的皇帝和太上皇，对他们也还算有礼。日子一长就不耐烦了，对他们呼来喝去，连皇后妃子也免不了被他们拖过来拽过去。她们的乳房屁股都被这些男人们的脏手摸过，还不敢吭一声。

到了金国都城后他们被安置在一处废弃的宫殿里面，穿的是破旧衣衫，吃的是粗茶淡饭，度日如年。更有甚者，跟随的嫔妃们都不时受到金兵的调戏猥亵，赵佶赵桓只能眼睁睁地看着。

后来金国皇后听说了此事，亲自来到赵佶赵桓的住处查看，见他们受到如此虐待后大怒，觉得这样太给金国丢脸了。她下令杀了两个负责押送和看管的官员。将赵佶赵桓和那些嫔妃们转移到另一处较好的宫殿居住，拨了不少侍女仆人来服侍他们。虽不可能像在宋国那般奢侈，但对他们来说就像是回到了天堂一样。

这个金国皇后简直就是救苦救难的观音菩萨。赵佶赵桓放下皇帝太上皇的架子，跪在地上给三娘磕头致谢。三娘微笑着让宫女将他们扶起来，告辞去了。

考虑到儿子无敌取了明月公主，赵桓的皇后又是明月公主的亲娘，三娘派人将明月的母亲接到皇宫里住，当然并没有告诉她其中缘由。那女人感激涕零，冲着三娘连连磕头。三娘三天两头派人来查看赵佶赵桓父子，问他们有何需求。两人渐渐习惯了这种日子，虽无自由，却衣食无忧，也不再担心自己的性命。

辽国国王林无敌得知母亲怀孕，担心她的身子，就将神医安道全送来母亲身边，以防万一。这时呼延灼父子已经在兀颜元帅麾下领兵，接手了张节花逢春负责的防务。

三娘下令张节花逢春和鲁铁柱都潜来金国，让完颜雄元帅安排他们在军中任职，逐步升到能独自领兵的关键职位。金国人口不足，军中亦招募了不少汉人士兵和军官，张节等藏在军中并未引起注意。

花逢春和完颜红两个人现在自然是打得火热。因完颜红被封了亲王，整个鳌氏家族都要看她脸色，所以她也无甚忌讳。自鳌勇鳌康死后，鳌府的男人们只剩下鳌勇一岁的儿子鳌健和鳌康的三岁的儿子鳌通，他们俩都还趴在娘亲的怀里找奶吃呢。

花逢春每天搂着完颜红光洁的身子睡觉，两人晚上呻吟之声太大，鳌勇的其他妻妾们都听见了。后来完颜红索性将她们都拉下了水。鳌勇的这些妻妾们都颇有姿色，年纪最大也不过二十五六岁。她们早已习惯了鳌勇的霸道和荒淫，每天将花逢春伺候得舒舒服服的，花逢春真是享尽了人间艳福。

三娘知道后将花逢春叫来狠狠地训斥了一顿，提醒他不要沉迷于女色中忘了自己肩负的重任。花逢春连忙跪下抱住三娘的腿向她请求宽恕，并发誓自己绝不敢误了三娘安排的正事。临别时花逢春本性不改，又将手从三娘裙子底下伸进去揩油。三娘许久未和花逢春亲热了，红着脸半推半就地让他得了逞。花逢春硬梆梆的胯下之物再一次捅进了三娘那个久违了的桃花洞。

因为萧玉兰跟去开封侍奉皇帝完颜明，三娘觉得很对不起张节。张节却道这是他妻子自愿去的，为了三娘他们夫妻无论做什么都心甘情愿。为了补偿张节，三娘出宫私访时常常和张节幽会，两人间的恩爱缠绵更胜从前。张节和萧玉兰婚后感情极好，但不影响他爱三娘。三娘是他的第一个女人，在辽国时她和张节的母亲琼英花荣的妹子花菱三人并列为最美少妇。

三娘忽然想起来明月公主的母亲说过她的大女儿素月公主也被关在这里，就去将她请来，问她愿不愿意将大女儿给自己的爱将张节做妾。明月的母亲求之不得，她正想求皇后将自己的大女儿也救出苦海。

素月公主比张节大两岁，性格文静，生得不比明月公主差，只是命不太好。她的丈夫原是禁军中的军官，城破时被金兵杀死，她自己亦被金兵轮奸过几次。三娘传旨将素月公主放出来，她母亲叮嘱了一番后就被送到张节那里。

素月公主看着张节英俊的脸，觉得自己总算是时来运转了。张节很喜欢素月公主的模样和性情，当晚搂着她的娇躯亲吻爱抚，心里对三娘益发感激。

花忆春这段时间也没闲着，三娘将征召来的二千五百女兵都交给她训练管理，这中间许多人其实是从辽国军中抽来的。她现在俨然是个气宇轩昂，威风凛凛的女将军了。为了增加实战经验，她常常带着自己的兵去各处剿匪。

金国现在地域广阔，新占领的地方匪患不少，这些土匪一般由逃兵马贼和地痞组成，十分强悍。花忆春先后剿灭了十几处土匪，渐渐摸到带兵的门路，手下的女兵们也越战越强。

这一日花忆春又率部歼灭了一股约三百人的马贼，缴获了不少马匹金银粮食，还解救了一些被绑架的百姓。其中一个二十来岁的青年和他的母亲引起了花忆春的注意。这个青年被打得遍体鳞伤，他背上刺着“精忠报国”四个大字。他母亲四十余岁，生得端庄美丽。

据其他被抓的百姓说，这个青年姓岳名飞。他母亲每晚都被马贼们拖去强奸，他每次都会为保护母亲与马贼拼命。因寡不敌众，被打了无数次，终于连站都站不起来了。

花忆春很可怜这对母子，就将这青年抬回军营请神医安道全医治，又叫女兵给他母亲香汤沐浴，换上新衣服，请她用饭歇息。一连照顾了二十来天，这青年的伤全好了。他母亲拉着儿子来给花忆春磕头，感谢她救了自己母子两个。花忆春很喜欢这个女人，就安排酒食请她母子。

岳飞一直少言寡语，这次因喝了几杯，话比平日多了些。花忆春这才知道他从小学习兵法武艺，立志报国，母亲也支持他的志向，背上的字就是母亲亲手给他刺的。两人越聊越投机，花忆春就邀请岳飞去校场上切磋武艺，岳飞欣然答应。

岳飞将自己的本事都使出来给花忆春看，花忆春一一给出自己的见解，岳飞听她说得有理，心里暗自钦服。花忆春觉得岳飞最擅长的枪法似乎和她师兄无敌的枪法是出自同一师门，他的箭术也不错，不过比起她自己来稍有不如。花忆春就将自己从父亲那里学来的一些绝技手把手地传给岳飞，岳飞见了这些绝技方知天外有天人外有人，遂倍加用心学习。

花忆春现在已不是小女孩了，她身子已发育成熟，风韵十足。岳飞看着美艳风骚的花忆春，闻着她身上的迷人气味，不由心生爱慕之情。

只是现在康王赵构已在杭州称帝，建立南宋，他要去投军，为收复大宋国土而战。所以他现在绝不能和这个漂亮的金国女将军有瓜葛，他强压住自己的感情，第二日和母亲告辞花忆春启程去杭州。

花忆春将岳飞和他母亲送出十里之外，还给了他们一些钱和皇宫里发的路引，有了这路引一路上金国的关卡都不会来盘查。岳飞和他母亲拜谢后离去了，一路上岳飞心里暗叹，说不定他将来会和花忆春在战场上兵戎相见。

再说西夏女王林无双自登基以后励精图治，现已将西夏全境牢牢地掌握在自己手中。萧天龙萧天豹萧天狼三兄弟都被她派在各处镇守，她自己也不时去边关巡视，留下师傅琼英和军师张盛守都城。靖国公李仁义是女王最信任的人之一，女王外出时一般都将他带在身边。

这一日他们去的关隘与回纥人的居住地邻近，最近不时有回纥人越过边境逃难来到西夏境内。据说那边回纥各部落之间正在开战，还有吐蕃人卷入其中。

无双站在关城上遥望回纥方向，心里盘算着如何才能把这块眼前的土地纳入西夏版图之内。她知道母亲可能不久就会在金国起事了，西夏军不但需要大批粮草和金银，也需要在实战中的锻炼。

李仁义站在无双身边，后面跟着的是女王的亲随部将栾英栾勇和萧剑锋。无双向李仁义问起回纥的情况，李仁义早年跟回纥人吐蕃人都打过仗，他道回纥人现在好像没有统一的朝廷，各个部落自己管理自己，时常为大到一座城池小到一头牛的事互相开战。

无双觉得现在是个好时机，只要有个稍微说得过去的借口，自己就可以挥师跨过边境，将大片属于回纥的土地征服，到时兵员粮草都可以解决了。想到此她觉得心里一阵悸动，将身边的李仁义拉进自己怀里，把他的头贴在自己挺拔的胸脯上。栾英栾勇和萧剑锋见了，知趣地引着亲兵退下，只留下女王和李仁义在关城上。

无双脱了衣裙背靠在墙垛上，李仁义也是赤身裸体，跪在她面前伸舌头舔她的胯下，两手稳稳托住她雪白的屁股。无双被舔得大叫不止，将李仁义仰面放倒，胯下的洞口对着李仁义硬梆梆的黑玉柱子坐了下去，扑哧一声一捅到底。李仁义打起精神伺候无双。这关城甚高，他们的呻吟之声恐怕几里之外都能听见。

傍晚时分守关的士兵带着一大群回纥人来见女王，男女老少一共约有六十余人，领头的是个年近五十的女人。无双听不懂她说的话，就问身后的李仁义，发现他正瞪着两眼看那女人，那女人也盯着李仁义发呆。过了好一会儿，李仁义才回过神来，用回纥话和那女人一问一答了大约半个时辰，那女人将一个十四五岁的壮实的黑小子拉过来给李仁义磕头。

后来李仁义将无双拉进另一间屋子，对无双说出了详情。这个女人是一个较大的回纥部落的首领，也是李仁义的第一个女人。李仁义早年和回纥打仗时将她擒了，正是她让李仁义第一次尝到了当男人的滋味。后来李仁义将她放了回去。

这六十多个回纥人都是那女人的儿女，儿媳女婿，或孙子孙女，这还不是全部。那女人当年被李仁义俘获时就有八个儿女，后来又生了八个，大部分儿女都已成亲生子，三代人加起来有一百多人。

这女人的部落扩张很快，她让自己的儿女们带人去他处建立新部落，这些新建的部落都尊她为首领，简直就是一个小国家。邻近的其他部落不是被她吞并就是被她赶走，后来他们联合起来对付她，又引来了许多吐蕃军队。

吐蕃军队有五六千人，他们在她的土地上烧杀抢掠。她和吐蕃人打了几仗，都被打败了，一些儿孙们被杀死，还有一些失散在各地。

走投无路时她想起早年那个男人李仁义是西夏王子，就带着一大家子来投奔他。所以才有刚才那一幕。据那女人说，那个黑小子是她和李仁义一夕之缘后生下来的儿子。

无双对这个女人顿时大感兴趣，忙拉着李仁义过去见她和她那一家人。她将刚才那个黑小子拉近前来左看右看，觉得他确实有点像李仁义。

李仁义对那女人用回纥话说眼前这位是西夏女王，那女人听了慌忙叫一家人对着无双跪倒在地，磕了几个响头。无双通过李仁义问她愿不愿意归顺西夏，若归顺则以后可享荣华富贵。

李仁义刚说完那女人就不住地点头，她一家人也跟着点头。她们已被逐出家园，能有个安身之处就谢天谢地了。她原来只打算投奔李仁义后一家人给他当奴仆。无双问那个黑小子叫什么名字，那女人说还没起名字。

原本是要等他父亲给起名字的，可这些年一直没见着李仁义。无双当场给他取名叫李忠夏，他欢天喜地磕头谢了。原来他害怕父亲不认他，现在女王给起了名字，认祖归宗之事就是板上钉钉的了。

无双给这一家人饱餐一顿后安排他们歇息去了。然后她传下旨意，从西夏各地抽调两万军队和所需马匹粮草。一个月后军队粮草都到齐了，领兵的是萧天豹萧天狼两兄弟。

无双将这一家人分散编入军中，作为向导和翻译，然后发兵攻入回纥人的居住地。无双下令，凡是普通的回纥百姓只要投降就不杀，回纥的部落头领和吐蕃人则格杀勿论。

无双登基以来一直给西夏各地的军队实施正规训练，装备也大有提高。开战后回纥人吐蕃人根本不是西夏军的对手，被打得望风而逃，侵入回纥的五千吐蕃军队被全歼。

那回纥女人的儿子们当中颇有几个会打仗的，包括李忠夏那个黑小子，他们在战争中很快就升为西夏军中的军官。许多回纥人都选择投降，西夏军中逐渐加入了越来越多的回纥人。

三个月后，无双已将大片的回纥土地征服，还抢占了不少原属于吐蕃的土地，西夏国的版图一下子扩大了一多半。靖国公李仁义被无双任命为管理回纥地区的节度使。西夏军还从回纥其他部落头领和吐蕃人那里抢回来了大量金银粮食和马匹，大大超过起兵攻回纥的消耗。

无双在西夏和新占领的地方上都是实行和原辽国领地上一样的律法和政策：鼓励跨族通婚，推行汉字，对挑起种族冲突者格杀勿论。李忠夏和他同母异父的兄弟姐妹们对女王忠心耿耿，对不服从女王的回纥人他们下手比谁都狠。

那些敢于反抗的不是被杀就是被抓起来当奴隶使唤。新占领的土地和原西夏土地很快就融成了一片，再也难分开了。

西夏女王的好运似乎接连不断，她刚刚征服了回纥不久，就有宋国边境的守将关胜派使者来见西夏女王。关胜现在驻守在与西夏交界处，手里共有五万军队。他早已得到军令：回兵去东京救驾。可是还未出发就得知东京已被金兵攻陷了，皇帝太上皇被俘，康王逃到了杭州称帝。

关胜现在粮草已断，进退两难，军队若再无粮草接济马上就要溃散。他听说现在的西夏女王是旧时梁山头领扈三娘的女儿，就抱着一线希望来和她联系，看能不能为朝廷保全这五万大军。

无双亲自来边境见了关胜和他的两个儿子关允文关允武和女儿关允慧。关胜的三个儿女都跟他习过武，因妻子已死，他们一直都跟在父亲身边。

无双直接了当地告诉关胜，大宋已亡，南边的小朝廷根本无力收回失地。但是她的西夏迟早会和金国动武，若关胜能将这五万军队都交给她，她到时定能多杀金兵替中原百姓报仇。

现在关胜的军营里已是吃了上顿没下顿，大家又不愿投降金兵，他别无选择，只能拱手将军队全部交给无双。

就这样无双凭空获得了五万大军。她马上调集五万西夏军进入宋国境内，将关胜的军队打散和自己的西夏军混编在一起。她将关胜和他的儿女们找来，向他们说明了辽国的国王是自己的亲哥哥，西夏和辽国将会同时向金国开战。自己的母亲扈三娘也会从金国内部起事，到时金国若不投降定会覆灭。关胜听了，惊得半晌合不拢嘴。

回过神来以后，他向无双跪下，道："打垮金兵收复中原之事就全拜托女王陛下和你母亲哥哥了，我这里先替宋国百姓感谢女王陛下。打败金国后天下自会归于有德者，我等实不敢强求。"无双道："不知关将军可否愿意留在我军中效力？"

关胜道：“我和我的儿女们唯女王之命是从。”说完领着关允文关允武关允慧给无双磕头致忠，无双大喜。

关允文关允武两个被无双的风采迷住了，他们从不曾见过这么聪明美丽又这么风骚妩媚的女人。编入西夏军后他两个无论是操练还是巡哨都处处争先，事事尽心，只为博得女王的赞许和青睐，无双心里也喜欢这两个充满朝气的小子。

这时因军队扩充，栾英栾勇萧剑锋都被升为将军独自领兵，无双就将关允文关允武从关胜那儿要来做自己的亲随将领。在一个花好月圆之夜，无双解下裙子，敞开衣襟，露出自己雪白的胸脯和胯下的萋萋芳草。她将兄弟两个一起拉进怀里，让他们变成了自己的裙下之臣。

欲知后事如何，且听下回分解。

第十八回：据东京扈三娘监国，征南宋完颜明丧命

林无双收编了关胜的兵马后，将西夏都城交给丈夫保国公萧天龙和军师张盛镇守，萧天豹啸天狼也被留在西夏防止回纥人和吐蕃人反攻。她带着师傅琼英和其余将领把大军开进宋国境内，她的十万大军很快就控制了宋国西部的大片土地，宋国的地方守军望风来降。

不过她的军队暂时还未与金兵交锋，一来是金兵把灭掉南宋放在首位，根本无力顾及西部的疆域，二来是无双授意部下避开金兵占领的地方，等候三娘的命令。无双令投降的宋国地方守军仍旧镇守地方维持治安，大部分投降的官员职位不变，她自己只派少数官员监督并协助筹集大军所需粮草。

这一日关胜带着一个年轻的军官来见无双，道他是梁山旧人轰天雷凌振的儿子凌威，善造火炮。凌威跪下参见女王，无双早听母亲说过轰天雷凌振的故事，就问他父亲可还健在。

凌威道父亲已故去，自己已学得父亲制造和使用火炮的法子，愿来西夏军中效力。无双大喜，吩咐马上调拨人员钱粮，购买铁料火药，交给凌威去造火炮。凌威谢了女王，兴冲冲地去了。

无双想起这一阵子太忙了，未和师傅琼英说上几句话，就带着几个亲兵去找她。琼英几天前向无双提过，说她要先回辽国一趟，然后再去金国看望无双的母亲三娘姐姐，这几天就要动身。无双走到琼英住处大门口，琼英的仆人欲进去通报，被无双止住，道休要通报我自进去见师傅。仆人不敢违拗，只好立在一边。

无双走到琼英卧室门口，听见屋里有男人的喝骂声和琼英的哭声，心里大急，抽出女王的佩剑一脚将门踢开闯了进去。

只见王平李玉倩夫妻和琼英都在屋里。琼英被脱得一丝不挂被李玉倩两手按在床上，她丈夫王平一边从后面肏琼英一边用力打她的屁股，口里“婊子贱人”地骂个不停。无双忽喝一声“大胆奴才”，举剑就要砍王平和李玉倩。

他两人见来的是女王，唬得面无人色，跪倒在地大叫“主人救命”。无双的剑却砍不下去，原来早被师傅琼英抓住了手。琼英对王平两口子道：“你们两个快退

下。”两人抱头鼠窜出了屋子。无双帮琼英穿好衣裙，琼英这才满脸通红结结巴巴地给无双解释刚才的事儿。

原来王平李玉倩被无双赐给琼英为仆后，办事尽心尽力，将琼英照顾得无微不至，早已成了琼英的心腹。只是王平觉得当时女王似乎是要自己做琼英的男宠，但是琼英一直未提及此事也未有任何暗示。王平不敢直接和琼英说，害怕冒犯了她，就和妻子说起此事。

李玉倩也猜不出主人琼英到底是何意思，平日里见她对自己的丈夫很好，眼睛里还时常露出那么一丝丝情意。后来她忍不住去问了琼英，回来后告诉丈夫王平。王平听了，觉得不可置信：什么？主人喜欢我强奸她？李玉倩肯定地点点头。

这天晚上李玉倩服侍琼英睡下后，王平将一大壶酒一口气喝完，胆子壮了些。他走到琼英卧室门口踢开门进去，一把将琼英从床上拖下来，剥光她的衣裙按在地上就肏，一边肏一边打琼英的屁股。

琼英开始红着脸不吭声，后来兴奋起来，忍不住大叫大喊。李玉倩在屋外也听得浑身酥麻，按捺不住用两手揉搓自己的两乳和胯下。完事后李玉倩进来服侍琼英，琼英羞得把脸埋在被卧里，不敢看王平两口子。后来李玉倩得到琼英首肯，也加入到这个游戏中来。

无双这才知道原委，忙向师傅请罪，不该坏了她的好事。琼英捂住无双的嘴，不让她说下去，自己的脸一直红到了脖子根。

无双抱着琼英的娇躯，把头埋在她怀里，仿佛觉得是躺在母亲扈三娘的怀里一样。琼英却觉得这个女徒弟越来越有帝王的威严，自己在她跟前变得像小孩一样，甚至有点怕她。两人就这么互相抱着不言语，过了一会儿，无双忽然掀开琼英的衣服，用嘴去亲吻她胸脯，手指也从裙子下面伸进去，插入琼英的桃花洞里搅动。

琼英想像着自己的身子正在被一个凶狠残暴的君王侵犯，快活得忍不住大声呻吟起来。

西夏军中现在最悲伤的人恐怕就是萧剑锋了。他追求栾英一直没结果，栾英自称是他的长辈，从来不给他机会。这还罢了，令他不能忍受的是栾英竟然喜欢上李忠夏那个回纥黑小子了。那不也是她的晚辈？李忠夏年龄比萧剑锋还小，看着文静美丽的栾英在李忠夏那个傻小子面前露出既羞涩又紧张的神情，他的心都要碎了，真是太没天理了。

这天忧心忡忡的萧剑锋远远地跟着栾英，他也没有什么目的，只是腿脚不听使唤。他的直觉告诉他栾英和李忠夏两人快要勾搭成奸了。果然，他远远地瞥见他们俩一前一后朝一处废弃的粮仓走去。待他们都进去后，萧剑锋慢慢地靠近，把耳朵贴在门上，听到了里面悉悉索索的脱衣服的声音，然后是李忠夏粗重的喘息声和栾英的轻声呻吟，估计他们正在亲吻抚摸对方的身子。

接着传来栾英的一声尖叫，完了，他心爱的女人终于被李忠夏那个黑小子的给糟蹋了。萧剑锋紧紧地握住自己的剑柄，他强力克制着自己的愤怒才没有拔剑冲进去。

他心如死灰，在军营里漫无目的地走着，迎面撞在一具柔软的躯体上，鼻子里闻到一股的女人的体香。“锋儿你一个人在这里干什么？”他抬头看见了女王林无双，下意识地跪下给她行礼。

无双见他神情沮丧，就将他带回了自己的住处盘问究竟。萧剑锋的母亲在他能记事前就死了，他和无双名义上是母子，虽然他只比无双小一岁多。他很惧怕无双，无双平时也是将他当成自己的孩子一样管教和照顾的。

今天无双脸上似乎没有了往日的威严，只剩下了母亲的慈爱。他开始向无双诉说了自己在栾英那里受到的委屈，说完一边哭一边骂自己没出息，愧对萧家祖先。哭着哭着他发现女王对自己敞开了怀抱，自己的脸贴在了无双丰满的胸前。无双心里叹道：“冤孽啊，也许是我上辈子欠了他们萧家的，这辈子合当被他祖孙三代人来肏。”

她一手抱着他，一手解开了自己的裙子，又将他的衣服都脱了，伸手握住他滚烫的下体，张开两腿，将它送入自己胯下的洞口。萧剑锋觉得自己进入了一个温暖潮湿的梦里，无双的体香让他彻底醉了。美丽无比的女王竟然赤身裸体地将他搂在怀里，他的舌头正舔着她洁白丰满的胸脯，他的下体插在无双的身子里迅速膨胀。

丽卿上次打了林无敌一顿后过了五六天，她的父亲和丈夫到了。他们都被接到王宫里和文武百官一起参见国王。

这时无敌的伤都好了，他这天似乎特别高兴，封赏了不少人，其中师傅花荣被封为忠勇侯兼禁军统领，兀颜被封为忠义侯兼兵马左元帅，王进被封为武胜侯兼兵马右元帅，朱武被封为武乡侯兼丞相。栾廷玉和顾大嫂分别被封为威武侯和安定侯，两人还担任城卫将军，负责整个都城的防务。

陈丽卿的父亲陈希真亦被封为安乐侯，丈夫祝永清被封为征南将军在兀颜元帅麾下效命，丽卿自己则被封为禁军副统领，专门负责国王的安全。过了两天国王又给陈希真和祝永清分别赐了新的府邸居住，丽卿两口子住进自己的新家后，国王又遣人送来五千两银子安家用，陈希真那里也给送去了五千两。

祝永清平时不操心这些琐事，只道国王要重用他们夫妻所以加以笼络。心里不由高兴起来，晚上不说，连白日里也都缠着丽卿求欢。陈希真是个细心的人，心里觉得蹊跷。丽卿单独来见他时，他问丽卿道："我这一辈子最大的奢望不过封侯，没想到刚来辽国几天就如了愿。这国王是否还有别的意思？"

丽卿也不瞒着父亲，道："他也没甚别的意思，只是想让我做他的王后。"希真大惊，道："这便如何是好？"丽卿道："他现在只是想用荣华富贵来打动我，还不至于做出出格的事来。"

希真道："说的是。我看这国王也像是个英雄人物，不至于作出小人行径来。只是你自己心里如何打算？莫非你对他有意？若如此，那永清怎么办？"丽卿就把她和无敌的私情和以前交往的情况对父亲细细说了，道："虽是如此，我却不想抛弃永清去给他当王后。"

希真叹了一口气，道："此事实难解决，只能走一步看一步了。"丽卿脱了衣服抱住父亲道："爹爹也该娶个女人了。"希真道："现在我们都已安定下来，我也有此意。"丽卿道："我会替爹爹留意的。"说着两人又搂在一起互相亲吻抚摸起来。

过了几天，祝永清去兀颜元帅军中走马上任，丽卿也去禁军中任职。无敌几乎天天都来禁军中，常和丽卿见面，无敌的心腹们都知道他的心事，尽量替他创造机会。丽卿本来就喜欢无敌，忍不住旧情复燃又和他纠缠在了一起，只是无敌不再提让丽卿当王后的事了，丽卿也不去理会，两人的日子倒是过得十分惬意。

丽卿发现每次自己跟无敌提起丈夫永清时，无敌总会急吼吼地要肏自己，好像怕自己飞了似的。后来丽卿觉得有趣，就故意用丈夫来挑起无敌的醋意，无敌其实心里明白这不过是丽卿对他的挑逗，可就是忍不住每次都要吃醋。

琼英来了，刚进王宫就被无敌抱起来，一阵风似的冲进寝宫，把她剥得精光，扔在床上狠狠地肏了起来。琼英边喘息边道："我要去金国看望你娘，因放心不下你，先来这边看一眼，明天就走。"无敌道："那你今晚留在宫里吧。"

琼英点点头。无敌对琼英无话不谈，夜里搂在一起和她说了丽卿之事。琼英道："此事不可操之过急，且等等看吧。"两人一夜风流不提。

现在辽金边境驻守的金兵全是完颜雄的部下，守将是他的心腹，已知道自己的元帅投靠了皇后扈三娘。听说琼英是皇后的故交，连忙安排一队精兵将她护送到皇后那里。琼英见了三娘，抱住她久久不愿松开。

三娘的肚子已经很大了，走路不甚方便，一般都呆在寝宫里。晚上三娘躺在床上和琼英互诉别情，说了很久的话，后来琼英害怕三娘太累，就让她早些歇息，自己则在一旁不停地给她揉捏着脖颈身子和两腿，三娘很快睡着了。第二天琼英才去和儿子张节以及他新娶的媳妇素月公主见面。

几天后三娘接到皇帝完颜明从东京（开封）送来的旨意，要她前去与他会合，这时金国都城已迁往东京。三娘虽然身子不便，但是她预感到会有大事发生，遂决定动身去见皇帝。琼英不放心，要跟她一起去，三娘点头答应了。

花逢春作为元帅完颜雄的部将被他派来护送三娘去开封，元帅交给他整整一万精兵。完颜红舍不得离开花逢春，也要跟着去，完颜雄元帅依允了。花忆春本是皇后的女兵统领，理所当然地带上了自己麾下的二千五百女兵随行。

一路上三娘坐在宽敞豪华的凤辇中，里面垫了又厚又软的丝绵，走起来也不是很颠簸。琼英则骑着马前后奔忙，对三娘呵护得比亲生女儿还周到。三娘害怕将她累坏了，不时叫她进凤辇里躺下歇息一番。大队人马晓行夜宿了十来天，终于到达了新的国都。

完颜明听说皇后到了，亲自出宫迎接。他将皇后叫来是想叫她担负监国的重任，因为他自己要御驾亲征。

完颜兀术攻打南宋时遭到强烈抵抗，他的五万精兵第一次陷入了苦战。完颜明和萧玉兰有一次微服出游，在青楼里观看了名妓李师师弹奏演唱的"望海潮"，他心里对江南的锦绣河山十分向往，恨不得马上将整个江南都拿下来。

“望海潮”是词人柳永的名作，里面用了“烟柳画桥，风帘翠幕”和“户列珠玑，市盈罗绮”等词句来描绘杭州的华美和富庶，使得完颜明心痒难耐。于是他决定御驾亲征，尽快灭了南宋，将那一大片锦绣河山收人囊中。

完颜明当年登基时杀了不少皇族的人，其中包括自己的几个堂兄弟和叔叔伯伯。他自己若是离开京城，那些皇亲们说不定会乘机作乱。现在皇后在金国的声望如日中天，又怀上了龙种，由她来监国是万无一失的事。至于辽国和西夏，他从来没放在眼里，待他平定了南方，马上就会逼着辽国和西夏臣服。

除了完颜雄的二十万兵马外，他手里还有二十万绝对忠于他的军队。他准备带十万去征讨南宋，留下十万在东京附近驻守。其余的大金国领土的防务就都交给完颜雄元帅了。

皇后扈三娘虽然大着肚子，可是她对他的吸引力依然很大。寝宫里，完颜明将三娘抱到龙床上，脱了衣服，两手在她身上抚摸揉搓，下体也插在三娘身子里，萧玉兰和琼英则紧张地在一旁看着。三娘两眼微闭，脸上一片红晕，嘴里轻声哼着。

过了一会儿完颜明呼吸转急，下身挺动，用力似乎越来越大。萧玉兰上前按住了他，道：“陛下不可，这样下去皇后肚子里的孩子可能有危险。”完颜明心里明白得很，刚才只是一时忍不住而已。他停了下来，将坚硬的下身从三娘那儿拔出来，两眼对琼英打量个不停。

他早就注意到了跟着皇后的这个新侍从，他觉得她看起来更像个女将军。三娘道：“这位是琼英妹妹，辽国的右将军，我最好的朋友。”完颜明根本没听见三娘说什么，琼英艳丽的容貌和完美的身材将他吸引住了。

他对琼英招了招手，道：“你过来。”琼英走到他跟前。她早有心理准备，她跟着三娘来就是要护住三娘的，哪怕为此被其他男人肏也无妨。三娘曾经给她说过完颜明的厉害之处，劝她打消念头，不要露面的好。琼英不肯，她还真想看看完颜明究竟“厉害”到了何种程度。

完颜明先伸手用力捏了一下琼英的乳房，琼英痛得叫了一声。然后皇帝二话不说，将琼英脱光了放倒在御床上，硬帮帮的下体扑哧一声就捅进了琼英的两腿间。

萧玉兰天天被皇帝肏，这是她近来第一次近距离观看皇帝肏别人。被肏的人是她婆婆，这让他心里十分震撼，下面也变得湿润不堪。三娘也好不到哪儿去，她脸红耳赤，两手不由自主地开始揉搓自己的乳房。她们两个抱在一起嘴对着嘴亲吻起来。

琮英坚持了一个时辰，终于支持不住了，她一边流眼泪一边口里哭喊着“陛下饶了我吧”，完颜明却没有一点儿停下来的意思。这时琮英的儿媳萧玉兰过来替她挡住了完颜明，用自己的身子来承受他的肆虐。

三娘挺着大肚子将琮英扶到一边，搂在怀里，心疼地用手轻轻抚摸着她刚才被皇帝肏得红肿不堪的下体。

今天皇帝算是尽了兴。他也不管琮英是什么辽国的将军，立刻下旨将她封为大金国的荣贵妃。琮英糊里糊涂地就在三娘示意下向皇帝磕头谢了恩。

完颜明给三娘说了要她监国之事，他知道以三娘的才干，担任监国是完全能够胜任的。三娘像往常一样未对皇帝的决策提出任何疑问，这令完颜明十分满意。心想她到底是做过护国大元帅的人，真的能省下他不少精力。

次日完颜明对朝臣们宣布了自己要亲征南宋，自己不在京时由皇后扈三娘监国。满朝文武都没有异议。他安排好京城的防务后就带着丽贵妃萧玉兰和十万大军出发了。

本来他要将荣贵妃琮英也带走，三娘恳求他将琮英留下来帮她，皇帝依允了。琮英一颗悬着的心总算放了下来，她现在很怕皇帝再来肏她。

完颜明走后三娘以监国的名义发出一系列调令，她将皇帝留在京城附近的十万兵马和完颜雄元帅手下的兵马对调，这样京城的防务就完全掌握在自己手中了。花逢春的一万精兵接管了皇宫外围和京城里的其他重要机构，花忆春的女兵则负责内宫和皇后出行的警卫。

通往南方的各个路口都被严密封锁起来，只有三娘自己认可的消息才能从京城传到皇帝那里。现在负责筹集调拨粮草辎重的是丞相凌生，也就是说三娘随时能够掐断前方金兵的粮草和其他支持，让他们成为彻头彻尾的孤军。

三娘还下令辽国和西夏的军队将所有京城外围的州县控制起来，做好随时支援自己的准备。这一次西夏女王林无双和辽国国王林无敌都亲自出马了，他们各带十万精锐，林无双的西夏军屯驻在京城的西南面，林无敌的辽军则屯驻在东北面。因为辽军和西夏军都持有皇后扈三娘的旨意，他们没有遇到任何来自金兵的抵抗。一些零散的宋兵试图阻挡他们，都被他们俘获后改编了。

当然，三娘并不想让完颜明被南宋打得一败涂地，那样的话自己这边就必须承受士气高昂的南宋军队的反攻。她让无敌将朱武从辽国暗地里送到开封来帮她出谋划策，看怎样才能将整个金国夺下，同时又不引起前方金兵的溃乱。

对于皇帝完颜明的处置她还没有想好，她心里真不想杀死自己还未出生的孩子的父亲。可是天无二日国无二君，能有别的法子吗？

完颜明和兀术会合后才知道为什么原来所向无敌的完颜兀术最近一段时间陷入了困境。这南方的地形和北方大不一样，山地多，河流港汊也多，不太适合大队骑兵作战。再加上金兵以前的烧杀抢掠激起了宋国军民的愤怒，他们现在同仇敌忾士气高涨。

完颜兀术手里只有五万兵，而南宋光前线各大将率领的军队加起来就有三十万之多，因此兀术不能得胜。完颜明相信自己带的十万生力军加入后，必能打破僵局，一举拿下整个江南。

出乎完颜明的意料，完颜兀术对他的尽快与宋军决战，一举拿下整个江南的战略不赞成。兀术认为宋军现在占了地利和人数的优势，一下子很难将他们的大军完全打垮。南宋军现在并没有统一指挥，各个领军将领之间互不买账。不若暂时与他们相持，尽量避免大战。时间一长，南宋军内部的争权夺利必会影响到军心，那时再给他们雷霆一击，定能势如破竹，扫平江南。完颜兀术还道陛下带来的十万兵不够，须再加十万方能保证破敌，因为南宋还有潜力征召更多的军队。

完颜明问道："若依你之计，何时可拿下江南？"兀术道："少则三年，多则十年。"莫说十年，完颜明连三年都不愿等。他让皇后监国只是临时应变之举，若等三年之后才回京城，那时朝臣们还认不认识自己这个皇帝都难说。但是自己既然御驾亲征，就不能一事无成半途返回，否则自己的脸面往哪儿搁？

不过兀术征战无数，是立过大功的人，他也不能马上就否定兀术的战略。完颜明只好气鼓鼓地回到自己的行营，准备让他带来的将军谋士们另想办法。

这次完颜明带来的军官中有一个是他同父异母的弟弟，叫完颜辉。这人没什么智谋，性格暴躁，不过他作战勇猛，对他大哥也忠心耿耿。他见大哥心情不好，就告诉他自己这一路上抓来了不少宋国的妇女，美的丑的老的少的都有。

完颜明这才想起来自从娶了皇后以后自己很长时间没有奸污良家妇女了。他在金国皇室中以好杀好色著名。对想跟他争皇位的人他的办法就是斩尽杀绝，许多完颜氏的子孙对他是又恨又怕。对女人他是多多益善，尤其喜欢成熟女人，连自己部下的妻子姐妹母亲都不放过，两年前他就把完颜辉的一个新娶的小妾直接要过来做了自己的妃子。

他对完颜辉道："给我弄两个有意思的来。"完颜辉知道大哥的嗜好，就从抓来的人中选了两个。一个姓梁的二十余岁，娼妓出身，生得极美，一身雪肤吹弹可破。另一个姓姚，四十余岁，端庄秀丽，一看就是知书识礼的人家出来的。

这两人落在完颜明手里那真像是进了地狱一般，虽说她们都不是第一次被男人肏，姚姓女人还曾被马贼们轮奸过，但被完颜明一通折腾下来她们几乎丢了性命。关键时刻是萧玉兰救了她们，她将完颜明引到自己身上来了。这两个女人对萧玉兰的救命之恩感激涕零，此后她们被皇帝留下来伺候丽贵妃，皇帝常常将她们三人一起肏。

在宋军这边有一个青年将领正远远地观察着完颜明的大营，他就是被花忆春从马贼手里救出来的岳飞。他自从来南宋投军后，因作战有功，一路升迁，现在已是指挥五千余兵的统制了。

他母亲为了能让他安心打仗，自己一人留在了人烟稀少远离城镇的小山村里，靠着临别时花忆春赠送的一些钱财过活。岳飞不知道的是，他母亲因下山去附近集镇买东西时正碰上金兵，被抓了起来，此时此刻正在被金国皇帝完颜明奸淫。

岳飞回到军营里向宋元帅禀报了金国增援的兵马的情况，马步军加起来大约有十万余。现在南宋抗金前线的军队由宋王刘李四大元帅统领，其中宋元帅是抗金元老，手下有十万余人。他们四人虽然各自独立领兵，麾下军队时有冲突和摩擦，但这次面临强敌他们不得不搁置争议，齐心应对。

宋老元帅提出，宋军应该先示敌以弱，故意打些小规模的败仗，这样就会助长金国皇帝的骄横之心，引诱他和宋军决战。到时候可用部分军队拖住完颜兀术的五万人，出动主力围歼金国皇帝刚刚带来战场上的生力军。这些军队没有打过什么败仗，容易轻敌冒进。另外还要选派敢死精兵突袭金国皇帝，让他永远躺在江南的这片土地上。若能成功，金国不足惧亦。

其他三位元帅都认可宗老元帅的计策，突袭金国皇帝的任务交给了最近在军中崛起的青年将领岳飞。其实这个突袭金国皇帝的想法是他先向宗元帅提出来的。

扈三娘在东京已经开始动手了。因为有丞相凌生元帅完颜雄作内应，她对朝廷里的官员们了如指掌。最近有不少底层官员站出来控告一些朝廷大员们或贪污或违法或图谋不轨，这些被控告的都是三娘认为不可能投靠自己的人。

皇后作为监国，下旨让刑部将他们全部捉拿审问。因人证物证俱在，他们很快都被定罪，轻的撤职重的下狱，一些罪大恶极的关键人物则被杀了头。这些人的心腹亲信也被从朝廷里连根拔除。

因为皇后是从辽国来的，在金国原无根基，所以没有人怀疑这些告状的人是她指使的。她光明正大地处理了这些官员，并提拔了不少有才有德之人来接替空出来的职位，赢得了朝廷内外的一片赞誉之声。她还当着满朝文武的面委托丞相将对这些人的处理详细禀报给皇帝知晓。其实皇帝收到的奏报里说的都是些毫不相干的事。

军事方面三娘完全控制了开封府和邻近州县，辽国和西夏的军队也全部开进了原来金国控制的地区。辽军和西夏军都声称是被金国皇后招来，准备协助皇帝平定南宋的。金国上下都知道皇后扈三娘被辽国和西夏尊为国母，辽夏出兵协助金国当然是应该的了。

三娘知道自己成功了，完颜明再也无法回来当他的皇帝了，连回到金国老巢去也不行，因为那里早被完颜雄牢牢地控制了。现在她只需顺其自然等候事态的发展了。

丞相凌生家里有了大喜事，因为三娘已经将花菱从辽国接来，准备给他俩办婚事。是花荣亲自将妹妹送来的，他已听三娘给他说过妹妹和曾升之间的离奇缘分，这丞相凌生就是当年曾头市的第五子曾升。他心里为妹妹能有个好归宿而高兴。

他从小就极为喜爱这个妹妹，后来因为那件事对妹妹心怀愧疚，又无法跟妻子和妹妹诉说，似乎已成了他心中永远的隐痛。现在终于看见了妹妹开心的笑容，他心里的疙瘩才解开了。婚前一天妹妹来到他屋里，抱住他的身躯，亲吻了他好一会儿，对他道：哥哥永远都是妹妹心中的最爱。说完飘然离去。

鳌丽英脸上的疮疤被安道全治好了。她像是变了一个人，虽然身躯依然是那么魁梧强壮，但脸上不再丑陋，性格里失去了凶悍顽劣，细看之下竟有一丝妩媚。她现在一天到晚跟着花荣寸步不离，是他的忠实奴仆。完颜红这个被她虐待过多次的人见了她亦惊讶不已，鳌丽英似乎完全不记得以前的事了。

花荣要将鳌丽英送给三娘做贴身侍卫和仆人，三娘笑道："多谢花大哥，现在不必了，还是让她一直跟着花大哥吧。"说完还对花荣眨了眨眼，花荣脸红了。

西夏女王林无双在分别两年多以后终于再次见到了母亲扈三娘。她不顾在场的文武官员，一下子就扑在母亲怀里痛哭起来。琼英见了，忙请旁人离开，只留下她母女两人在一起。三娘身子不便，只能轻轻用手搂住女儿宽慰。无双哭够了，就拉着母亲问长问短。她已经是经历过许多男人也生过孩子的女人了，现在她对母亲所做的一切似乎都能明白其中的道理。

三娘看着这个女儿，觉得她很有帝王之相。她告诉了女儿一些自己从来没有透露给别人过的设想，包括将来对宋辽金夏的安排，无双边听边点头。母女俩晚上在皇宫里同榻而眠，说了大半夜的话。

林无敌也是许久以来第一次和妹妹见面。兄妹俩是双胞胎，按说无双先出生，应该是姐姐。但无敌一直坚持自己是哥哥，无双就像姐姐那样从不跟弟弟争，这样她反倒成了妹妹。其实无敌心里对这个妹妹像对母亲一样佩服，他知道自己是没有她们那样宽广的胸怀的，许多事都放不下。同时他也没有她们那么高的悟性。他想若无双是敌人的话，自己肯定会败在她手下。他曾经跟母亲说起过这事，母亲笑了笑，夸他很有自知之明。

无敌把自己的相好陈丽卿给无双引见，他心里突突直跳，害怕无双会记恨丽卿杀死她的丈夫萧万忠之事，虽然他早已给无双去信解释过这件事了。无双身上的帝王威严似乎很重，丽卿下意识地要给她下跪，她对无敌从来没有过这种感觉。无双将丽卿扶住了，没让她跪下去。她从来没有记恨过丽卿，在战场上岂能对敌方将领留情？何况丽卿现在是哥哥喜欢的女人。

丽卿也知道了让她震撼不已的事儿：这个自己喜欢的辽国国王耶律森不是契丹人，他和自己一样是中原人，叫林无敌。无敌和无双是亲兄妹，他们都是金国的皇后辽国的护国大元帅扈三娘的亲生儿女！

她不由得想起了自己的丈夫祝永清对扈三娘的眷恋。那次因为她在永清面前辱骂了扈三娘，几乎被永清打死。以后有几次永清都在睡梦里叫着三娘的名字，这些丽卿从来没有跟丈夫当面提起过。

这天晚上丽卿被无敌搂在怀里时又说出永清的名字，引来无敌的一阵狂肏。不过无敌也被丽卿接下来说的事惊呆了：丽卿的丈夫祝永清居然暗恋着自己的母亲！无敌听了不由苦笑：我现在几乎天天都肏你妻子，谁知你却心里惦记着想要肏我娘?这是不是就是人们常说的报应啊?

皇帝完颜明亲自领兵打了十几个不小的胜仗，虽然没有歼灭宋军主力，但是他对宋军的战术和弱点都有了很透彻的了解。他招完颜兀术来商议，提出要与宋军决战，至少将宗王刘李四股宋兵除掉一股，就像将人的四肢砍掉一肢一样，这样宋军的士气会被彻底打下去。

兀术叹了口气，他现在也不敢再反对皇帝的与敌决战的主张了。因为最近金兵的一连串胜利，连自己的亲信部将都觉得自己太谨慎太胆小了。他们选定了宗王刘李中的刘元帅作为目标，因为他的军队是最弱小的，只有五万兵，而且大部分原来是水军，几乎没有什么骑兵。刘元帅驻军的附近除了大片的快干了的沼泽地，并没有什么河流。

完颜明亲自部署，让兀术率先佯攻宗元帅所部宋军，他自己集中兵力偷袭刘元帅的大营。

刘元帅的兵很快就抵挡不住了，他们居然不向两边的山上撤退，而是退入了那片快干了的沼泽地。完颜明大喜，命金兵全力追击。这片沼泽地他早就派人查探过了，只有些不太高的芦苇和野草，藏不住人。地上已经基本干了，可以通过马匹。他根本不用担心周围的山上埋伏有宋兵，因为这片沼泽地太大，宋兵若呆在山上则离得太远，必须下山才能攻击他的人马。他只留下三万余人看守营地，自己带着七万金兵追了进去。

宗老元帅的计策施行的很顺利。他早就料到完颜明的金兵会挑中刘元帅麾下的宋兵作为攻击目标，王李两位元帅的大部分宋兵都部署在沼泽地附近的山上准备合围完颜明。他自己领着八万余人抗击兀术的金兵的进攻，岳飞则带领一万精锐埋伏在完颜明的退路上等着他。兀术的骑兵虽然很强，但自己地形有利又准备了充足的箭矢，完全能够挡住他的进攻。

追进沼泽地后完颜明发现地上虽是干的，但跟平原上不一样，坑坑洼洼的地方不少，马跑得不快。不过他不是太担心，因为宋兵也跑不快。后来他的兵马停了下来，原来前面宋兵连夜挖了一条宽宽的壕沟挡住去路，每隔一段留下一条窄窄的可容步军通过的通道。

壕沟对面宋兵的身着重甲手持弓箭，还有盾牌兵保护，正在射杀任何敢于靠近的金兵。金兵这边射过去的弓箭都被盾牌和盔甲挡住了，宋军没有什么损失，完颜明的兵只能在壕沟对面干着急。

这时宋兵开始放火箭，那些干枯的芦苇和野草被点燃了，沼泽里慢慢变成一片火海。壕沟对面的宋兵却没有被火烧到，因为他们已经将身边的芦苇和野草清理干净。周围山上的宋兵也开始围上来，他们并不靠近，只是远远地用箭矢攻击，完颜明的八万兵马虽然伤亡还不是很大，但早已乱成一团。

完颜明这才发现自己中了计，只好下令撤退。因为地形问题，马匹跑不快，再加上队形混乱，撤退的速度更慢了。

宋兵士气大振，开始猛烈攻击撤退中的金兵，金兵四下逃窜，完颜明退出沼泽地时只剩下了四万余人。这时他迎面遭到了岳飞率领的一万精锐的拦截。

岳飞只盯着金国皇帝的大旗，带领麾下勇士猛攻。完颜明身边的兵马在逃跑途中已消耗了不少体力，抵挡不住岳飞的生力军，被杀得人仰马翻，完颜明自己亦被岳飞一箭射中后背。

这时完颜明离自己的大营已不远，大营里留守的三万金兵却没有出来救援。领兵的叫博尔虎，他也是完颜氏子孙，父亲原为金国太子的亲信，完颜明登基时将太子和他父亲一起杀了。他从小被舅舅抚养长大，后来因军功得到升迁。他一心要报父仇，竟不来救援皇帝，后来他下令抛弃营地带领三万兵马去与完颜兀术元帅的兵马会合。

完颜明因流血过多最后死在马上。他的尸体被宋兵获得，因他背上插着的箭矢上刻着“岳飞”二字，这一下岳飞成了杀死金国皇帝的英雄。不过他不知道自己的母亲正在经历又一次的劫难。

博尔虎带兵飞快地撤走了，抛下了皇帝的女人们。丽贵妃萧玉兰身边只有十几个侍卫，加上姓姚的和姓梁的两个女人，那姓姚的就是岳飞的亲娘。她们逃跑途中被一伙二百余人的宋国地方民壮俘获，侍卫都被杀了，几个女人则被按倒在地上轮奸。

岳飞的母亲和那姓梁的大声哭喊说自己是宋国人。这些民壮跟土匪也差不多，如何肯听她们的哀告?她们和萧玉兰一起被一遍又一遍地奸淫，奸完了被关在一个富户的马房里，给了她们少量的食物，还有农妇送水来给她们沐浴。第二天又有新的一批人来奸淫她们，一连过了七八天暗无天日的日子。

这一天萧玉兰又被那两个领头的壮年汉子拖出去奸污。她能轻易杀死这两人，但害怕杀了他们后也逃不脱，就没有反抗。反正已被强奸这么多次了，也不在乎多这一次。

这两人一边肏她一边闲聊起来，萧玉兰听出来他们两人以前加入过一个叫神箭帮的帮会。她想起了三娘分别时交给她的神箭帮的令牌，她一直戴在胸前。这令牌黑乎乎的看起来不值钱，所以没被民壮们抢去。她就跟这两人说自己是神箭帮帮主的亲戚，求他们放了她。

这两个汉子当然不信，萧玉兰拿出了那块令牌给他们看。这下子他们傻眼了，这可是帮主花逢春的令牌啊，在神箭帮里无人不晓。这两人不吭声，神色犹疑不定。萧玉兰知道他们的心思，现在已经将她奸污了无数次，即使放了她，以后帮主还可能会治他们的罪。萧玉兰当即发下毒誓，保证以后不但不会追究他们，还要给他们荣华富贵，否则不得好死。

见他们还在犹豫，萧玉兰就拿出伺候皇帝的本事，用自己的身子给他们带来了从来没有过的享受。这两人终于经不住萧玉兰的温柔攻势和荣华富贵的诱惑，决定放了萧玉兰。

这两人是这伙民壮的头，放人是一句话的事。岳飞的母亲和那姓梁的女子知道了，都过来抱住萧玉兰的大腿，求她带她们一起走。萧玉兰转眼看那两人，他们点头依允了。两个女人跪下不住地给那两个汉子和萧玉兰磕头。后来三个女人都换上男人的衣服，一起离开了，临走时萧玉兰告诉了那两个人自己的名字。

欲知后事如何，且听下回分解。

第十九回： 文治武功女皇登基，辽夏金宋大明一统

萧玉兰带着两个女人历尽艰辛，终于到达了江北。按说岳飞的母亲跟那个梁姓女子不应该来金兵占领的地区，只是现在江南仍在战火之中，短期内不会平静下来。她们两个被奸淫凌辱多次，见了当兵的就害怕。

江北这几个月以来被皇后扈三娘治理得农商繁茂，匪盗不生。萧玉兰劝她俩跟自己去东京，她答应确保她们的安全和生活。这两人对救命恩人萧玉兰极为信任，也知道她是金国的贵妃，就跟她去了。那两个神箭帮的帮众临别时给了萧玉兰一些铜钱，因此她们还不至于在路上挨饿。

一路行来，三人成了无话不谈的朋友。萧玉兰这才知道那个年纪大的姚姓女子与花忆春相识，是花忆春将她和儿子从马贼手中救出来的。她儿子叫岳飞，现在宋军中当兵。岳飞的母亲此时还不知道她儿子因射杀金国皇帝已成了南宋家喻户晓的大英雄。这梁姓女子叫梁红玉，是个青楼娼妓。她原准备去投奔自己的相好，一个姓韩的宋军军官，不想先被乱民土匪逮住凌辱一番，逃出来后又被金兵俘获献给皇帝，末了还要被宋国民壮抓去糟蹋。三人同病相怜，越说越亲近。

后来梁红玉提议三人结义为姐妹，本来岳飞的母亲年龄大许多，应为大姐，但是她和梁红玉非要拜萧玉兰为姐姐，以表达自己对她的感恩之情，萧玉兰推脱不过，只得答应了。岳飞的母亲出身书香门第，平时为人拘谨，对忠孝节义之类的东西十分看重，她从小一直是这么教导岳飞的。她自己在丈夫死后一直守寡，认为这是理所当然的。经过这许多磨难之后，这才认识到乱世中生存才是第一位的，同时也对自己的过去的处世之道产生了怀疑。

三娘和琼英得知萧玉兰回来了，连忙将她接到皇宫里。萧玉兰简短说了自己的遭遇，又引见了自己的两个结拜姐妹。三娘见她们衣衫破烂，满脸尘土，忙吩咐宫女们给她们三人香汤沐浴，换了新衣服，又安排饭食茶水，用饭后送去客房歇息。

萧玉兰则来到皇后寝宫，三娘和琼英都等在那里。萧玉兰也不知皇帝完颜明的下落，只知他打了个大败仗。三娘已得到安插在军中的亲信的密报：皇帝完颜明这次凶多吉少。

完颜兀术不愧是个杰出的帅才，在如此严峻的形势下还能够稳住阵脚。他自己的兵损失甚微，还收罗了完颜明的残兵。现在他已有十万余人，成功地挡住了宋兵的反攻。恰好此时宋老元帅病重，宋军的攻势也缓了下来。

三娘心情沉重。现在她不用操心怎么除去完颜明了，这使她松了一口气。但是想起完颜明对自己的宠爱，她又难过起来，不论如何自己还怀着他的骨肉呢。萧玉兰和琼英心里也有些说不清道不明的愁绪，她们一直将完颜明看作敌人，现在他死了又觉得心痛，他生前毕竟对她们宠爱有加。三个女人在皇后寝宫里关起门来，搂在一起大哭了一场。

三娘将朱武找来商议对策。朱武提议：当前有两件大事要办。第一是笼络住完颜兀术，让他继续挡住宋兵的攻势。第二是三娘称帝，乘此机会改朝换代。三娘道：”笼络住完颜兀术是必须的，改朝换代则时机还不到。我现在可以暂时登基为金国女皇，这样可以稳住各地的金兵和朝里的文武官员。改朝换代的事等攻占了江南以后再行不迟。”朱武想了一会儿，道：“皇后高见。是我太性急了。”

次日朝会，文武官员们已经知道皇帝完颜明丧命的消息，不少人惊慌失措。丞相凌生道：“国不可一日无君，请皇后娘娘即刻登基为女皇。”大部分官员们齐声附和，于是皇后扈三娘挺着大肚子正式登基为大金国女皇。

三娘登基后发出了四项旨意。第一是封左元帅完颜雄为忠勇王，赐黄金一千两，封右元帅完颜兀术为忠义王，赐黄金一千两，另外完颜雄和完颜兀术手下 30 员重要将领和谋士各赐白银一千两。第二是颁布新法，大金国臣民们不论贫富种族出身一律平等，任何人不得欺压其他种族的人，违者重办。第三是减免农田税赋。第四是恢复科举考试，为朝廷选拔人才，三娘还特别强调，科举考试女子亦可参加。

朝廷里的大部分官员要么是已经投靠三娘，要么是三娘一手提拔起来的，对三娘的旨意都无异议。下层民众对女皇更是赞誉有加，称她是古往今来的明君，都道若是宋朝皇帝能够像女皇这般仁慈开明，何至于失去大半国土，连自己都成了敌人的俘虏。

那些原来宋国的臣子们，见三娘的朝廷里有许多中原人当官，三娘自己亦是中原人，心里升起了希望，彷佛重见了天日一般。至于那些完颜氏的皇亲们，因为上次刺杀皇后事件有把柄握在人家手里，更是不敢在这个时候挑衅女皇的权威，只要她不来找他们的麻烦就谢天谢地了。

完颜兀术接到女皇的旨意，悬着的心放了下来，他原来担心朝廷会治他战败之罪。他本来就是征南王，现在女皇将封号改为忠义王，意思很明显，就是不再催他进兵打垮南宋兵马，只要能忠于朝廷，保住实力即可。他手下的将领们受了赏赐后也对女皇称颂不已，纷纷上表致忠女皇。

完颜兀术知道自己兵马的长处，他马上重新布置兵力，以攻代防，将宋军逼得不敢轻进。恰巧这时宋军的宗老元帅病故，一时找不到有威望的人出来主持大局，整个战线就渐渐平静了下来。

林无双带着萧剑锋关允文关允武和五万兵马回到了西夏。母亲扈三娘说现在还不急着攻占江南，让她先回西夏将回纥的残余势力扫平，如有可能将吐蕃也平了，以绝后患。西夏现在兵强马壮，做到这些应该不是难事。无双让李仁义李忠夏父子和栾英栾勇带着剩下的五万西夏军留下来帮助母亲。关胜因为年纪大了，被留在东京，三娘给他和呼延灼都封了侯爵。

萧天龙和妻子无双分开许久之后终于团聚了。他没有父亲萧万忠的野心和才能，这些年他一直为当女王的妻子冲锋陷阵，他知道妻子是不会亏待他和萧家的。现在萧家的势力除了辽国和西夏外还伸展到了回纥和吐蕃，当然这一切都是建立在他们忠于女王的基础上的，没有妻子光凭他们自己根本保不住手中的利益。

他唯一有些抱怨的地方就是和妻子相聚的时间太少了。无双怕他孤单，给他娶了好几个女人，自己的贴身侍女春桃也给了他。萧天龙每当想念妻子时就搂住春桃亲热，把她当成妻子无双来肏。他知道无双有其他的男人，比如李仁义。对这一点他没有任何的抱怨，身为至高无上的女王怎么可能只有一个男人！

无双心里也觉得有点愧对丈夫。她又怀上了身孕，不知是她的几个男人中哪个的，但肯定不是萧天龙的。不过这个孩子生下来后一定会姓萧，算是她对丈夫的补偿。一回到西夏都城，她就将萧天龙叫到女王寝宫，自己脱了衣裙，赤裸裸地将丈夫搂在怀里大叫："肏我吧，狠狠地肏你的女人吧！"萧天龙彷佛回到了新婚之夜，他浑身热血沸腾，骑在妻子身上纵横驰骋。无双的呻吟让他更加勇猛，一直将妻子肏了一个时辰才罢。

萧剑锋关允文关允武也分别带着妻子回到了自己的住处。李仁义的那个回纥女人子女众多，其中有三个不错的女儿还未出嫁，一个十九岁，另外两个十七岁，是双胞胎。她们的母亲让她们管李仁义叫父亲，跟着他从军，嘱咐李仁义找到好人家就让她们嫁了。无双知道后，将那个十九岁的嫁给了萧剑锋，另外两个嫁给了关允文和关允武两兄弟，所有聘礼嫁妆都是无双操办的。

萧剑锋这下当了李忠夏那黑小子的姐夫，心里的怨气总算消了一些。其实李忠夏根本不知道萧剑锋在恨他，因为栾英从来没有向他提起过萧剑锋这么个情敌。

无双歇息了几天后就将萧家三兄弟召集起来，部署对回纥吐蕃的进攻。这一次她给出征的西夏军配备了威力强大的火炮，这是凌威刚刚试制成功的，比他父亲凌振当年造的火炮还好，射程更远威力更大。

无双道，不能让吐蕃回纥人有自己的军队，不投降的就杀光，投降的则拆散编入西夏军。对那里的百姓，只要他们臣服，就和西夏的百姓一样对待。贵族头人除非是真心投靠，否则尽量除掉为好，当然这些话不能明着说，以免引起恐慌。所有被占领的回纥和吐蕃的地方都要施行和西夏一样的律法：各族平等，鼓励跨族通婚，使用汉字，凡挑起种族之争者杀无赦。她还将关允文关允武和一些原来在关胜手下的青年将领都送到萧氏兄弟的军中历练。

萧玉兰终于回到了自己的丈夫张节的怀抱。这大半年来她在皇帝完颜明身边当贵妃，日子过得提心吊胆，现在总算可以全身放松睡一觉了。

张节十分钦佩妻子的忠肝义胆和侠义心肠，他认为妻子所做的都是值得的。不过他还是好奇，妻子给完颜明当贵妃时每天到底是怎么过的？比如，完颜明据说是性欲超强，他是怎么肏妻子的？对张节的这些问题，萧玉兰总是笑而不答，弄得他心里痒痒的。

张节的第二个妻子素月公主来参见了大娘子萧玉兰，她觉得这个传说中的侠义女人看起来很和蔼，很令人舒服。萧玉兰也很喜欢素月公主的性格，两人很快成了密友。张节现在享受着两个美貌贤惠的妻子的服侍，心里很满足。不过他还是很想知道自己的妻子和金国皇帝间的那些事。

女皇扈三娘终于生产了，竟然又是一对龙凤胎！有神医安道全琼英萧玉兰在一旁照应，分娩很顺利。三娘自己给男孩取名叫完颜东生，是生于东京的意思。女孩则叫完颜丽荣，她将丽贵妃萧玉兰和荣贵妃琼英的封号放在了孩子的名字里。

琼英萧玉兰婆媳两个都是为了三娘她而献身做了完颜明的女人，这份情谊三娘牢牢记在心里。琼英萧玉兰将完颜东生和完颜丽荣抱在怀里，她们都很为三娘高兴。萧玉兰甚至有点惋惜自己没有怀上完颜明的孩子，当然，她将这种惋惜之情埋藏在心里没说出来。

紧接着女皇传旨大赦天下，举国欢庆，连远在前线的忠义王完颜兀术元帅都派人送来了贺礼。金国辽国西夏三国都举行了隆重的庆典，朝野无人不在谈论这个英明美丽的女皇和她刚刚生下的这一对儿女。她的另一对儿女，辽国国王林无敌和西夏女王林无双，早已是天下闻名了。辽国人知道国王是扈三娘的亲生儿子后并不是太吃惊，当然他们还是喜欢用林无敌的契丹名字耶律森来称呼他。

辽国的太后不顾路途遥远，也赶来东京看望自己的好姐姐扈三娘，她和三娘琼英花菱四姐妹又聚在了一起。皇宫里面张灯结彩，喜气洋洋，花逢春张节等女皇的亲信将领和其他一些文武高官们都拿着礼物在宫外排着队等候女皇的招见。

花逢春的两个妻子耶律萍耶律燕已经给他生了两个女儿，他"继承"了鳌勇的十几个妻妾后，其中有至少五个女人怀上了身孕，包括完颜红。这小子还不知足，最近他又将鳌康的几个妻妾都勾引上了手，每天光肏自己的女人们就忙得不亦乐乎。

那个和花逢春有私情的堂姐耶律婷也举家迁来东京了。耶律婷的丈夫原是匠人出身，他已经离开军队自己开了一间专门制作贩卖契丹首饰的店铺。花逢春已知晓耶律婷就是那个自己刚到辽国时救过的那个契丹妇人。

他和她早已忘了那个"只此一次"的约定，偶尔旧情复发，暗通款曲。或许是心里有愧，花逢春替耶律婷的丈夫拉来了不少生意。她丈夫现在只乐得赚钱，似乎默许了妻子和花逢春之间的暧昧关系。

花荣夫妇得知很快就会有许多孙子辈出生，笑得合不拢嘴。不过花荣还是将花逢春叫去训斥了一顿，叫他以后不要再沾花惹草。

张节的日子也不寂寞，萧玉兰生的儿子都一岁多了，现在素月公主也怀了身孕。他为人不像花逢春那般花心，虽然萧玉兰想替他多娶几个女人，他自己有两个妻子已经够了。

南宋朝廷正被一片惨淡的愁云笼罩着。宋老元帅一死，宋军的攻势很快就被完颜兀术瓦解了。朝中的有识之士都看出来北方的敌人实在太强大了。原来辽国领土最大，后来西夏在女王无双的铁腕统治下大肆扩张，金国也强占了宋国的大片土地。三国中每一个论国土都超过了南宋，论人口三国加起来也比南宋多了一倍。最可怕的是现在三国实际上是属于一家人的，都唯女皇扈三娘的马首是瞻，就算苏秦张仪再生也无法挑起三国之间的争执。女皇扈三娘威望极高，百姓们私下都说连宋太祖赵匡胤也比不过她。

南宋朝廷里现在分为主战和主和两派。主战派以岳飞为首，主要是一些年轻的武将和底层的文官们。岳飞因射杀金国皇帝完颜明而名声大振，在宋军中逐渐取代了死去的宗老元帅的地位。他满脑子的忠孝，认为收不回北方领土是宋国的奇耻大辱，他发誓要打败金国，救出被囚禁的二帝。

不过岳飞不是白痴，他知道要打败北方的敌人不是容易的事。因此他常常冥思苦想，忧心如焚。主和派则是以宰相秦桧为首的高层文官们，背后实际上是皇帝赵构。他们害怕金国打过来，宁愿向金国俯首称臣。另外赵构还怕岳飞真的将二帝救回来，到时自己的皇位恐怕就坐不稳了。

岳飞烦恼的事不止是要对付北方的敌人和朝廷里的主和派。他的母亲失踪了。他是个大孝子，自从他当了宋军元帅后就遣人去接母亲，各处找遍了，还给出了高额悬赏，可就是没有母亲的踪影。

另一件烦恼的事是他对花忆春的思念越来越强。他已经娶了妻妾数人，生了几个儿女，但是心里总是忘不了那个美艳妩媚的金国女将军。他知道自己和花忆春之间难有结果，也许她早已嫁人了，想到此他心里就酸溜溜的不好受。现在不满三十岁的岳飞已是头发花白，看起来像是五十多岁了。

岳飞的母亲在东京生活得很好，这还要得益于女皇推行的新政和刚刚恢复的科举考试。现在女人能当皇帝，国王，大元帅，谁敢说她们不能考科举？在三娘治下，朝廷的任何官职都不能将女人排除在外。

三娘原来想颁布一项新法，要给女人婚姻自主权。朱武觉得此法太过激进，不太好实施，还可能引起骚乱。他建议改成：若女子能考上秀才举人进士，则成为国家人才，婚姻可以自主，父母不得横加干涉。三娘依允了，立刻将此法颁布，辽国和西夏也出笼了同样的律法。

这下可好，参加各级科举考试的女人数量激增，其中不少人是瞒着父母丈夫偷偷来参加的。好笑的是，现在若是谁家的闺女失踪了向官府报案，官府一般都会先问他们去书院或考场找过没有。

这一年的科举状元就是一个女人，准确地说是一个五十岁的寡妇。她姓李名清照，不但文章写得好，填的词更是驰名大江南北。早年她嫁与一个赵姓官员，丈夫死后生活十分拮据。科举考试给她带来了希望，她凭着自己的聪明才智，一路过关斩将夺得状元的桂冠。三娘将她接来宫里，准备封她一个大官，让她当全国女人的表率。

三娘和朱武商议后，采纳了朱武的建议：建立一所"女皇书院"，专门招收穷苦人家的孩子，特别是女孩子，让这些孩子们免费入学。她让李清照当这座书院的总监，官职正六品，另外派一些有经验的官员协助她处理日常事务。李清照相当于是这座书院的招牌，凭她的文采和名气一定能让这所书院驰誉全国。

李清照听了，知道这是为她量身定制的职位，激动得跪下来抱住三娘的腿大哭，发誓一定不辜负女皇陛下的期望，为国家多多培养有用的人才。三娘下旨将这所"女皇书院"建在京城附近，占地一百多亩，除朝廷拨银子外还号召贵族商贾富户们捐善款支持。因为女皇和女状元的名气，捐款捐物的人不计其数，很快就将书院建起来了。

赵佶赵桓两人现在都被女皇接来东京居住，因为身份特殊他们还没有获得自由，但是他们已经很满意了。李清照上门去求前太上皇给女皇书院题写牌匾，赵佶当然得给女皇面子。这样"女皇书院"四个漂亮的大字就挂在了书院的前门上，去女皇书院观看前太上皇的题字从此成了初到东京的文人骚客们必做的一件事。

岳飞的母亲和梁红玉都读过书，萧玉兰推荐她们两个去给李清照做助手，有时帮忙照顾孩子们的生活，有时给孩子们上识字课。很快她们就因为尽职尽责被李清照提拔成了书院里的从八品正式官员。岳飞的母亲日子过得很充实，从八品在她看来可是个不小的官，一个县都没有几个。

现在她只有一件忧心事：她听说儿子在南宋当了大官，她心里早已向着女皇，最怕南宋向女皇开战。儿子小时被她灌输了不少忠君爱国的东西，现在因为萧玉兰的关系，她懂得了不少以前想象不到的事，还亲眼见过前皇帝和太上皇。虽然没有跟他们说过话，她觉得比起女皇来这两个人差远了，根本不值得老百姓去效忠。

陈希真不太适应辽国都城的寒冷气候，女儿丽卿就将他接来东京住。无敌帮她向女皇推荐，让陈希真做了女皇的谋士，并赐了一座府邸居住。陈希真觉得不可思议，自己领着辽国侯爷的俸禄，又住在东京给金国女皇当差拿钱，全都是因为自己生了个厉害的女儿。早知如此当初就不该花费十几年的功夫去修炼道家的那个劳什子的五雷都篆法。

无敌当然要千方百计巴结陈希真这个人，他说不定能变成自己的岳父呢。他听丽卿说要给父亲娶个女人，就留了心。后来大嫂萧玉兰推荐了自己的结义妹妹梁红玉。无敌见了梁红玉后心里嘀咕："这女的也太妖艳了吧？"他害怕丽卿不喜欢，谁知丽卿一见梁红玉就说行，这事儿现在就全看陈希真和梁红玉两个是否愿意了。

梁红玉虽然心里还没忘了那个姓韩的宋国军官。但是他早已娶妻，自己就算嫁给他也不过是个小妾。陈希真可是个不折不扣的侯爷，还是女皇的谋士，又是单身一人。况且陈希真像是个有学问的斯文人，自己嫁了他不会受苦。因此上她依允了这门亲事。陈希真也没什么不愿意的，自己年纪大了还能娶这么个如花似玉的女人，真不知是哪世修来的福分。

就这样两人成了亲，敲锣打鼓一番热闹不提，连女皇都送来了贺礼。陈希真也是练武的人，女儿的武艺都是从他这儿学的，梁红玉没想到陈希真看起来年纪不小了人也斯文，身体却还强健如斯。他肏起女人来比那个姓韩的年轻军官还要强，梁红玉不由心中大喜。两个人在洞房里如胶似漆，一夜风流不提。

陈希真这边刚安顿好了，陈丽卿那头却出了事：她怀上了身孕。这下无敌急的团团转，他可不想自己和丽卿的孩子最后姓了祝。可是又没有好办法，难道一个国王明目张胆地将臣下的妻子抢过来？其实要是依无敌的性子他还真敢这么干，只是女皇这里就通不过，他可不敢惹恼母亲大人。

还是丽卿有主见，她要无敌把琮英阿姨请来商议。丽卿和琮英见面极少，两人几乎没有说过几句话。但是她知道琮英在无敌心里的分量，也知道琮英在女皇心里的分量。对聪明人来说许多事情是不用说出口来的。琮英来后，丽卿将无敌撵出屋子，自己关起门来和琮英密谈了两个多时辰。琮英出来后什么也没对无敌说，只是给了一个要他放心一切包在我身上的眼神，就离开了。

祝永清在兀颜元帅手下干得很好，和同僚们也处的不错。这天他接到丞相朱武的调令，让他来东京另有任用。他心里有了不好的预感。他在军中也曾听到过风言风语，说自己的妻子陈丽卿和国王关系暧昧。他心里当然很难受，只是不愿去多想这件事。

他对丽卿怀着很强的感恩之心，他认为自己现在拥有的一切都是丽卿带来的。从行军打仗到结交上官到平时的为人处事，自己连丽卿的小拇指都比不上。渐渐地他对丽卿产生了像对母亲那样的依赖感。他很清楚，要是国王真想将自己的妻子抢走，自己是没有任何能力反抗的。

到东京后迎接他的是琮英，她在永清眼里是个极为神秘的女人。她身为辽国的将军，是辽国的最美少妇之一。她与金国女皇相交甚密，西夏女王则是她的徒弟。到了她在东京的府邸，永清看见了大门上挂着的“英武亲王府”五个大字，才知道她在金国已被封为亲王。祝永清慌忙向琮英跪下施礼，琮英眼里露出赞许的神色，走上前将他亲手扶了起来。琮英设私宴招待永清，和他谈了许多事，但是侍女仆人都被遣开了，无人知道他们谈了些什么。

第二日，祝永清来无敌住处，他依礼跪下参见了国王。丽卿立在无敌身后一言不发。无敌说了些场面话，对永清的表现嘉许了一番。后来丽卿将永清拉进一间屋子里锁了房门，无敌站得远远的，强忍住不去接近那间屋子。两人在屋里呆了许久，直到天快黑时永清才出来。

永清出来后，向无敌跪下磕了头，将一张写了字的纸双手举过头顶交给无敌，然后起身离去了。那张纸是丽卿的休书。无敌连忙走进那间屋子，将满脸泪水的丽卿抱住亲个不停。

其实丽卿和永清在那间屋子里几乎没说什么话，一切都在琮英见永清时谈好了，休书也是永清昨夜写好的。他们俩只是在里面像新婚夫妻一样缠绵恩爱，永清将马上就要失去的妻子肏了五六遍。后来丽卿恳求永清狠狠地打她，永清不干，只是将她全身上下温柔地一遍又一遍地亲吻着。丽卿的眼泪都快哭干了。

十来天后无敌正式将丽卿娶了回来，并下旨封她为辽国王后，庆典等以后回辽国再补办。不过前来道贺人的还是络绎不绝。陈希真心里为女儿高兴，终于将这件尴尬事圆满解决了，同时也暗自摇头叹息：到底还是君王有权有势啊，这么难的事也能给办成！

永清跟琮英说过想离开辽国，到东京来给女皇效力。琮英代替国王一口答应下来，还自己出资买下一处住所送给他。至于到底给他在金国安排什么职位，则要等女皇有空接见了他以后再说。

这一天他终于等来了女皇的旨意，让他进宫见驾。祝永清怀着忐忑的心情来到皇宫，他不是担心女皇对自己的安排，而是因为女皇是他日思夜想的女人。自从当初在登州被三娘生擒后，她就占领了他的心。他虽然极爱妻子丽卿，但是和丽卿亲热时他忍不住要想起三娘，有时他就是将丽卿当作三娘来肏的。也许这就是为什么三娘的儿子将丽卿从他身边抢走他也不是太恨他的原因。

三娘现在每天很累，除了公事外，这两个孩子也让她分不开身。虽然身为女皇，她还是坚持要亲自给孩子喂奶，她认为这是做母亲最起码的责任。她正靠在座椅上歇息，祝永清进来了，他不敢抬头，跪在下面恭祝女皇安康。三娘道："起来坐下吧。"永清见三娘还是那么美艳妩媚，心里扑腾扑腾直跳，脸也不禁红了。

三娘当然记得这个祝永清，他小时候被大哥祝朝奉带来扈家庄玩耍时，三娘还亲手给他沐浴呢。后来在登州时他和陈丽卿来攻打青山盟，三娘将他走马活捉，然后又放了回去。看见他三娘觉得很亲切，怕他紧张，就遣开一旁伺候的宫女们，向他问长问短起来。

三娘对男人的心思知道得很清楚，跟男人打交道那更是轻车熟路。永清渐渐放下了拘束，和三娘亲切交谈起来。三娘告诉了他许多关于他父母和大哥的事，永清很感激她，因为这些他都不知道，他很小就成了孤儿。末了回到正题，三娘问他愿意做什么，是跟着她做女皇的亲随将领，还是到下面一个州府任兵马统制。永清道他愿意跟在女皇身边为她效力，三娘笑着点了点头。

这时三娘身子忽然一阵不适，嘴里哼了一声。永清大着胆子站起来，伸手扶住了三娘的身子。安道全因为三娘要自己给孩子喂奶，给她开了增加奶水的方子，一天吃一次。三娘昨天因为白天忙忘记自己已经吃过药了，晚上又吃了一次。结果今天早上两乳胀得厉害，喂了孩子后还是胀痛。正好花逢春来见三娘，让那个小猴子占了便宜，被他趴在身上捧住三娘的大奶子喝了个饱。

下午刚喂完孩子，永清就来了。现在三娘的两乳又胀痛起来，她见永清满脸都是关切，心里一动，道："永清，我正需要你帮我一下。"永清道："女皇陛下请吩咐。"

三娘解开衣服，露出丰满的两乳，红红的乳头，对永清道："快来帮我吸一吸，我这里胀痛得很。快。"永清只觉忽的一下全身血液往头上涌，呆呆地被三娘拉近身前，张嘴含住了三娘的乳头吸允。

三娘好些天未被男人肏了，两个人的身子一接触就黏在一起再也分不开了。这下永清不但喝奶喝了个饱，还将自己心中日思夜想的三娘剥光了肏得不亦乐乎。无敌要是知道永清这么快就肏了他的娘，还肏得这么狠，一定会心疼死了。

又过了半年时间，无双强大的西夏军将全部回纥地区和大部吐蕃地区征服，只剩下些山势太高的吐蕃地区没有去。这次杀人不是太多，因为回纥人吐蕃人都被西夏军强大的火炮吓坏了。无双将立了大功的凌威封为神威侯，带着他和自己的军队返回东京，准备帮助母亲一举平定江南。

这次女皇扈三娘共起兵三十万向江南压过来，其中西夏兵十万，辽兵十万，金兵十万，再加上完颜兀术在南宋交界处原有十万余兵，共四十万。说是辽夏金三国之兵，实际上因为三娘一贯奉行各族平等的政策，军中的汉人军官和士兵人数已超过了一半。

四十万大军，将南宋君臣唬得坐卧不宁。三娘和朱武等早知道双方力量悬殊，准备不战而屈人之兵，也就是要逼迫南宋向自己投降。出乎意料的是，这一次南宋无论主战派还是主和派都不愿意投降。

以前主和派不愿抗金是因为与金国妥协后可以继续统治南宋的地盘，这一次他们见辽夏金大军压来，分明是要把南宋给灭了。南宋皇帝赵构与群臣们商议后，决定誓死抵抗，玉石俱焚。他一连发出三道旨意，动员整个江南的力量抵抗外敌，并打出了“剿灭蛮邦，收复失地，迎回二帝”的旗号，一时间倒也掀起了不小的动静。

女皇认为要论军力，若真的开战，辽夏金联军可以轻易打败南宋，只是那样一来会毁掉许多城市，整个江南必定生灵涂炭。她和朱武，无敌，无双三人商议后，派兵将原宋朝的皇帝和太上皇一起送到了岳飞军中。

这下南宋方面傻眼了，自己的皇帝刚刚提出要“迎回二帝”，二帝就被敌人送回来了，叫他们不知该如何办才好。明明知道这是敌人的奸计，可就是想不出办法来对付。

赵佶虽然老了，那赵桓却是正当壮年。南宋皇帝赵构是绝不愿意将皇位让给哥哥来坐的，哪怕是虚情假意的姿态他也不愿意去做。他现在恨死了岳飞，正是岳飞提出在“剿灭蛮邦，收复失地”的后面加上“迎回二帝”四个字的。当时他也没多想，其他大臣们也未提出异议。不过他现在无法动岳飞，岳飞手里掌握着南宋的二十万精锐，许多将领们也都听他的，这时若除掉岳飞与自杀无异。

赵构和秦桧绞尽脑汁，最后决定派人去行刺赵佶赵桓，然后将责任推到金国方面。他们早在岳飞军中安插了许多亲信，要行刺赵佶赵桓并不是难事。可惜这一密谋被时迁燕青乐和打探到了。三娘刚刚开始监国时就将他们三个派到南宋来卧底，专门打探皇室秘密和军情。他们带了大量金银珠宝，已经在杭州的皇宫里和秦桧府上成功地收买了几个能接触机密的人物。

三娘这时早已知道岳飞是射死完颜明的那个宋将，她知道他母亲在金国给李清照当助手，他母子曾经被花忆春救过。三娘派花忆春去见岳飞，另外又指示时迁等在杭州将赵构欲行刺二帝的消息散布出去。

岳飞见了花忆春，吃了一惊，不知女皇派她来干什么。花忆春还是那么美艳那么温柔，那么成熟那么风骚。岳飞见了朝思暮想的女人，按捺不住激动的心情，遣开随从，上前握住了她的手。花逢春却没时间和他叙旧情，她马上将赵构秦桧欲行刺二帝的密谋透露给岳飞，让他赶快采取行动。岳飞急忙招来亲信部将，让他们暗中将二帝保护好，并监视住那些赵构和秦桧的人。

花忆春等岳飞安排好后，这才递给岳飞一封信，是他母亲亲笔写的。信中说了女皇治理下的农商如何繁荣，人民如何安居乐业，边境平安，疆土已大大超过宋太祖时期。又说了女皇陛下英明仁慈，她是汉人，手下官员也大部分是汉人，现在辽夏金都使用汉字，禁止种族压迫，科举考试早已恢复，而且规模比从前更大。女皇一定能成为古往今来第一个仁君。

母亲说起自己在上次宋金大战中被民壮抓住，受尽了凌辱，后来是女皇的手下将她救出来带到了东京。她现在担任从八品官职，在女皇办的义学中负责教导贫穷人家的孩子们。母亲最后在信中说，希望儿子岳飞能为天下黎民百姓着想，抛弃南宋小朝廷，投到女皇这边来。

其实岳飞一直留心北方的发展，早就知道女皇治理北方的成就。他只是惊讶这些话是从她母亲笔下写出来的。他清楚母亲是个守旧守礼，把忠君看得极重的人。母亲这样的妇女竟然当了官，更让他觉得不可思议。不过他自己一贯主战，让他马上投降金国是不可想象的。

花忆春知道该自己上场了，她把话题转到了当初和岳飞相识的日子里，也说到了自己的童年和后来的经历。她和岳飞相处的时间虽短，可彼此都忘不了对方，也都频繁出现在对方的梦中。

岳飞心里一直奇怪女皇扈三娘是中原人，怎么就当上了辽国的护国大元帅，后来又怎么嫁给了金国皇帝？花忆春笑了笑，开始给岳飞讲扈三娘的故事，先讲了三娘在金国刚入侵时为保护自己的子弟和乡亲们如何组织了青山盟，如何去辽国谋发展，拥立了新女王，将整个辽国掌握住，儿子无敌被立为辽国太子，又如何把女儿无双嫁到朔州，进而征服西夏回纥，如何图谋金国，自己舍身嫁给了金国皇帝，直到东京监国，最后登上了女皇之位。女皇所做的这一切，不单单是为了自己的儿女们，更是为了天下黎民百姓，包括宋国的百姓。女皇登基以来严禁种族之间的压迫，施行了一系列仁政，深得各族人民拥戴。

岳飞听了，像其他许多志向远大的男人一样，对女皇佩服得五体投地。自己作为堂堂男子汉，对国家对黎民百姓的贡献不及一女子的万分之一，真是惭愧得无地自容，无颜见列祖列宗。

他沉默了一会儿，忽然发现自己不知什么时候已将花忆春抱在了怀里，自己的右手正抚在花忆春的胸脯上，他不禁红了脸。花忆春见岳飞红了脸，自己也害羞起来，欲从岳飞怀里挣脱，岳飞忽然搂紧她吻住了她的嘴。

两人呼吸急促起来，肢体纠缠在一起，滚倒在地上。不一会儿两人都脱得一丝不挂，互相亲吻着对方的身子。

花忆春其实只有过姐夫鲁铁柱一个男人，她的妩媚风骚都是天生的，就像她姑姑花菱一般。她一来喜欢岳飞，二来身负三娘的重托，不由倾尽全力取悦这个男人。岳飞胯下早已坚硬如铁，捅进花忆春娇嫩的身子里一阵狂肏。两人你来我往，折腾得浑身大汗淋漓。

岳飞肏了花忆春后，仿佛卸下了肩上的千钧重担，这半年来的忧虑似乎都消失了。两人穿好衣服，温柔地搂在一起商议接下来的事。岳飞忽然想起一事，问花忆春道："我在战场上射杀了金国皇帝完颜明，是女皇的杀夫仇人，这如何是好？"

花忆春道："两国交兵，刀枪无情。何况女皇是胸怀非常伟大之人。那个巾帼将军陈丽卿曾经杀死了女皇的女婿萧万忠，现在她反倒成了女皇的儿媳妇，辽国王后。你不必介怀杀死皇帝之事。"岳飞这才放下心来。天色已晚，花忆春就留在岳飞的帅帐之中，和他抱在一起安歇了。

第二日，岳飞的亲信来报，赵构和秦桧安插的亲信们果然夜里去行刺前皇帝和太上皇，被当场抓获，并搜出了赵构的密旨和钦赐的尚方宝剑。岳飞接过密旨看了，吓得冷汗直流。原来密旨上不单是要杀前皇帝和太上皇，还说岳飞是叛逆，叫他们时刻监视，紧急关头可用尚方宝剑先斩后奏。

岳飞和花忆春商议后，带着赵构的密旨去见前皇帝和太上皇。前皇帝和太上皇看了赵构的密旨大怒，太上皇亲笔书写了一封告全军将士和百姓书，里面揭露了赵构企图弑父弑兄的无耻行径，痛斥他为不忠不孝的逆子。称他为一己私利不惜让生灵涂炭，不配为国君，亦不配为太祖子孙，死后不得入祖坟安葬。

岳飞召集全军将领，叫大家先跪拜了前皇帝和太上皇，然后宣读了太上皇亲笔写的告全军将士和百姓书。这些军官们本来就知道敌人强得太多，若不是岳飞威望高，大家早就溃散了。现在当然更不愿为赵构卖命了，齐声应道：愿听从太上皇和岳元帅的号令。

岳飞一面维持军营稳定，一面派人将太上皇的告全军将士和百姓书誊抄了多份四处张贴。从军营内外到附近州县，现在已是无人不知。

杭州城里这时也疯传赵构弑父弑兄的密谋，文武官员和百姓们议论纷纷，对赵构的不满日益升温，朝会时大多数官员竟然没有到场。赵构秦桧知道事情败露，军队现在听岳飞的，岳飞听太上皇的。赵构自己手里靠得住的军队只有守杭州的五万禁军。若女皇的军队攻来，这些兵还不够她塞牙缝的。他们无奈之下只好收拾金银财宝，带着嫔妃和这五万禁军往福建撤离，抛弃了杭州城和城里的百姓。

岳飞终于见到了人人称颂的女皇扈三娘，三娘的英武美艳成熟风骚似乎还在花忆春之上。岳飞跪在地下不敢抬头，他还在担心自己杀死完颜明之事。三娘走近前来，亲自扶起岳飞。岳飞感动得热泪盈眶，发誓效忠女皇陛下。

三娘拉着他的手让他坐下，自己坐在他身边，岳飞闻到了三娘身上那股迷人的体香。岳飞想起花忆春说过三娘是个“胸怀非常伟大”的人，他大着胆子抬头看了三娘一眼，马上又红了脸低下头。他目光正好停在三娘的胸部，吃了一惊，暗道：确实是胸怀非常伟大啊。

前皇帝赵桓亲笔书写了禅让诏书，称自己无才无德，愧对祖先。女皇大智大勇，大仁大义，合当为天下之主。自即日起，大宋不复存在，所有官员和百姓都要效忠女皇扈三娘云云。

岳飞手下的军队亦向三娘称臣，全部被三娘改编。三娘的军队接管了杭州和附近州县，因军纪森严，并没有引起任何骚乱。三娘留下无双和无敌的部将们继续收复余下的南宋国土，自己带着儿子女儿回了东京，岳飞赵佶赵桓亦被请回。

一年后，全部南宋领土都被收复，赵构秦桧乘船逃往海外，不知音讯。无双的爱将李仁义在追逐南宋残兵时还顺便扫平了南面的大理国，为三娘即将建立的新朝增添了一大块领土。

扈三娘召集辽夏金宋四国官员会聚东京，商议改朝换代之事。最后决定建立大明朝，扈三娘为大明开国女皇。大明版图包括辽国，西夏，金国，宋国，为有史以来最大疆域。为何将国号定为大明？原来三娘的丈夫完颜明死在战场上，他生前对三娘宠爱有加。三娘心里觉得对不起他，就用他的名字作为国号，寄托思念之意。

三娘将儿子林无敌封为镇北王，镇守原来的辽国疆域，女儿林无双封为镇西王，镇守原来的西夏回纥吐蕃疆域。三娘原来打算将儿子完颜东生封为镇南王，女儿完颜丽荣封为镇东王，这样大明朝就有了东南西北四王。无奈完颜东生和完颜丽荣还在自己怀里吃奶呢，只好等他们长大以后再封，镇南王和镇东王暂时空缺。

大明朝在全国施行统一律法，统一政令，州府一级地方官员由朝廷任命。女皇/皇帝为军队最高统帅，能够调动全国所有军队。除了东南西北四王以外，其他王爷均不是世袭。东南西北四王的继任人选也需经过朝廷认可才能生效，三娘希望这样可以防止自己百年之后一王独大，分裂国土的可能。

扈三娘认了赵佶为干爹，所以赵佶仍被尊为太上皇，赵桓则被封为安乐王，东京城里的两座宫殿分别被赐给他们父子居住。辽国太后被封为仁慈亲王，也赐了一座宫殿给她，但是她定要住在皇宫里和三娘作伴。接下来还要大封有功之臣，为大明制定长远战略，三娘现在是越来越忙了。

欲知后事如何，且听下回分解。

第二十回：征高丽花忆春罡能，灭颁蒙陈丽卿逞威

现在已是大明朝立国的第二年，这天朝会后三娘拖着疲惫的身子往寝宫走来，后面跟着侍卫和宫女们。虽然任用了许多能臣，但是每天需要自己操心的事还是一大堆，这女皇真不是那么好当的。好在许多重要的事情都已办好，整个国家走上了正轨。她的四个儿女都已封了王位，完颜东生和完颜丽荣因年纪太小并未去封地，而是留在皇宫里。三娘呕心沥血辛勤操劳国事，朝里朝外对此赞誉有加，许多百姓都在家里为她树立了牌位，祈祷女皇她老人家玉体安康百病不生。

三娘自己打算只当十年女皇，然后就把皇位传给女儿无双。这事她跟无敌无双和朱武他们都说过了，女儿无双在大明朝是公认的最有能力的皇位继承人，她的品德也深受百官们的推崇。按照三娘制定的大明皇位继承法，她自己的后代无论男女都可继承皇位，但是必须让朝廷里的文武官员们认可其品德和能力。也就是说，无双以后，哥哥林无敌，弟弟完颜东生，妹妹完颜丽荣，或者他们的子女们，只要德才兼备就都有可能继位。但是三娘主张每一任女皇/皇帝都要尽早确定继位人选并公之于众，以保持全国的稳定，这一条也被写进了皇位继承法。

三娘走着走着脚下滑了一下，身子一歪，跟在身后只差一步的侍卫统领祝永清赶忙上来扶住她。三娘将胳膊搭在他肩膀上，对他笑了笑，表示感谢。永清一手拖着三娘的腰，一手握住她搭在自己肩上的手，将她半抱半扶地送进了寝宫。三娘的娇躯虽然让他心动不已，可是他知道女皇陛下现在太累了，需要歇息。他把三娘抱上床后就躬身退了下来，接下来自有宫女们上前伺候。

祝永清现在是女皇的宠臣，她将很多事情都交给他做，让他学到了不少东西。三个月前三娘还亲自做媒，给永清娶了关胜的女儿关允慧为妻，两口子婚后很和睦。永清还没有忘记前妻陈丽卿，但是他心里的创伤已被来自三娘的宠爱抚平了不少。他珍惜每一次亲近三娘的机会，甚至愿意这么一辈子跟在三娘身边。

三娘睡了一会儿，感觉有人在用手给自己浑身上下抚摸揉搓，很舒服。睁开眼睛一看，原来是萧玉兰。她和琼英是少数几个不用通报就能进入女皇寝宫的人。三娘伸手将萧玉兰拉到自己胸前，掀开她的衣服，一边亲吻她的嘴唇，一边用两手抚摸着她的雪乳和香臀。萧玉兰娇喘连连，俯身在三娘耳边小声道："张节也来了，等在外面呢。"三娘道："让他进来吧。"

张节进来后，先跪下问候三娘。萧玉兰给他使了个眼色，让他上床来伺候三娘。张节脱了衣服爬上了三娘的床，立刻被三娘和妻子赤裸柔软的娇躯包围了。妻子对三娘的情意很让他感动，每次来见三娘前，妻子都要求他至少一天不碰任何女人，到时好有足够的精力伺候三娘。

张节很快就兴奋起来，他骑在三娘的身上，感觉就像在战场上骑上了骏马一样。三娘虽然四十多岁了，身子还是那么娇嫩那么让人迷恋，张节光是听到她的声音下体就会坚硬如铁。萧玉兰也没闲着，她在一旁亲吻抚摸三娘，床上一片春光。

张节萧玉兰离开后，三娘接见了原宋军元帅岳飞。自从三娘平定江南以后，岳飞就一直赋闲在家，还未被重用过。现在三娘打算让岳飞带兵去将高丽给平了。

三娘要在自己当女皇的十年之内将所有大明朝的潜在危险都消灭干净。她让无双带兵继续往西扩张，争取将那个新兴的花剌子模国给拿下。另外无敌也奉三娘之命在扫平北面的还未臣服的一些游牧部落。花逢春和完颜雄则被派往南边，他们的目标是征服南面的那些小国和部落，包括安南和暹罗。

三娘对岳飞道："完颜兀术是你的老对手，他现在病得不轻，我准备让他长期修养。你带他原来手下的十万精兵去给我将高丽平了。我知你是会带兵的人，一定能镇得住那帮骄兵悍将。我现在封你为武德侯兼征高丽大元帅，另外还调两千火炮兵助你。成功回来后朝廷还有重赏。"

岳飞喜极而泣，扑通跪在地下给女皇磕头谢恩。女皇麾下能带兵的能人无数，这次派他征高丽是对他天大的信任和恩惠，他安敢不为女皇尽忠？三娘亲自扶起岳飞，像长辈一样将他拉近身前，嘱咐道："高丽虽然不是很强，但是你不可轻敌。要多研究敌情发现他们的弱点，多用计谋，还要尽量发挥火炮的震慑作用。"岳飞连连点头称是。

岳飞回家和母亲说了此事，母亲道："女皇不计你射死她丈夫之仇，如此重用你，真是个一心为国为民的好君主。你千万不可有负于她。"

岳飞道："孩儿谨记母亲教诲，此去一定不负女皇重托，将高丽拿下。母亲从前给孩儿背上刺了'精忠报国'四个字，孩儿想请母亲再加上'不负女皇'四个字。"母亲大喜，道："这才是我的好儿子。"说完就叫岳飞脱了衣服，在他背上又刺上了"不负女皇"四字。

第二天岳飞去见花忆春，向她辞行。花忆春与岳飞相好，却没有嫁给他的打算。她知道岳飞的妻妾们都是贤惠老实的女人，和岳飞已生有四个儿子一个女儿，自己不想硬插进去给他增添烦恼。

她抚摸着岳飞背上新刺的“不负女皇”四个大字，真心地向岳飞道贺，祝他旗开得胜马到成功。不知不觉花忆春就将娇躯靠紧着岳飞，用自己的两乳摩擦岳飞强壮的胸部。

岳飞感觉到花忆春动情了，就脱下她的衣裙，两人搂抱在一起嘴唇相接下体相连，颠鸾倒凤起来。花逢春随着年岁增大，身子愈加成熟，呻吟之声也更加诱人。岳飞肏着她，心里将她和女皇比较，觉得她们各有千秋。

昨天女皇扶他从地上起来，跟他靠得很近，他闻到了女皇身上醉人的体香，不免想入非非。不知自己几时能有肏女皇的福气，紧接着他被自己的想法吓坏了。真该死，女皇是自己和母亲的大恩人，怎可亵渎她？母亲要是知道了肯定会打断他的腿！

其实岳飞的母亲心里也有事瞒着儿子。她和梁红玉是结拜姐妹，上次过端午节被梁红玉请去喝酒，陈希真也在。梁红玉喝得大醉，她左手搂着大姐，右手搂着丈夫陈希真，衣襟半敞露出雪白的肌肤，嘴里娇声娇气地不知嘀咕些什么。

陈希真脸红耳赤，岳飞的母亲亦是如此。她早已有了醉意，抱起梁红玉将她放到床上，然后正欲离去，却被梁红玉拉住不放手。她挣了一下不但没挣开反倒被梁红玉拉上了床，掀开衣裙在她身上乱摸。

后来陈希真也被梁红玉拽上了床，三人趁着酒性互相亲吻抚摸，折腾了好一会儿，都睡着了。其实这些都是梁红玉安排好的，她很同情这个守了二十多年寡的大姐，想让她过得快活些。

第二天早上岳飞的母亲酒醒过来，躲在被卧里哭。她骂自己不知羞耻，对不起妹妹。梁红玉极力宽慰大姐，道：“你我生死之交，不分彼此。此事是妹妹我有意为之。妹妹只是不想让大姐你过得太苦了。我知你年纪大了，不愿再去改嫁，我等三人彼此作个伴，逍遥度过此生，有何不可？”

梁红玉见她不吭声了，知道她心结已被解开，就将陈希真叫来。三人又开演了一场香艳无比的好戏。陈希真知晓妻子的心意，对岳飞的母亲特别温柔。先是将她浑身上下都舔了一遍，连股沟和咯吱窝都没放过。接着又使劲儿肏她，直肏得她忘了自己姓甚名谁。这次没喝一滴酒，岳飞母亲的脸上却比喝了一整坛子酒还要红。

花忆春去皇宫拜见了三娘阿姨，请求她让自己跟岳飞一起去征高丽。花忆春现在已是个有多年带兵经验的将领了，她的枪法和箭术都十分高强，平日里行事颇有镇西王林无双的风格，在大明朝的军中名气不小。三娘虽然有点担心她的安全，但是自己的晚辈们哪一个不是被派到最危险的地方去历练？三娘觉得让花忆春去经历一下残酷的战争也好，就依允了。

就这样花忆春的两千多女兵被编入了岳飞的军中，她自己则成为女皇委派的监军。岳飞得知花忆春也跟自己一起去，心里很高兴。两个情人一起领兵，白天当着其他将领们的面都是一本正经地互相称呼官职，夜里却免不了抱在一起偷情。后来花忆春觉得这样下去不好，出了漏子对不起女皇，于是她晚上不再偷偷地往岳飞的营帐里跑。岳飞无法，只得克制自己的情欲。

不过这次征高丽并不顺利。岳飞的先锋大将牛皋领军进入高丽后，因为地形复杂，道路不畅，被高丽军设伏，打了个大败仗。牛皋将军阵亡，损失了近五千人。这下高丽人士气大涨，大将李银川领二十万大军三面夹击，欲将岳飞的兵马全部歼灭在高丽境内。现在岳飞的军队被优势敌兵夹击，粮草只能支撑三日，若顶不住则会兵败如山倒，到时恐怕真的连一兵一卒也逃不回去。

岳飞和部将们反复计议，认为现在只能破釜沉舟，与敌人决战。女皇扈三娘给的两千火炮兵还不曾使用过，岳飞将他们布置在后军。他计划自己先带中军与敌接战，然后诈败诱敌，若敌人追击则用火炮迎头痛击，将敌人的气焰打下去。

他将所有主要将领召集起来，当着大家的面将剩下的只够三日的粮草烧了一大半，告诉众将明日之战若不胜则必死无疑。他抽出女皇钦赐的尚方宝剑领着所有将领宣誓："为女皇血战到底！"当晚全军饱餐一顿，准备明日决战。

牛皋死后，他的残兵还有三四千，由原来的副将牛犇接管。牛犇身高体壮，是牛皋的同村人，和牛皋一起投军的。牛犇回到自己的营帐后，就将另外两个手下的青年将领找来商议。这两个将领都是牛皋手下的勇将，一个叫张宪，十六岁，另一个叫牛猛，十五岁，是牛皋的侄子。

牛犇对岳飞的布置不满，认为根本没有取胜的可能，众人都会因此而白白送命。但是他若当场向岳元帅提出异议，定会被他以扰乱军心为由斩首示众。他对张宪和牛猛道：“你们若要活命，明天开战后可随我逃命，否则会白白死在这里。”

张宪和牛猛虽然知道明天是九死一生，但是他们都不同意临阵逃脱。牛犇道：“你们别傻了。牛皋将军把命都赔上了，结果怎样？什么赏赐都没有给自己的后人留下。他要是不死，就算不被岳元帅治罪也会被女皇治罪。你们两个还年轻，连女人的滋味都不曾知道，就这么去死岂不可惜？”他又道：“明日大战时必然混乱不堪，我等悄悄地走无人知晓，以后追查战败责任也不太可能会查到我们这些小人物头上。”

张宪牛猛未及答话，帐外传来一阵兵器交鸣之声。接着冲进来一位持剑女将，她剑上还滴着血，此女正是监军花忆春。她厉声喝道：“牛犇你欲临阵逃跑，扰乱军心，该当何罪？”

花忆春心细，刚才在岳飞的大帐里她就注意观察各个将领们，发觉牛犇的神色不对。她放心不下就一个人悄悄跟来，躲在牛犇的帐外偷听。见他果然将张宪和牛猛找来商量临阵逃跑之事，不由大怒。紧要关头哪怕一两个人逃跑都可能引起全军崩溃，此事定要马上制止。

她拔剑往牛犇帐里走，两个牛犇的亲兵要阻拦，结果被她一剑一个杀了。这时天已黑下来，附近的军兵并未注意到这里的情况。花忆春也不想引起他们的注意，这事闹大了会大大影响明天的士气。

牛犇见了花忆春，知道事情败露了。他现在只能大闹一场，好趁乱脱身。他大声喝骂花忆春：“谁不知你是岳飞的婊子，你们只管自己立功封侯，不顾将士们的死活。我不过是不愿白白送死罢了。”说完将自己的佩剑拔出握在手中。

花忆春急了，若这样闹下去，必定会引来其他士兵围观，军心定会大乱。现在只能先将他快速斩杀，这样才能把事情压下来。她喝道：“反贼看剑！”挥剑向牛犇刺来。

牛犇举剑相迎，两人在不大的营帐里战作一团。花忆春本来武艺略强过牛犇，只是营帐里面地方狭小，施展不开。牛犇身高力大，他的佩剑比花忆春的剑要重许多，花忆春感觉格挡起来十分吃力。牛犇只想冲出营帐去，那时自己的亲信肯定会来相帮，自己就可趁乱逃走。花忆春也知他的心思，只好拼命守住不让他往外走，这下她在格斗中就落了下风。

这时牛犇使出全力一剑从上往下朝花忆春劈来，只听见当啷一声响亮，花忆春手中的剑竟被他劈断成两截。胸前衣服也被牛犇的剑尖划开，露出白白嫩嫩的两个玉乳。牛犇紧接着又举起了自己的剑，花忆春两眼一闭，心道：“岳飞大哥，我只好先走一步了！”

就听得，“噗噗”两声，张宪和牛猛一左一右，两柄剑插在了牛犇的两肋下。牛犇圆睁两眼，带着满脸的愤怒和不甘倒了下去。

花忆春睁开眼睛一看，见牛犇已死。张宪和牛猛都已跪倒在自己脚下，道：“末将愿跟随监军和元帅，为女皇陛下死战！”花忆春从必死的境地走出来，激动得将这两个年轻人从地上拉起来，拥在自己胸前。

她过了一会儿才觉察到，刚才衣服被牛犇的剑尖划破了，张宪和牛猛两个的脸正贴在自己赤裸裸的玉乳上。花忆春连忙松开了他们两个，他们也红着脸底下了头：刚才脸贴着这个女人的乳房的感觉实在是太美妙了。

花忆春仔细打量，见他们都是年轻英俊的小伙子。想到他们明天就十有八九会丧命在战场上，很是心疼。她对他们保证：“明天不论战胜战败，只要我活着，就一定亲自去女皇那里给你们请功。”两人齐声道：“多谢监军大人。”

花忆春又道：“我先去向岳元帅禀报此事，你们将牛犇和外面两个亲兵的尸首悄悄埋了，还要尽量稳住所有士兵。有抗命的格杀勿论。”两人道：“遵命。”

花忆春转身往帐外走去，快出帐时停下来，回头对他们俩妩媚地一笑，道：“刚才牛犇说你们都还没有尝过女人在滋味，明天你们不但要奋勇杀敌，还要尽量保住自己的性命。得胜后我会让你们尝尝女人的滋味的。”说完就离开了。张宪牛猛感觉自己好像是在梦里一样：没听错吧?这个绝色女人可是岳元帅的相好啊。

大战第二日清早就开始了。岳飞带的兵大部分是完颜兀术手下的精锐，比高丽兵强许多。前面打的败仗主要是因为牛皋将军轻敌冒进造成的。这一次将领们领会了主帅的作战意图，先是拼死抵抗，造成了高丽军的重大损失，后来开始节节败退，做得很逼真。

高丽大将李银川杀红了眼，他早已得知大明军的粮草不济，若让他们安然退走，待补充粮草后就再也难以全歼他们了。他孤注一掷，下令全军追击，不能让敌人跑了。

岳飞见高丽军追来，大喜。这时他手下的大将杨再兴提醒他，敌军追击的速度快慢不一，到时候火炮不能发挥全部威力。杨再兴提出要亲自带二千兵去火炮阵前阻挡敌军，好让火炮有机会射杀密集的敌军。

这可是个必死的差事，去的人即使不被高丽兵杀死也会被己方的火炮炸死。为了确保最后胜利，岳飞含泪依允了杨再兴的请求。杨将军带着两千兵义无反顾地去了。

追在前面的高丽兵见杨再兴带兵气势汹汹地杀来，吓了一跳，还没反应过来就被砍瓜切菜似的杀死了不少，其余的人回头就逃。不过后面追来的高丽兵越来越多，杨再兴很快就陷入苦战。他的两千兵终于被数万像海水一般涌过来的高丽兵淹没了。

就在此时，轰轰轰，炮声像惊雷一般响起。密集的高丽兵被炸得焦头烂额，抱头鼠窜。但是后面的高丽追兵还是源源不断地涌来，前面的溃兵无路可退，只能和后面的追兵撞在一起。趁着敌军慌乱，岳飞率军发起反击，高丽军队形不整，拥挤不堪，兵找不着将，将找不着兵，被岳飞的大明军大肆砍杀。

这里方圆几里地都变成了一片屠宰场，一直杀到天黑才罢。这一战大明军大获全胜，斩杀敌军两万，俘虏十万余，还缴获了高丽军的大批粮草辎重。

监军花忆春亲临前线，她先带着麾下的两千女兵去支援张宪牛猛的防线。岳飞发起反攻后她又率先攻击高丽的统军大将李银川。本来高丽军还不会败得那么快，可是他们的主将李银川被花忆春远远地一箭射中胸脯，虽不致命却引起了士兵们的惊慌和混乱，这才开始一败涂地。

战后张宪牛猛两人可以说是遍体鳞伤，是被抬下来的。好在他们都挺过来了，并没有大碍，身上的伤养个十天半月的应该就会痊愈。花忆春自己也受了些伤，都是乱军中被刀枪箭矢擦伤的。可惜的是猛将杨再兴和他带的两千兵全部战死，其中许多人被敌军砍成了肉酱。岳飞遣人送杨再兴的尸骨回京城并将他的功绩上奏女皇扈三娘，请求女皇封赏他的妻儿。花忆春也上书向女皇细说了张宪和牛猛开战前斩杀牛犇稳定军心的功劳。

女皇扈三娘接到岳飞和花忆春的战报很欣慰，他们没有辜负自己的信任，取得了巨大的胜利。她知道要将高丽全国都拿下不是那么容易的事，隋唐时的皇帝都派大军出征过高丽，结果劳民伤财毫无效果。这次她只让岳飞带十万兵马，她并没有限定征服高丽的时间，而是给岳飞和花忆春完全的自主权，让他们临机应变，在战争中成长。

三娘将杨再兴的不满十岁的儿子封为世袭的侯爵，以表彰他的功劳。张宪和牛猛已被岳飞任命为正副先锋官，三娘又给两人各赐了一百两黄金作为奖励。

另外三娘还将孙二娘的儿子文谨封为钦差大臣兼高丽宣抚使，让他去管理那些已经被攻下来的原属于高丽的土地，同时为岳飞的大军就地筹措粮草。文谨原来在西夏地区政绩卓著，被升为大明朝的一品文官。他母亲已同意他改姓武，跟他爹武松姓。这次去高丽上任他将母亲孙二娘也带上了，这也是孙二娘央求女皇后才获准的。

三娘处理好这些大事后松了一口气，拉着永清的手快步回到寝宫里。琼英有事来找三娘，在寝宫里等她。三娘心情大好，也不顾琼英在旁，伸手就将永清搂在怀里亲吻，又去脱他的衣服。

永清被三娘这么个绝色女子搂住亲吻，旁边还站着另一个绝色女子琼英，浑身兴奋的发抖，胯下之物涨得又粗又直，三娘迫不及待地将它塞入自己早已溪水泛滥的桃花洞，口里高声叫喊。琼英看得呆了，下体也开始潮湿起来，过了一会儿她忍不住也加入了战团，三人在寝宫里搅作一团。

这是永清第一次同时肏两个女子，而且还是这么两个绝色的女子！后来三人累得倒在床上，搂在一起睡着了。第二天醒来后，琼英竟一点儿也记不起来昨天是为何事来找三娘的了。

再说镇北王林无敌带着王后陈丽卿回到了原辽国都城居住，辽国的王宫自然成了镇北王府。丽卿给无敌生的是男孩，快一岁了，长得很结实。无敌给他取名叫林青豹，是从他爷爷的绰号豹子头和奶奶的绰号一丈青里面各取一字而成。林青豹有两个姐姐一个妹妹，两个姐姐是呼延琼和呼延玲生的，取名叫林青云和林青霞，妹妹是明月公主生的，叫林青慧。

无敌娶了丽卿后对她万般宠爱，几乎形影不离。后来丽卿劝他不要冷落了其他妻子们，若是无敌来自己的寝宫太过频繁，丽卿就将他赶去别的王妃那里。无敌性子倔强，很少听人劝，但是有两个女人是他不敢得罪的。一个是母亲扈三娘，还有一个就是妻子陈丽卿。对丽卿他除了敬重爱慕之外还有点害怕：他好不容易才将丽卿从祝永清那里拐来，生怕再失去她。

就这样丽卿成了镇北王府里说一不二的人物。丽卿一不贪财二不贪权，再加上领兵打仗的真本事，镇北王手下的部将和随从们都对她钦敬不已。

有一个新归顺的蒙古勇士叫哲别，刚满二十岁，生得威武雄壮，骑马摔跤射箭样样精通。他不知道丽卿的厉害，以为其他将领们是为了讨好镇北王而吹捧她。他心里不服气去找丽卿比试，结果被丽卿用画戟连着从马上打下来三次。甚至在自己最为擅长的弓箭上也输给了丽卿。从此他对丽卿心服口服，要拜她为师，镇北王知道后将他从军中抽调出来，给丽卿做了亲随将领。

最近北面大草原上出了一个出类拔萃的蒙古人，叫也速该。他善骑射，将周围好几个蒙古部落都兼并了，手下已经有了一支近万人的军队。对于不服从他的小部落，他一般是将男人都杀光，女人抢来给自己或部下做老婆，小孩子则抓来当奴隶使唤。也速该的正妻柯额伦就是他从另一个部落里抢来的。

镇北王觉得这个也速该若不除去，以后会是大明国的祸害。于是他带了五千精锐骑兵出发去剿灭他。本来丽卿也要跟着无敌去，只是她又怀了身孕，也速该的部落行踪不定很难找，无敌就让她留下了。

这天镇北王宫里来了一批特别的人，是一百多个太监。三娘早些时候宣布大明朝废除太监制度，已有的太监们都给予赏赐和路费让他们回家乡。可是还剩下两百多名太监道自己无家可归，无论如何不愿离开皇宫，要留下来伺候女皇。

依三娘的慈悲心肠，当然不会将他们赶出皇宫去大街上流浪。她留下了一百多年老体弱和身体有病的太监在皇宫里养老，做些轻松的杂活儿。剩下一百多体力还好的被送到镇北王的王府里当差。

无敌不在，丽卿作为王府的主人接见了这些太监们，吩咐管事的给他们讲王府的规矩，带他们去用饭，然后分配住处安歇。太监们跪下叩谢了王后。丽卿发现这些人中间有一个中年太监十分眼熟，可是他老是低着头不敢看丽卿。丽卿心里起了疑，就叫随从将那个人带到自己的寝宫来，她要亲自问他。

到了寝宫，那人还是低着头跪在地上。丽卿将侍女随从都遣开，问道："我看着你眼熟，你到底是何人？快从实道来。"那人见旁人都退下了，方才磕头道："小人是高太尉之子，丽卿姑娘别来无恙？"

丽卿吃了一惊，原来他是高衙内！只是他怎么成了太监？在丽卿追问之下，高衙内方才把详情一一道来。原来他当太监是因为被人陷害。

高衙内年轻时欺男霸女，干了不少坏事，不过后来他改了许多，高太尉不时也安排些朝廷的事情让他去办。金兵攻进开封以前高太尉就病死了。金兵打下开封后，有一个高太尉从前的政敌去金兵那里告密，说高俅是皇帝老儿的亲信，他儿子知道一处皇室的宝藏在什么地方。

于是金兵就将高衙内抓去拷问，将他打得死去活来。最后也没有问出什么来，因为本来就没有宝藏。高衙内总算是尝到了被别人陷害的滋味。完颜明廷都到东京后，皇宫里需要用人，高衙内和一批犯人就被阉割了一起送进宫去，当了太监。

丽卿想起从前高衙内对自己使的坏，心道这可真是恶有恶报了。不过她又有些心软，觉得高衙内后来对自己还是不错的，自己从他那里也享受到了不少乐趣。或许现在应该帮他一把？

她问他："你可愿意做我的贴身随从？"高衙内道："伺候王后是小人天大的福气，小人愿意。"丽卿道："那好，你就伺候我起居。今后你就跟我姓陈，改名叫陈普吧。"

高衙内这两年来像那些从前被他欺压过的人一样，受尽了折磨和屈辱。现在能得到丽卿的庇护，他喜出望外，忙跪下磕头，道："陈普谢过王后赐名，今后一定尽心尽力伺候王后。"

丽卿看着陈普，嘴张了张，欲说什么却又不好意思，脸也红了。陈普道："王后欲问何事，但说不妨。小人知无不言。"丽卿道："你那里……能让我看一下么？"陈普听了也红了脸，道："小人这命都是王后给的，王后要看不妨。"说完脱光了下身让丽卿看。

丽卿也是心里好奇，近前看了，还伸手去陈普的胯间摸了几下，叹了一口气。陈普知道她的心思，道："小人虽已不是男人了，只要王后乐意，小人还是可以伺候得王后舒服的。"

丽卿道："那你且来试试看。"陈普得了这话，像将军领了军令一般，他全神贯注，先将丽卿扶到床上躺下。然后脱下她的裙子，将头埋在她胯间，伸舌头用力舔她那里，两手还不停的抚摸揉搓丽卿的乳房和屁股。不一会儿就将丽卿伺候的淫水泛滥，大叫不止。

她现在相信了：陈普的能耐不下于一个正常的男人。陈普的嘴在丽卿胯下来回舔，让她舒服得说不出话来。完了又给丽卿香汤沐浴，伺候她更衣。不几天丽卿就觉得自己离不开他了。

自上次大捷之后，岳飞的大军占领了高丽的西京（平壤）和附近的一些州府。钦差大臣和高丽宣抚使武文理带来了女皇的旨意和一些粮草，还有不少会制造兵器和火药的工匠。

岳飞让武文理坐镇平壤，自己和花忆春则忙着收编俘虏，扩充军备，迎接下一场大战。高丽原来就有不少汉人居住，还有许多高丽官员也是主张归顺大明朝的。这些人都来投靠武文理，帮着他治理平壤和周边地区。

李银川是高丽威望最高的武将，他被花忆春射伤后逃回高丽都城。后来一病不起，不到两个月就死了。高丽国王和他的文武官员们被吓坏了，决定与大明朝讲和。现任高丽国王姓王名安，他派使者前来平壤见岳飞，送来了自己的亲生女儿王锦屏和大批珠宝给岳飞做礼物。

岳飞找监军花忆春来商量对策，花忆春道："我军上次虽然大胜，伤亡也有两万余人，收编训练俘虏的事还未完成，带来的火炮也需要维修并补充火药，所以不宜马上开始大的攻势。高丽国王送的礼物你可笑纳，议和退兵的事则先不忙答应，且看他下面如何应对。"岳飞点头称是。

这王锦屏容貌出众，皮肤娇嫩，是国王最为宠爱的女儿。她从小拜师学艺，自恃武艺高强，见高丽危急，遂主动向父王请求将自己当做礼物送给大明朝的元帅。她从小崇拜心目中的英雄李银川，一心想嫁给他。可惜李银川比她大二十岁，早已妻妾成群。现在李银川死了，她对大明军恨之入骨，打算伺机刺杀岳飞，为心上人报仇。高丽国王一点儿也不知道女儿的心思，否则也不敢将她送来。

王锦屏高估了自己的本事，低估了大明军的机谋。她被送进岳飞的营帐前，监军花忆春亲自来搜身。她将王锦屏脱得赤条条的，浑身上下都被她细细地摸了一遍，最后从她高高挽起的头发里搜出一把匕首。花忆春大怒，揪着王锦屏的头发将她拖进岳飞的营帐，道："这小贱人妄想行刺，岳大哥不要怜香惜玉，给我狠狠地肏她！"

岳飞是个正人君子，原来觉得要了这女孩的身子又不打算退兵，心里还挺不好意思的。现在听花忆春这么一说，心里放开了。脱光了自己的衣服，把王锦屏按倒在床上，下体狠狠地朝她胯下捅进去。王锦屏被捅得连声惨叫，痛苦不堪。她现在才明白自己的想法是多么可笑：就算给她手里拿着兵器也没用，自己的那一身武艺跟岳元帅比起来啥都不是。

花忆春并没有离开，一来是放心不下，二来她也想看看岳大哥是如何肏别的女人的。后来王锦屏被岳飞肏得十分凄惨，她想起自己初夜时的疼痛，心里竟升起了对她的一丝怜悯。她脱了衣服，上去将王锦屏替换了下来，用自己赤裸身体地迎战岳飞胯下的那根大枪。

岳飞刚才被王锦屏的哭叫声弄得心里不太舒服，见了花忆春的玉体，精神一振，马上和她抱在一起，胯下大枪往她的桃花洞里猛力抽插。王锦屏忘了下体的疼痛，在一旁瞪大了眼睛，把这一幕香艳无比的好戏从头看到了尾。

镇北王林无敌正在自己的临时王帐里肏着刚抓来的也速该的几个妻妾们。也速该带着他的正妻逃脱了无敌的围剿，无敌找了许久无结果，就将心里憋的气撒在了也速该的其他几个妻妾们身上。

无敌没有接掌皇位的野心，但是他是个聪明人，他正在为自己营造一个荒淫无耻的名声。自己名声越坏，支持妹妹无双上位的官员和百姓们就越多，大明朝的将来就越稳定，同时也就越显得母亲扈三娘的英明。

现在凡是从敌人那里抓来的最漂亮的女人都被送给无敌享用，他根本就不需要那么多女人，一般是他先肏了以后马上就赏给亲信部将们。他发现若直接赏给部将们反倒不理想。他的部将们都不是老实人，他们特喜欢镇北王肏过的女人，好像经他镇北王肏过之后这些女人们就会身价大涨，拍马屁也不用拍成这个样子吧？

最令他无奈的是，妹妹无双也在给他添乱。她将一个吐蕃头人的极为漂亮的女儿不远千里给他送来了，这个吐蕃头人不愿臣服大明朝，已被无双斩首示众。无敌现在手里还有几十个女人等着他来肏呢，看来想当个荒淫无耻的君王也是不容易的。他曾对王后陈丽卿发牢骚，丽卿回道："你别抱怨了，天下不知有多少想当荒淫君王的人呢。"

也速该现在身边只剩下了自己的妻子柯额伦，两岁的儿子铁木真，还有十几个那可儿（亲兵）。他一直将自己比作草原上的恶狼，所有其他的人则是羊羔儿，想不到他自己也有被恶狼追逐的一天。那个镇北王简直就不是人，他亲眼看见自己的五个箭术武艺都出众的那可儿被镇北王一一射杀，个个都被箭矢穿在喉咙上。他们这些人跑了几天几夜才摆脱追兵，现在已经浑身疲惫不堪了。幸亏他急中生智，不往北走而往南逃，这样才躲过镇北王手下的恶奴们。

再往南走就是以前辽国的都城了，若碰上镇北王的人就麻烦了。他决定停下来，绕道往东北走，去那边的大草原上重整旗鼓，到时候一定要回来找镇北王报仇。他们吃了些一路上从零星牧民那里抢来的干粮，然后睡了一大觉。第二天下午他们才醒过来，然后起程赶路。他让两个亲信在前面探路，以免遭遇敌人措手不及。

走了大约一个时辰，前面探路的两个亲信回来了，说前面山坡边发现了一个极为华丽的帐篷，旁边还有一个普通的帐篷，总共只有三个士兵和两个妇人在看守，看样子帐篷里面应该有钱财和食物。也速该犹豫不决，他不想引起敌人的注意，但是他们的路途还很遥远，急需补充食物，光靠抢劫零星牧民也不一定够。

在几个亲兵的撺掇下，也速该终于决定去抢这两个帐篷里的东西。他们十几个人借着树林和地形的掩护悄悄接近了那两个帐篷，没有听见狗叫，也速该暗道："天助我也。"他们同时冲出来，向那三个士兵扑去。

那三个士兵拼命抵抗，无奈人少寡不敌众，都被也速该他们杀死了。也速该叫手下将那两个妇人带来询问，其中一个不肯回答，也速该一刀将她剁了。另一个吓得魂不附体，也速该问什么她答什么，很快就知道了这些人的来历。原来他们竟是王后的亲随！镇北王的王后带人在这里打猎，那个华丽的帐篷就是她住的，另一个是亲兵和仆人们合住的，跟着王后的只有五十多个侍卫。他们正在附近山上打猎，只留下这几个人看守帐篷。

也速该他们从帐篷里找到了几件新衣服和许多食物，他们饱吃了一顿，然后十几个亲兵把那妇人轮奸后杀了。也速该决定赶快离开这里，虽然他很想将镇北王的王后抢来报仇，但是直觉告诉他这样做太危险了，于是他们一行人离开这里向东北方向而去。

走了大约一个时辰，迎面碰上了打猎回来的王后的队伍。远远地也速该就感觉到了王后的侍卫们身上散发出来的杀气，他知道这些人是绝对不能惹的。

他们假装成一般牧民，静静地等在路旁让王后的队伍通过。陈丽卿手持方天画戟，背着弓箭，骑在一匹浑身洁白的高大骏马上，边走边用美丽的两眼在打量着路边的这一群人。也速该被丽卿的美丽惊呆了，眼里不禁露出贪婪的光芒，他见丽卿朝自己看过来，赶忙低下头避开她的目光。

这时丽卿已经离开也速该他们有半里路远，骑马走在丽卿身旁的哲别忽然开口道："王后，刚才这群人很可疑，不是好人！"丽卿道："我也觉得他们不对劲儿。你怎么看出来的？"哲别道："他们中有两三个人穿的衣服好像是我们王府里发给仆人的衣服，另外几个人身上还有血迹，莫非他们刚刚打劫了我们的营地？"丽卿道："说得是。快去将他们截住！"哲别带着十几个侍卫拔转马头朝也速该他们追来。

也速该的手下见王后的侍卫们掉头追来，一齐向他们射箭，射倒了两三个侍卫。丽卿见了大怒，令其他侍卫将扛着猎物扔在地下，和她一起纵马向也速该他们杀来。哲别箭无虚发，已经射倒了五六个也速该的人，也速该的妻子柯额伦抱在怀里的儿子铁木真也中箭了。也速该知道现在唯一活命的希望是抓住王后，他瞪着血红的两眼，手持苏鲁锭长矛，打马向王后陈丽卿冲过去。

丽卿见了，张弓搭箭，嗖嗖嗖，一连三箭。也速该急挥长矛来格挡，左边胸脯早被其中一箭射中，手里的长矛被抛在地下。丽卿的另外两箭也没放空，射在了马肚子和马腿上。也速该被掀下马来，狠狠地摔在地上。丽卿近前用画戟指着也速该问："你是何人？"也速该死死地盯着丽卿，道："我是也速该。"说完就气绝而亡。

这时哲别已经带人杀掉了也速该其余的亲兵，也速该两岁的儿子铁木真因流血过多也死了，唯一活下来的是也速该的妻子柯额伦。哲别指挥侍卫们将也速该和他儿子以及亲兵们的尸体就地埋了，然后押着柯额伦跟着王后一起往回走。

回到镇北王府后，丽卿赏了哲别一千两银子，将柯额伦关押起来等无敌回来后再处置。她自己用了晚膳后让陈普伺候她沐浴。

她丈夫无敌出外几个月辛辛苦苦地追杀也速该，没想到竟让她给碰上然后轻而易举地给灭了，想到此心里不免得意非凡。陈普见王后高兴，就伸手去她胯下揉搓，王后叫了几声，两手抱住陈普的头将他的嘴按在自己胸前，让他吸允自己的乳头。

三娘最近好消息不断：北方的大草原被无敌扫平了，所有部落都已归顺大明朝。岳飞和花忆春已经将高丽的一大半攻下来了，照这样下去，不需增兵一年之内就可拿下整个高丽。无双在西部也战绩辉煌，不过那个传说中的花剌子模国离得太远了，一下子还打不到那里去。三娘想也许自己太贪心了，这样不好，这事还是等无双自己当了女皇后再办吧。

有一件事让三娘忧心：现在朝廷内外对自己赞誉太多，恐怕言过其实。古往今来有多少君王被阿谀之臣欺瞒，干了多少蠢事。自己今后要多加小心，防止偏听偏信。可是要想了解真实情况不被欺骗谈何容易。她很久没有出过皇宫了，前些天她决定微服出宫，看看大明朝的百姓到底过得如何。她和琼英换上男装出了宫，谁知还没走出京城就闹出了大笑话。害她生了一天气，也不敢自己随便跑出皇宫了。

欲知后事如何，且听下回分解。

第二十一回： 救危亡李银珠挂帅，立奇功花忆春封王

仁慧亲王，也就是辽国太后（从前的天寿公主），自从来到东京后就一直没再回辽国。三娘登基为大明女皇以后她就“赖”在三娘的宫里不肯走了，说是要给三娘做伴。因为辽国不存在了，她要三娘仍像以前那样叫她天寿妹妹，其他人则可称她为天寿公主或仁慧亲王。

三娘笑道：“那好，你就给我当皇后吧。不过既然是我的皇后，你可要守妇道，不能乱找野男人。不然我可要重重地处罚你。”天寿抱住三娘的柔软的腰肢哈哈大笑，道：“当陛下的皇后我正求之不得呢，陛下以后可要多多宠幸我啊。”三娘一边将两手伸进天寿妹妹的衣裙里面抚摸揉搓她的乳房和屁股，一边附在她耳边道：“我以前对你说的话还算数，姐姐的就是妹妹的。包括姐姐的男人。”

她知道天寿妹妹对她的感情真是没说的，连国王之位都让给她儿子无敌了。天寿此前还将当辽国女王时的所有男宠都遣散了，为的是能一心一意来陪伴三娘姐姐。后来三娘发现她的这个“皇后”居然真的把后宫给管起来了，所有事情都安排得井井有条。对完颜东生和完颜丽棠这两个孩子她也像亲娘一般疼爱他们。

天寿可能是当女王那几年睡过的男宠太多了，现在她似乎只对三娘这个女人感兴趣。三娘还是像以前一样，男女通吃。不过现在和她最为亲密的还要数琼英，萧玉兰，天寿这几个女人。

三娘第一个真正爱上的男人是她的姐夫林冲。收复南宋时她就去杭州六和寺找过林冲，得知他一年前跟师傅慧觉大师外出云游去了，一直没有回来过。三娘吩咐派人守在六和寺附近，一旦有林冲的消息就立刻报给她知道。

最开始她是打算和林冲一起隐居一起白头到老的，后来没料到自己创下的基业越来越大，直到建立了大明朝，成了开国女皇。现在整个国家都靠三娘支撑着，她根本无法放下一切去和心爱的人隐居。不过她还是准备在卸下了皇位后去陪伴她的林冲哥哥。

三娘的女儿无双不久前生了一个儿子，取名叫萧天鹰。丽卿也为无敌生下了第二个儿子林青宇。现在三娘总共有了七个孙子孙女：他们是无双的女儿萧天凤，儿子萧

天鹰，无敌的女儿林青云，林青霞，林青慧，儿子林青豹，林青宇。无双和无敌每年都会带儿女们来母亲扈三娘这里住一段时间。除了天寿公主和琼英外，萧玉兰也会不时来宫里帮三娘照顾小儿子完颜东生和小女儿完颜丽荣。

三娘的属下和老朋友花荣的日子也过得十分开心。花荣现在的爵位还是忠勇侯，和原来在辽国时一样。三娘本来要论功行赏给他封王，但是花荣坚辞不受。三娘深知花大哥不重名利的淡泊性情，就没有再坚持。

花荣时常和关胜呼延灼等梁山老人聚会，谈起女皇扈三娘，他们都称颂不已。当初梁山众好汉跟着宋江哥哥接受朝廷招安，为朝廷南征北战，结果死的死，伤的伤，活下来的也受尽排挤和歧视。自从在扈三娘手下效力，大家从来没有受过任何委屈，人尽其才，物尽其用。如今更是荣华富贵滚滚而来，好不令人感慨：有三娘这样的君主真是做臣子的福气啊。

一年前花荣的妻子坚持让他将鳌丽英收为小妾，现在鳌丽英已给他生下了一个儿子，取名叫花万春。花荣本是鳌丽英的杀父仇人，但是鳌丽英自从被安道全治好以后就将花荣敬为天神，一直对他忠心耿耿。花万春刚生下来就比别人家两个月的婴儿还要大，将来长大后肯定是个魁梧的大汉。

花荣的大女儿花迎春嫁给鲁铁柱后生了一个儿子一个女儿。儿子花逢春因为妻妾众多，现在已经有了四个儿子六个女儿，其中包括完颜红给他生得一对双胞胎儿子。另一个女儿花忆春还是单身一人。不过她可是大明朝最有名最艳丽的花朵，想娶她为妻的男人在大明朝不知有多少，所以花荣夫妇也不是很为她着急。

完颜雄元帅年老告病，女皇准许他回家养老，并为他在风景秀丽的杭州建了一所华丽的府邸。王进接替完颜雄成为大明朝的左元帅。女皇让张节和花逢春领兵继续向南扩张，要把暹罗和周边的那些小国都给拿下来。

完颜红央求了三娘后，获准跟花逢春一起出征。萧玉兰原来也要跟张节一起去，但是她又有了身孕，所以没有去成。她和素月公主在临行前一天晚上对丈夫嘱咐道：“到了南方见着合适的美貌女子只管娶回来。”张节一手抱着萧玉兰一手抱着素月公主，边亲吻她们边道：“有妻如此，夫复何求？”

女皇采纳镇西王林无双的建议，拨了两万余工匠，交给神威侯凌威建造新一代的火炮，不但要求射程远威力大，还要求方便运输。这样才能在战场上发挥更大的作用。

丞相朱武提议修缮全国的道路，把边远的地区和京城都连起来。这样既便于商贸和百姓的出行，又能加快兵马的调动。现在大明朝财政丰盈，国力日强，女皇对朱武的提议大力支持。她甚至认为修路比修长城还要利于国防。试想以后若哪处边关受到蛮邦的攻击，消息可以飞快地传递回京城，朝廷的兵马也可携带威力强大的火炮快速增援。至于古人留下的长城和各处关隘，现在早已没用了。因为大明朝的疆域实在是太大了，而且还在不断扩张中！

再说岳飞和花忆春。他们占了半个高丽后已经将所辖兵马扩充到了二十万，正在筹划从北向南发起进攻，要拿下整个高丽了。高丽国王知道议和无望，他找到了一个世外高人来为他出谋划策抵御大明军。这个人叫李银珠，是已故大将李银川的姐姐，四十余岁。

她年轻时就被当时的国王封为大将军，东征西讨，消灭了高丽国内的许多叛军，立下赫赫战功。后来因为被情郎抛弃，心灰意冷而遁入空门修行，这才让她弟弟李银川有了展示才华的机会。这次是国王王安亲自出马去她出家的寺庙里将她给请回来的。

李银珠给国王出的主意是：坚壁清野，严防死守，鼓动叛乱。她道："大明军现在火炮犀利，士气高昂，不宜与之正面决战。我等可坚守城池，并遣人去被明军占领的地方鼓动叛乱，同时耐心等待战机。待敌人锐气耗尽，那时可发起反攻，将他们彻底消灭在高丽境内。"国王大喜，吩咐手下依计而行，同时拜李银珠为高丽军大元帅，加封靖国公爵位。

李银珠的计策渐渐凑效了。大明军占领的高丽领土还不是太巩固，还有不少忠于高丽国王的人，李银珠要在那里扇动叛乱还是不难的。同时高丽各个城池都在加紧修筑高墙深垒，用来对付大明军。大明军攻城不下，自己的后院反倒起了火。

岳飞很快就觉察出情况不对，这些天他们忙着扑灭一股又一股的叛乱，其中最厉害的一股叛乱竟差一点将女皇派来的钦差大臣高丽宣抚使武文理给暗杀了，关键时刻还是武文理的母亲孙二娘拼死将他救了下来。现在高丽军不与大明军正面交锋，岳飞军中的火炮虽然厉害，但是用来攻城则略显不足，也一下子造不出那么多的火药。岳飞赶紧将花忆春和其他将领们找来一起商议对策。

花忆春一直在思索如何破敌。她在会上提出："我军必须摆脱被动局面，争取主动打击敌人。现在敌军在我方占领的地方发动叛乱，我军除了严厉镇压叛乱外，还需去扰乱敌人后方。”她提议自己带五千兵马从海路绕到高丽半岛南部登陆，然后和岳飞的军队两面夹击敌人。高丽南部的一些部落一直不服国王的统治，到时说不定可以将他们策反。如能成功则敌人必然慌乱，那时大明军可寻机一战而定胜负。

岳飞承认花忆春的想法很好，也许这正是他需要的破敌良策。可是他舍不得让心爱的人去冒这个险。他晚上将花忆春留在自己营帐里，想说服她放弃这个想法，或者另派他人去执行这一计划。花忆春知道岳飞的心思，她也没有多说什么，只是抚摸着岳飞胯下的大枪，待它硬起来了，就张开两腿迎上去。

她一边让岳飞肏着，一边在他耳边温柔地提醒他：你我都是女皇信任的部下，不能因为私情而误了女皇征服高丽的大计。岳飞听了点头称是。心里不禁惭愧，身为男子汉在军国大事上竟然还不如一女子看得明白。

高丽国王的女儿王锦屏现在已成了岳飞的忠实奴仆，每次岳飞肏花忆春她都在旁伺候。其实花忆春对她的吸引力似乎比岳飞还大，每次想起当初被花忆春脱光了搜身时，她胯下都会潮湿不堪。此时她正在卖力地用舌头舔花忆春的乳头。岳飞有了王锦屏在旁助兴，肏花忆春肏得更起劲了。上次国王送给岳飞元帅的礼物中有不少名贵的高丽参，王锦屏推荐给岳飞服用，效果不错。花忆春明显地感觉到岳飞那方面的能力似乎更强了。

从岳飞处回到自己营帐后，花忆春就将张完和牛猛找来。她要兑现自己上次大战前对他们的承诺，让他们尝尝女人的滋味。这次和岳飞分兵自己只带五千人，可能会有危险，到时不一定能活着回来。张完和牛猛得知监军大人在如此严峻的情况下竟然还想着要兑现她当初的承诺，不禁感动得热泪直流。他们跪在花忆春身边，抱住她的腿大哭不止。

花忆春亦悲从中来，她流着泪对他们道：要是自己回不来了，希望他们能一直忠于女皇忠于大明朝。两人听了当即发誓，生是大明人死是大明鬼，哪怕是粉身碎骨，绝不背叛女皇。然后她脱了他们两个的衣服，自己也脱光了，将他们一边一个搂在怀里。在张完和牛猛眼里，花忆春就是女神的化身。他们两个神色肃然，虔诚地抱住花忆春赤裸的身子亲吻抚摸。

接下来一个月中岳飞和花忆春秘密征集了不少船只，还挑选出了不少会驾船会说高丽话的士兵，其余士兵也请有航海经验的人加以训练。训练好以后花忆春就带着这些人出发了。元帅岳飞去岸边给她送行，张宪和牛猛也默默地注视着自己心中的女神离去，他们一直等到看不见船桅了才回去。

花忆春带着那五千兵往高丽南部驶去，船在海上已经走了十多天。花忆春晕船晕得厉害，人消瘦了许多。她晚上睡不好，做了不少噩梦。

最多的是梦见一个冤死的女人：那女人衣着华丽，被人追杀到海边，她用弓箭射死了许多敌人，最后弓箭都用完了才投海而死。花忆春觉得奇怪，以前她的梦境从来不会这么清晰，连那女人衣服上的褶皱都看得清清楚楚，跟真的一样。另外梦中那女人的箭术十分高明，跟自己不相上下。

花忆春觉得这个梦不是好兆头，忧虑之心日重。她带的五千兵因为疾病和疲劳，士气很低。在这种情况下军队很容易发生骚乱，花忆春只能硬撑着给他们鼓舞和安慰。她保证这次出征无论胜败，她都要去女皇那里给大家请功。她对女皇的绝对忠诚和对士卒的真心关爱赢得了部下的尊敬，军中已经渐渐升起的怨气和不安的情绪被她抚平了。

不过更严峻的考验降临了：船队遇到了暴风雨。花忆春和部下们使出全身力气和暴风雨搏斗了一整天，终于失败了。他们的许多船只被风浪掀翻，花忆春自己也掉进了海里。她抱着一块木头在海里漂了一夜，最后被海浪冲到了岸边。

第二天早上花忆春睁开眼睛一看，她的船队和部下都不见了，自己孤身一人躺在沙滩上。现在她衣不蔽体，手里也没有兵器，浑身乏力，饥渴交加。她感到一阵绝望，昏了过去。迷迷糊糊地她感觉有人来了，好像是七八个男人。他们说着她听不懂的话，将她抬走了。

来到一处像是军营的地方，她被扔在一间屋子里，一个像是仆人的中年女人过来给她喂了一些水喝。花忆春看见离她不远处有一个大瓦罐，里面还有大半罐子剩饭。她肚子饿得厉害，身不由己地向那个瓦罐爬去。这时走过来一个相貌凶狠的男人，穿着士兵的衣服。他扯住花忆春的头发将她提起来扔在一边，嘴里不知在骂些什么。

那男人盯住她打量了一会儿，大概是发现了她的美貌和诱人的身材，突然向她扑过来撕扯她不多的衣裙。花忆春根本没有力气反抗，她肚子饿得要命，两眼只是巴巴地盯着地上那半罐子剩饭。很快那男人就将她脱光了，自己也光着下身将她压在身下，用胯下之物往花忆春两腿间狠戳。

这时门外走进来六个士兵，有老有少。他们有的手里提着长枪，有的挎着腰刀背着弓箭。那个正在肏花忆春的男人从花忆春身上下来，七个人大声争吵起来，似乎是在争谁先发现的花忆春或者是谁该先肏她。花忆春听不懂，也管不了许多，她赤裸着身体地爬到那个瓦罐边上，用手抓起里面的剩饭就往嘴里送。

过了一会儿那些男人们停止了争吵，似乎达成了一致，这时花忆春已将那罐子里的剩饭全吃完了。那七个男人走过来围住花忆春，其中最老的那个脱了裤子先来肏她。花忆春吃饱了肚子，也恢复了少许体力，但是她现在要对付七个身体强壮的男人们还不行。她只好咬牙闭上眼睛任由那个老男人折腾她。接下来这些男人一个接一个地将花忆春轮奸了一遍，然后乱七八糟地躺在地上喘息。

那个老男人指着花忆春嚷嚷了几句，这时最开始肏花忆春的那个凶狠的男人从地上爬起来，他找来一根绳子就要过来捆绑花忆春的手脚。花忆春觉得机不可失，她趁那人近前时抽出他身上挎着的腰刀，一刀捅进了他的胸部。那人惨叫一声，鲜血喷了花忆春一身，然后重重地倒下了。

其他人被惊呆了，花忆春趁他们没反应过来，抡起手里的刀一阵砍杀，将剩下的六个男人杀死了五个，只有一个被砍了一刀带伤逃走了。那个中年女仆看见花忆春一身血，吓得浑身哆嗦不停。见花忆春向她走来，她突然喊出“饶命”两字，花忆春听出分明是开封附近的口音。花忆春道：“我不杀你，你快给我找些衣物和清水来。”

那女人战战兢兢地去隔壁房间找来一套干净的男人衣服和鞋子，又给花忆春端来一盆清水。花忆春赶紧将身上的血迹和那些男人们留下的脏东西都洗净了，换上了干净衣服和鞋子。然后开始向那女人问话。

原来那中年女人名叫阿秋，早年跟丈夫在宋国都城东京做生意，所以会说宋国话。后来回到故乡后丈夫病死了，她没有儿女依靠，只好去当军妓养活自己。现在年老色衰当不成军妓了，好在她认识负责这个军营的将官，他让她在军营里当杂役挣一点钱度日。

阿秋道这里是高丽南部的一座军营，只有一个将官带着一千余士兵驻守。今天早上他们发现不少被海水冲上岸来的大明军尸体，还俘获了一些活着的士兵，都被关在军营里。那个将官现在还带着手下在海滩上搜寻大明军。

花忆春知道那个逃走的士兵马上会带人回来抓自己，现在自己一个人人生地不熟，就算跑也跑不远，心里不由着急。她手持军器，让阿秋带她找到关押大明军俘虏的牢房，好在只有两个老兵看守。花忆春将他们都打晕了，砍开牢门将里面的俘虏都放了出来。一共有五十余人，都是跟着花忆春来的大明军。他们见了花监军亲自来救他们，一个个全都跪在地下磕头痛哭，激动不已。花忆春叫几个人去帮阿秋做饭，其他人收集弓箭和兵刃，准备迎敌。

刚刚吃完饭，那个受伤逃跑的士兵就引着一个军官和三百余士兵杀回来了。花忆春待他们走到离自己二百余步时，张弓搭箭，一箭射中那个将官的喉咙，扑地倒了。接着又一箭将那个受伤的士兵也射死了。其余士兵吃了一惊，因见花忆春这边人少，他们并未四散逃跑，而是手持刀枪慢慢围将过来。

花忆春左右开弓，一连十箭射去，将十个士兵射死。其他士兵见花忆春箭无虚发，顷刻间射杀了十二人，而且都是被射中咽喉，有的吓得撒腿就跑，有点则跪在地上嘴里叽里呱啦的叫喊。花忆春问阿秋他们在叫什么，阿秋道："他们道你是金花娘娘，要向你投降。"

据阿秋解释，这金花娘娘原是宋国人，父亲是个武将。她不但生得美貌，且从小跟父亲习武，箭术极为高强。高丽的上一个国王登基前曾去宋国游历，偶然认识了这个女子，两人一见倾心，后结为夫妻。国王登基后封她为金花娘娘。后来国王被他兄弟，也就是现在的国王设计害死了，金花娘娘亦被囚禁了好几年。

一年前金花娘娘逃出牢笼，来到南方，准备起兵为她丈夫报仇。国王派重兵围剿，两军在此地大战数日，因金花娘娘兵少将寡，最后被赶到海边。金花娘娘用她那张神弓在这里的海滩上射杀了一百多个敌人，然后跳海自尽。

可是国王的大军在附近海域找了一个多月也未发现她的尸首。于是就有传说道金花娘娘未死，她已逃回宋国，迟早会带兵回来报仇。这个军营里的士兵大都参与了一年前那场围剿金花娘娘的大战，对她的神箭记忆犹新，因此认定花忆春就是金花娘娘。

花忆春心里一动，暗道：莫非我梦见的那个女人就是金花娘娘？莫非她的冤魂要助我成事？当下也不及多想，对阿秋道："从今后你跟着我，我保你后半生荣华富贵。现在你去告诉他们，说我就是金花娘娘，专门回来找国王报仇的。所有投降我的人以后都能升官发财，反抗我的则是死路一条。"

阿秋大喜，领命去了。不一时将那些愿意投降的士兵都带来参拜花忆春。因金花娘娘本是宋国人，花忆春不会说高丽话并未引起这些士兵们的怀疑。他们只知道金花娘娘美丽无比且箭术通神，这两条花忆春恰好都符合。

花忆春占了这座军营，派兵去海边救援被冲到岸上的大明军，陆陆续续又救回来了两百余人。第三日有几只船载着两千余大明军到了。原来他们的船不曾被大风吹翻，而是被吹得远了，在海上多漂了两天。这些大难不死的明军士兵对花忆春更加敬若神明。现在花忆春有了将近三千士气高昂的士兵，她开始打出金花娘娘的旗号在高丽南部攻城掠地。高丽本来就有些不愿意臣服王安的势力，那些忠于原国王的士兵又纷纷投降花忆春，叛乱的风潮越闹越大。

高丽国王王安闻报金花娘娘在南部起事，大惊。当年他害死哥哥后因垂涎金花娘娘的美貌，将她囚禁起来奸淫了十余日。金花娘娘性如烈火，每次被王安强奸时都拼死反抗，对他大骂不止。有一次她差点儿将王安的命根子咬下来，王安将她打得皮开肉绽。不过他也不敢再去碰她了，可是又不舍得杀了她，就这样一直将她关在牢里。

几年后一个王安的近侍被金花的美色诱惑，将她偷偷地放跑了。虽然王安后来调兵将金花娘娘的人马全部剿灭，但是他的手下一直未能找到金花的尸首。他听说大明军中的有个姓花监军生得十分美丽而且箭术高超，莫非是金花那贱人投靠了大明朝再引兵前来报仇？

因心里有鬼，王安越想越觉得金花真的没死。若如此，朝廷里那些原国王的亲信们不是又要密谋造反了？他急得像热锅上的蚂蚁，令手下去将元帅李银珠找来商议。

当年那个将李银珠抛弃的人就是原国王。他自从遇见了金花娘娘后就将多年的相好李银珠忘在了脑后。李银珠悲愤交加，辞去大将军之职，出家修行去了。若是有李银珠一直辅佐他，国王的弟弟王安恐怕也登不上王位。这些年李银珠一直没忘了对原国王的恨，这也是她答应王安的请求出山担任元帅一职的原因之一。另一个原因是大明军杀死了她心爱的弟弟李银川。

李银珠才华横溢，也极其自负。不过她心里对大明军元帅岳飞的用兵还是很佩服的，若不是两人处在敌对的阵营，她还真想将岳飞请来交流切磋一下兵法。

李银珠听国王王安说了金花娘娘在南部发动叛乱之事，心知大势不妙。不过现在她别无他法，只能拼死站在国王一边，想法儿打败大明军。她拍着胸脯向国王保证，一定要将大明军赶出高丽。她以前对国王说的是要将大明军全歼在高丽境内，现在只说要将他们赶出去，可见她自己也有点儿信心不足了。

不过王安没注意这点区别，他觉得自己似乎快要众叛亲离了，李银珠的保证让他放下了心。这李银珠也是个美人坯子，虽然已年近五十，但看起来还是很不错的。王安此时竟对她产生了强烈情欲，不由自主地张开两臂将这个女元帅抱在了怀里。

李银珠此生只有一个男人，就是那个负心的原国王。她从来不曾对另一个男人动心，修行后也不曾有哪个男人敢来接近她。现在猛然被王安抱住，她毫无准备，不免心慌意乱，糊里糊涂地就被王安弄到了床上。王安急急忙忙地将李银珠浑身上下脱得精光，嘴对着她胯下一阵吸允。李银珠多年来第一次被男人脱光了亲热，羞得满脸通红，朦胧间将王安当成了她的那个负心人。

两人在床上折腾了半个时辰方才停下来喘息。刚才王安已将李银珠肏得春情勃动，浪叫不止。李银珠现在心里羞愧不已，将头埋在王安怀里不敢露面。王安则满心欢喜，他坐在床上抱着李银珠赤裸的身子，高声将侍从叫进寝宫，当场下旨封李银珠为贵妃娘娘。侍从和宫女们急忙跪下向国王和贵妃娘娘道喜。

当晚李银珠就宿在了宫里。现在国王将她看作自己唯一的希望，夜里和她颠鸾倒凤了好几次。不过李银珠到底是个称职的元帅，第二天清早她就穿戴整齐出宫回军营去了。临别时免不了又被王安搂住亲吻，直吻得她娇喘连连。

岳飞得知花忆春以金花娘娘的名义在高丽南部掀起大乱，大喜。现在高丽国王控制的地区已不到全国的四分之一了，他知道决战的时机已到。他集中所有火炮，一鼓作气攻下了高丽国都附近的几座城池。李银珠虽然竭力抵抗，但还是力不从心，节节败退。现在国王控制区人心惶惶，地方官员逃出来投降大明朝的不计其数。

岳飞终于和花忆春会合了。两人在帅帐里顾不得避讳搂抱在一起，侍卫们急忙退下回避。岳飞知道了花忆春在高丽南部所经历的艰辛，心疼得不得了。花忆春则因能够再一次回到岳大哥的怀抱高兴得眼泪直流。两人嘴唇对接肢体交缠，淫声浪语不断，听得站在外面的几个侍卫脸红耳赤，心里扑通扑通直跳。

李银珠还是未能力挽狂澜保住高丽和国王王安。她的军队在岳飞和花忆春的全力夹击下崩溃了，她自己亦被生擒。李银珠年轻时武艺很不错，她准备以死报国，仗剑拼命抵抗岳飞的军兵。岳飞心里很钦佩这个女人的本事，亲自上前与她交手。最后将她一把抱住夺去了她手里的兵刃，李银珠这时已累得昏倒在岳飞怀里。

国王王安得知李银珠兵败被擒后，在王宫里拔剑自尽，一直到死他都以为花忆春就是金花娘娘。他的臣下逃的逃，降的降，存在了两百余年的王氏高丽终于被大明朝灭掉了。大明女皇扈三娘闻报大喜，下旨将元帅岳飞和监军花忆春招回东京，战死的将士们的尸骨也一起运回。岳飞将大军暂时交给先锋官张宪统领，自己和花忆春开始收拾行装准备启程回京参见女皇。

岳飞对李银珠的才能很看重，待她如上宾。李银珠现在终于可以和大明军主帅心平气和地交流用兵之道了。她也知道了大明军的监军花忆春并不是自己的情敌，她和那个金花娘娘没一点儿关系。她弟弟李银川虽然是被花忆春射伤，严格来说他不是死于箭伤，而是病死的。岳飞想劝说她去东京参见女皇为大明朝效力，可她是个极好面子的人，左思右想后还是推辞了。

监军花忆春亦想为女皇笼络住李银珠这个人才，常常和岳飞一起去劝慰她。这天花忆春设私宴，只请了李银珠和岳大哥两人。

自从上次被王安肏过之后，李银珠就不再将自己的感情寄托在那个已死的负心人身上。这些天她和岳飞相处甚欢，两人从古聊到今，大有知己之感。聪明的花忆春看出了苗头，这李银珠和岳大哥之间似乎有那么点儿意思。她灵机一动就使劲儿给他们劝酒，将他们两人都灌醉了。她将醉醺醺的两人扶上床，脱光了衣服，然后锁上房门自己离开了。李银珠第二天便答应和岳飞一起去东京参见女皇。

女皇扈三娘率领文武百官出城十里迎接凯旋而归的岳飞元帅和花忆春监军，京城内外数万百姓也来夹道欢迎。岳飞的母亲也领着孙子孙女儿媳们站在人群里迎接儿子，她心里感慨万千。要不是花忆春当初将她母子俩从马贼手中救出来，要不是遇上女皇这等千载难逢的贤明君主，她一家焉能有今天?

鉴于花忆春为征高丽立下的巨大功劳，女皇扈三娘将她封为金花亲王，她领地就是高丽的都城。同时她还被任命为高丽节度使，负责管理整个高丽地区。高丽有许多百姓认为花忆春就是以前的金花娘娘，所以女皇将错就错，给了她金花亲王的封号。岳飞奏请女皇将张宪和牛猛都调去花忆春麾下效力，他们两人现在成了她手下的两员大将。原高丽宣抚使武文瑾被调回东京担任副丞相一职，成了朱武的助手。

女皇让岳飞顶替了原来完颜兀术的大明朝右元帅之职，并将岳飞的爵位从武德侯改封为武德公，岳飞死去的父亲亦被追封了爵位。岳飞现在总算是实现了自己为大明朝为女皇开疆拓土的大志。他和母亲领着一大家子进宫向女皇谢了恩。

由于岳飞和花忆春的大力推荐，女皇抽空接见了原高丽元帅李银珠。女皇发现她确实是有才华，就将她任命为大明朝兵部侍郎。李银珠一个败军之将亡国之臣竟然得到女皇的如此重用，不由得对这个大明女皇感激万分。自此她开始忠心耿耿地效忠女皇，后来官至兵部尚书，还被封了侯爵。

原大明朝右元帅完颜兀术这时已经因病去世了。女皇将兀术的十岁的儿子金蝉子认作自己的干儿子，并带在自己身边抚养调教。兀术的家人们都对女皇的恩宠感激涕零。女皇现在收养了许多阵亡将士们的儿女，她计划等这些孩子们稍大后就将他们送去女皇书院学习，然后再送去镇西王林无双和镇北王林无敌那里去进一步历练，将来他们都有可能成为国家的栋梁之才。

再过些天花忆春就要去高丽上任了，岳飞心里很舍不得她走。他早就有意将花忆春娶回家来，他的妻妾们也不反对。可是他心里清楚花忆春不是属于他的，她应该会有更为美好的前程。岳飞不知道的是，花忆春临行前还为她的岳大哥做了一件他怎么也想不到的事。

花忆春回东京后先去父母那里和他们团聚了十来天。看着自己的可爱女儿将不到一岁的弟弟花万春抱在怀里逗弄，花荣夫妇怎么也想象不出她是如何在残酷的战场上立下那些惊天动地的大功的。现在这个女儿在大明朝的名气已经超过他们的儿子花逢春了。

辞别父母后花忆春去看望了她的大姐花迎春和姐夫鲁铁柱。鲁铁柱不善言语，没有做大官的才能。他自己也满足于侍奉女皇，从来不曾有任何失误。所以这些年他一直和祝永清共事，为女皇最为信任的贴身亲随。考虑到他们一直忠心耿耿鞍前马后地伺候自己，三娘给鲁铁柱和祝永清都封了伯爵。

大姐花迎春从小就很疼爱这个小妹，她早已知道丈夫鲁铁柱是花忆春的第一个男人。可惜的是他并不适合做小妹的丈夫，不然的话姐妹俩共事一夫也是不错的。妹妹名气如此之大，配得上她的人不多，将来花落谁家恐怕只有去问神仙才知道了。不过花忆春根本不去操心这些事儿，晚上她脱光了衣服躺在姐姐和姐夫中间。左手抱住姐姐，右手搂住姐夫，甜甜地睡熟了。

离开姐姐家后花忆春就住进了皇宫，她要在去高丽上任前陪伴她的三娘阿姨几天。对她来说，三娘既是威严的君主，又是慈爱的母亲，还是亲密的姐姐。她很小的时候就觉得自己有责任保护三娘，像父亲和大哥那样为三娘尽忠。三娘是看着她长大的，深知这个小姑娘对自己的深情厚谊，时常被她感动得不知说什么好。

晚上三娘将赤裸的花忆春搂在怀里睡，花忆春用嘴含着三娘的乳头吸允。三娘被她吸得浑身酥麻，一会儿觉得自己抱着的是女儿无双，一会儿又觉得是那个顽皮的小猴子花逢春。后来三娘也不多想了，开始用手爱抚着花忆春的身子，用舌头伸进她的胯下舔食。两个女人最后大汗淋漓，搂着睡着了。

欲知后事如何，且听下回分解。

第二十二回：岳元帅东京得宠，阮先锋安南遭劫

花忆春回到高丽后住在原来的高丽王宫里。她觉得王宫太大了，就将其一分为三。一部分作为自己的住处，即金花亲王府。一部分是高丽节度使的幕僚们的处理公务之处和节度使卫队的营房。最后那部分极为豪华，用来招待贵宾。女皇已经答应她忙过这一段时间就来高丽看她。

武文瑾主持高丽政务时已经任用了不少官员，朝廷又陆续派来了一些文官。花忆春对他们完全信任，放手让他们施展，自己只处理重大事务。高丽原来的王室极其贪婪奢侈，积累了许多金银财宝，花忆春将其中一大部分用来抚恤阵亡和伤残的军人，剩下的救济因战乱造成的流民和孤儿，整个高丽地区很快就得到恢复，人心安定，农牧工商兴旺。

一些高丽百姓们依然喜欢称花忆春为金花娘娘，她也未加纠正，她知道女皇的意思也是让她将错就错，这样更利于治理高丽。所有知道底细的大明朝的将领和官员们都被告知不得议论或泄漏有关花忆春的身世和金花娘娘的真相。

高丽的王室里还有两个没出嫁的公主，是和王安同父同母的亲妹妹。她们一个十八岁，一个十七岁。花忆春在征得她们自己的同意后将她们嫁给了自己的亲信爱将张党和牛猛。王安家族的人一直担心金花娘娘会来找他们报仇，现在总算放了心。

这一天有一对老夫妇找到金花亲王府要见金花娘娘，他们带来了一个四岁的男孩，说是金花娘娘的儿子。花忆春大吃一惊，她从来没听说过金花娘娘还有儿子。她叫卫士将那三人领到府内密室里等着，自己先将阿秋找来商议。那个女仆阿秋因最早效忠花忆春，除了给她当翻译还尽心地伺候她起居，花忆春已将她提拔为亲王府的管家。

阿秋去见了那对夫妇和那个小孩，回来后向金花亲王禀报。原来王安害死他哥哥时，金花娘娘刚刚生下一个男孩。王安派人去抓金花娘娘，将她囚禁起来。金花的一个贴身侍卫带着这个婴儿逃到乡下家里藏了起来，那对老年夫妇就是这个侍卫的父母。后来那侍卫病死了，这个男孩就由他父母抚养至今。他们老两口从来没出过远门，听说金花娘娘现在又掌权了，就带着这个孩子找上门来。

花忆春看出这对夫妇是老实的乡下人，他们带来的金花娘娘的信物确实是王室才有的贵重物品，觉得这事儿不会有假。再看这个四岁的男孩，他长得白里透红十分可爱，有一双会说话的大眼睛。花忆春收下这个男孩，重重地奖赏了老两口子。他们两人带这辈子都花不完的钱财，高高兴兴地回乡下去了。

就这样还未出嫁的金花亲王大明朝高丽节度使花忆春大人有了自己的儿子。

再接着说岳飞。花忆春临走前告诉岳飞让他一定要继续服用那些珍贵的高丽参，不要停下来，还说她到高丽后还会继续给他送些来。岳飞不太明白这是为什么，他因为心上人的离去而心里难受，也没有多问。一天傍晚，女皇招右元帅岳飞进宫。

这一次岳飞被两个宫女直接带进了女皇的寝宫，岳飞像是走进了一个美妙无比的梦境一般。女皇扈三娘刚刚沐浴完，身上只有几缕薄纱，浑身散发出迷人的香气。她酥胸微露，脸上带着一层红晕，无声地坐在床上，妩媚的眼睛朝着岳飞看过来。

岳飞透过薄薄的轻纱，看见了三娘完美的躯体，还有两腿间那神秘的芳草地。他激动得热血奔涌，浑身颤抖。眼前的可是他梦中那个至高无上的女人，大明朝的开国女皇啊！

这世上只有一个人知道他内心对女皇的那种强烈的爱慕之情，那人就是花忆春。她临走前向女皇推荐了岳飞，说他在那方面不亚于已故金国皇帝完颜明！

女皇扈三娘的心一下子就被抓住了。在被这么多的男人肏过后，最为令她难忘的是金国皇帝完颜明。完颜明死后，不但是三娘，连琮英和萧玉兰都很怀念他超凡的性欲给她们带来的无与伦比的快感。听花忆春说岳飞是个和完颜明在那方面相当的人，三娘忍了好几天，实在忍不住了，就将岳飞招进了寝宫。

两个宫女仿佛早得她的吩咐，过来替岳飞脱光了衣服，将他送到床边。岳飞没有说话，直觉告诉他现在需要的是行动。他捧起三娘的脚趾含在嘴里吸允，然后用舌头一寸一寸地将三娘由下往上舔，慢慢地舔到了三娘的两腿之间。三娘闭上两眼，露出享受的神情，嘴里发出摄人心魂的淫荡之声，这让岳飞舔得更加带劲。他胯下的大枪早已挺得直直的，岳飞待三娘春情勃动之时，用力将它插进了三娘淫水泛滥的桃花洞里。

第二天女皇扈三娘破天荒地没去早朝。她将岳飞留在寝宫里与她大肆荒淫了一番，度过了一整天淫荡的美好时光，直到天黑时岳飞才被送离皇宫。因为女皇登基以来三年勤政如一日，大臣们都以为她生病了。许多人忍不住前来皇宫里探问，直到第三天女皇正常上朝后大家才放下心来。

岳飞肏过了爱慕已久的女皇，心里对花忆春更加感激，只有她才能这么无私地替她的岳大哥着想。他不知道花忆春这么做不单单是为了爱他，更多地是为了爱她的三娘阿姨。为了能使三娘阿姨的过得开心她心甘情愿受任何苦做任何事。

和女皇扈三娘春风一度后岳飞时刻都在思念她，每天和自己的妻妾同房时心里想的也是三娘美丽娇艳的面容和健美柔嫩的躯体。岳飞不能对自己的妻妾们透露这件事，可是他实在需要一个人来分享一下自己的秘密。于是他就找到了母亲，悄悄将此事地告诉了她。岳飞的母亲是这个世上对女皇最感恩最崇拜的人，当得知自己的儿子竟然能够给岳家的大恩人，仁慈圣明的女皇陛下带来快乐后，她激动得昏了过去。

三娘那天晚上也向自己的密友琼英，萧玉兰，天寿妹妹透露了自己和岳飞的奸情。三人反应不一。琼英萧玉兰当初是跟三娘一起服侍过完颜明的，她们脸上分明露出一丝羡慕一丝期待。三娘搂住她俩笑道："下次记得叫上你们。"琼英和萧玉兰羞得脸腾地红了。天寿现在只喜欢女人，她紧靠在三娘身上，用手伸进三娘的裙子里轻轻地抚摸着三娘那依然红肿未消的胯下，心里微微有点吃醋。是吃岳飞的醋。三娘自然知道该怎么整治她，四个人很快就宽衣解带在御床上嬉笑打闹成一团。

岳飞好不容易等到了下一次被女皇召见，这次岳飞不但又一次肏了他日夜思念的女皇，还附带着肏了英武亲王琼英和她的儿媳萧玉兰。琼英还是那么英姿飒爽，风骚迷人。萧玉兰刚为张节生了个儿子，身材比较丰满。两人事前都对岳飞的表现充满了期待。

岳飞并不知道花忆春曾在女皇面前将他和金国皇帝完颜明相比较，所以他心里并无压力。他只是觉得这三个女人浑身充满魔力，这魔力让他持久坚挺，丝毫不感到疲倦。和三娘一样，琼英萧玉兰过足了瘾，事后她们俩累得躺倒在宽大的御床上一动也不想动了。岳飞肏萧玉兰时还得到了意想不到的奖励：萧玉兰正在哺乳期，岳飞喝到了她那甜甜的乳汁。

这天从镇西王处传来一个不好的消息：镇西王的丈夫萧天龙病死了。女皇很心疼无双这个女儿，害怕她悲伤过度，想将她接来东京住些日子，可是现在大明朝西部根本都离不开无双。女皇将女婿萧天龙追封为西辽王，特地下旨让他兄弟萧天豹萧天狼儿子萧剑锋女儿萧剑萍四人一起运送灵柩回萧家的祖籍（在从前的辽国境内）安葬。

三娘准备再给女儿无双派去一些自己信任的属下，帮她处理各种事物。她第一个想到了祝永清。祝永清还年轻，人也诚实可靠。等三娘自己从皇位上退下来后他还是壮年，完全可以继续为下一任女皇效力。现在让他去跟着无双正是个好机会。

晚上在寝宫里永清抱着三娘的娇躯泪流满面，他知道三娘派他去镇西王那儿是为了他以后的前程，可是他已经对三娘十分依赖，不忍心和她分离。三娘心里也有些舍不得他走，他们俩像恩爱夫妻般在御床上缠绵了大半夜，三娘浑身上下都留下了永清的吻痕。

琼英向三娘推荐了原西夏驸马王平和公主李玉倩夫妇。这两人在无双攻西夏时被俘，无双将他们赐给师傅琼英为奴仆。他们一直小心伺候琼英，对她忠心耿耿。琼英是个仁慈的主人，她早就让他们夫妇脱离了奴仆的身份，还通过三娘为他们在朝中安排了官职。现在她推荐他们回去给无双效力，也是为了能让他们有更多的立功机会。他们久居西夏回纥一带，对那里的民情熟悉，一定能给无双帮许多忙。

王平李玉倩得知自己被派往镇西王无双处，知道这是前主人琼英出的力，两人一起到琼英府上拜谢她。琼英早已不将他们当奴仆了，以前和他们玩的强奸游戏也早停了。今天见了他们，琼英不由被勾起了旧情。他们两个以前贴身伺候琼英，和她朝夕相处，当然看得懂主人的眼神和心思。

夫妻俩配合默契，将琼英脱了衣裙，妻子在前面舔允，丈夫在后面猛肏。过了一会儿，王平开始扯着琼英的头发用力打琼英的屁股，李玉倩则用手掐她的乳头。琼英多时不曾被虐，屁股被打得红肿，乳上胳膊上腿上亦留下不少青紫瘢痕。她兴奋得浑身发抖，嘴里大喊大叫不止。

栾英栾勇姐弟俩来也央求女皇让他们去无双姐姐那儿效力。栾英原来和李仁义的儿子李忠夏那黑小子相好，可是李忠夏最后却辜负了她的一片真心，娶了一个吐蕃头人的女儿。栾英伤心欲绝，和弟弟一起回到了三娘身边。她姐弟俩是后辈中最早认三娘为干妈的，三娘对他们疼爱有加。在三娘的关怀下过了两年，栾英终于忘掉了伤心之事。现在她觉得是自己为干妈分忧的时候了，遂和弟弟一起去央求三娘，要去镇西王无双那里效力。他们姐弟俩从小时候就跟无双姐姐最好，三娘觉得他们会成为无双的好帮手的。

临别时三娘将姐弟俩都搂在怀里，眼睛湖湿了。现在很多后辈们都已长大成人了，她心里很欣慰，觉得这些年自己所有的苦都没有白吃。

栾勇已经从当初那个虎头虎脑的小男孩变成了一个身材魁梧满脸胡须的大汉，干妈三娘温暖舒适的胸怀是他小时候后最为眷恋的地方。现在他的脸被贴在干妈丰满的胸前，闻着干妈身上那股好闻的气味，感觉无比的幸福。他知道干妈为国为民不停地操劳，同时也没忘了关爱他们这些后辈。从早年青山盟的崛起到辽国都城的风云变幻，从金国内部的斗智斗勇到大明朝的建立，干妈早已赢得了百姓们的衷心爱戴和全体亲人和属下们的无比敬仰。

永清栾英栾勇以及王平夫妇一行人辞别了依依不舍的女皇，取路往西而去。

女皇派出的征南军原来是由左元帅完颜雄领兵的，目的是要将大明南面的小国全部征服，主要的有蒲甘国，安南国，暹罗国。因为主将完颜雄生病，耽误了不少时间。后来完颜雄见自己的病一时好不了，害怕再拖下去会误了女皇陛下的征南大计，就向女皇提出辞呈，请陛下另择主将领兵。

女皇准了完颜雄的辞呈，决定由张节任征南大将军，和花逢春一起领兵两万出征。临行前女皇嘱咐他们要学会利用火炮的优势和大明朝的赫赫威名使敌国屈服。张节花逢春跪在阶下，恭恭敬敬地道：谨遵女皇教诲。

南面的大理国早在平南宋时已被无双手下的大将李仁义领兵征服。张节花逢春的大军穿过了大理，首先要攻打的是安南国。

安南国到处是山地，气候湿热，给张节花逢春的征南军带来了许多不便。安南人性格凶悍，在大山里行走如飞，还善用各类飞镖，弓箭，陷阱，毒物，很不好对付。安南国王李金龙得知大明女皇派兵南征后，召集所有治下的部落头人，歃血盟誓，组成联军，誓死抵抗大明。安南的部落联军由国王的弟弟镇国公李金虎挂帅。

张节花逢春刚进安南就碰上了安南军的先锋阮文君的五千兵马，这些兵马都是从安南各个部落里抽出来的。阮文君利用有利地形和灵活多变的战术让大明军吃了几次败仗。张节花逢春商议后，觉得这里山太多，两万兵马施展不开，不如分兵去打蒲甘国。若能打下蒲甘，则可从侧面夹击安南。于是张节花逢春各分了一万兵马，花逢春去打蒲甘国，张节则留下继续与安南人周旋。

先说张节。他领兵攻占了几座小山城后被南安的部落联军挡在了一座大山前。这山高入云端，十分险恶，中间只有一条长长的峡谷通过。张节要攻取的下一座城池叫赤坎寨，穿过这个峡谷就到了。若不经过峡谷则须多绕至少三百里的山路，而且那些山路无法通过马匹和车辆。张节叫部下且在山前扎营，自己带着几十个侍卫前去探路。

他们还未接近峡谷口两边山上的安南人就开始放箭，张节等只得往后退走。退回大营后，张节抽调两千铁甲兵，掩护着带来的数十门火炮直至峡谷前，对准谷口两边的山上一阵猛轰。那些安南人从未见过火炮，不知去山石后躲避，被炸得哭爹叫娘，东奔西窜。下面的大明军看了哈哈大笑不止。

这天半夜里张节被擂鼓声和呐喊声惊醒，部下来报，安南人趁黑夜来劫营。左营放哨的士兵因睡着了，被敌人摸进来施放火箭，点燃了部分粮草，军士亦被杀死杀伤三百多。张节大怒，披挂上马，吩咐右营和中军严加防范，张节亲自引精兵五百去救左营。

张节带兵绕到劫营的安南人后面，正碰上安南兵得胜归来，冷不防被张节的兵马拦住大杀一阵。杀死杀伤了三百余，俘获了约二百，其余的四散逃走。张节正要回营，见有两个安南将军带领三百余兵杀来，显然是要救这些被俘的安南兵。两军都带着火把，将战场照得通亮。张节上马迎住敌将厮杀，只见这两将顶盔披甲，脸上涂着黑油，看不清面孔，一个手持长枪一个挥舞大刀，向张节猛冲过来。

张节持枪迎住两将，斗了五十余合，不分胜负。张节摸出一块石子朝使枪的那人打来，正中脖颈，被打得颠下马来。使刀的见了大惊，奋不顾身来救那落马之人。张节又是一石子打去，那人急用刀格挡，却被打中手腕，痛得将大刀失落地下。张节纵马赶近前抡起枪杆将那人扫下马来，喝叫士兵过来将两员敌将绑了。那些安南兵见两将被擒，一窝蜂都逃走了。回营后张节吩咐部下将活捉的安南人都绑了好生看守，尤其不要走了那两个敌将。

第二日清晨，部下来报有一安南女将只身前来，要见将军。张节叫将她请进来，只见那女将大约十六七岁年纪，虽不是国色天香，却也颇有几分姿色。张节对她道："我乃大明征南大将军张节。你是何人？来此何事？"那女将嫣然一笑，道："久闻张将军大名，今日幸得一见。小女子姓阮名紫羽，为安南国先锋大将阮文君之女。我来见大将军，是想求大将军放了我的两个姐姐。"

张节道："我却不曾见你的姐姐。"阮紫羽道："你昨日擒下的两人便是。"这时张节的一个侍从上前道："启禀大将军，昨晚卑职发现那两个捉来的敌将是女子，因将军已经歇息故未曾报与将军知晓。"阮紫羽道："好教大将军得知，我等姐妹五人俱是安南将领。被元帅擒获的这两个是大姐阮红羽二姐阮青羽。我是老三。还有两个妹妹阮蓝羽阮白羽亦在军中。"

张节寻思：我何不用这两个被俘的敌将交好安南的阮先锋？若能将其招降过来，定能助我攻关破敌。张节吩咐将那两个女将带上来。张节对阮紫羽三人道："我大明女皇乃是千古明君，欲将海内统一。今放你们回去，望你等早日弃暗投明，不可执迷不悟。"三姐妹跪下拜谢了大将军。张节感觉到这阮紫羽似已有归顺之意，于是设宴款待三人。酒席上张节高谈阔论，将女皇的丰功伟绩大肆赞美了一番。陪同的大小将官们亦说起大明朝的繁华和富庶，直说得三人羡慕不已。宴席之后三姐妹拜辞去了。

第二天午后，张节闻报安南先锋阮文君在大营前列阵搦战。张节披挂上马，领五千兵马出战。只见一个全身披挂的女将立在阵前，身后将旗上大书一个"阮"字，旁边立着五员女将。张节认得其中三人是阮红羽，阮青羽，阮紫羽。再看那女将，只见她四十余岁年纪，生得美艳绝伦。张节暗道：原来这安南国的先锋阮文君是个女人，其美貌竟与三娘阿姨相当！另外那两个年纪小的定是她的小女儿阮蓝羽和阮白羽了。

张节对她道："我乃大明征南大将军张节，对面的可是阮先锋？"阮文君答道："正是。你大明朝为何出兵来安南侵占我国土，残害我百姓？"张节答道："侵占国土确有其事，残害百姓却未必。自古以来天下唯有有德者居之，我大明女皇陛下乃千古仁君，已将宋，辽，金，西夏，回纥，吐蕃收入囊中，百姓无不安居乐业。你等安南人何不顺应天意，归附我皇？"

阮文君喝道："大胆狂徒，休得逞口舌之利。你我且大战一百回合再说！"说罢手舞钢刀向张节杀来。张节拦住正欲出战的手下将领，亲自上阵会这阮文君。两人在阵前一来一往战作一团。

这阮文君武艺高强，张节使尽全力亦赢她不得。两人斗了多时，未分胜败。张节想要招降她，不愿用飞石伤她，心里着急。幸亏这时阮文君停下了攻势，对张节道："今日天晚了，你我明日再决胜负。"又对张节展颜一笑，小声道："多谢大将军将我两个女儿放回。”说罢回马归阵去了。张节在马上看呆了，心道：阮先锋可比她的五个女儿美多了，她说话的声音也极为动听。

这阮文君原来不姓阮，她姓文名君，世代武将出身，祖籍开封。她母亲是安南人，年轻时父亲病死，随母亲从宋国迁移来安南。她自幼学得一身好武艺，嫁与阮氏后，生下五个女儿和一个儿子。大女儿阮红羽和二女儿阮青羽都已出嫁。

她的丈夫原是安南国的大将，她自己也跟着丈夫在军中效力，屡立战功。丈夫两年前参与平叛时战死了。文君遂自称阮文君，带领丈夫的部将去剿灭了叛军，给丈夫报了仇。后来她因功晋升为安南大将，成了安南最杰出的将领之一。

这安南国王李金龙年轻时也是一方枭雄，既能打仗也能治理地方。不过他为人贪婪，犹好女色。当了国王后他变得暴虐昏庸，在朝中重用了不少奸人。他垂涎阮文君的美貌，要将她纳为妃子。李金龙年过六十且生得粗俗不堪，阮文君不喜，抗拒不从。后来李金龙又看上了她的女儿阮蓝羽和阮白羽，要同时娶她们两个。这两个小女儿是双胞胎，才十四岁，阮文君自然也不会依允。

李金龙大怒，寻事将阮文君关进牢里。后来大明朝南征，因缺少善战之将，李金龙将她从牢里放出来当先锋。不过她五岁的儿子阮黑羽和两个女婿都被抓进王宫做了人质。李金龙还派了自己的弟弟镇国公李金虎做统军元帅，让他严密监视住阮文君。

李金虎将兵马驻扎在赤坎寨。他也是个荒淫无耻之辈，平日里仗着自己是国王的弟弟欺男霸女，无恶不作。国王让他当元帅管住阮文君，正中其下怀。他早就想染指阮文君和她那几个如花似玉的女儿，现在机会来了。

他在阮文君的军中派有奸细，探得她的女儿红羽青羽被大明军活捉后又放回来了，今日阮文君出战明军大将军张节似乎有故意相让之嫌。于是他一边叫人去请先锋阮文君来赤坎寨商议军情，一边埋伏下军兵准备将她拿下。

阮文君到了赤坎寨，刚进得元帅的议事厅，李金虎一声怒喝：“拿下！”走出一群如狼似虎的军士将她擒住，按在地下绑了。文君大叫：“我得何罪？”镇国公道：“你私通明军，妄图谋反。”

阮文君道：“有何凭据？”李金虎答道：“你当我不知？你的两个女儿前天夜里被明军俘获，丝毫未损就给放了回来。你自己今天出战明军主将，故意不使全力。待我将你的女儿们都捉来，然后再细细地拷问。”说罢也不理文君的叫屈，调遣士兵去拿她的几个女儿。不一时将红羽青羽蓝羽白羽都捉到，只走了紫羽一个。

阮文君看着被绑成一团的女儿们，后悔昨晚没听紫羽的劝告投降大明军，心里不由哀叹。李金虎让刀斧手将她们都押上来，喝道："快快将谋反之事从实招来！"阮文君本来没有谋反，如何肯招供？只是两个女儿被大明军放回来之事她也无法解释，只好低头一声不吭。

李金虎大怒，道："与我打二十大板！"红羽青羽蓝羽白羽四人一齐跪下哭求，请镇国公饶了母亲。李金虎道："现在打的是你们的母亲，若她再不招供就轮到你们几个了。"

阮文君知道若是招供下场更惨，国王李金龙正等着拿自己的把柄呢。几个大汉走过来将捆绑她的绳子解开，衣服也脱光了按在地下，其中两个抡起大板照着她屁股上就打。只听得噼里啪啦地声声入肉，文君痛得忍不住大声哭喊，四个女儿们也哭得声嘶力竭。文君被打得昏了过去，李金虎叫人用冷水泼醒，继续拷打，文君的屁股早被打得血肉模糊。

蓝羽白羽年纪小，吓得直哭。红羽青羽心疼母亲，跪下苦苦哀求李金龙。她们两个都是发育成熟的少妇，身材阿娜迷人。李金华将两手伸进她们衣裙里乱摸，一边看着阮文君淫笑。阮文君知道现在无论如何都难以幸免，只得屈招了。她低头流着泪，心里期待着女儿紫羽能去求那个明军的大将军张节前来相救。

李金虎觉得现在可以放心享用这母女五人了。他将她母女都松了绑，衣服脱得精光，警告她们若不顺从他的话全家都会被以谋反之罪处死。他先开始奸淫红羽青羽两个，让阮文君和蓝羽白羽在旁边看着。红羽青羽害怕母亲再受折磨，只得屈辱地迎合李金虎。

奸污完了红羽青羽，李金虎歇息了半个时辰，又来折腾文君。文君刚才屁股上的肉已被打烂，李金虎毫无怜香惜玉之心，抓住她狠狠地肏。她痛得大哭，越哭李金虎肏得越起劲，一直折腾到天黑才罢。李金虎将她和女儿们都关在一间房里，拨了几个女仆服侍她们，还派人给文君屁股上敷药医治。他警告她们：若一人逃跑，就将其他人都交给士兵们轮奸，致死方休。

阮紫羽逃离军营后为了摆脱追兵绕了一个很大的圈子，天黑时才来到大明军的营地。张节闻报阮紫羽求见，知道定有大事发生，将她请了进来。一见张节，阮紫羽就扑通跪在地下，抱住他的腿大哭，求他快去救救自己的母亲和姐妹们。张节吃了一惊，连忙屏退左右。然后问她到底发生了何事。

阮紫羽一边哭一边将母亲和姐妹们都被元帅李金虎抓起来一事说了，还道她昨天就劝母亲投降大明军，母亲正在犹豫，不提防李金虎这么快就下手了。张节询问详情，阮紫羽又说了母亲早先拒绝嫁给国王，也拒绝把两个妹妹送给国王，因此得罪了国王李金龙。现在弟弟和两个姐夫都被国王扣作人质。李金虎是国王的亲兄弟，他也对母亲垂涎三尺，虎视眈眈。母亲和姐妹们落在他手里定逃不出被他奸淫侮辱的厄运。

张节听了，暗道：真乃天助我也。正好我可利用此事大做文章，策反阮文君，歼灭眼前这支安南兵马。阮紫羽见张节低头沉思，以为他不愿发兵相救，急道："若将军能去救母亲，无论成败，紫羽都愿以身相许报答将军大恩。"

说罢脱光了衣裙，裸着身子跪在地下，一边给张节磕头，一边啼哭。张节将她扶起来，帮她穿好衣裙，道："阮姑娘且休要烦恼，我一定会救出你母亲和姐妹们，你也不用以身相许。我只需你助我破敌即可。"

阮紫羽这才止住哭泣。张节问道："安南军防守严密，我大军很难通过眼前这条峡谷。不知姑娘可有甚么法子？"

阮紫羽道："将军赎罪，我一时情急乱了方寸，不曾跟将军细说军情。这道峡谷虽然守得严，却也不是没有法子。我母亲在军中威望甚高，她麾下的士兵有许多还是我们的族人。她今日被李金虎拿下羞辱，她的心腹部下定然不服。我可化妆后偷偷潜回去，联络上可靠的人，到时里应外合，定能将大明的兵马放过去。将军可等我的消息，十天之内我一定来联络将军。"张节听了大喜，道："好，我这就派几个身手好的人跟姑娘一起去。"

那李金龙身为国王，做坏事时不免有所顾忌。这李金虎却是个毫无节制的恶徒，这几天他每天以奸淫玩弄文君和她的四个女儿为乐。蓝羽白羽都是未经人事的处女，原来他打算将她们给国王李金龙留着，后来忍不住将她们俩也糟蹋了。文君和女儿们白日里忍气吞声地任由他奸淫羞辱，晚上几个人在床上抱在一起以泪洗面，苦不堪言。

俗话说："好事不出门，恶事传千里。"李金虎污辱糟蹋阮先锋母女之事很快就传遍了全军。文君为安南立过大功，军中有不少跟她一起出生入死的部下和同族人。他们对李金虎的所作所为十分痛恨，只是畏惧他的权势不敢公开反他。

紫羽潜回赤块寨后，秘密联络了母亲以前的心腹部下。他们暗中商议，定下了一条接应张节大军的计策。

防守峡谷的安南军只有两千余人，其实因为那里地形险恶，一千人就够了。为了防止士兵们疲劳，安南军中防守峡谷的士兵每天都会轮换。这一天正好轮到紫羽联系好的这些将领和士兵们值守。他们在酒食中下了蒙汗药，将其他官兵们都麻翻了，然后悄悄接应张节的一万大军通过峡谷。

傍晚时分紫羽带路领着张节的大军来到赤块寨，干掉了守城门的士兵，神不知鬼不觉地将李金虎的府邸包围了。张节令部下兵马将赤块寨出入道路全部封锁，不让消息走漏。

李金虎正在府里肏着阮文君母女，张节紫羽带着军兵砸开房门闯入，将他擒获，还杀了他的数十个侍卫。紫羽见了衣不蔽体饱受凌辱的母亲，扑在她怀里大哭，文君亦搂着女儿流泪。

红羽青羽两个顾不得穿衣服，急着从地上拾起刀来，光着屁股就要去杀了李金虎。文君慌忙拦住她们，道："且留他一命，看能不能用他换回你们的弟弟和丈夫。"

她回头见张节盯着她赤裸的身子看呆了，羞得满脸通红。紫羽忙脱了自己的衣服包住母亲的身子。张节回过神来，退了出去，吩咐手下将李金虎押走，只留文君母女在屋里。

他的兵马在阮文君心腹的引导下将赤块寨的军营围了，安南的士兵只要投降就饶过不杀。李金虎手下有两万余人，还有大批的粮草军饷马匹，都被张节所获。这次征安南女皇也给张节随军带来了许多银两，用来招抚敌兵。张节传令：凡愿意加入大明军的，士兵赏银五两，军官十两。就这样张节的军队一下子扩充了将近一万人。

次日张节将阮文君母女请来商议军情。阮文君见了张节，跪下行礼，谢过了大将军相救之恩，她的女儿们也都给张节跪下磕头。张节亲自将阮文君扶了起来，请她坐下说话，她的女儿们立在一边。

阮文君开口道："张将军相救之恩，我母女做牛做马一定报答。现在我五岁的小儿子阮黑羽和两个女婿还被国王李金龙扣为人质，还请大将军发兵救援，若有用到文君处万死不辞。"

张节道："这次和我一同领兵前来的还有花逢春将军。他正带一万兵马攻取蒲甘国，若能顺利攻下的话，他会来和我会合攻打安南。不知安南的都城内有多少兵马守卫？城墙是否坚固？"阮文君道："城里城外的士兵加起来大约有八万，城墙不高，但是很坚固。若他们不出城来战，凭着不到三万兵大明军要想攻克都城却是万难。"

张节道："如此有何法子能够破敌？"文君想了一会儿，道："我等可双管齐下：一是派我的心腹潜回去做内应，传递安南兵马调动的消息。二是行诈降之计，重金收买李金虎的亲信，只做逃回去的。让他们报与国王道这些投降的安南军兵都不服大明军的欺压和管束，准备在国王和大明军交战之时从背后夹击。国王若中计则大事可成亦。"

张节道："此计大妙，就依阮先锋所言。"阮文君又道："大将军可传信与花逢春将军，让他攻下蒲甘后封锁消息，不要让李金龙得知真情，到时可作为一支奇兵偷袭安南都城。"张节大喜，拜谢了阮先锋，道："我得阮将军相助，何愁大功不成？"

这阮文君才华横溢，为人端庄贤淑，偏偏又生得美艳风骚无比，是个世间少见的奇女子。张节听她侃侃而谈，觉得好似他的三娘阿姨一般，心里对她十分爱慕。当晚张节邀请阮文君和她的女儿们共进晚膳，相谈甚欢。

回房歇息后，张节的心还是被阮文君的影子牢牢地占着，鼻子里彷彿还闻到了来自她身上的体香。离开东京时妻子萧玉兰曾嘱咐他遇见合适的美貌女子要他娶回来，这阮文君就是他极想娶回来的妙人儿。可是自己已有两个妻子，不知她心里是否愿意嫁给自己？

侍卫来报道有个女人求见，请进门来一看，却是阮紫羽。张节问道："这么晚了，你有何事？"阮紫羽关好了门，纵身扑在张节怀里，道："我是来以身相许报答将军的大恩的。"

原来她第一次见面时就看上了张节，回去后极力说服她母亲投降大明朝。后来她去求张节救母亲和姐妹，更是表明了以身相许的心愿。她现在是一心一意要和张节相好。

张节扶她坐好，道："我是大明朝效忠女皇的将领，救你们只是为了要替女皇征服安南，阮姑娘根本不用以身相许。况且我在东京已有两个妻子了。"紫羽听后呆了一下，满脸羞愧之色。

张节看了她楚楚可怜的样子，于心不忍，就温言相劝。紫羽道："张郎不必说了，此事是我一厢情愿，可恨今生我与张郎无缘。"说完忍不住流泪满面，张节越是劝说，她眼泪越多。两人不知不觉间就抱在了一起。

张节是个血气方刚风流倜傥的青年男子，怀里搂着哭得梨花带雨的阮紫羽，如何能够把握得定？再细看阮紫羽，她也是个不错的小美人儿，可惜平时都被她母亲的光芒盖住了。

阮紫羽主动吻住张节的嘴唇，心里扑腾扑腾直跳。张节暗道："罢了，娶不了当娘的，只好娶她女儿了。"两个人将衣服都撕扯下来，赤身裸体地滚到了床上。

狂风暴雨过后，阮紫羽搂住张节，边亲吻他边道："我知道张郎适才为何拒绝我，你一定是看上了我娘。"张节被她说中心事，大吃一惊，道："你怎知……不可瞎猜。"

阮紫羽吃吃地笑着，道："这有何难猜处？我实话告诉你，我娘可是远近闻名的大美人儿，我父亲死后登门求亲想娶我娘的人不知有多少。连我两个姐夫，最初提亲时都是想要来娶我娘的，后来我娘死活不肯嫁，他们才娶了我姐姐红羽和青羽。"

张节暗道："原来如此。"紫羽又道："张郎你是个好人，你今天因心软要了我，我必定会报答于你的。"

欲知后事如何，且听下回分解。

第二十三回： 势如破竹收蒲甘，兵不厌诈取安南

却说花逢春完颜红和张节分兵以后，领着一万兵马杀入蒲甘国。一进蒲甘境内花逢春就大显神威，第一战用他那百发百中的神箭射杀了蒲甘的三员大将，完颜红也在混战中用刀劈死了一员敌将，蒲甘军溃败了下去。第二战，蒲甘军元帅伯温集中五万兵马来围剿花逢春和完颜红的大明军。花逢春见敌军队形密集，遂令火炮军上前，一通火炮打得蒲甘军屁滚尿流，望风而逃。元帅伯温在逃跑中被花逢春一箭射中屁股，掉下马来，乱军中马踏为泥。

这蒲甘地势北高南低，中部还有大片平原，对大明军十分有利。北边的大明朝现在如日中天，蒲甘的百姓们早已听说了大明的繁荣昌盛，女皇扈三娘的英明神武。她一举统一宋辽金夏的故事也已在蒲甘的市井上和青楼瓦舍里传唱。蒲甘国原本就居住着许多汉人，大部分蒲甘人的祖先亦是从宋国迁移过来的，他们对归顺大明朝颇为赞同。

有此天时地利人和，花逢春和完颜红很快就攻占了蒲甘的一些州县包括几个较大的城镇。攻取这些地方并未耗费大明军的多少兵卒。大部分时候是兵马刚到，当地官员就主动向大明军投降。

不过花逢春完颜红的兵马还是太少，攻下的地方都需派人守卫，很快就捉襟见肘了。两人商议后，决定先停下攻势，开始就地征召兵丁，筹集粮草，准备下一步去攻打蒲甘的国都。花逢春完颜红驻守的城市叫树腊，有人口二三十万。其余被攻占的县府花逢春一般委任投降的官员管理，自己只派少数人监督，等候朝廷派遣任命新的官员。

蒲甘国王听说大明朝的征南军厉害，就召集儿女们商议破敌之策。他的两个儿子都无甚本事，不敢出声。只有两个女儿十分厉害，她们现今掌握着蒲甘的兵权，都争着领兵出战。

国王自己不懂带兵，对她们道："既如此，你们两个可一起领八万兵去破敌。"这八万兵几乎是蒲甘全国的兵力，国王只留下了不到一万士兵守卫都城。两个女儿领命，磕头后退下。

国王的这两个女儿，一美一丑。美的那个是姐姐琼花，有闭月羞花之貌，今年已二十九岁。她善使一把三尖两刃刀，武艺出众。琼花一直是伯温元帅的副手，颇有带兵经验。丑的那个是妹妹赛花，二十五岁。她皮肤黝黑，身体肥壮，力大无穷。使两柄铜锤，是国王的侍卫统领。赛花并不是国王亲生的，她母亲和琼花的母亲是姐妹，父亲是一个武将。父亲死后她母亲改嫁给国王，她也跟着成了公主。国王待她视如己出。

这两个女儿都已招赘了驸马。好笑的是，琼花的驸马叫屠温，是前朝宰相的儿子。他生得粗俗不堪，除了力气大别无所长。国王登基前为了笼络屠温的父亲，将琼花许配给他。

琼花嫁给了屠温这么个丑男人，心里的憋屈可想而知。除了睡觉之外，她从不让他靠近自己。好在屠温脸皮厚，他有钱有势，夜间还能在床上肏肏如花似玉的公主，他也十分知足了。可怜美貌娇嫩的琼花每夜都被这么个蠢汉搂着睡觉，真是欲哭无泪。

赛花的驸马虞都却是个风度翩翩的美男子。当初国王刚刚登上王位，他在全国为赛花征台驸马。蒲甘的百姓们只知道国王的大女儿琼花是个美女，没见过赛花，因此有许多人前来应征。虞都就是其中最出色的一个。最后他夺魁成了驸马，进洞房后被赛花的模样吓得昏了过去，一时间传为笑谈。说句公道话，其实赛花长得并不丑，只是她皮肤太黑，身上毛发较多，连唇边也有些许胡须，再加上她威猛的身体，一般男人见了她都会被她吓跑。

琼花和赛花姐妹间感情极好，几乎无话不谈。虞都生性风流，常和别的女人偷情，赛花防不胜防。于是她想帮琼花和虞都牵线，心道我丈夫总归要去偷情，不如让他跟姐姐琼花做一处儿。可是琼花不喜欢虞都的虚伪狡诈，没有答应妹妹。她因为长期压抑，将性趣转到了女人身上，和几个朝廷官员的女眷们关系暧昧。

琼花和赛花领命出征，虞都去鼓动屠温，说要和他一起去当先锋。虞都认为大明军人数太少，挡不住蒲甘这边人多势众，他要趁此机会立些军功。屠温人笨，正好让他在前面冲锋陷阵。另外虞都也想借领兵的机会勒索百姓。琼花也不想屠温跟在身边烦她，就命屠温为先锋，虞都为副先锋，给他们分拨了两万兵。两人大喜，领兵先行。

屠温和虞都带着两万兵马，打出“蒲甘先锋驸马屠温”和“蒲甘副先锋驸马虞都”的旗号，将树腊城围住了。然后擂鼓鸣金摇旗呐喊，想引敌人出城来战。可是一直到午后，城里的敌军并未出战。屠温虞都累了一天，正准备收兵，只听得一声惊天动地的炮响，树腊城的南门大开，一员敌将带着五百铁骑冲出城来。

他们急令兵马围上去。只见正中立着一员女将，身着金盔金甲五彩战袍，手舞日月双刀英姿飒爽。屠温虞都见了，惊为天仙，把嘴张的老大半晌合不拢来。那女将正是完颜红。花逢春出城筹集粮草未归，树腊城里只有她和五千余大明军。她在城上观察敌情多时，等得蒲甘军都疲惫了，这才领兵出来冲突。

虞都上前勒住马喝道：“吾乃蒲甘副先锋虞都。你是何人，竟敢侵入我蒲甘疆界？你若早早下马受降，饶你不死。”屠温跟着喊道：“吾乃先锋屠温。俺哥俩正缺个铺床叠被的丫鬟，看你这小妹妹长得这么水灵，这差事就给你了。快来乖乖地投降，不要待我亲自动手，到时恐怕会伤了小妹妹。”蒲甘士兵们听了一阵哄笑。

完颜红大怒，也不答话，纵马就冲过阵来。虞都屠温正待出战，不想麾下一个叫勒温的部将也看上了完颜红，抢在他们前面出马迎住了完颜红。两人在阵前厮杀起来。两个斗了几个回合，完颜红看出勒温的武艺一般，心道：“这样的将军就算多杀几个也不顶事儿。蒲甘兵太多，我且诈败，让他们滋生轻敌之心，然后再给他们一个厉害瞧瞧。”

当下她假作力竭，一边喘息着一边拼命抵御勒温，口里不时放出娇声，把个勒温迷得昏头转向。斗了三十余回合，完颜红勒马往回走。勒温怎生舍得？拍马赶来。完颜红取出弓箭，一箭射中勒温手臂，然后领兵回城去了。勒温手臂带伤，不敢再追，气得哇哇大叫。虞都屠温两个亦跟着大叫可惜。

第二日，完颜红又领兵出城迎敌。屠温因昨日见完颜红的武艺并无过人之处，力气也不会很大。虽赢了勒温，实属侥幸。遂亲自舞刀上阵，大战完颜红。虞都恐屠温独自占了便宜，也挺枪上来助阵。

完颜红见敌军两员主将都来了，大喜。女皇扈三娘曾经指点过她的刀法，她使的这两把日月双刀就是三娘送给她的。完颜红得三娘指点，又常和花逢春切磋，武艺大有长进。这时她将浑身本事使出来，手中双刀寒光闪闪，招招欲夺人性命。

屠温和虞都大惊。刚开始时他们和完颜红贴身近战，看着她婀娜的身材和娇艳的容貌，早被迷得丢了三魂七魄。忽然间美娇娘变成了女罗刹，两把刀带着寒气劈来。

屠温躲避不及脖子上早被划了一刀，鲜血直流。虞都也被砍中肩膀，力透盔甲，险些跌下马来。两人吓得忘了疼痛，打马没命地往回走。他们带的两万军兵正在兴高采烈地观看两位驸马爷戏耍敌方的女将，突然的变故让他们惊呆了。完颜红领着五百铁甲兵一阵冲杀，敌军的阵势被冲得七零八落。

虞都屠温两个冲过自己的大阵，马不停蹄地接着往回逃，他们手下的军兵只好跟着走。不幸的是，迎面又遇见了花逢春这个杀神。他听闻蒲甘派大军攻打树腊，恐完颜红有失，急带兵赶了回来。屠温虞都的败军措手不及，被他截住大杀一阵。

花逢春一箭射中虞都的战马，那马倒地，将虞都摔下马来。旁边正好有一泥潭，虞都一头栽进烂泥里，屁股撅得老高。花逢春紧接着一箭从他两腿间穿过，正钉在他那话儿上头。因担心完颜红的安危，花逢春也不多纠缠，领兵杀散蒲甘的败军，会合完颜红后一起回树腊城去了。

再说琮花赛花两姐妹领大军随后接应，路上遇见逃回来败兵，报道屠温先锋在树腊城下大败。两人连忙扎下营寨，安排防御，以防敌军乘胜追击。至天黑时分，陆陆续续逃回来一万余败兵，虞都和屠温也被他们的亲兵抬了回来。琮花叫随军医师查看他们的伤势，那屠温因脖子上被刀划破流血过多，当晚就死了。虞都虽然被救治后活了下来，他的命根子被花逢春一箭射断，这辈子也做不成男人了。

琮花赛花没想到才第一次交锋就如此大败，两人面面相觑，没了主意。她们已经夸下海口，父王将全国之兵都尽数交给了她们，如今进退两难，如何是好？两姐妹在无人处抱在一起流泪，一夜无话。

次日起来，琮花派军兵出去四处打探敌军动静。如此过了数日，闻报大明军倾巢而起，前来此处与蒲甘军决战。原来花逢春已在占领的蒲甘各地征召了大约两万士兵。经过这几次大战，他觉得蒲甘军太弱，远不如安南军。自己完全可以以少胜多，尽快拿下蒲甘然后去支援张节。于是留下一万人守卫已占领的城池，自己和完颜红带着两万军兵前来和琮花赛花的蒲甘大军交战。

两军在旷野里摆开阵势，金鼓齐鸣。琮花赛花全身披挂，勒马立在军前。对阵里肃前面站着的是花逢春完颜红两员大将。蒲甘军虽然人数众多，却萎靡不振，反观大明军则士气高昂，像是占了绝对优势。花逢春手持亮银枪，骑坐下骏马在阵前往来驰骋，他欲先斩将立威，将蒲甘人的气势打下去。

赛花见了花逢春这般人才，暗道：“都道我的丈夫虞都是个美男子，眼前这个人既是英俊少年又是无敌猛将，可比虞都强多了。”想起丈夫虞都的命根子已被废了，将来只能当太监，心里一阵苦涩。那虞都虽然品行低下，毕竟与她同床共枕好几年，给她带来不少乐趣。

琮花则两眼直直地盯住完颜红看，觉得这个女人太美了，真想将她脱光了搂在怀里亲吻爱抚。她被自己的想法吓了一跳：大敌当前，身为蒲甘主将怎可有这么羞人的念头？

这时一阵滨鸿嘹亮，天上一行大雁飞过。花逢春见了，取出背上的泥金鹊画弓，搭上雕翎箭，嗖的一箭射去，领头那只大雁应声而落。大明军阵上欢声雷动，喝彩不断。蒲甘军见了如此神射，吓得面如土色，鸦雀无声。

花逢春高叫：“有不怕死的蒲甘将领么？快出来与我决一死战！”蒲甘这边无一人吭声。琮花赛花对视了一眼，看来只能主将自己出战了。赛花纵马上前，迎住花逢春道：“休要猖狂，蒲甘公主赛花来也！”

大明军这边的人一见赛花就笑了：长得这样还自称“赛花”？花逢春却不同，他被赛花的模样吸引住了。他已娶了将近二十个娇妻美妾，一般的美貌女子是很难打动他了。赛花彪悍的身材和他父亲花荣的小妾鳌丽英不相上下，别具一番风味，让他眼前一亮。来不及多想花逢春就与赛花战作一团。

赛花抡起两个铜锤迎战花逢春的亮银枪，两个斗了五十余合。琮花在边上观看，见妹妹赛花已累得浑身汗水淋漓，大口喘着粗气，而花逢春则游刃有余，估计很快就能分出胜负。她心里着急，提起她的三尖两刃刀就要来助妹妹赛花。完颜红见了，舞起日月双刀，截住琮花撕杀。两人的兵器相交，杀得难分难解。

赛花在马上被花逢春的亮银枪缠住，用两柄铜锤左遮右挡，根本近他不得。她气得跳下马来，大吼一声，步行迎战花逢春。花逢春一心要活捉她，也飞身下马，两人在地上又你来我往地斗起来。

花逢春一枪刺来，赛花提起手中铜锤来砸他的枪杆，却砸个空。只见银光一闪，那枪尖贴着赛花的肚皮刺过去，将她的甲胄挑开，散落地下。赛花惊出一身冷汗，倒在地下滚了几滚，方才躲过花逢春的银枪。

眼见花逢春又持枪逼过来，她索性扔了双锤，脱下衣服，赤裸着上身，徒手就来抓花逢春的枪杆。花逢春使个诈，故意让她抓住枪杆。赛花大喜，仗着自己力大，用力将枪杆往自己怀里拉。她脸涨得通红，却不能拉动枪杆分毫。花逢春猛然将银枪一送，赛花立脚不住，往后一个跟头翻了过去，跌倒在地。观战的大明军士兵哈哈大笑，连蒲甘军中也有不少人忍不住笑了。

赛花性子最直，怎能受此羞辱？她跳起身来，胸前摇晃着又黑又大圆滚滚的两个肉球，向花逢春扑来。花逢春站稳步法，一手接住赛花的一条胳膊，一手插进她两腿间，用肩膀顶住她的胸部，借着赛花的前冲之势，将她巨大的躯体越过头顶往身后摔去。

这一下赛花被摔得眼冒金星，浑身疼痛，躺在地下半晌动弹不得。花逢春上前一脚踏住她，喝问道："你服了么？"赛花羞愤交加，两眼一黑，昏了过去。

过了一会儿琼花也被完颜红擒住。她两人本来武艺相当，按说不斗个一百回合难分胜负。可是完颜红仿佛就是琼花的克星，琼花被她的容貌身材迷住了，心里痒痒的只想和她亲近。三尖两刃刀使得轻飘无力，眼睛还痴痴地盯住完颜红的身子上下看。

完颜红开始不知原委，差点将琼花斩于刀下。她暗道："这个美艳的蒲甘公主莫非患了失心疯？"后来她猜到了琼花的心思，哭笑不得，脸也不觉红了。

因周围有无数的士兵在观看她们交战，完颜红只能小声向琼花喝道："你这女人好没羞耻！你既无战心，何不投降？不要枉送了性命！"琼花方才如梦初醒，这时赛花已被花逢春打败。她无奈之下，下马对着完颜红跪下，道："末将不敌，特向将军乞降。"

其实完颜红心里也喜欢琼花，她跳下马，伸手将琼花从地上拉了起来。琼花刚一接触完颜红，身子就软了，倒在完颜红的怀里。完颜红不得不将她抱住，琼花脸色绯红，浑身一阵痉挛。

蒲甘军见自己的两个主将都输了，遂跪下投降，无一人逃走。花逢春下令就地收编投降的蒲甘军，接管他们的粮草军饷。不愿当兵的给与路费回家乡，愿意当兵效忠大明的每人赏银五两。

琼花哀求完颜红将她收为贴身奴婢，她道自己愿意献身伺候她和花将军。完颜红领着琼花过来跟花逢春说了此事，花逢春道："无妨，你自作主张即可。"琼花大喜，即刻跪下拜谢了主人。当晚琼花就在上床尽心服侍完颜红和花逢春，三人一夜风流不提。

第二天花逢春心里惦记着他的赛花姑娘，来到关押她的地方看视。只见赛花赤身裸体，被粗粗的铁链锁在一间空屋子里。原来她与花逢春相斗时衣服都被扯破，一时也找不到她能穿得下的衣服。看守的士兵见她长得高大凶猛，害怕她伤了其他人，就将她赤条条地单独锁在一间屋子里。

花逢春将锁住她的铁链打开，命人给她烧汤沐浴。又找来一套最大的男兵的衣服给她穿上，还让她吃了顿饱饭。赛花早就被花逢春收拾得服服帖帖，何况他是个比虞都还要俊美的男人？她不知花逢春要如何发落她，只是温顺地立在他身边，像头被驯服了的巨兽。

花逢春遣开侍卫，走近她身边，伸手进她的衣服里抚摸了一会儿，问她道："你可愿意服侍我？"赛花被他摸得直喘粗气，用力点了点头。她简直不敢相信自己还会碰上这等好事，心里爱死花逢春了。

花逢春将赛花脱光了抱在怀里，用力揉搓她的两乳和屁股。她浑身毛发甚多，花逢春感觉像摸着虎豹的皮毛一样温暖舒适。赛花被他摸得舒服极了，开始大声呻吟。她张开大嘴来舔花逢春的身躯，就像狗舔它的主人一样。后来花逢春骑在赛花身上将她狠肏一通，直到两人大汗淋漓，浑身瘫软方罢。

蒲甘国王闻报两个女儿兵败被擒，心知大势已去。遂宣布退位，并亲自领着文武百官去大明军中向花逢春投降。花逢春向他保证：女皇陛下宽厚仁慈，一定会保国王下半辈子荣华富贵，还会厚待他的子孙。

国王既已投降，花逢春欲将琼花赛花放还给国王。国王感激不尽，谁知琼花赛花两个都不肯，非要留下来服侍花逢春夫妇。国王心知花逢春不会亏待他的女儿，就道："既如此，我就将两个女儿托付花将军了，还请花将军笑纳。"

花逢春遣一个副将带五百兵护送国王和他的两个儿子去东京参见女皇陛下，他自己和完颜红忙着改编军队，布置防务，指定临时监管的官员等等。好在蒲甘人早已心向大明朝，这期间并未有任何骚乱发生。待蒲甘的一切安排妥当后，花逢春只留下三千大明军驻扎在蒲甘国都监督那些临时指定的官员们，等待朝廷的新任命。然后带着完颜红琮花赛花，率领余下七千大明军和收编过来的两万蒲甘军出发前往安南支援张节。

这时张节和阮文君已攻占了离安南都城不远的玉峰城。安南国王李金龙终于得到消息，他弟弟李金虎的两万兵已经被明军全歼，先锋阮文君投敌叛变。大怒之下，李金龙要将阮文君的小儿子阮黑羽和她的两个女婿黎德寿黎德功三人斩首示众，被安南相国黎永劝住。黎永道："且留下他们几个以后还有大用。"

李金龙只是一时愤怒。若他真的杀了文君的儿子和女婿，李金虎定然性命不保。李金虎表面上是他兄弟，实则是他与父亲的妃子的私生子，那个妃子就是现在的太后。李金龙和太后对李金虎十分溺爱，李金龙甚至有意让李金虎以后接掌他的王位。

这相国黎永乃是李金龙的妹夫，足智多谋，深得李金龙信任。他也深知李金龙李金虎兄弟和太后之间的关系。他对国王献计道："明军能够顺利通过峡谷并全歼镇国公的兵马，定是得到了阮文君那女人和她手下的相助。若能除去阮文君，明军不熟地理，不知民情，粮草不济，破之不难矣。吾料想阮文君一定会留着镇国公性命来换她儿子和女婿，那时我等借机要挟，如此这般……"

李金龙听了大喜，道："有黎相国为我出谋划策，何愁明军不破？"当即赏赐黎永不少金银，又遣大将军李佑廷负责守卫都城。嘱咐他只许坚守，不得出战。

阮红羽的丈夫黎德寿和阮青羽的丈夫黎德功是叔伯兄弟，出身富户。他们自己没什么本事，整天游手好闲挥霍钱财，将父辈留下的家财都败掉了。六年前阮文君因受了媒人的欺骗，将他们招进家来做了女婿，那时她还没有生下儿子黑羽。后来知道了他们俩的品行，心里很是后悔。

他们像其他纨绔子弟一样垂涎文君的美貌。有一次文君在自己屋里沐浴，被他俩躲在窗外窥视。到后来他们竟大着胆子摸进屋子里来，抱住文君赤裸的身子欲强暴她。文君大怒，将他们两个打翻在地，用鞭子狠狠地抽了一顿。两人跪在地下痛哭流涕，向岳母文君磕头讨饶，文君不想家丑外扬，只得作罢。

国王李金龙按照黎相国的授意，将黎德功黎德寿叫来，许他们以高官厚禄，让他们回阮文君处做细作。他们这一阵子虽被国王关了起来，却并未受什么苦。见国王有求于他们，竟提出事成之后需将岳母阮文君赏给他们受用。李金龙口里答应了，心里冷笑不止：阮文君是自己看中的女人，岂能让给旁人？

再说花逢春完颜红悄悄地带着兵马越过边境进入安南，与张节阮文君的兵马会合。张节为他们引见了阮文君。这时阮文君已被女皇扈三娘任命为大明征南军的军师。

阮文君认得跟在花逢春完颜红后面的琼花赛花两姐妹，她对张节和花逢春道："若能有琼花赛花姐妹相助，打下安南都城就更有把握了。"琼英赛花齐声道："阮军师但有差遣，我等万死不辞。"文君接着说出了自己的计策，张节花逢春听了都道："此计大妙！"

张节阮文君派人去安南都城下书，要用李金虎换回阮黑羽和文君的两个女婿。相国黎永对下书的使者道："阮文君辜负国王厚恩投降大明，现在又想将儿子赎回，真乃痴心妄想！你回去告诉她，国王舍了镇国公的一条命也不会答应她，除非用她自己来赎。若三日内不来，她儿子和两个女婿都是死的！"使者无奈，只得回来禀报。

文君闻报大惊失色，心忧儿子性命，自己一个人关在屋里啼哭不止。张节和几个女儿都来宽慰解劝，文君哭得声嘶力竭，昏倒在地。救得醒来后，她对张节道："我丈夫生前和我十分恩爱，只有这么一个儿子。我欲用自己将他赎出来，以报夫君之恩。"张节道："阮军师万万不可，此去定是自投虎口。我等还是从长计议为好。"

阮文君将女儿们都支开，只留张节一人，道："我主意已定，将军不必多劝。那李金龙平时垂涎我的容貌，定不会害我的性命。此事我已思虑再三，他得到我之后定然会放宽了心，如此更利于施行我等商定的计策。"

说着将张节拉近身前，附耳低言了好一会儿。张节听了阮文君的谋划，心里稍宽。只是他对阮文君早已情根深种，心里如何舍得让她去那龙潭虎穴？

阮文君看透了他的心思，正色道："大将军领兵在外，不可因私情误了军国大事，辜负了女皇对你的信任。你和花逢春将军要稳定军心，无论发生什么事都不可自乱阵脚。我此去若不能回来，这五个女儿都托付与你了。我已给女儿们写下了遗言在此，请将军代为保管。"

张节只得点头应诺，流着泪接过文君的遗言放入怀中。阮文君又将五个女儿叫进来叮嘱一番，然后去做赎人的准备。红羽青羽等悲伤不已，但是文君平时管教甚严，她们也不敢违了母亲的吩咐。

次日张节领兵护送阮文君至安南都城之下。李金龙黎永闻得阮文君果然愿意用自己来赎她的儿子，大喜。他们领大军出城，在阵前用阮黑羽黎德寿黎德功换回了阮文君和李金虎。然后双方各自回去不提。

李金龙李金虎将阮文君关进了王宫的一间密室里，派重兵守卫。他们恨文君背叛了安南，每天都去牢里折磨她，轮奸她。他们不许文君穿衣服，她整天里都是赤条条地，脖子上手脚上都锁着铁链，像牲口一样。他兄弟（父子）肏她肏累了，常常一边大声喝骂“婊子贱人”，一边用皮鞭抽打她取乐。阮文君一声不吭，任由他们凌辱，心里只盼着张节能早日带兵攻下都城前来救她。

这天有人来报，道蒲甘国公主赛花求见国王。安南与蒲甘是邻国，平日里两国关系并不是太好，李金龙不知赛花公主来找他何事，就吩咐将她放进城来。赛花带着两百余人的卫队，都跟着进来了。相国黎永不放心，安排了一千余士兵监视赛花带来的人。

赛花因为容貌体型特殊，别人根本冒充不了。李金龙见了她，果然是真的赛花公主，心里的戒备放松了些。问道：“公主来此何事？”赛花道：“大明朝无故派兵偷袭我国，被我姐妹两人领兵击退。听闻安南也遭到攻击，我父王特派我等前来支援贵国。若国王愿意，我们可结成联盟，共抗大明。”

李金龙道：“如此甚好。不知你们带来多少兵马？”赛花道：“因恐大明再去偷袭我国，我们只带来两万兵马，由姐姐琼花率领扎在西门外。若有需要，父王答应还可增兵。”李金龙道：“公主且下去歇息，待我与相国商议结盟之事。”赛花退下，自有国王的亲信来给她和亲兵安排饭食和歇息处。

当下国王李金龙找相国黎永商议此事。黎永道：“我等先将赛花公主看守好了，不能让她随处走动。明天我出城去琼花在西门外的军营去查看虚实，若端的是蒲甘国的援兵，我们合兵一处夹击大明军，叫他们有来无回！”李金龙点头称是。

第二日相国黎永带着五千兵出西门去琼花的军营查看。他原来就认得琼花，两人相见各自施礼，坐下商议破大明军之事。黎永的亲信则借口要为琼花的军队提供辎重粮草，去军营里各处巡视打探，并与琼花的士兵闲谈。回来后抽空报与黎永，道琼花带的这些兵果然都是地地道道的蒲甘人，不可能是明军假扮的。黎永这才放下心来。

黎永遂与琼花商定了结盟之事，并约定五日后各自出兵夹击大明军。他借口为了联络方便在琼花军中留下几个亲信，嘱咐他们要随时报告蒲甘军的动静，然后自己回城了。

见了李金龙和李金虎，黎永道："果真是蒲甘出兵来助我国，大明军此次难逃厄运矣。"这时又有密报传来，道有一个镇国公李金虎的亲信从大明军占领的玉峰城逃回来了。

李金虎叫他进来一看，是自己最信任的手下李如海。李如海道："安南国被俘改编的军兵约有一万余人。他们不堪大明军的欺压，正要酝酿暗中起事，配合国王的兵马去杀败大明军。"李金龙等人大喜，道："大明军当灭，此乃天意也！"

李如海自告奋勇要潜回去联络，李金龙吩咐自己的几个亲信和他一起回去，伺机行事。其实李如海是张节他们按照阮文君的计策派来的，为的是增加李金龙的轻敌和自信，让安南军放心与大明军决战。

阮文君的儿子阮黑羽被赎回来后，紫羽按照母亲的嘱咐将他暂时托付给住在赤坎寨的一家亲戚照看。黎德寿黎德功则来到玉峰城和妻子阮红羽阮青羽团聚。阮文君不在，他们就以阮氏家长自居。

因为文君走之前吩咐军兵只能听大将军张节和阮紫羽的，故此黎家兄弟指挥不动阮文君的部下。他们只好在家里作威作福，对阮氏姐妹发号施令，道："岳母大人恐怕是回不来了，以后你等都须听我们兄弟的。"

他们俩也知道紫羽和大将军张节的关系，故不敢过分得罪她，只去寻红羽和青羽的晦气。红羽和青羽都是贤淑老实之人，对自己的丈夫忍气吞声。可还是免不了挨打挨骂，每天晚上都被折腾得睡不好觉。五姊妹中只有阮紫羽个性最强也最有主见，她早就看不惯两个姐夫的所作所为。可是她还是未出嫁的姑娘，不太好意思去管姐姐们的家事。

国王李金龙将黎德寿和黎德功放回时，交给了他们一包毒药，让他们伺机毒死大明军的主将张节。阮紫羽和张节打得火热，他们的奸情几乎成了军中公开的秘密。阮紫羽白日里带着姐妹们操练降兵，夜晚时常给爱郎张节做些好吃的食物送去。黎德寿黎德功觉得这是个下毒的好机会。

这一天傍晚紫羽正在厨房里忙碌，二姐夫黎德功跑来对她道军营里有人争吵，可能会引起械斗，叫紫羽赶快去喝止。紫羽听了大急，叫正在一旁烧水的蓝羽帮她看着火候，自己跟着黎德功往争吵之处赶去了。

黎德寿躲在外面见紫羽和黎德功离去了，就怀里揣着毒药从外面闪进来下毒，没想到蓝羽还在厨房里。黎德寿一不做二不休，从地上拾起一根木棒在蓝羽头上敲了一下，将她打晕，然后将毒药撒在食物里，再将食物盛在紫羽送饭常用的碗里。他四处张望了一下，见附近没人，就将昏迷不醒的蓝羽扛在肩上出去了。

俗话说："若要人不知，除非已莫为。"黎德寿出去时正好被白羽看见。她见大姐夫扛着蓝羽匆匆忙忙地往外走，心里起疑，就悄悄地跟了上去。黎德寿走到一条小河边，欲将蓝羽扔进河里淹死，到时谁也怪不到自己头上。

黎德寿看了看粉嫩粉嫩的蓝羽，心里觉得此等美女自己不享受一下就杀死她太可惜。遂将蓝羽剥得精光，衣裙撕成条，绑了手脚，堵上嘴巴，然后开始奸淫她。

蓝羽被肏醒了，见大姐夫压在她身上，又羞又急，拼命挣扎。可是手脚都被绑着，怎能敌得过黎德寿？黎德寿一边狞笑着一边继续奸淫她。

白羽躲在树后看见蓝羽受辱，焦急万分。她又不敢声张，害怕惊动黎德寿。平日里大姐夫黎德寿对她总是色迷迷的，趁没人时经常将手伸进她的衣裙抚摸她的两乳和屁股。她见了他就躲，像耗子见了猫一样。

想了一下，她顺着原路返回，去叫姐姐们来救蓝羽。回到厨房时，正碰见紫羽端着一个碗要往张节那里送。她刚才去军营里并没有见到有人械斗，黎德功道可能是没打起来就被人劝散了。回来后不见了蓝羽，做好的食物已盛好在碗里，于是她端起碗里就往门外走。

白羽一边喘着气一边向紫羽诉说蓝羽正在小河边被大姐夫欺负的事儿，紫羽听了大怒，拔脚就往小河边追去，手里端的碗也扔了。来到河边时，蓝羽已被黎德寿肏得晕死过去。黎德寿正要将她扔进河里淹死。紫羽高叫一声："住手！"

黎德寿见是紫羽来了，知道事情败露，遂拔剑向紫羽劈去。紫羽来得太急，不曾带得长兵刃，手里只有一把一尺来长的腰刀。黎德寿人品低下，武艺却是不错的。紫羽的武艺得自母亲的真传，本来可胜黎德寿，可是她在兵器上吃了亏，被黎德寿一阵砍杀，手臂上给划开了一道口子，鲜血直流。

黎德寿见紫羽受伤，益发疯狂地向她攻来，要将她杀了灭口。紫羽左躲右闪，眼看就要遭到毒手，只听的一声娇叱，远处一柄长剑飞来，正钉在黎德寿背上，剑尖从他前胸穿出。黎德寿大叫一声，倒在地下。

紫羽松了一口气，眼睛一黑就要倒下，却被赶来的红羽一把抱住。原来白羽跟不上紫羽奔跑的速度被落在后面，路上遇见了大姐红羽。红羽听了白羽所述，急得仗剑赶来河边。她千钧一发之际掷出佩剑，救了紫羽。

红羽替紫羽包扎好伤口，两人又来救醒了蓝羽。红羽自嫁给黎德寿后常被他谩骂殴打，她从来都是默默忍受，不去向母亲哭诉。今天为救妹妹将丈夫杀了，也算是报了往日之仇。

这时白羽和青羽也到了，五个姐妹相抱在一起哭了一场。紫羽最先清醒过来，她道："此事太过蹊跷，当时蓝羽和我一起在厨房。黎德功将我从厨房引开后黎德寿才对蓝羽下的手，他们俩必有所图。我们须报告张节将军，尽快将黎德功找到。"姊妹们都点头称是。大姐红羽背起衣不蔽体的蓝羽，几个人往张节的住处走去。

张节听了，觉得紫羽说得有理，就派自己的亲兵在军营内外寻找黎德功。其实黎德功并未走远，他引开紫羽后就回到家里，喝了一壶酒之后倒下睡着了。青羽跟着大家一起去找黎德功没找着，回到家里一看，黎德功正鼾声如雷地躺在床上。青羽急忙出去叫来红羽和紫羽，她们几个七手八脚将没睡醒的黎德功绑了，抬到了大将军的议事厅里。

黎德功醒来后见自己被绑在大将军议事厅的柱子上。张节手按宝剑瞪着他，旁边除了阮氏姊妹外还站着十几个手持刀枪的亲兵。他心里叫苦：定是黎德寿失手了。他特别怕死，口里高叫："大将军饶命！这些事都是国王李金龙和黎德寿逼着我做的。"

张节一听，暗道："果然有图谋。"他一言不发，目光却愈来愈凌厉。黎德功被他看得浑身发抖，一五一十地将所有内情和盘托出，连国王答应事成后将岳母阮文君赏赐给他们兄弟俩之事也说了出来。

这下子真相大白了。阮氏五姊妹个个都被气得发抖，说不出话来。张节问紫羽该如何处置黎德功，紫羽把眼睛看向姐姐青羽。青羽一言不发，走到黎德功跟前，拔出腰刀来猛地捅进他的心脏。黎德功大叫一声，气绝身亡。

这一天经历了太多的事，阮氏五姊妹回到住处，用饭沐浴之后都躺在一间屋里。可是她们却怎么也睡不着。紫羽爬起来道："我等都去大将军那里睡吧。"于是五个女人一起来到张节那里，都挤在张节的床上，也未脱衣服。紫羽怀抱着张节，红羽青羽两人一个搂着蓝羽一个搂着白羽，也都依偎在张节身旁。不一会儿大家都睡着了。

第二天张节醒来，紫羽已经起床去准备饭食了。红羽青羽还未醒，她们一边一个靠在张节身上，丰满的乳房几乎贴在了张节的脸上。蓝羽白羽两个则搂住张节的两条大腿睡得正香。张节想悄悄爬起来，不料惊动了红羽和青羽。她们醒来后很害羞，一声不吭，红着脸起身将蓝羽白羽从张节腿上抱开，放到一边去睡了。

紫羽进门来看见三人尴尬地立在那里，就拉着张节的手到了另一间屋子，她自己却转身出去了。张节正在猜想她是何意思，红羽青羽两人被紫羽推了进来，然后她从外面把门锁上了。张节心道："紫羽那天说要报答我，莫非 ......"

未及多想，红羽青羽两个已红着脸过来替他宽衣解带。张节开始用手抚摸她们成熟丰满的躯体，两人禁不住喘息起来。她们本是温柔贤惠的女人，可惜嫁了没品行没男人味的丈夫。现在她们终于将自己给了心里喜欢的男人。她们将自己的身子送给张节肏，自始至终没有说一句话。张节却清楚地感觉到了她们欢愉的心情。

李金龙李金虎在都城里厉兵秣马，准备给大明军最后一击。到了和蒲甘军约定好的日子，黎永留在蒲甘军中的亲信来报，公主琼花已带着大军出发向大明军所在的玉峰城包抄过去。李金龙大喜，亲自和相国黎永大将李佑廷率领七万安南的精兵悄悄出了都城，往玉峰城进发，只留下李金虎和一万兵守卫都城。

张节和阮氏姊妹早已在玉峰城外列阵迎敌。李金龙见敌军只有不到两万人，就将兵力都集中起来，准备一举冲垮敌军防线。到时蒲甘军在敌后发起进攻，再加上张节手下的安南士兵的临阵叛变，一定能将大明军打得丢盔弃甲。

千算万算，他没有算到大明军威力强大的火炮。李金龙正要发起进攻，对面阵上传来轰隆轰隆的巨响，排列密集的安南军遭到当头痛击。开始时李金龙还没把火炮当回事，安南军也有火炮，他以为大明军的火炮也差不多，只能用来吓吓人而已。可是火炮声持续不断，不少士兵被击中。只见自己阵上血肉横飞，哭爹叫娘之声不断。

这时张节和阮氏姊妹开始带领大军冲过来了。尽管己方士气低落，军阵混乱，李金龙还是坚持不退，他要等待蒲甘军的夹击和对方阵中安南兵的叛乱。可是左等右等不见动静，战场变成了一面倒的大屠杀，安南军纷纷弃械投降。

黎永李佑廷见势不好，急劝国王李金龙退兵自保。李金龙未及下令撤退，后面传来一阵惊天动地的杀声。花逢春完颜红带着七千生力军赶到了，顷刻之间就杀到离国王不到半里路的地方。

紧急关头大将李佑廷率领三千国王卫队前去抵挡花逢春的兵马。花逢春箭无虚发，骑马冲在前面的几个安南将官被他一一射死。其他士兵见了，发声喊，潮水般地往后退，将后面的军兵都被冲乱了。

李佑廷声嘶力竭的大声喝骂，不提防花逢春一箭射来，从前胸贯穿过去，将跟在后面的一个小兵射死。李佑廷附近的军兵吓得纷纷跪倒在地，弃械投降。

最后只剩下国王李金龙相国黎永带着不到两千兵在顽抗。周围的大明军越来越多，李金龙知道已无法挽回败局，挥剑自尽。黎永在乱军中被砍为肉泥。此战以大明军全胜结束。

李金虎经过上次被俘后，再也不敢轻敌大意。他指挥一万安南军日夜在城上巡视。可是怕什么来什么，国王的大军出城还不到两天，城里屯粮之处失火。李金虎急带人去救火，王宫里又燃起大火。这些都是潜入城里的阮文君的部下和赛花带来的两百人所为。

李金虎东奔西跑，累得精疲力尽。这时忽然有人报道："西门被奸细打开，两万蒲甘军在公主琮花的指挥下杀入城来。"

李金虎此时方知中了敌人的奸计，哥哥（父亲）李金龙此去一定凶多吉少。他想起还被关在宫里的阮文君，就快马驰回宫里，要去亲手碎割了那个贱女人。

阮文君还是被赤身裸体地锁在那个牢房里，她虽不知外面动静，但是李金龙兄弟这两天没有来奸淫她，想必是军情紧急，自己得救的日子恐怕不远了。就在此时，李金虎踢开牢门闯了进来。他知道阮文君手脚都被锁住无法动弹，因此独自一个人进来，未带侍卫。

李金虎两眼冒火，恶狠狠地盯住阮文君看。阮文君却笑了，这更加令李金虎怒火万丈。他拔出身上佩戴的利刃，冲过来用力刺向文君赤裸的躯体。文君身形一晃，他刺了个空，跌倒在地。文君顺势骑在他背上用手中的铁链套住了他的脖子。李金虎大声叫喊，拼命挣扎，可是铁链越勒越紧，不一会儿他就眼眶突出，被活活勒死。

李金虎的亲兵们在外面听得动静，开始时并未在意，因为过去每次李金虎来奸淫阮文君时都有很大的动静。后来他们觉得不对劲儿，就手持刀枪冲进牢房里查看。见李金虎被勒死在地下，惊得呆了。

阮文君面带微笑，平静地对他们道："安南都城很快就会被大明军攻克，你们若想活命，快将我放了。"亲兵们犹豫了一下，过来解开了她身上的铁索，又给她找来衣服穿上。阮文君自由自在地走出了王宫，后面跟着一群保护她的亲兵，就是李金虎的那些亲兵。

女皇扈三娘接到张节和花逢春的捷报，得知蒲甘和安南都已被拿下了，大喜。她将张节封为平南侯，花逢春封为常胜侯，阮文君封为南国郡主。阮氏五姊妹和琼花赛花都有封赏。她要张节花逢春阮文君再接再厉，拿下暹罗，然后回京一起给他们庆功。

欲知后事如何，且听下回分解。

第二十四回：时来运转驸马享美色，皇恩浩荡郡主镇南疆

张节花逢春阮文君在拿下安南后，按照女皇的旨意加紧筹集粮草，督造火药，准备兵伐暹罗国。这暹罗国被蒲甘和安南夹在当中，只有南面靠海。军师阮文君和张节商议后，派了不少细作去暹罗搜集军情，她又建议张节下令让安南的水师和战船做好出战的准备。

张节不解，问道："攻暹罗从安南和蒲甘两面夹击足矣，何用战船？"文君道："暹罗国力比安南强。吾闻暹罗水师十分厉害，若无战船牵制暹罗水师，彼可绕到我等后方突袭，到时我军措手不及，两面受敌，容易遭遇大败。现在为难的是安南水军虽有数千人，但没有大的战船，也无甚厉害的水军将领。我等还需加紧训练士兵，招募水军人才。"

张节大为叹服，对文君的深谋远虑钦佩不已。他让阮紫羽暂时统领安南水军，开始训练，同时出榜重金招募水军人才。

现在文君的三个女儿红羽青羽紫羽都跟着张节，文君对此默许了。当年她将红羽青羽嫁给黎氏兄弟，让她们受了许多罪，心里后悔不已。她认定了张节是个正人君子，是不会亏待自己的女儿的，何况他还是阮家的救命恩人？其实她心里知道张节最喜欢的女人是她自己。

张节一下子多了三个女人，心里不安。他私下里向花逢春请教，道："我离开京城时你嫂子嘱咐我见了合适的女子就娶回来，可是我一下子要娶阮氏三姊妹，到时该如何向她开口？"

花逢春大笑，道："这有何难？你看我，家里已经有了大小十八个妻妾，我父亲严命我不得再娶。这一次不是又要添上琮花赛花两个？依我看嫂子是世间少有的贤惠豁达之人，不会为难你。况且三娘阿姨最疼你我，若有难处找她即可。"张节这才放下心来。

这次花逢春出征带着完颜红，夜夜都在温柔乡里度过，现在又添上了琮花赛花两个。他也看出来了，赛花是真心喜欢他的。而琮花跟着他则主要是因为完颜红的缘

故。他也不管那么多，看着完颜红琮花两个美女在床上恩爱缠绵也是不错的享受。当然，琮花也不会拒绝花逢春来肏她，为了取悦于完颜红她还会主动勾引花逢春。

暹罗国王马赛真闻报安南蒲甘俱被大明征服，遂召集臣下商议对策。这马赛真据传是汉伏波将军马援的后人，他家统治暹罗已历三代。暹罗久未经历战事，这次大明来犯，暹罗的武将们群情激奋，摩拳擦掌要去和大明军争个高下。

最后国王亲自挑选了精兵六万，由大王子马步忠二王子马步孝任正副元帅，从陆上阻击大明军。另外再派三王子马步仁四王子马步义率三万水军从海上绕道偷袭敌后。马赛真年轻时征讨四方，威名赫赫。现在他因年事已高，将朝廷大权交予大王子，自己不甚理会朝政。这次因外敌入侵，他才出来作出决断。

马赛真原来没有儿子只有一个女儿，是已故王后生的，叫马金枝。金枝公主的驸马叫虎生，曾在战场上救过国王的命。虎生二十多年前从中原流落到暹罗，被国王看中，用为朝廷大将，后来招赘为驸马。

那时国王年过四十还没有儿子，驸马虎生文武全才，国王有意让他以后接掌王位。国王依然大权在握，但是朝廷里官员们都对驸马毕恭毕敬，极力奉承。虎生过了好几年风光的日子。

谁知好景不长，国王后来新纳了一个年轻的妃子，连着给他生了四个儿子两个女儿。虎生的国王梦就此终结。朝廷里的大小官员也开始疏远他，对他避之犹恐不及。

那个年轻的妃子是一个姓李的小官员的女儿，叫李如莲。那个官员本来是想将自己的女儿送给驸马虎生作小妾。虎生那时和金枝公主成亲不到一年，十分恩爱，没有答应。那官员就将女儿带来驸马府，强行塞给虎生，说是不一定要做妾，为奴为婢也可以。虎生不好意思再推却，就将她收下了。

那李如莲生得美艳娇嫩，虎生忍不住背着金枝公主肏了她几次。他原想和公主商议纳李如莲为妾，碰巧国王到驸马府来看望女儿。虎生置酒款待老丈人，一家人都陪在一旁。他发现国王酒后老是盯着李如莲看，就提出要将李如莲送进宫里伺候国王，国王笑着依允了。

李如莲比金枝公主年龄还小，进宫后连着生下了四个王子和银枝玉枝两位公主。这时金枝公主的母亲已病故，国王就将李如莲立为新的王后。

李如莲不但貌美人也很聪明。她表面上看起来和蔼可亲，很会结交大臣和权贵，因此在暹罗颇有贤名。而虎生则因脾气刚硬说话直率，得罪了不少人。李如莲为了自己的儿子能接掌王位，巧妙地离间国王和驸马，最终将虎生的兵权解除了，使他成了王室里的闲人。

虎生每当想起自己输给了这么一个年轻女子，心里就苦涩交加，后悔不已。现在四个王子中最大的马步忠已经二十岁最小的马步义也有十五岁，王后李如莲又时刻对虎生严加提防，他的前景更加不妙了。

这一次国王觉得几个王子战场经验不足，本欲重新启用虎生为帅，让他和金枝公主一起领兵。王后李如莲得知后加以阻扰，道："驸马虎生他是中原人，难保没有二心，不可使之掌兵权。"

国王无奈，就命金芝公主负责押运粮草，驸马虎生协助防守都城。实际上都城的防守一直是由王后的亲信大将贵保负责，没有驸马什么事儿。

虎生这些年心灰意冷，对天下大势不甚关心。他每日里只和金枝公主和儿子女儿相守，年轻时的刚直性子也改好了许多。他虽知中原的大宋朝已被取代，但不知道也不关心现在的皇帝姓甚名谁。

金枝公主领兵出征后，他一个人无聊时常去大街上的酒楼茶馆坐一坐。听到客人们在小声议论如今大明朝如何繁荣昌盛，女皇扈三娘如何英明神武云云。他听得不是很清楚，似乎这些议论触动了埋藏在自己心底的一些东西，不过当时他也没有太在意。

过了几天，城外传来坏消息，大明朝的军师阮文君设下连环计，重创了暹罗水军，四王子马步义被阮文君活捉。王后李如莲得知消息后哭得昏了过去，国王亦在宫里唉声叹气。虎生觉得这跟他关系不大，他装模作样地去宫里宽慰了老国王一会儿，就告辞回到了自己的驸马府。

刚进门就有一个少女扑进他怀里，抱着他大哭。仔细一看，原来是玉枝公主。她平时与四哥马步义最好，马步义成了大明军的俘虏她自然伤心。虎生却心里不解：你亲哥被大明军捉住了，按理说你该去你娘那儿哭去，为何抱住我这个姐夫大哭不止？

其实虎尘自己不知道，他长得不算很英俊，可他诚实耿直的性情和略带忧郁的眼神偏偏就是让马家的女儿们的喜欢。当年金枝公主就是跟父母亲哭着喊着非嫁给他不可的。现在他年过半百，头发花白，一脸风霜，可是这个才十四岁的玉枝公主就是从心底里喜欢他。

岂止是玉枝公主，连银枝公主也对他芳心暗许，他简直成了暹罗的头号公主杀手，只是他自己不知道罢了。王后李如莲曾严令禁止自己的两个女儿和驸马来往，但是越是禁止她们就越是被这个年龄可以当她们的父亲的男人所吸引。

虎尘将玉枝好言劝慰了一会儿，玉枝已停止了哭泣，可还是抱住他不放，脸上却是一片娇羞之色。现在虎尘就算是再愚鲁也明白了玉枝的心意。金枝公主出征已经十来天了，他夜里颇感寂寞。现在他破罐子破摔，送上门来的女人岂能不要？他手忙脚乱地剥光了玉枝的衣裙，狠狠地肏了她一个时辰，将她从少女变成了少妇。玉枝虽然下体痛得厉害，她害怕姐夫不喜，强忍住了不哭出声来。

这天玉枝就留在驸马府里，和虎尘卿卿我我直到天黑后才离开。她小小的年纪就出落得风骚迷人，很像她母亲李如莲。虎尘回忆起当年肏她母亲的情形，心里感慨万千。玉枝现在的年龄也和当年的李如莲差不多。

两人闲谈中，玉枝公主提道：“现在大明朝兵强马壮，女皇英明神武，蒲甘安南俱被征服。父王抗拒明朝大军实为不智。”虎尘突然想起在酒楼茶馆里听到的议论，问道：“这大明朝女皇究竟是何等人？她怎有如此本事？”

玉枝公主惊讶不已，道：“姐夫你原来连威名赫赫的大明女皇都未听说过？女皇名叫扈三娘，她原是梁山泊头领，外号一丈青。她后来去辽国当了护国大元帅，又嫁到金国做了皇后。她的女儿做了西夏女王，儿子做了辽国国王。五年前她统一辽夏金宋，建立了强大无比的大明朝。”

虎尘听后惊得跌坐在地下，道：“原来妹子她当了女皇！？”玉枝公主问道：“你说甚么妹子？莫非你认得大明女皇？”虎尘慌忙掩饰，道：“不认得不认得。我的家乡离梁山泊不远，我年轻时就听说过一丈青扈三娘的名头。”

原来驸马就是扈三娘的哥哥扈成。他逃出家乡后流落到了暹罗，改名虎尘。他这天晚上翻来覆去睡不着，心里一直在回忆家乡，回忆妹子扈三娘的音容笑貌，不时发出沉重的叹息。现在他还不敢向任何人吐露自己的身世，更不敢贸然逃回大明去。

且等一等，看看战局再说吧。既然自己是大明女皇的哥哥，说不定将来还有横行暹罗的那一天呢！

国王的这几个儿子还是有一些本事的，接下来一个月他们和大明军交战互有胜负。王宫里朝廷里人们的情绪也跟着大起大落，时而惊喜，时而悲哀。这天又有战报传进宫里：“暹罗军的粮草遭到明军伏击，负责押运的金枝公主被敌将花逢春生擒。”

扈成听了，心里七上八下，没了主意。他担心妻子被擒后受苦。可是若自己逃去大明军中，人家也决不会轻易相信他是女皇的哥哥。他身上有凭证，但是这凭证只有妹子扈三娘才能辨别真假。而妹子远在数千里之外的东京，这便如何是好？他呆在府里冥思苦想。

好在还有一个玉枝公主来驸马府宽慰他。他将玉枝脱光抱上床肏了一会儿，心里好受了些。玉枝公主刚走，银枝公主又来了。银枝公主今年十八岁了，她先前嫁的男人病故。母后已将她许给大将贵保为妻，还未来得及成亲。贵保是王后的亲戚，掌握着暹罗都城的兵权。银枝生性温顺，她不喜欢贵保，不过也不敢顶撞母后。

听闻大姐金枝被俘的消息后，银枝鬼使神差地独自到姐姐家中来宽慰姐夫虎生。有了前面的玉枝公主，扈成现在对银枝公主的心意那是看得明明白白的。他暗道：莫非因妹子当了女皇我的运气也转好了？他顾不得装模作样，伸手一把将拥有诱人身材的银枝拖过来，按倒在床上剥得精光，然后像对玉枝那样如法炮制一番。银枝被姐夫肏得欲仙欲死，下面淫水泛滥，口里浪叫不止。

又过了十来天，传来捷报：大王子二王子领兵打了胜仗。实际上这次是遭遇战，暹罗方面伤亡了五千人，比大明军的伤亡要多一倍。不过他们侥幸活捉了大明的杏花亲王完颜红，因此算是个大胜仗。完颜红被押送回暹罗都城关在了王宫里。

扈成觉得机会来了。他要去见这完颜红一面，看能不能想办法将她救出来。这样大明军得胜后定会宽恕他和他妻子金枝公主，到时他才有可能见到自己的妹子，大明女皇扈三娘。他将银枝玉枝姐妹都叫到驸马府，将自己的身世对她们如实相告，恳求她们帮助自己。

银枝和玉枝听了都惊骇不已，不过她们心里都在为姐夫高兴。他既是大明女皇的哥哥，将来一定前途无量，说不定这个暹罗国以后就是他的。完颜红本是重犯，无权无势的驸马是很难见到她的。可是若有银枝玉枝两个公主帮忙那就不是什么难事了。

完颜红在遭遇战中被十倍于己的敌兵围住，最后力尽被俘。她的亲兵全部战死。马步忠兄弟连着打了几个败仗，父王已下旨责备。他们心里正焦虑不堪，得知活捉了大明的杏花亲王完颜红后，大喜。急派重兵将她押送回暹罗都城，想以此向父王表功，鼓舞整个暹罗国的士气。

那些押送完颜红的军兵从来不曾见过这么美艳的女将军，免不了借机占她的便宜。她的甲胄已被除去，衣裙早被撕得难以蔽体。这些男人们不时用手去摸她的乳房屁股和胯下，完颜红不敢声张，红了脸低头忍受。

到了都城后，她被交给守城大将贵保。贵保见了完颜红的容貌身材，惊得眼珠子都掉出来了。他遣开随从，将她拖进一间屋子里，剥光衣服狠肏了一通。肏完之后贵保的三个把兄弟又来接着肏她，直肏得完颜红浑身瘦软，下体红肿不堪。贵保也不敢多耽搁，令人给她洗了身子，换上干净衣服，然后送进王宫去。

这时国王正卧病不起，王后李如莲想鼓舞一下暹罗的士气。她吩咐将完颜红脱得赤条条地，绑在一辆车子上，然后大吹大擂地去城里游街示众。暹罗百姓扶老携幼出来观看被俘的大明女亲王，全城万民欢腾，暹罗的官兵们也士气大涨。游完街后，完颜红仍然一丝不挂，被用铁链子锁在后宫深处的一间牢房里。王后派了侍卫严加看守。

完颜红被俘后，花逢春心里十分担忧。张节阮文君都来宽慰他，道："现在暹罗的四王子马步义和公主马金枝都被我军活捉，有这两人在手里，弟妹虽然免不了受辱，但是暹罗那边定然不敢害她性命。"

花逢春回到自己营帐后，琼花赛花两个上来替他宽衣解带，殷勤服侍。想起完颜红可能正在被敌兵奸淫凌辱，花逢春怨气难平。他肏了琼花赛花后，又去将那个抓来的金枝公主剥光了衣服，要强奸她。金枝公主吓得大哭，琼花赛花见她可怜，一边一个抱住花逢春的好言劝解，花逢春方才罢休。回头继续肏她姐妹俩，直至精疲力尽。

银枝领着扈成进了王宫，买通了看守的侍卫，送他和玉芝两人进了后宫的牢房里。扈成到了关押完颜红的屋子，让玉芝守在门外望风。扈成身为驸马，自然见过美女无数。不过完颜红堪称人间绝色，更兼浑身上下不着寸缕，令他心动不已。完颜红见一个男人进来，羞得满脸通红，只恨被铁链锁住没处躲藏。

扈成对完颜红道："虎尘参见亲王殿下。我乃暹罗驸马，是被你们俘获的金枝公主的丈夫。"完颜红一听，暗道："罢了，今天恐怕免不了被这人奸淫羞辱一番。"

扈成又道："我原是山东扈家庄人，姓扈名成，多年前改名换姓，流落到暹罗。我有个妹妹扈三娘，现为大明朝女皇陛下。"完颜红吃了一惊，脸色变幻不定。

扈成道："殿下你暂且不要管我说的是真是假，过些天我会找机会救你出去。那时你须替我向大明军说情，饶过我夫妻两人，然后再送我去见女皇陛下。她自会辨别真假。"完颜红大喜，点头依允。

这时玉芝公主闪进屋里，一脸惊慌，道："母后带着侍卫进大牢里来了，这里无处躲避，如何是好？"扈成看了一眼完颜红，急中生智，对玉芝道："你且去门外等着，若母后问起，你就道是我逼迫你将我放进来的，其余不用多说。"

扈成转身对完颜红道："王后李如莲一直对我猜忌排斥，若见我在此，定会追问究竟。不若我现在假意殴打羞辱于你，她道我是为金枝公主被俘之事泄愤，这样或可瞒过她。只是要委屈亲王殿下了。"完颜红心道："他若是只想奸污我，大可不必用此等借口。"当下红着脸点头依允了。玉芝出门去迎候她母亲。

王后李如莲来到牢房跟前，见玉芝公主守在屋子外面，里面传出男人的喝骂声和女人的哭泣声。她问玉芝道："你为何在此？里面的男人是谁？"玉芝答道："母亲赎罪。姐夫非要来见这完颜红，说是金枝姐姐被俘后肯定被明军百般凌辱，他也要羞辱一番这个女俘虏出口气。是他硬逼着我放他进来的。"

王后走到门前倾听，只听得鞭子打在皮肉上的声音，中间还夹杂着虎尘的喝骂声。她伸头从门上的铁窗往里一看，见驸马虎尘下身脱得精光，一边肏完颜红，一边打骂她。完颜红赤裸着身子，大声哭泣讨饶。

虎尘是王后李如莲的第一个男人。如今国王年老体衰，已经无力亲近王后和其他妃子了。李如莲今年才三十五六岁，正当女人青春旺盛之时。她看着虎尘还算健壮的身子，脸上不由羞得通红，胯下开始瘙痒，心里也扑通扑通直跳。

王后意乱情迷，转身欲走。回头看见女儿玉枝还呆在门口不动，就急忙过来拽住她的胳膊，将她强行拖着走了。侍卫们也跟着她们出去了。扈成听得王后一帮人离去，连忙向完颜红磕头作揖，口称"得罪"。完颜红羞得不敢抬头看他。

这天张节花逢春阮文君等人正在商议军情，忽有军士来报："杏花亲王完颜红回来了。"急忙将她迎进大帐里来。完颜红道："是暹罗的驸马虎尘和银枝玉芝两位公主将我偷偷放出来的。虎尘自称原名扈成，是女皇陛下失散多年的哥哥。他要我等攻下暹罗后帮他面见女皇，兄妹相认。"

张节花逢春听了觉得不可思议。阮文君道："此事虽然太过离奇，他却并未提出其他要求，不像是暹罗的计策。我等且不要理会这些，待攻下暹罗都城后自然真相大白。"张节花逢春道："军师说得有理。"

花逢春暗道："好险，幸亏琼花赛花两个，她们劝住我没去强奸那个金枝公主。说不定她哪天就成了大明的皇嫂。"花逢春将完颜红抱回自己营帐，琼花赛花喜出望外，四人搂成一团亲吻爱抚。一夜无话。第二天阮文君吩咐加派女兵去服侍被俘的金枝公主，连四王子马步义也受到了优待。

再说扈成，他放走了完颜红后为了不连累银枝玉枝两人，自己主动进宫去向国王和王后请罪。他将所有罪责都揽在自己身上，道他已逼迫完颜红答应，回去后一定厚待被俘的马步义和马金枝两人。扈成早年救过马赛真的命，现在又是他的女婿，说不定日后还真的需要用他。因此扈成只是被国王和王后训斥后关进了大牢，暂时未受其他处罚。

扈成其实早料到了这些。他身为驸马，在大牢里的待遇甚好，还有银枝公主和玉芝公主两个轮流前来看视抚慰，日子过得无忧无虑，十分快活。反倒是国王和王后两人整天忧心忡忡，担惊受怕。

暹罗三王子马步仁十五岁时就当上了暹罗的水军统领，颇受国王看重。他自从上次损兵折将之后，一直想方设法要挽回败局。这回他联络了盘踞在金鳌岛的海盗，想让这些海盗在自己的水军与明军大战时从背后偷袭，夹击敌人。谁知这些海盗不但没去攻打明军，反而来攻打暹罗的水军。

原来这金鳌岛的海盗是梁山泊好汉李俊和童威童猛兄弟的后人。当年李俊他们赶走了金鳌岛原来的主人，自己占据了金鳌岛钓鱼岛等附近的二十四个岛屿。安南暹罗曾多次派兵来围剿，却奈何不得他们。现在李俊童威童猛都已辞世，他们的儿女们成了金鳌和附近岛屿的岛主。他们听说了大明朝的女皇扈三娘曾是梁山泊的头领，就起了投靠大明之心。

军师阮文君接见了金鳌岛派来的使者，设下了这条计策。马步仁果然中计，致使暹罗水军全军覆没，他自己负伤被俘。没有了暹罗水军的威胁，张节花逢春开始放心大胆地攻打暹罗的大小城镇，暹罗军节节败退。

马步忠马步孝连吃败仗，六万精兵只剩得三万余人。无奈之下派人回都城向国王求救。国王马赛真派大将贵保领兵一万去救援，暹罗都城里现在只剩下了两万兵马守卫。

谁知贵保还未与马步忠会合就中了花逢春和完颜红的埋伏。一万兵马被杀得七零八落，自己也被琼花赛花姐妹活捉。完颜红恨这个贵保曾经和他的把兄弟一起奸污她，亲自动手，将他那话儿一刀割了。他的三个把兄弟也被花逢春砍了头。

军师阮文君吩咐将贵保包扎好伤口让几个俘虏兵抬回暹罗都城去，叫他给暹罗国王带个口信："早早投降大明，免得到时玉石俱焚。"

现在马步忠马步孝的三万兵马被明军困在一座小城里面，粮草只够支撑十来天。国王又无兵可派，朝廷上群臣束手，惊慌失措，城里物价飞涨，风声鹤唳。国王本来就重病在身，受此惊吓，不几天就撒手尘寰。

王后想从朝臣中选一人出来主持大局，竟无一人愿意担此重任。这时有位一老臣提议："驸马虎尘颇有才干，不如派他去和大明军议和。"王后无奈，只得亲自去大牢里央求驸马虎尘，并向他赔罪。

扈成推说自己无才无德，不堪当此大任。王后此时也豁出去了，她将随从遣开，脱下衣裙，赤裸着身子跪在地下，求扈成看在旧日的情份上帮她一把。她道只要驸马能保住她几个儿子的性命，让她为奴为婢亦可。扈成被这个女人算计和压制了将近二十年，今日方才扬眉吐气。不过他还是忍不住李如莲美色的诱惑，就在牢房里将她肏了个痛快。

扈成从大牢里出来，也顾不上回驸马府，只带三五个随从就出了都城，往大明军中而去。这时张节阮文君的大军已在城外扎营。张节闻报有暹罗使者到来，遂召集各位将军们升帐议事。张节花逢春阮文君在上首坐了，请暹罗的使者进来。

扈成先向张节等人施礼，道："小国使臣暹罗驸马见过大将军。"张节点头请他入座，扈成坐了。张节问道："驸马似乎有山东一带口音，不知家乡何处？"

扈成答道："不瞒大将军，小人原是山东梁山泊附近扈家庄人，姓扈名成。早年流落暹罗，得国王赏识，招为驸马。已经多年未回家乡了。"张节又问道："不知驸马家乡是否还有亲人？"扈成答道："除了一个妹妹扈三娘，并无其他亲人。"

张节道："你道是女皇陛下的哥哥，可有甚么凭据？"扈成道："我当年只身逃出家乡，未带得多少物件。不过，我有两枚刻有龙凤花纹的戒指，是我父母的遗物。当初在暹罗贫困潦倒，卖掉了一枚。只剩得一枚，一直带在身边。"说完从怀里掏出了一枚戒指递给张节看。

张节叫花逢春也近前来看那枚戒指，两人仔细看了看，各自从怀里掏出一枚一摸一样的戒指来。这是当初他们两个在辽国成亲时，护国大元帅扈三娘送给他们的礼物。这下子轮到扈成吃惊了："你们如何能有一样的戒指？"

张节和花逢春两人起身来到扈成身边，一边一个搀扶着他去上首坐下，然后他们跪在地下，道："晚辈参见皇兄大人。"在座的众将也全都跪下，齐声道："参见皇兄大人。"

行礼已毕，张节花逢春又将金枝公主请出来，众人又一起跪拜了皇嫂。金枝公主全然不知自己的丈夫如何成了大明朝的皇兄，扈成只得小声对她从头至尾解说了一遍，金枝公主觉得彷佛是在梦中一般。

扈成回想起小妹扈三娘和自己的坎坷经历，不禁泪流满面。张节设宴为皇兄皇嫂压惊，众将作陪，轮流向他们夫妇敬酒。宴会后阮文君将身边的女兵调来，伺候扈成和金枝公主沐浴歇息，一夜无话。

次日军师阮文君和杏花亲王完颜红领着阮氏姐妹和琼花赛花来拜访皇兄皇嫂，完颜红还特别感谢了扈成对她的相救之恩。扈成夫妇诚惶诚恐地回了礼。其实扈成一见完颜红就背上冒冷汗，他来之前就知道暹罗大将费保被完颜红给阉割了。他自己曾对完颜红又是奸淫又是打骂，虽然情非得已，想起来还是免不了害怕。

紧接着大将军张节军师阮文君和扈成一起商议了暹罗国投降大明朝的细节，并派信使快马去东京向女皇扈三娘禀报。女皇闻报大喜，立刻下旨：宣暹罗驸马扈成，王后，三位公主，四个王子，一起进京面圣。同时还宣各位征南军的将领们回京庆功受赏。

这时马步忠马步孝的暹罗兵因粮草耗尽弃械投降，大明军已经接管了暹罗全境。张节阮文君安排好了临时官员处理暹罗之事，随后启程和暹罗王室一起进京参见女皇。

征南军历时三年，为大明朝拿下了蒲甘，安南，暹罗三国，可谓立下了丰功伟绩。女皇扈三娘率满朝文武官员出城十里迎接张节花逢春阮文君等立了功的将领们。整个京城里张灯结彩，百姓们夹道欢迎征南军得胜归来。

女皇将扈成接到皇宫里。扈成先跪拜了女皇，祝女皇安康，然后立在一旁低头等女皇问话。女皇走下宝座，来到扈成跟前，张开两臂将这个失散多年的哥哥抱在怀里，大哭起来。扈成也抱着妹妹泪流不止。

三娘仔细端详，见扈成虽然模样儿没变，但已不是当年那个二十来岁的后生，而是个饱经沧桑头发花白的半老头儿。兄妹俩开始滔滔不绝的说起这些年各自的经历和思念之情。三娘和哥哥在皇宫里一起用膳，当晚留哥哥住在皇宫，安排了几个美貌宫女伺候哥哥沐浴，歇息。

次日三娘将嫂子金枝公主和她两个妹妹银枝玉枝都接进了皇宫。金枝姐妹三人见了这个大名鼎鼎的女皇，拜倒在地，不敢抬头。三娘亲自将她们扶起来，赐了坐。三娘感谢了她们这些年来对哥哥扈成的真情厚意，她们又要起身磕头，被三娘拦住了。

女皇扈三娘下旨将哥哥扈成封为大明朝的仁德亲王，扈家庄所在的寿张县和附近的郓城县被赐给他作为领地，金枝银枝玉枝三姐妹都被封为他的王妃。三娘还从私房中拿出黄金三千两给了哥哥。

她私下嘱咐扈成："我虽贵为女皇，也须事事遵守朝廷律法。你无论有何难处都可直接来找我，万不可仗势欺压官员百姓，贪墨国家财物。我将你封为仁德亲王，这仁德二字，就是期望你能给朝廷的其他权贵们做表率，不要做对不起朝廷对不起黎民百姓之事。"

扈成道："妹妹放心，哥哥我自问是个实诚人，不会去做那祸害百姓之事，更不会辜负妹妹你的一片心意。"扈成现在也明白了妹子能得天下靠的是大智大勇和大仁大义，决不是凭运气得来的。

扈成和金枝公主生有一儿一女，儿子十五岁，女儿十四岁。三娘欲将两人中留下一人在自己身边效力，问哥嫂意下如何？金枝大为感激，道：“这是我等求之不得的好事。我愿将两个都留下，能跟随女皇陛下是他们天大的福分。”扈成亦点头称是。三娘大喜，招扈成的儿子女儿进宫。

其实他们早已等在皇宫门口了。因扈成是暹罗招赘的驸马，他的儿女都跟着国王姓马。三娘就给他们重新赐名，扈家下一辈行金，三娘就给儿子取名叫扈金鹏，女儿叫扈金凤。金鹏金凤急忙跪下磕头，谢过了这个美得像天仙一般的女皇姑姑。他们兄妹因父亲在暹罗不得志，并未养成贵族子弟那般骄奢淫逸飞扬跋扈的性情，一看就是老实本分之人。三娘见了他们心里欢喜。

三娘将暹罗王子马步忠马步孝马步仁马步义四兄弟都封为大明朝的伯爵，并在京城给他们赐了房屋居住。三娘还赐给王后李如莲白银三万两作养老之资。李如莲带着四个儿子跪谢了女皇的恩典。

三娘问李如莲今后愿意跟着儿子过还是跟着女儿过？李如莲寻思扈成是女皇的哥哥，以后的风光不是自己的几个儿子能比的，就回女皇道自己愿意跟着女儿一起过。

女皇看着哥哥微笑不语。扈成对这些年在李如莲那里受的委屈还是心有芥蒂的，昨晚他对三娘吐露了自己和岳母之间的恩怨情仇，惹得三娘大笑不止。在三娘看来，哥哥扈成和他岳母李如莲的关系既尴尬又暧昧，以后恐怕还会发生不少故事。

扈成这天被请到完颜红府上做客。完颜红因为有亲王的爵位，一直住在自己的亲王府里，不和花逢春的其他妻妾们住一起。琮花自然也和完颜红住一起。赛花则跟花逢春形影不离，花逢春不时带着赛花来完颜红的亲王府过夜。

完颜红和琮花将扈成带进内室，两人一起过来为扈成宽衣解带。扈成大惊，他可是知道花逢春这个“杀神”的威名的。完颜红见扈成被吓得浑身发抖，妩媚地朝他一笑，道：“皇兄休要害怕，是花将军特地吩咐我两人来伺候皇兄的。希望皇兄在皇嫂面前替花将军说情。”

原来花荣当时虽然被琮花赛花劝住了，没有强奸金枝公主，可是金枝公主毕竟被他亲手剥光了衣服，受了奇耻大辱。花逢春最怕此事引起女皇扈三娘的不满，和完颜红亲热时不免情绪低落。完颜红知道他的心事后，拍胸脯道：“不妨，此事交给我和琮花了。定要让皇兄皇嫂原谅你。”花逢春大喜，道：“此事不宜拖延，越快越好。”完颜红心里暗笑，道：“夫君放心，有我和琮花姐姐出马，万无一失。”

扈成好一阵子才明白过来，现在是花逢春有求于他。扈成那天在暹罗王宫的牢房里肏过完颜红，却远没有尽兴。这一次完颜红和琮花两人才真正地让他尝到了欲仙欲死的感觉。他急吼吼地肏过两人之后，完颜红让他坐在一旁暂歇，自己和琮花又当着他的面恩爱缠绵起来，让扈成大开眼界。过了一会儿，扈成雄风再振，又加入了战团。

晚膳时分，完颜红叫琮花去将花逢春和赛花请来，五人一起用膳。扈成和花逢春先是客气一番，后来喝得多了，不免口不择言胡说乱道。两个人本不是同一个辈份，喝到后来竟勾肩搭背称兄道弟起来。完颜红趁机道：“你们既如此投缘，何不结拜为异性兄弟？”花逢春当即叫好，吩咐下人准备好香烛，与扈成八拜结交。

最后扈成醉得不省人事，花逢春也喝得站立不稳。他叫完颜红安排皇兄歇息，自己被赛花搀扶着回府里去了。第二天清早，扈成醒来，见自己还躺在完颜红的床上，身边是完颜红和琮花白花花的肉体。

他想起了昨晚和花逢春结拜的事，心里暗叫惭愧：这些以前做梦也想不到的富贵和艳福都是妹子扈三娘带来的。这时完颜红和琮花也醒了，红着脸来服侍皇兄穿衣洗漱。扈成向完颜红告辞，离开了这个令人销魂的温柔乡。

一个月后扈成进宫辞别女皇，带着三个王妃和岳母李如莲高高兴兴地回领地（家乡）去了。义弟花逢春领着完颜红琮花赛花姐妹将他一家送出京城三十里外方回。

张节和花逢春原来就是大明朝的侯爷，现在他们和征服了高丽的岳飞一样被女皇封了公爵。当然三娘对这两个最为亲密的爱将私下里还有其他奖励，具体如何就只有他们两人知晓了。

萧玉兰敞开胸怀接纳了阮氏三姐妹，张节当着三姐妹的面抱着久别的萧玉兰亲吻，心里大大地松了一口气。花荣也未反对儿子花逢春再娶琮花赛花为妻，两姐妹红着脸拜见了花荣夫妇。花荣的夫人还将琮花赛花两个搂在怀里夸个不停，一家子皆大欢喜。

对于阮文君的安排三娘则颇费思量。她觉得阮文君是能够独挡一方的帅才，这次征南之战要不是侥幸收服了阮文君，单靠张节花逢春两个恐怕很难拿下安南和暹罗。

张节和花逢春在给女皇的奏报中将阮文君的功劳说得很详细，可见他们都是十分推崇文君的。

一年前三娘已将她的小女儿，年仅六岁的镇东王完颜丽荣送到高丽节度使花忆春那里去了，花忆春已在高丽为完颜丽荣建好了镇东王府。花忆春除了已有的金花亲王的爵位外，还被加封为大明朝太傅，负责辅佐镇东王。镇南王完颜东生还留在三娘身边。三娘正在考虑是否让阮文君来担负起辅佐镇南王的重任。

三娘不知道的是，阮文君这些天一直在心里琢磨这个刚刚见过面的大明女皇庖三娘。不知怎的，她心里觉得对女皇有一种很亲近的感觉，像是自己的亲姐姐一般。

阮文君生于东京，父亲姓文，阮是她后来嫁的丈夫的姓。她家中只有她一个女儿，父亲是朝廷的武将，在她懂事前就故去了，她母亲则是安南人。不过文君有一个姑姑嫁给了一个姓张的禁军教头。她姑姑也很早去世了，留下姑父带着一个女儿过活。姑父的家境比文君家强许多，因此她们母女常受姑父的接济。

文君的一身武艺也是姑父传授的。姑父是个出色的武术教师，再加上文君是练武奇才，自小聪明非凡。各类兵器她一学就会，常令姑父惊讶不已，道："你若是个男子，上战场定能立功封侯。"

后来姑父家遭了难，一家人死得死，散的散。文君的母亲没了依靠，只好历尽艰辛，回到了在安南的家乡，那时文君才十二岁。

文君的母亲曾经请一个云游道人给她们母女俩算过命：她母女都是克夫的命，不但克夫，任何肏过她们的男人都会死于非命。不过那道人说文君在四十岁以后将遇见命中贵人，到时她会苦尽甘来，享尽世间的荣华富贵。

文君的母亲已经去世了，回想起她们母女的遭遇，都与那道人所说的相符：文君的父亲死得早，她丈夫死时也只有三十五六岁。文君暗道："我已年过四十，想来苦日子应该到头了。我那命中的贵人，莫非就是女皇陛下？"

这天是张节和红羽青羽紫羽三姐妹的婚礼，女皇庖三娘亲自参加，并送了大礼。满朝的文武官员也都来贺喜，文官吟诗作赋，武官猜拳斗酒，好不热闹。萧玉兰和蓝羽白羽为招待客人忙得不可开交，幸亏还有花逢春完颜红琮花赛花过来帮忙张罗。

琼英和文君作为长辈，端坐在正厅接受新人叩拜。婚礼后女皇拉住文君的手，邀请她带着儿子阮黑羽去皇宫里作客。文君和儿子拜谢了女皇。

过了几天，文君领着六岁的儿子阮黑羽进宫，女皇扈三娘正在皇宫里的一个大厅上练武，就传旨让宫女带她母子直接到演武厅来。文君来到时，女皇正在使她那拿手的日月双刀，她的几个密友琼英，天寿，萧玉兰立在一旁观看。

三娘的武艺经过林冲指点，已远非当年在扈家庄时可比。现在她不但没丢下自己原来的日月双刀和红锦套索的两样绝技，还跟林冲学习了长枪，跟花逢春学习了弓箭，跟琼英学习了画戟和飞石。三娘练得性起，使完双刀后又把长枪，弓箭，飞石都练了一遍，琼英文君等看了大声喝彩。

阮文君自己也是十八般武艺样样精通。她看三娘的刀法尤为出色，虽是杀人的绝技，三娘使起来却将杀气都隐去了，十分好看。三娘一身香汗淋漓，走下场歇息。琼英技痒难熬，手持画戟上场舞了起来。过了一会儿琼英也一身大汗走下场来。

三娘让文君上去练练，文君推辞不得，就去兵器架上找趁手的钢刀。好在女皇的演武厅里各类兵器应有尽有，可以任人挑选，随便拿起一件都是稀世宝物。文君英姿飒爽，手里的钢刀寒光闪闪，隐隐带着风雷之声。文君放下刀后，又换长枪使了一回。三娘和琼英等看得呆了，都忘了喝彩。后来天寿和萧玉兰也先后上场施展了自己的浑身本事。

末了三娘吩咐宫女们端来香汤伺候她们五个女人沐浴。但见乳波臀浪，雪肌花肤，莺声燕语，胜似瑶池仙境。可惜有眼福观看此般美景的只有阮黑羽这个六岁的孩子。沐浴已毕，宫女们端上美味佳肴和极品御酒，三娘和众女频频举杯，连小黑羽亦被天寿逗着饮了满满一杯。用饭后，天已黑了，琼英知三娘有事要与文君谈，就拉着天寿萧玉兰一起告退了。

三娘让文君坐到自己跟前，将小黑羽搂在自己怀里，两人亲如姐妹，开始聊了起来。话题从家常到朝廷大事到用兵之法，几乎无所不包。这时门外走进一个年约六七岁的男孩，粉雕玉琢似的，十分可爱。正是三娘的小儿子，镇南王完颜东生。三娘叫完颜东生来给文君磕头行礼，叫了声“阿姨”。文君连称不敢，起身回礼。

完颜东生盯着坐在三娘膝上的阮黑羽看了看。那阮黑羽因被天寿灌了一杯酒，已经躺在三娘怀里睡着了。三娘对他道：“这个是阿姨的孩子阮黑羽，以后你就当他是你弟弟。你可去坐在阿姨身边。”完颜东生点头应诺。文君道：“文君替黑羽谢过女皇的恩典。”说完将完颜东升拉到自己身边坐下，握住他的小手。

完颜东生终究是个孩子，他对躺在母亲怀里呼呼大睡的小黑羽十分羡慕。平时三娘对自己的孩子们管教甚严，极少溺爱。他和姐姐完颜丽荣从五岁以后就没有被母亲抱在怀里睡过觉了。今天见了阮黑羽，这才回想起母亲怀抱的温暖舒适。他看了看身边这个跟母亲一样美丽的阿姨，心里真希望能被她抱一下。

聪明的文君似乎看透了完颜东生的心思，笑着对三娘道：“我看镇南王困了，且来阿姨这里歇一会儿。”说完张开了两臂要抱完颜东生。完颜东生抬头看着三娘，眼里充满了期待。三娘笑着点了点头，文君将完颜东生抱到自己膝上坐下。完颜东生把头埋在文君丰满柔软的胸脯里，满足地闭上了双眼。

三娘看见自己的儿子和阮文君如此投缘，心里十分高兴，对那件大事儿也拿定了主意。过了一会儿，完颜东生也在文君怀里睡着了。三娘吩咐宫女将阮黑羽和完颜东生都抱去另一间房的床上歇息。她要和阮文君秉烛夜话，同榻而眠。

文君聪明过人，从小到大，不论男女，她还真没有见到过智力上能胜过自己的人。现在她发现扈三娘是有大智慧的人，心中装着整个天下装着黎民百姓，这令她仰慕得不得了。怪不得三娘她能征服辽夏金宋，成为至高无上的女皇。偏偏三娘又有着强大的亲和力，文君感觉她就像是自己的亲姐姐一般。

文君幼年丧父，生活困苦。她和母亲一起经历了数不清的劫难，心中有许多从未对别人吐露过的辛酸委屈之事。现在她真想把这一切都诉说给三娘听。她已认定女皇扈三娘就是自己命中的那个贵人。不知不觉地她被三娘搂在了怀里，两人的嘴唇也吻在了一起。

第二天三娘吩咐请来了一大帮朝廷的高官和功臣，包括琼英王进花荣栾廷玉顾大嫂这些老臣子，还有岳飞张节花逢春这些年轻一代中的佼佼者。当着这些人的面，三娘要和文君结拜为异性姐妹。文君没想到三娘会要和她结拜，不由得感激涕零。她推金山倒玉柱，朝三娘拜了八拜，三娘还了六拜。

结拜之后，女皇扈三娘下旨封阮文君为南疆节度使，掌管蒲甘安南和暹罗的军政大权。三娘还将阮文君拜为大明朝太傅，负责辅佐镇南王完颜东生。镇南王的王府和文君的南疆节度使府衙都将设在原安南国的都城。就这样女皇将整个大明朝的南疆和自己的小儿子完颜东生托付给了南国郡主阮文君。朝廷里的文武百官和贵族们闻讯都来向阮文君道贺。

再过一个月，阮文君就要带着完颜东生一起去南疆上任了。三娘索性将她和蓝羽白羽黑羽一起接来皇宫里面，和自己朝夕相处。蓝羽白羽很喜欢完颜东生这个小弟弟，整天带着他玩。黑羽性格腼腆害羞，他喜欢跟在三娘屁股后面转，寸步不离。完颜东升从小被三娘教得知书识礼，现在阮文君既是他的师傅又是他的阿姨，他对她恭敬有加，早晚都来向文君问安。文君也待他像亲儿子一般。

阮文君去南疆之前抽空和张节单独见了一面，见面的地点是女儿阮紫羽安排的，很隐蔽。文君以前虽然知道张节对自己的感情，她从来不去回应。除了女儿的原因外，她还害怕自己身上的厄运会害了张节这个好人。那些肏过她的男人们，不论好坏，全都死于非命。

她记得在和母亲迁往安南的路上，她们娘儿俩被一伙强盗劫持。她那年十二岁，武艺出众，要杀开条血路逃走是没问题的。可是她不能丢下母亲一人，只得和数十个强盗拼死力战。杀了十七八个强盗后她力尽被俘。剩下那些强盗如何肯放过这等两个绝色的母女？他们一拥而上，按住她和母亲疯狂地奸淫，将她们奸得死去活来。谁知第二天，这些奸污她们母女的强盗们就全都死了，是死于和另一伙强盗的火拼之中。她和母亲乘乱逃出了强盗窝。

如今自己遇见了三娘姐姐这个贵人，相信厄运已除。她要用自己的身子报答张节这个大恩人一次。面对着张节略带忧伤的眼神，她解开了衣襟，将他的头按在自己赤裸的胸前。张节呆了一下，他对阮文君情根深种，只恨自己和她无缘。这次离别恐怕以后再也见不着她了。现在文君大胆的举动将他心里的火烧了起来，他呼哧呼哧地喘着气，手忙脚乱地扒下了她的衣裙，将她光滑柔软的娇躯紧紧抱住，一寸一寸地开始亲吻她的全身。

阮紫羽默默地守在外面，倾听着屋里传出猛烈的肉体撞击声，还有张节粗重的呼吸和母亲的娇声呻吟。她很为夫君张节高兴，母亲终于肯让他亲近一回了，虽然这可能是唯一的一回。

文君带着完颜东升和蓝羽白羽黑羽如期启程了。皇宫里，女皇扈三娘躺在御床上，回想着文君跟她讲的那些过去的事儿。和文君结拜姐妹后那一个多月，她和文君每天晚上都是脱光了睡在一起的。当时她沉迷于文君的肉体，没有仔细想文君说的那些事儿。现在一一回想起来，她从那些事儿中得出了惊人的结论：文君是自己的亲人，她是舅舅的独生女儿！

扈三娘被拐卖时文君大概只有两三岁，所以她没听说过有三娘这么个表姐。三娘的母亲失去小女儿后，很快就因忧伤过度而死，文君根本不记得自己的姑姑长得什么样儿。而三娘六岁被卖到扈家庄，只记得自己姓张。她们两人本来很难扯上什么关系。三娘在文君走后仔细回忆推敲文君所说的每一句话，最后才得出文君是她表妹的结论。

阮文君说她姑父姓张，是禁军教头，她的武艺都是姑父教的。她自己的父亲姓文。三娘的父亲也姓张，也是禁军教头。三娘听姐夫林冲说起过岳母姓文，也就是三娘的母亲姓文。

林冲还说过，有一个很聪明的小女孩跟岳父学习武艺。那女孩好像是岳母的侄女，林冲自己还传授过那个女孩一些枪法。那是很多年以前的事了，林冲记不清那女孩的名字了。后来林冲上梁山后，曾派亲信回东京打听娘子（三娘的姐姐）的消息，回报说娘子被高衙内逼死，岳父张教头因打官司输了，气得吐血身亡。张家的亲戚们也都搬走了，没有一个亲人留下。

那天阮文君初次来皇宫时，三娘正和琼英天寿萧玉兰等人一起练武。文君也下场了。她先是使钢刀，后来又使了一会儿长枪。当时三娘就觉得文君有几招枪法看着眼熟，现在仔细回想起来，那是从林家枪法中变化出来的，三娘以前跟林冲学过这套枪法。至此三娘已经确信无疑：阮文君就是母亲的侄女，自己是她表姐。

三娘不禁又惊又喜。不过她也不急着将这些告诉文君。文君已经和她结为生死之交，现在不过是又加了一层亲戚关系罢了。或许等以后文君来东京时，将所有孩子们都召集在一起，大家认认亲。想到此，三娘带着一丝甜蜜睡着了。她梦见和文君告别时，两人难分难舍地搂抱在了一起。

欲知后事如何，且听下回分解。

第二十五回： 寿张县扈成买地，山神庙徐晟拜师

皇兄扈成回到家乡后，开始重整祖上留下来的田产。如今寿张县和郓城县都是扈成的领地，按照大明律法，这两个县每年为朝廷所收的税银的一成会交给扈成作为他的亲王俸禄。不过这两个县仍旧由朝廷的官员治理，扈成并无权干预。扈成去寿张县府拜访了知县，向他提出要重整家业，再建祖庙等等。

当年金兵入侵时，祝家庄李家庄扈家庄是宋金两军多次交战的地方。当时这里的人口或逃亡或被抓丁或被杀死，绝大部分房屋都毁于战火。到后来这里竟成了无人居住的荒地，一直没有得到恢复。大明朝建立后，全国所有的无主土地都被收归官府所有。

寿张县知县正愁这些土地无人经营耕种，听得仁德亲王愿意出钱买地，大喜，就将所有祝家庄李家庄扈家庄的土地作价二千两黄金卖给了扈成。于是扈成开始在家乡招募庄丁，重修房屋庙宇，购置牲口，耕耘田地。

那些原来从这三个庄子逃出去的庄户们听说皇兄扈成衣锦还乡了，都扶老携幼，陆陆续续地返回家乡投靠他，连带着附近的村落都兴旺了起来。报请官府审核后，扈成将这块地方改名叫做仁德镇，并派人专门去东京讨得了女皇亲笔题写的“仁德镇”三个字，再请工匠刻在独龙岗前的石壁上。

女皇送给哥哥的三千两黄金，扈成花了二千两买地，同时又要买牲口，又要建房安置数千户来投奔他的庄户人家，他的亲王俸禄则要等到秋收后才能拿到，因此银钱上不免吃紧。他身为当今圣上的哥哥，只要他开口，愿意借钱或送钱给他的人多的是。不过他牢记妹子的嘱咐，不敢乱收一文钱财，生怕玷污了仁德亲王的封号。李如莲见女婿犯难，想从女皇赐的养老银子里拿一些出来给他使用，扈成却不愿动用岳母的私房钱。

这天郤村的王员外来访。王员外名叫王富贵，他是扈成少年时的伙伴，住在离扈家庄十里的王家村。王员外读过书，还中过举人。他近年来在济州城做生意发了财。扈成将他请到屋里吃茶。

王员外见扈成家里十分简陋，不由问道："扈兄如今大富大贵，为何不购置些体面的家俬？"扈成道："只因最近为庄户们建造房屋外加购置牲口，妹子给我的金银都花得差不多了。"

那王员外问道："吾见隔壁屋里有许多行礼担子还未打开，莫非是扈兄从东京运来贩卖的货物？"扈成道："都是临行时妹子送的她自己用过的什物，还未来得及拆开看。我这妹子是个好皇帝，她自己在宫里过得十分节俭。她道这许多东西她用不着也浪费了，就叫人收拾了十几个担子，让我带回家乡里来。"

王员外是个见过世面的人，他对扈成道："恕愚弟冒昧，皇宫里拿出来的东西再旧也说不定是值钱的宝贝，扈兄可否让我开开眼？"扈成道："王老弟但看不妨。"就领他到隔壁屋子里，先将最靠外面的一个行礼担子打开给他看。

那个担子里装的是一卷卷的字画。王员外略为看了几眼，笑着对扈成道："扈兄真是坐在金山上哭穷啊。"扈成不解，问道："王老弟为何如此说？"王员外拿起一幅沾满灰尘的字画，道："扈兄你看，这幅画是当今太上皇赵佶所作，是他送给女皇陛下的新年贺礼。单是这幅画就值三百两黄金。其实就是有黄金也没买处！"

扈成吃了一惊。赵佶在大明朝开国之时被女皇认做干爹，因此大明朝也尊他为太上皇。古往今来能在两个朝代做太上皇的唯有他一人而已。他又是丹青圣手，他的画确实是有价无市。

三娘自己根本无暇顾及这些小事，她只跟天寿妹妹说了一声要将用不着的旧东西给哥哥带走。这些东西都是天寿替她打包收拾好，然后送给扈成的。想必皇宫里此类字画甚多，天寿顺手挑了些捆成一担。

扈成道："惭愧，我临行时竟没顾得上看看这些担子里究竟有些啥东西。"王员外又拿起另一幅字画，道："这一件更是无价之宝，不过你须将它当做传家之宝供奉起来，千万不可卖了它。"

扈成接过来一看，也是一幅太上皇的画，上面画的是女皇扈三娘本人，旁边还有太上皇亲笔题写的颂扬女皇扈三娘的一首词。扈成叫道："我的老天爷！要不是王老弟，这些宝贝说不定就给埋没遗失了。"

王员外道："这担字画虽然值钱，在此处却找不到买主。不如我帮扈兄挑十几幅不是太稀罕的，带到济州城里卖给那些有钱的大户人家，换它万余两银子先解解扈兄眼下的燃眉之急。其余的扈兄收好了，以后慢慢再做打算。另外那十几个担子里想必也有不少好东西，扈兄千万看管好了，不可大意。”

扈成道：“多谢王老弟。卖画得来的钱王老弟就请取其一成作为酬谢之资。”王员外道：“这如何使得？”坚辞不受。扈成定要谢他，王员外道：“既如此，弟弟我却之不恭。就请扈兄将这幅当朝第一词人李清照亲笔书写的'醉花荫'送与我吧，这也是难得的宝物。”扈成依允了。王员外大喜，当天带着他挑出来的十来幅字画去济州城找买主去了。扈成将他一直送到庄外。

过了十来天，王员外派人将卖画所得的一万八千余两白银给扈成送来了。本来王员外估计他挑出来的字画能买个一万两银子就不错了，谁知济州城里那些富户听说这些是女皇亲自用过的东西，都竞相抬价抢购，结果卖出了一万八千多两的高价。扈成大喜，想不到这些日子令他苦恼之事竟然如此轻易地解决了。他心里一高兴，晚上到银枝玉枝的房里大肆荒淫了一番。

自从在完颜红和琼花那里享了艳福之后，他就喜欢上了和两个女人一起做那事儿。为了行事方便，他要银枝玉枝都住在一间房里。这两姐妹本来就亲密无间，对扈成也是百依百顺，很快就习惯了三人同床的游戏。扈成仿着那天完颜红和琼花之间的情形，教银枝玉枝两个互相亲嘴摸乳舔允下体，三人乐此不疲。

又过了两个月，银枝玉枝都怀上了身孕。扈成无奈只好停了那荒唐之事，晚上到金枝房里睡。金枝和他是老夫老妻了，扈成肏起她来轻车熟路，不过远不如肏银枝玉枝那般带劲儿。

金枝也知道自己年纪大了，无法和年轻二十余岁的两个妹妹相比。这天晚上扈成正压在她身上折腾她，她红着脸在丈夫耳边小声道：“李姨娘最近寂寞得很呢。”

岳母李如莲比金枝还小一岁，即使她当暹罗王后时金枝也只管她叫姨娘，从不叫她母后。金枝一句话提醒了扈成，他喜得在金枝脸上猛亲了一阵，道：“乖乖，你且在此等一等，不要动。”说完他翻身下床，穿上衣服出去了。

此时李如莲正待脱衣上床歇息，扈成推门闯了进来。李如莲吓得惊呼：“你来我屋里做甚么？”扈成也不答话，将她一把抱住，抗在肩上往金枝屋里走去。李如莲又羞又急，却不敢声张。

回到屋里，扈成将李如莲衣裙撕得粉碎，剥光了往床上一扔。金枝在床上赤裸着身子伸手将李姨娘扶住。扈成盘腿往床头一坐，道：“你们两个先亲热亲热给我瞧瞧。”

金枝和李如莲二人红了脸，忸怩着没动。其实扈成和银枝玉枝平时做那事儿时根本不避讳，她们两个早已躲在外面偷听过了，只是一时拉不下脸来自己做那事儿。

扈成把眼一瞪，吓得李如莲浑身一哆嗦儿。金枝心一横，贴过身来用手抚摸李如莲的两只硕大的乳房和白嫩的屁股，摸得她直喘粗气。渐渐地，李如莲也放开了，张嘴含住了金枝的乳头吸允。

扈成看着看着，下体早已硬得跟铁棍似的。大吼一声扑了上去，将胯下之物往李如莲两腿间乱捣。两只手也不闲着，不停地揉捏床上的两个女人。

这一番折腾，一点儿也不亚于他和银枝玉枝间的大战！李如莲和金枝被他肏得一佛出世，二佛升天，他自己亦是累得大汗淋漓。自这晚以后，他不时吩咐李如莲来金枝房里给他肏。李如莲不敢违拗，只得依着他。

那王员外自从帮扈成卖了字画后，和他成了莫逆之交。两人常常互相走动，一起吃茶饮酒下棋，日子过得十分惬意。这天王员外又来庄上拜访，扈成将他迎进屋来，置酒相待。言谈之间王员外面露犹疑之色，心里似有难言之事。扈成问道：“贤弟为何事犯难，不妨直说。愚兄或许可相助一二。”

王员外道：“不瞒哥哥，我前些时在寿张县城办事，被一帮朋友拉去青楼喝酒，结识了一个女子。那女子生得十分美艳，原是个武将之女。因家道衰落，沦为娼妓。我酒后和她玩得尽兴，就做主给她赎了身，领回家来了。可是我家娘子容不下她，整天和我大吵，非要赶她出去。我娘子出身富豪之家，当初我做生意时多亏了用她的嫁妆做本钱才赚了不少钱，因此我惧怕她。可是若要我将那可怜的女子赶出家门却又于心不忍，因此上烦恼。”

扈成笑道：“此乃贤弟的家事，我却帮不上忙。”王员外道：“我为赎她花了三百两银子，我想将这个女子送给哥哥，并不要哥哥出一文钱。就当是哥哥给弟弟我帮了个大忙。”

扈成推辞道：“我如何能夺人之所爱？使不得使不得。”王员外道：“我若留下她，家里不得安宁。若赶她走，则是害了她。哥哥你就当是行善事积阴德吧！”求了扈成多时，最后道："你可随我去家中看她一看，若不能令哥哥满意，我绝不强求。如何？"

扈成听说是个美艳女子，又是武将之女，就存了些许好奇之心。王员外又极力撺掇，将他连拉带拽请到家中。

见了那女子，十八九岁年纪，果然是美艳非凡。王员外看扈成的模样，估摸他心里喜欢上了这女子，就道："扈兄且和她说会儿话。"说罢自己推门出去了。扈成问那女子："你姓甚名谁？父母何在？家中还有何人？"

那女子向前给扈成施礼，道："奴家姓徐，唤作徐慧娘。父母俱亡。我父亲叫做徐宁，原是宋朝武将，后为梁山泊头领。只有一个哥哥徐晟，现因事被关在寿张县的大牢里。"

扈成听说她父亲是梁山泊头领，心里吃了一惊：莫非是三娘的故交和熟人？接着又问："你哥哥因何事被关在寿张县的大牢里？"

徐慧娘道："我父母亲死得早。我哥哥原在呼延灼将军麾下，与他的儿子呼延钰一处为将。金兵占了东京后，我哥哥带着我四处流浪，将家财都耗尽了。大明朝立国后，我们兄妹打听得呼延灼伯伯在东京封了侯，欲去投奔他，苦于凑不足路费。后来遇见一个本地恶少来调戏我，我哥哥将他的腿打折了。官府以寻衅斗殴之罪将哥哥关了起来。我迫不得已卖身青楼，将卖身钱赔给了那个被打折腿的人家，替哥哥减了刑期。大约再过半年哥哥就能出狱了。"

扈成心里寻思："她父亲既是梁山泊头领，定与三娘相识。三娘对那些从前的梁山头领们都十分看顾。似此我该救她兄妹出苦海，也算是替妹子做了一件善事。"

便对她道："这个给你赎身的王员外是我的至交，因他妻子容不下你，欲将你送给我。我有个妹子恰巧与你父亲相识。你权且在此歇一夜，明日我带你去寿张县府救出你哥哥，然后再派人送你兄妹两个去投奔呼延灼将军。"

徐慧娘听了，喜极而泣，跪下拜谢了扈成。扈成也未和她说知自己的妹子是谁。王员外的娘子听得扈成明天要将徐慧娘带走，喜得心花怒放，急忙去厨下吩咐侍女安排酒食款待他。晚上扈成和徐慧娘住在一个屋里，扈成因喝了不少酒，自己先去床上倒头睡了。徐慧娘见了，也不吭声，自去床脚边睡了。

次日清晨，徐慧娘起来伺候扈成穿衣洗漱。王员外的娘子吩咐下人给扈成和徐慧娘送来了早膳。早膳后扈成辞别王员外夫妇，慧娘亦拜谢了王员外的赎身之恩。两人启程往寿张县府而来。慧娘不知扈成有何本事能救她哥哥，也不敢多问，只是跟在扈成身后。

到了县衙，扈成求见知县。上次扈成买地时和那知县见过一面，只见他从县衙里面走出来迎接扈成，口称"皇兄大人"。施礼已毕，恭恭敬敬地将扈成请进里面，入座后，敬上香茶。慧娘此时方才得知扈成乃是大明朝的仁德亲王，女皇扈三娘的哥哥，惊得呆了。

扈成对知县开口道："我有一故人之子名叫徐晟，因与人斗殴被关在大牢里。我想请知县大人将他交给我带回去管教，该罚多少银子，我依律缴纳。"

知县教文吏取过徐晟的案卷来看了，见是一般的斗殴致残，便道："此人犯的罪不甚严重，原来只须缴纳五百两银子就能释放。因他已经在牢里关了三个月有余，罚金依例减半。皇兄大人若缴纳二百五十两罚金即可将他带走。"扈成当即取银子交了罚金，知县吩咐从大牢里将徐晟放出来，交给扈成。

慧娘和哥哥徐晟相见，兄妹俩相抱大哭。哭罢，慧娘将哥哥带到扈成跟前，道："这是你我兄妹的大恩人，大明朝女皇的哥哥，仁德亲王扈老爷。是他来见过知县，缴纳了罚金，这才将你从大牢里放出来的。"

徐晟跪谢了扈成。扈成见徐晟二十八九岁，生得威风凛凛，一表人才。扈成与他相谈甚欢，觉得他是个有本事的武将，心中甚喜。他道："你们俩且随我回府歇息，明日再从长计议。"

回到仁德镇时，天已黑了。扈成将徐晟徐慧娘兄妹俩引见给自己的三个妃子，说是女皇陛下故人之后。慧娘乖巧，忙给三个王妃跪下行礼问安。金枝喜她长得俊俏可爱，亲自将她扶起来。银枝玉枝也过来拉住她的手问长问短。扈成叫安排膳食款待，膳后让侍女伺候徐晟徐慧娘香汤沐浴，送去客房里歇息，一夜无话。

次日早膳后，扈成叫徐晟兄妹来大厅里坐下，金枝银枝玉枝亦坐在一旁。扈成道："你们的父亲是我妹子的故交。我妹子为人极好，她对从前梁山泊的故旧都十分看顾。我听说那呼延灼封了侯爵之后已经告老还乡了，你们若去找他，他定是写书信将你们托付给其他人，如此辗转颇费时日。不如我现在修书一封，你们兄妹两人拿了我的书信直接去皇宫见我妹子，由她安置你等。如此岂不省事？"

扈成心里虽然很爱这个徐慧娘，只是他想起妹子的嘱咐，要对得起仁德亲王的封号。故此他压下了私心，一意要成全徐晟兄妹。

徐晟和慧娘听了，一齐跪下给扈成磕头。徐晟道："我自小学得一身武艺，亦粗通兵法，想去从军搏个出身。日后若立下战功，也好光宗耀祖。亲王大人的恩德我铭记在心，从今以后我一定效忠女皇和大明朝，赴汤蹈火，万死不辞。"徐慧娘心里却在琢磨其他的事儿，低头不语。

扈成道："贤侄既然想从军，我倒是有一个主意。现今天下已定，海内太平，整个大明朝需要用兵之处不多。听我那妹子说，只有镇西王还在向西扩张，那里正是用人之处。镇西王是我外甥女，她现在驻扎在吐蕃。虽然我还未见过她，却不妨写信将你举荐过去。她看在母亲和舅舅的面上，定会用你所长。你若能在战场上立下大功，或许将来能封侯也未可知。只是有一件，你妹子是个弱女子，难以和你同去。"

正说到此，只见徐慧娘离座，扑通一声跪在地下，将扈成吓了一跳。徐慧娘对扈成磕了三个头，道："亲王大人听禀。自从慧娘见了大人，就知大人是个仁慈的真君子，顶天立地的好男人。慧娘虽已是残花败柳之身，心中只想让哥哥去奔前程，我自己愿意跟随大人为奴为婢，一辈子服侍亲王大人和王妃。请大人成全。"说罢又磕头，泪如雨下。

金枝昨夜里在床上就听扈成说了徐慧娘的身世，唏嘘不已。现在心里益发可怜她，遂过来将她从地下扶起搂在怀里，一边抹眼泪儿，一边对扈成道："这个妹妹真是可怜之人，你就收下她吧。"

徐晟也道："我这个妹妹从小贤惠，是个知恩图报之人，就请亲王大人收下她。她若跟在亲王大人身边我这个做哥哥的也放了心。"他看仁德亲王为人很实在，他的几个妃子也不像是心胸狭小之人。自己的妹子因沦落青楼再难嫁到个好人家，就想让她跟了仁德亲王，也是个不错的去处。

扈成对徐晟道："你既有此心，我就不假意推辞了。不过为奴婢却是太委屈令妹了。我欲择吉日将令妹纳为妾室，你看如何？"徐晟大喜，拉着慧娘拜谢了扈成。慧娘又逐个跪拜了金枝银枝玉枝三个王妃。

扈成暗道：“我原是真心要成全他兄妹，没想到却因此赢得了美人的芳心。可知善有善报，非虚言也。”

三日后，扈成娶慧娘为妾。仁德亲王府张灯结彩，大吹大擂，摆酒庆贺。庄客们和远近邻居闻知仁德亲王纳妾，都赶来贺喜。王员外夫妇也赶来送了礼。

这天心情最为复杂的就数王员外了。徐娘是他从青楼中发现的，与他有肌肤之亲。他心里一面感激扈成仗义救了慧娘也为他解开了困境，一面又对他嫉妒得不得了。那个风骚美丽，温柔可人的女子现在成了别人的妾室，从此跟他再也无缘了。

金枝银枝玉枝三个帮着慧娘穿戴打扮好了，在鼓乐之声中将扈成和她两人送入了洞房。

扈成在灯下看慧娘时，真个是美如西施，艳似貂蝉。宽衣解带后，两个如胶似漆，好一番恩爱缠绵。那徐慧娘是在青楼里历练过的，伺候男人的百般技巧她都省得，扈成肏她肏得十分得趣。

金枝自觉年纪太大，争宠争不过两个妹妹，就打算今后厚待徐慧娘，以此来笼络住丈夫扈成的心。她在门外听得屋里的淫声浪语，心痒难熬，最后忍不住推门进来。慧娘使出浑身本事，将他们夫妻两个都伺候得欲仙欲死。扈成这一夜可谓享尽了人间艳福。

眼见妹子有了好的归宿，徐晟亦欢喜无限，遂开怀畅饮。当晚大醉，睡到次日午时方醒。

此后徐晟在仁德亲王府上又住了十来天，这天他来向扈成和妹子辞行，怀里揣着扈成给镇西王的亲笔书信，启程往西而去。徐晟的包裹盘缠和马匹自然都是扈成替他备办。慧娘和扈成一起将哥哥送出十里之外，待他走得看不见了方回。

且说徐晟离了寿张县，一路晓行夜宿，辛苦跋涉。大约走了两个月，终于进入吐蕃地界。吐蕃是苦寒地带，自古民风彪悍，征战仇杀不断。镇西王攻占吐蕃后，带来了许多能臣，严格按照大明律治理吐蕃，斩杀了不少刁蛮之徒。几年下来吐蕃的各族百姓和睦共处，安居乐业，再加上风调雨顺，农牧商业逐渐兴旺起来。徐晟一路行来，见到了不少在中原从来没见过的稀罕景致。

这天徐晟正一个人骑马在山路上缓缓而行，忽闻前方有撕杀之声。徐晟在进入吐蕃之前一路经过了许多险恶之处，都未曾遇到过劫道的歹人。今见有人在此厮杀，心下大奇，遂策马近前观看究竟。

只见前面有二十五六个相貌凶狠的人骑着马，都是吐蕃人打扮，正在围攻一个须眉皆白的老和尚。这伙人手里都持有大刀长枪雕弓利斧，那个老和尚却是赤手空拳，骑在一匹青鬃马上，正左右躲避袭来的兵器。

徐晟是个血气方刚正直豪爽之人。见他们以多欺少为难这么个老和尚，心下大怒。他却不曾细想：那老和尚若不是非凡之人，焉能赤手空拳抵挡这伙恶人多时？

徐晟离开仁德镇时扈成请人用上等好钢打造了一条长枪和一把腰刀，送与他做兵器。当下徐晟将包裹解下放在道旁的树丛里，挺枪跃马，去救那和尚。到了跟前，徐晟大喝一声："住手！你等何处来的歹人，竟敢在此打劫行凶？"那些人见了徐晟，也不答话，分出五六个人来接住他厮杀，其余的仍旧围住那和尚猛攻。

徐晟自从开封被金兵攻破以后就再没有上过战场，今天是数年来第一次面对强敌，心中兴奋不已。这几个对手似乎都是杀过人的，武艺也不错。徐晟使出浑身本事，一条枪神出鬼没，和这几个人战作一团。

徐晟原来不想杀人，只是想救下那老和尚。可是这几个人仿佛和他有不共戴天之仇，招招都是拼命的打法。徐晟顾不得许多了，手下不再留情，舞动长枪和敌人以命相搏。

徐晟到底是武将出身，战场经验丰富，武艺又比对手高出一大截儿。不到半个时辰，这几个人都被徐晟或刺或挑，全部杀了。奇怪的是，这些人战至最后也没有一个逃跑或投降的。徐晟这时已是大汗淋漓，身上血迹斑斑。

他突然想起来，现在周围静悄悄的没有人声，莫非那个老和尚已经被杀死了或者被抓走了？他转过身来，猛地看见了那个老和尚立在自己身后，正一言不发地看着他，面带微笑。他早已下了青鬃马，手里拄着一条长枪，想来是刚才从敌人手中夺过来的。

再看看四周，徐晟惊得差一点大声叫出来：那些围攻老和尚的恶人们都被他杀得干干净净，连尸体都被拖到一处整整齐齐地排列在那儿。原来这老和尚是个绝顶高手！

老和尚对徐晟道："多谢这位公子仗义出手，老衲谢过公子的相救之恩。"说罢躬身行礼。徐晟慌忙还礼，道："老师傅身怀绝技，小子不自量力，献丑了。"

老和尚道："公子且去泉水边洗净身上血迹，待我将这些尸首焚烧了，再来和公子叙话。"徐晟这才注意到那老和尚浑身上下干干净净的，没有沾上一丁点儿血迹。他这时方知人外有人天外有天，不由对那老和尚的本事佩服得五体投地：自己一个年轻人，废了九牛二虎之力才杀了五六个敌人，那老和尚轻轻松松地就杀了二十余人。徐晟心里起了拜师之意。

他去山泉边洗净了身子，将染了血迹的衣服都扔了，从自己包裹里取出干净衣服换上。这时那老和尚已经搬来柴草，点起熊熊大火焚烧那些尸首。只见他双手合十，嘴里念念有词，似乎在超度那些亡灵。

这附近恰巧有一座破旧的山神庙，老和尚和徐晟一起走进那破庙里歇息。老和尚取出些干粮，两人分着吃了。

老和尚开口问道："不知公子姓甚名谁，从何处来，欲投何处去？"徐晟道："我姓徐名晟。原是大宋朝的武将，要去投奔镇西王军中效力。刚才见了这些恶人围攻师傅，一时自恃勇力，上来打抱不平，天幸遇见师傅。师傅神技惊人，晚辈我十分羡慕，恳请师傅收我为徒。"说罢对着和尚跪下行礼。

老和尚道："你且起来，我有话问你。"说着伸手来搀扶徐晟。徐晟感觉一股大力托住自己的身子往上升，根本无法挣扎，只得站了起来。老和尚问道："刚才我看你使的枪法，像是呼延灼将军的家传枪法，还以为你是他的儿子。你却道你叫徐晟，不知你和呼延老头是何关系？莫非是他收的徒弟？"

徐晟道："师傅好眼力。我父亲叫徐宁，和呼延灼伯伯都是宋朝军官，后来上了梁山，再后来又被朝廷招安，为朝廷东征西讨。我父亲死得早，那时我还小，未能跟他学得我徐家的祖传武艺。我从小受呼延灼伯伯看顾，跟他的儿子呼延钰结拜为兄弟，一起练武，一起从军。我的枪法是从呼延钰那里学来的。"

老和尚道："原来如此。既然是徐宁老弟的儿子，你该叫我一声伯伯。我姓林名冲，早年与你父亲一起为八十万禁军教头，上梁山比他还早几年。如今时过境迁，说起来这些都好像是上一辈子的事儿了。"徐晟惊呼："原来是林冲伯伯，怪不得如此厉害！呼延灼伯伯多次跟呼延钰和我提起过，道整个梁山之上，若论武艺，林冲伯伯当属第一。请伯伯收我为徒！”说完又跪了下去。

这次林冲没有阻止他，任他拜了三拜，徐晟大喜。林冲道：“我一生经历坎坷，出家为僧也是因为有难言之隐。今日缘法凑巧收你为徒，你须对天发誓，不可对任何人说起见过我。”徐晟当即发了毒誓，又道：“师傅放心，弟子谨记师傅的嘱咐！”

徐晟又将金兵入侵后他如何与妹子一起到处流浪，后来如何因斗殴被官府关进了大牢，又如何被仁德亲王扈成所救，最后仁德亲王举荐自己去投奔镇西王等等事项，一一告诉了师傅。林冲听了，点头不语。扈成问师傅：“这伙恶人是哪里来的？他们为何要追杀师傅？”

林冲道：“他们是吐蕃灵鹫宫豢养的死士。他们追杀我是因为我夺走了灵鹫宫的镇寺之宝。灵鹫宫的主人正密谋召唤吐蕃各地的僧侣和信徒们一起造反，意图刺杀镇西王，将大明朝的势力赶出吐蕃。我去夺宝，为的是阻止他们的阴谋。我本不愿开杀戒，可是他们一路紧追我不放，我无奈之下才不得不超度他们。阿弥陀佛。”

师徒二人在山神庙里歇了一晚，次日收拾好行李马匹，来到几十里外的一处小镇上。林冲在小镇上租了一个破旧的院落，院落后面有一大块空地。林冲对徐晟道：“我欲在此住上两三个月，好传授武艺与你。”徐晟大喜，帮着师傅收拾住处。

林冲道：“我会的武艺太多，你即使学个三五年也学不全。好在你人很聪明，底子也好。我只指点你学一两门厉害的枪法，以后你自己在实战中可以仔细体会，举一反三，融会贯通。”又道：“我与你父亲徐宁相交甚厚，常常在一起切磋枪法。故此你们家传的武艺我都深知其中奥妙。我现在就将你们徐家的金枪法和钩镰枪法传授给你，将来你若立了功，也可告慰你父亲的在天之灵。”

徐晟大为感动，道：“师傅再生之恩，徒儿永世难报！”说罢磕头不止。

林冲画了图样，教徐晟去请铁匠打造了一杆钩镰枪。自此徐晟每日都在此跟林冲学习枪法，他生得比父亲徐宁高大强壮，又肯下苦功，再加上林冲尽心相授，因此武艺上大有长进。不到两个月，徐晟已将金枪法和钩镰枪法学得出神入化，奥妙无穷。这期间每天徐晟都侍奉林冲起居，如儿子待父亲一般。林冲也越来越觉徐晟孝顺，像是自己的亲儿子。

这天林冲对徐晟道："徒儿，你现在的枪法已经大成，只差去实战中体验了。为师这些天观察你的为人处世，是个忠厚之人，却又不像师傅我这般迂腐。你将来一定前途无量。总之我十分满意能在晚年收得你这么个好徒弟。我还有一套佛门功法，也要传授与你。这门功法我原是为了治疗自己的吐血之疾才开始练习的，没料到竟有些意想不到的奇效。至于到底是何奇效，我暂不告诉你，你也不要问我，且慢慢练习，将来你自然知道它的好处。"徐晟道："师傅既如此说，徒儿一定学好这门功法。徒儿在先此谢过师傅了。"

接下来十来天林冲将这套佛门秘法传授给了徐晟，嘱咐他每天练习，不可停下。刚练了几天，徐晟就发现这套功法对恢复体力十分有用，真是个了不得的宝贝。待徐晟将这门功法都记牢练熟了，林冲道："你我师徒一场，缘分非浅。今天我和你就此分离，以后还有相见之日。"徐晟十分不舍，跪在地上抱住师傅的腿大哭。

林冲又吐惊人之语："徒儿，你要去投靠的那个镇西王林无双，是我的女儿。她兄弟镇北王林无敌则是我的儿子。我已嘱咐过你，不可对人说出见过我之事。"

徐晟大惊。在大明朝，女皇扈三娘的威望如日中天。百姓们对她和她的四个儿女们私下里虽有不少议论和传说，却不敢公开谈论，害怕犯下大不敬之罪。故此没有几个人知道林冲曾是扈三娘的男人，无双无敌是他的亲生儿女。

徐晟道："恕徒儿冒昧。徒儿心里一直想问问师傅，为何要出家为僧？可有甚么难处需要徒儿效力？"林冲道："此事现在不宜相告。待日后我们师徒见面时再说吧。现在有灵鹫宫的歹人欲害我女儿无双的性命，你去了那里可暗中保护她。我现在不便与她见面，你不要向任何人说起我，切记。另外，如有机会，你可将这套功法也传授与她。"

徐晟点头，再次拜谢了师傅。两人分手后，徐晟往罗些城来投奔镇西王，却不知师傅林冲投何处去了。

一路上徐晟碰见了好几拨寻找师傅林冲的人：有的是僧人，有的是官府的。他们都在向过往行人打听一个骑青鬃马的老和尚。徐晟暗道："师傅在灵鹫宫夺得的镇寺之宝一定非同小可。"他一点儿都不为师傅担心，以师傅的本事，哪怕是数百精兵也奈何不了他。

徐晟进了罗些城，在一处热闹的集市上看见罗些城守备府张贴的招募军官的告示。那告示上面说：大明朝驻罗些守备官正在城东大校场招募武艺娴熟兼学过兵法的人才，能通过比试的前十名青年才俊，无论贵贱，都将被分派到守备军中任职。

徐晟暗道："我有皇兄大人的亲笔书信，若能面见镇西王，也许能讨得一官半职。不过我曾经跟呼延灼将军学过兵法，又得师傅林冲传授绝妙武艺，何不凭自己的真本事去闯荡一番？眼前这场比试就是个绝好的机会。若能去罗些守备府当差，也一样能接近镇西王，还可以暗中探查灵鹫宫那些要害镇西王的歹人。"想到此，竟不去寻找镇西王的行宫，而是毅然决然地投城东大校场去了。也是徐晟年轻气盛，若换个老成的，定会先去拜见镇西王。

来到大校场，只见那里已有数百人，都是前来应试的青壮年。校场中间有一大块空地被些木栏围住，有不少士兵看守。木栏有个门，门口站着一个黑大汉。他手持一条木棒，旁边还堆着一堆粗细不等的木棒。

凡是想进去应试的人，都需和这个黑大汉过两招。若得他点头依允，才能进去。青壮们都在那儿排队，待排到跟前，就去那堆木棒里挑一根去和那黑大汉过招。徐晟也去排在队末，一边观看那黑大汉的招式。

看着看着徐晟不禁心里好笑，这黑大汉明明没有用甚么奇妙的招式，可是这些青壮们都不是他的对手，一个个都败下阵来。那些屁股或腿上挨了一棒的都痛得大叫，还有的被他一阵拳脚打得躺在地下起不来，满地里都是被打折了的木棒。偶尔有一两个身手好的，虽然也输给了那黑大汉，却被他招手放了进去。不过十个里有九个都进不去里面。徐晟听旁人议论，道那黑大汉叫做栾勇，是罗些城守备官栾英的亲弟弟，也是她的副手。

轮到徐晟了，他拾起一根新木棒，冲那黑大汉一抱拳，然后抡起木棒就朝他猛劈过去。栾勇见他来势凶猛，就举棒来格挡，只听得"咔嚓"一声响，栾勇手里的木棒被打断成了两截。周围响起一片喝彩之声。想来许久没有人是栾勇的对手，众人心里都憋了一口气。

栾勇看着徐晟道："你这人不错。我本该放你进去，不知你可否有兴趣陪我再来玩一次？"旁边的人见有热闹看，都兴奋得大叫，鼓励徐晟上去应战。徐晟笑道："既如此，我就献丑了。"

这次栾勇换了一条极为粗大的木棒，比原来他手里那条粗了一倍有余。他问徐晟道："你要不要再换一条木棒？"徐晟摇摇头。两人你来我往，开始交手。看的人逐渐增多，连那些已经被栾勇放进木栏里的人都被吸引过来了。周围还有一些正在操练的军官和士兵也走过来观看。

这次徐晟虽然使的还是那条木棒，却是使出了徐家的金枪法，劈刺挑抹，十分好看，围观的人大声喝彩。那栾勇也把出自己的真本事，一条粗木棒抡起来呼呼生风。不一会儿，两人都出了身大汗。徐晟忽地棒法一变，使了个怪招。两人错身之时不知怎地徐晟的棒头将栾勇的脚绊了一下，栾勇一个趔趄，幸好站稳了，没有摔倒。徐晟这招却是钩镰枪的招式，若是真用钩镰枪的话，栾勇的腿脚非受伤不可。

徐晟接下来正要再次出手，只听"且住！"一声清脆的喊声传来。徐晟看时，见一个英姿飒爽的美貌女将军站在那儿，身边跟着一群侍卫。她正两眼炯炯有神地看着自己。栾勇走到她跟前,道："姐，这人武艺十分高强，不用再试了。"

栾英点了点头，对徐晟道："这位公子请跟我来。"徐晟已猜到她就是罗些城守备官栾英，忙躬身施礼，跟着她后面去了。围观的人群里响起一片啧啧的称赞和羡慕之声。

到了木栏里面应试的地方，栾英却不叫徐晟和那些应试的青壮们站在一起，而是叫他贴身站在自己后面，像是她的侍从一般。栾英叫那些被栾勇放进来的青壮年一个个上前答话，无非是先问姓名籍贯，然后问一些行军打仗的常识。旁边的几个文官模样的人则低头忙着记录。

徐晟眼里看着身边这个俊俏英武的佳人，听着她好听的声音，还闻到了她身上散发出来的少女体香，不禁心猿意马起来。心里一震，不由自主地运起师傅传授的那套佛门功法，想用它来压住自己蠢蠢欲动的情欲。没想到效果还不错，他的心情很快就平静下来了。这些天来徐晟每晚都练功，越练越觉得这功法神奇，自己好似变了一个人。

徐晟虽然二十九岁了，但至今他只和少数几个女人睡过，那还是他刚刚从军时被同伴拉去逛过几次青楼。前些年战乱不断，后来则因为贫穷不堪，徐晟根本没机会亲近女人。今天猛地遇见了栾英这么个绝色佳人，他真想将她搂在怀里。亏得师傅传授了这门功法，要不然他就要出丑了。

他想起师傅说过的话：这门功法大有好处。除了疲劳时可以快速恢复体力外，难道能够抵御美色的诱惑也是它的一样好处？暂且先不管它，徐晟又打起精神，全神灌注到眼前栾英和那些青壮们的问答上。

出乎徐晟意料的是，栾英接下来让徐晟来考查这些青壮们有关兵法战阵方面的学问。徐晟心里纳闷：她连自己的名字都没有问过，竟让自己来考查其他人？

好在徐晟以前上过战场，跟呼延灼学的兵法也还记得不少，就将自己认为重要的地方挑出来一些去问这些人年轻人。反正有人在旁记录，不用自己来评判回答的对错。开始时他因为紧张有点结巴，后来放松了下来，说起话来也算是条理分明，简洁干练。他看见栾英在一旁微微点头，眼里露出赞许之色。

徐晟不知道的是，栾英正在替镇西王物色一个文武双全的近侍。不但要求武艺出众，为人忠诚可靠，还要有见识，有眼色，有急智。当然和女人做那事儿的能力也要强，不然是经不住情欲旺盛的镇西王的折腾的。不过最后这一项光靠问话是不够的，必须用真人来测试。简单地问了问徐晟的姓名和籍贯，得知他至今未婚也未定亲后，栾英十分满意，她将徐晟带回了自己的住处。

栾英是大明朝少数几个知道女皇扈三娘的秘密的人。三娘是她们一家的大恩人，也是大明朝的黎民百姓的大恩人。三娘的女儿无双姐姐则是她从小最为崇拜的同龄人。她心里一直很羡慕女皇的密友琼英阿姨，她觉得自己对无双姐姐的感情和琼英阿姨对三娘的感情是一样的。她一心要做无双姐姐的琼英，甘愿为无双做任何事情，包括帮她寻找称心如意的男人！

看着屋里的布置，徐晟不难猜出这是栾英的闺房。他心里不禁紧张起来，不知下面要发生什么事儿。栾英将甲胄除去，只穿一身薄薄的丝袍走近了徐晟。徐晟闻着栾英身上的体香，看着她俊俏的脸蛋和微露的酥胸，心里扑通扑通直跳。

栾英问道：“徐公子愿意成为镇西王最亲密的贴身侍卫吗？”镇西王的贴身侍卫？还是最亲密的？徐晟心里吃惊，不过他还是用力点了点头。

镇西王是师傅和大明女皇的亲生女儿，恩人扈成的外甥女，于公于私他都必须保护镇西王不受伤害。师傅说过灵鹫宫的人正在阴谋刺杀镇西王，若自己能成为她的贴身侍卫，关键时刻必能为她出一份力。

她对徐晟道："你今天的表现很不错。下面还剩下最后一种测试，你不要紧张，尽量放松。"说罢栾英贴近身来，伸出纤纤玉手来给徐晟宽衣解带。徐晟平时除了自己的妹妹，很少和别的女人靠得这么近。衣服被脱光后，徐晟满脸涨得通红，下体更是硬得直挺挺的，像是一根擎天玉柱。他看了栾英一眼，见她也正盯住自己的下身看。

栾英的脸也红了，那娇羞的模样儿让徐晟心里一阵悸动。突然间栾英伸手抱住徐晟的身子，一个大转身就要将他摔倒，却被他及时挣开了。要是在遇见师傅前，徐晟一定着了栾英的道儿。师傅在教他武艺时常常使用各种偷袭手段，好让徐晟适应实战中的突发状况。

栾英见偷袭不成，遂将佩剑拔出，向徐晟攻来。徐晟心里虽知栾英是在测试他，不过还是很紧张。他赤裸着身子在屋里躲避寒光闪闪的宝剑，样子十分狼狈。

栾英一连几十招剑法使出，却奈何不了赤手空拳的徐晟，心里不禁感到庆幸：要找这么一个武艺高强而又机警的人可真不容易啊。这时徐晟已在躲闪腾挪之时顺手抄起了一根顶门木棍。一棍在手，徐晟自然而然地使出了师傅教的枪法。那顶门棍长度不及长枪的一半，可是到了徐晟手里却威力无穷，栾英顷刻落在了下风。

十余招过后，栾英身上穿的丝袍被徐晟的木棍挑破了好几处，露出白玉般的胸脯和屁股来。她知道徐晟已经手下留情，自己输得心服口服。

栾英止住徐晟，道："好了，你赢了。"扔了手中剑，将自己也脱得精光，红着脸走过来抱住了徐晟的身子。栾英将徐晟放倒在床上，自己骑了上去，分开两条结实的大腿，慢慢地朝徐晟的擎天柱上坐了下去。

徐晟的那话儿进入了一个温暖而又潮湿的空间，感觉舒服极了。现在他完全被本能驱使，强健的腰部带动着屁股开始有节奏地耸动。栾英感觉自己的下体被徐晟的玉柱塞满了，不由得脸红耳赤。随着徐晟的耸动，她开始娇声呻吟。

她的声音很好听，徐晟被刺激得亢奋无比，他开始疯狂地亲吻揉搓这个压在自己身上的女人。过来一会儿，他猛地翻身将栾英压在了身下，下体开始全力抽动。两人的肉体互相撞击，"啪啪"地响个不停。栾英舒服得忍不住大叫起来，徐晟的动作也越来越快，最后大叫一声，猛烈地爆发在栾英的全身痉挛中。

完事后，徐晟默默地开始练习起师傅传授的那套功法。栾英身上的汗水和徐晟的流在一处，她依旧被压在徐晟身下，徐晟那话儿还没从她体内拔出。

栾英对徐晟很满意。她歇了一会儿，欲从徐晟身子下面钻出来，不料却被徐晟按住了不放手。接下来栾英惊得张大了眼睛，徐晟竟然在这么短的时间里恢复了精力，他的玉柱在栾英的身子里又开始迅速变大了。

徐晟粗暴地将栾英身子翻转过去，两手抓住她的屁股，将下体从后面猛地插进她的身子里，栾英禁不住大叫一声。这一次徐晟将栾英一直肏到天黑，她的下面都被肏得红肿了。栾英喜极而泣，她终于替无双姐姐找到了一个好男人！

欲知后事如何，且听下回分解。

第二十六回： 救佳人林冲收义女，护君王徐晟除妖僧

镇西王林无双治下的吐蕃最近出了一件大事儿。上个月有一个吐蕃头人聚众造反，杀了朝廷任命的知县。吐蕃头人们有不少对大明律法不满，他们从前对自己的奴隶要杀要剐随心所欲，现在大明律严禁私自处死奴隶，他们觉得权威受到了莫大的挑战。

这个头人就是因为处死了奴隶而被知县传讯，他害怕被依法惩治，干脆起来造反。无双对这样的人从来都是毫不妥协的，她派栾英带兵去将造反的头人抓起来杀了，他的家人都送去充军，所有财物土地被充公，所有的奴隶也都被消除奴籍成了自由人。

栾英栾勇到了镇西王这里后，成了她的得力助手和心腹。栾英被任命为吐蕃罗些城的守备官，负责罗些城和附近地区的治安。栾勇给姐姐当助手。无双想让她姐弟俩经过一番历练后再担任更重要的职位。王平因原来在西夏就有丰富的带兵经验被直接任命为镇西王辖下的三个西域镇守使之一，掌管原西夏境内好几个州府的兵权，手下有两万兵马。他妻子李玉倩也领取镇西王府的将军俸禄，协助他处理军务。祝永清担任镇西王的内侍统领，这只是个临时职位，过几年无双接掌皇位后永清就会自然而然地成为大明朝的禁军指挥使。

吐蕃罗些城镇西王的行宫内，一对男女正在大床上鏖战。男的是祝永清，女的自然是镇西王林无双了。母亲扈三娘将自己宠幸的祝永清派来女儿身边，一是要照顾永清让他在无双登基以后有个好前程，二是要送给无双一个可以绝对信任的心腹。她知道永清一定会像效忠自己那样效忠无双的。内侍统领必须是能够为镇西王做任何事的，包括上床侍寝。

当然永清是很乐意给无双侍寝的。无双的美貌可以和她母亲相比，今生今世能够和这样的一对绝色母女发生亲密关系，他觉得自己已经是大明朝最为幸运的男人了。和母亲扈三娘销魂蚀魄的温柔不同，无双在床上大胆主动，泼辣狂野，每次都将永清刺激得欲仙欲死。不过亏得永清身体强健，不然也经不起她的这般折腾。

狂风暴雨过后，无双一边叫宫女进来伺候她沐浴更衣，一边将欲起身的永清按回床上，在他脸上亲了一下，道："你且不要起来，先在这里睡一会儿。"她知道自己性

欲太强，刚才永清可能体力透支，想让他多歇一会儿。永清听话躺下，很快就睡着了。

沐浴后，无双穿好镇西王的服饰后出了寝宫，来到处理公务的大厅里。早在等候的栾英上前来向无双禀报，道："罗些城出了个采花大盗，专门奸杀年轻女子，城中已有好几个人家的漂亮女孩都遭了殃。罗些附近还有不少失踪的女子，估计也和这个采花大盗有关。现在城里谣言四起，市民们惶恐不安。"

据栾英分析这个大盗不是独自作案，而是有好几个帮手。这几个受害人都是被先奸后杀的，手段十分残忍。或许还有活着的受害人，可是这种事传出去对女孩的名声不好，若她们的父母家人隐瞒不报，官府是无法得知真相的。无双吩咐栾英要彻查这件事，一定要将这个采花大盗绳之以法。栾英领命而去。

无双带着一百名侍卫骑马往城外的一座军营驰去。最近她在吐蕃新招募了的五百火炮兵，他们正在那里试用刚刚装备的火炮，她要去查看他们的训练情况。按照女皇扈三娘的部署，大明朝还要继续向西扩张，直到征服那个传说中的花剌子模国。无双明白母亲这样做的一番苦心：她是要在有生之年消灭一切可能的来自外族的威胁，争取为大明朝赢得几百年的稳定和繁荣。

徐晟现在就跟在无双身后的一百侍卫里头。这些侍卫都是从镇西王的十余万名老兵中挑出来的，个个对镇西王无比忠诚，其中不少人身怀绝技。徐晟平时跟着他们一起切磋武艺，收获颇大。镇西王现在还没有特别重用他。不过他也不着急，作为亲兵他更有机会保护好镇西王，完成师傅的嘱托。他相信以后总是会有机会表现自己的。

栾英对徐晟很是迷恋，送徐晟去见镇西王之前几乎每晚她都要搂着徐晟睡。她告诉徐晟，镇西王这个人个性很强，喜欢自己对人和事做出独立判断。因此她推荐徐晟当镇西王的贴身侍卫时并未对他作特别的介绍，她认为让镇西王自己发现徐晟的本事对他的前途会更好。

栾英的柔情蜜意让徐晟十分感动。面见镇西王的前一天晚上徐晟和栾英恩爱了将近两个时辰，最后两人都累得精疲力尽。栾英红着脸用她那好听的声音对徐晟道："徐郎以后不要忘了我。"徐晟听了心里一软，差点说出要留下永远陪伴她的话来。

昨天半夜里师傅林冲潜入徐晟的住处，交给他一包东西，道是徐晟家的祖传之物。徐晟待要细问时，师傅已经离开了。他打开包裹一看，原来是一副精致的盔甲。徐晟隐隐约约地记得自己小时候家里就有这么一副盔甲，装在一个红羊皮匣子里，被父母亲当作传家之宝，轻易不让人看到。徐晟只听得父亲说起那副盔甲是稀世之宝，刀枪箭矢均不能穿透。父亲死后那副盔甲就不见了，他猜想是被母亲卖掉还债了。

如今这副盔甲竟被师傅得到又送还给了他，徐晟感动得眼泪直流。他暗自发誓一定要报答师傅的大恩。徐晟现在孤身一人，没有什么好地方收藏这件宝贝。白天他就将这副甲穿在身上，晚上睡觉时才脱下来。他知道现在正是保护镇西王的关键时刻，说不定突然就要和人厮杀，穿着它肯定没错。

穿上这副盔甲后徐晟才懂得为什么它被称为稀世之宝：它又轻又软，恐怕只有几斤重，穿在身上好像没穿盔甲一样。一般的盔甲有几十斤重，试想若是身上穿着那么重的东西和人厮杀，身体的灵活性定会大受影响。徐晟不由得心中益发感激师傅。

东京的皇宫里，女皇扈三娘躺在御床上，一边享受着天寿妹妹的温柔服侍，一边思考着大明朝的未来。左丞相朱武已经向女皇告老，被她封为保国公，并赐与了许多金银回家乡养老。右丞相曾升半年前病故，他的遗孀花菱（花荣的妹子）是三娘的结拜妹妹，被接到皇宫里和三娘一起住。

现在朝廷里主持大局的是新任左丞相武文理，右丞相一职是由阮文君兼任。不过阮文君现在还是大明朝的南疆节度使，肩上还承担着辅佐镇南王完颜东生的重任，因此无法来东京上任。三娘让她先挂着右丞相的虚衔，等过几年镇南王长大后再将她招回东京。

王进栾廷玉顾大嫂这些老功臣们也都告老退下了，他们都被封了公爵留在东京养老。他们肩上的重担被岳飞张节花逢春这些年轻一辈接过。

到现在为止，大明朝只有四个王爷的王位是世袭的，即镇西王林无双，镇北王林无敌，镇东王完颜丽荣，镇南王完颜东生。为了鼓励文官武将们为国征战，女皇刚刚颁布了新法：大明朝将设立新的世袭王位，专门奖励那些为大明朝拓展了疆界的有功人士。这些新王爷的权利会和现在的四位世袭王爷一般大，他们的领地将设在新开辟的国土上，等于是在大明朝和异域之间设立了的一道道屏障。

这条新法一出，朝廷里的武将们个个摩拳擦掌向女皇请战，文官们也纷纷献计献策。连岳飞张节花逢春这些已经立了大功的人都坐不住了。

女皇认为，即使征服了花剌子模国以后不再向外扩张，大明朝也应该保持强大的军力，用来对付将来无法预料的外患和内乱。镇西王林无双和金花亲王花忆春联名向女皇建议：要大力建造威力更为强大的火炮和有配有火炮的战船，这样才能在未来的战争中立于不败之地。女皇当即批准了这个建议，然后指示兵部拿出章程，加紧办理。

除了国事之外，女皇也在考虑自己退位后的私事。她陪伴林冲白头到老的初衷一直没有改变。她和林冲的五年之约早到了。这些年她一直在派人找他，可是一点儿消息也没有。三娘都快要绝望了。就在这时传来消息，在吐蕃发现了一个外貌很像林冲的和尚。

三娘现在根本没心思追究为何林冲哥哥出家当了和尚，她只想赶快找到他。她一连派出了三拔人去吐蕃找他。徐晟在去罗些城的路上遇见的那些寻找师傅的官府的人就是女皇派来的。三娘还给女儿镇西王去了信，让她多加留意。

其实三娘心里也不是没有顾虑：自己现在是尊贵无比的女皇，退位以后也是太上皇，想平平淡淡默默无闻肯定是做不到了。林冲这些年过得怎样她一无所知，他那样淡泊的性格能不能适应和她在一起的生活？另外，她的这几个亲密无间的妹妹们该怎么办？

这时三娘的思绪被天寿妹妹从冥想中拉回来了，她正把头埋在三娘胯下，卖力地舔允三娘的桃花洞。三娘感觉舒服极了。三娘心里决定了：自己是无论如何都离不开这几个妹妹的，找到林冲后她要"逼迫"他也接受她们。她的林冲哥哥过去从来都是顺着她的，这次应该也一样。她被自己的想法刺激得兴奋不已。

正想着，琼英推门进来了。三娘暗叫："来得正好！"怪叫一声，从御床跳起身来将琼英拉过来，伸手就去剥她的衣裙，三两下就将琼英剥得赤条条的。天寿妹妹撅着嘴叫道："姐姐真偏心！"三娘用力在天寿的屁股上打了一巴掌，道："多嘴！"三个女人很快就在御床上嬉笑打闹成一团。

琼英是来向三娘辞行的，她想念无敌和无双了，要去看看他们。不过现在三娘正像一团火一样地搂住她亲吻，渐渐地将她也烧起来了。

离罗些城不到五里的地方有一座巨大的庄园。庄园的主人叫图桑，是吐蕃近些年来三个最有势力的头人之一，也是三人中唯一的幸存者。其余两个已经因为与镇西王作对而丢掉了性命。图桑拥有奴隶近万人，田地房产无数。大明朝将吐蕃纳入版图之后，他一直忧心忡忡，担心自己的处境。像他这样的头人的日子在吐蕃确实是每况愈下。

朝廷委任的吐蕃地方官员依法保护商贸，只要商人们按章纳税，守法经营，任何人都不得欺压他们。这等于是断了图桑的一条主要的财路。以前他常常唆使自己手下的恶奴抢劫商人，或者去他们的店铺里无理取闹，迫使他们向自己行贿以求保护。罗些城几乎所有的生意图桑都有涉及，他自己名下的店铺就有几十家之多。现在大家都要一样地依法纳税，他的下人们并不善于做正经买卖，几年下来连连亏损。

另一件恼火的事是他的奴隶中有不少人开始逃亡。大明朝并没有在吐蕃禁止拥有奴隶，但是大明律明文废除了奴隶的子女还是奴隶这一延续了多年的传统。近年来吐蕃回纥西夏在无双治理下百业兴旺，身强体壮的年轻人即使没有土地也能挣钱养活自己。因此奴隶中的下一代开始大量地离开主人自谋生路。图桑担心要不了几年他手下就只剩下一堆老弱病残了。

和图桑同病相怜的头人们还有不少。他们觉得自己快要走投无路了，于是开始串联，想一起来反抗镇西王。图桑表面上对朝廷俯首帖耳，暗地里为谋反之事已经筹划了很久。他很早就将自己的最小的女儿，被称为“罗些之花”的卡娜嫁给了手里握有兵权的李忠夏。

李忠夏是原西夏三王子靖国公李仁义的儿子，也是无双的义子。他的名字还是无双当西夏女王时给他取的。他原来对无双忠心耿耿，立下了许多战功。后来随着地位的升高，权力的增大，他逐渐野心膨胀，心里开始对镇西王不满了。他认为无双抢走了属于自己的父亲李仁义的西夏王之位。

其实要不是无双，他父亲李仁义早被当时的西夏王李仁忠（李仁义的同父异母的哥哥）给杀了，他连跟父亲相认的机会都不会有。他们一大家子那时被回纥和吐蕃的仇敌追杀，若不是投靠了无双，最好的结局就是给人当奴仆。

李忠夏知道父亲对镇西王死心塌地，决不会背叛她，因此不敢在他面前透露自己的不满。他被图桑的女儿卡娜勾引到手后，抛弃了对他一往情深的栾英。通过岳父图桑他结识了许多吐蕃的贵族和上层僧侣。他们都对他的野心表示支持，暗中推举他为头，密谋刺杀镇西王。他们计划在镇西王死后掀起暴乱，让吐蕃人回纥人西夏人和汉人互相残杀。

若镇西王一死，在整个西域最有声望的就数靖国公李仁义了。那时候女皇陛下为了稳定吐蕃和西夏，将不得不请李仁义出来继位镇西王。李忠夏有吐蕃本地势力的暗中支持，可以架空父亲，进而夺得整个西域的大权。当然，这些只是李忠夏和他的支持者们心里的如意算盘。

李忠夏的职务和王平一样，是镇西王辖下的西域镇守使之一。他统领着两万兵马，这些兵马虽然是忠于镇西王的，但是他这些年来还是培养了不少自己的心腹。栾英在调查采花大盗时无意中发现了李忠夏部下的一些诡秘举动，似乎他们在谋划一些见不得人的事儿。她只身来到镇守使府衙求见李忠夏，想要提醒自己过去的相好，让他约束部下的行为，以免酿成大祸。

李忠夏见了栾英心中吃了一惊，同时也感到内疚：她还是没有忘了自己。他对栾英赌咒发誓，道自己绝不会对恩人和义母镇西王有二心，一定会严厉管教那些不知天高地厚的部下，让他们老实下来。栾英想了想，她也实在无法相信李忠夏会丧心病狂地去和对自己有大恩的镇西王作对。她觉得此事可以到此为止了。

不过李忠夏并没有让栾英离开，他一把将栾英拉进怀里，两手开始抚摸揉搓她那熟悉的身子。栾英被他摸的面红耳赤，来到吐蕃后她还是第一次主动找李忠夏说话，李忠夏的举动让她回忆起了以前两人在一起的甜蜜日子。不一会儿她就喘息不止，两腿间也开始淫水泛滥。自此送徐晟去镇西王那里之后，她很感孤单，夜里常常难以入睡。

李忠夏当着几个侍卫和女仆的面剥光了栾英的衣裙，开始骑在她身上大力驰骋。李忠夏那粗黑而坚挺的下体不停地插入栾英那柔软的羞人之处，将她肏得水花四溅。栾英是知道李忠夏的怪癖的，他总喜欢当着外人的面和她做那事儿，久而久之温柔娴淑的她也变得脸皮厚了许多。不过栾英心里已决定：她和李忠夏缘分已尽，这是最后一次让他肏自己，以后再也不会和他纠缠不清了。

回守备府的路上，她碰见了弟弟栾勇，他最近和姐姐一样在带人四处打探那个采花大盗的行踪。栾勇告诉姐姐，他已经打听到一些有用的消息了：找到了一个活着的受害人，是一个外来商人的女儿。这女孩的表姐喜欢栾勇，为了讨好他，就将自己表妹被害的事儿告诉了他。

这个商人因害怕女儿的名声被毁，死活不让栾勇见她。栾英一听，急忙和栾勇赶去那个商人家里。经过栾英一个时辰的苦口婆心的劝说，那个商人终于依允自己的女儿出来和栾英相见。据这个女孩说，一共有五六个蒙面人奸淫过自己，他们做那事儿时口中念念有词，似乎是在练一种神秘的功法。后来他们用利刃割开了她的喉咙，不过她侥幸没死。他们以为她死了，离开前互相间说了些话。她记得不是太清楚，好像他们之中一人用吐蕃话说了“灵鹫宫”几个字。

灵鹫宫是吐蕃最大最有名的寺庙，大明朝征服吐蕃前那里的香火很旺盛，去烧香拜佛的人络绎不绝。灵鹫宫建在险要的灵鹫山上，离开罗些城只有十里路，主持是（据说）整个吐蕃最为灵验的活佛固始大师。固始活佛有弟子数千人，许多吐蕃贵族都是他的俗家弟子，其中包括李忠夏的岳父图桑。

栾英寻思要是采花大盗跟灵鹫宫有关，那可是非同小可之事，恐怕会在整个吐蕃引起剧烈骚动。她决定和弟弟栾勇一起夜探灵鹫宫，待查出一些头绪后再向镇西王禀报。

送走栾英后，李忠夏赶回家见了自己的岳父图桑，告诉他：他们的密谋有可能已被人察觉。图桑听了，急忙带他去灵鹫宫面见固始活佛。

固始活佛表面上是个世外高僧，其实他不但是代表吐蕃旧贵族势力的首要人物，而且还是最近那个因叛乱被镇西王处死的头人的亲哥哥，不过很少人知道这层关系。固始的师傅是西域武功高人，自创了一门极为隐秘而又邪恶的功法，叫阴灵功。师傅去世后，固始就接手了这个门派，他的弟子们大都修习阴灵功。这个功法的邪恶之处在于，当练到一定程度时，就可以用某些有“灵气”的女子的身子来提高自己的功力修为。那些被用来练功的女子最后都被杀了灭口，因为害怕她们活着会泄露阴灵功的秘密。

固始活佛对镇西王恨之入骨，不单因为她杀了他的弟弟，还因为大明征服吐蕃后，吐蕃的贱民们中信徒大大减少了。他损失了大部分香火钱，也很难找到女孩子来给本门中的弟子们练功了。要是在以前他那些富有的俗家弟子们会向他提供女奴来练功。现在奴隶逃亡之风日盛，合格的女奴越来越少了。

那些采花的勾当其实是他的几个功力较高的弟子们干的。他们在吐蕃罗些城附近奸杀了五十余名女子，其中有不少女子的尸体被他们毁掉了，官府至今还不知道。这五十余人中有大约一大半是被绑架到灵鹫宫来先给固始本人练功用，然后再给其他弟子们分享。

固始活佛在暗中还是吐蕃境内的几股强盗武装的幕后主人。这些强盗主要由当年被无双的西夏大军杀败的吐蕃军人和一些地痞流氓组成，他们投靠固始是为了报仇。他们一心要联合回纥人将汉人杀光，至少要将他们都赶出吐蕃和回纥。

固桑和李忠夏见了固始活佛，和他商议了大约一个时辰。他们决定在引起镇西王警觉之前开始刺杀行动。李忠夏现在心里虽然忐忑不安，不过他已经没有退路了，只能跟着这些人走下去。整个灵鹫宫都动起来了，固始活佛派弟子们中武艺最好的参与刺杀，其余的被分派去各处联络，他们要在第一时间造成吐蕃大乱，最好能将罗些城的外来人口都杀光。

栾英栾勇趁黑夜潜入了灵鹫宫，因为灵鹫宫戒备森严，他们没有带随从去。这时已经二更天了，整个灵鹫宫灯火通明，人声嘈杂，栾英觉得太反常了。她和弟弟打昏了两个在外面巡视的小僧，披上他们的僧袍戴上僧帽混入了其他忙碌着的众僧之中。

他们两人来吐蕃时间不长，听不太懂吐蕃话，所以转来转去也未发现什么特殊的情况。不过现在灵鹫宫进进出出的人都面带杀气，栾英感觉似乎有大事要发生。

突然间栾英注意到了几个军官打扮的人，其中一人乃是镇守使李忠夏的贴身侍从。白天李忠夏在府里脱光栾英肏她的时候这个人就站在身边，因此栾英还记得他的模样。只见他在和那些僧人们有说有笑，十分亲密的样子。栾英的心开始往下沉，若灵鹫宫的人要谋反的话，李忠夏肯定参与其中了。他手握兵权，很容易使镇西王身陷险境。

想到此，栾英当机立断，决定马上和栾勇回去向镇西王禀报。就在他们俩快要走出灵鹫宫时，一个僧人搬着一个大瓦罐走过栾英身边，他脚下一滑和栾英撞在了一起，大瓦罐掉在地下摔得粉碎，响声引得众人都向栾英栾勇这边看过来。有个为头的僧人发觉他们俩不像是本寺的僧人，就带着几个手持刀枪棍棒的武僧过来拦住他们盘问。

栾英栾勇见再不走就来不及了，也不答话，各自上前去夺那几个武僧手里的长兵器。栾英夺得一把大刀，栾勇则夺了一根禅杖，两人一起往寺外杀去。那些武僧们被他们冷不防打到了三四个，其他的都大呼起来，挺起手中兵器就往栾英栾勇身上招呼。

栾英栾勇不敢恋战，夺路而走。这时那几个军官也加入到追杀他们的人群中。栾英砍倒了几个僧人，对栾勇道："你快冲出去，我来挡住敌人。"

栾勇深知若稍有迟疑他们姐弟两个人都会被擒，当务之急是冲出去向镇西王禀报。于是他把心一横，抡起禅杖往寺外杀去。

栾英则返身冲向追来的敌人，舞动手里的大刀猛砍。那个李忠夏的贴身侍卫武艺高强，他见栾英不要命地阻挡追兵，就悄悄地从后面欺近栾英，挥剑朝她脖子上劈去。栾英听得背后风声，略一低头，那柄剑将她戴着的僧帽削去，还连带着削掉了她的一束头发。

这时围攻栾英的众人才看清楚这个厉害的敌人是个女子。那个李忠夏的贴身侍卫更是认出了栾英，大叫道："此人是镇西王派来的奸细，快将她拿下！"栾英知道自己闯不出去了，索性掉头向寺里杀去。那些武僧和军官们分出一半人去追栾勇，其余的朝栾英围过来。

栾英挥刀逼退身边的几个敌人，转身欲走，却见一个干瘦的老僧挡在了她的去路上。她不想误伤那个老僧，就闪身从他身边绕过去，不提防那老僧闪电般地一掌击在她的左胸上。她胸部好像骨头被打碎了一般，疼痛不堪。她两眼一黑，昏倒在地。众人一拥而上，将她擒住，用绳索绑了。

那老僧就是固始活佛，图桑和李忠夏也随后赶来了。李忠夏刚才在人群外就认出了栾英，暗叫不好。不过他现在已有谋反之实，回头之路已断，也顾不得栾英了。他对固始道："此女乃是罗些城守备官，镇西王的亲信。那个逃走的似乎是她兄弟。快多派人前去追他，不要让他逃回镇西王那里报信。"

固始活佛听罢转身对他的一个弟子用吐蕃语吩咐了几句，那弟子带着二三十人追出去了。李忠夏辞了固始活佛，带着他的亲信们下山回自己的军营去了。他要去集合军兵，只等镇西王一死就开始起事。

栾英过了半个时辰才从昏迷中醒来，见自己被脱光了用一根粗绳子吊在一间大厅的横梁上。她在刚才的激战中受了不少伤，背上腿上胳膊上都有一道道的被兵器划破的口子。她的左乳被那个干瘦的老和尚出掌打中，肿的比右乳大了一倍有余，上面还印着一个青紫色的手掌印。栾英只觉得左边半个身子火辣辣地痛，而且疼痛的区域似乎还在慢慢地扩大。

大厅站着有十七八个身体强壮相貌凶恶的吐蕃僧人，一个年轻女人，再加上那几个李忠夏的侍卫。栾英见这些男人的眼光在自己的身子上来回扫视，感觉很不自在，脸也不由得红了。

“你就是罗些城守备官栾英？”栾英听到这句问话，抬眼看了看说话的人，见是个麻脸僧人，手里拿着一条皮鞭，鞭梢在她胸前来回划着。

栾英没理他，而是转头看向了那个年轻女人。她生得颇有姿色，头上耳朵上脖子上挂满了珠宝，裸着双臂，一副水蛇腰，外加一双会勾人的眼睛。她也在盯着栾英看，眼里带着一丝迷茫。栾英心里暗道：“想必这便是那个被称为‘罗些城之花’的图桑大头人的女儿卡娜吧。”她虽然从来没有见过这个自己从前的情敌，却凭直觉认出了她。

“大胆贱人！竟敢不回我话？”麻脸僧人扬起手中的鞭子，“啪”地抽在栾英的赤裸的身子上，留下一道血印。栾英一声惨叫，痛得牙齿发抖，眼泪夺眶而出。

麻脸见了哈哈大笑，他接着道：“你中了我师父图始活佛的阴灵掌，活不了多久了。你不是要抓捕采花大盗吗？现在我们这些大盗全在此处，正好让你死前开开眼，看看我们是如何采花的。”

说完他对那些吐蕃僧人叽里咕噜地说了些什么，只见那些僧人都脱了衣服，赤身裸体向栾英围了过来，将她从横梁上解了下来。栾英自知难以幸免，只好咬紧牙关，闭上眼睛忍受他们的奸淫。

卡娜似乎不同意这些僧人们的行为，用吐蕃话和他们争了起来。这些人显然不买她的帐，她只好跺了跺脚，自己出门去了。李忠夏的几个侍卫犹豫了一下，也跟着卡娜出去了，其中那个最先认出栾英的侍卫临出门时还不舍地看了看栾英。

这十几个强壮的僧人走过来轮流抱住栾英伤痕累累的身子奸污她，栾英因为伤痛加羞愤，几乎又要昏死过去。那些吐蕃僧人们一边肏栾英一边嘴里还在念着些经文，想必是在修炼邪恶的功法。

过了大约一个时辰，那些僧人们都在栾英的身子里发泄过了。他们又将她吊在了横梁上。栾英现在恶心得想吐，赤裸的身子上沾满了这些男人们的臭汗和脏东西。也许是到了最后的时刻，栾英的头脑反倒变得格外清醒起来。

那个麻脸僧人手里拿着一个顶端带着钩子的利刃走近前来，脸上带着狞笑。栾英为了抓捕采花盗，仔细看过好几个被奸杀的女孩子的尸体，现在她才明白她们喉咙上的奇怪伤痕是被这种兵器连割带钩留下的。

这时只听轰隆一声响，大厅的门被人踹开了，一个手持长枪的黑衣蒙面人站立在门口，一动不动地盯着里面的这些吐蕃僧人。麻脸僧人一声惊叫，其他人顾不得穿衣服，急忙拾起地上的兵器，如临大敌似的举着兵器对准那个黑衣人。栾英久经战阵，知道这些僧人的身手都不错，一对一自己也不一定能速胜。可是他们似乎极为害怕那个黑衣人，十七八个对一个还被吓得瑟瑟发抖。那个麻脸僧人躲在众人后面，他的后背离栾英前胸不到三尺远。

那黑衣人一声清啸，手里枪尖抖动，身子像飞一般往前欺近。这些吐蕃僧人们不待他靠近就四散躲避，只有那个麻脸僧人因被前面的人挡住了视线，没及时躲开，被那黑衣人用长枪一枪贯穿胸脯，血如泉涌。其他僧人见了，却不来趁机围攻那个黑衣人，而是夺路逃走，不一会儿就走得一干二净。整个大厅里就剩下了黑衣人，栾英，和那个已经死得不能再死了的麻脸僧人。

黑衣人抽出腰刀将捆绑栾英的绳索割断，插好腰刀。然后一手将栾英抱在怀里，一手持长枪出了大厅，隐入黑暗之中。栾英两手紧紧搂住那黑衣人，头趴在他肩上，鼻子里闻着他身上的男人气息。她觉得自己回到了儿时，正被强壮的父亲抱在怀里。她好像心里紧绷着的一根弦给放松了，长长地吐了一口气，接着昏睡过去。

再说栾勇从灵鹫宫逃出后，被人一路追杀。他身上多处受伤，可是他想起姐姐还陷在灵鹫宫，若自己逃不出去的话就没人去搭救姐姐，连镇西王都可能会有危险。他强忍住伤痛奋力拼杀，终于摆脱敌人，逃进了罗些城。

守城的士兵认得他是守备官栾英的亲兄弟。栾勇对他们大叫：“快去禀报镇西王，灵鹫宫的固始活佛，图桑头人，还有西域镇守使李忠夏要造反了！”刚说完就支撑不住昏倒在地。

这时镇西王却不在行宫中。侍卫统领祝永清因为躺在御床上睡着了，没有跟着无双出城。他接到这几个人谋反的消息大惊：李忠夏可是手里掌握着两万兵马的大将，他若造反非同小可。这些兵马虽然不一定都跟着他造反，可是永清觉得自己不能抱任何侥幸之心。

他火速派侍卫持镇西王的令牌封锁罗些城，任何人不得随意出入。接着又请来镇西王的头号谋士张威，让他坐镇行宫主持大局。他自己要亲自出城去接镇西王回来。保卫镇西王的安全是他的最大职责，要是她遇到危险自己如何能面对女皇陛下？因事情紧急，兵力不够，他留下大部分侍卫守护行宫，只带了二百余人出城。

镇西王林无双和她的一百侍卫们正在回罗些城的路上，徐晟手持长枪骑着马走在队伍的最前列。不知怎的，他心里升起一股不安的情绪。他默默地用师傅传授的功法去压制这种不安，却没有效果。这让他加倍警觉起来，不时地观察路边的行人和地形，时刻准备着应付突发状况。

这时他们的队伍正经过罗些城外的一个小镇，天已经快黑了。突然间传来了嗖嗖的弓弦声，一阵箭雨从两侧的屋顶上朝镇西王的队伍泼来。徐晟大喝一声："敌袭！快去保护镇西王！"舞动手中长枪一边拨打射来的箭矢一边朝镇西王身边靠拢。其他侍卫见了，也都跟着他一起行动。

这伙袭击他们的人有的是灵鹫宫派来的高手，有的是投靠固始活佛的强盗，共有三百余人。李忠夏的亲信给他们提供了情报，道镇西王正在城外的军营巡视，回城时必然经过这个小镇。他们准备了不少弓弩箭矢，专门埋伏在这里等候她。他们指望第一波箭雨就算射不死镇西王也能射杀大部分侍卫，不料徐晟及时反应过来，带领侍卫们护着镇西王退到了一处高约七八尺的断墙后面，只死伤了二十几个侍卫。

到了断墙后，徐晟立刻指挥侍卫们用弓箭还击，暂时挡住了敌人的攻势。镇西王林无双刚才因为徐晟及时呼喊报警，几个侍卫抢上前来替她挡住了飞来的箭矢，因此她没有受伤。不过她身边的侍卫一下子就被射死了五人，她自己的坐骑亦被射死。

她取出自己的日月双刀，准备亲自上阵杀敌。这时她看见徐晟向自己走来。她早注意到了栾英向自己推荐的这个贴身侍卫，好像他名叫徐晟。刚才就是他临危不惧，从容指挥，这才减少了伤亡。

徐晟走近无双，将自己穿的宝甲脱下，跪在地上双手将它捧过头顶，递给无双，道："请镇西王将此甲贴身穿上。这是我徐家祖传的宝物，不惧刀枪箭矢。"刚才徐晟肩上和背部中了两箭，都是被宝甲护住了方才无事。他自己受伤事小，镇西王的安危才是大事儿。故此他毫不犹豫地献出了宝甲。

这时其他侍卫们都在忙着用弓箭抵御敌人的进攻。无双看了看徐晟，也没多说甚么，就当着徐晟的面脱下自己身上穿着的黄金锁子甲，然后将徐晟的宝甲穿上。徐晟第一次在近处端详无双那美艳的脸庞和傲人的娇躯，特别是她那呼之欲出的乳峰。他心里扑通扑通直跳，急忙将头低下。

无双穿好宝甲后，见徐晟正在脱下一个受伤死去的侍卫的盔甲要往自己身上穿。无双走过去拉住他，递过去自己刚刚脱下来的黄金锁子甲，道："你先穿这个。"徐晟将身子一躬，对无双道："徐晟谢过镇西王。"

说完他就将无双的黄金锁子甲穿在身上。这黄金锁子甲上还带着无双的体香，徐晟感到一阵温暖传遍全身。无双又帮着徐晟将那死去的侍卫的盔甲穿在外面。徐晟向无双鞠了一躬，道："镇西王多保重。"说罢回头提着长枪和其他侍卫们一起御敌去了。无双传下号令：所有侍卫都听从徐晟的指挥。

这伙敌人见偷袭失败，只好转为强攻。他们仗着人多，抡起刀枪往上冲。镇西王这边只剩下七十余名侍卫，不过他们一个个都是挑选出来的精兵。徐晟见敌人冲上来，估计他们携带的箭矢都差不多用完了。他留下二十余人保护镇西王，自己领着剩下的五十个勇士奋力杀入敌群中。

徐晟和这些侍卫们久经操练，他们互相掩护，进退如一。敌方虽然人多，但是这里道路狭窄施展不开，竟被这五十余人杀得一败涂地，不一时竟死伤了一百余人。徐晟这边只伤亡了不到十人。

这伙敌人虽败，却并未溃散逃走。双方一时在此僵持着。徐晟刚才在敌群中往来冲突，拼尽了全力。好在他穿着双重盔甲，只受了些小伤。敌人攻势一缓，他立刻坐下运功调息。无双见徐晟指挥若定，就放下了心。她开始思考着到底是谁发起的这次叛乱。吐蕃的头人们和上层僧侣的利益受损，心怀不满发动叛乱是很有可能的。不知军中是否有人参与其中？

这时敌人的后方忽然传来喊杀声，徐晟起身观看，发现那边一片混乱，不像是装出来的。他当机立断，令一半人留下保护镇西王，自己带着另一半去夹击敌人。杀到跟前一看，原来是祝永清率领的二百侍卫赶到。他们正在和叛贼酣战。徐晟带人加入后，那些敌人很快就支持不住了，开始有人弃械投降。

祝永清和徐晟合兵一处，将不肯投降的敌人全部斩杀。祝永清在鏖战中肩膀上中了一箭。他带箭来到无双跟前，跪在地下道："祝永清救援来迟，请镇西王处罚。"

无双将他扶起，一边让侍卫给他包裹伤口，一边询问叛乱的详情。永清道叛乱的主要是灵鹫宫的人，据栾勇的情报，图桑头人和李忠夏亦参与其中。

无双大怒，立刻派遣亲信侍卫带着她的令牌去李忠夏军中将他捉拿归案。徐晟献计道："图始活佛定会派出他的弟子们四下里去煽动叛乱，此时老巢灵鹫宫必然空虚。我愿带五十名侍卫去袭击灵鹫宫，将贼首们一网打尽。"无双准了。

这时军师张盛已控制了罗些城内的局势，又加派了五百侍卫前来保护镇西王。无双从中挑出一百生力军交给徐晟，还给他找来了两个曾经在灵鹫宫出家当和尚的侍卫带路，又将徐晟的宝甲从自己身上脱下来给他穿好。然后她自己带着永清和其余的人马回行宫去了。

栾英从昏睡中醒来时，发现自己躺在一张床上，床边有一张桌子，点着一盏昏暗的油灯。她从床上爬起来，不料左边身子传来一阵剧痛。她两眼发黑，全身冷得打颤。忍不住惨叫了一声，又倒回床上。

她掀开身上盖着的被卧，发觉自己赤裸裸的，并未着一丝一缕。不过身子上的污垢似乎已被人清洗过了。她左乳依然高高肿起，那个青紫色的手掌印还清晰可见。

这时门外进来一人，是个六十余岁的和尚，须眉皆白。栾英知道这和尚就是将自己从灵鹫宫里救出来的黑衣蒙面人，因为他依旧穿着那身黑衣，只是没有蒙面了。栾英对他道："恕栾英受伤不能起身行礼。多谢老师傅相救之恩，栾英今生必将报答。"

那和尚手里拿着一套干净的男人衣服。他将衣服放在栾英身边，双手合十道："善哉善哉，姑娘醒了。我替姑娘取来一套衣服。姑娘中了妖僧图始的阴灵掌，毒性很快就会发作。待我先替姑娘解毒，然后姑娘再穿衣服。若迟了，姑娘就算不死也会终身致残。"

栾英问道："老师傅要如何替我解毒？"老和尚道："我会用佛门功法按摩姑娘的身子，如此才能将阴灵掌的毒性逼出体外。"

栾英听了不禁脸一红，心道：这老和尚要用手触摸我的身子？看这人一脸正气，不过他到底是个男人，不由得心里犹疑不定。她转念一想：若不是他相救我的命早没了，还在乎甚么赤身裸体？我被那么多男人奸淫过，是他将我肮脏的身子从那魔窟里抱出来的。我身上的血迹和那些男人的脏东西已被清洗干净，定是他在我醒来之前做的。既如此，被这人触摸一下又有何妨？何况他并无歹意？

想到此，栾英对和尚道："栾英多谢老师傅的大恩大德。就请老师傅施救吧。"那和尚道："请姑娘闭上双眼，放松全身。"

这个老和尚自然就是林冲。六和寺里那个传授佛门功法给林冲的慧觉大师原是吐蕃人，是固始活佛的师伯。自从他师弟创立了阴灵功后他们之间就关系破裂，分道扬镳了。慧觉去中原游历了几年，到杭州后就在六和寺住下了。

林冲拜他为师学习佛门功法，进展神速。他见林冲生性淡泊，武艺高强，有心剃度林冲，让他做本门派的掌门人。可惜林冲心里装着扈三娘，尘缘未尽。

慧觉临死时向林冲吐露自己的未了心愿，希望林冲去吐蕃帮他清理门户，铲除那几个修炼淫邪武功祸害百姓的不肖弟子。林冲感激师傅传授功法救了他的性命，答应他剃度为僧，等帮师门清理好门户找到新的掌门人后他再还俗。慧觉这才放了心，三日之后就圆寂了。

林冲来到吐蕃后，发现这里的头人们和上层僧侣对大明朝极度不满，正暗地里串通谋反。灵鹫宫就是这些谋反的人的核心。灵鹫宫的势力颇大，高手云集，那个固始活佛的武艺恐怕不比自己差多少。他们人多势众，凭自己一人之力难以完成师傅的重托。好在自己可以借助女儿镇西王的力量来完成清理门户之事。

他将徒弟徐晟送去女儿身边保护她，自己留下来暗中监视固始活佛的一举一动。他和固始的弟子们交过几次手，因他在暗处掌握着主动，每次都能重创敌人，安全脱险。固始的弟子们被他打怕了，一见蒙面的黑衣人就四散逃走，因此他能轻易地从魔窟中将栾英救出来。他已知道这个年轻女子是罗些城的守备官，女儿无双的心腹爱将。

栾英被林冲的大手缓缓地在她身上抚摸揉捏，心里生出一片温暖的感觉。渐渐地她左边身子的疼痛减轻了。她睁开眼睛，见林冲正全神贯注，头上冒着白气。他的左手掌搭在她的左乳上，右手掌紧贴着她的小腹，在她皮肤上留下灼热却又舒服的感觉。

她不由想起了心爱的徐郎和跟他一起度过的那几个充满恩爱温情的夜晚。不知徐郎他现在怎么样了？无双姐姐和他成就了好事没有？

慧觉大师和固始的师傅是同门师兄弟，他们从小学的是一样的功法。阴灵功虽然邪恶，它也是从师门的功法里变化出来的。慧觉大师喜欢钻研用本门功法解毒治病。他在杭州六和寺住了二十余年，渐渐地琢磨出解除阴灵功毒性的独特方法。他早将这些方法都传授给了林冲。

过了大约一个时辰，林冲道："好了，姑娘现在没事了。"栾英活动了一下身子，果然不觉疼痛了。她的左乳虽然还没有全部消肿，不过那个青紫的手掌印变得淡了许多，想必歇息几天就会全好了。

栾英接过林冲递过来的衣服，却没有马上穿它。她含泪盯着林冲的眼睛看，觉得他那眼神跟自己的父亲一样慈祥，一下子勾起了她心里的许多往事。她扔下衣服，扑进林冲的怀里，抱着他的脖子痛哭起来。

林冲温柔地将她搂在胸前，道："你该叫我一声伯伯。我叫林冲，是你无双姐姐的亲生父亲。"栾英听了，抬头看了林冲一眼，然后将林冲抱得更紧，也哭得更厉害了。林冲一边用手抚摸着栾英的背哄她，一边替她穿好了衣服。

栾英抹干眼泪，对林冲道："伯伯相救之恩，栾英结草衔环难以报答。栾英欲拜伯伯为义父，侍奉终生，请伯伯依允。"说罢就跪在地下。林冲本欲阻止她，见了她梨花带雨娇弱无力的模样，实在于心不忍，就受了她的礼。栾英拜罢，站起身来依偎在义父怀中，喜极而泣。

徐晟带着一百侍卫弃了马匹，待天快黑时悄悄摸上了灵鹫山。沿途他们杀死了一伙下山的僧侣，徐晟和十几个侍卫换上了那些僧侣的衣服。徐晟就像他师傅林冲说的那样，还真不是个迂腐之人。这次上山他让侍卫们带足了弓箭引火之物。他根本就没想跟灵鹫宫的人光明正大地决斗，而是要施展阴谋手段闪电般地杀死叛乱的首领固始活佛。

如徐晟所料，固始活佛正调遣一批批的信徒和弟子，让他们下山去挑动骚乱，烧杀抢掠。吐蕃几乎人人信教，固始本人更是被誉为最为灵验的活佛。其实他心里清楚得很，都是他让那些修炼了阴灵功的弟子们使出各种手段，暗中加害那些与他自己的门派分庭抗礼的其他几个活佛，将他们全部除去。这才使他自己的地位被抬得如此之高。僧侣和头人们对他敬若神明，若不是那个可恨的镇西王林无双，他都快要成为吐蕃的无冕之王了。

谋反之事进行得很顺利，吐蕃的多数头人们都参与其中，他们再想翻悔已经不可能了。要不是那个神秘的黑衣人来捣乱，他现在就可以高枕无忧了。那个黑衣人盗走了阴灵功和其他本门功法的图谱和秘籍，还带走了许多灵鹫宫从信徒那里搜刮的金银珠宝田契房契，使他的门派蒙受了重大损失。要是这次谋反成功的话，他还有希望从被杀死的汉人那里抢回来大量的钱财，弥补损失。

据弟子们说，那个黑衣人也是个出家人，骑一匹青鬃马。他似乎学过本门派的武功，固始派出去寻找他的几拨弟子都惨败在他手下。固始盼着那黑衣人再次出现在灵鹫宫，他要将他亲自击杀。

徐晟和十几个侍卫装扮成僧人潜伏在正门外，等候机会混入灵鹫宫。他让其余的八十余侍卫从侧面向灵鹫宫施放火箭。灵鹫宫里的庙宇房屋大都是用的木头建造的，不一时火光冲天而起，响起一片惊慌之声。那些僧侣们除了负责守门的以外，其余的都拿着铁盆木桶瓦罐，从院子里的几口井里取水来救火。

灵鹫宫虽然还有五六百僧人，但是经不住徐晟的人四下里施放火箭投掷引火之物，那些僧人们忙得顾此失彼。这时有一伙已经被派下山的僧人们见灵鹫宫火起，急忙返回山上来救火。徐晟和那十几个侍卫趁乱跟着这伙僧人混进了灵鹫宫。

徐晟等人由那两个僧人出身的侍卫带着，直扑固始活佛居住和议事的一座偏殿而来。到了跟前砸开大门一看，只见里面三十余个僧人正在围着一个黑衣蒙面人大战，另一个黑衣人则爬在高高的横梁上正用弓箭射杀下面的僧人。下面那些僧人爬不上去，急的哇哇大叫，不过横梁上那人只剩下最后几枝箭矢了。

因徐晟等人都是身穿僧衣头戴僧帽，灵鹫宫的人只道他们是来帮着自己这边厮杀的。徐晟看着大厅中间那个手持长枪同时抵挡着十几个僧人的黑衣人，已经有好几个僧人在他手里丧生了。从他的身形和枪法上徐晟认出了他就是自己的师傅林冲，不由心中大喜。

这时旁边一个干瘦的老僧尖叫了几声，那十几个正在与黑衣人鏖战的僧人们闻声都退在一边。这个干瘦的老僧手持一条禅杖上前和林冲战在一处。这干瘦的老僧武艺好生了得，竟与林冲斗了个不分胜负。徐晟认定这干瘦的老僧是固始活佛无疑，就手持钩镰枪加入了这场酣斗。

旁边的僧人们只道他要去夹攻那个黑衣人，故未加阻拦。横梁上那个黑衣人看了大急，搭上最后一支箭朝徐晟的后背射来。那支箭正中徐晟背心，却被他穿在衣服里面的宝甲挡住了，未射伤他。

徐晟上前用钩镰枪朝固始活佛猛刺过去，固始原以为他是自己门派的弟子，未曾提防。急闪身躲避时，肩膀上早着了一下，痛得他呲牙咧嘴。徐晟将钩镰枪往回带时，钩镰枪上的尖利钩子又将固始的胳膊划破了一条长长的口子，血流如注。灵鹫宫的僧人们见了惊得目瞪口呆。

固始受了两处伤，转身欲走，却被林冲抡起枪杆扫在他小腿上。他腿似断裂般疼痛，一个踉跄跌倒在地。挣扎着刚要站起来，徐晟又是一枪捅来，从他腹部扎进去。固始倒在地上，抽搐了几下，心有不甘地死去了。徐晟抽出腰刀将他的头颅割下。

旁边那些僧人们此时方才回过神来，纷纷夺路逃命。徐晟带来的那十几个侍卫一起发作，拦住他们砍杀。顷刻间就被杀死了大半，其余的都抱头鼠窜地逃走了。

徐晟虽然打扮成僧人，林冲刚才一见那钩镰枪就认出了他是自己的徒弟，因此能及时配合他杀掉固始活佛。这时横梁上那个黑衣人也跳了下来，对着林冲叫道："义父！"

徐晟听得那声音十分耳熟，仔细看时，那个黑衣人却是栾英。不知她为何将师傅林冲呼为义父？这时栾英也认出了徐晟，大惊失色，过来抱住徐晟道："徐郎你如何来此？刚才我那一箭射中你后背，伤着你没有？"她见徐晟似乎一点儿事也没有，十分不解。

林冲道："妖僧虽已授首，这灵鹫宫里还有不少歹人。我等先撤出去再说。"徐晟道："师傅说的是。"领着林冲栾英和其他侍卫们一起撤出灵鹫宫，一路上竟无人敢来阻挡。

徐晟出来后会合了灵鹫宫外面的那些侍卫，指挥他们把守住通往山下的那条险要的小路，等候镇西王派大军前来清剿。他们带着许多弓箭，灵鹫宫里的人几次想往山下冲，都被他们射回去了。

若有僧人从山下上来，徐晟则将他们放进灵鹫宫去。他知道只要镇西王的大军一到，这些人都是瓮中之鳖，一个也跑不掉。

徐晟这才得空和栾英林冲两个叙话。他听得栾英被师傅所救，认师傅作了义父，遂向师傅道贺。栾英得知心爱的徐郎原来是义父的徒弟，忍不住抱着他大哭大笑。只有林冲一人在旁微笑不语。

欲知后事如何，且听下回分解。

第二十七回：忘恩负义怎得善终，忠心报国才是正途

第二天清晨，无双派了一千余士兵上了灵鹫山。这些士兵上山后找到徐晟，听从他的统一指挥。无双从栾勇处得知栾英陷在了灵鹫宫中，不知凶吉。她传旨将徐晟升为罗些地区的兵马都监，负责剿灭灵鹫宫的叛贼。她还特别嘱咐徐晟：倘若栾英有个三长两短，就将灵鹫宫的僧人全部杀光。同时吐蕃各地的驻军也接到了镇西王的军令，让他们配合当地官府将所有参与叛乱的人捉拿归案。

徐晟吩咐先将栾英送到镇西王的行宫，好让她放心。栾英虽有林冲给她解了阴灵掌之毒，可是身上还有不少刀剑伤口需要敷药静养。栾英本来不愿离开，可是她也担心着弟弟栾勇的伤势，要去看望他。她搂住徐晟亲吻了许久，然后才依依不舍地告辞了心爱的徐郎和义父林冲，被徐晟指派的十余个士兵护送下山去了。

徐晟令其余士兵将灵鹫宫团团围住，向里面的僧人喊话："都放下兵器，去灵鹫宫外面的空地上站好。不听号令的格杀勿论。"

里面的大部分僧人已知晓国始活佛昨晚被人杀死了，山下的暴乱肯定很快就会被镇西王平息，再顽抗下去已经毫无意义。不过有五六个国始活佛的亲传弟子欲点火自焚，与灵鹫宫同归于尽。其他的僧人们当然不愿跟着他们一起死，他们一拥而上，将这几个人拿下用铁链和绳索捆住，推出寺来。

为了完成替慧觉师傅清理门户之事，林冲已经在吐蕃好几年了。他早已通过暗中查访，掌握了灵鹫宫中所有修炼过阴灵功的弟子的名单。徐晟指派了几个会说吐蕃话的士兵，让他们协助师傅将名单上的灵鹫宫弟子都挑出来，然后全部押到后山斩首。再加上一些参与叛乱的强盗头目，徐晟林冲在灵鹫山上一共杀了一百余人，尸体焚烧后挖坑埋了。

徐晟带人将灵鹫宫里里外外彻底地搜了一遍，除了找出来许多金银珠宝外，还在后山发现了两间堆满尸骨的密室。据其他僧人所供，这些尸骨里面既有抓来的商人和旅客（抢走货物和行李包裹后被杀掉灭口），还有被处死的（犯了过错的）奴隶和僧人，再加上那些历年来因为修炼阴灵功后而被杀掉的少女。这些尸骨被用来打磨各种器物，包括挂在僧人脖子上的数珠等等。徐晟让士兵们数了数，光是完整的头骨就有三百多个！

灵鹫宫正殿的地底下深处还发现一座地牢，里面关着几个衣不蔽体骨瘦如柴的人。其中一个竟是吐蕃失踪了十多年的活佛桑根大师。桑根和固始出身于同一门派，但是不同师傅。他一直与固始不和，被固始派人抓住囚禁起来。他被救出来的时候已经是奄奄一息了。林冲见了此人，跟徒弟徐晟耳语了几句，徐晟吩咐几个士兵去请医师上山来救治桑根大师。

再说图桑头人那天从灵鹫宫回到自己的庄园后，马上派出了亲信，让他们去各个村落集镇，各条大街小巷里敲锣打鼓地对人喊话："汉人强占吐蕃和回纥已经引起了天人共愤！灵鹫宫的固始活佛他老人家已经请得了佛祖和神明的旨意，击杀了恶魔镇西王。现在是大家起来向汉人报仇的时候了！凡是汉人所有的店铺房屋，还有他们的粮食布帛金银女人大家都可以去抢，谁抢到归谁！"

围观的吐蕃人开始时觉得不可置信：镇西王像神明一般的人物，怎么可能被击杀？她手下的十几万大军难道是吃素的？后来听得次数多了，真有那么一些不安分的家伙前去汉人开的商铺里抢东西。那些商铺的老板和伙计们自然不答应，双方大打出手，互有死伤。

此事惊动了地方官府，派出捕快抓了一些闹事之人。回衙门问明了情况后，又派出更多的捕快去抓那些喊话扇动暴乱的人。

大明朝的地方官吏每年都有上司派人来考核，朝廷在各地亦设置有御史行使监督之责。因此平时他们根本不敢怠慢。女皇扈三娘特别喜欢那些勇于承担责任积极进取之人，曾多次嘉奖这样的官员。在大明朝当官，遇事推脱责任得过且过是不行的。若是该管的事没管或者不按大明律法行事，轻则被上司训斥警告，重则丢掉官职或被依法惩处。

图桑派出去扇动暴乱的人有一大半被官府抓获，其余的幸亏跑得快，逃了回来。他见这一招不灵，只得孤注一掷，亲自上阵。他知道自己没有多少时间了，官府很快就会追查到他的头上来。

图桑召集了所有在家的奴仆，约有三千余人，发给他们刀枪棍棒，弓弩剑戟。图桑对他们道："吐蕃马上就要变天了！老爷我要带你们出去杀汉人。若能杀得一个汉人，奖励二百文钱。抢得汉人的财物和女人，一半交给老爷我处置，另一半归你们自己！"他也想趁此机会发一笔财。

这时奴仆群里走出来一个五十余岁的人，他叫洛西，是个管事的小头目。他问图桑道：“请问大老爷，老奴我家中的三个儿子：一个在镇西王的军中当兵，还有一个在官府里当差，剩下的一个也离开了老爷自己谋生。若是赶走了汉人，他们会不会受到惩治？他们的下一代会不会被抓回来再来当奴仆？”

图桑气得火冒三丈。这个洛西因识得几个字才被他抬举当了个小管事，如今他竟敢出头与主人作对，岂有此理！他刚要喝叫手下人将洛西拉下去鞭打，又有其他几个奴仆问出了类似的问题：“我家闺女嫁给了汉人做老婆，她会不会也被杀掉？”“我兄弟跟一个汉人合伙开店，他的东西会不会也被抢了？”众人七嘴八舌，问得图桑无法回答。

这样下去不得了，下贱的家奴们竟然敢顶撞老爷。他向身边的几个亲信们使了个眼色，这些人抄起刀枪棍棒就向洛西等人围了过去。洛西见势不妙，一边往后退，一边对众人大喊：“图桑老爷想要造反，大家不要跟着去送死。就算是镇西王死了，还有女皇陛下在。大明朝对我等吐蕃的贱民们恩重如山，大家不要忘了！”

这下子三千多人全都乱了。这些家奴们虽然还在跟着主人过日子，可是哪一家没有一两个兄弟姊妹儿子女儿和汉人结了亲或者替汉人做事？有不少人的亲友在大明朝的衙门里当差。若将汉人都杀光了，他们这些人必然都会再次沦为最下贱的贱民，去过那猪狗不如的日子。

人群中有几个是洛西的好友。他们拿着刚发下来的兵器，紧靠在他身边，与图桑的亲信们对峙着。要是在从前，只要图桑老爷一瞪眼，那些家奴们就会争先恐后地冲上前去砍杀像洛西这样不听摆布的贱民。可是今天他们的眼睛里却流露出对洛西的同情和赞许。

图桑见了心里叫苦不迭，他现在还真不敢对自己的家奴们大开杀戒。真没想到，这才几年时间，镇西王和女皇在吐蕃的威望变得如此之高，影响如此之大，自己竟然指挥不动这群下贱的家奴了！

同样的事儿也发生在大多数参与造反的头人们家中，到头来只有少数几个头人能够带着自己的家奴们出去烧杀抢掠。这帮家伙很快就被官府的捕快们包围拿下，绳捆索绑地投进了大牢里。有几个倒霉的头人竟是被自己的家人绑了，然后押送到官府里去报案。

李忠夏在军中也遇到了同样的麻烦。他虽是统领两万兵马的西域镇守使，可是除了自己的一百多个亲兵和十几个亲信部将可以信赖外，其他的军官和士兵们都是跟着镇西王东征西讨过来的，他们心里都是忠于大明朝忠于女皇的。

李忠夏不敢直接去策反他们，而是派他的亲信们去军中散布"镇西王已死"的谣言。没想到的是，他派去军营中散布谣言的大部分人都被下面的军官们绑了，送去军法官那里依法处置。还有几个人已经被愤怒的士兵们当场斩杀。

李忠夏原来就心里有愧。在与图桑头人和固始活佛密谋造反时，他坚持要固始活佛派自己的徒弟们去刺杀镇西王，他只负责提供情报。现在他已经得知刺杀行动失败，自己参与叛乱的事也瞒不住了，镇西王马上就会派人来收拾他。情急之下，他带着几个亲兵逃出了军营，快马加鞭回到了回纥的老家。

他去见自己的母亲，向她求救。从他记事起母亲就带着一大家子人和各种敌人厮杀拼搏，经历了难以想象的劫难。在他心目中母亲一直是无所不能的。

李忠夏的母亲也就是靖国公李仁义的那个回纥女人，现在已经年过六十了。她生了十六个儿女，全家的儿孙重孙辈加起来一共有上百人。她虽然不识字，但是处理起大事儿来很有魄力。自从当年投靠西夏女王林无双后，她的后辈们在历次征战中立下了许多功劳。

无双待她也不薄，她的许多子孙都在军中或朝廷里当官，倍受重用。无双还让女皇将她封为大明朝的一品夫人，并赐了许多金银和土地给她，让她在家乡安度晚年。

李忠夏是她的儿女当中最聪明的，也是混得最好的。她万万没想到他竟然参与谋反，与自己的大恩人和义母镇西王作对！

她让家仆们都退下，看着跪在地下磕头的儿子，心里琢磨着该怎么办才好。现在可不单是救李忠夏一条命的事，而是她整个家族的存亡问题。不用问就知道，这个不肖之子一定撺掇过他的兄弟姊妹们和他一起谋反。朝廷要是追究下来，知情不报也是死罪。就算镇西王法外开恩只诛杀李忠夏一人，饶了他的兄弟姊妹们，他们在大明朝的前程也完了。

她想到的第一个法子就是将儿子李忠夏一刀砍了，然后提着他的头去向镇西王请罪，求她宽恕她的其他儿女们。她是个行事果断之人，为了自己的一百多个儿孙们，亲手杀了李忠夏这一个儿子她是做得出来的。李忠夏似乎猜出了母亲在想什么，爬过来抱住母亲的双腿大哭不止。他哭得声嘶力竭，最后对母亲道："儿子自知犯下不可饶恕的大罪，情愿领死。但愿儿子一人之死能够换来家中其他人的平安！"

这个回纥老女人似乎被母子之情打动，慢慢地解开了胸前的衣服，露出了干瘪的乳房。她将李忠夏拉近胸前，让他含住自己的乳头吸允。末了李忠夏再次跪下，伸长脖子等候母亲叫人来砍他的头。

李忠夏的母亲一动不动地坐在那里。就这样过了半个时辰，她开口道："起来吧，我们一起去找你父亲。或许他有办法留下你一条性命。"

镇西王林无双这一段的日子也过得不轻松。吐蕃的暴乱因为得不到下层百姓们的响应，很快就被平息了。可是这次吐蕃的大部分头人们都或多或少地参与其中，他们的亲信和家人们加起来有近万人，都被抓起来集中关押在罗些城附近的两座军营中。其中一座军营关的是成年男子，另一座则用来关妇人和小孩。如何处置这些人是个伤神的事儿。

这帮人心里对大明朝怀着怨恨，留下来以后保不定还会再次造反，可是全部杀了又觉得不妥。这次暴乱规模虽大，因为发现及时处置得当，只造成了不到一千军民的伤亡。

另一件让无双忧心的事儿是，她的内侍统领祝永清那天和叛贼厮杀时肩膀上中了一箭。事后才发现那枝箭上带着剧毒，很可能是专为刺杀镇西王而准备的。永清当时因为无双的遇险而心生愧疚，包扎好伤口后他一直咬牙坚持在无双的鞍前马后伺候，不曾歇息片刻。等到箭矢上的毒性发作时，他突然昏迷，从马上跌下来摔伤了。无双立刻传旨，派最好的医师来给他诊治。

军中的几个医师看了他的伤势，只得向无双据实禀报：永清摔断了腿骨，不甚严重。可是那枝箭上涂着一种西域特有的剧毒，无药可解。永清能否痊愈只能看他自己的造化了。这时永清醒了过来，无双强忍住眼泪嘱咐他安心休养，并派了贴身的几个侍女轮流伺候他，为他擦洗身子，端汤喂药。

过了几天永清仍不见好转。这天半夜里永清又一次从昏迷中醒了过来，因镇西王有严令，侍女们只好去将刚刚躺下歇息的她叫了起来。无双来到永清的床边，见他脸上泛着红光，似乎跟健康的人儿一样。可是他一见无双就冲着她叫"娘"。无双心里一沉，知道这恐怕是回光返照，永清的死期已至，禁不住眼泪夺眶而出。

无双过去扶起永清，将他搂在自己怀里。永清体力似乎已经恢复了些许，但是神智不清。他一会儿叫无双“亲娘，姐姐”，一会儿叫她“三娘，女皇陛下”，还叫她“丽卿贤妻”，双手抱紧她的身子抚摸亲吻。

无双知道和他永别的时候到了。她吩咐使女将永清和自己的衣服都脱光了，上床和他搂在一起。她一边口里对永清应道“我的儿，你的亲娘在此”“我是你的三娘，你最爱的女皇陛下”“让丽卿再爱你一次吧”“你的无双妹妹要和你睡在一起”，一边温柔地亲吻他的全身。

侍女们见了，个个都忍不住嚎啕大哭。永清终于被无双哄得微笑着睡了，只是这一次他再也没有醒过来。无双连夜含着眼泪亲自给母亲扈三娘写信报告永清的死讯，并派遣侍卫八百里加急将信送往东京皇宫。

接下来几天镇西王林无双也病了，既不能处理军政大事，也不方便见任何官员。只有她的好妹妹栾英一人陪在她身边。无双整天神情恍惚，有时胡言乱语，而且食欲不振，睡眠不佳。那几个医师道镇西王的身子无大碍，只需静养十天半月即可。栾英不敢大意，这几个医师对永清中的毒束手无策，无双和永清在最后的时刻亲密相处，万一她也中了毒却怎生是好？

现在大明朝的整个西域无人主持大局，栾英心急如焚，可是又没有好办法。忽然间，她想到了无双的父亲，自己的义父林冲。林冲曾用佛门功法给她祛除阴毒，效果非凡。或许他有办法治好无双！

她找到徐晟，来不及和他亲热就催他火速去将师傅请来。林冲虽然嘱咐过他们两人不要对任何人透露自己的行踪，可是现在救镇西王的性命要紧，也顾不得那许多了。

林冲现在还留在灵鹫宫里处理本门派的事务。徐晟经过审讯，将那些直接参与造反的僧人都挑了出来，押下山和那些吐蕃头人们一起关在军营里。他将其余的僧人和整座灵鹫宫都交给了师傅林冲发落。

被国始囚禁的吐蕃活佛桑根大师经过几天的调养已经基本恢复了。林冲将从国始那里抢来的本门派的秘籍中有关阴灵功的那部分烧毁了，其余的他都交给了桑根大师，并恳请他担任本门派的掌门人。

桑根大师为人正直，他在大明朝征服吐蕃前就被固始关进了地牢里，直至最近才被徐晟林冲救出来。他已经从其他僧人那里了解到了这些年来发生的所有事儿，深感女皇陛下在吐蕃施行的真乃百年所未见之仁政，吐蕃幸甚，百姓幸甚。

因此他未加推辞就依允了林冲的请求，并保证以后约束门下所有弟子专心佛法修行，不再干与世俗之事。灵鹫宫的僧人中间有许多原来就是桑根大师的弟子，他们在桑根失踪后才转投到固始的门下。现在那些固始的弟子们也都来尊桑根为师了，故此他担任新的掌门人之事无人提出异议。

林冲终于顺利完成了慧觉师傅临终所托之事，心里大大地松了一口气。现在他可以蓄发还俗，去见他心爱的三娘妹妹了。

徐晟匆匆从山下赶来，对他师傅道镇西王的侍卫统领祝永清中毒身亡。镇西王现在身体不适，有可能也中了同样的毒。林冲听了二话不说，急忙和徒弟火速下了灵鹫山，骑上马往镇西王的行宫飞驰而来。

无双的病情突然加剧，栾英在行宫里早已急得像热锅上的蚂蚁。她接着林冲师徒二人，将他们带进宫里，来到无双的床前。此时无双浑身发热，满脸通红，汗水湿透了衣服被卧。栾英已告诉她，徐晟去请她父亲了。林冲来到床前时，无双依稀记得自己父亲的模样，待要挣扎着起身却又浑身无力。

林冲双手搂着女儿的身子，安慰她道："我儿且不要慌，为父定能救你！"无双脸上露出了一丝笑意，无力地点了点头。林冲将手伸进无双的衣服里，去她胸前和小腹处探了探，脸上露出凝重的神色。

他放下无双的身子，替她盖好被卧。然后将栾英唤出门外，对她道："无双果然中了毒。此毒虽能解，只是我却不便做此事。"栾英大急，问道："义父有何不便之处？不知女儿我能否助一臂之力？只要能救得无双姐姐，就是赔上我的性命，栾英也绝不推辞！"

林冲盯住栾英的脸看了看，叹了一口气，道："你和无双之间姐妹情深，我心甚慰。只是无双中的毒很难解，须得修炼了我师门的功法的男子和她脱光衣服合为一体，在男女交合之中方能运功将此毒驱除出体外。我乃无双的生父，这么做有违人伦大礼。"

林冲又道："我曾经传授这佛门功法给徒弟徐晟，他可代替我去给无双解毒。只是我知道你和徐晟之间的情义，一直希望你们两人能结为夫妻 ......"栾英打断林冲的话，道："义父不要再说了，栾英这就去请徐郎来给无双姐姐解毒。栾英和姐姐本是生死之交，我和徐郎 ...... 栾英今生已经知足了！"说罢扭头出门寻徐晟去了。

在师傅林冲的指点下，徐晟终于成功地将无双体内的毒祛除干净。治疗期间，栾英一直守在无双的床边照料她，一刻也不愿离开。能够接近镇西王寝宫的除徐晟栾英林冲外，只有无双的几个贴身侍女。

一个月后，无双完全康复，开始重新执掌大明朝西域的军政大权。她一上来就快刀斩乱麻，解决了平息吐蕃暴乱后遗留下来的许多问题，也处置了大部分参与叛乱的人。

那些参与暴乱的头人们的家产包括房屋金银粮食被全部抄没充公，田地牲口被分给从前的贱民和奴仆们。家中有老弱的由官府发放一些救济，保证了这些人的温饱。妇女和少年儿童，除了少数直接参与烧杀抢掠的，都被无罪释放。直接或间接参与暴乱的成年男子则发配充军，他们被送去边远区域为大明朝修桥筑路，为期十年。

所有在暴乱中失去父母的孩子们都被地方官府统一处置，一般是送给无儿无女的人家收养，无人愿意领养的孩子们则由官府派专人抚养教导。那个站出来阻止图桑聚众造反的洛西被无双赏赐了一百两黄金，其他一些带头抵制暴乱的百姓们也受到了官府的嘉奖。现在洛西家中供着女皇和镇西王的牌位，他每天领着儿孙们祈祷女皇扈三娘和镇西王林无双玉体安康，长命百岁。

至于图桑和其他头人们以及那些上层僧侣和个别造反的军官，加起来共有一千余人，按照女皇陛下的建议是要将他们全部斩首示众，不留后患。可是朝廷中也有大臣们对此持有异议，他们道镇西王过不了几年就会登基为大明朝女皇，此时此刻最好避免多造杀孽。

其实这些人按理说个个都该杀。官府在吐蕃发现并捣毁了好几个秘密庄园，都是属于图桑和其他几个富有的头人们的。在这些庄园里做苦工的是些缺胳膊少腿的残疾奴隶，他们是被头人们私刑处置过的。除了手脚被主人砍断的以外，还有眼睛被挖掉或者鼻子耳朵被割掉的。大明朝并未专门立法禁止此等私刑，因为这样的事儿在大明治下的其它地方都是闻所未闻的。

这天靖国公李仁义和李忠夏的母亲前来求见镇西王。在此之前他们已将儿子李忠夏绑了送来镇西王府上，还带着所有儿孙们都来给镇西王请罪。那时无双还未脱离危险，栾勇就将李忠夏和图桑等人暂时关押在一处。

无双对义子李忠夏的背叛很伤心，不愿见他们。李仁义和那个回纥女人在镇西王的行宫外面跪了三天三夜，无双终于被感动，将他们招进宫里。

李仁义觉得他儿子李忠夏死有余辜，只是碍不住他的第一个女人的苦苦哀求，这才和她一起来求镇西王开恩。那个回纥女人用她赤诚的心和母亲的爱感动了无双，她答应留下李忠夏的一条性命。李仁义向镇西王献出了一条计策，既能帮助她除掉所有参与叛乱的头人僧侣和军官们，同时又不必背负滥杀之名。

图桑等一千余叛乱首领们已被关押了两个月有余。他们是这次暴乱的主谋和直接参与者，刚被抓起来时就知道自己必死无疑。可是后来又有谣传道女皇陛下虽然主张严惩，镇西王为博取仁慈的名声或许会赦免他们当中的一些人。随着关押的时间越来越长，谣言也越来越多，他们心里被折腾得七上八下，疲惫不堪。有几个人忍受不住压力选择了自尽。

这座关押他们的军营虽然戒备森严，但他们并没有被绑住手脚，可以在屋里自由活动。这天被关在一起的李忠夏悄悄告诉他的岳父图桑，道自己联络了军中的部下，今天夜里会来劫牢。图桑询问他此事到底可不可靠，还有前些时候传言镇西王会赦免他们的事究竟是真是假。李忠夏道："赦免的传言虽不假，不过镇西王最后还是下定决心要将我们这批人全部杀掉，我的亲信也是得到了准信后才决定来劫牢的。"他还道："今晚越狱的人越多越好，不然我们很快就会被追兵赶上杀光。"

图桑和自己的几个手下通了气，做好了越狱的准备，还将此事暗中告知了其他犯人。反正若不越狱大家都会被处死，不怕有人去通风报信。半夜三更时分，军营里忽然火起，乱成一团。这一千余犯人中除了少数几个胆子太小的不敢动之外，其余的都乘机冲出被关押的屋子夺路逃奔。

军营里的士兵们一边救火，一边截杀这批逃跑的犯人。一千余人最后只逃出来三百多，其余的都被杀死。逃出来这些人不敢分开走，而是聚集在一起，带头的自然是李忠夏和图桑。他们一路往西边狂奔，跑了一夜，天亮时分终于到达了一处险要的山谷。这时他们已经精疲力尽，饥渴交加。在外面接应李忠夏的那几亲信取出早已准备好的干粮分给众人充饥。此时谁还顾得了许多？接过来看也不看就往嘴里塞，还对李忠夏等人感激不尽。

谁知吃了干粮的人肚子都开始疼痛，而且越来越痛得厉害，最后都倒在了地下哀嚎。图桑自己带有吃的，所以没吃李忠夏的东西。他看着倒在地下的众人，还有李忠夏的脸色，终于明白自己中了镇西王的计：这次越狱不过是一个圈套，为的是乘机将他们全部除去。不过他已经不想再逃了，也无力去喝骂自己的女婿，只是后悔为何当初鬼迷心窍要去谋反。

此时徐晟带着早已埋伏在周围山上的数百士兵出现了，他们手持寒光闪闪的刀枪，走过来将这些叛贼们一个不留全部杀死。那些已经中了毒的人也给补上一刀。然后他们将所有尸体就地挖了几个深坑掩埋了。

此事的真相被严密封锁，吐蕃的百姓们只知道那些从前的头人们因暴乱被关押，然后又一起越狱出逃。他们的去向不明，有谣传道他们都逃往天竺国（印度）去了。

李忠夏被镇西王特赦，允许他隐姓埋名带着一个女儿过日子，但是他永远都不得在大明朝当官。李忠夏原来野心勃勃，甚为自负，经此打击后一蹶不振。他在抑郁中度过了几个月，终于撑不下去了，留下一封遗书投河自尽。遗书中他对自己的所作所为悔恨不已。他的女儿后由祖父李仁义抚养成人。

李忠夏的兄弟姊妹们并未受到任何牵连。他的母亲为了感激女皇和镇西王的恩德，领着全家老小一百余口发誓永不背叛大明朝。为了防止儿孙们忘了今天的这个誓言，她将家族中每一家的第一个孩子，不论男女，一律改姓庖，并将这一条变成了家族的第一条家规。也就是说，以后每家出生的第一个孩子必须跟着女皇姓。

吐蕃回纥自此风平浪静，再也没有发生过任何叛乱。这种稳定繁荣的局面一直持续了数百年，实为罕见。此是后话，略过不提。

镇北王的行宫。琼英刚到这里就被无敌一把抱住搂在怀里亲吻爱抚。她心里七上八下，有一件事不知该怎样向无敌开口。她刚刚去吐蕃看望过她的徒弟无双，给无敌带来了一个令人震惊的消息：祝永清在保护无双的恶战中被叛贼的毒箭射中，已经不治身亡了！

无敌觉察到琼英的心不在焉，问她道："阿姨你怎么了，是否身子不适？"琼英正被无敌肏得气喘嘘嘘，不过这事儿迟早是要说的。她搂住无敌的头，将嘴凑近他耳边，对他小声说了祝永清去世之事。

无敌呆住了，他将琼英阿姨赤裸的身子紧紧地搂在胸前，有点儿不知所措。他知道陈丽卿虽然跟了他，她心里还是极爱自己原来的丈夫的。她要是知道了这事，一定会心疼死了。无敌是最不愿看到妻子伤心的，他一直像爱他的琼英阿姨一样爱丽卿，不愿让她受任何委屈。

他心里明白，丽卿根本就不是个需要保护的女人，她聪明无匹且性格坚韧，各方面一点儿都不比自己这个镇北王差。丽卿对永清的爱可能有点儿像母亲爱自己的孩子，或许也有点儿像琼英阿姨对自己的感情。

其实在过去的这几年里无敌一直对祝永清嫉妒得要命。自己虽然将丽卿从永清身边夺走了，可是永清转眼间又得到了无敌的母亲扈三娘的宠爱。无敌深知自己的母亲成熟性感，是大明朝男人们的梦中女神。他可不愿意去想象他那风骚美艳的母亲被祝永清压在身子底下狂肏的情形。可是说不愿意是没用的，无敌有几次都在梦里见到母亲被永清狂肏。

祝永清的运气好得简直没边儿了，肏过无敌的亲娘后又被送到无敌的亲妹妹那儿，享受到了风流妩媚的无双的激情和温柔。无敌要是知道他心爱的琼英阿姨也曾被永清肏过一次，他一定会发疯的。

琼英对无敌说出了永清伤重不治之事后，心里松了一口气。她跪在地下，伸出两只玉手扶住无敌的屁股，开始用舌头温柔地舔允无敌的胯下之物。无敌一边享受着琼英阿姨的服侍，一边思量着该如何去宽慰他的爱妻丽卿。

琼英在他胯下的动作越来越快，脸上身上都冒出了汗水。无敌两腿间的那根大棒被她刺激得坚硬无比。他将她抓起来扔到床上，将自己的大棒从后面用力插进了她的早已溪水泛滥的桃花洞里。琼英大叫一声，身子在无敌的爆肏下颤抖不已。

丽卿是何等聪明之人，她一见琼英陪着无敌一起来到她的寝宫就知晓一定有大事发生了。她对琼英一直是心存感激的，要不是她奔走斡旋，自己和无敌永清之间的纠葛很可能会以悲剧收场的。永清后来得到女皇和镇西王的宠爱之事她都听说了，她很为他高兴：塞翁失马焉知非福，永清总算是得到了他日思夜想的女人。

不过永清的死讯还是让她悲哀不已：无敌猜得对，永清在她心里就像她的孩子一样。她并没有嚎啕大哭，只是默默地流泪。无敌走过来，当着琼英阿姨的面将丽卿抱在怀里亲吻她的脸。丽卿对他道："当初永清休我的时候，我央求他狠狠地打我，他死活不肯打。不知夫君现在能否满足我的愿望，狠狠地打我一顿？"

无敌想不到丽卿会提起这样的要求，不知如何回答。他看了看琼英阿姨，见她郑重地向他点了点头。真是两个聪明的女人啊，她们之间似乎心有灵犀。

无敌当然也不是傻瓜。他知道丽卿这是要向过去的她告别，同时也是对原来的丈夫永清的一种纪念。他给自己倒了一大碗烈酒，一口气喝完了。然后走过来一把抓住妻子丽卿，将她身上穿戴着的华丽的王后服饰用力撕破扯下，不一会儿丽卿就被他剥得赤条条地一丝不挂。无敌开始打她的屁股，掐她的乳房。丽卿一声儿不吭，任他施虐。无敌又用马鞭沾了水用力抽打她的脊背大腿和胳膊。

丽卿的身子不一会儿就被打得血肉模糊，乳房上屁股上都是青紫斑斑。无敌扔了鞭子，过来抱住丽卿，慢慢地亲吻她的全身。琼英两眼一眨也不眨地看着他们两个，感觉自己的胯下开始潮湿不堪。后来她也加入进去，和无敌一起温柔地亲吻着丽卿的身子。亲到丽卿两腿间时，她发觉那里早已是淫水泛滥了。

无敌挺起自己胯下的铁棒，开始狠狠地肏丽卿和琼英这两个女人。他一直在等待这样的机会，现在终于可以将他最心爱的这两个女人弄到一起肏了。其实他在刚刚结识丽卿时就有这样的梦想。现在他不由得心里感慨：上天虽然厚爱祝永清，但是待我林无敌也不薄啊。

镇北王林无敌控制着原辽国的广大地域，现在所有北面的游牧部落已经全部都归顺大明朝了。他因再无敌人可供他征伐，就请示女皇，要专门为大明朝训练骑兵，练好之后由朝廷再派去充实大明朝驻守在各地的边军。女皇扈三娘见北面的大草原确实很适合训练骑兵，而且无敌本人又擅长骑射，就准许了儿子的请求。

无敌已经训练好了两万精锐骑兵。其中一万是蒙古人，骑术特别好。另一万由契丹人金人和汉人组成。他还发现并提拔了两个年轻的将军，都是蒙古人。

这两人一个叫哲别，二十五岁，是个神箭手，摔跤和刀术也很不错。他曾经拜王后陈丽卿为师学武，并给她当了一年多的贴身侍卫。丽卿见他是个可造之材，怕误了他的前程，就送他回到无敌的军中效力。另一个叫速不台，才二十三岁。他性格坚毅，头脑冷静，是个大将之才。是无敌亲自从底层士兵中发现他的。无敌准备将他们两人和这两万骑兵一起送到妹妹无双那里，支援她即将开始的对花剌子模国的征讨。

琼英再过一天就要回东京去了，无敌有些舍不得她走。夜里两人搂在一起恩爱缠绵。琼英红着脸在无敌耳边说了几句话，无敌听了兴奋不已。那天琼英从头到尾观看了无敌鞭打折磨丽卿的过程，她被惹得心痒难熬，很想让无敌也来打她一顿。

无敌像爱自己的亲娘一般爱琼英阿姨，如何能想到她竟有这般心思？琼英只好自己开口说出来。无敌以前肏琼英时虽然动作粗暴，但是他从来没有想到过要对她施虐。琼英的这种特殊嗜好还是当年征伐西夏时，她被西夏驸马王平捉住强奸后沾染上的。除了王平夫妇外，只有徒弟无双知道她的这个秘密。她心里早就渴望着被无敌狠狠地凌辱肆虐一次。

晚上无敌满足了他心爱的琼英阿姨的请求，肏她之前将她狠狠地鞭打折磨了一顿。琼英被打得大声哭喊，嗓子都哭哑了。第二天琼英浑身疼痛，下不了床，只好推迟行程。无敌索性将她留下来多住了十来天，待身体恢复好了以后才将她送走。

这一天是整个西域大喜的日子。大明朝开国女皇扈三娘下旨为女儿镇西王林无双赐婚，将她嫁给原梁山泊头领金枪手徐宁之子徐晟为妻。徐晟因在吐蕃平叛中保护镇西王诛杀妖僧固始立了大功，已被女皇陛下任命为大明朝的平西大将军，隶属于镇西王。他父亲徐宁也被追封为大明朝的神武侯。女皇还特别开恩，将徐宁之女徐晟之妹徐慧娘正式封为仁德亲王皇兄扈成的王妃。

严格说来这有点儿乱。因无双是扈成的外甥女，按理她该称徐慧娘为舅母，这样妹妹徐慧娘就成了哥哥徐晟的长辈。不过大明朝囊括了原来的辽夏金宋四国，这样的事儿在辽夏金都司空见惯。由于朝廷的鼓励，各民族间通婚很普遍，互相影响之下，连汉人对此都见怪不怪了。

无双还不到三十岁，这是她的第三次婚姻。她当初嫁给大辽朔州守将萧万忠时还不满十五岁。萧万忠死后她为了稳定朔州局势又嫁给了萧万忠的儿子萧天龙。这两次婚姻都是她为了支持和维护母亲开创的大业而自愿献身的。虽说嫁的都不是自己的心爱之人，可是她也享受到了被男人爱抚征服乃至凌辱虐待的乐趣。

现在她真心喜欢上了徐晟这个人，两人如胶似漆，简直一天也不愿分开。本来扈三娘要将女儿接到东京，亲自为她举行婚礼，无奈无双已怀有身孕，不便远行。好在有父亲林冲在身边，哥哥林无敌也来了，这让无双的心里充满了温暖。

这次大婚最引人注目的是，除了无双外，还有另外一个新娘：女皇陛下将栾英也赐婚给了徐晟。到底是什么样儿的女人竟然和威震四方的镇西王同事一夫？这可是前所未有的稀罕事儿。栾英的名字很快就传遍了大明朝的各个角落，她成了无数少女少妇心目中的偶像。

想起徐晟替无双祛毒的情形，栾英禁不住脸红心跳不止，她那时就守在无双的床边。徐晟每次将坚挺的下体插入无双身子里时，栾英就闭上两眼，仿佛她自己的身体在承受着徐晟的欲火。她还跟着徐晟和无双的节奏大声呻吟，两腿间流出大量淫水。

栾英一直是无双最信赖的心腹，徐晟就是她发现并送到无双身边当贴身侍卫的。她已经被镇西王升为西域镇守使，接替了以前李忠夏的职位。她弟弟栾勇被任命为罗些城守备官兼兵马都监。可惜父亲栾廷玉和母亲乐大娘子年事已高，患病在身，不能前来参加这次盛典。

林冲一直住在无双的行宫里陪伴女儿。他处理好灵鹫宫的事情后就开始蓄发还俗，准备赶回东京与扈三娘相会。得知无双怀孕的消息后他才决定先留下来参加两个女儿和徒弟的婚礼。和三娘的相会日期只好再往后推了。

林冲此时正站在无双和栾英两个如花似玉的女儿中间，满面笑容地接受着吐蕃的文武官员和权贵们的道贺。徐晟立在一旁伺候。可惜三娘不在这里。

栾英依偎在义父怀里娇羞万分，却难掩心中的欢喜之情。让徐晟同时娶两女是林冲的主意。他在写给三娘的密信中提及此事，当然也替徒弟徐晟说了不少好话。想不到三娘大力支持此事，朝廷里的那些饱学鸿儒们对此也未有甚么异议。

三娘寻到林冲后放了心，正日夜盼着他来东京和她团聚。她心里还有许多不明白的事儿要问他。

镇北王林无敌没有料到这次能见到父亲林冲，他们父子十多年没见了。无敌长得高大强壮，又穿着镇北王的服饰，林冲几乎认不出他来了。和他同时拜见父亲的还有王妃呼延琮呼延玲两姐妹。这次王后陈丽卿因父亲陈希真病重前往东京去探望他，没有和无敌一起来。另一个王妃明月公主也住在东京陪伴她父亲赵桓（前宋朝皇帝）和祖父赵佶（太上皇）。

林冲微笑着拿出无双为他准备的礼物送给呼延姐妹，她们跪下谢过了公公。呼延琮因年纪较大，小时候就见过林冲。林冲也依稀记得她，向她问候了老相识呼延灼。呼延玲小时听父亲多次提起过林冲，称赞他为人忠厚，武艺超群。她好奇地盯着眼前这个充满传奇故事的男人看：这可是连女皇陛下都喜欢的男人啊。

哲别和速不台跟着无敌拜见了新的效忠对象镇西王林无双。他们是跟着那训练好的两万精锐骑兵一起来的。如果不出意外，他们将作为骑兵将领一起跟随镇西王出征，去讨伐那个遥远的花剌子模国。他们两个年轻气盛，在此之前他们心中真正佩服人的只有林无敌陈丽卿夫妇。今天一见无双，觉得她身上的帝王威严扑面而来，仿佛压得他们抬不起头来。

无双是驾驭精兵强将的高手。她一眼就看出这两个年轻人不同凡响，是可造之材。她勉励了他们几句，希望他们今后为女皇为大明朝建立不世之功。令哲别和速不台想不到的是，他们刚回到军营就收到了镇西王送给他们的礼物：是两个绝色美妇！哲别和速不台不禁感动得眼泪直流：镇西王真是个千载难逢的好君主啊。他们都恨不得立刻就去为她冲锋陷阵。

这两个美妇一个是图桑头人新娶的妻子赛亚，另一个就是他的女儿（李忠夏之妻）卡娜。她们因参与了叛乱，本来都在应被斩首的人犯之列。是栾英向镇西王求情免了她们的死罪。赛亚被镇西王送给了哲别，卡娜给了速不台。现在她们两个都脱离了罪人身份，这是她们所能期望的最好的结局了。

无敌带着妹夫平西大将军徐晟一起去校场上检阅他训练的两万骑兵。他因为有镇北王的身份又是无双的哥哥，故在徐晟面前以大哥自居。其实论年龄徐晟比他和无双还大了几个月。

无双的前两任丈夫无敌都不太喜欢，觉得嫁给他们太委屈国色天香的妹妹了。他知道那是无双为了母亲的大业所做的自我牺牲，他心里很替无双可惜可是也没有办法。现在这个徐晟却很对他的胃口，他为人直爽，人也长得英俊威武，配得上妹妹了。无敌和他相谈甚欢。

经过一番比试切磋后，徐晟对无敌的本事佩服得五体投地。无敌很早就当上了辽国国王，所以并没有太多的机会亲自去战场上杀敌。可是徐晟记得师傅林冲曾对他说过："徒儿你武艺虽然大成，不过比起常胜公花逢春和镇北王林无敌来还是要稍逊一筹，以后见了面可以多向他们请教。"

徐晟在无敌跟前使了一回自己拿手的钩镰枪，请他指教。无敌看了道："贤弟，你这钩镰枪好像是步兵用来专门对付骑兵的。若训练得当，定会成为骑兵的克星。你回去可向镇西王建议，专门抽出两万步兵教他们使这钩镰枪，到时或许能在征讨花剌子模的战场上立下大功。"

徐晟道："兄长说得是。我也听师傅说起先父曾用这钩镰枪大破铁甲连环马。那花剌子模国听说盛产良马，他们的骑兵应该十分厉害。若能有训练有素的钩镰枪手，再加上我军的火炮优势，定能大破敌军。"两人又商议了诸多细节，准备回去后向镇西王提出训练钩镰枪步兵的建议。

徐晟最近不仅命犯桃花而且官运亨通，他差一点就被荣华富贵和两个美艳风骚的娇妻迷得昏了头。不过他不是个轻浮之人，很快就清醒过来了。现在朝中羡慕嫉妒他的人很多，真正佩服他的人却屈指可数。他自己必须加倍努力，为大明朝立下大功，这样才能对得起师傅的栽培，对得起女皇陛下的恩典和两位娇妻的深情。

镇西王听了哥哥无敌和丈夫徐晟的建议大喜。她立刻传旨抽调两万步兵，交给平西大将军徐晟统领，由他教授训练这钩镰枪法。

无双对父亲林冲的生活照顾得无微不至，她安排父亲住在自己的行宫里。从起床洗漱更衣到早中晚膳，都由她指派的贴身侍女精心伺候。每晚睡前还有美貌的丫鬟来服侍他香汤沐浴，然后揉搓按摩全身以消除日间的疲劳。林冲曾对无双抱怨道："你要将为父惯成个昏庸的帝王了。"无双只是笑而不语。

这天梁山故人关胜来访。关胜的两个儿子都在无双麾下为将，林冲和他一起叙旧，相谈甚欢。晚膳时林冲开怀畅饮，大醉，被侍女扶回房里睡了。半夜时分，林冲醒过来，发现有一赤身裸体的女子正搂住他亲吻他的身子。林冲料定这女人定是无双送来的："无双这丫头太过分了。"

突然间，林冲全身僵住了，因为他闻到了那久违了的体香。他张口结舌地问道："你是三……三娘？"回答他的是三娘印在他脸上的火热的红唇。林冲咕咚咽下一口吐沫，伸手要去抱三娘，浑身却抖个不停。三娘嚎叫一声，扑进他怀里。不一会儿，两人的肉体纠缠在一起，泪水汗水交流，呻吟之声不断。

原来女皇扈三娘在东京等不及了，恨不得马上就见到林冲。她命左丞相武文理主持朝廷大局，英武亲王琮英担任监国重任。她自己匆匆收拾行装，带上随从化装成商人前往吐蕃而来。好在大明朝自开国以来风调雨顺，天下太平，百姓们安居乐业。

女皇有穿着便装的精锐禁军护驾，又是秘密出行，一路上的安全应该没有什么问题。

她白天就悄悄地见到了女儿无双，让她瞒着父亲，晚上好给他一个惊喜。她和林冲久别胜新婚，在床上恩爱缠绵许久才睡下。第二天天已大亮，三娘和林冲还在床上搂抱在一起卿卿我我，互诉衷情。侍女们早得无双的吩咐，不来打扰他们。

三娘问起林冲为何不来找她，为何要去出家当和尚？林冲红着脸支吾了一阵，只得以实情相告。原来除了替慧觉大师完成清理门户的重托之外，这其中还有隐情。

当初三娘去辽国打天下，林冲心中十分为她担忧。他日以继夜地专心修炼慧觉大师传授的佛门功法，只想早日治好吐血之疾然后去助三娘成就大业。皇天不负苦心人，他只用了三年半时间就将身上的顽疾治好，再不复发，比当初估计的时间提前了一年半。这时三娘正以辽国护国大元帅的身份出使金国，金国皇帝完颜明垂涎她的美色，将她软禁在金国的国都。

林冲得知后心急如焚，他想潜入金国，以自己的超群武艺杀掉完颜明，协助三娘趁乱逃回辽国去。没想到还未联系上三娘，就传出了三娘要嫁给完颜明做皇后之事。

林冲心中极爱他的三娘妹妹，若三娘和其他男人相好他都会默许的，只要三娘自己高兴就行。可是三娘要嫁给完颜明却让林冲伤心吃醋了。这都是因为完颜明年轻英俊，又是雄心勃勃的金国皇帝，或许他还真的能一统天下。林冲扪心自问：莫非完颜明才是三娘的命中之人？和完颜明比起来，林冲觉得自己配不上三娘。他心中除了悲哀苦涩，就剩下了酸楚。

完颜明和三娘大婚之日，林冲成功地潜入皇宫，藏在皇帝寝宫的屋顶上。那天晚上他揭开屋顶上的一片瓦，看到了完颜明是怎么狂肏他心爱的三娘妹妹的。看着看着林冲不由得妒火中烧。

完颜明胯下那根巨棒往三娘身子里每戳一下和三娘的每一声欢快的呻吟，都会令林冲心如刀绞。他几次都想出手杀了完颜明。可是一想到三娘可能是真心爱完颜明，他怎能忍心杀了三娘妹妹的心爱之人，让她痛苦伤心地过一生？最后他只得一个人满怀辛酸和无奈悄悄地离去。

回到杭州六和寺后，他悲伤不已，遂有了轻生之念。慧觉大师知道林冲为情所伤，对他悉心照料，时时开导劝解他，终于让他恢复了自信。后来完颜明死了，三娘成了大明朝的开国女皇。林冲这才看清楚，三娘嫁给金国皇帝实为救国救民舍身赴义之举。自己鼠目寸光，竟怀疑三娘对他的真情，实在有愧于三娘。

正当他准备去和三娘相会时，慧觉大师病危。林冲心里感激慧觉大师为他所做的一切，遂答应他暂时剃度出家，去吐蕃为师门清理门户。谁料到吐蕃的头人和僧侣们图谋不轨，清理门户和保护女儿无双这两件极为复杂的事情互相纠缠在一起，林冲花了好几年的时间在吐蕃追踪探查灵鹫宫的秘密和叛贼们的阴谋。直到现在他才和三娘团聚。

三娘听了林冲所言，半晌做声不得，想不到背后竟有这许多料想不到的隐情。她后怕不已，不免责怪自己当时有许多事未与林冲说明。若金国皇帝完颜明那天死在林冲之手，她精心策划的大计定然受挫，天下不知有多少人会丧生于战乱之中。

幸亏上天保佑，林冲哥哥没有冲动行事。现在终于再度团圆，三娘抱住林冲泪流满面。两人大哭大笑，到后来两人又重新地投入到激烈的男欢女爱之中。

良久，林冲和三娘正要起床，忽觉床上多出一人。定睛看时，却是无双。她钻进三娘和林冲之间，一手抱着爹，一手搂住娘，道："女儿这里给爹娘道喜了。"

三娘和林冲大战方罢，两人都是赤裸裸地一丝不挂，身上的汗水还未干，被无双臊得满脸通红。不过无双的到来让他们想起了多年前他们一家四口隐居在杭州城外的幸福日子，心中充满了温馨。三娘见无双身上只披了一层薄纱，成熟诱人的娇躯展露无遗，两个乳头和胯下的芳草丛时隐时现，遂在她屁股上打了一巴掌，喝骂道："这么大了还不知害臊。快给我出去，我和你爹也该起床了。"

无双哈哈大笑，先在爹爹脸上亲了一下，又双手捧住娘的丰乳吸允她那红红的乳头，然后才笑着下床离去。此刻的无双一点儿都不像那个在臣子面前威严无比的镇西王。

昨夜林冲和扈三娘在床上的动静甚大，无双心里好奇。她忍不住悄悄过来，躲在门外偷听了好一会儿才回去睡觉。

三娘待要起身下床，却被林冲按住了。三娘朝他胯下一看，只见一柱擎天，惊叫道："你怎地这么快就想要了？"林冲刚才被女儿的娇躯诱惑，心里有苦自知。他也不答话，分开三娘的两条美腿，将胯下之物扑哧一声直捅进去。三娘舒服得大叫不止，两人之间又是一场大战。

末了在三娘的追问下，林冲才将修练那佛门功法的额外好处说与三娘知晓。三娘听了大喜，搂住她的林冲哥哥亲个不停。

林冲不知道三娘心里正做着美梦：林冲哥哥既有此能耐，我定要将我那几个好妹妹都拉来。大家一起过岂不快活！

三娘忽然想起了阮文君的身世，就开口向林冲打探。果不其然，阮文君确实是三娘亲舅舅的女儿，小时候林冲还向她传授过林家祖传的枪法。林冲得知三娘还有亲人在世，心里亦是高兴。

晚上镇西王在自己的行宫举行家宴。林冲领着女婿兼徒弟，平西大将军徐晟过来拜见了女皇陛下。

对徐晟来说，这个传说中的大明第一美妇有三重身份：她既是至高无上的女皇，又是亲切和蔼的岳母，还是成熟风骚的师娘。徐晟见了三娘，暗道："她竟是如此美艳风骚，怪不得她能生下镇西王这样的女儿来。"

一同前来的栾英这时早已扑过来抱住了三娘。三娘用手抚摸着栾英的胸脯，附耳对她道："一年不见，长得这般大了。"栾英的脸立时红了，将头埋进三娘的怀里。

三娘笑着对徐晟道："我女儿性子太刚，不过好在还有这个温柔如水的栾姑娘。你以后受了无双的气可来找我，我给你做主。不过你可不能欺负栾姑娘啊。"徐晟连忙躬身答应，栾英羞得不敢抬头看他。

这时无敌带着呼延琼呼延玲姐妹到了，还有无双的女儿萧天凤和儿子萧天鹰也被侍女们领进来了。萧天凤都十三岁了，生得跟她娘无双小时候一样美。萧天鹰只有七八岁，还是个虎头虎脑的小孩子。他们姐弟俩被呼延姐妹一人一个搂在怀里。

一家人在一起互叙亲情，其乐融融。

欲知后事如何，且听下回分解。

第二十八回：悠悠帝王风流事，拳拳赤子报恩心

无敌在妹妹镇西王这里因闲着无事，白天一般去校场操练军士，或者和妹夫徐晟交流些带兵打仗的经验,每天晚上则和哲别速不台几个部将们一起饮酒作乐，。他偶尔也去陪父母亲和妹妹说说话儿。这天他来到无双专门给父母亲在行宫里安排的住处，欲向他们请安问候。不巧父亲林冲去拜访老相识关胜未回，母亲扈三娘也去了无双那里。

无敌信步走到妹妹无双的寝宫前，站在门口守卫的女兵们见是镇北王，欲进去通报。无敌道："不必通报了，我自进去和母亲妹子说话。"女兵们不敢阻拦，退在一边放他进去。无敌进去一看，屋子里面香雾弥漫，热气腾腾。

只见地下放着一个半人高的大木桶，三娘和无双两人都脱得赤条条地坐在木桶里面，旁边还有几个美貌侍女在伺候着她们香汤沐浴。无敌顿感尴尬，进也不是退也不是，只好将手遮住眼睛，红了脸向母亲和妹妹问候。

三娘笑着对无双道："这不是那个荒淫无耻的镇北王吗？"无双也来取笑哥哥，道："听说他在领地里专门建有一座逍遥宫，里面藏着上百个美女供他每晚淫乐呢。"她们心里当然清楚，无敌的荒淫无耻的名声都是他自己故意造成的，为的是好让妹妹无双顺利地接掌母亲的皇位。

无敌知道三娘和无双在和他耍笑，也不去分辩，只是尴尬地立在那里。三娘挥手让侍女们都退下，对儿子无敌道："我们娘儿三个很久未在一起了，你也脱了衣服进来洗洗吧。"

无敌简直不敢相信自己的耳朵，呆在那儿一动也不敢动。无双乐得咯咯直笑，对他道："哥哥你快点儿脱啊，莫非还要妹子我来帮你不成？"无敌听了这话，只好脱光了衣服，赤身跳进木桶里，脸涨成了酱紫色。

三娘道："我儿快来，帮娘搓搓后背。"说罢不理无敌，只和无双两个闲话起来。无敌坐到母亲身后，伸手开始帮她搓洗背部。无双也像没事儿人似的，看也不看无敌，只顾和母亲说着话儿。

三娘的皮肤被热汤泡得微红，更显得粉嫩娇柔。无敌两手给她轻轻地搓着背，胯下之物却不受控制地硬了起来。他害怕被母亲发觉，心里扑腾扑腾直跳。搓完了背三娘又叫他帮着搓洗胳膊，腰部，胸脯，小腹，连股沟和大腿内侧也不放过。三娘倒是舒服了，却将无敌累得满头大汗。他心里那些龌龊的想法也不知跑哪儿去了。

无敌正待喘口气，无双招手对他道："哥哥你给娘搓完了，该轮到给我搓了。"无奈之下，无敌只得又去给妹妹无双搓洗身子。无双也是个绝美少妇，她那诱人的娇躯在无敌眼前晃动，害得他心猿意马，丑态百出。

无双的手无意间碰到了哥哥胯下那根硬邦邦的东西，遂一把握住，对三娘道："娘，你看哥哥果然不是个好人，竟对自己的妹妹起了歪心思。"一边说一边用另一只手掐无敌的屁股，掐得无敌嗷嗷直叫。

三娘笑道："好了好了，不要再逗你哥了。让他去吧。"无双松了手。无敌这才如蒙大赦，跳出木桶，穿上衣服慌慌张张地逃走了。三娘和无双在他身后大笑不止。

回到家中，呼延琼呼延玲两个王妃正等他回来用膳。见他神色慌张，忙近前探问："夫君从哪儿来，为何这般模样？"

无敌心里窝着一团火，也不答话，将她两人抱住，一边一个夹在肋下。进了卧室往床上一扔，伸手就将她们下身穿的裙子衣物扯掉，开始猛肏她们姐妹俩。呼延琼呼延玲早就习惯了无敌的荒淫行径，也不多言，只是配合着他的节奏呻吟着。

无敌肏着呼延姐妹，心里想着的却是风骚的母亲扈三娘和妖艳的妹妹林无双！她们俩绝美的脸庞和迷人的娇躯在他心里闪过，让他兴奋不已。他抱住妹妹呼延玲，张嘴用力舔允着她的嫩乳头儿，那胯下之物却插在姐姐呼延琼的两腿间大力抽动。约莫过了半个时辰，无敌大叫一声，浑身剧烈颤抖，瘫软在两个女人身上。

无敌没有看到，就在他去见母亲和妹妹之前，她们母女两个刚刚搂在一起痛哭了一场。哭的是她们共同的男人祝永清。一直哭得两人的衣服全被泪水湿透了，因此才脱了衣服，叫侍女们来伺候她们香汤沐浴。

女皇扈三娘在吐蕃期间和女儿镇西王一起完善了大明朝对花剌子模国的征讨计划。花剌子模和大明朝控制的最西部地区还隔着好几个小国。这几个小国当然也在征讨计划之内。扈三娘决定由镇西王林无双担任征讨大军元帅，张节为副元帅，统领十万兵马居中路。岳飞为北路军先锋统领五万兵马，速不台哲别为北路军副先锋。林无敌为南路军先锋统领五万兵马，花逢春徐晟为南路军副先锋。

各路大军正加紧往西部地区集结，待女皇回到东京后再正式向花剌子模国宣战。安排好西征之事后，三娘启程和林冲一行赶回京城。林冲扮作侍从跟在女皇身后。三娘本来要给他封个侯爵，他拒绝了，三娘深知他的为人和性情，也没有强求。

西部通往中原地区的好几条官道，经过大明朝这几年举国上下的努力修缮，已经全部畅通。三娘一行不到两个月就回到了京城。她怎么也没想到，有一个天大的喜讯正在京城里等候她。

金花亲王花忆春自任高丽节度使后，将高丽地区管理得井井有条。她同时还是女皇委任的负责辅佐镇东王完颜丽荣的太傅。镇东王的领地包括原金国的全部疆域和整个高丽地区，镇东王府暂时设在原高丽国的都城，离金花亲王府不远。因完颜丽荣年龄还小，军政大事都须依赖花忆春。因此花忆春成了为大明朝掌管东北部地区的第一权臣。

最近高丽沿海一带有几次被海盗侵袭。花忆春对此十分警觉，她派了许多细作去沿海收集情报，查出那些海盗是从日本国过来的。后来有一艘日本船被俘获，却不是海盗船，而是从日本逃出来的，船上有个女人自称裕子公主，是日本国后川天皇的姐姐。

裕子公主是来向大明朝求救的。据她说，日本现在有好几个势力强大的将军，他们时常欺辱天皇。最强的那个将军叫做高仓崇德，控制了京都和附近的地区。他生性残暴，杀人无数，而且经常污辱皇室的人,皇室的女人们上自太后下至皇妃公主都被他强行“宠幸”过。

他甚至要强迫天皇将他自己和一个皇妃生的儿子立为皇太子。后川天皇忍无可忍，暗地里派他姐姐裕子公主和几个侍从乘船来向大明朝求救，希望女皇陛下发兵日本，剿灭高仓崇德。谁知半路上公主的船只遭遇大风，被吹到高丽来了。

花忆春吩咐女兵将裕子公主带下去好生安置，然后给女皇上书禀报此事。不过她知道现在女皇正忙着征讨花剌子模国之事，恐怕一时无暇顾及日本国。她觉得日本国将来可能是危及大明朝的一个祸害。按照女皇的一贯战略，凡是可能的祸害都要尽早铲除。

她将幕僚们找来商议，看是否有办法能够用极少的兵或者干脆兵不血刃就为女皇陛下拿下日本国。和裕子公主同船来的有好几个天皇的亲信大臣，他们对日本国的情况和各个将军们的势力都十分了解。花忆春请他们给自己的幕僚们介绍了所有情况。

这几年虽无战事，高丽地区还是保留有正规军十五万，其中一半是从原高丽军队中挑选出来的，另一半是花忆春从中原带来的。这天她正陪着镇东王完颜丽荣在校场上观看军士们的操练，有两个年轻的将官引起了镇东王的注意。一个叫金蝉子，是已故左元帅忠义王完颜兀术的儿子。另一个叫岳云，是右元帅武德公岳飞的儿子。他们两个之间的摔跤比赛十分精彩，引来了大批围观的军士和百姓。到最后还是金蝉子技高一筹，将岳云摔倒在地获胜。

完颜丽荣虽然还不到十二岁，但是她自小受到女皇的精心调教，行事颇有母亲扈三娘和大姐林无双的风范。她将获胜者金蝉子叫到跟前，取下自己佩带的一柄短剑，将它赐给了金蝉子。这柄短剑原是女皇送给女儿的，十分珍贵。花忆春见镇东王赏赐金蝉子，也开口对他勉励了几句。她还伸出芊芊玉手给他擦了擦脸上的汗。金蝉子激动不已，跪下谢过了镇东王和金花亲王的恩典。

谁都不曾注意到，这件事儿在岳云心里造成了极大的冲击。他从小受祖母和父亲的影响，凡事争先，未免养成了高傲冷漠的性情。可是近年来他屡屡被金蝉子压在头上，受尽了“屈辱”。完颜兀术和岳飞两人多次在战场上交锋，互有胜负。到了儿子这一辈，金蝉子似乎天生是岳云的克星。

金蝉子和岳云同年，在父亲去世后即被女皇收为养子。他生得高大英俊，很得女皇的喜爱。三娘当年设立的女皇书院已经扩大了许多倍，并在各地都建立了分院。书院设置了文武工商农牧等多个科目，为国家培养各类人才。不仅招收贫苦学子，还招收功臣们的弟子。金蝉子和岳云都进了女皇书院。

金蝉子读书出类拔萃，时常得到先生们的夸奖。后来学习兵法武艺他也样样胜过岳云。岳云心里早就憋了一口气。女皇陛下定期将在女皇书院学武的孩子们分批送到边军中历练，金蝉子和岳云都被送来高丽，编入了花忆春的军中。

来到高丽后，岳云见到了闻名已久的高丽节度使花忆春，惊为天人。花忆春因为岳飞的关系，待岳云极好，衣食住行上都十分照顾他。他不知道这个美貌的节度使大人和父亲岳飞是那种关系，刚一见面就被她迷得神魂颠倒。到后来更是情根深种不可自拔，几乎夜夜都会梦见她，和她搂抱在一起亲热。

在军营里他和金蝉子住在一间屋里，他们虽然私下里是竞争对手，表面上却相处得不错。两人交谈时岳云得知金蝉子竟然也迷上了花忆春，觉得很不是滋味。现在他见花忆春亲自给金蝉子擦汗，心里升起了一股妒意。

花忆春晚上睡不着，就叫女兵去将金蝉子请来，她和他一起去军营外闲走，边走边说些闲话。说着说着两人就搂在了一起，跟在身后的女兵们赶紧回避。花忆春是过来人，金蝉子生得高大威猛一表人才，对她这样的成熟女人有着致命的吸引力，花忆春情不自禁地张开两臂投入了他的怀抱。

金蝉子也极为喜欢花忆春这样性感美艳的少妇。两人脱光了衣服，就在野地里大战起来。花忆春两腿间被金蝉子粗大的下体捅得十分舒服，忍不住大声浪叫。这一切都被暗地里跟踪金蝉子的岳云看在眼里。刚才女兵来叫金蝉子时他就心里起了疑，遂起身偷偷地跟在金蝉子后面。

看着自己心爱的女人和别的男人亲热，这个男人还是他心目中的对手，他的心在哗哗地淌血。看了一会儿，实在看不下去了，他转身悄悄地溜走了。他来到军营边的一座山上，坐在一块大石头上一动不动地发呆。就这样儿一直坐到第二天傍晚。

“岳云，你一个人在这里呆坐着干什么？”忽地背后有人说话，岳云下了一跳，回头看时，却是他心中思念的节度使大人花忆春。他第一次和花忆春单独在一起，紧张得结结巴巴地说不出话来。

昨晚岳云偷窥花忆春和金蝉子时离得很近。他起身离去时有些响动，被金蝉子和花忆春听见了。金蝉子待要声张，却被花忆春用手捂住了嘴。岳云走远后，花忆春问金蝉子那是谁，金蝉子道：“看背影像是岳云。”花忆春听了没支声。她和金蝉子还没有完全尽兴，因为岳云的打扰，她也没了心思。他们草草地穿上衣服回去了。

第二天下午金蝉子来求见花忆春，他道岳云失踪了。昨晚岳云就没回房歇息，今天也未去校场操练，一直到现在都不见踪影。金蝉子害怕岳云出什么事儿，就来向花忆春禀报。花忆春见金蝉子脸色不定，似有隐瞒，就追问他详情。金蝉子红着脸，吞吞吐吐地说了岳云在暗恋花忆春之事：他好几次都在睡梦中呼叫她的名字。花忆春这才恍然大悟。

花忆春知道岳云是个沉默寡言但自尊极强的人，他的天赋和他父亲岳飞不相上下，若调教好了定会成为大明朝的一员出色的武将。近来自己公务繁忙，可能对他关心得不够。她派出侍卫四处打听岳云平时常去的地方，最后寻到这座山上。远远地看见岳云一个人坐在那里，她心里松了一口气，吩咐侍卫们离去，自己走近前来向他问话。

岳云看到花忆春关切的眼神，心里一阵委屈，眼泪止不住地往外流。花忆春想起自己和他父亲岳飞之间的恩爱，心里一软，遂上前来将他的头搂住贴在自己怀里。岳云忍不住大哭起来，眼泪将花忆春胸前的衣服都湿透了。

待他哭够了，花忆春将他带回自己的金花亲王府。一起用过晚膳后，她开始给他讲一些过去的事情。她先讲了岳云的父亲和祖母早年被马贼掳去，祖母夜夜受到马贼的奸淫侮辱，岳飞为救母亲独自和众多马贼力战，被打得遍体鳞伤，几乎残废。又讲了她如何将岳飞母子从马贼巢穴里救出来，治好伤后送他和母亲过江去南宋投军。后来岳飞在南宋军中为将，射杀了金国皇帝，升为元帅。后又遭到南宋皇帝的猜忌，险些被当成叛贼杀害。女皇扈三娘统一辽夏金宋四国之后，不记岳飞杀死自己丈夫的深仇大恨，重用他为大元帅去征讨高丽国，最后得胜回朝，被封为大明朝的武德公。她还特别提到岳飞的母亲在儿子小时候就给他背上刺了“精忠报国”四个字，后来又加上了“不负女皇”四个字。

岳云听着这些事儿，惊呆了。他以前只知道父亲为朝廷征高丽立了大功，根本不知道原来还有这么多曲折的故事。父亲背上刺的那八个字他是见过的，他也知道花忆春给他讲这些的用意：比起父亲和祖母所遭遇的种种劫难，自己受的这么一点儿委屈根本不值一提。作为一员武将和功臣之子，自己更应该振作起来，为女皇为大明朝冲锋陷阵，赴汤蹈火。

他在花忆春面前跪下，道：“岳云有一事恳请节度使大人依允。”花忆春问道：“何事？”岳云道：“请大人在我背上也刺下‘精忠报国，不负女皇’八个字！”

花忆春点头笑了：果然不愧是岳大哥的儿子。她叫岳云脱光了身子趴在自己的床上，她亲手在岳云背上刺下了那八个字。末了她将岳云搂在怀里，在他前额上亲了一下。第二天，花忆春将金蝉子和岳云一起叫来，让他们俩相对拜了八拜，结为异姓兄弟：有福同享，有难同当，为大明效力，为女皇争光。

女皇扈三娘刚回到京城就看到了高丽节度使花忆春送来的紧急奏章。里面详细介绍了日本国的情况，并分析了用较少兵力夺取整个日本国的可行性，后面还有她的幕僚们制定的详细计划。三娘看了大喜。这个计策太完美了，简直可以和她自己当初谋划夺取金国的计策相提并论。

三娘顾不得歇息，紧急召见左丞相武文瑾和在京的文武高官们商议此事。看了详细计划的官员们都认为此事可行。三娘批准了这个计划，并下旨授予花忆春全权来施行此项大计。现在大明朝兵强马壮，特别是水师的战船上已配备了新造的火炮，就是计划失败也不惧任何外来的侵扰。尽管花忆春不需要朝廷的军援，三娘还是抽调了一百艘装备了最新式火炮的中型战船给她，加上高丽原来就有的水军，对付那个日本国应该没什么大问题了。

其实再巧妙再周密的计策施行起来都可能遇到完全料想不到的困难。不过高丽节度使花忆春掌控全局的能力早已得到了朝廷的认可，她当年征伐高丽时所遭遇的艰难险阻和取得的巨大胜利在大明朝都已家喻户晓，有些故事还被搬上戏台传唱。尽管如此，女皇还是亲自下旨给高丽的所有州府以上的高级官员，令他们竭尽全力协助花忆春成此千古奇功，到时朝廷会论功行赏，配合不力者将会受到最严厉的惩处。

三娘征服日本国的目的除了要为大明朝消灭一个潜在的敌国外，还有一个原因是近来有一个谣传：南宋皇帝赵构和他的随从们就藏在日本国。三娘不认为赵构有能力回到大明朝来搞复辟，但是任何威胁到大明朝的长治久安的因素都是三娘所不能忍受的。与其留给后人去消除这种威胁，不如现在自己来做这件事，这样可以一劳永逸。

处理好这些公务后，三娘才回到自己的寝宫，这时天都黑了。琼英和天寿一起出来迎接她。她们日夜思念三娘姐姐，见了她后就和她抱在一起大哭了一场。三娘郑重地感谢了琼英妹妹为她担任监国之职，琼英红着脸笑了笑。天寿妹妹道："姐姐，你那个心爱的林冲哥哥呢？快请来让我们姐妹见一见。"

三娘这才将林冲拉过来见过她的两个好妹妹。其实林冲征辽时就见过天寿公主，征田虎时还和琼英交过手，只是没有深交而已。各人施礼相见，坐下叙话。天寿令宫女们摆下美酒珍肴，给三娘和林冲接风。晚膳后三娘忽然兴致高昂，吩咐宫女们预备热汤，她要和妹妹们一起香汤沐浴。林冲欲起身告辞，却被三娘拉住不放。

天寿妹妹早知三娘之意，她想让林冲早日融入她的大家庭。天寿从来都是唯三娘之命是从，遂过来嘻嘻哈哈地拉住林冲，帮他宽衣。林冲也不愿违了三娘的意愿，只得让天寿将他脱光了。天寿跪在地下开始用嘴吸允林冲的胯下之物。

站在一边的琼英却羞得满脸通红。林冲是无敌的爹，她和无敌情投意合，怎能再与林冲有瓜葛？不过她从来没有跟三娘姐姐坦白过自己和无敌的奸情，这个时候却无论如何没脸开口跟她说此事。

三娘要是知晓琼英和儿子之事，定不会强求她。她见琼英脸红的像大姑娘上轿一般，只道她是害羞，遂过来强行按住她剥光了衣裙，将她赤裸的身子抱进了那个盛满了热气腾腾的香汤的大木桶。这时天寿已将林冲胯下那东西吸允得一柱擎天，然后将他也推进木桶里和琼英抱在一起。

琼英暗叫："罢了。我是死活都不愿离开三娘姐姐的，如今只好老着脸皮，不识羞耻一回了。"心里想通后，她变得大方了，回身搂住林冲亲吻。林冲生性腼腆，不过被这么个美貌的成熟女人撩拔，就算是神仙也会色心大起。林冲压在琼英白嫩娇柔的身子上，不由得欲火腾升，将她狠狠地肏起来。琼英一边浪叫，一边在心里将林冲和无敌的那方面相比较，竟是各有千秋！天寿和三娘也抱在一处互相舔允，一时间乳波臀浪交汇，莺声燕语相和，蜜汁淫水飞溅。

好一幅荒淫帝王行乐图！

第二日早朝，女皇扈三娘几个月以来第一次和全体朝廷官员们见面，接受他们的问候和祝福。随后不少官员送上以前积压下来的重要公事奏章，女皇一边和大臣们商议，一边批阅奏章，或准许或驳回或压下等以后再议。

前一阵子琼英监国时，只要不是燃眉之急，她一般是将事情压下等女皇回来，自己不作决定。朝廷的大臣们心里当然不敢小视她，不过在上朝时多少也抱着些欣赏大美女的心态。如今女皇回来了，虽然她也是个天字第一号的大美女，大臣们的心境却又不同。他们都觉得心里有了依靠，松了一口气。这些年来女皇的威望使得他们当中某些人产生了依赖的心理，或者说养成了一切等女皇做主的懒惰。三娘对此极为痛恨也有一点儿恐惧，她时不时要抓一个不作为的大臣出来痛斥一顿，好让其他人警醒。

对于女皇陛下的个人操守，大臣们心里也有自己的评价。女皇性欲极强，男女通吃，这些他们都是有耳闻的，虽然没有人敢公开议论。女皇嫁过两个丈夫，前一个丈夫是杀人放火的强盗，后一个也是屠杀了无数大宋军民的金国皇帝，她的四个儿女也是和不同的男人生的。这些原本会在那些饱学大儒们的眼里成为天大的污点和耻辱。

奇怪的是，黎民百姓和那些跟着女皇打天下的士兵军官们却不在乎这些。不但如此，他们反倒对此欣赏羡慕，引以为荣。总之，女皇给他们带来了太平盛世，女皇个人的所有行为他们都会表示理解，同时绝不容许任何人非议。刚开始时有几个食古不化的酸文人写书著文，对女皇的品行有所讽刺和嘲弄。不出几天，他们就被一伙“暴徒”揍得鼻青脸肿，他们写的东西都被付之一炬。连家人和父母都站出来呵斥他们，威胁着要与他们一刀两断。

渐渐地，所有的文人们都认清了现实：决不可对这个得到百姓们衷心爱戴的女皇有所不敬！

清晨。琼英一个人躺在女皇寝宫的御床上，伸了一个懒腰。三娘已经起床上早朝去了，天寿也跟着去伺候，林冲可能在院子里练武（他每天都如此）。昨晚她们三个和林冲又是一场香艳无比的大战，后来琼英累得都虚脱了，也不记得那场大战是怎么收场的。

琼英穿好衣服出了寝宫一看，林冲果然一个人在院子里打拳。只见他在一大片空地上翻腾跳跃着，动作灵活矫健，恰似疾风又如闪电，一点儿都不像一个已经年过六十的老人。琼英来了兴致，娇叱一声，冲上前和林冲对打起来。

年轻时琼英的武艺很好，即使扈三娘也打不过她。可是最近这些年来和三娘比试时却被她稳压一头，每次都是琼英输。她追问三娘其中的缘故，三娘总是笑而不答。有一次趁三娘喝醉了，琼英软磨硬泡才从三娘那里打听到，是因为林冲哥哥传授了许多本事给她。

琼英心里还是不服。林冲在征田虎时跟她交过手，虽然兵器上比她强，可是最后还是脸上挨了她一石子，败下阵去。自从嫁给张清后琼英觉得自己武艺大进，即使兵器上应该也不惧林冲了。今天有这个机会和林冲交手，琼英振作精神，拿出了全身的本事来对付他。不过林冲一味闪避，并不向她进攻。琼英气了：竟敢看不起我。她步步紧逼，险招频出。

打着打着琼英不禁感到沮丧，原来自己和林冲差得这么远，根本攻不破林冲的防守，连他的衣角也没碰到。琼英身子乏力，口里娇喘不止，汗水将衣服都湿透了。

她不由得使出了无赖的打法：就是将自己的敏感部位，比如胸脯，送上前去，然后趁林冲愣神时出拳偷袭。

后来林冲的肩膀上挨了一下。因为他不得不挨这一下，他分明看见琼英眼里的泪花了。紧接着，林冲的胳膊上背上腿上不断中招，琼英越打越兴奋，越打越忘乎所以。林冲的拳脚也开始往琼英身上招呼，当然是小心翼翼恰到好处地招呼。

“嘶啦”一声，琼英发现自己胸前的衣服被私下一大块，露出了白嫩嫩的一团肉。不过这却怪不得林冲，是她自己将胸部送上去的。她想停下来回去换衣服，可是林冲开始进攻了，逼得琼英不得不招架。林冲的拳头虎虎生风，琼英一时手忙脚乱。打到后来她筋疲力尽，干脆两眼一闭，站在那里不动了。

只听得“嘶啦”“嘶啦”响成一片，琼英感觉浑身凉飕飕的，睁开眼睛一看，发现自己已经被林冲剥成了一只赤裸裸的大白羊！她“嗷”地一声怪叫，扑进林冲的怀里。两人紧抱着滚进了草丛里。

“好哇，总算逮住你们两个奸夫淫妇了！”琼英大惊失色，抬头看时，却是天寿和三娘笑吟吟地站在那里看着她和林冲。林冲倒没什么，她自己可是赤裸裸地一丝不挂啊。

琼英脸涨得通红，也不答话，冲上去就想撕扯三娘和天寿的衣服，却被她们两个抓住了两手动弹不得。她们两个一人抓住琼英的一只手和一条腿，哈哈大笑地抬着她向林冲走来。琼英的大腿被三娘和天寿掰开，两腿中间被一篷芳草半掩着的桃花溪正对着林冲。琼英现在是叫天天不应，叫地地不灵了。她开始后悔了：自己都四十多岁的人了，干嘛还跟小女孩一样跟林冲斗气啊。不及多想，扑哧一声，林冲的胯下之物已经捅进了她的身子。

镇东王完颜丽荣做完了太傅花忆春留下来的功课后，两个侍女给她按摩了一会儿，然后扶着她去床上歇息。太傅说她已经长大了，应该学着一个人自己睡了。记得刚来高丽时每天晚上她都是搂着花忆春在一个床上睡的，她很怀念花忆春赤裸裸香喷喷的身子，那时的日子多好啊。

不过她继承了母亲坚强的性格，也明白自己肩上的重任。白天除了读书练武，还有就是旁听花忆春处理各类政务。渐渐地她也能听出一些名堂了。花忆春时常询问她对一些事情的见解，然后或称赞或解释，使她进步很快。花忆春还不时让她化妆成贫民家的女儿，去集市上或乡村里体察民情。这是她最喜爱的活动了，虽然有时免不了吃苦受累。

小丽荣躺在床上睡不着，心里老是浮现那个英俊威武的金蝉子的身影。她年龄虽小，对男女之事并不是一无所知，以前在皇宫里有一次她就无意中撞见过母亲和一个好看的大哥哥脱光了搂在一起亲嘴。她那时太小，还懵懵懂懂的。后来读的书多了，她明白了自己长大后也会喜欢那些好看的大哥哥们的。那个金蝉子就是一个好看的大哥哥。

接到女王对她的奏章的批复后，花忆春立刻开始实施她针对日本国的计谋。首先她将岳云叫来，交给他一项任务，要他将那个裕子公主勾引到手。岳云惊呆了，不敢相信这是他心中的女神说的话。

花忆春见了岳云的傻样儿，微微一笑。她走过来将岳云的手拉住，和他并肩坐下来，对他道："你父亲和祖母指望你能成长为一个杰出的将军，为国家立功。作为一个将军要懂得利用各种条件各种人来达到打败敌人的最终目的。有时候俘获一个女人的心会比俘获数千敌军更有利于取得最后的胜利。你不是发誓要'精忠报国，不负女皇'吗？现在摆在你面前的就是一个报国的机会，你若不愿意，我可以再去找其他人。"

花忆春柔软的手和岳云的手握在一起，她身上的体香飘进了岳云的鼻子里，他觉得浑身都要酥软了。他想起了自己在花忆春面前立下的誓言，挺身站了起来，道："节度使大人，卑职遵命。"花忆春遂安排岳云当裕子公主的近侍，陪公主在高丽各处游玩，并让他见机行事。

裕子公主一行早就被花忆春待如上宾，每日里美酒珍肴伺候，还有人陪着去市井里游览，看戏听曲。他们原以为高丽是个穷地方，谁知一看才知道，高丽在大明治下百业兴旺，人民富裕，比日本国强多了。再加上平安稳定，她还没见到一个刁蛮之徒（这些人都被花忆春关的关，杀的杀，已经绝迹了）。

裕子公主在日本时是她弟弟后川天皇最信任的人，因此被高仓崇德将军所忌，时常派人来欺辱她。打骂是常事，最不能忍受的是让她陪将军的傻瓜弟弟睡觉。她被关在那个傻瓜的屋子里整整三天，幸亏那个傻瓜不懂人事，并没有把她怎么样。不过她后来还是没逃出魔爪，被高仓将军给强奸了。

到了高丽后裕子公主觉得像是到了天堂一样，除了美如天仙的节度使，这个派来陪她玩的侍从岳云也是个百里挑一的美男子。裕子公主害怕这一切只是一个梦。岳云整天小心翼翼地陪着她，也不见她有任何表示，心里烦透了。这个公主比岳云大了十多岁，长得也不错。可是岳云和她在一起没什么话说（公主的汉语说得很流利），只是想着回校场上排兵布阵，纵马驰骋，那样才痛快。

这天傍晚岳云正陪着裕子闲聊。他实在忍不住了，就趁公主去倒茶时溜了出来。他来到院子里，抽出身上的佩剑就唰唰地舞了起来。他的剑法得自父亲岳飞的传授，但见寒光闪闪，杀气腾腾。岳云越舞越快，剑锋隐隐带有风雷之声。

只听“啪”的一声，岳云回头一看，裕子公主睁大眼睛，双手捂住嘴，一盏热茶掉在地下打得粉碎。原来这几天她和岳云形影不离，早已情窦暗生。她不时给岳云递一盏茶什么的，想拉近距离。刚才一时不见了岳云，心里空虚得很，就端起一盏热茶一路寻来。

忽见岳云在院子里舞剑，她看呆了。她不懂剑法，只觉得好看。岳云在她心目中的地位从一个彬彬有礼的英俊青年上升到了一个武艺超群的大英雄，她是多么想靠在他怀里啊。岳云舞剑舞得一身大汗，心里有点儿莫名其妙。他走过来握住裕子的手，问道：“公主可是身子不适？”

裕子“啊”地叫了一声，身子发软。岳云连忙伸手扶住她。她一把抱住他的腰，红着脸将头埋进他的怀里。岳云懵了：“难道这样就行了？”好在岳云反映过来了，他两手捧住裕子的脸，嘴唇跟着吻了下去。裕子闻着岳云身上的汗味儿，将他抱得更紧了。

岳云见四周无人，一把抱起公主，走回了自己的房间。裕子除了被高仓将军强奸的那一次，还没有和别的男人睡过。岳云很快就俘获了她的心，将她肏得欲仙欲死。这天晚上她和岳云在床上一直折腾到快天明时才睡下。

花忆春也没闲着，她已安排人将和裕子公主同来的那几个天皇侍从全部收服。这些人在日本时受尽了将军的欺压，天皇无能,连一点儿反抗的能力都没有。日本一直对汉文化崇拜羡慕，如今大明朝的强盛富裕从高丽可见一斑，他们自然愿意为大明女皇效劳。花忆春行使女皇授予的权利给他们每个人都封了大明朝的中级官职，这些人心里都乐坏了。

得知岳云已拿下裕子公主，花忆春召集了事先从军中挑选出来的一百人，对他们面授机宜，然后让岳云带着他们和裕子公主一行人回日本国去做内应。这一百人中约有一半是生活在高丽的日本人，会说日本话。送走了裕子公主和岳云，花忆春开始调兵遣将，实施她侵吞日本计策的第二步。

这一日女皇扈三娘晚膳后正在皇宫里和琼英天寿林冲围坐在一处闲话，侍卫来报丽贵妃萧玉兰求见。萧玉兰是张节的妻子，丽贵妃是她跟着三娘一起嫁给金国皇帝完颜明时的封号。完颜明死后这个封号就没用过了，今天她却自称丽贵妃。三娘不由得大为惊奇。萧玉兰是女皇最为亲密的人，平时她和琼英婆媳二人不用通报便可进入三娘的寝宫，为何她一本正经地要侍卫先来通报？三娘看了琼英一眼，琼英摇了摇头，表示她也不知。

三娘传旨让萧玉兰进来。萧玉兰进屋后，去阶下跪着，口称：“玉兰参见女皇陛下。”三娘走过来欲将她扶起，却被她拒绝了。她道：“玉兰有本启奏女皇陛下。”说完双手捧上一个奏折。

三娘接过奏折略看了一看，脸色大变。她吩咐天寿和林冲先退下，只留下琼英。她伸手将萧玉兰拉起来，搂在怀里，然后招呼琼英过来，将奏折递给她。琼英看了奏折，叹了一口气，低头不语。萧玉兰在奏折上道她已让自己的丈夫张节写了休书将她休了，如今她要来全心全意地陪伴服侍女皇陛下，恳请女皇陛下依允。

三娘深知萧玉兰对自己的情意和她婆婆琼英对自己的情意一般深厚。当初她就为了保护三娘自愿离开丈夫陪三娘出使金国的。后来在紧要关头她将筋疲力尽的三娘护在身后，挺身让完颜明来肏她，以致后来被完颜明封为丽贵妃。她其实早就开始全心全意地陪伴服侍三娘了。

三娘将萧玉兰抱在怀里泪流满面，琼英也忍不住走过来搂住自己的儿媳大哭起来。萧玉兰也不言语，只是用亲吻和爱抚来回应三娘和琼英。最后三个女人抱在一团痛哭了一场。当晚三娘将萧玉兰留在了宫里。

第二天，三娘遣人将张节唤入密室，问道：“你和妻子萧玉兰近来是否吵嘴了？”张节跪下道：“我们两个恩爱和睦，从来没有吵过嘴。玉兰所奏之事也是我自愿而为。女皇陛下是我夫妻的大恩人，女皇的幸福就是我夫妻的幸福。”他还跟三娘解释道，萧玉兰早就跟他透露了自己的心愿，他十分赞同妻子的主张。

张节马上就要去和镇西王林无双会合，担任征西大军的副元帅。这一去恐怕要好几年，他们夫妻商量好了，在张节离开前先将此事办好。素月公主和阮氏三姊妹这几年已经为张节生下了四个儿子六个女儿。因张节常年在外征战，萧玉兰生的两个儿子大部分时候是托她父母抚养。萧玉兰只有一个弟弟，后来得病死了，没有为萧家留下后代。张节萧玉兰已决定将萧玉兰的两个儿子过继给萧家当孙子。

三娘心里虽已有准备，还是被张节萧玉兰夫妻对自己的情意感动得热泪直流。她对着张节哭道："三娘何德何能，竟能赢得你们夫妻的如此忠心？"张节跪在地下抱住三娘的大腿，道："女皇建立大明朝，广施仁政，恩及四海，我等纵死不能报其万一。"末了三娘扯开自己身上穿的皇袍，将里面衣服也脱了，又让张节脱光了躺下，纵身骑了上去。两人一边亲吻抚摸，一边狠狠地撞击着对方的身体，良久方罢。

花逢春也要去西征了，他来向女皇辞行。花逢春的妻子完颜红像萧玉兰一样，也是三娘的密友。三娘冷着脸对花逢春道："你不会也要来休妻吧？"花逢春已听说了大哥张节之事，扑通跪在地下，道："大哥大嫂的忠肝义胆小弟我敬佩得五体投地。不过我活着就是为了让三娘姐姐开心，三娘姐姐说甚么就是甚么，就是万丈悬崖我也敢跳下去！"

三娘被他逗得扑哧一声笑了，伸手在他头上敲了一下，道："就你这个小猴子能说会道，油嘴滑舌！"花逢春趁机抱住三娘揩油，将手伸进她裙子里面抚摸她的大腿。三娘轻轻地打了他的手一下，没打脱。花逢春得寸进尺，将头从三娘裙子底下钻进去，用嘴凑在三娘的胯下吸允。三娘口里呻吟了一声，半推半就中下身被花逢春脱光了，坐在地下和他上演了一出恩爱缠绵的大戏。

岳云到达日本后，先让公主的侍从将带来的那一百兵隐避起来，自己和公主只带十几个人潜回皇宫。裕子见了天皇，道已经得到大明朝的允诺，大明朝住高丽节度使将带兵前来日本，要逐步削去那几个将军的兵权，恢复天皇在日本的地位。

后川天皇听了大喜，道："若大明朝能帮忙除去高仓崇德就好了，其他的将军还不至于像他那样犯上作乱。"其实这个天皇一点儿也不懂得权术，若无高仓崇德，其他的将军也一样会跳出来无法无天。只因高仓太厉害了，其他人被压住不敢妄动而已。

裕子将岳云和他带来的十几个人引见给天皇，道这些人是节度使花忆春大人派来保护天皇陛下安全的。天皇见这些人一个个虎背熊腰像是训练有素的军人，一直提着的心放了下来。他对高仓怕得要命，现在总算是有了自己的侍卫。天皇酷爱汉文化，能用汉文吟诗作赋，文学上造诣颇深。他勉励了岳云等人几句，叫他们暂时下去歇息。

接下来几天，岳云在裕子公主的帮助下，将那带来的一百人装扮成做粗活的工匠或仆人，慢慢地都接进皇宫里。皇宫原来的侍卫只有五十余人，都是高仓将军派来的。岳云暗中查探他们的出入虚实，在一天半夜里将他们全部擒获杀掉，换成自己的人守卫皇宫。

岳云随船从高丽带来了许多珍玩异宝。按照花忆春事先制定的方针和步骤，裕子公主和岳飞用重金收买了日本三个大将军中势力最弱的池田将军。池田将军手下只有八千余兵，他常年周旋在强大的高仓将军和武田将军之间，日子很难过。这次裕子公主告诉他，天皇得到了大明朝女皇陛下的承诺，要派兵来铲除高仓和武田，恢复皇权。若池田将军能够相助，成功后会被封为护国大将军。

池田见了裕子带来的这些珠宝，知道不是日本本土的东西，因此相信了她的话。池田占着一个名叫石川的小地方，靠着大海，离京都也不远。在他的人的接应下，花忆春的两百艘战船载着五千士兵和辎重登陆石川，暂时隐藏在池田的领地内。

两天后，花忆春带着一百侍卫悄悄地潜入皇宫去见后川天皇。这时岳云已经控制了整个皇宫，将那些高仓将军的亲信细作都抓起来秘密杀掉了。天皇听说大明朝的高丽节度使来了，喜出望外，步出房门迎接。他一直担心姐姐裕子被大明官员虚假的承诺给骗了，现在总算放了心。

花忆春一路上打量着日本天皇居住的皇宫，比起从前的高丽王宫来这里真是太寒碜了。几乎没有什么漂亮的装饰，好在还算修得结实。岳云正带着手下的人在加固一些地方，他要将这个皇宫变成一座堡垒。

天皇见了花忆春就愣住了。他以前见过的唯一一个女将军是高仓将军的姐姐，那个女人容貌粗俗，一口黄牙，脸上的胡须比男人还多。眼前这个大明朝高丽节度使生得国色天香，身材婀娜，亭亭玉立。这哪里是什么女将军，简直就是仙女下凡。花忆春给天皇施礼后，被他让到客座上，侍女端上香茶。

花忆春看见墙上挂着天皇亲笔书写的咏梅诗："一树寒梅白玉条，迥临村路傍溪桥。不知近水花先发，疑是经春雪未销。"那字写的行云流水，颇有气势。她不太懂诗词，但是好坏还是知道的，不由得对眼前这个精通汉文的天皇另眼相看。

这后川天皇二十五六岁年纪，生得文质彬彬，看起来就像大明朝的一个英俊的青年学子。花忆春赞道："天皇陛下大才，果然名不虚传。"天皇被这个绝世美女称赞，脸立刻就红了，道："不敢，见笑了。"

他酷爱文学，以为花忆春是知己，就和她大谈特谈起来。两人第一次见面谈了两个多时辰，谈的都是文学，一点儿也未及其他。其实都是天皇在自己说自己的，花忆春在旁微笑点头，适当的时候提出一些浅显的问题，天皇再耐心地加以解答。

花忆春也不着急，她知道来日方长，一直谈到天黑了才告辞出来。花忆春离开后，裕子公主进来问天皇："与节度使大人谈得怎样了？"天皇答道："若能得此人为妻，要天下何用？"

京城的皇宫御花园里，到处是盛开的牡丹花。女皇扈三娘退朝之后，正和身边亲密的人们在此赏花。上个月最后一批参加西征花剌子模国的将士们已经离开京城了，三娘心里放下了这件大事，长长地松了一口气。

今年已经是三娘登上女皇之位的第十年。原来她打算只当十年女皇，然后就传位给无双。现在因为无双要挂帅指挥征西大军，她只好在皇位上多留几年。花剌子模国太远，一切顺利的话，估计也要花个五年时间才能打下来。

若是在其他朝代，像女皇这般不断地对外挑起战争，肯定会被朝野上下指责为穷兵黩武，浪费民脂民膏。可是自三娘登基以来，中原再也没有发生过大战，边疆地区则是每打一仗，大明朝的国土就增加一大片。那些新归顺的边民也没发起过像样儿的叛乱，似乎他们早已迫不及待地要归顺大明了。大明的农牧工商日益发达，财政充盈，支持如此大的征伐花剌子模国的战争也不在话下。因此竟没有人反对女皇的决策。

不过三娘现在已经不再插手许多具体事物。征西之事她将全权交给了女儿无双，解决日本国的事情则交给了花忆春，左丞相武文理在主持朝廷大局，右丞相阮文君掌握整个南疆。三娘自己的日子越过越舒服了。

比如说现在，她闭上双眼仰面躺在铺着柔软的丝绵的一张大桌子上，浑身一丝不挂地沐浴在温暖的日光里。同样赤身裸体的天寿公主在用手给葡萄去皮去籽儿，弄好了再往三娘的嘴里送。琼英和萧玉兰两个的身上也不着寸缕，四只手在三娘的光洁白嫩的身子上不停地轻轻地按摩着。至于林冲，他正坐在一旁喝着茶养神，等候女皇陛下的召唤呢。

扈三娘现在还没有决定将来退位之后住在哪儿。她已经年过五十了，有时不免思念家乡。她考虑过以后回家乡，哥哥扈成一家子都还在那儿。不过凡事有利亦有弊，况且还有其他许多对她有吸引力的地方。

萧玉兰被三娘封为丽亲王，她现在和三娘琼英天寿等都是姐妹相称。她虽有自己的亲王府，但还是选择跟三娘住在皇宫里。她一点儿也不后悔自己的决定。她父母也迁来东京居住了，因此她时常可以去看自己的两个儿子。

唯一尴尬的时候是第一次在三娘的御床上五个人一起大被同眠：她和林冲以前不认识。不过被他肏过两次后也就熟了。其实她不知道，林冲不但以前就见过她，还是见的赤身裸体的她。那是完颜明大婚的那天晚上，她和三娘正光着身子在金国的皇宫里挨完颜明的肏呢。

太上皇赵佶已经年近八十了。他现在虽有点儿糊涂，但还是常常拿起笔来填词绘画。他的词画大都是赞美扈三娘的。到底是年纪大了，他的水平大不如前。不过他一点儿都不自觉，以为自己还是举世无双的大师，每幅作品完成后都让人屁颠屁颠地送进皇宫里给三娘看。

天寿和琼英被他搞烦了，就去取笑三娘："这老家伙可能已经忘了你是他干女儿了吧？看这势头他是非把你勾引到床上肏了不可。林冲哥哥你可要将你的三娘妹妹看好了！"气得三娘将她们按在地上剥光了，抡起巴掌照着她们的屁股上狠揍了一顿。

不过赵佶也确实有点儿为老不尊。女皇每次邀请他赴宴他都非要坐在她身边不可，否则就不顾脸面地当众啼哭。有时喝多了他居然还会占三娘的便宜：要么抓住三娘的手不放，要么摸她的屁股，搞得三娘哭笑不得。

高仓将军的幕府里一片肃静。将军大人刚刚发了火，地下摔碎了许多珍贵的瓷器。他是日本国势力最大的将军，手下有五万多善战骑兵。可是最近那个武田将军从大明朝的商人那里花重金买到了几门火炮，这火炮威力极大，让高仓的骑兵部队吃了大亏。

武田是高仓的老对手。他手下虽然有十多万兵，但是他们大部分是拿着锄头上阵的农夫，根本打不过高仓将军麾下的精锐骑兵。可是自从有了火炮后，那些农夫们士气大振，连着打了几次胜仗。高仓不得不把大部分军队都派上前线，只留下一万人守卫后方。

另一件使他烦心的事是他派在皇宫里监视天皇的亲信已经很久没有来向他报告情况了。他最近加派了几组人过去，可是仍然没有任何回音，这些人全部失踪了。就在他百思不得其解时，他收到了一封从皇宫里送来的信，写信的竟然是大明朝的高丽节度使花忆春。

大明朝的强盛高仓将军是有耳闻的，不过大明朝和日本中间隔着汪洋大海，他倒是没有什么可畏惧的。花忆春在信中说，大明女皇扈三娘已经决定帮助日本天皇收回所有权力，今后日本的一切事物都须由天皇定夺。她已经以女皇特使的名义接管了日本皇宫，待天皇地位恢复后再撤出。信中还说池田将军已经发誓效忠天皇，遵守天皇收回所有权力的旨意。希望高仓将军能够仿效池田将军，趁早解除兵权，归顺天皇。

高仓看了信大怒，将心爱的几个瓷碗瓷杯都摔碎了。高丽节度使是个什么东西？竟管到本将军头上来了！他吩咐手下的一万军兵立刻备马整队出发，他要踏平皇宫，活捉那个节度使花忆春。

高仓的人马走到离皇宫还有十多里地时，他的头脑清醒了下来。他掏出那封信再仔细看了一看，似乎看出了其中的阴谋。那封信的语气就是要激得他发怒，然后不顾一切去攻打皇宫。高仓想，既然池田那家伙归顺了天皇，他会不会趁自己攻打皇宫时去抄自己的老窝？皇宫那里必有重兵守卫，自己贸然前去说不定会吃亏。就算能攻下皇宫，自己的妻妾老母，儿女弟妹，还有这些年来辛苦囤积的粮食金银辎重都会落入池田之手。

想到此高仓不由出了一身冷汗。他立刻下令兵分两路，自己带三千人回去保护老巢，另外七千人由他最信赖的副将带领去攻打池田的领地，他要叫池田赔了夫人又折兵。

回到自己的驻地一看，果然有五千余敌兵在围攻他军营的大寨。高仓大喝一声，命手下三千军兵冲上前去杀敌。敌人见来了救兵，招架了一会儿，慌慌忙忙地撤走了。高仓哈哈大笑，他对自己的用兵太佩服了！现在就等他派去袭击池田的那七千兵马的捷报了。

可是一直等了三天都没有任何消息。第四天才有几个士兵逃回来报告，他的七千兵马中了敌人的埋伏，全军覆没。高仓不信，那池田哪有这般能耐，可以消灭他的七千精锐骑兵？士兵说，不是中了池田的兵马的埋伏，而是中了大明军的埋伏。大明军中有个勇猛无敌的将军叫金蝉子，他一人就斩杀了五名高仓手下的悍将。大明军还有威力强大的火炮，将军大人的骑兵被诱进了狭窄的山谷里，约有一半被杀死，其余的都投降了。

高仓心道：“大明朝若派大军来日本，必然会用大队船只运来，为何没有人发现后来向我报告？”接着他想起了池田这个该死的家伙。他也控制了一部分海岸线，他可以偷偷放明军的船只靠岸登陆。

第二天又传来另一个噩耗，他派去和武田将军作战的四万精锐骑兵被打败了，只剩下两万余人，大部分逃回来的士兵丢盔弃甲，身上伤痕累累。不过武田那厮也没有捞到太多好处，他的军队死伤了七八万人，无力追赶高仓的败兵。现在他们两个元气大伤，可能连收拾池田都力不从心了。

花忆春的军队除了两千留在船上的水军外，登陆的骑兵步兵加起来只有五千人。因巧妙地行使计策离间调动敌人，这才取得了这一次辉煌的胜利。她已经将军队从石川调来，控制了日本的都城京都。现在池田将军的地盘也扩大了许多倍，他的军队一下子扩充到了五万人，不过暂时还没有什么战斗力。

高仓和武田终于意识到了他们可能中了那个高丽节度使花忆春的奸计。他们互派密使协商对策，决定了要改变策略。他们停止了互相间的厮杀，合兵一处将京都围困了起来，并不断派人混进城里骚扰。大明军的人数太少，粮草也没法补充，用不了两个月就会陷入困境。到时可将那个美貌的女节度使擒来，让她尝尝将军幕府的各种酷刑的滋味。

花忆春很快发现高仓和武田似乎已经联合起来了，最近几天不时有人偷袭驻守京都的大明军。那些混在百姓之中的敌人很难被发现。这天夜晚突然有一批全身包着黑布的蒙面刺客翻墙进了皇宫里面行刺。

花忆春前些天已经搬进皇宫里，主要是为了保护好天皇。她带来自己的侍卫拼命抵抗，终于将这些蒙面人击退了。事后一查，自己的一百余侍卫竟死伤了三十几个。那些刺客只有三十多人，逃走了一半，另一半不是被杀就是负伤后自杀，没有一个活口。

花忆春身边有几个池田派来协助她的部下，据他们说，这些刺客叫做"忍者"，由主人经过多年的残酷训练，意志坚强武艺精湛，很难提防。更为可怕的是，皇宫里可能有人向高仓或武田告密，不然这些忍者也很难混进来。

后川天皇吓得每晚都不敢睡觉，花忆春看他实在可怜，就让他搬进自己的屋里，这样他才放心安睡。接下来几天都平安无事，不过越是这样花忆春越是心里不安。她要岳云带领着部分侍卫们轮流潜伏在暗处，等候下一次忍者的光临。

在第一次行刺后的第七天夜晚，那些忍者果然又在皇宫里出现了。这次来的足有六十余人，比上次多了一倍。花忆春的侍卫们和这些忍者激战，因为有了上一次的教训，他们没有惊慌，因此这些忍者没有占到大便宜。激战中岳云带领潜伏着的侍卫突然杀出，扭转了战局。

只是那个后川天皇吓得浑身哆嗦，扑过来抱住花忆春的腿大呼救命。这样反倒将三个最厉害的忍者引了过来。花忆春手持女皇御赐的宝剑拼命抵挡，无奈天皇在她身边碍手碍脚的。

这时一个忍者挥刀劈向天皇，花忆春纵身上前挡住。不提防另外一个忍者用铁钩子向她勾来。花忆春闪身时略迟了一下，胸前的衣服被勾住。"嘶啦"一声响亮，衣服被铁钩撕破，花忆春的一双玉乳都露了出来。那个忍者的眼睛被晃花了，愣神之际，花忆春宝剑已到。那剑锋在他脖子上划过，他血流如注，带着满眼的不甘心倒下了。

另外两名忍者却没受影响，一刀狠似一刀地往花忆春身上砍来。逼得花忆春节节败退，好几次都险些被砍中。最后花忆春拼着自己受伤，用剑将其中一人的长刀逼斜了，砍在另一个人的脖子上。她自己肩膀上挨了一下，血流不止。那个砍了自己同伴的忍者惊呆了，花忆春见机不可失，回手一剑，刺入那个忍者的腹部。

花忆春忍着伤痛走过去将这两个忍者脸上蒙的黑布掀开，竟是两个长得一模一样的俊俏女子。难怪她们没有受花忆春裸露着的玉乳的影响。她们还没死，躺在地上痛苦地挣扎。花忆春于心不忍，将她们一人一剑都给结果了性命。

这一战将六十几个忍者杀的杀，捉的捉，逃走的最多只有三四个，可以说是大获全胜。有几个被活捉的忍者可能是新手，比较怕死，通过他们岳云找出了那个出卖情报给高仓的皇宫内侍，将他审问过后杀掉了。

这些天花忆春没有睡过一个安稳觉，再加上半夜里和忍者激战，又负了伤，只觉得困得不得了。处理好一些要紧的事情后她倒在床上睡着了。却不提防屋子里还有一个后川天皇。天皇这些天和花忆春朝夕相处，对她的爱慕急剧升温，认定她是世上最完美的女人。花忆春刚才舍身救了他的命，更让他觉得花忆春应该是属于自己的女人。

他看着沉睡的花忆春，情不自禁地过来抱住她伸手解她的衣裙。看到了花忆春娇嫩的玉体之后，他再也把持不住，开始亲吻爱抚她的身子。花忆春因为太累了，竟一直昏沉沉地睡着没醒。天大亮以后她才睁开眼睛，发现后川天皇赤条条地压在自己身上，还在那里一边喘气一边用下体不停地往她两腿间最柔软的地方戳。她气得一脚将天皇从床上踹了下去。

花忆春并不讨厌天皇，跟他接触多了对他也有了一丝好感。迄今为止肏过花忆春的男人们都是赳赳武夫，她心里对文质彬彬的天皇还是有那么一点儿兴趣的。只是自己刚刚拼命救了他，他竟然还来乘人之危，这让她气愤不已。

后川也意识到自己做的太不像话了，顾不得天皇的体面，他扑通一声地跪在花忆春跟前给她磕头。一边磕头一边大哭。还诉说自己如何如何爱慕她，要将她立为皇后，等等。两人关在屋里唧唧咕咕了两个时辰，不知说了些什么。他们开门出来后却像没事人似的。

这时候高仓崇德将军正在家里哀声叹气。他昨晚派去皇宫行刺的六十多个忍者只逃回来了三个，这可是他花了极大的力气才训练出来的精锐啊。更何况其中有两姊妹是他的爱妾。上一次去行刺的忍者是武田派去的，他还嘲笑过武田的人不中用。如今他和武田的势力都受到了极大的消弱，而那个原来最为弱小的池田却迅速崛起。

高仓和武田都无力继续围困京都，只得将人马撤回来守卫自己的地盘。高仓没有想到好的办法对付天皇和池田的势力，只是每日在自己家中抱着他的女人们借酒消愁。

这天夜里，突然有大批刺客出现在高仓的家中，他们似乎是从天而降，手里挥舞着利刃大肆砍杀，将高仓的家人部将仆人侍女等几乎杀尽。高仓自己也身中数刀，奄奄一息。等到高仓的兵马闻讯赶来救援，这些刺客才撤走。从刺客的穿着和遗失在地下兵器来看，他们是武田家的人。

与此同时，武田家也遭到了刺客的袭击。武田和三个兄弟四个儿子全部被杀死，只有一个堂弟藏在床底下躲过了一劫。据他说，这些刺客像是高仓家的人。

他们两家几年来多次发生大战，早已结下了血海深仇。现在没了人管束，剩下这些部将和家人们按捺不住怒火，再次拿起武器发动了一场毫无计划和组织的大混战。直杀得尸横遍野，血流成河。

其实去高仓家行刺的人是池田派去的，去武田家行刺的人则是明军假扮的。这一切都是高丽节度使花忆春和池田将军想出来的计策。她和池田在坐收渔人之利。现在高仓和武田的实力已被消耗殆尽，天皇正式登场，收回了整个日本的军政大权。

天皇颁布了一系列法令来安抚百姓，同时任免了一大批官员。当然这些都是花忆春帮他在幕后策划的。她带来的五千大明军扩编成了五万禁军，牢牢地控制了京都和周围的地区。天皇的另外三项新政是开放和大明朝的贸易，鼓励移民，并规定所有官员必须学会说汉语。

又过了一个月，天皇正式和大明高丽节度使花忆春成婚，并将她立为皇后，同时还让她兼任相国之职。这可是前所未有之事。花忆春的美貌和才华早已传遍了全日本，百姓们都知道是她拯救了天皇，拯救了日本。作为相国，花忆春经常去日本各地巡视，惹得百姓们纷纷扶老携幼地出来观看皇后兼相国的风采。

晚膳后，后川天皇站在自己的卧室门外焦急地等候着。里面不时传出剧烈的肉体撞击声和女人的娇声呻吟。过来好一会儿，里面安静了下来。从卧室里陆续走出来两个英俊威武的年轻人。天皇推门进去，脱了衣服爬上床。他迫不及待地扑在美艳风骚的皇后身上，将自己的下体捅进她那温暖潮湿，已被肏得红肿的桃花溪里。

这一切都是天皇和皇后婚前协商好了的。天皇以前就有好几个妃子，可是一直都没有儿女。他恐怕这一辈子都不会有亲生儿女了。花忆春嫁给天皇的条件之一是，自己的亲生儿女以后必须继承皇位。天皇为了娶她，什么条件都愿意答应，甚至愿意将皇位让给她。

商议的最后结果是，花忆春可以自己找男人来帮她怀孕。刚才离开的那两个人，一个是金蝉子，另一个是岳云。金蝉子被封为靖国大将军，娶了天皇的妹妹和子公主为妻。岳云被封为镇国大将军，娶的是天皇的姐姐裕子公主。

开始时后川天皇眼看着妻子被别的男人肏，心里很不好受。后来他发觉习惯了其实也没什么，反而能让自己在床上更加亢奋，吟诗作赋也有了更多的灵感。有时他为了取悦妻子，还主动邀请金蝉子岳云和他一起来肏她。

这一时期他的诗作还是很不错的，写出了不少佳句。比如，"含羞整衣开绣户，迎得三郎入金闺。"说的是三男一女混交。又如，"斗转星移玉漏频，账里鸳鸯交颈声。"说的是数男轮流肏一女，以玉漏计时。（若不计时辰，要玉漏何用？）

两年后，后川天皇在皇宫的花园里吟诗，失足跌进养鱼的水池里。他受了惊吓，虽被抢救上来，却是一病不起，两个月后就呜呼哀哉了。他死后皇后花忆春登基为天皇。这时花忆春已生下了一位皇子和两位（双胞胎）公主。

花忆春为天皇之死伤心了一阵子。她婚后性欲更旺，常将金蝉子岳云招来皇宫一起淫乐。她见天皇神情落寞，乖乖地一个人等在外面，心里也觉得对不起他。她特别喜欢天皇在这种心情下作的诗，比如："几回花下坐吹箫，银汉红墙入望遥。似此星辰非昨夜，为谁风露立中宵。"

花忆春登基后，颁布的第一道旨意就是将天皇的称号改为国王，尊大明朝女皇扈三娘为日本的国母，并宣布日本从今以后永远是大明的属国。这两年日本的土匪军阀都被花忆春全部扫平了，没有了战争，再加上和大明朝的贸易畅通，百姓们的日子比从前好过了许多。他们早就对大明的强盛极为羡慕，对汉文化也推崇备至，自然不会反对日本成为大明的属国。

遵照女皇的密旨，花忆春派人在日本全国搜寻南宋皇帝赵构。不过并没有找到任何踪迹，可能已经逃走了，也可能根本就没来过日本。这件事就这么不了了之。其实就算是找到了，女皇也不会要他的命，最多是将他像赵桓那样封个王位养起来。

金蝉子和岳云被女皇封为大明的世袭侯爷，他们的领地都在日本。那个池田将军因最早和大明军合作，被女皇封为大明的世袭公爵，还给他在大明朝的京城赐了一座豪华府邸居住。可惜的是，他的儿子在他死后起兵反叛大明，被金蝉子带兵剿灭，全家充军发配。此话略过不提。

日本归顺大明后的第三年，镇西王林无双的征西大军终于取得决定性的胜利，击败了花剌子模国最后的抵抗势力，活捉了王子札兰丁。这一场战争历时五年半，为大明朝开拓了极为广阔的疆土，加起来甚至比从前的辽夏金三国还要大。

仿效日本的例子，女皇将这些地方分为五个较小的属国，后世称为中亚五国。立下了大功的速不台，哲别，花逢春，张节，岳飞被封为这些属国的国王，留在当地镇守。参与西征的大部分军兵也都被赐予许多土地，在当地娶妻生子，繁衍后代。

镇西王林无双和她丈夫徐晟还有哥哥林无敌率领剩下的三万余兵马回到了京城，向女皇扈三娘报捷。和无双一起回来的还有她在征西途中生下的三个孩子。三个孩子都很可爱，其中最小的孩子是个卷发混血儿。

女皇亲自率领文武百官出城迎接。她当女皇已经十五年了，早就等不及了，只想快点将皇位传给女儿。

这几年女皇的性情变得有点儿怪异，也有点儿疯狂。她经常不上朝，躲在皇宫里和她的亲人们一起过她的温馨的小日子。还有传说称女皇在皇宫里有时一天到晚都不穿衣服，和她的密友们一起光着屁股到处乱跑。

有几个朝中的老臣多次劝谏女皇无果，竟然开口骂她为昏君。女皇一气之下，将那几个人廷杖二十（即朝会时当众扒光了打屁股），然后罢了官，让侍卫将他们抬回家里休养。廷杖是前朝留下来的刑罚，这是女皇也是大明朝第一次施行廷杖。

这件事引起了轩然大波。文武官员中约有一半人认为是那几个老臣的不是，另一半人虽然赞成老臣们对女皇的劝谏，但是认为他们应该给女皇留些面子，不该骂她为昏君。至于市井百姓，他们竟然一致谴责那几个老不死的家伙：浑浑噩噩，甚么东西？竟敢辱骂我们心爱的女皇陛下！那几个人没搏到名声，反而成了笑柄。

无双回到京城一个月后，女皇举行了她在位期间的最后一次朝会，颁布了两条新法：第一条是在大明废除奴隶制（任何人不得拥有奴隶），第二条给予天下女子婚姻自主权（女子有权拒绝父母安排的婚姻）。随后，女皇宣布将皇位正式传给女儿镇西王林无双。

尽管女皇退位之事早已昭告天下，大明朝的百姓们还是痛哭流涕，十分舍不得他们衷心爱戴的女皇陛下。

林无双继位后，接受了左丞相武文理和右丞相阮文君提出的建议，将国都迁往古都长安。她还将位于开封的旧皇宫留给太上皇扈三娘居住，此举得到了朝野的一致好评。她自己的镇西王王位则传给了女儿萧天凤。

林无敌也将自己的镇北王王位传给了大儿子林青豹，他留下小儿子林青宇协助哥哥管理军政大事。他自己带着王后王妃和女儿们去大明朝的各处游玩，这一玩就玩了将近五年的时间。一路上他找到了几个合适的人家将女儿们全都嫁了出去。

女皇的爱将花逢春当上了西域的国王后，遵循女皇的建议，在他的二十六个儿女中只留下已婚的一个儿子和一个女儿在父亲花荣身边尽孝，其余的全部带到自己的王国，给他们在当地寻找配偶结亲。他还鼓励自己的部将们都这么做，这对加速汉人和当地人的融合起到了关键的作用。张节和岳飞也分别在自己的王国里施行了类似的举措。他们还都新娶了几个年轻漂亮的异族女子为妻为妾。

女皇退位后除了少数几次出游外，大部分时间都是在原来的皇宫里度过的。可能是因为她这一生见识的太多，即使到了新的地方也觉得索然无味吧。“曾经沧海难为水，除却巫山不是云。”这句话也许是她心情的真实写照。

三娘私下里对亲人们道：“我这一生受尽了艰辛，也享尽了荣华。该做的都做了，该说的也说了，我知足了。哪怕我创立的大明朝马上灭亡，那也是天意。”

扈三娘在八十六岁高龄时寿终正寝。给她送葬的除了她的后辈外，还有她最亲爱的琼英妹妹。这时的琼英已是白发苍苍步履龙钟的老妇了。三娘心爱的林冲哥哥天寿妹妹萧玉兰妹妹已经在她的前面故去。她去世时大明朝的皇帝是她的孙儿林青宇（林无敌的次子）。

扈三娘建立的大明朝一直延续了八百零六年，成了中国历史上最长的也是最后一个朝代。

"前传"

从小就爱读水浒传，长大后再读时却感到极大的不满。施耐庵老大人太狠心了，我喜欢的头领们的结局都是悲惨无比，整个梁山禁欲主义横行。所以我自不量力拿起笔来改这部名著。主要是在适当的地方增加些色情以满足自己的猥琐龌龊的心理，同时也篡改了几位头领们的结局。改着改着不由对施大人更加佩服起来，很多章节写得太好了，增减一字都觉得不妥。个别地方我改写了很多次最后还是删掉恢复原状。总之，名著就是名著。

许多章节因改动的地方太少贴出来没啥意思，而且也害怕施老大人从坟墓里爬出来告我侵权。所以只选了改动稍多的地方集合在一起贴出来。游戏之作，各位读者们不必当真。

老趙 2013 年 8 月于美国马里兰州

《水浒传》第二回 王教头私走延安府　九纹龙大闹史家村

……

且说高俅得做了殿帅府太尉，选拣吉日良辰，去殿帅府里到任，所有一应合属公吏衙将，都军监军，马步人等，尽来参拜，各呈手本，开报花名。高殿帅一一点过，于内只欠一名八十万禁军教头王进，半月之前，已有病状在官，患病未痊，不曾入衙门管事。高殿帅大怒，喝道："胡说!既有手本呈来，却不是那厮抗拒官府，搪塞下官!此人即系推病在家，快与我拿来。"随即差人到王进家来，捉拿王进。

这王进却无妻子，只有一个母亲。王母从小溺爱王进，一直与王进同睡，王父也劝她不得。王父死时王进十八岁，生得仪表堂堂，练得一身武艺，不好读书。王母三十有六，青春正旺，寂寞之下就与王进成就了那不伦之事。王进深爱母亲温柔美貌，有时虽与朋友去勾栏厮混，但凡在家中时必夜夜搂着母亲睡觉，对婚姻大事也不甚在意。

话说牌头到王家与教头王进说道："如今高殿帅新来上任，点你不着，军正司禀说染患在家，现有病患状在官。高殿帅焦躁，那里肯信?定要拿你，只道是教头诈病在家，教头只得去走一遭。若还不去，定连累小人了。"

王进其时病已痊愈，听罢，跟牌头回殿帅府。参见太尉，拜了四拜，躬身唱个喏，起来立在一边。高俅道："你那厮便是都军教头王升的儿子？"王进禀道："小人便是。"高俅喝道："这厮，你爷是街市上使花棒卖药的，你省的甚么武艺?前官没眼，参你做个教头，如何敢小觑我，不伏俺点视!你托谁的势，要推病在家，安闲快乐！"王进告道："小人怎敢，其实患病未痊。"高太尉骂道："贼配军，你既害病，如何来得？"王进又告道："太尉呼唤，安敢不来！"高殿帅大怒，喝令左右："拿下!加力与我打这厮！"众多牙将都是和王进好的，只得与军正司同告道："今日太尉上任，好日头，权免此人这一次。"高太尉喝道："你这贼配军，且看众将之面，饶恕你今日，明日却和你理会。"王进谢罪罢，起来抬头看了，认得是高俅。出得衙门，叹口气道："俺的性命，今番难保了。俺道是甚么高殿帅，却原来正是东京帮闲的'圆社'高二。比先时曾学使棒，被我父亲一棒打翻，三四个月将息不起，有此之仇。他今日发迹，得做殿帅府太尉，正待要报仇，我不想正属他管。自古道：'不怕官，只怕管。'俺如何与他争得?怎生奈何是好？"回到家中，闷闷不已。对娘说知此事，母子二人，抱头而哭。娘道："我儿，'三十六着，走为上着'。只恐没处走。"王进道："母亲说得是，儿子寻思，也是这般计较。只有延安府老种经略相公镇守边庭，他手下军官，多有曾到京师的，爱儿子使枪棒，何不逃去投奔他们?那里是用人去处，足可安身立命。"

……

前后得半年之上，史进把这十八般武艺，从新学得十分精熟。多得王进尽心指教，点拨得件件都有奥妙。王进见他学得精熟了，自思："在此虽好，只是不了。"一日想起来，相辞要上延安府去。史进那里肯放，说道："师父只在此间过了，小弟奉养你母子二人，以终天年，多少是好！"王进道："贤弟，多蒙你好心，在此十分之好；只恐高太尉追捕到来，负累了你，不当稳便，以此两难。我一心要去延安府，投着在老种经略处勾当，那里是镇守边庭，用人之际，足可安身立命。"

太公道："我有一言。拙荆亡故已久，老汉愿取你母亲为妻，留在此处。你可去延安府自奔前程，不必让你母亲跟着受苦。我儿比你只小得几岁，今后既是师徒，又是兄弟。如此可好？"太公早已心仪王母人品美貌，故有此一说。

王进弃家携母奔波本为高俅所迫，太公此法让他放了心。虽然舍不得母亲，却也别无他法。王母感激太公相救之恩，点头应允。于是大家尽皆欢喜，太公忙吩咐庄客们下去准备，数日后王母改嫁史太公。史进又拜见母亲，是夜鼓乐齐鸣。太公与王母洞房花烛，太公老当益壮，王母曲意奉承，两人如糖似蜜，如胶似漆，不在话下。

……

史进不肯务农，只要寻人使家生，较量枪棒。史家庄自此大小事皆由王母安排支应。王母温柔贤良，对史进照顾得无微不至，如亲生儿子一般。史进对王母也恭敬守礼，早晚问安。一日，史进在庄外打猎时马失前蹄，跌伤了腿，庄客救得家来，王母急请医看视，又亲自端汤送水，喂药喂饭。史进生母早逝，从不记得被女人如此疼爱，不由得躺在床上大哭起来。

王母见了，不禁忆起王进小时许多事来，母爱一时泛滥，遂解开衣服把史进的头放在胸前，两手紧紧搂住。王母四十有六，容颜端庄秀丽，肢体匀称，胸脯白嫩滑腻，体香四溢。史进两眼痴迷，张嘴吸允王母的乳头，双手也去王母裙内抚摸，王母被他摸得娇喘不已。自此两人白天情如母子，夜晚爱似夫妻，欢愉不可言也。可惜好景不长，半年后王母心口疼旧症复发，久治不痊，撒手去了。史进抱住王母的身子哭得死去活来，遣人寻王进报丧，未得回信，只好将王母与史太公葬在一处。史进因伤痛王母之死，无心料理史家庄诸事。

……

《水浒传》第三回 史大郎夜走华阴县　鲁提辖拳打镇关西

……

那妇人拭着眼泪，向前来深深的道了三个万福。那老儿也都相见了。鲁达问道：“你两个是那里人家?为甚啼哭？”那妇人便道：“官人不知，容奴告禀：奴家是东京人氏。因同父母来这渭州，投奔亲眷，不想搬移南京去了。母亲在客店里染病身故，子父二人，流落在此生受。此间有个财主，叫做镇关西郑大官人，因见奴家，便使强媒硬保，要奴作妾。谁想写了三千贯文书，虚钱实契，要了奴家身体。未及三个月，他家大娘子好生利害，教唆她兄弟将奴灌醉强奸。郑大官人得知后便把奴脱得一丝不挂赶出门来，不容归家，还着落店主人家追要原典身钱三千贯，每日须还他一贯钱。父亲懦弱，和他争执不得，他又有钱有势。当初不曾得他一文，如今那讨钱来还他?若一日无钱，便唆使亲戚庄客上门来奸淫奴家，以抵当日所欠。没计奈何，父亲自小教得奴家些小曲儿，来这里酒楼上赶座子。每日但得些钱来，将大半还他；留些少子父们盘缠。这两日酒客稀少，违了他钱限，怕他来讨时，受他污辱。父女们想起这苦楚来，无处告诉，因此啼哭。不想误触犯了官人，望乞恕罪，高抬贵手。”

……

《水浒传》第四回 赵员外重修文殊院　鲁智深大闹五台山

……

三人慢慢地饮酒。鲁达因赶路困顿又多饮了几杯，便趴在桌上睡了。醒来时见自家躺在那金翠莲闺房的床上，浑身上下一丝不挂。金翠莲也脱得精光蹲在鲁达毛茸茸的两腿之间，不停地用嘴吸允鲁达那话儿。鲁达一挺身坐将起来，唬得翠莲“啊”的一声，差点掉下床去。金老在门外听得动静，忙推门进屋，看着鲁达道：“提辖一路劳顿，小的做主将提辖扶到翠莲床上歇息，并吩咐小女服侍提辖。提辖恩重如山，小女能服侍提辖是她的福气，望提辖不要怪罪。”鲁达见事已至此，不便拂了他父女二人的好意，伸手将金翠莲拉过来，让她匍匐在身前，扶着翠莲肥臀从背后将胯下的粗黑之物挺将进去，金公忙退出门外。鲁达正当壮年，精力旺盛，那话儿硬得好似铁棍一般，翠莲大喜。两人在床上你来我往，好不快活。

……

《水浒传》第五回 小霸王醉入销金帐　花和尚大闹桃花村

……

再说鲁智深下得山来，却见金老和翠莲当路接着，请到一客店来。金老教安排上好酒菜，茶水，饭食，一齐搬来桌上，吩咐小二不要进来打扰。小二答应去了。金老举杯道：“恩人远行，特来践行。恩人满饮此杯。”鲁智深谢了，一饮而尽，也回敬金老。金老父女二人不停劝酒进菜，不一时都吃得饱了。金老向翠莲道："你有甚私话，可对恩人说。我去门外看着，免得旁人打扰。"说罢起身去了。翠莲道："自从恩人出家到五台山，翠莲日夜思念。翠莲欲在此和恩人恩爱一回，以解相思之苦。"说罢将桌上杯盘收过一边，又将衣带解开，裙子退下，背对智深趴下身子，两手撑在桌子上。智深已喝得半醉，脱了衣服，手握住翠莲的玉乳，粗粗的黑鸟捅进翠莲身子，一阵搅动。翠莲娇喘连连，金老在屋外亦听得脸红心跳。半晌，金老进屋道："天色渐晚，恐赵员外来家，须早回去。"两人方才停歇，取衣服穿了。翠莲取下头上戴的金簪一枚交予智深，智深收在包裹里。金老叫小二来还了酒钱，翠莲洒泪拜别智深，父女两人出客店回家去了。金翠莲此次怀了身孕，日后产下一男婴。可惜鲁智深此生再未与她相逢，更不知自己有了儿子。

……

《水浒传》第七回 花和尚倒拔垂杨柳　豹子头误入白虎堂

……

林冲见说，吃了一惊，也不顾女使锦儿，三步做一步跑到陆虞候家，抢到胡梯上，却关着楼门，只听得娘子叫道："清平世界，如何把我良人妻子关在这里？"又听得撕扯衣服之声，高衙内道："娘子，可怜见救俺相思之苦。便是铁石人，也告的回转。"林冲立在胡梯上叫道："大嫂开门。"那妇人听的是丈夫声音，顾不得赤身露体，奔来开门，高衙内吃了一惊，斡开了楼窗，跳墙走了。林冲上的楼上，寻不见高衙内，只见娘子的衣衫不整，裙带也被扯脱，问娘子道："不曾被这厮点污了？"娘子道："还不曾，幸亏相公赶到。"林冲把陆虞候家打得粉碎。陆谦的妻子不及走脱，被林冲逮个正着。这女人连声讨饶，林冲怒气填胸，将她剥得赤条条的，往屁股上一阵好打。抱了娘子下楼出得门外看时，邻舍两边都闭了门。女使锦儿接着，三个人一处归家去了。

林冲拿了一把解腕尖刀，径奔到樊楼前，去寻陆虞候，也不见了。却回来他门前等了一晚，不见回家，林冲自归。娘子劝道："我又不曾被他奸污了，你休得胡做。"林冲道："叵耐这陆谦畜生！我和你如兄若弟，你也来骗我！只怕不撞见高衙内，也照管着他头面。"娘子苦劝，那里肯放他出门。陆虞候只躲在太尉府内，亦不敢回家。林冲一连等了三日，并不见面。府前人见林冲面色不好，谁敢问他。娘子见林冲不快，每晚都和女使锦儿赤裸着身子上床伺候林冲，引他开心。林冲因锦儿太小，不曾碰她，只将娘子翻来覆去地肏个不休。

……

《水浒传》第八回 林教头刺配沧州道　鲁智深大闹野猪林

……

正在阁里写了，欲付与泰山收时，只见林冲的娘子，号天哭地叫将来，女使锦儿抱着一包衣服，一路寻到酒店里。林冲见了，起身接着道："娘子，小人有句话说，已禀过泰山了。为是林冲年灾月厄，遭这场屈事，今去沧州，生死不保，诚恐误了娘子青春。今已写下几字在此，万望娘子休等小人，有好头脑，自行招嫁，莫为林冲误了贤妻。"那娘子听罢，哭将起来，说道："丈夫，我不曾有半些儿点污，如何把我休了！"林冲道："娘子，我是好意，恐怕日后两个相误，赚了你。"张教头便道："我儿放心，虽是女婿恁的主张，我终不成下得将你来再嫁人!这事且由他放心去。他便不来时，我也安排你一世的终身盘费，只教你守志便了。"那妇人听得说，心中哽咽，又见了这封书，一时哭倒声绝在地。未知五脏如何，先见四肢不动。但见：

荆山玉损，可惜数十年结发成亲；宝鉴花残，枉费九十日东君匹配。花容倒卧，有如西苑芍药倚朱栏；檀口无言，一似南海观音来入定。小园昨夜东风恶，吹折江梅就地横。

林冲与泰山张教头救得起来，半晌方才苏醒，兀自抱着林冲哭个不住。张教头害怕林冲去后女儿寻短见，花十两银子买通做公的，将林冲和娘子送入酒店的一间房里。林娘子进屋后即脱了衣裙与林冲抱在一处，林冲顾不得棒疮疼痛，骑在娘子身上驰骋了一番。又安慰娘子道："你且放心和爹爹回去，我今生定不负你。"出来后张教头嘱付林冲道："你顾前程去挣扎，回来厮见。你的老小，我明日便取回去，养在家里，待你回来完聚。你但放心去，不要挂念。如有便人，千万频频寄些书信来。"林冲起身谢了，拜辞泰山并众邻舍，背了包裹，随着公人去了。张教头同邻舍取路回家，不在话下。

……

《水浒传》第二十回 梁山泊义士尊晁盖　郓城县月夜走刘唐

……

因此林冲见晁盖作事宽洪，疏财仗义，安顿各家老小在山，蓦然思念妻子在京师，存亡未保，遂将心腹备细诉与晁盖道：“小人自从上山之后，欲要搬取妻子上山来，因见王伦心术不定，难以过活，一向蹉跎过了。流落东京，不知死活。”晁盖道：“贤弟既有宝眷在京，如何不去取来完聚?你快写书，便教人下山去，星夜取上山来，多少是好。”林冲当下写了一封书，叫两个自身边心腹小喽罗下山去了。

不过两个月，小喽罗还寨说道：“半年前林娘子被高衙内派人夜里掳至府中日夜奸淫，后林娘子挣脱束缚跳楼自尽。高衙内还不罢休，还将林娘子尸首奸淫一番。张教头去开封府状告高衙内，不准，回家后吐血而亡，亲戚们惧怕高衙内，不敢再告。止剩得女使锦儿，已招赘丈夫在家过活。高太尉差遣恶奴警告邻里众人不得声张此事，违者重罚。我等重金买通原太尉府一侍女才访得实情。”林冲听了，大叫一声，倒地昏迷不醒。晁盖忙着人施救，半晌方救得醒来。小喽啰又道：“高太尉已知林教头在梁山落草，深恐前来行刺，遣三百甲士日夜护卫府内人等，出入更是前呼后拥，不留一丝破绽。晁盖吴用宽慰林冲道：“君子报仇十年不晚。现今他每日防备甚严，教头且将养好身子，等得他日后怠慢了，我等定将他满门杀尽给教头报仇。”

山寨中自此无话，每日只是操练人兵，准备抵敌官军。

……

《水浒传》第三十五回 石将军村店寄书　小李广梁山射雁

……

次日，宋江和黄信主婚，燕顺、王矮虎、郑天寿做媒说合，要花荣把妹子嫁与秦明，一应礼物，都是宋江和燕顺出备。秦明恨宋江花荣害了他一家老小却发作不得，新婚之夜喝得大醉。入洞房后将花容的妹子提起丢在床上，扑上去将衣服撕得粉碎，分开两腿，将胯间粗黑的棒子刺入，一阵乱捅。两手抓住嫩乳狠捏，又用马鞭抽打香臀，打得花荣妹子屁股上血肉模糊。可怜花荣妹子刚满十四岁，被秦明这恶汉折磨得死去活来。事后还要强颜欢笑，不敢向兄长哭诉。花荣的妹子乃天下第一温柔贤惠的女子，更兼皮肤白嫩细腻相貌美丽出众。婚后秦明亦感其贤良，不再施暴。两口子相敬如宾，恩爱无比，此是后话。

……

《水浒传》第四十八回 一丈青单捉王矮虎　宋公明两打祝家庄

……

那来军正是豹子头林冲，在马上大喝道："兀那婆娘走那里去？"一丈青飞刀纵马，直奔林冲，林冲挺丈八蛇矛迎敌。两个斗不到十合，林冲卖个破绽，放一丈青两口刀砍入来，林冲把蛇矛逼个住，两口刀逼斜了，赶拢去，轻舒猿臂，款扭狼腰，把一丈青只一拽，活挟过马来。一丈青被林冲按在马上，挣扎着掣出腰刀来刺林冲，林冲无奈，将她搂住夺了腰刀，又将她盔甲剥去了，衣服撕成条绑了手脚。恐她挣脱走了，只是抱在怀里，不敢交予小喽啰们看管。一丈青衣不蔽体又被紧紧抱着，免不了与林冲肢体交缠，耳鬓厮磨，一时羞得面红耳赤。

林冲骤马向前道："不曾伤犯哥哥么？"宋江道："不曾伤着。"便叫李逵快走村中接应众好汉，且教来村口商议，天色已晚，不可恋战。黑旋风领本部人马去了。林冲保护宋江，一手提着丈八蛇矛一手抱着一丈青，纵马取路出村口来。当晚众头领不得便宜，急急都赶出村口来。祝家庄人马也收回庄上去了，满村中杀死的人，不计其数。祝龙教把捉到的人都将来陷车囚了，一发拿住宋江，却解上东京去请功，扈家庄已把王矮虎解送到祝家庄去了。

……

《水浒传》第五十回 吴学究双掌连环计　宋公明三打祝家庄

……

只见寨外军士来报，西村扈家庄上扈成牵牛担酒，特来求见。原来一丈青扈三娘并非扈太公亲生。扈三娘七岁时被人拐卖到扈家庄，扈太公将她收养。她从小聪明伶俐，读书过目不忘，练就一身武艺，其美貌更是远近闻名，扈太公视为掌上明珠。后扈太公将她许配祝彪为妻，可惜红颜命苦。祝家三兄弟都非良善之辈，欺男霸女，无恶不作。祝虎因垂涎扈三娘美貌，一日在庄外遇见扈三娘，从背后偷袭将她打晕，拖进树林里强奸了。祝彪平日就与各位嫂子们有染，对此不以为意。又一日三人串通，将扈三娘骗来轮奸了一夜才放回。扈三娘忧心扈太公年老体弱，不敢告诉实情，背地里以泪洗面。此次梁山泊攻打祝家庄，扈三娘本不愿来救，拗不过扈太公的恳求，自己又是许配祝彪的未婚妻，只好领兵前来，为林冲所擒。扈太公得知三娘被擒后忧心如焚，旧病复发，一命呜呼。临死前嘱咐扈成将扈三娘赎出来。

……

栾廷玉因事离席，回来时在廊下与顾大嫂撞了个满怀，一双眼睛登时睁圆了盯住顾大嫂的身子看。原来栾廷玉性情古怪，不喜如花似玉的娇嫩小娘，独好体魄强健的悍妇。顾大嫂听孙立说起过栾廷玉的怪癖，心道："这栾廷玉勇冠三军又足智多谋，我且与他周旋一二，到时或可乘机将之除去，立一大功。"当下两人眉来眼去，趁人不注意时溜进马房。关好门后，顾大嫂扯下衣裙，躺在干草堆上，栾廷玉怪叫一声，如猛虎出山扑在顾大嫂的肚皮上。顾大嫂胸前两个结实的大肉球，壮硕的腰背，腋下腿间黑毛森森，栾廷玉看得血脉奋张，胯下铁棒立时化作金刚杵。两人在草堆里挥汗如雨，好一场大战。半个时辰后栾廷玉方从顾大嫂身上爬起穿衣离去，顾大嫂兀自躺在草堆里喘息。至晚席散，两人不约而同双双潜回马房，急急宽衣解带。光溜溜的铁棒又对上赤裸裸的大虫，真好似棋逢对手，将遇良才，酣战良久方散。

……

栾廷玉见大势已去只得往庄外杀去。背后顾大嫂持刀赶来，栾廷玉只道是梁山人马打破了庄子，并不知孙立等人与梁山里应外合。见顾大嫂来了，道："快随我杀出去，此地不可久留。"俯身欲抱顾大嫂上马，不提防被顾大嫂手起一刀砍断马腿，颠下马来。栾廷玉还未爬起就被顾大嫂从后拦腰抱住。栾廷玉在马上虽然威风八面，步战却非顾大嫂对手。顾大嫂将他揪住按倒在地，举刀就砍。猛地想起马房里两人干柴烈火般的奸情，心下一软，道："罢了，我不忍杀你，快逃命去吧。我乃母大虫顾大嫂，后会有期。"栾廷玉原以为顾大嫂是孙立的粗使佣人，此时方知她是有名有姓的江湖豪杰，忙跪谢不杀之恩。顾大嫂将栾廷玉拉起来亲了一会儿嘴，送他逃往庄外去了。

……

次日，又作席面会请众头领作主张。宋江唤王矮虎来说道："我当初在清风山时，许下你一头亲事，悬悬挂在心中，不曾完得此愿。今日我父亲有个女儿，招你为婿。"宋江自去请出宋太公来，引着一丈青扈三娘到筵前。宋江亲自与他陪话，说道："我这兄弟王英虽有武艺，不及贤妹，是我当初曾许下他一头亲事，一向未曾成得，今日贤妹你认义我父亲了，众头领都是媒人，今朝是个良辰吉日，贤妹与王英结为夫妇。"一丈青见扈家庄已烧作白地，自己无家可归，宋江又义气深重，推却不得，两口儿只得拜谢了。晁盖等众人皆喜，都称颂宋公明真乃有德有义之士。

当晚原清风山的一班弟兄们来喝喜酒，燕顺笑道："王兄弟虽然英勇，一丈青的威名可不是吹出来的。不知洞房时王兄弟能否降得住？是否要我等兄弟们相帮?"王英红着脸道："男子汉大丈夫岂能降不住一娇弱女子？前日阵上乃是兄弟我大意失手，被他们仗人多擒了。"众人大笑。

王矮虎被灌得大醉，送入洞房。只见扈三娘也喝了不少酒，粉面桃花，亭亭玉立，足足高出王英一头。王矮虎仗着酒性，上前抱住扈三娘就要用强，被三娘一顿拳脚打得瘫软在地，大声讨饶。幸亏他皮老肉厚，三娘又手下留情，才不至伤残。

扈三娘自被林冲生擒后，心里都是林冲的影子，挥之不去。夜里做梦也是与林冲在马上厮打搂抱。原以为宋江要娶她，后来听说要她嫁给另一好汉，认定了必是林冲，心里暗喜。谁知是嫁给王英这个蠢货，无奈之下，只能感叹自己命苦。王英见三娘低头流泪，以为有机可乘，从地下跃起，抱住三娘滚在一处。三娘不曾提防，被他按住将衣裙解开。三娘大怒，从王英怀里挣开，照着王英胸脯只一脚，踢得王英翻跟头倒地。

此时三娘也累得一头大汗，索性脱得精光，走上前骑在王英身上将他痛打。打着打着又想起那日和林冲骑在马上的缠绵，手脚身子都软了。此时王英酒已醒了，顺势就伸手在三娘身子上乱摸，舌头往三娘嫩乳上来回舔。三娘身子早已被祝家兄弟破了，此时被王英舔得情动，王英那张粗俗的脸也看着顺眼了些,心道："这厮虽粗鲁却非全无是处。"她让王英躺倒在床上，跨将上去，把下阴贴住王英的嘴。王英张嘴大口吸允，如饮甘泉，吸得三娘浑身抽搐不停。

稍后，扈三娘看着王英道："今日之事实出无奈，你若依得我一件事，我便仍作你的娘子，若依不得我便将你杀了然后自刎谢罪。"王英道："依得！依得！莫说一件，就是一百件也依得！"扈三娘道："我自从被林冲擒了，对他心生仰慕。今虽嫁与你为妻心里还放不下他。你若任我去勾搭他，我便今生今世都作你的娘子，绝不反悔。"王英道："这个使得，我只做看不见罢了。"当下扈三娘张开双腿，迎着王英，任他侵入自己身子，往来驰骋。有几个小喽啰半夜潜来窗外偷听，三娘在床上大声叫唤，直听得他几个脸红心跳，浑身酥麻。

这一夜除了王英夫妻洞房热闹外，孙新和顾大嫂两口子也关在屋里口角。孙新对顾大嫂道："你勾引栾廷玉，原说要乘机将他除去立一大功，为何又将他放了？"顾大嫂道："这栾廷玉是个好男子，杀之不忍。"孙新醋意大发，扬手打了顾大嫂一个响亮的耳刮子，骂道："你这偷汉子的贱人，我打死你！"

以往都是顾大嫂将孙新殴打，这一回顾大嫂心里有愧，竟不还手。孙新愈想愈气，上前把顾大嫂推倒在地，扒了裙子，用手掌对着顾大嫂的屁股瓣里啪啦地打。不一时手掌打得红肿，又换木板来打。顾大嫂趴在地下不做声，咬牙任他打。孙新打得一身臭汗，将顾大嫂身子翻过来仰面躺倒，用牙齿咬顾大嫂的乳头，顾大嫂这才痛得大叫。孙新下身早已硬挺，一手揪住顾大嫂的头发，一手抬起她大腿，对准顾大嫂下面黑黑的洞口猛肏。不一时顾大嫂身子一阵痉挛，通体舒泰。两口子和好如初。

……

《水浒传》第五十七回 徐宁教使钩镰枪　宋江大破连环马

……

一日王矮虎和新降的头领韩滔彭玘凌振一处饮酒，韩滔喝醉了，在席间吹嘘自己的许多本事。王矮虎道："凭你如何勇猛，也输与我家娘子。"韩滔怒道："如何我便输与你家娘子？"王矮虎道："此事只问彭将军便知。"彭玘想起被扈三娘走马活捉之事，只是红着脸支吾。

韩滔不服，要与扈三娘比武，就请王矮虎彭玘凌振做个见证。四人寻到一丈青扈三娘，说起比武之事，扈三娘不肯应允。谁知韩滔定要和扈三娘见个高低，王矮虎又一力撺掇，一起来到校场。王矮虎道："若比军器，恐有伤残，又失了和气，不如你两个在此只较量拳脚便了。"原来王矮虎在家常被三娘欺侮，心里气愤又打她不过，寻思让韩滔来帮他出口气。马匹军器上韩滔肯定赢不得三娘，故要三娘与韩滔拳脚上分高低。

韩滔和扈三娘在校场上一来一往徒手斗了数十回合未分胜负。韩滔焦躁，心道："我若打她不倒，如何有颜面见梁山众兄弟？"遂尽全力挥拳向三娘打去，却被三娘躲过，脚下使力一拌，将韩滔放翻在地。凌振看了心里不服，也下场向三娘讨教。斗到十合，凌振亦被三娘摔倒。此时三娘已是累得手脚酸软，衣裙俱被汗水湿透了，贴在身上，愈显出英武娇媚。挺拔的胸脯和那娇喘之声，韩滔彭玘凌振三个都看得呆了，听得痴了。

王矮虎也被三娘的英姿迷得失了魂魄，上去抱住扈三娘就亲嘴摸乳，三娘气得哭笑不得。挣扎了一回，因气力用尽敌不过王矮虎，被他将衣裙扯下来。王矮虎喘息不定，一手按住三娘的光身子，一手脱了自己衣服，将下身直挺挺地往三娘两腿间捅将去。三娘见韩彭凌三人尚呆立在一旁不动，羞得面红耳赤。王矮虎愈加得意，不顾三娘的软语哀求，在她白嫩的身子上征伐不已。少顷，三娘被揉拔得性起，跟着浪叫起来。韩彭凌三人看也不是，走又不舍。

这时三娘已翻身将王矮虎骑在胯下，看着三人道："你等即已看了，何不来大家取乐？只此一遭，再无下回！"韩滔彭玘凌振三人大喜，遂上前亲嘴的亲嘴，捏乳的捏乳，舔阴的舔阴，不亦乐乎，王矮虎反倒被挤在一旁，只抱着三娘一条腿吸允她的脚趾。三人脱光衣服扔在一边，轮番骑上来将三娘奸淫，至晚方散。

回到家中，扈三娘揪住王矮虎耳朵道："我是你娘子，你如何与外人共谋欺负我？"王矮虎跪下道："是我的不是了，望娘子念在你我夫妻份上，饶恕则个。"说罢磕头如捣蒜。三娘道："我嫁了你这等猥琐不堪之徒真不幸。我今已累了，暂不罚你。你且起来伺候我沐浴。"王矮虎大喜。原来凡沐浴之前，三娘都特许王矮虎将舌头伸进她下阴深处舔食，此王矮虎之最爱也。

……

《水浒传》第五十八回 三山聚义打青州　众虎同心归水泊

……

扈三娘席间听林冲说起妻子被高衙内逼死一节，触动自家心事。自被擒上梁山嫁与王矮虎，不时思念林冲夜不能寐。三娘为人随和，常与弟兄们饮酒作乐，谈笑自若。偏偏在林冲面前她就变作腼腆的小娘子，每次遇见都羞得面红耳赤，满腹心事竟无法诉说。正低头行走，迎面撞见了刚上山的呼延灼，两人停下脚步各自施礼。

呼延灼适才听得原部将韩滔彭玘凌振三个把扈三娘夸个不停，说她如何美貌如花，如何武艺高强，如何豪侠仗义。此时呼延灼正闲得无聊，便对三娘道："久闻一丈青武艺高强，上次交手你我未能分出胜负，不知今日可否赐教一二？"一丈青寻思："又是个来讨便宜的。"回道："你要与我比马战抑或步战？"呼延灼道："我本是马军统领，又是男子汉，与你一女子比马战胜之不武。我步战对你马战如何？"扈三娘暗自冷笑。两人各去披挂了，来到校场上。一丈青催动青鬃马舞双刀杀来，呼延灼举双鞭步战迎敌，两个一时战得难分难解。

话说呼延灼武艺精湛体力强横，扈三娘本难以取胜。只可惜步战对马战乃是以己之短攻敌之长，一丈青扈三娘又岂是等闲之辈？一场恶斗，累得呼延灼腰酸腿疼，喘息不已。扈三娘撒出红锦套索，呼延灼躲避不及，被拖倒在地。一丈青跳下马来，笑道："小妹多有得罪，呼延大哥休怪。"脱了盔甲坐下歇息。呼延灼亦脱了盔甲坐在三娘身边，红着脸向三娘认输。脖颈手腕都被红锦套索上的金钩所伤，十分疼痛，深悔自己刚才轻视扈三娘。

近处看着扈三娘红润的嘴唇，白嫩的脖颈，又闻到幽幽的体香，呼延灼不禁呆了，伸手将三娘揽在怀里。三娘看了一眼呼延灼，暗道："若他是林冲哥哥此生无憾了。"不及细想，嘴唇已被呼延灼吻住。三娘心里思念着林冲，挺胸脯向呼延灼长满黑毛的怀里靠过去。呼延灼粗暴地撕开三娘的衣服，扯下裙子，将三娘赤裸的身子抱起迎面放在自己双膝上，掏出胯下又粗又黑的家伙，对准了用力向上一顶。三娘"啊"的一声，心里喊道："林冲哥哥，三娘我又一次把身子给你了！"

这一回三娘被呼延灼奸得死去活来，呼延灼亦累得汗流浃背，回家将息了整整一天。晚上上床后王矮虎又来骚扰三娘，三娘疲惫已极，任由王矮虎去舔她下阴，睡熟了。梦里自与林冲相会，不在话下。

……

《水浒传》第六十八回 宋公明夜打曾头市　卢俊义活捉史文恭

……

斯时史文恭出马，横杀过来，宋江阵上秦明要夺头功，飞奔坐下马来迎。二骑相交，军器并举。约斗二十余合，秦明力怯，望本阵便走。史文恭奋勇赶来，神枪到处，秦明后腿股上早着，倒撞下马来。吕方、郭盛、马麟、邓飞，四将齐出，死命来救，却被对阵乱箭射回，眼见得秦明被擒去，军兵折了一阵。收回败军，离寨十里驻扎。

过了一日，忽报秦明夫人独闯曾头市，救得秦明回来。宋江吴用大喜，安排送秦明回梁山将息。花荣觉得蹊跷，唤妹子至帐内细问。原来花荣妹子自嫁给秦明后，夫妻间好生恩爱，出征时夫人常扮作军士跟随秦明左右。秦明负伤被擒，夫人伤心欲绝，后思得一计。当晚换成女装，打扮得花枝招展前去曾头市，只称要见曾家兄弟。

曾家兄弟从不曾见如此美貌端庄之女子，惊为天人，慌忙请进屋里以礼相待。秦明夫人道："我乃秦明之妻。我丈夫被你擒住，早晚必死无疑。为报夫君之恩，小女子今晚愿以身服侍你兄弟几人，待明日须将我夫妻放还梁山。若不能应允，我将自刎。"说罢掣出利刃搁在雪白的脖颈上。

曾家兄弟惊呆了，这个绝美女子竟是如此刚烈，仗义。越看越爱，如何舍得她自刎？当即发下毒誓，答应明日定将她夫妻放还。是夜曾密曾索曾魁曾升四人轮流将秦明夫人搂在怀里爱抚，秦明夫人也强作欢颜，尽力和他兄弟们周旋，一夜不曾合眼。天明时，曾长官和教师史文恭副教师苏定亦闻讯赶来，秦明夫人少不得又被他三个狠狠奸淫一番。最后曾升深感秦明夫人大义，对她心生爱慕之情，力主将她夫妻送还。

花荣听了，脱下妹子衣服看时，只见浑身上下皆布满青紫伤痕，下阴红肿，两个乳头亦被咬破。花荣将妹子抱在怀里，泪流满面。花荣妹子想起在清风寨时被贼兵凌辱，哥哥花荣赶到相救，也是将自己抱在怀中，不禁悲从中来，搂住花荣脖颈嚎啕大哭不止，当晚安歇时还抱住哥哥不肯松手。

……

曾升听得外面厮杀，心知不妙，半夜里从监禁处翻墙逃出。监守军士后面赶来，慌不择路，逃进花荣军中一大帐里躲藏，正是花荣妹子歇息处。花荣妹子见了曾升，吃了一惊，道："今夜曾头市兵马中了我梁山之计，曾头市必破，你不去逃命，如何却来这里？"

曾升道："追兵将至，夫人救命。"花荣妹子感激曾升将她夫妻放还之恩，此时追兵已到帐外，遂将曾升藏进她被卧里，待追兵走后，令曾升扮作军士牵马跟在身后离了大帐，梁山人马大都认得秦明夫人，也不拦她。远离军营后，曾升跳上马，将夫人抱在胸前，加鞭向东驰去，跑过了一座小山丘方才停下来。

曾升下马给夫人磕头，哭道："小人今生得遇夫人实乃天幸，先前与哥哥们玷污亵渎夫人罪该万死，日后必报大恩大德。"花荣妹子从地下扶起曾升，想起之前经历的许多事，悲从中来，两人相抱痛哭。花荣妹子堪称国色天香，曾升也是仪表堂堂，两人又曾肌肤相亲，都不忍就此分离。渐次将各自衣裙都除去，赤身相对，两个绝美的青年男女滚在一处，痛哭早已变成了颤栗和呻吟。良久，两人方起身整理衣裙，洒泪而别。

……

《水浒传》第六十九回 东平府误陷九纹龙　宋公明义释双枪将

……

当时引顾大嫂直入牢中来，一个节级见了，便来喝道："这是该死的歹人！'狱不通风'，谁放你来送饭?即忙出去，饶你两棍！"顾大嫂又跪下哭求，却被他拽入一间单身牢房里来。原来这节级妻子久病，又无钱去勾栏厮混，两个月未近女色。顾大嫂虽穿着破旧，身子却像健壮妇人，容貌也不难看。节级关了牢门，把手去顾大嫂身上乱摸。这节级生得粗壮，满脸胡须胸前布满黑毛。顾大嫂为救史进，只得任他将全身上下脱光了，爬在地上让他肏了一回。完事后，节级将她引到史进牢房里，自去了。

看见史进项带沉枷，腰缠铁索。史进见了顾大嫂，吃了一惊，则声不得。顾大嫂一头假啼哭，一头喂饭。顾大嫂见这牢内人多，难说备细，只说得："月尽夜打城，叫你牢中自挣扎。"史进再要问时，顾大嫂已被几个小牢子赶出门。史进只记得

“月尽夜”。这几个小牢子却不放顾大嫂离去，将她拖进另一间牢房。他们几个刚才听见那节级和顾大嫂的动静，早被撩拨得性起，手抓嘴咬，顾大嫂痛得大叫不止，几个将她狠狠轮奸了一个时辰才放她离去。

……

《水浒传》第八十回 张顺凿漏海鳅船　宋江三败高太尉

……

林冲初听得捉了高俅，心下大喜，以为可报大仇。谁知宋江已遣吕方郭盛领五百精兵日夜守护，如何下得了手？众头领们也来开导解劝。林冲是个识大体的人，知宋江哥哥要留下高俅性命乃是为了兄弟们日后的前程，难道为报私仇而毁了朝廷招安的这条门路？只是回想起与娘子的恩爱，更忘不了娘子因被高衙内奸淫而后自尽，揪心般痛苦。喝得大醉回到屋里，倒地不起。天明醒来，头如刀砍斧劈般疼痛，喉咙里似烈焰焚烧，浑身无力，躺在地上挣扎不起。朦胧间一女子进来，将他抱到床上，先把碗温水给林冲喝，又煮粥熬药，端来床边喂了，伺候了半晌。后将林冲上下衣服除去了，用温汤沐浴，再抱上床盖了被卧歇息。林冲眼也睁不开，身子也动弹不得，昏昏又睡去了。

如此又过了两日，林冲病似好了，睁开两眼，见扈三娘累得趴在桌上睡了。林冲平日里也听得他人议论，略知扈三娘对自己的情意。今亲眼见三娘为自己呕心沥血般操劳，心里十分感动。初次遇见三娘并将她擒获时，便觉得她眼睛与自家娘子有些相似，身上的气味似曾相识。后来扈三娘嫁与王英，林冲未再多想。

这时三娘已醒，忙起来为林冲烧汤洗漱。林冲道：“林冲愚鲁，辜负了贤妹深情。如今大仇在身又报不得，有何颜面活在世上?贤妹的深情，林冲只好来世再还。”扈三娘大急，顾不得脸红害羞，将林冲揽在怀里宽慰开解，生怕林冲想不开。若在平时，三娘见了林冲话都说不出，今日却口若悬河，说个不停。林冲倍感三娘的温柔贤惠，实与自家娘子一般，不禁又悲从中来。扈三娘为引开林冲的悲思，对林冲说起自己身世，七岁时被拐卖，只记得姓张，爹娘都不记得了，后幸为扈太公收养，长大后又遭劫难，先被祝虎强奸后被祝家三兄弟轮奸，不敢告诉于人，心中之苦只有自己知道。说罢不由大哭。

林冲猛然想起："三娘她说姓张，我家娘子也姓张。当初成亲时，娘子曾提起有个小妹七岁时被拐走，自此再无音讯。莫非是她不成？娘子说过，小妹左边大腿根处有一颗小红痣。"想到此，林冲伸手去解扈三娘的裙子。三娘惊得呆了，又羞又恼，挣扎了一回，裙子被林冲解下。林冲不及解释，掰开三娘两腿一看，大腿根处果然有一红痣，天缘奇巧，一丈青扈三娘竟是林娘子那被拐走的苦命小妹！

三娘听完林冲所述，惊喜交集："林冲哥哥原来是我姐夫！"两人大哭大笑，抱在一起，滚在一处。不一时浑身上下都脱得一丝不挂。林冲将对娘子的思念和爱慕，尽力倾注到三娘身子里。三娘搂着日思夜想的林冲哥哥，夙愿得偿，欢喜无限。

俗话说"隔墙须有耳，窗外岂无人？"。扈三娘为看护病中的林冲，几夜不回家，丈夫王矮虎如何不急？这天寻到林冲住处，躲在窗外，将此事从头至尾都听了去。不由暗道："我家娘子从不讳言对林冲的爱慕，不料她与林冲的缘分竟是如此之深！此乃命中注定也。"摇头叹息而去。

自此扈三娘间或来与林冲厮会，只瞒着梁山众人。因心里有愧，平日里对王矮虎也温柔起来，俨然一对和睦夫妻。偶尔主动求欢，曲意逢迎，王矮虎大喜过望。然王矮虎终不改猥琐之本性，常跟踪三娘，偷听偷窥她与林冲之私，乐此不疲。三娘林冲只作不知，三人遂成默契。

……

《水浒传》第八十一回 燕青月夜遇道君　戴宗定计出乐和

……

约有更深，燕青拿了赦书，叩头告退，天子不许，偏要燕青留下伺候，原来这天子喜欢玩闹，与李师师同床时，常想出各类荒唐之事解闷。燕青只得立在床边，看天子与李师师上床颠鸾倒凤。至紧要处，李师师伸手将燕青拉上床来，天子见了大喜，坐在床头，看师师脱了燕青的衣服，雪肤玉体纠缠一处。当夜五更，自有内侍黄门把天子接将去了。

……

《水浒传》第八十九回 宋公明破阵成功　宿太尉颁恩降诏

……

且说辽兵太阴阵中天寿公主听得四边喊起厮杀，慌忙整顿军器上马，引女兵伺候。只见一丈青舞起双刀，纵马引着顾大嫂等六员头领，杀入帐来，正与天寿公主交锋。两个斗无数合，一丈青放开双刀，抢入公主怀内，劈胸揪住。两个弃了军器在马上扭做一团，绞做一块，两人头盔胸甲皆被扯落，衣服也被撕破，光光的胳膊和雪白的胸脯都露将出来。

王矮虎赶来欲占便宜，却被天寿公主的马踢倒，公主跃下马来，从地上拾起刀要砍王矮虎，一丈青扑上去将公主连腰和双臂抱住，滚在一处。公主麾下几个女兵持刀枪赶来，因恐伤了公主无法下手，只绑了王矮虎。顾大嫂、孙二娘赶到杀散女兵，孙新、张青、蔡庆在外面夹攻。此时扈三娘和公主都衣不蔽体，抱在一处厮打。顾大嫂用刀逼住公主，将她绑了。可怜玉叶金枝女，却作归降被缚人。扈三娘给丈夫王矮虎松绑后，这才脱了一女兵的衣服穿在身上，和顾大嫂押着公主得胜收兵。

回营后王矮虎淫心不改，摸入关押天寿公主的帐篷欲强奸公主。公主双手被缚在身后，挣扎不得，被王矮虎骑在身上脱光下身。此时扈三娘走入帐内，揪住耳朵将王矮虎从公主身上拉下来，王矮虎害怕妻子发怒，一道烟走了。扈三娘为公主松了绑，取衣裙穿了。

公主跪谢三娘相救之恩，三娘怜悯公主，金枝玉叶变作阶下囚，心里一软，将公主拉起来抱在怀里。公主不由大哭起来，三娘温言宽慰。两人遂结为异姓姊妹，三娘年长，被公主拜为姊姊，顾大嫂孙二娘得知都来贺喜。三娘为公主安排饭食，饭后又烧热汤，亲手为公主沐浴。至夜两人脱光了衣裙，搂抱着睡了。

……

宋江传令，叫取天寿公主一干人口，放回本国。天寿公主辞别扈三娘，两人万分不舍，免不了相抱大哭一场。宋江仍将夺过檀州、蓟州、霸州、幽州，依旧给还辽国管领。一面先送宿太尉还京，次后收拾诸将军兵车仗人马，分拨人员，先发中军军马，护送赵枢密起行。

……

《水浒传》第一百回 张清琼英双建功　陈观宋江同奏捷

……

这一日张青孙二娘，孙新顾大嫂，王英扈三娘三对夫妇在一处饮酒，席间说起张清和琼英夫妻剿田虎立了大功，难免骄气横溢，言谈间不把众兄弟放在眼里。顾大嫂道："我等须寻思一个计策来教训这两个一次。"张青道："这个容易，只需把时迁找来，此等阴谋害人的诡计他最在行。"少时时迁来了，顾大嫂将众人之议告知，时迁道："正合我意，现有一计在此，我等只需如此这般，定教他难逃罗网。"六人听了大喜，依计而行。

次日张清在军营里闲走，背后鼓上蚤时迁匆匆走过，却不搭理他，竟往河边疾走。张清叫住他："你为何如此匆忙，恰似赶去投胎一般？"时迁答道："正要赶去小河边看那迷人的景致。"说完头也不回地走了。张清道："却又作怪，甚么迷人的景致？我且跟上去看他一看。"那小河边树木杂草丛生，张清见时迁屏住呼吸，趴在树后往下观看，却似做贼一般。不由得也扒开树枝往下看，一看之下全身热血往头上脸上直涌。

只见一丈青扈三娘在河边脱得精光，一边口里哼着小曲一边沐浴。玉臂挥舞，雪乳耸动，还有那圆滚滚的香臀，两腿间迷人的芳草丛，张清看呆了，不觉口角流涎。这时只听得一声怒斥："兀那淫贼，敢在此偷窥女人沐浴，与我绑了！"时迁顿时一道烟走得不见踪影，张清起身欲走，脖颈被一双大手掐住，动荡不得。

有人上来将他双手扭在背后绑了，提将起来，原来是母大虫顾大嫂和母夜叉孙二娘两个，扈三娘却不见了。张清素知这两个女人的恶名，吓得不敢出声。孙二娘道："此等淫贼不要问他，将他砍了扔河里喂鱼！"说完抽出明晃晃的腰刀来。顾大嫂道："且住！张清，我敬你是个剿田虎立了大功的英雄，原来你却是个无耻淫贼。你平日里不将我等兄弟们放在眼里，今天被捉，你可愿意认罚？"张清见孙二娘立在一旁，气势汹汹地手握腰刀，忙告饶道："小人一时糊涂，犯下大错，情愿认罚。"

顾大嫂道："我这里有两种处罚，你可任选其一。要么我将你送去铁面孔目裴宣那儿由他依军法处置，要么由我二人将你那淫贼心性治一治，以免以后再犯。"张清极好面子，如何敢去见铁面孔目？便道：“小人宁愿受两位姊姊之罚，再无怨言。”顾大嫂孙二娘大笑：“如此最好。”

两人将张清提去河边，剥了浑身衣服洗了一遍，自己也脱光衣裙洗了身子，将张清骑在身下。孙二娘用手把张清那话儿握住上下提动，待硬挺了，对准自己下阴坐将下来。顾大嫂则坐在张清脸上前后摇动。她们两人虽无琼英的妖娆艳丽也无扈三娘的英武妩媚，却是别有一番风味，张清渐入佳境，嘴里吸允只顾大嫂的下阴，两手抓住顾大嫂的两只大乳用力揉捏，下身则将孙二娘挺得浪叫不已。

且说琼英在屋里一时不见了丈夫，走将出来寻他。却见时迁慌慌张张走来，说道：“不好了，你丈夫得罪了顾大嫂孙二娘两个，被她们在河边殴打。”琼英慌忙出门往小河边赶去，远远地听见声响动静，不似斗殴之声，却似男女交配之声。不由放慢脚步，上前分开树枝一看，只见三条赤裸裸的身子绞作一块儿，正是自己的丈夫没羽箭张清，母大虫顾大嫂，母夜叉孙二娘。张清累得汗如雨下兀自肏个不休。

琼英生性清高，为人孤僻，哪里见过这个？脸红得好似自己做了见不得人的事，扭转身子便走。一路上想起新婚丈夫张清竟把自己撇在屋里，去和顾大嫂孙二娘那等粗俗的女人通奸，心酸得泪流不止。

“妹妹这是哪里去？有何伤心之事？”抬头见是扈三娘。琼英与扈三娘本无交情，只因眼下万分委屈无人诉说，对上扈三娘关切的眼神，忍不住扑在三娘怀里大哭起来。三娘将琼英拉到自己帐篷里细问缘由，琼英将自己所见相告，三娘把琼英搂在怀里宽慰开解，胸前的衣服全被琼英的泪水湿透了。

三娘脱了衣服欲找一件干的换上，不料被琼英搂住不放手。琼英看着三娘英武娇媚的脸，依稀记起小时的母亲，张嘴将三娘红红的乳头含在嘴里吸允。这时王英，孙新，张青，时迁结伴进来帐里，琼英和三娘急忙分开两下，三娘取一件衣服穿了，对丈夫王英使个眼色。王英会意，忙取出好酒来与众人同饮。琼英为遮掩尴尬，也一杯接一杯地饮酒。

不一时众人都已有了醉意，王矮虎抱住三娘亲嘴，手伸进三娘裙子里抚摸，孙新张青时迁三个围住了大叫大笑。三娘眯着醉眼，爬过来解琼英的裙子。琼英也醉了，索性将衣服也脱了，两手抱住三娘白嫩的屁股，仍用嘴允住她的乳头。后来孙新张青时迁都加入进来，孙新张青搂着三娘，王英时迁搂住琼英，舔乳摸阴，亲嘴捏臂。三娘琼英的下身被四个男人轮流侵入，淫水泛滥，浪叫不止。

是夜张清琼英先后回到自己帐篷里，也不答话，熄灯上床歇息，张清翻身将妻子娇嫩的身子压在底下，挺胯下枪刺入，心里却在想着日间所见扈三娘赤裸的娇躯和英武的脸庞。琼英抱着丈夫，呻吟不止，心里想着的竟然也是扈三娘白嫩健美的身子！自此张清夫妇与众兄弟们再无隔阂。

……

《水浒传》第一百五回宋公明避暑疗军兵　乔道清回风烧贼寇

……

扈三娘，顾大嫂，孙二娘三员女将私下置酒与琼英庆功。酒过数巡，三娘叹道："琼英妹妹英姿无双，风华盖世，我等俱老矣。"琼英红脸推了三娘一把，道："姊姊休要取笑，你才是那倾城倾国的女中豪杰，我丈夫张清梦里都呼唤姊姊的名字呢。"

孙二娘道："你丈夫梦里呼唤三娘，你恼他不恼？"琼英笑道："不恼他，连我也被姊姊勾引得丢了魂儿。"说罢解开三娘衣服，将头埋在三娘胸前吸允三娘的乳头。顾大嫂笑道："看你两个绝色美女卿卿我我，我等丑八怪也忍不住了。"就将孙二娘裙子扒了，抱到床上，分开两腿将嘴凑上去吸允，吸得孙二娘一阵怪叫。

扈三娘见了，也把琼英的衣裙脱了，亲住她的樱桃小嘴，两手来回抚摸她的玉乳和下阴。半晌，四人坐起身来又饮了数杯酒，说了一回闲话，吹熄灯抱在一团睡了。时迁王矮虎两个躲在床下偷听，不敢出声，一夜无话。

……

《水浒传》第一百十回燕青秋林渡射雁　宋江东京城献俘

……

两个回到营寨，升帐而坐。当时会集诸将，除女将琼英因怀孕染病，留下东京，着叶清夫妇伏侍，请医调治外，其余将佐，尽教收拾鞍马衣甲，准备起身，征讨方腊。后来琼英病痊，弥月，产下一个面方耳大的儿子，取名叫做张节。次后闻得丈夫被贼将厉天闰杀死于独松关，琼英哀恸昏绝，随即同叶清夫妇，亲自到独松关，扶柩到张清故乡彰德府安葬。叶清又因病故，琼英同安氏老妪，苦守孤儿。

话说扈三娘和琼英最好，特来与她辞别。张清将三娘迎到屋里，琼英在床上欲起身施礼，被三娘按住。琼英道："你我胜似亲姊妹，今日分离不知相见何日?"说罢泪如雨下，三娘亦垂泪。琼英又道："我有一事求姊姊，不知可否应允？"三娘道："妹妹所求，安得不允？但不知何事。"

琼英叫张清屋外暂避，对三娘道："今番征讨方腊，不知怎的我心里不安，恐有凶险。但军令不可违，我等夫妻姐妹也须分离。我和张清婚后和睦温馨，恩爱无比，妹妹我十分称心了。只是我知他对姊姊也十分爱慕，常常夜里呼唤姊姊名字。我想求姊姊与他恩爱一次，完了他的心愿，替我报了夫君之恩，此生无憾了。姊姊大恩大德，妹妹铭记在心。"说罢挣扎着下床向三娘跪下，三娘赶忙将她扶起抱上床。

琼英看着三娘，见她红着脸低头不语，知她心里肯了。唤张清入来，叫他替三娘宽衣解带。张清慌得手足无措，倒是三娘爽快，把自己衣裙都脱了，又脱了张清的，两个就在琼英眼前拥抱亲嘴，云雨了一番。临别时，三娘琼英相抱大哭一场。

……

《水浒传》第一百十七回 睦州城箭射邓元觉　乌龙岭神助宋公明

……

且说宋江兵将攻打睦州，未见次第，忽闻探马报来，清溪救军到了。宋江听罢，便差王矮虎、一丈青两个出哨迎敌。夫妻二人带领三千马军，投清溪路上来，正迎着郑彪，首先出马，便与王矮虎交战。两个更不打话，排开阵势，交马便斗。才到八九合，只见郑彪口里念念有词，喝声道："疾！"就头盔顶上，流出一道黑气来。黑气之中，立着一个金甲天神，手持降魔宝杵，从半空里打将下来。王矮虎看见，吃了一惊，手忙脚乱，失了枪法，被郑魔君一枪，戳下马去。一丈青看见戳了他丈夫落马，急舞双刀去救时，郑彪便来交战。略战一合，郑彪回马便走。一丈青要报丈夫之仇，急赶将来。郑魔君歇住铁枪，舒手去身边锦袋内，摸出一块镀金铜砖，扭回身，看着一丈青只一砖，一丈青不曾防备被打中肩膀跌下马来，郑彪叫军士绑了。那郑魔君招转军马，却赶宋兵。宋兵大败，回见宋江，诉说王矮虎被郑魔君打死、一丈青被活捉，带去军兵，折其大半。

郑彪回营后，叫军士带过一丈青扈三娘。扈三娘见了杀夫仇人，怒目圆睁，大骂郑彪。郑彪道："你这贱人，既被擒住还如此猖狂，我叫你生不如死。"当下脱光扈三娘的盔甲衣裙，赤裸裸地绑在柱子上，唤来数十个粗壮大汉轮奸扈三娘。三娘被奸得昏死过去，用水泼醒了又接着奸淫。三娘不屈，依旧大骂不止。郑彪大怒，亲自用皮鞭抽打三娘的两乳下阴等柔软处，直打得血肉模糊。

……

包道乙见宋军中风起雷响，急待起身时，被凌振放起一个轰天炮，一个火弹子，正打中包天师，头和身躯，击得粉碎，南兵大败。乘势杀入睦州。朱仝把元帅谭高一枪戳在马下，李应飞刀杀死守将伍应星。睦州城下，见一火炮打中了包天师身躯，南军都滚下城去了。宋江军马，已杀入城，众将一发向前，生擒了祖丞相、沈参政、桓佥书，其余牙将，不问姓名，俱被宋兵杀死。牢里救得一丈青扈三娘，只见她赤身裸体，浑身伤痕累累，已是奄奄一息，急令随军医士救治。

……

《水浒传》第一百十九回 鲁智深浙江坐化　宋公明衣锦还乡

……

再说先锋宋江，每日去城中听令，待张招讨中军人马前进，已将军兵入城屯扎。半月中间，朝廷天使到来，奉圣旨令先锋宋江等班师回京。张招讨、童枢密、都督刘光世，从、耿二参谋，大将王禀、赵谭，中军人马，陆续先回京师去了。宋江等随即收拾军马回京。比及起程，杨雄发背疮而死，时迁又感搅肠痧而死，不想林冲也患病不起。

此时扈三娘伤势已痊愈，这一日她独自来探望林冲。林冲拖着病体从床上爬起来，将三娘抱在怀里。两人悲从中来，大哭不止。三娘道："我有心腹之言对哥哥说。如今方腊已被剿灭，那高俅却依然得势，必容不得哥哥。你若杀了他报仇则必连累宋江哥哥和各位活着的梁山兄弟，你若与他同朝为官，早晚必遭毒手。依小妹之见，哥哥且假装风瘫，我去乞求宋江哥哥让我留在杭州照料你，他必应允。你我从此无忧无虑，安享太平，岂不是好？你若放不下报仇之心，我等或可用金银收买江湖死士去行刺高俅。”

林冲道：“贤妹所言极是。我林冲今生最大的福分就是遇见你姊妹两个。我此前噩运不断，连累得你姊姊惨死。若我执迷报仇，必将把你也拖入这悲惨噩运之中，教我如何忍心？我就依你所言假装风瘫，瞒过宋江哥哥和弟兄们，和你一起度此余生。”三娘闻言大喜，道：“我明日就去禀报宋江哥哥，你且好好将息身子，过几日我却来和你相会，那时我俩安享太平，永不分离。”林冲身子虚弱，三娘只是搂着他亲热了一番，告辞去了。

扈三娘辞了林冲回到住处，刚进得门来，身后一人跟将进来，喝道：“扈三娘你干得好事！你与林冲之谋我已知了！”回头一看，竟是已死去的时迁。三娘唬得脸色红白不定，道：“时迁！都道你已死了，今来此做甚？”

时迁道：“好教三娘得知，我乃诈死。我无甚本事，只学得这偷鸡摸狗之技，若跟宋江哥哥回京，谅朝廷也不会给我甚么官做。若不肯回京，又恐扫了宋江哥哥和弟兄们的兴，因此花钱买通官吏，用他人尸首来诈死。适才三娘与林冲所言，都被我听到。深感三娘对林冲的深情和仗义胸怀，三娘真乃女中丈夫也。时迁今有一事相求，不知三娘愿听否？”

三娘道：“时迁大哥有事但说无妨，小妹洗耳恭听。”时迁道：“我自小各处流浪，举目无亲，又生得不招人喜，故从未有妇人女子正眼瞧我。前日和张青孙新几个得以亲近三娘玉体，正不知是几世修来的福气。从此时迁就把三娘当作天上下凡的仙女一般敬仰爱慕。若一天不见三娘，便觉得了无生趣。我求三娘今后允许时迁跟随左右，但有差遣，万死不辞！”

三娘道：“蒙时迁哥哥错爱，只是三娘已发下誓愿，要与林冲哥哥白头偕老。”时迁道：“三娘放心，以时迁手段定不会给三娘增添烦恼，只是跟随左右，除非三娘呼唤，时迁绝不现身。”三娘道：“即如此，三娘怎能狠心推脱？”时迁大喜，跪下磕头，把额头也磕破了。三娘是个善心人，看见时迁模样，竟想起丈夫王矮虎来。

王矮虎当初在清风山时也曾杀人放火奸淫妇女，干了不少歹事。然他终是三娘丈夫，三娘虽不是情愿嫁他，也记得他的好处。王矮虎死了，三娘想起时也心痛不已。时迁身材矮小，此时跪在三娘脚下磕头，恰似王矮虎生前一般。三娘一阵心酸，走上前把时迁从地上扶起来搂在怀里。时迁惊喜不已，一边伸手哆哆嗦嗦地抚摸三娘的身子，一边像小孩般哭泣。三娘叹了口气，将时迁抱到床上，两人宽衣解带，一番缠绵不提。

宋江闻报杨志时迁病死，林冲风瘫，又不能痊，悲伤不已。扈三娘不愿回京受赏，自愿留在杭州照料林冲，宋江别无他法，只得点头依允。遂与余下众兄弟们启程回京。

……

《水浒传》第一百二十回 宋公明神聚蓼儿洼 徽宗帝梦游梁山泊

……

顾大嫂被封为东源县君，每日只与孙新和家将们走马射猎，舞枪弄棒，间或去探望大伯孙立和乐大娘子。两年后，孙立孙新相继病故，两人都无子女，顾大嫂怕嫂子乐大娘子孤单，接来同住。这一日家人来报，有登州新任提辖来访，此人姓蓝名玉，刚从青州调防到此。

顾大嫂寻思："却又作怪，这蓝玉和我素不相识，来见我作甚？"请到屋里一看，原来是栾廷玉。栾廷玉自祝家庄逃走后，改名蓝玉去青州投军，几经辗转升迁，近日调任登州提辖。打听得顾大嫂在此居住，马不停蹄地赶来相会。顾大嫂当年因私情放走了栾廷玉，今日相见，干柴遇烈火，岂有不燃之理？家人使女见了急忙回避。两个都不是矜持之人，当下脱了衣服抱在一团滚作一处，铁棒再度大战母大虫，杀得难分难解。

半晌方起来穿衣，互诉离别之情。顾大嫂闻知栾廷玉尚未婚娶，便极力撺掇他娶乐大娘子为妻。乐大娘子温柔贤惠，只是无甚主见，诸事都由顾大嫂做主。栾廷玉是孙立师兄，也早闻乐大娘子秉性，遂择吉日与乐大娘子完婚。自此三人在一处度日，其乐融融。

扈三娘和林冲住在杭州城外一处庄子，过得十分美满。扈三娘已为林冲生下一男一女双胞胎儿，家中有田亩牲口，侍女佃农，衣食无忧。林冲无事时常教三娘使各类军器，三娘天资聪明又屡经战阵，武艺大有长进，只可惜未曾有机会学得琼英的飞石和花荣的神箭。

林冲似已觉察时迁之事，只不作声。他对三娘道："我今生得贤妹相伴再无半点遗憾，凡令贤妹开心之事我亦开心。"三娘听了，搂住爱郎亲个不停。

这天林冲离家，去六和寺与武松兄弟相聚几日。因天气炎热，三娘热汗淋漓，就叫侍女烧汤倾在木桶里，自己脱了衣服坐入桶里沐浴。忽听得门外喧哗，侍女来报，道是故人顾大嫂来访。三娘大喜，连声说请。

三娘还不及从浴桶里站起，顾大嫂已推门进来，看见扈三娘道声："贤妹你想死我了！"伸手就将三娘从木桶里湿淋淋地捞出来，如婴孩般抱在怀里亲吻。三娘脸红耳赤，赤身裸体躺在顾大嫂怀里，两手环住顾大嫂的脖颈道："我也想念姊姊。"顾大嫂身子依然健壮，皮肤愈发黑了，腮边胸前都生着些黑毛，三娘不由想起了满胸脯长着黑毛的呼延灼。

三娘唤侍女置酒相待，两人互诉别后之情，喝得大醉。至夜上床歇息，顾大嫂在三娘胸前脖颈里亲个不停，两只大手揉搓着三娘的两乳和屁股，三娘在床上喘作一团。三娘倒趴在顾大嫂肚皮上，将脸埋入顾大嫂胯下，伸舌头舔允那个黑洞，顾大嫂也吸住三娘的下阴不放，两人快活得高声大叫。住了两日，顾大嫂告辞扈三娘，要去探望老友孙二娘。三娘因儿女太小，不能同行，两人洒泪而别。

……

话说花荣当日继吴用之后也上吊挂在树上，过了些时却又醒了过来。原来他妹子秦明夫人得知花荣去祭拜宋江大哥，恐他悲伤过度追随宋大哥而去，跳上花荣的战马加鞭追来。赶到时花荣已经上吊，拔出腰刀砍断绳索，将花荣救了下来。又起身去救下吴用，可惜吴用未能醒来，呜呼去了。

花荣妹子命随后赶来的家什们将哥哥抬到山下一间客店，请医看了，至晚与花荣睡在一处，不敢离开半步。将息数日后，花荣身子已无碍，只是目光呆滞，不发一言。花荣妹子寻思："罢了，为救哥哥我亦顾不得颜面廉耻了。"遂将花荣衣服都脱了抱到床上，自己也脱得一丝不挂，趴上去用身子摩擦花荣的躯体。

花荣妹子端的是倾城倾国的美女，那如花似玉的身子，上至八十老翁下至十岁孩童，无论谁见了都会引得火起。花荣平日里最爱妹子，朦朦胧胧看见眼前一赤裸女子酷似心爱的妹子，不由得将她搂住怀里。妹子见了，愈加紧抱花荣，口里娇声呻吟，终于引得花荣欲火爆发，大叫一声，将硬邦邦的下身没入妹子柔软的两腿间。两个在床上翻滚了足有一个时辰。

第二日，花荣和妹子回到家中，收拾了行李车辆，带上一家老小弃官而去。

……

Printed in Great Britain
by Amazon

15536228R00237